P9-DDP-394

LE DERNIER HOMME BON

Derrière le pseudonyme A. J. Kazinski se cachent deux Danois, Anders Rønnow Klarlund et Jacob Weinreich. Le premier est scénariste et réalisateur. Le second, également scénariste, est l'auteur de plusieurs romans dont la plupart sont destinés à la jeunesse. *Le Dernier Homme bon* est leur première collaboration.

A. J. KAZINSKI

Le Dernier Homme bon

ROMAN TRADUIT DU DANOIS PAR FRÉDÉRIC FOURREAU

JC LATTÈS

Titre original :

DEN SIDSTE GODE MAND
Publié par Politikens Forlag

© A.J. Kazinski og JP/ Politikens Forlagshus A/S, 2010.
© Éditions Jean-Claude Lattès, 2011, pour la traduction française.
Cette édition française a été publiée avec l'accord
de Leonhardt & Hoier Literary Agency A/S, Copenhague.
ISBN : 978-2-253-16149-3 – 1re publication LGF

À l'attention du lecteur :

Le mythe des « Justes de Dieu » dont il est question dans ce roman est tiré du Talmud – un recueil de textes religieux rédigés en Israël et à Babylone – qui, selon la croyance, serait la transcription directe des enseignements transmis par Dieu à Moïse. Notamment, il lui aurait révélé que, de tout temps, il se trouverait sur Terre trente-six justes qui auraient pour mission de veiller sur l'humanité. Sans eux, celle-ci disparaîtrait.

Les trente-six eux-mêmes ignorent qui ils sont réellement.

Le 11 septembre 2008, au siège des Nations unies à New York, s'est tenue la première conférence scientifique mondiale sur les expériences de mort imminente, sous la direction du docteur Sam Parnia. Il s'agissait d'évoquer le nombre sans cesse croissant de comptes rendus en provenance des quatre coins du monde signalant des cas d'individus qui, après avoir été ramenés à la vie, avaient décrit des phénomènes absolument incroyables que la science ne saurait expliquer.

I.

LE LIVRE DES MORTS

« Ô terre, ne couvre point mon sang, et que mon cri monte sans arrêt. »

Livre de Job 16, 18

À chaque seconde, des gens meurent. Le plus souvent dans des hôpitaux. C'était la raison pour laquelle ce projet était génial. D'une simplicité presque banale.

On allait vérifier l'authenticité de toutes les expériences de mort imminente dont les médecins entendraient parler. Par quel biais ? Par celui des services des urgences, évidemment. Il y avait en effet une constante dans les témoignages de ces personnes cliniquement mortes, qui avaient cessé de respirer, dont le cœur s'était arrêté de battre et dont les pupilles ne réagissaient plus : elles disaient s'être élevées dans l'air. Avoir flotté sous le plafond et observé leur corps d'en haut. Souvent, elles décrivaient des détails que leur cerveau ne pouvait en aucun cas avoir inventés dans un ultime délire mortel : comment un médecin avait renversé un vase, les ordres qu'il avait donnés aux infirmières, qui était entré et sorti, et à quel moment. Certains étaient même en mesure de raconter ce qui s'était passé dans la pièce d'à côté. Néanmoins, tous ces témoignages n'avaient aucune valeur scientifique. À présent, on allait enfin y remédier.

Les services des urgences et des soins intensifs ainsi que les centres de traumatologie – bref, les endroits où l'on ranimait fréquemment des patients – allaient être mis à contribution. Dans le cadre d'une enquête à l'échelle mondiale, on fixa aux murs de petites étagères. Juste sous le plafond. Ensuite, on posa dessus des images de natures diverses, tournées vers le haut que seule une personne suspendue au plafond aurait été en mesure de décrire.

Agnes Davidsen faisait partie de l'équipe scientifique danoise. Certes, les médecins avaient ri quand on leur avait exposé leur projet, mais ils ne s'y étaient pas opposés. Tant que cela ne leur coûtait rien. Agnes était présente le jour où une étagère avait été installée au Rigshospitalet de Copenhague. Elle avait tenu l'escabeau pendant qu'un brancardier grimpait, une enveloppe scellée entre les mains. Ce fut elle qui avait éteint la lumière au moment d'ouvrir l'enveloppe et de déposer l'illustration sur l'étagère. Seule l'équipe scientifique savait ce qu'elle représentait. Un téléviseur était allumé dans une pièce voisine. Agnes avait tendu l'oreille. Il était question des préparatifs de la conférence de Copenhague sur le climat. Nicolas Sarkozy, le président français, déclarait que l'Europe n'accepterait jamais un réchauffement de la planète supérieur à deux ou trois pour cent. Elle avait secoué la tête tout en aidant le brancardier à replier l'escabeau. Formulé ainsi, cela semblait tellement absurde. *N'accepterait pas*… À croire que la planète était équipée d'un thermostat qu'il nous suffisait, à nous les hommes, de tourner pour régler la température terrestre.

Elle avait remercié le brancardier et levé les yeux vers l'étagère sous le plafond. Il ne restait maintenant plus qu'à attendre un appel de l'hôpital leur annonçant que quelqu'un était mort dans cette pièce.

Et qu'il était revenu à la vie.

1.

Temple Yonghegong, Pékin, Chine

Ce n'étaient pas les secousses dans le sol qui l'avaient réveillé. Celles auxquelles il était habitué : le métro passait juste au-dessous du temple et menaçait constamment d'effondrement le complexe religieux vieux de trois cent cinquante ans situé en plein centre de la capitale chinoise. Ce qui l'avait réveillé, c'était quelqu'un ou quelque chose qui s'était penché sur lui pendant son sommeil. Et l'avait observé. Il en était certain.

Le moine Ling se redressa sur son séant et scruta la pièce. Le soleil commençait à peine à décliner. S'il s'était couché si tôt, c'était à cause des élancements qu'il éprouvait.

— Il y a quelqu'un ?

La douleur se déplaçait en permanence, si bien qu'il était incapable de déterminer si c'était dans son dos, dans son estomac ou dans sa poitrine qu'elle avait son origine. Il entendait les jeunes moines bavarder dehors, sur le parvis, tandis que les derniers touristes occidentaux quittaient le temple.

Faisant fi de sa souffrance, Ling se leva. Il sentait toujours une présence dans la pièce, bien qu'il ne vît personne. Comme il ne trouvait pas ses sandales, il s'avança pieds nus en chancelant sur le sol en pierre. Celui-ci était froid. Peut-être suis-je en train de faire un infarctus, se dit-il. Il respirait avec difficulté. Il avait la langue enflée et les jambes molles. À un moment, il fut tout près de perdre l'équilibre, mais il savait qu'il devait à tout prix rester debout. S'il tombait maintenant, il ne se relèverait jamais. Il prit une grande inspiration qui lui enflamma aussitôt la trachée et les poumons.

— À l'aide ! essaya-t-il de crier d'une voix trop faible pour que quiconque l'entende. À l'aide !

Ling sortit dans le couloir étroit et humide, puis pénétra dans une autre pièce. La lueur orangée du soleil filtrait par la lucarne. Il entreprit alors d'examiner son corps, sans rien remarquer d'anormal. Ni sur ses bras, son ventre ou son torse. Soudain, il fut saisi d'un accès de douleur si terrible qu'il faillit s'évanouir. Il ferma les yeux quelques secondes durant lesquelles, ayant renoncé à lutter, il sombra dans les ténèbres d'un supplice insoutenable. Puis la souffrance diminua. Elle se manifestait sous la forme de brefs élancements sans cesse plus violents.

Profitant de ce répit, il se dirigea vers une bibliothèque, ouvrit un tiroir et se mit à fouiller dedans, les mains tremblantes. Il finit par trouver ce qu'il cherchait : un petit miroir éraflé. En regardant son reflet, il découvrit un visage déformé par la peur. Ling écarta légèrement son pagne et leva le miroir au-dessus de son épaule de manière à voir le bas de son dos. Ce qu'il vit alors lui glaça le sang.

— Bonté divine, murmura-t-il en lâchant brusquement le miroir. Mais qu'est-ce que c'est ?

La seule réponse qui lui parvint fut le bruit du verre se brisant sur le sol.

L'antique téléphone à pièces accroché au mur était loin de ressembler à un ange salvateur, mais il représentait son unique espoir. Tandis qu'il se traînait péniblement jusqu'à lui, il dut s'arrêter, assailli par un nouvel élancement. Ce moment lui parut durer une éternité. Il ouvrit les yeux et regarda le téléphone dont il avait longtemps refusé l'installation. C'étaient les autorités qui l'avaient exigé – s'il arrivait quelque chose à l'un des touristes, il fallait qu'ils puissent appeler les secours. Le numéro des urgences était écrit en gros sur le mur et un bocal plein de pièces de monnaie était posé à proximité. Ling tendit la main pour essayer de l'attraper. Il réussit à le saisir du bout des doigts mais il perdit l'équilibre et le lâcha afin de prendre appui contre le mur. Les pièces se répandirent sur le sol parmi les éclats de verre. Ling eut un moment d'hésitation. Le simple fait de se pencher en avant lui paraissait insurmontable. Et si ramasser ces piécettes brillantes qu'il avait tant abhorrées sa vie durant était l'un de ses derniers gestes ? Mais Ling n'avait pas l'intention de mourir maintenant. Il prit finalement une pièce entre ses doigts tremblants, l'introduisit dans la fente du téléphone et composa les trois chiffres qui étaient inscrits sur le mur. Puis il attendit.

— Allez, allez, supplia-t-il.

Une femme finit par répondre.

— Allô. Ici le service des urgences. Je vous écoute.

— À l'aide !

— De quoi s'agit-il ? D'où appelez-vous ?

La voix dans le combiné était posée. Presque mécanique.

— Je brûle. Je…

Ling se tut et se retourna. Il y avait quelqu'un. Cela ne faisait aucun doute. On l'observait. Il se frotta les yeux sans que cela y changeât rien. Il ne voyait personne. Qui pouvait bien le torturer de la sorte ?

— J'ai besoin de savoir où vous êtes, dit la femme.

— À l'aide…

À chaque parole qu'il prononçait, la douleur remontait le long de son dos puis de sa gorge jusque dans sa bouche, faisant gonfler sa langue.

La femme l'interrompit sur un ton aimable mais ferme :

— Quel est votre nom ?

— Ling. Ling Cedong, je… À l'aide ! Ma peau… elle brûle !

— Monsieur Cedong…

Cette fois, elle perdit patience :

— Où vous trouvez-vous actuellement ?

— À l'aide !

Soudain, il se tut. Il avait l'impression que quelque chose en lui venait de rompre. Que le monde autour de lui avait brusquement fait un pas, l'abandonnant dans un espace situé hors de la réalité. Les bruits s'évanouirent : les rires épars en provenance du parvis comme la voix dans le téléphone. Le temps s'était arrêté. Il se trouvait dans un autre monde. Ou peut-être sur le seuil d'un autre monde ? Du sang se mit à couler de son nez.

— Qu'est-ce qui se passe ? murmura-t-il. Pourquoi ce silence ?

Au même moment, il lâcha le combiné.

— Allô ? insistait la voix. Allô ?

Mais Ling ne l'entendait plus. Il avança en titubant en direction de la fenêtre, le regard rivé sur les trois verres qui étaient posés sur le chambranle. L'un d'eux contenait de l'eau. Peut-être cela l'aiderait-il. Il tendit le bras pour s'en saisir mais ne parvint qu'à le renverser. Le verre bascula par la fenêtre et alla s'écraser quelques mètres plus bas, contre les dalles du parvis.

Dehors, les moines levèrent les yeux. Ling s'efforça d'attirer leur attention. Il eut beau voir leurs bouches remuer, il n'entendit pas leurs voix.

Il sentait désormais le goût du sang qui coulait de son nez.

— Bonté divine, gémit-il. Qu'est-ce qui m'arrive ?

Tout à coup, il eut l'impression qu'il était en train de se désintégrer, comme s'il n'avait été qu'un simple détail dans le rêve d'une personne sur le point de se réveiller. Et il n'avait aucun moyen de s'y opposer. Il ne percevait plus le moindre son. Il s'écroula sur le dos. Tout était si calme. Il sourit et tendit la main en l'air. Là où, un instant plus tôt, il y avait eu un plafond, il voyait désormais les premières étoiles scintiller dans le ciel nocturne.

— Quelle paix, murmura-t-il. Vénus. La Voie lactée.

Les autres moines se précipitèrent dans la pièce et se penchèrent sur lui. Mais Ling ne les vit pas. Sa main tendue retomba mollement. Il avait un sourire aux lèvres.

— Il a essayé de téléphoner, nota l'un des moines en attrapant le combiné. Au service des urgences.

— Ling ! appela le plus jeune – qui n'était encore qu'un adolescent. Ling. Tu m'entends ?

Pas de réponse. Le jeune moine leva les yeux vers ses compagnons.

— Il est mort.

Tous se turent. Ils inclinèrent la tête. Certains avaient les larmes aux yeux. Ce fut le plus âgé qui rompit le silence :

— Allez chercher Lopön. Le temps presse.

L'un d'entre eux voulut envoyer l'adolescent, mais l'aîné l'arrêta.

— Non. Vas-y, toi. Le petit n'a jamais assisté à cela. Qu'il reste.

Le moine s'éloigna en courant.

— Que va-t-il se passer, maintenant ? s'enquit le jeune garçon sur un ton craintif.

— Le p'owa. Il faut que nous transférions sa conscience. Lopön ne va pas tarder.

— Le p'owa ?

— Le p'owa aide la conscience du défunt à quitter son enveloppe charnelle. Pour cela, nous ne disposons que de quelques minutes.

— Que se passera-t-il si nous tardons trop ?

— Cela n'arrivera pas. Lopön est rapide. Viens et aide-moi. Il ne faut pas le laisser là.

Personne ne réagit.

— Allez, prenez-le !

L'adolescent et deux autres moines saisirent Ling par les jambes, puis le portèrent jusqu'à son lit.

Comme il reposait légèrement sur le côté, le plus âgé voulut le faire basculer à plat. C'est alors qu'il remarqua quelque chose.

— Qu’est-ce que c’est que ça ?

Les autres s’approchèrent pour voir.

— Regardez ! Là, sur son dos.

Ils se penchèrent tous sur le défunt moine.

— Qu’est-ce que c’est ? demanda l’adolescent.

Personne ne sut quoi lui répondre. Ils se tenaient immobiles et silencieux, comme hypnotisés par la marque étrange qui était apparue sur le haut du dos de Ling et qui s’étendait d’une épaule à l’autre. On aurait dit un tatouage ou un stigmate.

Ou bien que son dos venait de brûler.

2.

Hôpital Suvarna, Bombay, Inde

Cela faisait trois jours que Giuseppe Locatelli avait reçu le mail dans lequel on lui demandait de retrouver un économiste récemment décédé. La tâche ne l'enchantait guère, mais il brûlait d'impatience de quitter l'Inde et avait l'espoir que les bons et loyaux services rendus ici constitueraient un tremplin vers un poste plus à son goût au sein d'une autre ambassade italienne. Pourquoi pas aux États-Unis ? C'était son rêve. Washington. Ou encore le consulat de New York, où se traitaient toutes les affaires en relation avec l'ONU. Tout plutôt que ces rues puantes. Voilà pourquoi il avait accepté cette mission sans hésiter.

Malgré l'heure matinale, le voyage fut long et pénible. Le taxi progressait difficilement à travers le bidonville surpeuplé. Dès sa première semaine en Inde, Giuseppe avait appris qu'il fallait éviter de regarder les pauvres. Surtout dans les yeux – c'était de cette manière que les voyageurs fraîchement débarqués se retrouvaient avec une foule de mendiants accrochés aux basques. En revanche, si l'on se contentait de regarder droit devant soi en les ignorant, ils nous fichaient la paix. En Inde, il s'agissait avant tout de faire abstraction de la pauvreté quand on marchait dans la rue et de ne pleurer qu'une fois à l'abri des regards. Sinon, on se faisait plumer.

Le taxi s'arrêta.

— *Suvarna Hospital, sir.*

Giuseppe paya sa course au chauffeur et s'extirpa du véhicule. Il y avait la queue devant l'hôpital. Comme partout dans ce fichu pays : à la plage, au commissariat, devant la moindre petite clinique qui disposait d'un malheureux rouleau de sparadrap ou d'une bande de gaze. Giuseppe se fraya un passage sans regarder qui que ce fût dans les yeux. Sans même prêter attention à ce qui se déroulait autour de lui.

Il s'adressa en anglais à la réceptionniste :

— Giuseppe Locatelli. Ambassade d'Italie. J'ai rendez-vous avec le docteur Kahey.

Le docteur Kahey n'était visiblement pas du genre à stresser au travail. Tandis qu'ils descendaient l'escalier menant à la morgue, il lui parla de l'Italie en toute décontraction, et de la Sardaigne, où Giuseppe n'avait jamais mis les pieds. Giuseppe ne put s'empêcher d'exprimer son admiration pour le vaillant docteur.

— Tous ces gens, dehors. Comment faites-vous pour vous occuper de tant de monde ?

— Ils ne sont pas venus se faire soigner, répondit le docteur Kahey avec un petit rire indulgent. Je vous rassure.

— Pour quoi, alors ?

— Ils sont venus lui rendre un dernier hommage.

— À qui ?

Le docteur dévisagea Giuseppe, interloqué.

— L'homme que vous êtes venu voir. Raj Bairoliya. Vous n'avez pas remarqué qu'ils apportaient des fleurs ?

Giuseppe rougit. Il n'avait rien vu du tout, trop préoccupé qu'il était d'éviter les regards et de ne pas être la cible des mendiants. Kahey poursuivit de son accent chantant si caractéristique des Indiens :

— Bairoliya était l'un des plus proches conseillers de M. Muhammad Yunus, l'inventeur du microcrédit. Vous connaissez M. Yunus ?

Giuseppe secoua la tête. Il avait bien sûr entendu parler du microcrédit qui avait permis à des milliers et des milliers de personnes de démarrer des petites entreprises innovantes, mais il ignorait qui l'avait inventé.

— Yunus s'est vu attribuer le prix Nobel en 2006, lui précisa le docteur Kahey en tirant le corps de l'économiste de l'armoire réfrigérée. Mais Bairoliya l'aurait peut-être mérité autant que lui.

L'Italien acquiesça. Le médecin écarta le drap, découvrant le visage paisible du défunt. La teinte de sa peau avait pris la couleur de la cendre. Comme celle qu'avait la grand-mère de Giuseppe quand il l'avait vue sur son lit de mort. Il s'éclaircit la gorge, puis expliqua qu'il allait devoir passer un coup de fil au policier italien qui l'avait mandaté.

— Bien sûr. Faites, faites.

Il composa le numéro. On décrocha aussitôt.

— Tommaso di Barbara ?

— Oui.

— Giuseppe Locatelli. De l'ambassade de Bombay.

— Oui.

— J'ai fait ce que vous m'avez demandé. Je me trouve actuellement près du corps de Raj Bairoliya.

La voix dans le combiné était enrhumée et laissait transparaître une certaine excitation :

— Son dos. Est-ce que vous pouvez voir son dos ?

S'adressant au médecin qui s'était mis à l'écart pour fumer une cigarette, il dit en anglais :

— On voudrait que je vérifie son dos.

— Ah ! Vous voulez voir la cicatrice.

Kahey haussa les épaules et posa sa cigarette sur le rebord de la fenêtre.

— Vous pourrez peut-être me dire de quoi il s'agit. Vous allez devoir m'aider.

Giuseppe, le téléphone à la main, le regarda d'un air désemparé.

— On va le retourner.

— Rappelez-moi, lui ordonna son interlocuteur avant de raccrocher.

— Allez. N'ayez pas peur. Il ne peut plus faire de mal à personne. On compte jusqu'à trois. Vous êtes prêt ?

Le docteur Kahey sourit devant la mine de Giuseppe quand il empoigna le mort.

— Un, deux, trois !

Le cadavre atterrit sur le flanc avec un claquement et son bras raide se balança dans le vide. Giuseppe Locatelli écarquilla les yeux en découvrant la cicatrice qui s'étendait d'une épaule à l'autre en travers de son dos.

— Qu'est-ce que c'est ?

3.

Commissariat de Venise – Italie

Tommaso di Barbara avait attendu l'appel toute la journée, les yeux rivés sur le téléphone, tout en soignant un début de grippe. Et il avait fallu qu'il le reçoive maintenant, au plus mauvais moment. Il laissa sonner son appareil sous l'œil réprobateur de son chef.

— Vous n'êtes pas du tout au courant ? s'enquit son supérieur sur un ton inquisiteur. Un paquet commandé par valise diplomatique depuis ce commissariat ? Expédié de Chine ?

Tommaso ne répondit pas. Il se demandait ce que le commissaire Morante pouvait bien fabriquer là à une heure pareille. D'ordinaire, il ne se montrait que lorsque des personnages importants les honoraient de leur visite. Tommaso eut soudain le désagréable pressentiment que ses jours dans ce commissariat étaient désormais comptés.

— En êtes-vous bien certain ? insista son chef. Quelqu'un a utilisé les canaux officiels pour obtenir des autorités chinoises qu'elles lui envoient cette cassette. Par l'intermédiaire d'Interpol. Et en me court-circuitant.

L'haleine de l'inspecteur empestait le chianti et l'ail.

— Je prends mon service maintenant, éluda Tommaso.

Sur ce, il se leva et s'échappa sous la pluie.

Le pont qui menait à leur bateau était le premier endroit de Venise que découvraient les hôtes prestigieux de passage dans la ville à leur arrivée. Ils étaient alors accueillis par le commissaire Morante, puis conduits à travers le vieux commissariat qui, jadis, avait abrité des moines, jusqu'au Canal Grande par le Ponte della Polizia. Cette nuit, il n'allait y avoir aucune visite. Juste de la pluie. Tommaso sauta à bord de la vedette et rappela le numéro de l'appel manqué.

— Allô ?

— C'est Tommaso. Vous êtes toujours là-bas ?

— Oui.

Giuseppe Locatelli semblait bouleversé.

Tommaso jura intérieurement. Maudite pluie ! Il n'entendait rien. Il plaqua sa main contre son oreille libre et se concentra.

— Je me trouve encore dans la morgue.

— Vous l'avez retourné ?

— Oui. C'est…

— Parlez plus fort ! cria Tommaso. Je ne vous entends pas.

— Il a une marque dans le dos. C'est totalement délirant. On dirait…

Tommaso enchaîna :

— Un tatouage ?

— Oui.

Flavio et leur nouveau collègue originaire des Pouilles arrivèrent en courant sous la pluie. Tous les trois assuraient la garde de nuit.

— Pouvez-vous prendre quelques photos avec votre téléphone ?

— Certainement. J'ai même apporté mon appareil photo. Comme vous me le demandiez dans votre mail.

Tommaso réfléchit à toute vitesse. S'il avait correctement interprété l'humeur de son chef, il n'en avait sans doute plus pour très longtemps au sein de ce commissariat. En tout cas moins qu'il n'en faudrait à des clichés pour arriver d'Inde par la poste.

— Servez-vous de votre téléphone. Vous m'entendez ? Il s'agit d'une affaire urgente. Prenez son dos en entier et des gros plans de la marque – d'aussi près que vous le pourrez sans que l'image soit floue.

Flavio et le nouveau ouvrirent la porte et pénétrèrent dans la cabine en saluant Tommaso d'un mouvement de tête.

— Vous m'avez bien compris ?

— Oui, répliqua Giuseppe.

— Puis envoyez-les-moi par MMS.

Tommaso mit fin à la communication. Il tira son flacon de pilules de sa poche et en avala deux tout rond, en se demandant qui avait bien pu lui passer son rhume. Peut-être quelqu'un à l'hospice. Les infirmières et les sœurs qui soignaient sa mère étaient en contact constant avec la maladie. En pensant à sa mère mourante, il eut soudain mauvaise conscience.

Gare Santa Lucia, Venise

Le passeport indiquait qu'il venait du Guatemala. C'était le plus petit passeport que Tommaso eût jamais vu : un simple bout de carton plié en deux, sans aucune place pour les tampons ou les visas. Il portait uniquement la photo souillée de son propriétaire, qui ressemblait à un Maya, et quelques tampons officiels douteux émanant d'une autorité tout aussi douteuse d'outre-Atlantique.

— *Poco, poco*, répondit l'homme quand Tommaso lui demanda s'il parlait italien.

— Français ?

Non plus. Il parlait juste un peu l'anglais, pas tout à fait le point fort de Tommaso. Mais il était loin d'être le seul dans ce cas, en Italie. Même son professeur d'anglais au collège ne le maîtrisait pas. En revanche, on leur avait bourré le crâne de français. Tommaso aurait préféré apprendre l'anglais, mais il était trop tard maintenant pour tout reprendre de zéro. Au-delà de vingt-cinq ans, on est trop vieux pour apprendre – c'était ce que lui répétait sans cesse son père. Et une fois trentenaire, on doit se soigner tout seul. Le père de Tommaso, qui n'avait jamais quitté son île de Cannaregio, à Venise, était mort parce qu'il avait refusé de consulter un médecin pour ses problèmes pulmonaires. Il avait retenu la leçon : un père devrait parler moins. Mais il savait également que, par bien des aspects, il était la copie conforme de son père.

En se redressant, Tommaso croisa son reflet dans la vitre du wagon. Normalement, il aurait dû y voir un visage coupé au couteau, bien rasé, au regard pénétrant, à la chevelure poivre et sel et à la mâchoire puissante. Mais, ce soir, il avait plutôt l'air de quelqu'un qui aurait mieux fait de rester chez lui, bien au chaud sous sa couette. Il était le premier à admettre que son physique avantageux avait constitué un obstacle à toute relation amoureuse stable. Il était tout simplement soumis à trop de tentations, même si c'était moins le cas ces dernières années, depuis qu'il avait abordé la quarantaine. Non que son apparence eût fondamentalement changé. C'était plutôt son entourage qui avait changé. Ils s'étaient tous mariés et profitaient désormais des joies de la cohabitation. Il ne se passait pratiquement pas un jour sans que Tommaso songeât à se trouver une femme. Ce ne sera probablement pas pour ce soir, se dit-il en croisant à nouveau son reflet.

— *Grazie*, lança-t-il à l'Indien guatémaltèque avant de descendre sur le quai.

Il vérifia aussitôt son téléphone. Pas de nouveaux messages. Pas de MMS non plus. Il jeta un coup d'œil à l'horloge de la gare. Vendredi 15 décembre 2009, 1 h 18. Il savait par expérience qu'un message envoyé d'Asie sur un téléphone portable pouvait mettre plusieurs minutes, parfois même plusieurs heures, à arriver. Leurs services de renseignement ralentissaient en effet le signal afin de pouvoir contrôler les messages qui entraient et sortaient. Ils surveillaient ainsi les conversations entre particuliers.

— Flavio ! appela Tommaso. Flavio !

En tout, ils n'étaient que trois policiers à participer à cette patrouille de nuit qui avait débuté sous la pluie, dix-huit minutes plus tôt. Leur quartier général était situé en face de la gare. Ils savaient que le train en provenance de Trieste arrivait à 1 h 30 et qu'il y avait souvent à son bord des émigrés clandestins originaires d'Europe de l'Est venus chercher fortune à l'Ouest en travaillant dans une cuisine infâme pour un salaire de misère.

Flavio sortit sous la pluie et courut s'abriter sous le porche métallique du quai. Il dut crier pour couvrir le vacarme :

— On les laisse passer !

— Pourquoi ?

— Suicide à Murano.

— Suicide ?

— Ou meurtre. Tout est possible sur ces îles.

Flavio se moucha en soufflant trois coups secs, puis rangea son mouchoir en papier dans sa poche.

Tommaso vérifia son téléphone. Toujours rien. Ai-je peur de savoir ? se demanda-t-il en retournant au bateau. Les autres fois, il avait presque toujours eu raison. Quelques mois plus tôt, c'était à Hanoï qu'on en avait découvert un. Mort de la même manière. Avec la même marque dans le dos. Un bienfaiteur, lui aussi.

Tandis que Flavio manœuvrait la vedette dans le canal pour faire demi-tour, Tommaso nota qu'il y avait de la lumière dans le bureau de son chef. Il devait être en train d'enquêter sur l'identité de celui qui avait remué ciel et terre pour convaincre les autorités chinoises d'envoyer la cassette. Il n'allait certainement pas tarder à le découvrir – le commissaire Morante était tenace. Et il allait également s'apercevoir que Tommaso avait sollicité Interpol afin d'alerter plusieurs polices d'Europe. Entre autres celle de Copenhague.

4.

Copenhague, Danemark

Quelque part au cœur du quartier Nordvest[1], par un froid glacial.

Une pluie monotone s'abattait bruyamment sur le toit de la voiture de police. Les gouttes ne vont pas tarder à se transformer en doux flocons de neige, pensa Niels Bentzon, tout en s'efforçant de sortir, d'une main tremblante, l'avant-dernière cigarette de son paquet.

À travers les vitres couvertes de buée, il ne distinguait qu'un impénétrable mur d'eau noir seulement illuminé par intermittence par les phares des véhicules. Il se renfonça dans son siège, le regard perdu dans les ténèbres. Il avait un mal de crâne de tous les diables et remerciait le ciel que le chef des opérations lui ait demandé d'attendre dans la voiture. Niels ne se sentait guère à l'aise dans la rue Dortheavej, peut-être à cause de la fâcheuse tendance de ce quartier à attirer les catastrophes. D'ailleurs, il n'aurait pas été surpris que le reste de Copenhague ait passé la nuit au sec.

1. Quartier populaire du nord-ouest de Copenhague. (*Toutes les notes sont du traducteur.*)

Il essaya de se rappeler qui, de l'Association culturelle islamique ou de la Maison de la Jeunesse – deux organisations qui semblaient n'avoir été créées que pour rassembler des éléments perturbateurs –, s'était installé là en premier. Tous les policiers le savaient : chaque appel radio leur demandant d'intervenir sur Dortheavej, dans le quartier nord-ouest, était synonyme d'alerte à la bombe, de manifestation, d'incendie criminel ou d'agression.

Niels était là le jour où ils avaient reçu l'ordre de faire évacuer l'ancienne Maison de la Jeunesse ; presque tous les policiers du pays avaient été réquisitionnés. Une de ces interventions peu glorieuses dont il gardait un très mauvais souvenir. Il s'était retrouvé dans une ruelle à tenter de raisonner deux jeunes armés de battes de base-ball. Ils l'avaient frappé au bras gauche et dans les côtes. Leurs visages exprimaient une haine profonde, faite de frustrations refoulées, qu'ils avaient soudain libérée contre lui. Lorsque, pour finir, il était parvenu à en flanquer un au sol et à lui passer les menottes, celui-ci s'était mis à l'insulter. Le dialecte qu'il avait alors employé était celui du Nordsjælland[1], de Rungsted, plus exactement. Les beaux quartiers. C'était un gosse de riches.

Cette nuit, cependant, ce n'était ni la jeunesse en colère ni les islamistes qui les avaient poussés à intervenir dans Dortheavej, mais un soldat rapatrié qui avait décidé d'utiliser ses dernières munitions contre sa famille.

— Niels !

1. Au nord de l'île sur laquelle se trouve Copenhague.

Il ignora les coups contre la vitre. Il n'avait fumé qu'un quart de sa cigarette.

— Niels, ramène-toi !

Il tira deux longues bouffées, puis sortit sous la pluie battante.

Son collègue, un tout jeune policier, le regarda.

— Quel temps !

— Quelle est la situation ? demanda Niels en laissant tomber sa cigarette avant de se frayer un chemin à travers le cordon de sécurité.

— Il a tiré trois ou quatre coups de feu et retient une personne en otage.

— On sait qui c'est, cet otage ?

— On l'ignore.

— Il y a des enfants ?

— On ne sait absolument rien, Niels. Leon est dans la cage d'escalier, répondit-il en lui indiquant la direction.

Mardi 15 décembre 2009

Un honnête homme avait gravé « Va te faire foutre !! » dans le mur, juste au-dessus du tableau avec les noms des habitants. La cage d'escalier était à la fois une ruine et le résultat des politiques menées depuis quelques années : « Sauvons Christiania[1] », « Fuck Israël » et « Mort aux keufs », eut-il le temps de lire avant que la porte d'entrée rouillée ne se referme derrière lui. Il avait été trempé en un instant.

---

1. Christiana est un quartier autogéré de Copenhague dont le statut est source de controverses.

— Alors, il pleut ?

Niels ne sut lequel des trois policiers postés dans l'escalier avait essayé de faire de l'humour.

— C'est au deuxième étage ?

— *Yes, sir.*

Sans doute avaient-ils ricané dans son dos dès qu'il les avait dépassés. Dans son ascension, il croisa encore deux jeunes collègues équipés de gilets pare-balles et de pistolets mitrailleurs. Le monde n'avait pas évolué dans le bon sens depuis l'époque où, une bonne vingtaine d'années plus tôt, il avait intégré l'école de police. Bien au contraire. Cela se voyait rien que dans le regard des jeunes policiers : dur, froid et hautain.

— Relax, les gars. On doit tous rentrer vivants chez nous ce soir, leur glissa-t-il.

— Leon ? appela l'un des agents. Le négociateur arrive.

Niels savait déjà exactement dans quelles dispositions était Leon. Si on lui avait demandé de se choisir une devise, il aurait sans aucun doute opté pour : « L'opération est un succès mais le patient est décédé. »

— Serait-ce mon ami Damsbo ? s'écria Leon au moment où Niels déboucha sur le palier.

— J'ignorais que tu avais des amis, mon cher.

Leon sauta deux marches et considéra Niels d'un air étonné, les deux poings fermement cramponnés à son pistolet mitrailleur Heckler & Koch.

— Bentzon ? Mais où ils sont allés te déterrer ?

Niels regarda Leon droit dans les yeux. Ceux-ci étaient gris acier et inexpressifs, à l'image du ciel de novembre.

Il y avait un bon bout de temps que les deux hommes ne s'étaient pas vus, car Niels avait été arrêté pendant six mois pour raisons de santé. La barbe mal rasée de Leon avait blanchi et son front dégarni avait laissé la place aux rides.

— Je croyais qu'ils allaient nous envoyer Damsbo.

— Damsbo est malade et Munkholm en vacances, répliqua Niels en écartant le canon du pistolet mitrailleur de son ventre.

— Tu crois que tu vas y arriver, Bentzon ? Ça fait un bail, pas vrai ? Tu prends toujours des médocs ? (Le visage de Leon se fendit d'un sourire condescendant.) Tu ne ferais pas plutôt dans la distribution de contraventions, en ce moment ?

Niels secoua la tête et s'efforça de dissimuler son essoufflement en faisant comme si ses profondes inspirations étaient l'expression d'une réflexion intense.

— Ça se présente comment ? se renseigna-t-il.

— Peter Jansson, vingt-sept ans. L'homme est armé. Vétéran de la guerre d'Irak. Il semblerait même qu'on l'ait décoré. Et maintenant, il menace de descendre toute sa famille. Un de ses collègues de l'armée est en route. Il arrivera peut-être à le convaincre de relâcher les enfants avant qu'il se fasse sauter la cervelle.

— Et on pourrait peut-être le dissuader de se faire sauter la cervelle ? lui rétorqua brusquement Niels. Qu'en penses-tu, Leon ?

— Merde, mais quand vas-tu enfin comprendre, Bentzon ? Certains types ne valent pas tout ce fric. La prison, la pension d'invalidité, tu piges ?

Niels, qui refusait de cautionner le cynisme de son collègue, ne releva pas.

— Sur les vingt années à venir, poursuivit Leon, il va nous coûter l'équivalent des recettes fiscales d'une ville de province.

— Et à part ça ? reprit Niels. On sait quelque chose sur l'appartement ?

— C'est un deux pièces. On accède directement au séjour. Il n'y a pas d'entrée. On pense que c'est là qu'il s'est retranché, dans le coin à gauche. Ou bien dans la chambre, au fond. Il y a eu des coups de feu. On sait qu'il y a deux enfants en plus de sa femme. Ou son ex-femme. Il est possible également que les enfants ne soient pas du même père.

Niels le dévisagea d'un air interrogateur.

— L'histoire varie légèrement d'un voisin à un autre. Tu as l'intention d'y aller ?

Niels acquiesça.

— Malheureusement, il n'est pas complètement idiot, annonça Leon.

— Qu'est-ce que tu veux dire ?

— Il sait qu'il n'y a qu'un seul moyen d'être sûr que le négociateur ne porte pas d'arme ni de micro.

— Il veut que je me déshabille ?

Leon prit une profonde inspiration et posa sur lui un regard plein de compassion.

— Je comprendrais parfaitement si tu refusais. On peut lancer l'assaut, si tu préfères.

— Non, ça ira. De toute façon, ce ne sera pas la première fois, ajouta Niels en commençant à défaire sa ceinture.

Cela ferait quinze ans l'été suivant que Niels Bentzon travaillait à la Criminelle, dont dix en tant que négociateur – ces types auxquels on fait appel lorsqu'il y a une prise d'otages ou qu'un individu menace de se suicider. C'étaient toujours des hommes. Chaque fois que le cours des actions se mettait à dégringoler ou que les économistes annonçaient une crise financière, les armes surgissaient de toutes parts. Niels avait toujours été étonné par la quantité effrayante d'engins de mort qui dormaient dans les greniers des particuliers. On trouvait des armes à feu de la Seconde Guerre mondiale, mais aussi des fusils de chasse et des carabines non déclarées.

— Je m'appelle Niels Bentzon. Je suis policier. Je ne porte pas de vêtements et je n'ai ni arme ni émetteur, conformément à vos instructions

Niels poussa la porte avec précaution.

— Vous m'entendez? Je m'appelle Niels. Je suis policier et je ne suis pas armé. Je sais que vous êtes un militaire, Peter. Je sais aussi à quel point c'est dur d'ôter la vie à quelqu'un. Je suis juste venu discuter avec vous.

Niels resta immobile près de la porte, l'oreille tendue, dans l'attente d'une réponse. Mais la seule chose qu'il perçut dans l'appartement fut la puanteur caractéristique de la misère. Peu à peu, ses yeux s'habituèrent au noir et il avança.

Au loin, on entendait aboyer l'un des nombreux chiens du quartier. Pendant quelques secondes, il ne put se fier qu'à son odorat : de la poudre. Il marcha sur des douilles et en ramassa une. Elle était encore chaude. Il déchiffra l'inscription qui était gravée dans le métal :

9 mm. Niels connaissait bien ce calibre. Trois ans plus tôt, il avait même eu l'immense honneur de recevoir dans la cuisse un tel projectile, de fabrication allemande. La balle que le chirurgien lui avait retirée reposait depuis au fond d'un tiroir, dans le secrétaire de Kathrine. Un parabellum 9 mm. Le calibre le plus utilisé au monde. Ce nom, parabellum, venait du latin. Niels avait fait ses recherches sur le net : *Si vis pacem, para bellum.* Ce qui signifiait : « Si tu veux la paix, prépare-toi à la guerre. » Telle était la devise d'un fabricant d'armes allemand, la *Deutsche Waffen und Munitionsfabriken.* C'était de leurs usines qu'étaient sorties toutes les munitions de la Wehrmacht au cours des deux guerres mondiales. On ne pouvait guère dire que cela leur ait assuré la paix !

Niels reposa la douille sur le sol, là où il l'avait trouvée. Il s'immobilisa un instant pour remettre un peu d'ordre dans ses idées. Il devait absolument se sortir ce mauvais souvenir de la tête, sans quoi il risquait d'être gagné par l'angoisse. Le moindre tremblement dans sa voix pouvait rendre le forcené nerveux. Kathrine. Il se mit à penser à elle. Il fallait que cela cesse, ou bien il ne serait pas en mesure de poursuivre sa mission.

— Tout va bien, Bentzon ? chuchota Leon, quelque part derrière lui.

— Ferme la porte, répondit-il sèchement.

Leon obtempéra. La lumière des voitures qui passaient dans la rue s'infiltrait par les fenêtres et Niels vit son reflet dans les carreaux : pâle, apeuré, nu et vulnérable. Il avait froid.

— Je suis dans votre salon, Peter. Mon nom est Niels. J'attends que vous me parliez.

À présent, il était calme. Absolument détendu. Il savait que la négociation pouvait durer une bonne partie de la nuit. Néanmoins, en règle générale, ce n'était pas aussi long. Le plus important, dans une prise d'otages, c'était de cerner la personnalité du forcené en un minimum de temps. Il fallait découvrir l'être humain qui se cachait derrière les menaces. Une fois qu'on arrivait à percevoir l'homme, alors il y avait de l'espoir. Leon était un idiot. Il ne voyait que les menaces. C'était la raison pour laquelle il finissait toujours par appuyer sur la détente.

Niels étudiait l'appartement, à la recherche de détails révélateurs. Il observa les photos accrochées au frigo. Peter y figurait en compagnie de sa femme et de deux enfants. Sous les clichés, les prénoms Clara et Sofie étaient écrits avec des lettres magnétiques. Et à côté, Peter et Alexandra. Clara – l'aînée – était déjà grande, peut-être adolescente. Elle portait un appareil dentaire et avait de l'acné. La différence d'âge entre les deux filles était importante. Sofie n'avait certainement pas plus de six ans. Blonde, la peau claire et les traits fins. Elle ressemblait à son père. Clara, en revanche, ne ressemblait ni à la mère ni au père. Elle était probablement le fruit d'une précédente union. Niels prit une profonde inspiration et retourna dans le séjour.

— Peter ? Clara et Sofie sont-elles avec vous ? Et Alexandra ?

— Barrez-vous ! lança une voix résolue, venant du fond de l'appartement.

Au même instant, le corps de Niels, cédant au froid, se mit à grelotter. Peter n'était pas désespéré. Non, il était déterminé. S'il y avait toujours moyen d'infléchir le désespoir, la détermination, en revanche, était autrement plus coriace. Une fois encore, Niels inspira profondément. La bataille n'était pas encore perdue. Découvrir ce que désirait un forcené, voilà ce qui était primordial pour un négociateur. Et s'il n'avait aucun désir, il fallait l'aider à en trouver un. N'importe lequel. Histoire de pousser son cerveau à se projeter de nouveau dans l'avenir. Or, à en juger par le ton assuré de Peter, il paraissait évident qu'il s'apprêtait à vivre ses dernières minutes.

— Vous m'avez parlé ? demanda Niels pour gagner du temps.

Pas de réponse.

Niels regarda autour de lui, toujours en quête de ce détail qui pourrait lui permettre de débloquer la situation. Aux murs, de la tapisserie avec d'immenses tournesols s'élevant du sol au plafond. Il perçut une légère odeur qui se mêlait à celle d'humidité et d'urine de chien. Du sang frais. Le regard de Niels tomba sur la source de cette puanteur, recroquevillée dans un coin de la pièce d'une manière qu'il n'aurait jamais crue possible.

Alexandra avait reçu deux balles en plein cœur. Il n'y avait que dans les films que l'on prenait le pouls. Dans la réalité, tout ce que l'on voyait, c'était un trou béant et une vie gâchée. Elle le fixait de ses yeux grands ouverts. Niels entendit les sanglots étouffés des enfants.

— Peter ? Je suis toujours là. Je m'appelle Niels…

— Vous vous appelez Niels et vous êtes policier, l'interrompit la voix. J'ai compris ! Et je vous ai déjà demandé de vous barrer.

La voix était déterminée et profonde. Mais d'où provenait-elle ? De la salle de bains ? Pourquoi diable Leon ne lui avait-il pas fourni de plan ?

— Vous voulez que je parte ?

— Oui, putain !

— Malheureusement, ça m'est impossible. Mon boulot est justement d'être là jusqu'au règlement de l'affaire, quelle qu'en soit l'issue. Je suis sûr que vous comprenez. Vous et moi, Peter, notre boulot à tous les deux, c'est de rester, même quand la position devient intenable.

Niels tendit l'oreille un instant. Il était toujours agenouillé près du corps d'Alexandra. Elle avait le poing fermé sur une feuille de papier. Ses muscles n'étaient pas encore raides, si bien qu'il n'eut aucun mal à lui prendre la lettre. Il se releva et s'approcha de la fenêtre pour la lire à la lumière de la rue. Il s'agissait d'un courrier de l'armée. Une lettre de renvoi anormalement longue : trois pages. Niels la parcourut rapidement. « Problèmes personnels… instable… événements malheureux… proposition de soutien psychologique et de reclassement. » L'espace de quelques secondes, Niels eut la sensation d'être projeté hors du temps. C'était comme si, ramené plusieurs heures en arrière, il assistait en direct au drame familial qui s'était joué dans cet appartement.

Alexandra trouve la lettre. Peter a été renvoyé, ce qui prive la famille de son unique source de revenus. Renvoyé, tandis qu'il se bat pour tenter d'oublier les horreurs qu'il a vues et commises au service de la nation. Niels savait que les soldats ne parlaient jamais à leur retour d'Irak ou d'Afghanistan, refusant même de répondre à cette question simple : Avez-vous utilisé votre arme ? Avez-vous tué ? Chaque fois, les réponses étaient fuyantes. C'était à se demander si, en même temps qu'elles réduisaient en bouillie les veines, chairs et organes de leurs ennemis, les balles des soldats ne causaient pas autant de dommages à leur âme.

Peter avait donc été viré. L'homme qui était parti pour l'Irak n'était plus qu'un déchet humain à son retour. Et Alexandra ne se sentait pas capable de gérer la situation. Elle était avant tout préoccupée par le bien-être de ses filles. Si le devoir d'un soldat est de tuer, celui d'une mère est de protéger ses enfants. Peut-être l'avait-elle accablé de reproches. Il n'était qu'un bon à rien sur lequel sa famille ne pouvait pas compter. Peter avait alors réagi comme on le lui avait appris : lorsqu'un conflit se révèle impossible à résoudre de manière pacifique, on abat l'ennemi. Alexandra était devenue l'ennemi.

Enfin.

Enfin, Niels disposait du détail qu'il cherchait. Il allait devoir parler à Peter comme à un soldat, en s'adressant à son honneur et à sa virilité.

5.

Murano, Venise

Le début de l'hiver – la saison des suicides en Europe. Cependant, dans le cas présent, ce n'était pas à un suicide qu'ils avaient affaire, mais plutôt à un acte de vengeance, sans quoi l'homme n'aurait certainement pas utilisé du fil de fer pour se pendre. D'autant qu'avec tous ces constructeurs de bateaux, il n'était pas compliqué de se procurer de la corde sur cette île.

Flavio était sorti vomir dans le canal. Quant à la veuve du souffleur de verre, cela faisait un bon bout de temps qu'elle avait déserté les lieux pour aller chercher du réconfort chez ses voisins. Tommaso l'entendait crier sporadiquement. Un panel représentatif de la population de l'île s'était massé devant la maison. Il y avait là le gérant de la verrerie, un moine du monastère San Lazzaro, un voisin et un commerçant. Tommaso se demanda ce qui pouvait bien amener ce dernier. Peut-être une facture impayée à encaisser avant qu'il ne soit trop tard ? C'était incroyable comme la crise financière avait transformé les gens et leurs comportements. Et les habitants des îles étaient encore plus touchés que les autres : l'isolation, l'opacité de la société, le rôle préétabli de chacun. Rien d'étonnant à ce que Venise affiche de nos jours le taux de suicides le plus élevé d'Italie.

La maison était basse de plafond, humide et sombre. Tommaso alla à la fenêtre et surprit une femme en train de manger un sandwich. Elle le regarda d'un air coupable, sourit et haussa les épaules. Elle avait bien le droit d'avoir faim, même si le souffleur de verre était mort. Tommaso entendait parler les gens, dehors. En particulier l'administrateur, qui se plaignait des nombreuses copies de verre bon marché importées d'Asie pour être vendues aux touristes. Elles représentaient un énorme manque à gagner pour les artisans locaux. Pour ceux qui, au cours des siècles, avaient fait du travail du verre un art à part entière, c'était un véritable scandale !

Tommaso vérifia de nouveau son téléphone. Pourquoi ces satanées photos n'étaient-elles toujours pas arrivées ? Le souffleur de verre se balançait légèrement. Combien de temps le fil de fer allait encore pouvoir le porter ? Si ses vertèbres cervicales étaient brisées, le métal n'allait pas tarder à s'enfoncer dans la chair et à détacher la tête du reste du corps.

— Flavio ! appela Tommaso.

Flavio apparut dans l'embrasure de la porte.

— Tu te charges du rapport.

— Ça ne va pas être possible.

— Arrête un peu. Je vais te le dicter, tu n'auras qu'à tourner le dos.

Flavio s'empara d'une chaise qu'il plaça face au mur couvert de moisissures et s'installa. Il flottait dans la pièce une odeur de suie, comme si quelqu'un avait vidé un seau d'eau dans la cheminée pour éteindre le feu.

— Tu es prêt ?

Assis, son bloc-notes sur les genoux, Flavio fixait résolument le mur.

— Nous sommes arrivés peu avant 2 heures, commença Tommaso. Suite à un appel de la veuve du souffleur de verre. Antonella Bucati. Tu notes ?

— Oui.

La sirène, enfin. Tommaso jeta un coup d'œil par la fenêtre. Le bateau ambulance déclenchait toujours sa sirène au moment où il quittait la lagune et s'engageait dans le canal mal entretenu. Le vrombissement du moteur et les tentatives monotones des vagues pour enfoncer la coque rongée par la rouille annoncèrent l'arrivée de l'ambulance quelques secondes avant que l'équipe de secours ne débarque. Le gyrophare bleu qui illuminait la pièce de sa lueur rappela à Tommaso à quel point Venise était sombre en hiver. C'était comme si l'humidité absorbait les résidus de lumières éparses qui s'échappaient des rares demeures encore habitées. Le reste de la cité baignait dans l'obscurité, la plus grande partie de la ville étant désormais la propriété d'Américains et de Saoudiens qui ne passaient pas plus de deux semaines par an sur place.

Au moment même où son téléphone émettait un « bip », un curieux détail attira l'attention de Tommaso : le pendu portait des chaussures noires à talon blanc. Il gratta la surface immaculée qui se détacha sans effort.

— Est-ce qu'on peut l'emmener ? s'enquit Lorenzo, le chauffeur de l'ambulance.

Tommaso et lui avaient été à l'école ensemble. La seule fois où ils s'étaient battus, c'était Lorenzo qui l'avait emporté.

— Pas encore.

— Tu ne veux quand même pas me faire croire qu'il s'agit d'un meurtre ? rétorqua l'ambulancier en faisant mine de décrocher le corps du souffleur de verre.

— Flavio ! cria Tommaso. S'il touche le cadavre, tu lui mets les menottes.

De rage, Lorenzo tapa du pied par terre.

— Lampe de poche ? demanda Tommaso en tendant la main.

Flavio lui glissa la lampe sans dire un mot, les yeux baissés. Il n'y avait aucune trace sur le sol. Le balai avait été passé dans la cuisine, à l'endroit précis où le souffleur était pendu, alors qu'au séjour le sol était crasseux. Le téléphone de Tommaso bippa à nouveau. Il alla ouvrir la porte de derrière. Le jardin était envahi de mauvaises herbes et un pied de vigne de plusieurs mètres de haut s'élevait vers le ciel. Il y a bien longtemps, quelqu'un avait apparemment tenté de le tailler de manière à ce qu'il s'enroule autour du portique de la terrasse, mais avait finalement renoncé, si bien que ses ramifications remontaient désormais le long de la toiture. Il y avait de la lumière dans l'atelier. Tommaso traversa le jardin et ouvrit la porte. À la différence du reste de la maison, cette pièce était parfaitement entretenue et rangée avec soin.

Nouveau message. Ils arrivaient par vagues. Il n'osa pas les consulter.

Le sol de l'atelier était constitué d'une dalle de béton blanc. Tommaso gratta la surface et constata qu'elle était poreuse, un peu comme de la craie. C'était la même matière que celle qu'il avait découverte sur les talons des chaussures de la victime. Il s'assit sur une chaise. Flavio l'appela mais il fit comme s'il ne l'entendait pas. Sa première impression avait été la bonne. Il ne s'agissait pas d'un suicide, mais d'un acte de vengeance. Une vengeance de sa femme. Le souffleur de verre avait été tué ici, puis traîné à travers son atelier, ce qui expliquait pourquoi ses talons étaient blancs.

— Qu'est-ce que tu fais ?

Tommaso leva les yeux sur Flavio, qui se tenait dans l'entrée.

— Tout va bien ? Tu as l'air malade.

Tommaso ignora la remarque de son collègue :

— On va avoir besoin du médecin légiste. Et aussi de la police scientifique de Veneto.

— Pourquoi ça ?

Tommaso fit glisser son doigt sur le sol et le présenta à son collègue de manière à ce que celui-ci voie comme il était devenu blanc.

— Tu pourras constater que c'est le même résidu que sur les talons de ses chaussures.

Flavio mit quelques secondes à comprendre.

— Est-ce qu'on doit arrêter sa veuve ?

— Ce serait déjà un bon début.

Flavio secoua la tête d'un air accablé. Tommaso savait parfaitement ce que ressentait son collègue : l'histoire que la veuve allait leur déballer durant les heures à venir serait faite de misère, d'ivrognerie, de licenciement et de violences conjugales. C'était l'histoire de Venise en ces années de crise. Il y avait certainement une assurance-vie qui attendait quelque part, à moins que la femme du souffleur de verre n'en ait tout simplement eu assez ? Flavio appela le commissariat et se remotiva en vue des arrestations auxquelles il allait devoir procéder. Tommaso prit une profonde inspiration. La fin du monde est pour cette nuit, pensa-t-il. Il n'avait toujours pas osé lire les messages qu'il avait reçus. Giuseppe Locatelli lui avait envoyé quatre MMS d'Inde. Il sortit ses lunettes de lecture et observa la première photo : la trace sur le dos du mort. C'était exactement la même que sur les autres. Puis il examina les gros plans.

Trente-quatre, se dit-il. Il n'en reste plus que deux.

6.

Dortheavej, Copenhague

« Maniaco-dépressif. » Niels entendit Leon parler à voix basse à ses hommes, de l'autre côté de la porte. Il savait pertinemment que c'était le terme qu'ils employaient à son sujet. Et il savait également ce que cela signifiait, pour eux : complètement timbré. Mais il n'était pas maniaco-dépressif. Il lui arrivait juste d'être un peu excité à certains moments et au fond du trou à d'autres. Et son dernier séjour au fond du trou avait duré plusieurs mois.

Niels contempla ses pieds nus tout en marchant vers le centre de la pièce. Il tremblait toujours. Dans ce froid, il avait du mal à contrôler son corps, à tel point que, un instant, il envisagea de renoncer, de prendre la fuite et de laisser Leon résoudre cette affaire par la manière forte. Lui-même n'avait jamais utilisé son arme de service et souhaitait ne jamais avoir à le faire. Il en serait incapable. Peut-être était-ce la seule raison qui expliquait pourquoi il avait fini négociateur, l'unique fonction dans la police où l'on ne porte pas d'arme.

Niels s'éclaircit la voix.

— Peter ! Vous me prenez pour un idiot ? cria-t-il, avant de faire encore quelques pas en direction de la chambre. Vous croyez que je ne sais pas ce qu'on ressent quand on fait un travail comme le vôtre ? Ou comme le mien ?

Il savait que Peter l'écoutait. Il l'entendait respirer. Il s'agissait maintenant de gagner sa confiance de manière à le convaincre de relâcher les enfants.

— Les gens ne savent pas ce que ça fait d'ôter la vie à quelqu'un. Ils ignorent que c'est comme si on nous ôtait la nôtre.

Niels marquait une pause de plusieurs secondes entre chaque phrase.

— Parlez-moi, Peter ! reprit-il.

Il s'étonna lui-même de la rudesse de son ton. Mais Peter était un militaire. Il fallait donc lui donner des ordres.

— Je vous ai demandé de me parler, soldat !

— Qu'est-ce que vous me voulez ? hurla Peter. Mais qu'est-ce que vous me voulez, putain ?

— Non ! Vous, qu'est-ce que vous voulez, Peter ? Vous en aller ? Si c'est vraiment ce que vous souhaitez, je n'aurai aucun mal à comprendre. Le monde dans lequel on vit est moche.

Pas de réponse.

— Je vais entrer dans la chambre. Je ne suis pas armé et je ne porte aucun vêtement, conformément à vos instructions. Je vais pousser lentement la porte pour que vous puissiez me voir.

Niels avança.

— J'ouvre la porte.

Il attendit quelques secondes. Il était absolument essentiel qu'il contrôle sa respiration car il ne devait pas montrer le moindre signe de nervosité. Il ferma les yeux un instant, les rouvrit et poussa la porte. Il se plaça dans l'embrasure. Une jeune fille était étendue sur le lit. Quatorze ou quinze ans. Clara. L'aînée. Sans vie. Il y avait du sang sur les draps. Peter était assis à l'autre bout de la chambre, dans un angle, et contemplait d'un air stupéfait l'homme nu qui se tenait dans l'entrée. Le soldat avait revêtu son uniforme. Il paraissait égaré, semblable à une bête blessée. Il tenait un fusil de chasse entre ses mains, qu'il pointait en direction de Niels, ainsi qu'une bouteille de whisky entre ses jambes.

— Ce n'est pas à vous de me dire ce que je dois faire, murmura Peter, d'une voix moins assurée.

— Où est Sofie ?

Peter ne répondit pas, mais des petits bruits se firent entendre du côté du lit. Il baissa son arme et pointa le canon sur la petite Sofie qui était recroquevillée sous le matelas.

— Il faut qu'on quitte ce monde, déclara le soldat en le regardant pour la première fois dans les yeux.

Niels soutint son regard. Il avait la ferme intention de ne plus le lâcher.

— Oui. On va le quitter. Mais pas Sofie.

— Si, toute ma famille.

— Je vais m'asseoir, prévint Niels.

Lorsqu'il s'assit, une goutte du sang qui s'écoulait du lit tomba sur son pied nu. Une forte odeur de couette sale et d'alcool flottait dans l'air. Il attendit quelques instants. Il sentait que Peter n'avait pas l'intention d'abattre la plus jeune de ses filles. Il y avait de nombreuses manières de mener une négociation avec un preneur d'otage, une multitude de techniques. Il en existait tellement que Niels était complètement dépassé depuis que ses collègues étaient allés suivre un stage du FBI aux États-Unis. Lui aussi aurait dû y participer, mais sa phobie des voyages l'avait contraint à rester. Le simple fait de s'imaginer assis dans une carcasse métallique de plusieurs dizaines de tonnes suspendue à quarante mille pieds d'altitude au-dessus de l'Atlantique lui était insupportable. Le résultat était bien sûr prévisible : désormais, les chefs ne faisaient plus appel à lui. Ou seulement lorsque les autres étaient malades ou en congé, comme ce soir-là.

D'après le manuel, l'étape suivante consistait à entamer les négociations avec Peter afin de l'amener à formuler des souhaits ou des exigences, l'objectif étant de gagner du temps et de faire en sorte que son cerveau se calme. Il pouvait s'agir d'une requête tout à fait banale, comme une nouvelle dose de whisky ou bien une cigarette. Mais il y avait belle lurette que Niels avait rangé son manuel au placard.

— Sofie ! appela Niels. Sofie !

Un petit « oui » s'échappa de sous le lit.

— Ton père et moi devons parler un peu tous les deux. Nous allons avoir une conversation entre adultes et nous voudrions être seuls !

Il lui parla sur un ton rude, très rude, sans quitter une seconde les yeux de Peter. Sofie ne répondit pas. Niels était désormais l'officier de Peter, son supérieur, son allié.

— Tu feras exactement ce que nous te dirons, ton père et moi ! Et maintenant, sors. Va nous attendre sur le palier ! (Niels l'entendit enfin remuer sous le lit.) Tu n'as pas le droit de nous regarder ! Sors immédiatement.

Il entendit ses petits pas traverser le salon, puis la porte s'ouvrir et se refermer. Il ne restait plus que lui, Peter et le cadavre d'une adolescente.

Niels fit le point sur ce qu'il savait du soldat. Peter Jansson. Vingt-sept ans. Renvoyé de l'armée. Un authentique héros danois. Il avait à présent retourné l'arme contre lui et placé le canon sous son menton.

Le militaire ferma les yeux. Niels put presque entendre Leon lui murmurer depuis le palier : « Laisse-le faire, Niels. Laisse ce taré se faire sauter la cervelle. »

— Où souhaites-tu être enterré ?

Niels s'adressa au soldat sur un ton décontracté, comme s'ils avaient été de vieilles connaissances.

Peter ouvrit les yeux, sans le regarder. Il leva les yeux au plafond. Peut-être était-il croyant ? Niels savait que les soldats en mission à l'étranger avaient recours aux services de l'aumônier militaire bien plus souvent qu'ils ne voulaient l'admettre.

— Tu préfères peut-être être incinéré ?

Les mains du soldat se crispèrent sur son arme.

— As-tu un message à faire passer ? Étant donné que je serai le dernier à t'avoir vu en vie.

Peter ne réagit pas. Il respirait avec peine. Le dernier geste, qui consistait à mettre fin à ses jours, exigeait visiblement plus de courage qu'il n'en fallait pour abattre sa femme et sa fille.

— Peter, veux-tu que je prévienne une personne en particulier ? Quelqu'un à qui tu souhaiterais transmettre un ultime message ?

Niels parlait à Peter comme s'il avait déjà un pied dans la tombe. Comme s'il s'était trouvé sur le seuil de l'au-delà.

— Toutes ces choses que tu as vécues en Irak... Personne ne devrait subir ça.

— Non.

— Alors, maintenant, tu voudrais les oublier.

— Oui.

— Je te comprends. As-tu fait quelque chose dont tu voudrais qu'on se souvienne ? Une bonne action, par exemple ?

Peter réfléchit. Niels avait touché juste. Pour la première fois, le soldat pensait à autre chose qu'à tout foutre en l'air – lui, sa famille et ce monde merdique. Niels ne relâcha pas sa pression.

— Peter ! Réponds-moi ! Tu as certainement fait quelque chose de bien ! C'était quoi ?

— Une famille... dans un village qu'on canardait, dans la région de Bassora, commença Peter, mais Niels sentit qu'il n'aurait pas la force d'aller jusqu'au bout.

— Il y avait une famille irakienne ? Et tu les as sauvés ?

— Oui.

— Donc, tu as sauvé des vies, tu n'en as pas seulement ôté. On ne l'oubliera pas.

Peter baissa son arme. Il relâcha sa garde un instant, comme un boxeur qui vient de prendre un mauvais coup.

La réaction de Niels fut aussi fulgurante qu'inattendue. Il sauta sur le soldat et saisit son arme par le canon. Peter le regarda d'un air stupéfait. Il n'avait pas l'intention de céder. Du revers de la main, il porta un coup violent au visage du policier.

— Donne-moi ça ! cria Niels.

Il crut tout d'abord que c'était Peter qui gémissait. Mais celui-ci était bien sagement assis par terre, silencieux et résigné. Niels, qui se tenait debout avec le fusil entre les mains, se retourna. L'adolescente étendue sur le lit s'était mise à bouger.

— Leon ! hurla-t-il.

Ses collègues firent irruption dans l'appartement, Leon en tête, comme toujours. Tous se précipitèrent sur le soldat, bien qu'il n'opposât aucune résistance. Les ambulanciers se ruèrent à leur tour dans l'escalier.

— Elle est en vie ! cria Niels en s'empressant de sortir de la chambre.

Quelqu'un lui jeta une couverture sur les épaules. Il s'arrêta dans l'entrée et se retourna. Peter était en larmes, totalement effondré. Les pleurs sont bon signe, Niels le savait : tant qu'il y a des pleurs, il y a de l'espoir. Les ambulanciers avaient allongé la jeune fille sur un brancard et s'apprêtaient à l'emporter.

Laissant les autres accomplir leur tâche, Niels se retira dans la cuisine, enroulé dans sa couverture qui sentait le chien policier. La famille avait mangé des boulettes de viande au dîner. Avec de la béarnaise en poudre.

Dehors, la pluie tombait toujours. À moins que ce ne fût la première chute de neige de l'hiver ? Pas facile à dire avec toute cette buée sur la fenêtre.

— Bentzon !

Leon s'approcha de lui.

— J'ai une question à te poser, déclara-t-il.

Niels attendit. Son collègue avait mauvaise haleine.

— Qu'est-ce que tu as dans le crâne ? demanda Leon.

— Tu veux vraiment le savoir ?

— Oui.

Niels prit une grande inspiration. Pendant ce temps, Leon s'attaqua à la dernière boulette de viande de la famille, qu'il trempa dans la béarnaise avant de l'enfourner dans sa bouche.

— En ce moment, je repense à quelque chose que j'ai entendu à la radio. À propos d'Abraham et d'Isaac.

— Je craignais un truc de ce genre-là, rétorqua Leon.

— C'est toi qui m'as demandé.

Leon mâchait toujours.

— Et alors, ça disait quoi ? Tu sais, la Bible, c'est pas vraiment mon rayon.

— Il y avait un pasteur, à la radio ; il expliquait qu'il était intolérable d'utiliser cette histoire dans les prêches. Tu t'en souviens ? C'est celle où Dieu dit à Abraham qu'il doit sacrifier son fils pour lui prouver sa foi.

— Ce pasteur a bougrement raison. Cette fichue histoire est complètement tordue. Il faudrait l'interdire pour de bon.

— Est-ce qu'on ne fait pas la même chose ? On envoie de jeunes hommes faire la guerre dans le désert, dans un pays lointain, et puis on leur demande de se sacrifier au nom d'une foi, celle de l'Occident.

Leon considéra Niels quelques instants, sourit en secouant la tête de manière théâtrale et s'éloigna.

7.

Aéroport de Charleroi, Bruxelles, Belgique

Ma vengeance sera salvatrice.

C'était cette pensée qui occupait l'esprit d'Abdul Hadi, tandis qu'il fixait avec mépris l'agent de sécurité. Si je voulais vraiment m'emparer d'un avion, ce ne sont pas vos contrôles ridicules qui m'arrêteraient.

Les choses n'étaient cependant pas aussi simples. Il ne détournerait pas un avion pour l'écraser sur le quartier général de l'Union européenne. On ne verrait pas à la télévision d'images des proches des passagers hurler de désespoir lorsque la compagnie aérienne afficherait la liste des victimes. Sa vengeance serait tout autre. Ce serait une vengeance juste.

L'agent de sécurité lui lança un regard irrité. Abdul Hadi l'avait évidemment compris dès la première fois, mais il ne put résister à la tentation de lui faire répéter sa question absurde.

— *Can you take your shoes off?* demanda l'agent en haussant le ton.

Abdul Hadi observa les Occidentaux qui venaient de franchir le contrôle de sécurité de l'aéroport sans retirer leurs chaussures. Il secoua la tête et réemprunta l'étrange porte qui se dressait au milieu de nulle part et qui se mettait à sonner quand on avait des pièces dans ses poches. Il ôta tranquillement ses chaussures et les déposa dans une boîte en plastique. Ils s'imaginent peut-être que j'ai dissimulé un couteau dans mes chaussures, comme Mohammed Atta, pensa-t-il avant de passer une nouvelle fois sous la porte. Un autre agent lui demanda de venir le voir. Cette fois, c'était son bagage à main qui leur paraissait plus suspect que les autres. Lui aussi allait donc avoir droit à un traitement de faveur. Abdul Hadi regarda autour de lui dans l'aéroport, pendant qu'on mettait sa trousse de toilette sens dessus dessous. Tintin et les chocolats fourrés. Il ne savait pas grand-chose sur la Belgique, mais il savait désormais que c'étaient ceux-ci qui avaient fait la réputation du pays. Il lui revint également en mémoire que deux femmes belges avaient été tuées l'année précédente à Wadi Dawan, lors de l'attaque d'un convoi d'Occidentaux par un groupe de combattants d'Allah. Abdul Hadi secoua la tête. Lui-même n'oserait jamais s'aventurer dans le désert de Wadi Dawan sans escorte.

Une mappemonde était suspendue au-dessus de la boutique *duty free*. Il la contemplait tandis que les agents vérifiaient les poches extérieures de son sac, d'où ils sortirent les piles de son rasoir électrique. Il songea que le terrorisme avait redessiné la carte du monde. New York en était la capitale. Bombay aussi avait pris un autre visage, tout comme Madrid et le métro de Londres. Ainsi que Sharm el-Sheik, Tel-Aviv et Jérusalem. Son peuple s'était emparé d'un pinceau géant à l'aide duquel il était en train de repeindre la planète en rouge et de dresser la carte d'un monde nouveau. Un monde dans lequel Madrid n'évoquerait plus les castagnettes, ni New York la statue de la Liberté, mais des scènes d'horreur.

Un troisième agent de sécurité vint se joindre aux deux qui étaient déjà penchés sur son sac. Peut-être s'agissait-il de leur supérieur ? Sans lever les yeux, il demanda à Abdul Hadi en anglais :

— Avez-vous fait votre sac vous-même, monsieur ?

— Oui, bien sûr. C'est le mien.

— Quelle est votre destination ?

— Stockholm.

— Vous travaillez là-bas ?

— Non. Je vais rendre visite à de la famille. J'ai un visa. Il y a un problème ?

— De quelle nationalité êtes-vous, monsieur ?

— Yéménite. Cela pose un souci ?

L'agent de sécurité lui rendit son sac sans le moindre semblant d'excuses.

Abdul Hadi se posta en plein milieu du hall des départs. Partout, ce n'étaient que boutiques et publicités. Il ressentit du mépris pour les Occidentaux et pour leur étrange conception de la sécurité. De la pure fiction, songea-t-il. Comme toutes les qualités illusoires que vantent leurs publicités, d'ailleurs. Maintenant, les voyageurs s'imaginent que tout va bien, qu'ils sont en sécurité. Mais ce n'est pas le cas ! Abdul Hadi n'aurait jamais eu l'idée de chercher à se venger dans un aéroport. Pourquoi se compliquer la vie, alors que tout serait prêt lorsqu'il arriverait à destination. Il savait où aller. Il savait qui tuer et comment le faire.

Stockholm – Retardé

Il vérifia l'écran qui indiquait les heures des départs. C'était sans importance, il avait tout son temps. Il atterrirait bien assez tôt à Stockholm, où l'on viendrait le chercher afin de le conduire à la gare et l'aider à prendre le train pour Copenhague.

Il observa les passagers qui l'entouraient et se dit une nouvelle fois : non, vous n'êtes pas en sécurité. Cette pensée le réjouit. Vous pouvez toujours fouiller dans mes bagages et exiger que je retire tous mes vêtements, comme vous l'avez fait lors de ma première correspondance, ce n'est pas ça qui vous sauvera.

Il se remémora l'humiliation qu'on lui avait fait subir à Bombay où il avait été le seul à devoir sortir de la file des voyageurs. Il était ensuite descendu docilement au sous-sol, encadré de deux agents de sécurité de l'aéroport et de deux policiers indiens. Le local fermé où on l'avait conduit n'avait ni chaise ni table, si bien qu'il avait dû poser ses vêtements par terre. Comme le sol était sale, il avait réclamé une chaise, mais les policiers lui avaient alors demandé s'il préférait avoir son vol ou faire des histoires. Un moment, il avait envisagé d'opter pour la deuxième solution. Les Occidentaux n'étaient pas traités de cette façon, même lorsqu'ils étaient suspects. Aussi s'était-il reconcentré sur son objectif : la vengeance.

Abdul Hadi poursuivit ses réflexions. Nous ne serons jamais acceptés dans votre monde. Tolérés, peut-être, mais pas acceptés. Nous ne serons jamais vos égaux. Il en avait discuté avec son frère cadet juste avant de partir car, s'il ne rentrait pas, ce serait lui le nouveau chef de leur famille. C'était pour cette raison qu'il l'avait fait revenir d'Arabie Saoudite, où il était travailleur invité. Abdul Hadi secoua la tête en pensant aux Saoudiens. Ils étaient presque pires que les Occidentaux. Décadents. Pathétiques. Fourbes. Tout le monde savait que le voile de leurs femmes n'était qu'une façade. Le vendredi soir, ils montaient dans des jets privés et s'envolaient en direction de Beyrouth. Les femmes se changeaient pendant le vol et jetaient leurs burkas, tandis que leurs maris troquaient leurs tenues traditionnelles pour des costumes Hugo Boss. Abdul Hadi avait étudié dans une université américaine de Beyrouth au cours des années qui avaient précédé la guerre civile. Chaque week-end, il avait vu débarquer les Saoudiens, totalement transformés à leur arrivée. Les femmes se faisaient bronzer sur la plage en bikini, pendant que les hommes s'enivraient en jouant au black-jack dans le grand casino. Il ne savait pas qui haïr le plus : les Saoudiens, qui se prenaient pour des Occidentaux le temps d'un week-end dans la seule ville au monde qui se prêtait à leur petit jeu, ou bien les Occidentaux eux-mêmes qui les avaient corrompus et tentés en leur promettant la liberté. La liberté d'avoir la même vie qu'eux. Mais c'était impossible. Abdul l'avait appris à ses dépens. Bien qu'il fût bel homme, surtout avant que ses cheveux ne se soient mis à grisonner, jamais aucune des Américaines de l'université ne lui avait laissé sa chance. Il y avait bien eu cette Caroline qui, un jour, avait accepté son invitation. Une jeune fille originaire de Chicago qui projetait de se lancer dans la réalisation de films. Ensemble, ils étaient allés voir *Les Dents de la mer* au cinéma. Mais elle avait subitement perdu tout intérêt pour lui en apprenant qu'il n'était pas libanais. Tout ce que cherchait Caroline, c'était un peu de couleur locale, quelqu'un qui pourrait l'emmener dormir sous une tente, parmi les Bédouins, et lui faire découvrir le Liban authentique avant de repartir.

Stockholm – Retardé

Le jour où Caroline avait commencé à l'ignorer en le croisant sur le campus, Abdul Hadi s'était juré que plus jamais il ne tenterait de séduire une Américaine. À l'époque, son frère et lui louaient une petite chambre située au fond d'une cour, derrière l'hôtel Commodore. Sur le toit de leur immeuble, il y avait une piscine qui était toujours vide. En revanche, ils partageaient l'arrière-cour avec une clinique privée et, chaque après-midi, les déchets humains prélevés lors d'opérations de chirurgie esthétique étaient sortis dans de grands sacs-poubelles. Afin de ressembler à Caroline et à ses congénères, les Saoudiennes venaient se faire liposucer et aplanir leurs nez crochus. Mais jamais elles ne seraient comme elles. Et, tant que les peuples arabes n'en auraient pas pris conscience, il leur serait impossible de jouir d'une réelle liberté. Ils demeureraient prisonniers de ce rêve auquel ils ne pourraient jamais accéder. C'était la raison pour laquelle Abdul voyait d'un bon œil le fait que quelques-uns aient décidé de redessiner la carte du monde.

— *Boarding card, please.*

Abdul tendit sa carte d'embarquement à une hôtesse de l'air suédoise, qui lui adressa un sourire chaleureux. Il y avait bien longtemps qu'on ne lui avait souri.

— *The airport in Stockholm is still closed because of the snow, sir*, ajouta-t-elle d'une voix qui lui sembla respectueuse.

Rien à voir avec ces agents de sécurité qui recouraient au *sir* que pour mieux vous humilier : *Open your bag, sir. Take off your shoes, sir.*

— *We will board as soon as they open again.*

L'hôtesse lui souriait toujours et il sentit qu'il commençait à rougir. Non, cela ne change rien, se dit-il. C'est de toute façon trop peu et trop tard.

8.

Silo Carlsberg, Copenhague

La porte de l'ascenseur se referma sur Niels qui, comme toujours, introduisit sa clé dans le tableau, la tourna vers la droite et appuya sur le bouton « 20 ». Il éprouva de légères vibrations dans son diaphragme, au moment où l'ascenseur entama sa lutte avec la pesanteur. Cette sensation lui fit penser au sexe. Cela faisait un bail qu'il n'avait pas eu ce type de relation.

Quelques secondes plus tard, la porte s'ouvrit directement sur son appartement. Soit il avait reçu la visite d'invités inattendus, soit il avait oublié d'éteindre la lumière en partant. Plutôt la seconde option, se dit-il en entrant dans son immense séjour. La pièce était aussi vide que quand il l'avait quittée. Toutefois, il était persuadé que quelqu'un était passé. Il pouvait sentir un léger parfum de… Il poserait la question à Natasja, sa voisine du dessous, le lendemain. Elle avait un double de sa clé pour permettre aux ouvriers d'accéder à son appartement en son absence. Pour un bâtiment récemment restauré, les problèmes y étaient anormalement fréquents : la ventilation, les câbles électriques, les conduites de gaz, etc.

À l'origine, la bâtisse était un silo de quatre-vingt-cinq mètres de haut que les brasseries Carlsberg avaient fait construire pour y stocker du malt. Mais, lorsque le fournisseur officiel de la cour royale avait fusionné avec les autres grandes brasseries, cette réserve avait cessé d'être utilisée. Niels, lui, n'était plus vraiment un grand consommateur de bière. Comme tant d'autres personnes de son âge et de sa classe sociale, il avait fini par s'habituer au cabernet-sauvignon. D'ailleurs, il se serait bien ouvert une demi-bouteille, ce soir. Et pourquoi pas une entière ? Niels ne savait plus vraiment quel sentiment éprouver : devait-il se réjouir pour ceux qui avaient survécu ou être triste pour celle qui avait été tuée ? Oh, et puis merde ! Il ouvrit une bouteille sans toutefois être réellement fixé.

Il était bientôt 2 heures du matin, mais Niels n'était pas fatigué. La pluie tambourinait contre ses fenêtres panoramiques. Il mit un CD des Beatles et augmenta le volume afin de pouvoir entendre *Blackbird* dans la salle de bains, où il nettoya le sang séché sur ses pieds avant de s'adonner à son petit rituel. Comme il avait pris l'habitude de le faire chaque soir de retour chez lui et chaque matin au réveil, il s'installa devant son ordinateur. Il hésita à l'allumer. Kathrine lui manquait. Quand elle n'était pas là, il se sentait comme un étranger dans cet appartement.

Kathrine était un des associés du cabinet d'architectes à l'origine du projet de transformation du silo en appartements de luxe. C'était elle qui avait décidé d'acheter le plus beau d'entre eux. Elle était totalement sous le charme, disait-elle. Niels aussi était emballé. Il avait été séduit par sa situation qui offrait la plus belle vue de Copenhague. À l'époque, une odeur désagréable envahissait tout le quartier chaque fois que les cuves de la brasserie fonctionnaient. Mais, depuis, la production de bière avait été déplacée bien loin d'ici. Niels ignorait où exactement. En Asie, peut-être, comme tant d'autres industries. En tout cas, il se réjouissait de ne plus se réveiller chaque matin au milieu d'émanations d'orge fermenté, comme si un vieil ivrogne lui avait soufflé dans les narines.

Niels regarda autour de lui. Il contempla les deux canapés design disposés face à face, de part et d'autre de la grosse table basse en granit rouge, avec un foyer au milieu. Le système, alimenté en bioéthanol, était totalement inodore, avait expliqué Kathrine à un Niels plus que sceptique. Mais il avait dû admettre que la table avait fière allure quand on y allumait un feu. Jusque-là, il n'avait encore invité aucun collègue chez lui. Pourtant, Kathrine n'avait cessé de l'y inciter.

Mais Niels ne pouvait pas. Pas plus qu'il ne pouvait lui avouer pourquoi : il avait honte. Ce n'était pas le fait qu'ils se soient payé une vue magnifique sur la capitale grâce à l'argent de Kathrine qui le gênait, mais plutôt parce que aucun de ses collègues ne pourrait jamais s'offrir un tel appartement avec un panorama à trois cent soixante degrés. Le soir, quand on prenait un bain à la simple lueur des bougies, les petites taches blanches incrustées dans le marbre se mettaient à scintiller du même éclat que celui des lumières de la ville et du ciel étoilé.

En allumant son ordinateur, il se demanda si Kathrine était encore debout. Quelle heure était-il au Cap ? Avec le décalage horaire... 3 heures du matin. Elle apparaissait comme connectée sur la liste de ses amis, mais il savait qu'elle n'éteignait quasiment jamais son MacBook. Aussi cela ne signifiait-il pas forcément qu'elle n'était pas couchée.

Quelle destination allons-nous prendre cette nuit ? s'interrogea Niels en parcourant la liste de ses amis.

À Buenos Aires, Amanda était connectée. Tout comme Ronaldo au Mexique. De ce côté-ci de l'Atlantique, en revanche, c'était la nuit, si bien qu'il n'y avait aucun Européen en ligne. À l'exception, toutefois, de Luis, de Malaga. Décidément, il était connecté en permanence, celui-là. C'était à se demander s'il avait une vie en dehors d'Internet. Niels se sentait moins névrosé, moins différent depuis qu'il avait découvert ce site communautaire. Il s'agissait d'un réseau mondial destiné à ceux qui ne peuvent voyager, à ceux qui ne sont pour ainsi dire jamais sortis de leur pays. Visiblement il y avait plusieurs degrés dans la phobie dont il souffrait : il lui était arrivé de chatter avec des gens parfaitement incapables de quitter leur ville. Il avait alors commencé à se considérer comme une personne tout à fait normale et s'était rendu à Hambourg et à Malmö. Puis à Lübeck, en voyage de noces. Il ne commençait à se sentir vraiment mal qu'à partir de Berlin. Kathrine l'avait forcé une fois à se rendre jusque là-bas, mais il était tombé malade et avait dû garder le lit tout le week-end.

« Ça va passer, ça va passer », n'avait-elle cessé de lui répéter, tandis qu'ils remontaient l'avenue Unter den Linden. Mais son malaise avait persisté. Personne ne le comprenait. Personne, hormis les quelques centaines d'adhérents de ce réseau. Peut-être faisaient-ils simplement semblant de ne pas comprendre, car sa phobie n'avait rien d'exceptionnel. Niels avait lu tout un tas d'articles sur ce que l'on appelle la « phobie de l'avion et des voyages ». D'après certaines études, ce mal toucherait plus d'une personne sur dix à travers le monde, à un degré plus ou moins grave. Il avait tenté d'expliquer à Kathrine que, quand il s'éloignait de plusieurs centaines de kilomètres, son corps cessait tout simplement de fonctionner normalement, à commencer par son système digestif. Il ne réussissait plus à vider ses intestins – c'était la raison pour laquelle le séjour ne pouvait excéder le temps d'un week-end. Ensuite, sa respiration devenait difficile. En arrivant aux alentours de Berlin, ses muscles s'étaient mis à lui résister. Voilà le genre de détails dont on débattait sur ce réseau. Niels savait que c'était pour cette raison qu'il avait tendance à être dépressif. À s'arrêter de vivre. Parce qu'il ne pouvait voyager et que, certains jours, il avait l'impression que son corps pesait une tonne. À d'autres périodes, au contraire, il débordait d'énergie et appréhendait la vie de manière positive, ce qui lui valait d'être considéré par bien des gens comme maniaco-dépressif.

« *Hi Niels ! How are things in Copenhagen ?* »

C'était Amanda. Âgée de vingt-deux ans, elle étudiait les beaux-arts et n'avait pas quitté Buenos Aires depuis maintenant quinze ans. Sa mère était morte dans le crash d'un avion alors qu'elle avait sept ans, et il était plus que probable que sa phobie des voyages soit due à un blocage psychologique consécutif à ce drame. Mais, dans bien des cas, il n'y avait aucune explication rationnelle à cette maladie. Niels, en tout cas, en ignorait totalement la raison. Il avait tout essayé : les psychologues, l'hypnose, en vain. Il était comme ça, c'est tout.

« Salut, ma belle. Il fait plus froid que chez toi. »

Il regretta aussitôt de l'avoir appelée « ma belle ». Cela faisait tellement ringard. Mais qu'est-ce qu'elle était belle ! Il observa la photo de son profil. Elle avait des yeux en amande, une chevelure d'un noir d'encre et des lèvres pulpeuses qu'elle avait pris soin de maquiller de rouge pour la photo.

Sa réponse ne tarda pas à surgir sur l'écran : « J'aimerais pouvoir te réchauffer. »

Niels sourit. Alors qu'il n'y avait aucune chance qu'ils se rencontrent un jour, il n'était pas rare que les membres de ce forum flirtent un peu. Comme pour assouvir leur intense besoin d'évasion, ils échangeaient des photos de leur région d'origine, des anecdotes ou encore des recettes de cuisine. Niels avait ainsi mis en ligne une recette traditionnelle de pâté de foie danois qui avait rencontré un énorme succès. Et il avait lui-même préparé une paella en suivant la recette de la mère de Luis, sur un air de guitare espagnole à douze cordes, également fourni par Luis. Il se serait cru en Espagne. Voilà ce qu'il appréciait sur leur forum, où il n'était pas uniquement question de ce qu'ils ne feraient jamais : voyager, que ce soit par la route, par le train ou par les airs. Leurs discussions ne tournaient pas seulement autour de leur phobie, mais abordaient au contraire de nombreux sujets : leur vie, leur pays, leur culture. Ils partaient à la découverte du monde en apprenant mutuellement à se connaître.

Niels échangea quelques banalités avec Amanda avant qu'elle ne parte en cours. Elle lui promit de prendre des photos de son école et de la sculpture sur laquelle elle travaillait.

« *Bye Niels. Handsome man* », conclut-elle. Puis elle se déconnecta avant qu'il ait eu le temps de lui répondre.

Il s'apprêtait à éteindre son ordinateur à son tour lorsque Kathrine apparut à l'écran.

— Niels ?

Il y eut quelques parasites, comme si l'ordinateur se synchronisait avec son homologue africain.

— Tu ne dors pas ? demanda-t-elle d'une voix pâteuse.

— Je viens juste de rentrer.

Elle alluma une cigarette et lui sourit. Le goût du tabac était une chose qu'ils avaient en commun. De toute manière, ils ne pouvaient pas avoir d'enfants. Niels remarqua qu'elle était un peu ivre.

— Ça se voit que j'ai bu ?

— Non, je ne trouve pas. Tu es sortie ?

— Tu ne pourrais pas couper les Beatles ? C'est à peine si j'arrive à t'entendre.

Il éteignit la musique, régla son écran et la contempla.

— Quelque chose qui ne va pas ? s'enquit-elle.

— Non, rien du tout.

Elle sourit. Niels n'avait aucune envie de lui raconter sa soirée. Il avait toujours pensé qu'il n'y avait aucune raison de la tourmenter avec ses expériences désagréables. Il détestait quand les gens racontaient des histoires horribles sur des enfants malades ou décédés.

Noyades, accidents de voiture, catastrophes en tout genre… Quel intérêt de les faire partager à d'autres ?

Kathrine régla elle aussi sa webcam. Elle se trouvait dans sa chambre d'hôtel habituelle. Il voyait quelque chose scintiller derrière elle. Était-ce la ville ? La lueur de la lune se réfléchissant sur Table Mountain ? Ou sur le cap de Bonne-Espérance ? Ou bien ces petits points brillants n'étaient-ils rien d'autre que des bateaux en train de passer de l'océan Indien à l'Atlantique ?

— Je t'ai déjà parlé de Chris et Marylou ? Le couple d'architectes américains qui vient d'arriver. Ils ont un talent incroyable. Ils ont travaillé avec Daniel Libeskind. Enfin bref, ils organisaient leur pendaison de crémaillère… Tu pourras d'ailleurs les rencontrer dans quelques jours puisqu'ils nous ont invités à venir manger chez eux samedi.

Elle lui adressa un regard encourageant.

— Je m'en réjouis d'avance.

— Est-ce que tu es passé prendre tes pilules ?

— Oui, bien sûr.

— Je peux les voir ?

Niels se leva et se dirigea vers la salle de bains. À son retour, il découvrit Kathrine en soutien-gorge. Il savait exactement ce qu'elle avait en tête.

— Est-ce qu'il fait chaud, là-bas ? demanda-t-il sur le ton de la plaisanterie.

— Il fait très beau, Niels. Le meilleur climat de la terre. Et tu vas adorer leur vin rouge. Montre-moi tes pilules.

Il présenta la petite boîte à la caméra.

— Un peu plus près.

Il obtempéra. Kathrine lit à voix haute :

— Apozepam. 5 mg. Relaxant contre l'angoisse de l'avion.

— Allan connaît quelqu'un sur qui elles ont marché, l'informa Niels.

— Allan ?

— Mon collègue.

— Je croyais que tu étais le seul policier à ne pas pouvoir prendre l'avion.

— Mais je peux prendre l'avion. C'est le voyage que je ne supporte pas.

— Et c'est quoi la différence ? Contente-toi de prendre ces pilules. Avales-en deux pendant que je te regarde.

Niels rit et secoua la tête, avant de déposer deux pilules sur sa langue.

— Santé !

— Allez, avale-les, chéri.

Dès que les pilules eurent disparu en compagnie d'un demi-verre de vin rouge, Kathrine changea de sujet, exactement comme il l'avait prévu.

— Et si on jouait, maintenant ?

— Tu en as envie ?

— Tu sais très bien que j'ai envie. Arrête de plaisanter et déshabille-toi.

Voilà six mois que Kathrine était au Cap. Au début, elle ne voulait pas y aller. Ou peut-être serait-il plus juste de dire qu'elle prétendait ne pas vouloir y aller. Niels avait bien compris son petit jeu. Il avait tout de suite senti que ses réticences avaient surtout pour but de le mettre à l'épreuve afin de voir quelle serait sa réaction si elle lui annonçait qu'elle partait.

Finalement, Niels avait accueilli sa décision avec soulagement. Non pas que l'idée de devoir se passer d'elle pendant un an le réjouissait, mais plutôt parce qu'il savait désormais à quoi s'en tenir. Il ne le lui avait jamais avoué, mais au cours de la période qui avait précédé son départ il lui était même arrivé d'être impatient de se retrouver seul. Il était incapable d'expliquer pourquoi, car il savait que la solitude et l'absence de Kathrine allaient lui peser énormément. Le dernier soir, ils s'étaient disputés avant de faire l'amour sur le canapé. Puis elle avait éclaté en sanglots et déclaré qu'elle allait appeler son chef pour tout annuler car elle ne pourrait jamais se passer de lui. Elle n'en avait rien fait. Naturellement.

Ils s'étaient dit au revoir au lever du jour, dans la voiture. Niels s'était soudain senti vide et les larmes lui étaient montées aux yeux. Lorsque Kathrine s'était penchée en avant pour l'embrasser, ses lèvres étaient chaudes et douces. Elle lui avait murmuré quelque chose à l'oreille, mais il n'y avait pas vraiment prêté attention, si bien qu'il avait passé la journée à se demander ce qu'elle avait bien pu lui dire. « Si jamais nous ne nous revoyions pas… » Sans savoir pourquoi, il était persuadé qu'il était préférable qu'il n'ait pas entendu la fin de sa phrase.

— Installe-toi de manière à ce que je puisse te voir, dit Kathrine.

Quand Niels regarda de nouveau l'écran, il constata qu'elle l'avait devancé. Elle était nue sur sa chaise, légèrement penchée en arrière afin de lui permettre de voir tout ce qui lui manquait tant.

— Retire-le lentement, mon chéri. Tu es tellement beau. J'ai envie d'en profiter.

Quand il s'agissait de sexe, Kathrine semblait venir d'une autre planète. D'une planète où cette activité ne serait pas liée à des sentiments tels que la honte, la pudeur ou la culpabilité. Niels adorait ça, même si cela l'obligeait à dépasser ses limites. Elle lui avait appris à aimer son propre corps. Non qu'il eût des raisons de ne pas le faire. Au contraire, la nature l'avait plutôt avantagé. Il était grand sans être dégingandé et massif sans pour autant ressembler à un bouledogue. Les poils de sa poitrine étaient désormais gris, ce que Kathrine, qui avait suivi de près cette transformation, appréciait tout particulièrement. Avant leur rencontre, son corps n'était qu'une machine sur laquelle était vissée sa tête et dont l'unique fonction était d'obéir aux ordres de son cerveau. Aussi lui avait-elle appris que ce corps éprouvait lui aussi des envies, des désirs. Et qu'en matière de sexe, c'était lui qui prenait le pas sur le cerveau. En ce moment, son corps était justement en train d'envoyer des messages à sa tête pour lui faire savoir ce qu'il désirait. Et il ne devait pas s'y opposer.

— Retourne-toi. Je veux voir tes fesses pendant que tu enlèves ton pantalon, lui ordonna-t-elle.

Niels se positionna dos à la caméra et descendit lentement son pantalon, exactement comme il savait qu'elle aimait. Il baissa les yeux sur la zone inférieure de son corps. Hum – quelle surprise –, il n'aurait jamais cru qu'elle fût encore en état de réagir, cette nuit. Au fond, peut-être que sexe et mort, plaisir et peur n'étaient pas si antinomiques qu'il n'y paraissait.

— Laisse-moi te regarder, mon chéri, murmura Kathrine depuis Le Cap.

9.

Quelque part dans le ciel européen

Encore elle. Maintenant, l'hôtesse de l'air remontait l'allée en servant du café, du thé, du jus de fruits et des cacahuètes. Cela fit sourire Abdul Hadi. Les noix, le café et le thé étaient les trois principaux produits vendus dans les bazars arabes. C'était pour les rapporter dans leurs doux pays du Nord que, pendant des siècles, des marchands européens s'étaient rendus en Arabie. Désormais, on distribuait les splendeurs de l'Orient aux passagers dans des emballages en plastique sur lesquels étaient représentés des jeunes gens à la chevelure blonde. Derrière leurs stratégies commerciales agressives se cachait en réalité une motivation que les Américains et les Européens étaient incapables de distinguer : l'Occident vendait avant tout son propre idéal. La publicité avait été inventée uniquement pour vendre l'Occident aux Occidentaux eux-mêmes.

— *Coffee or tea ?*

Abdul Hadi leva les yeux. C'était elle, toujours souriante et avec le même regard chaleureux. Les nombreuses heures passées à attendre dans l'aéroport ne semblaient pas avoir entamé sa fraîcheur.

— *Orange juice.*
— *Peanuts ?*
— *Please.*

Lorsqu'elle effleura sa main, en déposant le jus de fruits sur sa tablette, une sensation agréable lui traversa le corps. Il y avait bien longtemps qu'il n'avait plus ressenti cela. L'hôtesse lui servit d'abord un sachet de cacahuètes, puis, juste avant de continuer, elle lui en remit un autre, non pas à la va-vite, mais tranquillement, en ajoutant :

— *Enjoy your flight, sir.*

Abdul Hadi jeta un coup d'œil autour de lui et constata qu'il était le seul à avoir obtenu deux sachets. Avait-elle voulu lui envoyer un signe ? Il l'observa. Il n'aurait pas dû car, au même moment, elle se retourna et surprit son regard. Il sentit une vague de chaleur l'envahir et le sang déserter sa tête pour aller irriguer une autre région de son corps. Il s'imagina en sa compagnie dans une chambre d'hôtel. Elle, assise sur le bord du lit, tandis qu'il lui caressait les cheveux. Il n'avait jamais caressé des cheveux blonds. Les seuls qu'il avait failli toucher étaient ceux de Caroline. Étaient-ils plus doux, comme ceux d'un ange ? Il faisait glisser délicatement la paume de sa main dans sa chevelure pendant qu'elle défaisait la ceinture de son pantalon, après quoi elle saisissait son membre, lentement. Elle avait du vernis sur les ongles. Un rouge discret. Était-ce simplement le fruit de son imagination ou bien avait-elle réellement du vernis sur les ongles ? Il se retourna pour vérifier, mais elle était maintenant à l'autre extrémité de l'avion. Un bébé se mit à pleurer derrière lui. Il tenta de se sortir l'hôtesse de la tête, de penser à autre chose. À l'Occident, par exemple, qui avait vendu son âme au diable. La poudre n'avait pas été découverte par les Chinois, mais par les Américains, pour leurs festivités du 4 juillet. L'arithmétique n'avait pas été inventée en Arabie, mais en Europe… Combien de gens en Occident savaient que le berceau de la culture mondiale n'était autre que la péninsule Arabique ? Les contes, les mathématiques, les sciences… Tous ces savoirs dont l'Occident s'était emparé et qui avaient fait sa richesse, c'est nous qui vous les avons transmis, se rappela Abdul Hadi. Nous.

Il engloutit les deux sachets de cacahuètes, puis son ventre se mit à gargouiller. Il y avait longtemps qu'il n'avait pas pris un vrai repas. Une fois arrivé à destination, il s'achèterait quelque chose à manger, se promit-il. C'était certainement aussi pour cette raison que son esprit avait tant de mal à se concentrer. Mais cela allait déjà mieux. Il avait cessé de fantasmer sur l'hôtesse de l'air et avait de nouveau les idées claires : pour commencer, vous avez tout pris, vous avez accaparé toutes les richesses et, ensuite, vous avez interdit au reste du monde d'en profiter. Voilà la vérité. L'Occident avait bâti sa puissance en volant et en oppressant les autres. Or les peuples finissent toujours par se révolter, ce qui n'est qu'un juste retour des choses.

Le bébé recommença à pleurer. Revenait toujours le même problème des innocents. Si je pénétrais dans le cockpit, maintenant, et prenais le contrôle de l'avion pour ensuite nous abîmer en mer ou nous écraser contre un bâtiment, il ne serait question que de la mort d'innocents, se dit Abdul Hadi. Pourtant, cet argument n'était pas valable. Ce sont vos impôts, votre argent qui financent l'asservissement de mes frères. Peut-on véritablement être considéré comme innocent simplement parce qu'on se contente de verser de l'argent aux oppresseurs ? Vous vous cachez derrière vos enfants. En les utilisant comme des boucliers, c'est vous-mêmes qui les placez dans la ligne de mire.

Il but son petit gobelet de jus de fruits d'un trait et repensa à sa sœur. Aujourd'hui, elle aurait eu à peu près l'âge de la belle hôtesse de l'air aux cheveux blonds. Alors que, des années durant, il avait évité de se remémorer les circonstances de sa mort, ces derniers temps, ce douloureux souvenir revenait sans cesse le hanter, comme pour le conforter dans ses projets. Comme pour l'aider à comprendre les mécanismes profonds de la vengeance et de la justice ultime. Abdul Hadi ferma les yeux et repassa dans sa tête l'expérience la plus traumatisante de sa vie : il était assis sur la banquette arrière en compagnie de ses frères et de sa sœur, lorsque leur voiture avait percuté un garçon. Il n'avait rien vu ni entendu. La piste à travers le désert était tellement cahoteuse que le vacarme des cailloux heurtant la carrosserie et du pot d'échappement raclant le sol couvrait tous les autres bruits. Mais leur père s'était précipité hors de la voiture et leur mère criaient. Ils étaient loin de la ville, dans le désert de Wadi Davan, là où les deux femmes belges allaient trouver la mort à leur tour, de nombreuses années plus tard.

— Qu'est-ce qui se passe, qu'est-ce qui se passe ? s'était écrié le frère d'Abdul Hadi.

Le garçon qu'ils avaient renversé accidentellement était mort sur le coup, non sans avoir eu le temps de pousser un dernier cri déchirant qui avait ameuté le reste du village. Très vite, leur voiture s'était retrouvée encerclée. Le père d'Abdul avait alors tenté de s'expliquer :

— Je ne l'ai pas vu, il a surgi devant la voiture. Il y avait de la poussière partout, j'avais l'impression de conduire dans lc brouillard.

Puis les mères s'étaient mises à hurler de désespoir. C'était horrible. Une véritable plainte collective était tout à coup montée vers le ciel. Abdul Hadi ne se souvenait pas si les anciens du village et le père de la victime étaient arrivés tout de suite. Des adultes avaient ouvert sa portière et l'avaient brutalement tiré dehors. C'était lui qui était assis au bord. Son père avait bien sûr tenté de s'interposer, mais ils l'avaient ceinturé. Quelqu'un devait mourir. Au nom de la vengeance, de la justice. Il jeta un regard en direction de ses frères et sœur, toujours dans la voiture.

— Je ne l'ai pas vu, je ne l'ai pas vu, pleurait son père.

Des hommes avaient sorti ses papiers de ses poches et lu son nom à voix haute :

— Hadi, Hadi, répétaient-ils, encore et encore, comme si la cause de leur malheur avait été contenue dans ce nom.

— Relâchez mon fils ! avait imploré son père. Il n'a rien à voir là-dedans.

Les femmes hurlaient comme des hystériques. Ils avaient soulevé le corps sans vie du garçon, tandis que le père d'Abdul essayait de se faire entendre. Comme ses supplications n'avaient aucun effet, il avait commencé à les menacer en vociférant les noms des policiers qu'il connaissait, dans la capitale. Mais les habitants du désert n'avaient que faire de la police. Ils l'avaient forcé à se mettre à genoux, puis, comme il criait toujours, l'un d'entre eux lui avait rempli la bouche de sable. C'était un véritable tourbillon de dégoût, de cris et de mort. Ils avaient reposé le garçon par terre, au centre d'un cercle humain.

— Ton fils contre le mien, avait clamé l'homme qui tenait Abdul Hadi par la gorge en accentuant sa pression.

La bouche pleine de sang et de sable, son père les avait suppliés du regard.

— Non, non, avait-il répondu, d'une voix étouffée par les sanglots.

Abdul Hadi se souvenait comment le père du garçon lui avait lâché la gorge pour, à la place, l'empoigner par le bras et se saisir de sa sœur.

— Je vais te laisser le choix. Ton fils ou ta fille ?

Ce n'était qu'aujourd'hui qu'il se rappelait comment sa mère s'était mise à hurler. Avait-elle aussi pleuré et crié lorsqu'il s'était trouvé face à la mort ? C'est possible, je ne m'en souviens pas, ne cessait de se répéter Abdul. Il y avait tant de personnes qui criaient.

— Ton fils ou ta fille ?

— C'était un accident… Je vous en supplie.

— Ton fils ou ta fille ?

Il avait alors brandi un couteau couvert de sang séché et avait placé la pointe sur la pomme d'Adam de son père afin de le forcer à prendre une décision.

Quand, enfin, il avait donné sa réponse, il n'avait regardé que son fils.

— Ma fille. Prenez ma fille.

10.

Mercredi 16 décembre 2009

Niels Bentzon se réveilla en retard et épuisé. En réalité, il pouvait très bien se faire porter malade. D'ailleurs, il avait théoriquement droit à un jour de repos après une nuit comme celle qu'il venait de vivre. Malgré tout, un quart d'heure plus tard, il se trouvait au volant de sa voiture, les cheveux humides, une tasse de café à la main et une cravate autour du cou que même un communiant aurait mieux noué que lui.

Préfecture de police de Copenhague

Niels avait du mal à distinguer la préfecture de police derrière le rempart de cars verts qui avaient déversé dans la capitale un flot de policiers en provenance des quatre coins du pays à l'occasion du sommet mondial sur le climat. Dans quelques jours, Air Force One atterrirait sur le sol danois. Sa mère l'avait déjà appelé pour lui demander s'il allait rencontrer Obama, le protéger.

— Obama viendra avec sa propre armée de gardes du corps, lui avait-il expliqué.

Et avec sa propre limousine, sa propre nourriture, son coiffeur ainsi qu'une petite valise contenant les codes secrets de l'arsenal nucléaire américain. Par la suite, Niels s'était demandé si sa mère avait vraiment cru à cette histoire de valise. Il en doutait. D'un autre côté, elle aurait été terriblement déçue devant la triste vérité : les seules personnes qu'il rencontrerait seraient les manifestants en colère massés devant le Bella Center.

Niels se fraya un chemin à travers la foule des policiers fraîchement débarqués dans la capitale. On aurait dit une sortie scolaire. Ils riaient, visiblement heureux qu'il se passe enfin quelque chose dans leur quotidien plan-plan. Aujourd'hui, ils n'auraient pas à distribuer des amendes pour excès de vitesse sur les petites routes du nord du Jutland, ni à empêcher les pêcheurs d'en venir aux mains dans la salle communale de Thyborøn. Ils allaient bientôt faire face au mouvement Attack, aux membres de diverses organisations écologistes ainsi qu'à toute une clique d'activistes d'extrême gauche bien-pensante et de gamins paumés en colère qui se disaient autonomes.

— Bonjour, Bentzon !

Avant d'avoir eu le temps de se retourner, Niels reçut une grosse claque virile sur l'épaule.

— Leon. Tu as réussi à dormir ?

— Comme un bébé, répondit-il en le dévisageant. Toi, en revanche, tu m'as l'air fatigué.

— Je mets toujours quelques heures à évacuer.

— Pas moi.

Leon sourit. « Je ne t'aime pas. » Cette pensée avait pris forme dans l'esprit de Niels et ne le quittait plus. Il n'aimait pas Leon. Il ne comprenait pas comment on pouvait rentrer chez soi après une nuit passée à côtoyer des cadavres et des enfants criblés de balles et s'endormir comme un nourrisson. Heureusement, Anni vint les interrompre :

— Sommersted veut te voir.

— Sommersted ? répéta Niels en la fixant dans les yeux.

La secrétaire hocha la tête. Il crut déceler une lueur de compassion dans son regard.

Une convocation personnelle dans le bureau du sous-préfet de police W. H. Sommersted était une expérience rare. Selon l'usage à la préfecture, cela pouvait se produire trois fois au maximum au cours d'une carrière. Au premier avertissement, puis au second et, enfin, quand on vous accordait vingt minutes pour remballer vos affaires et disparaître. Or Niels avait déjà été convoqué à deux reprises. Chaque fois pour un avertissement.

— Dès que possible, ajouta Anni en adressant un sourire aimable à Leon.

Niels l'entraîna en direction de la machine à café.

— Il veut juste me voir moi ? demanda-t-il.

— C'est sa secrétaire qui m'a appelée. Je devais te dire de monter dès que je te verrais. Pourquoi ? Quelque chose ne va pas ?

« W. H. Sommersted » était écrit en caractères noirs sur la porte vitrée du bureau. Personne ne savait à quoi correspondait le « H ». Peut-être que son nom sonnait tout simplement mieux avec. Sommersted était au téléphone. Son imposante mâchoire restait parfaitement immobile tandis qu'il parlait. Niels songea qu'il ferait un parfait ventriloque.

— *Fax it immediately!* ordonna Sommersted en se levant pour jeter un coup d'œil par la fenêtre.

Ce faisant, son regard glissa sur son visiteur comme s'il ne l'avait pas reconnu. Niels essaya de se détendre, en vain. Il peut bien aller se faire voir s'il me vire, pensa-t-il. Il tâcha d'imaginer tout ce qu'il pourrait faire pour occuper son temps libre, mais aucune idée ne lui vint à l'esprit. Il se vit juste allongé dans l'un de ses canapés en robe de chambre. Il se laisserait certainement gagner par la dépression et prendrait même du plaisir à s'y abandonner.

— Bentzon!

Sommersted raccrocha et lui serra la main d'un air jovial.

— Asseyez-vous. Comment allez-vous?

— Très bien, merci.

— Ici, c'est la pagaille.

— Je n'en doute pas.

— Air Force One va bientôt atterrir, Copenhague regorge de personnalités internationales de premier ordre et les renseignements voient des terroristes partout. Je me sens comme une maîtresse de maison avant l'arrivée de ses invités. Mais ça ira.

Sommersted était essoufflé. Il prit une profonde inspiration et se reconcentra sur ce qui motivait la convocation de Niels.

— Je suis content que vous soyez de retour parmi nous, Bentzon, commença-t-il en posant ses lunettes sur le bureau. J'ai appris que vous aviez été obligé de vous déshabiller. Ils sont de plus en plus malins.

— Est-ce qu'elle va survivre ?

— La jeune fille ? Oui, elle n'est plus en danger.

Il hocha la tête en silence en fronçant ses sourcils touffus avec un air préoccupé. Belle tentative, mais Niels n'avait pas mordu. Il savait que son supérieur était un fin communicant. En particulier depuis qu'il avait suivi le stage de communication auquel lui-même avait refusé de participer, cinq ans plus tôt. Aujourd'hui, un chef de la police devait être à la fois animateur, politicien et responsable des ressources humaines.

— Vous êtes tellement doué pour parler aux gens, Niels.

— Ah bon ? répondit-il en flairant le piège que Sommersted était en train de lui tendre.

— Je le pense vraiment.

— Eh bien dans ce cas, merci.

Soudain, le piège se referma.

— Peut-être même trop doué ?

Le regard de Sommersted s'était fait plus pénétrant.

— S'agit-il d'une question ?

— Miroslav Stanic, notre ami serbe. Vous vous souvenez de lui ?

Niels recula nerveusement sur sa chaise, un geste qu'il regretta aussitôt car il savait que Sommersted l'avait remarqué.

— On m'a dit que vous lui aviez rendu visite en prison. C'est arrivé juste une fois ?

— Est-ce pour cette raison que vous m'avez convoqué ?

— Enfin, voyons ! Ce type est un psychopathe.

Niels inspira profondément et regarda par la fenêtre. Les silences pesants ne le gênaient pas. Alors que

Sommersted s'attendait manifestement à une réaction de sa part, Niels se contenta de repenser à Miroslav Stanic. Sept ou huit ans auparavant, ce Serbe devait comparaître au tribunal international de La Haye pour crimes de guerre commis en Bosnie. Or, pour d'obscures raisons, celui-ci avait atterri au Danemark avec un groupe de réfugiés. Les autorités n'avaient toutefois pas tardé à s'apercevoir de leur erreur : Stanic n'avait rien du pauvre Serbe persécuté. Il s'agissait au contraire d'un ancien gardien du camp de prisonniers d'Omarska qui bénéficiait désormais des largesses de l'État danois en pension complète. En apprenant sa prochaine extradition, il avait aussitôt pris deux autres réfugiés en otage dans le camp de Saltholm. Quand Niels était arrivé, Miroslav Stanic avait exigé de pouvoir quitter le pays pour la destination de son choix, faute de quoi il égorgerait l'un de ses otages. Il ne bluffait pas car il s'en était fallu d'un cheveu qu'il ne tue une jeune Albanaise que le savoir-faire des chirurgiens du Rigshospitalet avait permis de sauver *in extremis*. Par la suite, Niels avait dû essuyer de nombreuses critiques, en particulier de la part de Leon. « Pourquoi diable n'as-tu pas simplement réglé son cas à ce psychopathe ? » lui avait-il demandé. Au lieu de cela, il avait passé une demi-journée à négocier avec le Serbe qui, à aucun moment, n'avait manifesté le moindre remords pour ses crimes de guerre. Sommersted avait raison : Miroslav Stanic était un psychopathe de la pire espèce. Et en même temps un charmeur ; il avait même réussi à lui arracher un rire. Ce qu'il redoutait plus que tout, c'était la prison. La solitude. Mais il était parfaitement conscient que les dés étaient jetés et qu'il risquait de passer ses vingt prochaines années derrière les barreaux. Dès lors, il ne restait plus à Niels qu'à le convaincre de se rendre.

— Je lui en avais fait la promesse, Sommersted. Et comme il purge sa peine au Danemark, j'ai pu tenir ma parole.

— Comment ça, promis ? Vous lui avez promis de lui rendre visite en prison ?

— C'était le prix à payer pour le convaincre de relâcher ses otages.

— Eh bien, vous n'aviez qu'à rompre votre promesse, Bentzon. Les otages ont été sauvés et Stanic condamné. Savez-vous ce que les autres disent de vous ?

Niels espérait que la question ne fût que rhétorique.

— Le savez-vous ? insista le chef de la police.

L'espace d'un instant, W. H. Sommersted lui fit penser à un médecin qui aurait eu la lourde responsabilité d'annoncer la funeste nouvelle à un patient condamné.

— Quoi ? Que je suis maniaco-dépressif ? proposa Niels. Que je suis un peu dérangé ?

— Exactement. Ils disent que vous êtes dérangé. Ils ne savent pas quoi penser de vous. Un jour, vous ne venez pas au travail, vous vous faites porter malade. Et, le lendemain, on apprend que vous rendez visite à tous les psychopathes du pays.

Niels s'apprêtait à protester, mais Sommersted le coupa net :

— Pourtant, vous avez un talent. Cela ne fait aucun doute.

— Quel talent ? Celui de savoir parler aux gens ?

— Vous êtes un excellent négociateur. Vous parvenez presque toujours à dissuader les forcenés de passer à l'acte. Si seulement vous n'étiez pas aussi…

— Aussi quoi ?

— Si étrange. Avec votre phobie des voyages et vos autres manies. Si seulement vous n'étiez pas copain avec des psychopathes.

— Je n'en ai rencontré qu'un seul. À vous écouter, on croirait que…

Sommersted l'interrompit :

— Ne pourriez-vous pas juste être comme tout le monde, de temps en temps ?

Niels baissa les yeux. Comme tout le monde ? Son chef poursuivit sans lui laisser le temps de répondre :

— Mais vous êtes sur le point de partir en vacances ?

— Oui, une semaine.

— OK. Alors, écoutez-moi : cette nuit, vous avez fait de l'excellent travail. Que diriez-vous de reprendre du service ? On commencera doucement.

— Ça me va.

— J'ai une affaire pour vous. Rien de bien compliqué. Je voudrais que vous preniez contact avec quelques personnes. Que vous leur parliez.

— Comme vous le dites vous-même, je suis tellement doué pour ça.

Niels ne put réprimer ses sarcasmes. Son chef lui lança un regard exaspéré.

— À qui voulez-vous que je parle ?

— À des personnes bienfaisantes.

Sommersted fouilla parmi les papiers qui étaient étalés sur son bureau en secouant la tête comme pour désapprouver le flot quotidien de *red notice* d'Interpol.

— Vous vous souvenez du bruit que faisaient les fax, autrefois ?

Niels se souvenait parfaitement du fax qui recevait en continu les mises à jour et les alertes en provenance du quartier général d'Interpol à Lyon. Désormais, c'était un ordinateur qui avait pris le relais. Ou plutôt des milliers d'ordinateurs. À l'époque du fax, le bruit mécanique et monotone de l'imprimante était là pour vous rappeler qu'à chaque minute qui passait notre planète devenait de plus en plus inhospitalière. Si l'on désirait avoir un aperçu de la déchéance du monde, il suffisait de rester vingt minutes devant le fax d'Interpol : tueur en série, trafic de drogue, trafic de femmes destinées à la prostitution, trafic d'enfants enlevés, immigration clandestine et trafic d'uranium enrichi. Et au rayon des affaires non prioritaires : trafic d'espèces menacées, telles que les lions, les guépards, les perroquets rares et même les dauphins. La liste était sans fin. Il y avait aussi des œuvres d'art et des objets d'une grande valeur historique, comme des Stradivarius ou des bijoux ayant appartenu au tsar de Russie. Il fallait dire que l'on n'avait toujours pas retrouvé un millième des richesses que les nazis avaient dérobées dans les pays conquis. Des diamants, de l'ambre jaune, des bijoux en or de l'époque byzantine, des toiles de Degas et des lingots d'or, possessions de nombreuses familles juives, dormaient encore dans des greniers et autres cachettes, un peu partout en Allemagne. Et on les recherchait toujours. Pour celui qui était en charge du fax, c'était la migraine assurée. Cette corvée donnait l'envie de s'enfuir en hurlant et de se jeter dans la mer. On en venait même à souhaiter que l'espèce humaine ne soit jamais apparue et que les dinosaures n'aient jamais disparu.

Mais, désormais, tout passait par le système informatique d'Interpol auquel étaient reliés les pays membres du réseau. Ce système avait été baptisé I-24/7, tout simplement, et avait en commun avec les boutiques 7-eleven de tourner vingt-quatre heures sur vingt-quatre. La gravité des menaces ne cessait d'augmenter au rythme des avancées technologiques. On avait ainsi assisté à l'apparition des bombes humaines, du terrorisme bactériologique, du piratage informatique, de la pédopornographie, de l'escroquerie à la carte bancaire, du trafic de quotas de CO_2, des fraudes fiscales, du blanchiment d'argent, sans parler de la lutte contre la corruption au sein de l'Union européenne. Chaque fois qu'Interpol mettait au point une nouvelle arme contre la criminalité, les malfaiteurs, de leur côté, s'empressaient de développer une nouvelle technologie. Peut-être que tous ces progrès ne nous avaient rien apporté de bon, au final ? Niels s'était souvent fait cette réflexion. Après tout, peut-être que la situation n'était pas pire à l'époque où le fax fonctionnait sans interruption, de jour comme de nuit, nous rappelant constamment à quel point le monde allait mal.

— *Red notice*, reprit Sommersted lorsqu'il eut enfin mis la main sur la feuille qu'il cherchait. Il semblerait qu'on se soit mis à assassiner les hommes bons.

— Assassiner les hommes bons ?

— En tout cas, ça en a l'air. Aux quatre coins du globe : en Chine, en Inde, en Russie, aux États-Unis. Plusieurs des victimes œuvraient pour le bien. Enfin, vous savez, des gens qui venaient en aide aux pays du tiers-monde, des médecins, des bénévoles.

Niels commença à lire le document « *Red notice* ». Le texte était rédigé en anglais, dans le style haché et laconique caractéristique d'Interpol : « *Possible sectarian killings. First rapporting officer : Tommaso di Barbara.* » Niels se demanda si, entre eux, ils employaient aussi ce même langage de robots, à Lyon.

— Il n'y a pas si longtemps, nous n'aurions accordé aucun intérêt à une telle histoire. Mais aujourd'hui, après l'affaire des caricatures de Mahomet… C'est ce qu'on appelle la globalisation.

— Quel est le lien entre tous ces meurtres ? demanda Niels.

— La signature que les victimes portent sur le dos, d'après ce que j'ai compris. Une marque bien précise. Il est possible que ces meurtres soient le fait d'une secte et qu'on voie bientôt surgir à chaque coin de rue des cinglés armés de cimeterres, avec des ceintures d'explosifs autour de la taille.

— Vous pensez que le mobile peut être d'ordre religieux ?

— Cela se pourrait bien, mais de toute façon ce n'est pas à nous de résoudre cette affaire. Et heureusement encore. Des meurtres sacrés ! Ce genre d'histoire, c'est des heures et des heures de paperasse. Sans parler des vieux livres poussiéreux dans lesquels il faut se plonger. Mais que sont donc devenues la convoitise et la jalousie ? Ça, au moins, c'étaient des mobiles qui avaient du sens.

Sommersted s'interrompit de lui-même et regarda par la fenêtre. Pendant de longues secondes. Niels eut l'impression que c'était le mot « jalousie » qui avait causé son égarement. Il avait déjà eu l'occasion de voir la femme de son chef, une ancienne élève d'un pensionnat pour jeunes filles, blonde, à la beauté quelque peu fanée, et qui n'avait vraisemblablement jamais été exposée aux misères de la vie. Mais il se disait qu'il n'était peut-être pas simple non plus d'être une femme au foyer dans la haute société, une situation qui n'offre guère l'occasion de se mettre en avant, de remporter ces petites victoires personnelles qui nourrissent notre âme et nous donnent de l'assurance. Alors, à la place, Mme Sommersted allait chercher cette satisfaction dans le regard des hommes, comme Niels l'avait remarqué dès leur première rencontre, lors d'une réception. Elle n'avait pas lâché son mari d'un centimètre de toute la soirée, lui donnant même la main par moments. Pourtant, ses yeux n'avaient cessé d'épier les regards des autres invités dans la salle.

— Je pense que vous devriez employer votre journée à contacter les… disons huit ou dix âmes charitables de Copenhague afin de leur demander si elles ont remarqué quelque chose d'inhabituel. Adressez-vous par exemple au directeur de la Croix-Rouge, aux défenseurs des droits de l'homme et… aux écologistes locaux, ce genre d'organisations. Et demandez-leur de se tenir sur leurs gardes. Comme ça, on aura fait notre boulot.

— Et ceux qui sont là pour le sommet ?

— On laisse tomber, trancha Sommersted en lui adressant un sourire complice. Ne vous en faites pas pour eux, ils sont déjà bien assez protégés. En plus, dans quatre jours, ils seront tous rentrés chez eux. Je pense qu'il s'agit plutôt d'une menace à long terme.

Bien que son chef semblât pressé de le voir partir, Niels parcourut une nouvelle fois les deux feuilles.

— A-t-on des suspects ?

— Bentzon. C'est une simple mesure de précaution, rien d'autre.

— Mais comment se fait-il qu'ils nous aient transmis cette affaire, alors ?

— Écoutez-moi bien attentivement. Ceci n'est pas une affaire. Vous pouvez même considérer cette mission comme un jour de congé que je vous offre en remerciement pour votre intervention de cette nuit. Et même si nous prenions cette menace au sérieux, nous ne pourrions guère en faire davantage. Nous sommes déjà assez débordés. Or, si jamais nous commettons le moindre faux pas, je connais trois quotidiens et cent soixante-dix-neuf parlementaires qui ne manqueront pas de nous tomber dessus pour nous demander des comptes et exiger une enquête ainsi qu'une redéfinition de nos priorités. Et même si rien ne me ferait plus plaisir que de leur rétorquer qu'ils peuvent toujours aller se faire foutre, je n'aurai pas d'autre choix que de leur sourire et d'approuver comme un petit écolier le jour du bal de fin d'année.

Sommersted soupira et se renversa contre le dossier de son fauteuil. Ce n'était pas la première fois que Niels l'entendait tenir ce discours.

— La voilà ma réalité, Bentzon : suivre scrupuleusement les consignes du ministre et du procureur du roi, leur envoyer des e-mails afin de leur expliquer pourquoi nous sommes arrivés sur les lieux d'un crime avec dix minutes de retard et répondre aux journalistes qui veulent savoir pourquoi nous faisons si mal notre boulot. Car c'est ce qu'ils pensent de nous.

Sommersted tendit le doigt vers la fenêtre, en direction des policiers massés à l'extérieur.

— Considérez-moi comme votre bouclier. Les pitbulls de Christiansborg[1] et les diverses rédactions de presse écrite, j'en fais mon affaire. Vous, pendant ce temps-là, continuez de faire ce que vous avez toujours fait : arrêter les délinquants, les flanquer en tôle et égarer la clé de leur cellule.

Niels se contenta de sourire. Son chef ne manquait pas d'humour.

— Simple mesure de précaution, Bentzon. Prenez ça comme un test de confiance. Entre vous et moi. Et bonnes vacances pour la semaine prochaine.

1. Siège du Parlement danois.

11.

Archives de la préfecture de police, Copenhague

— Des personnes bienfaisantes ?

Il n'y avait pas la moindre trace de sarcasme dans la voix de Casper, seulement une curiosité sincère.

— Tu recherches des personnes bienfaisantes ?

— Exactement.

Niels s'assit sur le bord du bureau et contempla la salle informatique.

— Il faut qu'on trouve les bonnes. Est-ce que tu peux m'aider ?

Casper avait déjà pris place devant un écran d'ordinateur sans même offrir de chaise à Niels. Mais celui-ci avait l'habitude, c'était toujours comme ça dans les archives. Même si cette pièce ressemblait à tous les autres bureaux, en plus grand, il avait toujours l'impression d'être entré de force chez un inconnu. Il ne s'était jamais vu proposer de café ni de chaise et n'avait jamais eu droit non plus aux formules de politesse habituelles. Il n'arrivait pas à déterminer si c'était là une marque d'antipathie des archivistes à son égard ou bien tout simplement un manque de sociabilité de leur part. Était-il possible que toutes ces années passées dans leurs archives poussiéreuses, au milieu des fiches, des dossiers et des ordinateurs, les aient peu à peu désociabilisés, au point qu'ils redoutent aujourd'hui que des étrangers comme Niels, par leur simple présence, ne perturbent leur univers si minutieusement ordonné, que tout ce qui franchit leurs lourdes portes noires en bois n'introduise le chaos ?

— L'art d'être bon, dit Casper après avoir tapé « personne bienfaisante » sur Internet. Ça y est, j'en tiens un : Jésus.

— Bon travail, Casper.

L'archiviste leva les yeux de son écran d'ordinateur, visiblement flatté par le compliment. Soudain, Niels se souvint que l'ironie n'avait pas cours en ces lieux. Bien sûr. L'ironie peut entraîner des incompréhensions qui, elles-mêmes, engendrent des erreurs de classement. Or une simple erreur de ce genre peut provoquer la perte définitive d'un livre important, d'un dossier, voire d'une preuve essentielle. Les archives enfermaient plus de trois cent mille affaires dans leur magasin. Niels n'y avait jamais mis les pieds – l'accès était strictement réservé au personnel autorisé – mais les quelques personnes qui avaient eu l'occasion d'y pénétrer l'avaient décrit comme une sorte de salle aux trésors de l'histoire de la police. On y trouvait des affaires qui remontaient au XIIIe siècle. Les meurtres non élucidés ne manquaient pas. On en comptait pas moins d'une centaine depuis la fin de la guerre. Une bonne partie de ces criminels étaient décédés entre-temps et n'avaient été jugés que dans l'au-delà. Mais, d'un point de vue statistique, il ne resterait plus qu'une quarantaine de meurtriers dans la nature. Sans parler des Danois disparus. Certains avaient tout simplement décidé de commencer une nouvelle vie, tandis que d'autres, probablement morts, n'avaient jamais été retrouvés, si bien que leurs cas n'entraient même pas dans les statistiques des meurtres non résolus.

Niels connaissait de nombreux collègues qui avaient demandé à pouvoir entreprendre des recherches dans les archives, une fois à la retraite. Même si l'ironie n'avait pas cours en ces lieux, il trouvait tout de même la situation plutôt ironique : ce n'était qu'une fois à la retraite que les policiers disposaient du temps nécessaire pour réaliser le travail pour lequel on les avait payés. Tout cela parce qu'on leur faisait perdre bien trop de temps en paperasseries inutiles lorsqu'ils étaient en fonction. On leur demandait en effet de rédiger des rapports qui n'étaient jamais lus et de rassembler des documents qui n'intéressaient personne. C'était à peine si on leur permettait de passer aux toilettes sans avoir au préalable rempli un formulaire sous format Excel. Et le mouvement n'avait fait qu'empirer au cours des dix dernières années. Le gouvernement avait beau avoir déclaré officiellement la guerre à toutes formes de bureaucratie superflues, la réalité était différente. Pourtant, ils avaient déjà bien à faire dans la rue, avec ces gangs de « Rockers » qui semaient la terreur à travers le pays, ces guerres de bandes, ces actes de violence toujours plus bestiaux, ces maisons de la jeunesse à évacuer et les affrontements inévitables qui s'ensuivaient, ces jeunes immigrés en colère qui faisaient de la voiture de leur voisin un feu de joie, ces entrepreneurs sans scrupule en quête perpétuelle d'une nouvelle société à démembrer, la pédopornographie, les gangsters d'Europe de l'Est, les prostituées africaines, les malheureux malades mentaux qu'on relâchait dans la nature par souci d'économie, etc. Dans ces conditions, il n'y avait rien d'étonnant à ce que tant de policiers demandent à prendre leur retraite anticipée. Parmi leurs chefs, il se murmurait même – en guise de plaisanterie – que le gouvernement serait bien avisé de créer une garde républicaine sur le modèle des pays du Moyen-Orient, une sorte de petite armée de volontaires aux ordres du pouvoir qui se chargerait du nettoyage de Christiania et ferait la guerre aux manifestants et aux opposants. Ce qui permettrait à la police de respirer un peu et de se concentrer ainsi sur ce qu'elle faisait le mieux, c'est-à-dire protéger et servir la population.

Casper dévisagea Niels, comme s'il attendait de nouvelles instructions.

— Est-ce que Jésus te convient ?

— Il nous faut plutôt des Danois en vie, Casper.

— Des Danois qui font le bien ?

— Exactement, bons et justes. J'aimerais bien en avoir une liste.

— Comme des juges à la Cour suprême, par exemple ?

— Veux-tu bien cesser de faire l'idiot ?

— Dans ce cas, tu pourrais peut-être m'aiguiller un peu.

— La Croix-Rouge, proposa Niels.

— Là, je comprends mieux. Tu fais référence aux associations humanitaires.

— Pas seulement.

Casper se tourna à nouveau vers son écran. Quel âge pouvait-il avoir ? Sans doute pas plus de vingt-deux ans. Les jeunes sont tellement précoces, de nos jours, se dit Niels. À cet âge, ils ont déjà fait trois fois le tour de la terre, passé un diplôme, ils parlent les langues les plus improbables et ont déjà développé leur propre programme informatique. Quand il avait vingt-deux ans, il était tout juste capable de rafistoler une bicyclette et de compter en allemand jusqu'à dix.

— Il te faut combien de noms ? J'ai la Croix-Rouge, Amnesty International, l'Armée du Salut, l'Unicef, l'Académie de la Paix…

— L'Académie de la Paix ? Qu'est-ce que c'est que ça ? demanda Susanne, la doyenne des archivistes, en leur jetant un regard offensé.

— Pourquoi pas plutôt Sauvons l'Enfance ? Je leur verse des dons.

— Ce ne sont pas des fondations que je recherche, mais des gens. Des gens foncièrement bons.

— Eh bien, dans ce cas, pourquoi pas la présidente de Sauvons l'Enfance ?

Niels prit une profonde inspiration et décida de tout reprendre depuis le début.

— Voilà ce qui se passe : partout à travers le monde, des personnes bienfaisantes ont été assassinées. Elles s'étaient toutes battues en faveur des autres, que ce soit pour sauver leur vie ou pour défendre leurs droits et leur dignité.

— Non, on va procéder autrement, l'interrompit Casper. On va se baser sur des mots-clés.

— Des mots-clés ?

— On va faire une recherche croisée. Ce sont toujours les personnalités les plus médiatiques que l'on considère comme particulièrement bonnes, pas vrai ?

Alors, s'il est vrai qu'un terroriste international parcourt le monde pour les assassiner, il faut bien qu'il se soit procuré ses informations quelque part. Et je suis prêt à parier que c'était sur Internet.

— Bien vu.

— On va donc imiter ce terroriste et faire des recherches à partir de ces mots magiques qui permettent d'accéder aux sommets en matière de bienfaisance. Vous savez : environnement, tiers-monde, eau, des trucs de ce genre.

Tandis que Susanne semblait réfléchir à la question, Niels poursuivit :

— Bénévolat, sida, médicaments.

— Climat, vaccin, cancer, écologie, CO_2, enchaîna Casper.

— Mais en quoi est-ce que ça consiste, au juste, d'être bon ? intervint Susanne.

— Aucune importance, répondit Casper. Tout ce qui compte, c'est ce que les autres vous considèrent ainsi.

Plusieurs autres mots étaient venus à l'esprit de Niels :

— Rajoute eau pure. Non, eau potable.

— Parfait. Allez, encore !

Casper commença à les taper sur son clavier et Susanne renonça définitivement à son scepticisme :

— Que dites-vous de mortalité infantile, de malaria, de santé ?

— Excellent !

— Analphabétisme. Prostitution.

— Viol, lança Niels.

— Microcrédit. Aide au tiers-monde, bénévolat, ajouta Casper.

— Et forêt vierge, conclut Susanne, en leur lançant un regard indigné, comme si elle les avait tenus pour personnellement responsables de la déforestation.

Tel un pianiste qui aurait tout juste exécuté sur son Steinway les derniers accords de la *Troisième Symphonie* de Rachmaninov, Casper leva soudain ses doigts du clavier :

— J'en ai pour dix minutes.

Niels alla patienter près de la machine à café. Leur moka était de piètre qualité et n'arrivait pas à la cheville du café de la machine à *espresso* que Kathrine leur avait rapportée de Paris, l'année précédente. Niels était d'humeur morose. Peut-être à cause de l'atmosphère du lieu, ou encore de tous ces meurtres non élucidés. Son amour de la justice n'était rien comparé à sa haine de l'injustice. Un crime non résolu, que ce soit un meurtre, un viol, ou une agression, pouvait très bien le maintenir éveillé des jours durant. L'indignation et la colère qu'il ressentait constituaient son moteur. Une fois que le criminel était condamné, qu'il le voyait quitter le tribunal entouré de policiers pour être conduit dans sa cellule, il éprouvait soudain comme un immense vide en lui. C'était une sensation qu'il était incapable d'expliquer.

— OK. De combien de noms as-tu besoin ? demanda Casper depuis son poste de travail.

Niels jeta un coup d'œil à sa montre : 10 heures passées. Il aurait bien aimé être chez lui au plus tard à 18 heures afin de pouvoir faire ses valises. Il devait aussi prendre ses comprimés. Cela lui laissait huit heures. Une heure par entretien devrait suffire. Il lui faudrait rencontrer chacune de ces personnes. Une menace de mort potentielle, aussi hypothétique fût-elle, n'était pas le genre de chose qui s'annonçait par téléphone.

— Donne-moi les huit premiers.

— Tu veux que je te les imprime ?

— Oui, s'il te plaît.

La machine se mit à rugir. Niels contempla la liste. La crème de la crème de l'industrie du bien. S'il avait interrogé des gens dans la rue, ils lui auraient très probablement fourni la plupart de ces noms.

— Est-ce que je dois les croiser avec notre base de données ? demanda Casper en regardant Niels avec ce qui était peut-être un sourire.

L'idée était plutôt tentante. Il serait intéressant de voir ce que les fichiers de la police avaient à leur révéler sur ceux dont le nom revenait le plus souvent à partir du vocabulaire de la bienfaisance, sur ces personnalités qui intervenaient couramment dans les médias lorsqu'il s'agissait de parler des faibles et des laissés-pour-compte.

— Qu'en penses-tu ? Ça prendra deux minutes.

— Non, ce n'est pas nécessaire. On ne s'intéresse qu'à la façon dont les autres les considèrent.

Susanne jeta un coup d'œil à la liste par-dessus l'épaule de Niels.

— Regardez. Il y a la présidente de Sauvons l'Enfance, s'exclama-t-elle avec soulagement.

— Que vient faire Mærsk sur cette liste ? s'étonna Casper en examinant les résultats de sa recherche.

— Mærsk prend part à tellement de projets à travers le monde et au Danemark que son nom ressort presque systématiquement. À eux seuls, ses impôts financent certainement des centaines d'écoles publiques chaque année. Mais si on avait fait une recherche sur le Danois le plus détesté, on serait sans aucun doute encore tombé sur lui. Est-ce que je le retire de la liste ?

— Oui, tu peux. De toute manière, je doute qu'il soit le plus accessible.

— Qui est ce Thorvaldsen qui est arrivé en premier ? s'enquit Susanne.

Niels fut stupéfait de son ignorance.

— C'est le secrétaire de la Croix-Rouge, voyons.

Une nouvelle liste sortit de l'imprimante. La disparition de Mærsk du sixième rang avait libéré une place pour un pasteur très médiatique.

— De vieilles connaissances, constata Niels. À l'exception du numéro huit. Lui, je ne le connais pas.

— Gustav Lund. Onze mille deux cent trente-sept résultats pour les mots « sauver » et « monde ». Voyons voir, dit Casper en faisant une nouvelle recherche. Il s'agit d'un professeur d'une cinquantaine d'années.

— Bel homme, commenta Susanne.

— Gustav Lund. Professeur de mathématiques. Ah voilà ! Il s'est vu décerner le prix Nobel en compagnie de deux collègues canadiens et de trois Américains. Hum… Son fils s'est suicidé… il avait seulement douze ans.

— Ça ne fait pas de lui une mauvaise personne pour autant.

Niels et Casper n'avaient pas l'air d'accord.

— Et qu'a-t-il fait de bien, ce monsieur ? demanda Susanne.

— Très bonne question, répondit Casper en se concentrant sur son écran. Voilà, j'y suis. Lors de la remise de son prix, il aurait déclaré : « C'est un mathématicien qui sauvera le monde. » Cette phrase a manifestement été citée un peu partout, depuis. Est-ce que je dois le supprimer et le remplacer par le numéro neuf ? Il s'agit d'un climatologue de…

— Non, ça ira comme ça, le coupa Niels en contemplant la liste. Il faut toujours garder une place pour l'imprévu.

12.

Aéroport d'Arlanda, Stockholm, Suède

Au moment de sortir de l'avion, Abdul Hadi baissa les yeux pour éviter le regard de l'hôtesse. Elle appartenait à l'Occident et il était totalement inutile de se faire des illusions. Elle lui rappelait aussi beaucoup trop sa propre sœur, même si elles ne se ressemblaient pas du tout. Mais elle avait l'âge qu'elle aurait eu aujourd'hui, trente-huit ans. À l'époque, elle en avait huit.

Au contrôle des passeports, il prit place dans la file destinée aux « autres nationalités », tandis que les citoyens de l'Union européenne, ces gens auxquels on pouvait faire confiance, sortaient par la porte qui leur était réservée. Abdul Hadi, en revanche, n'avançait pas d'un pouce, mais il avait désormais l'habitude. Un jour, un Arabe avait surnommé cette file d'attente « l'Orient Express ». Une mère somalienne accompagnée de ses trois enfants avait une discussion perdue d'avance avec le policier suédois assis derrière la vitre. Ils ne la laisseraient pas passer, Abdul Hadi l'avait compris aussitôt. À chacun de ses voyages, il avait assisté aux mêmes scènes où l'on refusait à des non-Occidentaux l'entrée sur le territoire pour un problème de visa, pour un prénom d'enfant qui était orthographié différemment sur le passeport et sur le billet d'avion, pour une absence de billet de retour ou pour une photo un peu trop ancienne. Le moindre petit défaut leur servait de prétexte pour refouler ses pauvres gens à la frontière. L'Europe était devenue une forteresse dont le contrôle des passeports constituait le pont-levis qui permettait de franchir les douves. Et si, par malheur, on ignorait le mot de passe, il ne restait plus qu'à faire demi-tour.

La Somalienne était en pleurs. Ses enfants étaient affamés, leurs visages creusés comme on ne le voit habituellement que chez des personnes extrêmement âgées. Ils lui faisaient peine à voir. Finalement, elle dut se ranger sur le côté pour laisser passer les autres voyageurs. Quand le tour d'Abdul Hadi arriva, son visage fit l'objet d'un examen approfondi, aussi bien sur la photo de son passeport que dans la réalité. Pendant ce temps, il entreprit de compter les Européens qui franchissaient l'autre porte. Cinq. Le policier fit passer son passeport dans une machine. Douze.

— *Business ?*

— *Visiting family.*

— *Do you have a return ticket ?*

— *Yes.*

— *Show me please.*

Abdul Hadi contemplait l'autre queue. Encore cinq, ce qui faisait dix-sept. Le policier étudia attentivement son billet de retour. Ils ne laissaient passer personne sans un billet de retour valide car ils tenaient à s'assurer que les étrangers allaient rentrer chez eux le plus tôt possible. Vingt-cinq. Il parvint à compter jusqu'à trente-deux avant de récupérer enfin son passeport et son billet de retour sans le moindre mot.

— *Next !*

Il était le seul Arabe non accompagné à attendre devant la sortie. Abdul Hadi et lui échangèrent un regard et se portèrent à la rencontre l'un de l'autre.

— Abdul ?

— C'est moi.

— Je te souhaite la bienvenue. Je suis Mohammed, ton cousin.

Ce n'est qu'à ce moment précis qu'Abdul Hadi remarqua une certaine ressemblance : visage ovale, cheveux clairsemés, sourcils épais. Il lui sourit. Cela faisait de nombreuses années qu'il n'avait pas revu le frère de sa mère. Celui-ci avait trouvé asile en Suède voilà presque vingt ans et y avait fondé une famille. Le grassouillet décontracté qui se tenait devant lui était l'un de ses fils.

— Ils t'ont bien nourri, dis-moi.

— Je suis gros, je sais bien. Mon père aussi me le fait sans cesse remarquer.

— Tu lui transmettras mes salutations et tous mes respects.

— Je n'y manquerai pas. Laisse-moi porter ta valise.

Ils se dirigèrent vers la sortie de l'aéroport.

— Pourquoi ton père n'est-il pas venu me chercher ?

Mohammed sembla chercher ses mots.

— Est-il malade ?

— Non.

— Il a peur ?

— Oui.

Abdul secoua la tête.

— Nous sommes pourtant nombreux. Nous formons une véritable armée. Une armée dormante, reprit Mohammed.

— C'est exactement ça, une armée dormante. Mais pas si facile à réveiller, dit Abdul à son jeune cousin qui avait si bien profité des richesses de l'Occident.

En voyant le paquet posé sur la banquette arrière de la voiture, il sermonna Mohammed pour son imprudence. Non seulement l'armée dormante était en surpoids, mais elle était en plus empotée.

— Ce sont seulement les photos, se défendit le jeune homme. Les explosifs sont dans le coffre.

Abdul examina les photographies de l'église sans la reconnaître.

— Es-tu bien certain qu'il s'agisse de la bonne ?

— Absolument certain. C'est l'une des églises les plus célèbres de Copenhague.

Il reconnut enfin les images qu'il avait vues sur Internet en découvrant le crucifix. L'idée qu'il allait disparaître dans l'explosion le chagrina, mais il se rassura en se disant que ce n'était pas Jésus. Non, c'était une statue, rien qu'une simple statue. Il trouvait insupportable cette manie qu'avaient les Occidentaux de sans cesse vouloir représenter tout ce qui était sacré sous forme de poupées, de statues ou de peintures, sans parler des crèches et des scènes de la Bible minutieusement taillées dans le bois. Il n'y avait aucune limite à leur imagination. De tout temps, ils avaient eu recours aux représentations pour convertir les gens, autrefois comme de nos jours, à la seule différence qu'il s'agissait désormais de promouvoir un mode de vie. Rien à voir avec Hadi et son peuple, qui ressentaient leur dieu en eux et n'avaient nul besoin de l'exposer sur une croix. Il regarda de nouveau la statue de Jésus. Quelle fascination puérile, pensa-t-il.

— On a dévissé le soupirail, l'informa Mohammed en pointant du doigt l'un des soupiraux sur la photo de l'église. Ça nous a pris trois nuits. En tout cas, personne ne nous a vus, c'est certain. Les quatre vis sont complètement desserrées, il n'y a plus qu'à soulever.

L'estomac d'Abdul Hadi se mit à gargouiller. Au cours des dernières heures, il avait seulement avalé les cacahuètes que lui avait données l'hôtesse de l'air. Une fois de plus, son esprit s'égara et le ramena à elle, à ses cheveux blonds et à ses mains qui l'avaient frôlé. Il avait l'impression qu'il lui était impossible de penser à cette femme sans que sa sœur défunte refît surface, et avec elle le petit garçon que son père avait renversé. Deux vies. Deux vies avaient dû être sacrifiées pour lui permettre d'être là aujourd'hui. Finalement, ce n'était que justice qu'il se sacrifiât à son tour. Il ne servait à rien de penser plus longtemps à cette hôtesse de l'air. Il aurait donné cher pour qu'elle ne lui ait jamais souri, du moins pas de cette manière.

13.

Commissariat de police de Venise

Le paquet était posé sur la table. Il contenait ce qui était probablement l'unique enregistrement vidéo de l'un de ces meurtres et avait été quasi impossible à se procurer. Pourtant, il était bien là, devant lui.

Tommaso di Barbara se frotta les yeux et contempla le petit paquet emballé avec soin. Il avait découvert un tas de victimes mais il lui manquait toujours ce petit indice sur le meurtrier, qui lui permettrait d'orienter efficacement ses recherches.

Le commissaire Morante n'était pas seul. Tommaso entendit plusieurs personnes marcher dans le couloir, d'un pas solennel et régulier. Une cadence, se dit Tommaso, parfaite pour la musique, mais affreuse pour une marche. Quand des gens se déplacent en cadence, c'est en général parce que ce qu'ils ont à faire est trop lourd à porter pour un seul homme. La porte s'ouvrit d'un coup. Le commissaire s'assit aussitôt et se servit de l'eau ainsi qu'au chef du personnel et à un troisième personnage, probablement du continent, que Tommaso ne connaissait pas. Il s'efforça d'avoir l'air en forme, du moins autant que sa fièvre et son mal de crâne le lui permettaient.

— Eh bien, quelle nuit ! s'exclama le commissaire. Et dire que le coupable n'était autre que la veuve du souffleur de verre.

— A-t-elle avoué ? s'enquit Tommaso.

— Oui. Ce matin. Mais seulement lorsque Flavio est revenu avec le prêtre.

— Son mari avait-il souscrit une assurance-vie ?

— Non. (Le commissaire s'éclaircit la voix avant de changer de sujet.) Tommaso, je vous pose la question pour la dernière fois.

— Oui, répondit-il sans attendre.

— Oui ?

— Oui, c'est moi qui ai contacté les autorités chinoises. C'est moi qui leur ai demandé d'envoyer cette cassette. Il est possible qu'elle contienne des informations de la plus haute importance.

Le commissaire haussa le ton :

— Sans la moindre autorisation, vous avez utilisé des canaux officiels afin d'envoyer des signalements à Kiev, à Copenhague, et j'en passe.

Tommaso n'écoutait déjà plus. Il s'interrogeait. Comment le commissaire avait-il bien pu découvrir le pot aux roses ? Quelqu'un avait dû le balancer. À moins que son chef ne l'ait eu à l'œil depuis plus longtemps qu'il ne l'avait cru.

Il profita d'une courte pause pour tenter de se justifier.

— Comme j'ai déjà essayé de vous le dire, tous ces meurtres sont identiques.

Il y eut un silence et de nouveaux raclements de gorge.

— Voyons, Tommaso, essaya de le raisonner le commissaire. Vous avez même contacté notre ambassade à New Delhi afin qu'ils dépêchent quelqu'un à Bombay pour y recueillir des indices.

— Pas des indices. Il s'agissait d'un économiste indien qui venait d'être assassiné.

Ignorant totalement la remarque de Tommaso, le commissaire poursuivit :

— Vous avez demandé aux autorités chinoises de vous communiquer des pièces à conviction. Vous avez alerté Interpol.

— Parce qu'ils nous avaient signalé une affaire en tous points identique à celle de Bombay ! Vérifiez par vous-même. C'est tout ce que je vous demande. Écoutez au moins ce que j'ai à vous dire. Moi non plus je n'arrivais pas à y croire, au départ. Ça fait maintenant des mois que j'ai découvert la photo qui a été diffusée par Interpol. Tout d'abord, je n'y ai vu qu'un simple cadavre avec un énorme tatouage, jusqu'à ce que je l'examine plus attentivement. J'ai alors demandé à Interpol de m'envoyer le reste des photos dans leur résolution d'origine.

— Quoi ? Vous avez demandé à Interpol de vous communiquer de nouveaux éléments ?

Le commissaire secoua la tête.

Tommaso renonça à le convaincre et se tourna vers l'inconnu assis à sa droite. Il devait être bien placé dans la hiérarchie.

— Au début, il ne s'agissait que d'un meurtre. Puis il y en eut un autre. Et j'ai découvert qu'en plus de cette marque étrange dans leur dos, les victimes avaient aussi en commun d'avoir, chacune à leur manière, aidé leur prochain.

L'inconnu acquiesça d'un air intéressé.

— Je me suis donc adressé à Interpol, mais ils m'ont répondu qu'ils n'avaient pas l'intention de se pencher sur une affaire aussi minime. Alors, j'ai décidé de m'en charger moi-même.

— Alors, vous vous en êtes chargé vous-même? répéta le commissaire en secouant la tête.

— Tout à fait. Sur mon temps libre. J'ai accompli mon travail consciencieusement, sans jamais me soustraire à la moindre garde de nuit.

— Votre temps libre! Parce que vous vous imaginez peut-être que tout cela n'a une incidence que sur votre temps libre? Et que faites-vous du temps de tous ces gens que vous avez sollicités, comme par exemple cet employé de l'ambassade de New Delhi?

— Nous avons une responsabilité.

Le commissaire fit semblant de ne pas l'entendre et continua :

— Demain, nous allons recevoir des hôtes prestigieux : le ministre de la Justice et toute sa suite de juges et d'hommes politiques. Croyez-vous que cela fera bon effet?

Tommaso pesta intérieurement. C'était bien là l'unique chose qui intéressait le commissaire : accueillir le flot d'hôtes prestigieux qui se déversait sur la ville une semaine sur deux. Tous souhaitaient que leur conférence ait lieu à Venise. Peut-être le commissaire sentit-il que son subordonné avait percé à jour sa vanité maladive car il changea soudain de tactique.

— Vous ne vous êtes jamais dit, lorsque vous envoyiez une *red notice*, qu'il y avait des gens, à l'autre bout, qui allaient devoir s'en occuper ? Avez-vous conscience du nombre de policiers que vous avez mobilisés, dans toutes ces villes ? Ankara, Sligo.

— Et Copenhague. Tous ces meurtres sont liés.

Le commissaire adressa un regard résigné à la troisième personne, comme chaque fois que Tommaso avait fait référence à un lien entre les meurtres. L'homme se racla la gorge et se passa la main dans les cheveux.

— J'ignore exactement en quoi ils sont liés, poursuivit-il. Mais comme certains de ces meurtres sont éloignés d'environ trois mille kilomètres, il m'a semblé naturel de prévenir les polices des pays qui étaient directement menacés.

Un silence pesant s'abattit dans la pièce. Le commissaire se tourna une fois de plus vers l'inconnu, qui se redressa avant de prendre la parole.

— *Signor* Barbara, commença-t-il avant de marquer une courte pause. Nous avons appris que votre mère était gravement malade.

Tommaso fronça les sourcils. Qu'est-ce que cela avait à voir là-dedans ?

— Exact.

— Est-elle dans un hospice ?

— Oui. Elle est soignée par les sœurs franciscaines.

— Avoir une mère mourante est une épreuve très éprouvante. Moi-même, j'ai perdu la mienne pas plus tard que l'année dernière.

Tommaso lui lança un regard interloqué, puis fixa le commissaire qui, désormais, se contentait de fixer la table devant lui.

— Parfois, quand on est confronté à une situation face à laquelle on se trouve démuni, il peut nous arriver de nous jeter à corps perdu dans les projets les plus fous. Comme si l'on éprouvait le besoin de compenser le traumatisme et de se sublimer psychologiquement. Est-ce que vous comprenez ce que j'essaie de vous dire ?

— Pardonnez-moi mais… qui êtes-vous ?

— Je suis le docteur Macetti.

— Docteur ? Docteur en quoi ?

— En psychiatrie, répondit-il en regardant Tommaso droit dans les yeux avant de reprendre. L'hyperactivité développée par votre cerveau est tout à fait naturelle. Je peux même vous assurer que cette réaction est beaucoup plus saine que l'apathie, la dépression, voire l'alcoolisme.

Le psychiatre adressa cette dernière remarque au commissaire qui s'empressa d'acquiescer.

— Vous croyez que je suis devenu dingue ?

Ils eurent un rire gêné.

— Absolument pas, dit le psychiatre. Votre réaction est on ne peut plus normale.

Tommaso tourna de nouveau son attention vers le paquet qui se trouvait sur la table. Il n'avait toujours pas été ouvert.

— Peut-être serait-il préférable que vous vous concentriez sur votre mère ? reprit le psychiatre. Ainsi, vous pourriez en profiter pour me rendre visite à Veneto. Une fois par semaine.

— Évitons de parler de suspension, enchaîna le commissaire. Cela fait tellement dramatique. Mais je me vois tout de même contraint de vous demander de bien vouloir remettre votre bureau en ordre et de me rendre votre arme ainsi que votre carte de police.

14.

Siège de la Croix-Rouge danoise, Copenhague

La jeune secrétaire de la Croix-Rouge semblait quelque peu nerveuse. Elle avait beau le dissimuler derrière une façade aimable et décontractée, cela ne faisait néanmoins aucun doute.

— La police de Copenhague ?

— Niels Bentzon.

Sa gorge se couvrit subitement de minuscules boutons rouges, presque invisibles, mais il le remarqua aussitôt. Il était en effet habitué à repérer ce genre de signes corporels.

Les négociateurs de la police étaient à la base de simples agents formés par des psychologues et des psychiatres pour apprendre à résoudre des conflits sans avoir recours à la force. Le tout premier stage, consacré au langage secret du visage, avait ouvert à Niels les portes d'un monde dont il n'avait jusqu'alors jamais soupçonné l'existence. Lors de cette session, ils avaient appris à repérer le moindre petit mouvement involontaire, que ce soit au niveau des pupilles ou des veines de la gorge. On leur avait notamment passé des films muets pour les entraîner à étudier les visages sans prêter attention aux paroles.

— M. Thorvaldsen sera à vous dans cinq minutes.

— Merci, c'est parfait.

Niels s'empara d'une brochure consacrée à un projet de la Croix-Rouge au Mozambique et s'assit.

Sur la couverture, il y avait une photo de Thorvaldsen, la mine extrêmement grave. Il faisait plus jeune que l'autre jour, à la télévision. « La malaria, la guerre civile et le manque d'eau potable sont les trois principales menaces qui pèsent sur le Mozambique », pouvait-on lire. Niels reposa la plaquette. Le Mozambique lui semblait si loin. À travers la vitre, il voyait rire Thorvaldsen, dans le bureau voisin. Il ouvrit le dossier que leur avait envoyé Interpol et en sortit une chemise, histoire de ne pas avoir l'air de gober les mouches. Il y repéra le numéro de téléphone du policier italien en charge de l'affaire. Il était étonné qu'il s'agisse d'un Vénitien, puisque l'Italie semblait avoir été épargnée par cette série de meurtres. À la différence de la Russie. À Moscou, Vladimir Zjirkov, journaliste, était décédé en prison. Décidément, la Russie fait toujours tout à l'envers, pensa-t-il. Là-bas, on enferme les bons et on laisse courir les criminels. Selon la version des autorités russes, l'homme avait succombé à un infarctus du myocarde. Niels était curieux de savoir comment ce Vladimir avait échoué sur la liste des hommes bons assassinés. Il trouva l'explication un peu plus loin : tous les cadavres portaient le même tatouage. Il ne se souvenait pas que Sommersted en ait fait mention. C'était tout ce que contenait le dossier. Après tout, peu importait. Cette affaire ne le concernait pas. Son chef lui avait manifestement communiqué son manque d'enthousiasme. Des meurtres avaient été commis dans diverses régions du monde, et alors ? Environ quatre cents personnes perdaient la vie dans des accidents de la route chaque année, au Danemark, et parmi elles de nombreux enfants. Qui s'en souciait ? Y avait-il un seul policier, de l'autre côté du globe, pour penser à ces malheureux ? Certainement pas. Quant à Niels, tout ce qui l'intéressait, en ce moment, c'était de retrouver sa femme, d'avaler ses calmants comme s'il s'était agi de bonbons, de profiter du soleil, d'oublier que leur hôtel n'était qu'une forteresse sans charme entourée de fils barbelés et de sentinelles armées, de se remplir la panse avec ces plats fantastiques concoctés par le personnel de cuisine philippin pour un salaire de misère, de faire l'amour avec Kathrine, de pouvoir toucher son corps quand bon lui semble, de ne plus penser à Sommersted et…

— Allô ?

Niels tenait son téléphone dans la main. Il venait de composer un numéro sans s'en rendre compte. C'était comme si ses doigts avaient agi sans que son cerveau leur en ait donné l'ordre. Quelqu'un avait entouré le nom de Tommaso di Barbara dans le dossier, ainsi que son numéro de téléphone. Était-il possible que ce soit lui ?

— Allô ? répéta la voix.

— Tommaso di Barbara ? demanda Niels.

Il avait certainement mal prononcé son nom.

— *Si*, répondit la voix qui semblait fatiguée, meurtrie.

— *Niels Bentzon, calling you from Copenhagen Homicide. I have a paper here saying that you were the first officer to…*

— *Excuse. Parla italiano ?*

— *No.*

— *French ?*

Niels eut un moment d'hésitation. Il capta le regard de la secrétaire.

— Parleriez-vous par hasard italien ? Ou français ?

— Non.

Elle rayonnait littéralement. Niels avait rarement vu quelqu'un se réjouir à ce point de ne pas parler de langues étrangères. Ou peut-être était-elle tout simplement flattée de cette soudaine attention ? Il aperçut Thorvaldsen qui était sur le point de sortir de son bureau.

— *Monsieur*[1] ? Allô ? dit la voix dans le téléphone.

— *I'll call you back later, Mister Barbara. Okay ?*

Niels mit fin à la communication et se leva.

Thorvaldsen se tenait dans l'entrée et s'apprêtait à prendre congé de ses deux hôtes.

— Gardez les pancartes bien près du corps, il faut que la presse se déplace, cette fois, recommanda-t-il à l'un d'eux en posant sa main sur son épaule. On est bien d'accord ?

— Il y a un monsieur de la police qui souhaiterait s'entretenir avec vous un court instant.

La secrétaire prononça ces paroles à voix basse et non sans une certaine nervosité.

---

1. En français dans le texte.

— La police ? s'exclama Thorvaldsen en se retournant vers Niels. Est-ce qu'il s'est passé quelque chose ?

— Non, rien du tout, le rassura Niels en s'approchant, la main tendue. Niels Bentzon, police de Copenhague.

La poignée de main de Thorvaldsen était puissante, son regard confiant. C'était un homme qui avait l'habitude d'être pris au sérieux.

— La police ? répéta-t-il.

Niels acquiesça.

— Cela ne prendra qu'un instant.

15.

Commissariat de police de Venise

Tommaso nota le numéro de téléphone du policier danois. Il était dans un état d'exaltation, malgré son nouveau statut professionnel : suspendu du service. C'était la première fois que quelqu'un se manifestait depuis qu'il avait commencé à se consacrer à ce dossier. Il avait fermé la porte de son bureau. Le commissaire lui avait accordé le reste de la journée pour finir de mettre au propre son rapport sur la veuve du souffleur de verre. On ne pouvait pas dire que l'affaire avait été compliquée, au contraire. Ils avaient même obtenu des aveux en bonne et due forme : la dame ne pouvait tout simplement plus supporter son bon à rien de mari.

Son bureau avait une vue imprenable sur le canal ainsi que sur la gare. Il était meublé d'une table de travail, d'une chaise et d'un canapé deux places vert en imitation cuir. Il y avait aussi une petite penderie que Tommaso n'utilisait pas pour ranger ses vêtements. Il en ouvrit la porte. Le commissaire n'avait rien remarqué, il en était quasiment sûr – sans quoi il n'aurait pas manqué de lui en parler en même temps que de sa suspension. Toutes les parois intérieures de la penderie étaient tapissées de documents liés à l'affaire : des photos des victimes, des plans des lieux des crimes, des passages de la Bible ainsi que des feuilles sur lesquelles Tommaso avait consigné ses remarques et ses hypothèses. En entendant des pas s'approcher, il s'empressa de refermer la porte. Il savait maintenant qu'ils le surveillaient.

Il vit alors Marina, sa secrétaire, tourner en rond dans le bureau voisin, comme si quelque chose la préoccupait. Il aurait dû s'en douter. Elle aussi, ils lui étaient tombés dessus. Elle frappa aux carreaux.

— Entre, l'invita Tommaso.

Marina glissa la tête par la porte tout en veillant à garder le reste de son corps en dehors de la pièce.

— L'hôpital a appelé. Il paraît que ta mère a passé la nuit à te réclamer.

— Entre donc un instant, Marina.

Elle obtempéra et referma la porte derrière elle.

— Tu leur as parlé de mon travail.

— Comment aurais-je pu faire autrement ? Le commissaire m'a appelée hier soir pour me demander de venir le voir au commissariat. Il était 10 heures.

Elle avait les larmes aux yeux.

— Ne t'en fais pas. Je ne te reproche rien.

— Tu t'es fichu de moi.

— Vraiment ?

— Je croyais obéir à des ordres officiels. Je parle de tout ce que tu m'as demandé de te traduire, lança-t-elle en désignant la penderie. As-tu idée du nombre d'heures que j'y ai passées ? De l'italien vers l'anglais et vice versa.

— Ton aide m'a été incroyablement précieuse. Tu n'as rien dit à propos de…

Il lui désigna à son tour la penderie.

— Ils ne m'en ont pas parlé.

— Parfait, Marina.

— Est-ce que c'est vrai, ce qu'ils racontent sur toi ? Que tu as perdu la raison ?

— Perdu la raison ? À ton avis ?

Marina se ressaisit pour tenter d'évaluer l'état de santé mentale de Tommaso. Il lui sourit. Il avait besoin d'elle pour récupérer le paquet qui avait été envoyé de Chine.

— Arrête de me regarder avec ces yeux, reprit-il.

— Mais ils disent que c'est à cause de ta mère.

— Qui préfères-tu croire ? Moi ou le commissaire ?

Elle réfléchit. Marina était une femme intelligente, il le savait. Il l'avait lui-même choisie comme secrétaire. Mère de trois enfants, ronde comme une barrique, le cœur sur la main et, plus important encore, parlant anglais. L'anglais, le safran de l'administration de Venise. Ceux qui maîtrisaient cette langue étaient rares et leurs services valaient cher. Le mascara de Marina avait coulé. Il lui tendit un mouchoir et renonça à attendre sa réponse.

— Trouve-moi un carton pour que je puisse emporter les documents chez moi, après quoi j'aurai une dernière faveur à te demander.

Elle secoua aussitôt la tête.

— Non.

— Si, Marina. C'est très important. Plus important que toi et moi. Lorsque le commissaire te confiera le colis pour que tu le renvoies en Chine, contente-toi de le mettre de côté.

Son regard avait retrouvé sa docilité habituelle.

— À la place, adresse-le à celui à qui appartient ce numéro de téléphone.

Il lui tendit la serviette en papier sur laquelle il avait noté le numéro de Niels.

— Qui est-ce ?

— Un policier de Copenhague qui s'intéresse lui aussi à cette affaire. Il est même probablement le seul dans ce cas, maintenant qu'on m'a viré.

— Mais je ne connais même pas son nom.

— Appelle ce numéro et pose-lui la question. Ou bien demande-lui par SMS ses coordonnées. Puis envoie-lui le colis. Par pli diplomatique. Ce sera plus rapide.

16.

Siège de la Croix-Rouge danoise, Copenhague

— Des hommes bons, dites-vous ?

Niels n'arrivait pas à déterminer si Thorvaldsen était honoré ou inquiet.

— Les victimes étaient des hommes bons ?

— Oui : des pédiatres, des militants des droits de l'homme, des bénévoles. Des gens qui travaillaient dans votre branche, quoi.

— L'industrie du bien. Vous avez le droit d'employer ce terme.

Niels jeta un regard circulaire dans l'imposant bureau. Il y avait des meubles de designers danois tels que Hans Wegner ou Børge Mogensen, de véritables tapis, une grande baie vitrée ainsi qu'un poster géant de Thorvaldsen posant aux côtés de Nelson Mandela et de Bono, probablement à Robben Island.

— Quelles sont les autres personnes qui figurent sur votre liste ?

— Pardon ?

— Votre liste. Qui d'autre devez-vous prévenir ?

— C'est confidentiel, répondit Niels.

Thorvaldsen se renversa contre le dossier de son fauteuil et secoua étrangement la tête.

— La liste des bons du royaume établie par la police. Doit-on considérer cela comme un honneur ?

Niels ne sut quoi répondre.

— Qu'est-ce qui vous permet de penser que ces hommes ont été exécutés ? reprit Thorvaldsen. Ne pourrait-il pas s'agir d'un simple hasard ?

— Si, c'est envisageable. Mais notre mission n'est pas de résoudre ces crimes.

— Voyez-vous ! Mais en quoi consiste votre mission, alors ? conclut-il avec un sourire pour ne pas paraître trop sceptique, mais c'était trop tard.

— À vous mettre en garde. Rien de plus. Si jamais vous constatez des faits suspects, une effraction, un acte de vandalisme, quelque chose de ce genre, appelez-moi. Je suppose que vous n'avez pas fait l'objet de menaces particulières, au cours de ces dernières années ?

— Constamment, au contraire, rétorqua Thorvaldsen en hochant la tête. Les avocats de mon ex-femme me menacent de jour comme de nuit.

La secrétaire frappa à la porte avant d'entrer avec du café et des tasses en roulant des fesses.

— Je pense que nous ne prendrons pas de café, l'informa Thorvaldsen en lui adressant un regard sévère. Nous aurons fini dans un instant.

Niels le remarqua à sa réaction : elle venait de commettre une nouvelle erreur et de s'attirer les foudres de son chef. Il eut envie de lui venir en aide.

— Juste une tasse, je vous prie. En remerciement pour les pièces que j'ai l'habitude de mettre dans la petite boîte quand vous faites la quête.

Quand la secrétaire le servit, il remarqua qu'elle avait les mains tremblantes.

— Merci, lui dit Niels en levant les yeux sur elle.

Thorvaldsen poursuivit.

— Ai-je besoin d'une protection ?

Il avait perdu de sa superbe et était sur le point de céder à la peur.

— Nous n'en sommes absolument pas là. Pour l'instant, nous sommes encore très bas sur l'échelle du danger.

Niels lui sourit d'un air rassurant. Il savait parfaitement que ce genre de phrase pouvait avoir l'effet inverse de celui escompté. Dans ce cas, ce n'étaient pas les mots « très bas » que captait le subconscient, mais plutôt le terme « échelle du danger ». Lorsqu'on avait peur des maladies, il n'était jamais rassurant de lire des articles sur le sujet. Bien au contraire, cela ne faisait qu'alimenter nos angoisses. Sans savoir exactement pourquoi, il ressentit soudain un irrépressible besoin de punir Thorvaldsen, de nourrir son subconscient de quelques frayeurs pour les nuits à venir.

— Malgré le caractère particulièrement imprévisible de ces meurtres, nous n'avons pour le moment aucune raison de penser que le Danemark sera la prochaine cible.

Niels adressa un sourire à la secrétaire quand elle sortit du bureau.

— Que faites-vous ici alors ?

— Simple mesure de précaution.

— Mais si vous estimez que je cours un danger, vous avez le devoir de me protéger.

— Dans l'état actuel des choses, rien ne le justifie. En revanche, si la situation venait à évoluer, soyez sûr que nous prendrons les mesures qui s'imposent. En attendant, je vous suggère de…

— Ne pas paniquer.

— Exactement.

Niels jeta un coup d'œil par la fenêtre et profita de la vue sur Fælledparken[1]. Une fine couche de glace recouvrait la pelouse et les arbres, comme dans un vieux tableau qui aurait perdu ses couleurs.

Il y eut une courte pause. L'irritation de Thorvaldsen était palpable. C'est pourquoi Niels ne fut pas étonné le moins du monde lorsque celui-ci soupira et entama une longue complainte :

— Écoutez-moi. J'ai consacré chaque minute de ma vie à aider les populations menacées. Le seul projet d'approvisionnement en eau potable que j'ai mené en Afrique de l'Est, l'année dernière, a permis de sauver des dizaines de milliers de vies, sans parler du rôle prépondérant qu'a joué la Croix-Rouge dans la prise de conscience internationale face au drame du…

Conscient que Niels était ailleurs, il s'arrêta.

— Le moindre que l'on puisse exiger en retour, dans une telle situation, c'est un minimum de soutien de la part des autorités.

— Je peux vous laisser mon numéro de téléphone. Comme je vous l'ai dit tout à l'heure, vous pourrez toujours me contacter.

— Je connais très bien le numéro de la police, merci infiniment !

1. Grand parc de Copenhague.

Un nouveau silence s'abattit. Niels se leva.

— Donc, n'hésitez surtout pas à nous appeler si nécessaire. Et soyez sur vos gardes.

— Génial. Vous saluerez Amundsen de ma part, chez Amnesty, car je suppose que c'est lui le suivant sur votre liste. Et n'oubliez pas de lui demander s'il préfère que nous nous cachions dans sa maison de campagne ou dans la mienne.

Niels acquiesça et quitta la pièce.

Tout doux, Thorvaldsen, se dit-il tandis qu'il se dirigeait vers l'ascenseur. Tu ne cours aucun risque. Il sortit sa liste – la liste des bons du royaume, comme Thorvaldsen l'avait baptisée – et raya son nom.

17.

Kongens Lyngby[1]

J'aimerais bien savoir à quoi bon posséder une telle surface, pensa Niels au moment où il s'engagea dans le lotissement huppé. Les petites voitures de femmes étaient rangées devant les pavillons. Dans la soirée, les grosses cylindrées viendraient se garer à leurs côtés.

La plaque en cuivre sur la porte d'entrée rouge brique était gravée d'un simple nom : Amundsen. C'était le numéro deux sur sa liste. Niels entendit des pas descendre et monter des marches. Des pas hésitants. Il sonna une nouvelle fois et frappa quelques coups vigoureux contre la vieille porte en bois. Celle-ci portait une entaille impressionnante en son milieu, comme si quelqu'un avait tenté de l'enfoncer. Niels commença à s'impatienter.

— Allez.

Il jeta un coup d'œil dans la rue. Aucun témoin. Avec l'index, il repoussa le clapet de la boîte aux lettres et vit une paire de jambes de jeune femme monter l'esca-

1. Commune bourgeoise au nord de Copenhague.

lier au pas de course. Puis il entendit des murmures et se redressa au moment même où la porte s'ouvrit. Amundsen avait des yeux bleu pâle ainsi qu'une chevelure blonde juvénile et hirsute qui lui descendait jusqu'aux épaules.

— Puis-je vous aider ?

— Christian Amundsen ?

— Oui ?

— Niels Bentzon. Police de Copenhague. Je suis passé vous voir au siège d'Amnesty dans le centre-ville, mais on m'a dit que vous étiez malade.

Amundsen jeta un regard affolé par-dessus son épaule avant de répondre :

— Oui, enfin, il y a malade et malade. Y aurait-il un problème avec ma voiture ?

— J'ai également essayé de vous appeler. Puis-je entrer ? Ça ne prendra qu'une dizaine de minutes.

— De quoi s'agit-il au juste ?

Niels contempla les photos encadrées accrochées aux murs : Amundsen en Afrique, au milieu de deux captifs libérés ; Amundsen en Asie, posant devant une prison en compagnie de quelques Asiatiques à la mine réjouie.

— Cette photo a été prise à Myanmar.

— En Birmanie ?

— C'étaient des prisonniers politiques. Je me suis battu pendant trois ans pour les faire sortir de la prison d'Insein, qui est, soit dit en passant, l'une des plus effroyables du monde.

— Ça a dû être un grand jour.

— Croyez-vous que je pourrais leur obtenir l'asile politique au Danemark ?

— Certainement pas en le demandant de cette façon.

— Le gouvernement australien a fini par accepter de les accueillir, mais seulement après avoir fait l'objet de pressions intenses, notamment de notre part.

La jeune femme dont Niels avait déjà pu admirer les jambes entra dans la pièce en apportant du thé sur un plateau. Cette fois, elle portait un jean. Un jean moulant et un charmant rouge à lèvres qui s'accordait à merveille avec ses cheveux raides asiatiques. Elle n'avait pas plus de vingt ans. Il semblait y avoir une attirance si forte entre elle et Amundsen que Niels eut l'impression de se trouver au beau milieu de leur chambre à coucher.

— Je vous présente Pinoy. Elle travaille chez nous comme jeune fille au pair.

— Bonjour, dit-elle. Du thé ?

Voix douce, servile et malgré tout indépendante.

— Avec plaisir.

— Pinoy aussi était harcelée par les autorités. Elle a fait deux séjours derrière les barreaux. Pourtant, nous avons dû renoncer à lui obtenir le statut de réfugiée politique. Alors, nous l'avons engagée comme jeune fille au pair. Là, il n'y a eu personne pour protester, bien au contraire. La classe supérieure doit avoir le droit de profiter d'une main-d'œuvre bon marché.

— Pour en revenir à ce qui m'amène, commença Niels.

Mais Amundsen le coupa aussitôt :

— C'est désormais le seul moyen qu'il nous reste pour faire entrer des étrangers dans ce pays. On se débrouille comme on peut.

Niels lui accorda quelques secondes pour lui permettre d'aller au bout de sa justification.

— Comme je vous l'ai expliqué en arrivant, vous n'avez pas à vous inquiéter. Vous devez juste nous appeler si vous constatez des faits inhabituels tels qu'une effraction, un acte de vandalisme, un verrou arraché ou des appels anonymes.

— C'est bien la première fois que je me retrouve confronté à ce genre de situation. Ça semble tellement incroyable. Je veux dire, que quelqu'un se mette à assassiner les gens bienfaisants.

Amundsen réagit soudain en entendant une voiture se garer devant la maison.

— Ce sont mes enfants. Voulez-vous patienter un instant, je vous prie ?

Avant que le policier ait eu le temps de lui répondre, il avait déjà disparu. Par la fenêtre, Niels vit la femme d'Amundsen, enceinte jusqu'au cou, lutter pour sortir deux autres enfants en bas âge de la voiture. Il jeta un coup d'œil dans le couloir et croisa le regard de son hôte. La jeune femme asiatique se tenait à son côté, visiblement contrariée. L'homme lui murmura quelque chose à l'oreille, juste avant que la porte ne s'ouvre devant deux enfants joyeux et souriants. Pendant que la famille fêtait gaiement ses retrouvailles, Niels contempla les témoignages des victoires d'Amundsen qui recouvraient les murs, notamment un article dans un cadre dont le titre était : Amnesty empêche l'expulsion de Yéménites.

— Je vous prie de m'excuser.

Son hôte se tenait dans l'entrée avec un enfant dans les bras. Ce n'était qu'un homme perturbé qui cherchait à compenser ses faiblesses en faisant le bien autour de lui. Niels sourit au petit garçon.

— Il n'y a vraiment pas de quoi. Je vous le répète : appelez-moi si jamais vous remarquez quelque chose d'inhabituel. Et vous n'avez aucune raison de vous inquiéter.

Amundsen prit la carte de visite que lui tendait Niels.

— Je ne m'inquiète pas. Voulez-vous avoir mon avis ?

— Pourquoi pas ?

— Vous cherchez au mauvais endroit.

— Que voulez-vous dire ?

— Ce n'est pas dans notre branche que vous trouverez la personne bienfaisante par excellence. Nous nous efforçons avant tout de satisfaire notre ego et notre soif de reconnaissance médiatique.

— Je ne suis pas à la recherche de la personne parfaite. Je me contente juste de prévenir ceux qu'un cinglé pourrait considérer comme « bons ».

Amundsen hésita un instant, puis fixa tranquillement Niels dans les yeux :

— En êtes-vous certain ?

Amundsen était assis dans son bureau. Le policier était reparti. Cela n'avait pas été une visite plaisante. Il avait eu la désagréable impression que Niels Bentzon lisait en lui et qu'il sentait quand il mentait. Pourquoi ne lui avait-il rien dit au sujet des appels anonymes qu'ils recevaient au beau milieu de la nuit ? Ou encore de ce jour où l'on avait balancé une bouteille contre la porte de leur maison ? Il entendait encore le vacarme qu'elle avait fait en se brisant en mille morceaux. Quant à la porte, elle était marquée à jamais. Parmi les tessons de verre, il avait retrouvé la vignette du goulot et lu l'inscription : *Amarula Cream*. Il connaissait parfaitement cette marque. Il s'agissait d'une crème de liqueur africaine, un breuvage délicat réservé aux grandes occasions, avec un éléphant sur l'étiquette. Il s'était même saoulé à l'Amarula, une fois, en Sierra Leone. À moins que ce ne fût au Liberia. Y avait-il un lien entre la bouteille que l'on avait jetée contre sa porte et cette histoire ? La Sierra Leone, avec ses crimes horribles, sa pauvreté, ses dictateurs fous à lier et son système judiciaire qui, bien qu'inexistant, n'entravait pas moins le travail d'Amnesty. Il était impossible d'opérer dans ces régions sans commettre d'erreurs. Et en commettant des erreurs, on se faisait des ennemis.

Un épisode, en particulier, l'avait fortement marqué. Quelques années plus tôt, alors qu'il s'était rendu en Sierra Leone avec d'autres responsables d'Amnesty afin d'y créer un centre d'accueil destiné aux enfants soldats, il avait rencontré deux garçons qui se trouvaient dans le couloir de la mort. Ils avaient été condamnés pour des massacres perpétrés dans leur propre village. L'un d'entre eux avait abattu son petit frère de dix ans. Lui-même n'en avait que douze. Le reste de sa famille réclamait son exécution. C'était la première fois de sa vie qu'Amundsen rencontrait une personne aussi seule. Son pays, l'armée qui l'avait kidnappé, sa famille, les services sociaux – si tant est que l'on puisse les appeler ainsi –, absolument tout le monde avait approuvé sa condamnation à mort. Amnesty avait néanmoins récolté des centaines de milliers de signatures en faveur du garçon de par le monde, et c'était Amundsen lui-même qui les avait remises au président de la Cour suprême. Il avait ensuite assisté à une parodie de justice. Le tribunal était installé dans l'ancienne salle des fêtes d'un hôtel abandonné. Quant au juge, Dieu seul savait où cet homme noir comme l'ébène avait déniché sa ridicule perruque blanche. Mais il y avait belle lurette que Dieu avait abandonné l'Afrique de l'Ouest. Outre Amnesty, il ne restait plus sur place que la Croix-Rouge et Médecins sans Frontières pour mettre un peu d'ordre dans cet enfer terrestre.

Le second garçon pouvait toujours compter sur le soutien de sa famille. Kidnappé à l'âge de huit ans, il en avait dix quand Amundsen avait fait sa connaissance. En l'espace de deux mois, on lui avait appris à devenir une véritable machine de guerre. Pour les entraîner, on les faisait tirer sur d'autres enfants enlevés. Ils avaient le choix entre être abattus par leur sergent ou appuyer eux-mêmes sur la détente. Mike – c'était son nom – n'avait pas tardé à comprendre ce que pouvait lui apporter la drogue. Sans elle, il aurait fini par perdre la raison et se tirer une balle dans la tête. Amundsen n'oublierait jamais sa première rencontre avec le garçon. Bien sûr, il s'était attendu au pire, mais ce n'était encore rien par rapport à la réalité. Il s'était trouvé en présence d'un enfant qui était devenu toxicomane pour survivre à l'enfer, d'un petit garçon transpirant et grelottant, recroquevillé dans le fond de sa cellule, dont l'unique préoccupation et sujet de conversation était sa prochaine dose. Amundsen avait été très proche de la famille de Mike. Peut-être avait-il fait preuve d'un optimisme exagéré ? Toujours est-il que les deux garçons avaient finalement été exécutés dans la cour de leur prison répugnante. Évidemment. En Sierra Leone, toutes les histoires ont une fin tragique.

La mère en avait beaucoup voulu à Amundsen. Elle lui avait reproché de ne pas avoir fait tout ce qui était en son pouvoir et l'avait invité à rentrer chez lui. Il se souvenait parfaitement de ce qu'elle lui avait crié :

— C'est le sang de mon fils qui paie votre salaire.

Depuis, ces paroles étaient restées gravées en lui et résonnaient souvent dans son esprit. C'est un amalgame injuste, se dit-il. Il s'était tout de même battu pour eux ! Son travail consistait justement à donner de l'espoir aux gens, mais la mère du garçon ne l'avait pas compris. Les paroles de celles-ci continueraient de le hanter.

« C'est le sang de mon fils qui paie votre salaire. »

18.

Centre-ville de Copenhague

Le prochain sur la liste s'appelait Severin Rosenberg. Après lui, il ne resterait plus que Gustav Lund, le repêché, le mathématicien qui avait remporté le prix Nobel. Le fait qu'il y ait un invité surprise et pas seulement les chouchous de ces médias bien-pensants n'était pas pour lui déplaire. Cela le confortait dans son idée que la liste allait servir à identifier les personnes foncièrement bonnes, celles pour qui il existait d'autres moyens d'aider que de participer à des manifestations sur le climat et à des retraites aux flambeaux sur la place de l'hôtel de ville.

Niels n'avait pas eu le temps de faire beaucoup de recherches sur Severin Rosenberg. Bien sûr, il était au courant, comme tous ceux qui avaient lu les journaux au cours de ces dernières années, qu'il avait abrité chez lui des réfugiés auxquels on avait refusé d'accorder l'asile politique, ce qui lui avait valu d'être surnommé « le pasteur des réfugiés » et de s'attirer la haine de certains membres de l'extrême droite ainsi que d'une grande partie de la population. Cependant, Severin Rosenberg ne s'était pas laissé impressionner et n'avait jamais changé de credo : « Aime ton prochain, quelle que soit la couleur de sa peau ou de ses yeux ; chacun a le devoir de venir en aide aux personnes en détresse. » Niels l'avait souvent vu participer à des débats télévisés et Rosenberg lui avait fait l'impression d'un homme intelligent, mais aussi d'un idéaliste déconnecté de la réalité prêt à défier tous les éléments pour défendre ses idées. Il y a deux mille ans, on l'aurait certainement jeté aux lions ou persécuté comme les chrétiens qui prônaient l'amour universel et le partage des biens terrestres. C'était pour son côté naïf que Niels appréciait Rosenberg.

En revanche, il trouvait les églises particulièrement ennuyeuses. En avoir vu une suffisait pour les avoir toutes vues. C'était ce qu'il avait toujours pensé, alors que Kathrine avait une faiblesse pour les édifices religieux. Une fois, à l'occasion de la nuit de la culture, elle avait même réussi à le traîner dans l'église du Saint-Esprit où ils avaient écouté une chorale chanter des hymnes en latin et un écrivain à longue barbe raconter l'histoire du monument. Tout ce dont il se souvenait, c'était qu'à une certaine époque l'église avait servi de couvent hospitalier. Lorsque Copenhague, au Moyen Âge, avait commencé à émerger en tant que métropole européenne, de nombreux voyageurs avaient afflué dans la ville. Parmi eux, il y avait des chevaliers, des nobles et des marchands, mais aussi des prostituées. Naturellement, il en avait résulté une explosion du nombre des naissances hors mariage. Souvent, les nouveau-nés étaient tués aussitôt. Aussi, pour mettre fin à cette pratique et offrir aux mères un endroit où abandonner leurs enfants non désirés, l'église du Saint-Esprit avait été agrandie et transformée en couvent hospitalier.

Niels gara sa voiture sur le trottoir et contempla l'imposant édifice où, six siècles plus tard, les habitants de Copenhague continuaient de venir déposer leurs enfants. En effet, le couvent abritait désormais une crèche.

Il resta assis un moment à observer le ciel où le soleil luttait de toutes ses forces pour transpercer l'épais manteau de nuages gris clair. Il regarda déambuler les passants dans la rue. Il y avait une jeune mère avec un landau et un couple âgé qui se tenait tendrement par la main comme des jeunes mariés. C'était une belle journée d'hiver à Copenhague, ou *Hopenhagen*[1], puisque c'était ainsi que la ville avait été rebaptisée en l'honneur du sommet sur le climat.

En traversant la place, Niels remarqua aussitôt la voiture de patrouille garée sur le trottoir. De loin, il entendit un homme brailler contre les policiers. Le débit nasillard caractéristique d'une voix cassée et anesthésiée par des années de consommation massive de drogues ne laissait aucun doute quant à l'identité de l'énergumène. Les agents maintenaient le toxicomane par les bras.

— C'était pas moi, pauv' taré.

Niels le connaissait très bien. Il avait même eu l'occasion de l'arrêter plusieurs fois. C'était l'un des nombreux déchets de Copenhague, l'une de ces mauvaises herbes qui forçaient les passants à détourner la tête

1. Jeu de mots avec l'anglais « *hope* » (espoir) et Copenhagen.

avec une grimace superflue exprimant pitié et dégoût. Le junkie se libéra soudain de l'étreinte des policiers et se lança dans une tentative de fuite comique en titubant sur ses jambes maigrichonnes. Mais ce n'était manifestement pas son jour : il fonça droit sur Niels.

— Hé ! On se calme !

— Putain, lâche-moi, mec !

Il l'immobilisa en le maintenant par les bras jusqu'à l'arrivée des agents. Il n'avait plus que la peau sur les os, à tel point que Niels eut peur de les briser. Il n'en avait probablement plus pour très longtemps, son haleine sentait déjà la mort. Niels eut beau détourner la tête, la puanteur eut définitivement raison de son humeur querelleuse.

— Allez-y mollo avec lui, intima-t-il à ses deux jeunes collègues lorsqu'il leur remit le fugitif.

Il profita de l'occasion pour leur présenter son badge. L'un des policiers voulut alors forcer le toxicomane à s'allonger sur les pavés pour lui passer les menottes.

— Vous croyez que c'est vraiment nécessaire ? demanda Niels. Qu'a-t-il fait ?

Le junkie lui adressa un regard dénué de reconnaissance.

— Il a essayé de pénétrer par effraction dans la crypte de l'église.

— Puisque j'vous dis que c'était pas moi ! s'écria le toxicomane. Putain, écoute-moi, mec. J'cherchais juste un coin tranquille pour m'faire un fix.

Niels consulta sa montre. Il était en retard et n'avait pas le temps d'enquêter sur ce qui s'était passé, en tout cas pas s'il voulait en avoir fini avec la liste avant

18 heures. Or il en avait bien l'intention. Le malheureux ne cessait de hurler, encore et encore.

— I' faut aller où ? Hein ? I' faut aller où, putain, quand on veut s'faire un fix ?

Les menottes se refermèrent sur ses poignets décharnés dans un clic discret. Niels remarqua son tatouage : un cercle formé d'un serpent rouge et d'un dragon violet entourant quelques symboles qu'il n'arrivait pas à distinguer. Il était relativement récent. Les couleurs n'étaient pas encore flétries ou partiellement effacées. Il ne s'agissait pas non plus d'un tatouage criminel, mais plutôt d'un chef-d'œuvre réalisé par un professionnel. Une petite œuvre d'art.

Niels constata que le soupirail était dévissé et trouva, à proximité, une seringue usagée qu'il jeta à la poubelle. Le sang des autres n'était pas tout à fait sa tasse de thé. Il découvrit également une vis coincée entre deux pavés. Il se baissa pour la ramasser et la compara avec les encoches dans le soupirail. Elle correspondait parfaitement. Le plus jeune des deux policiers se tenait derrière lui.

— Vous l'avez fouillé au corps ?

— Oui.

— Et vous avez trouvé un tournevis sur lui ?

— Non.

Niels lui montra la vis.

— Ce n'est pas lui qui a ouvert ce soupirail. Il n'en a absolument pas la force.

Le policier haussa les épaules, impassible, et demanda :

— Si vous n'avez plus besoin de nous, on va peut-être pouvoir l'embarquer ?

Niels ne l'écouta pas. Il pensait au tatouage du junkie. Qu'est-ce qui poussait un toxicomane qui avait déjà toutes les peines du monde à trouver les milliers de couronnes dont il avait besoin pour se payer sa dose quotidienne à en dépenser dix mille pour un tatouage ?

Sous-sol de l'église du Saint-Esprit, Copenhague

Rosenberg était comme l'avait vu Niels à la télévision. C'était un homme de grande taille, corpulent, à la chevelure clairsemée et qui se tenait légèrement voûté. Son visage était aussi rond qu'un soleil souriant sur un dessin d'enfant mais, derrière ses lunettes aux verres épais, dans ses yeux enfoncés, on devinait une certaine gravité.

— Ça arrive une ou deux fois par an.

Ils se trouvaient dans le sous-sol de l'église, sous le bureau. La pièce était pour ainsi dire vide. Il y avait là deux chaises, quelques caisses en carton poussiéreuses et une étagère avec quelques objets dessus. Rien de plus.

— C'est typique des toxicomanes ou de ces pauvres sans-abri de s'imaginer tout à coup que la caisse de l'église déborde de pièces et de billets. Toutefois, ils s'enhardissent. Ils agissent d'habitude la nuit, et non pas en plein jour.

— Mais vous n'avez rien remarqué de suspect ? Un rôdeur ?

— Non. J'étais dans mon bureau. Vous savez, j'étais occupé à répondre à des e-mails haineux, à relire le compte-rendu de la dernière réunion paroissiale. Je vous passe les détails.

Niels capta le regard du pasteur et sourit. Lorsqu'ils avaient affaire à la police, les gens avaient toujours tendance à en raconter plus que ce qu'on leur demandait.

— Est-ce que quelque chose a disparu ?

Rosenberg contempla d'un air résigné les biens de l'église : des chaises pliables, des caisses en carton, un peu de bazar. Niels inspecta les lieux.

— Qu'y a-t-il derrière cette porte ?

Il se dirigea vers celle-ci sans attendre la réponse du pasteur et l'ouvrit. Il découvrit alors une petite pièce sombre. Les néons mirent du temps à s'allumer. Encore des tables et des chaises pliables et, dans le coin opposé, un tas de matelas.

— C'est ici qu'ils logeaient ? demanda Niels en se retournant.

Rosenberg s'approcha.

— Auriez-vous l'intention de m'arrêter pour ça, maintenant ?

Niels crut déceler dans sa question une pointe de critique à l'égard de la police. Le mur humide de la cave avait été transformé en une galerie de photographies en noir et blanc représentant les réfugiés du temps de leur séjour dans l'église. C'était un témoignage de leur passage. Il observa leurs visages. On y lisait de la peur. Mais aussi de l'espoir. L'espoir que Rosenberg leur avait donné.

— Combien étaient-ils ?

— Il y a eu jusqu'à douze personnes. Ce n'était pas vraiment l'hôtel d'Angleterre, mais ils ne se plaignaient pas.

— Des Palestiniens ?

— Et des Somaliens, des Yéménites, des Soudanais et un Albanais. Du moins, s'ils n'ont pas menti sur leur nationalité. Certains d'entre eux n'étaient pas particulièrement expansifs sur le sujet. Mais ils avaient certainement leurs raisons.

Niels l'observa. Ils se tenaient à seulement quelques centimètres l'un de l'autre. Pourtant, la distance paraissait plus grande. Le pasteur lui semblait enveloppé d'un bouclier invisible, d'une sphère protectrice plus puissante que chez la plupart des gens. Il n'en était pas surpris. Il l'avait souvent constaté chez des personnes dont la profession consistait à offrir aux autres attention et réconfort. C'était le cas des psychologues, des psychiatres et des médecins, notamment. Il s'agissait vraisemblablement d'un mécanisme de survie inconscient.

— Désormais, j'utilise cette pièce pour les cours de catéchisme. Cela me permet de donner aux jeunes une leçon pratique d'humanité quelque peu sinistre, certes, mais efficace. (Rosenberg éteignit la lumière, laissant Niels dans le noir, et poursuivit de sa voix vieillissante :) J'en profite pour parler aux futurs communiants de la nuit où la police a débarqué, des réfugiés serrés les uns contre les autres, certains en pleurs, et du courage dont ils ont fait preuve, bien qu'ils aient su ce qui les attendait. Je leur explique comment vos collègues ont enfoncé la porte de l'église et leur décris le bruit effrayant de vos lourdes bottes qui nous parvenait à travers le plafond et par les escaliers.

Niels demeura encore un instant seul dans le noir, concentré sur le son de son propre souffle.

— Mais ils n'ont pas pénétré dans cette pièce ?

— Non, vous n'êtes pas entrés là. Vous y avez finalement renoncé.

Niels savait que ce n'était pas la police qui avait renoncé, mais les politiciens qui avaient cédé sous la pression de l'opinion publique. Il contemplait les photos quand Rosenberg ralluma la lumière. Il essayait de s'imaginer ce qu'ils avaient vécu.

— Ne sont-ils pas plus de douze sur cette photo ?

Il commença à compter mentalement. Il y avait sans aucun doute plus de réfugiés que sur les autres photos. Rosenberg se tenait dans l'embrasure de la porte, visiblement pressé de le voir sortir.

— Si. Il y en a quelques-uns qui ont disparu.

— Disparu ?

Il remarqua aussitôt la gêne de Rosenberg.

— C'étaient des Yéménites. Ils ont pris la fuite.

— Comment ont-ils fait ?

— Je l'ignore. Ils ont préféré se débrouiller seuls.

Rosenberg mentait. Il en était persuadé.

L'église était déserte. Enfin presque. Un organiste s'exerçait en répétant continuellement le même morceau. Les informations que lui avait communiquées Niels ne paraissaient pas avoir inquiété Rosenberg.

— Des personnes bienfaisantes, dites-vous ? C'est-à-dire ?

— Des militants des droits de l'homme, des membres d'associations d'aide au tiers-monde, des gens de ce genre.

— Dans quel monde vivons-nous ? Voilà maintenant qu'on se met à assassiner les bons.

— Nous vous recommandons juste de bien faire attention aux personnes que vous accueillez chez vous. De faire preuve d'un minimum de prudence.

Le pasteur tendit à Niels une pile de livres de cantiques.

— Je n'ai pas peur. Il n'y a aucun risque, assura-t-il en riant à cette simple pensée. Il n'y a absolument aucun risque que je sois quelqu'un de bon. Je peux vous le jurer. Je ne suis qu'un pauvre pécheur.

— Nous ne pensons pas non plus que vous soyez en danger, mais on ne sait jamais.

— Un jour, un homme alla trouver Luther. Enfin, ce bon vieux Luther, vous savez ?

— Celui qui a fait de nous des protestants ?

— Oui, celui-là, confirma Rosenberg, qui rit à nouveau en regardant Niels comme s'il s'était agi d'un enfant. L'homme dit à Luther : « J'ai un problème. J'ai bien réfléchi et, croyez-moi si vous voulez, mais je n'ai jamais péché, jamais fauté. » Luther observa l'homme un instant, puis savez-vous ce qu'il lui répondit ?

Niels eut l'impression de revenir à l'époque où il suivait des cours de catéchisme. Ce n'était pas un souvenir particulièrement agréable.

— Qu'il avait bien de la chance ?

Rosenberg secoua la tête d'un air triomphal.

— Qu'il allait falloir qu'il se mette à pécher. Oui, car Dieu est là pour sauver les pécheurs et non ceux dont l'âme est pure.

L'organiste s'accorda une petite pause, tandis que des touristes qui venaient d'entrer admiraient l'église avec une curiosité empreinte de respect. Il était manifeste que Rosenberg avait autre chose à raconter à

Niels, mais il attendit que l'écho de l'orgue ait quitté l'église par le toit avant de continuer.

— Il y a un mythe juif qui fait référence aux « hommes bons ». En avez-vous déjà entendu parler ?

— Je dois avouer que je n'ai jamais été très porté sur la religion. Si l'on me compare à un pasteur, s'empressa-t-il d'ajouter, conscient de la maladresse de ses paroles.

Mais Rosenberg reprit en ignorant la remarque de Niels, un peu comme s'il avait été en train de prêcher du haut de sa chaire un dimanche matin.

— D'après ce mythe, la survie de l'humanité serait assurée par l'existence de trente-six justes.

— Trente-six ? Pourquoi trente-six ?

— Les lettres de l'alphabet hébreu possèdent une valeur numérique. Or la somme des lettres qui forment le mot « vie » est égale à dix-huit. C'est la raison pour laquelle dix-huit est un nombre sacré.

— Et comme dix-huit plus dix-huit font trente-six, alors ce nombre est deux fois plus sacré ?

— Je constate en effet que vous n'êtes guère porté sur la religion.

Niels sourit et ressentit une fierté puérile.

— Comment sait-on cela ?

— Que voulez-vous dire ?

— Que Dieu a mis ces trente-six personnes sur terre ?

Il réprima un sourire sceptique, mais l'expression effrontée dans ses yeux n'échappa pas à Rosenberg.

— Parce qu'il l'a révélé à Moïse.

Niels contempla les fresques des murs. Elles représentaient des anges, des démons, des défunts qui ressortaient de leur tombe et le fils de Dieu cloué sur une croix. Il avait vu beaucoup de choses au cours de ses vingt années dans la police. Beaucoup trop de choses. Il avait fouillé chaque coin de rue de Copenhague en quête de preuves et de mobiles dans des affaires de crimes, exploré les facettes les plus sombres et les plus ténébreuses de l'âme humaine et découvert des horreurs dont le simple souvenir lui donnait la nausée. Pourtant, il n'avait jamais trouvé l'ombre d'une preuve qu'il puisse y avoir une vie après la mort.

— Sur le mont Sinaï. Moïse avait gravi cette montagne afin d'y recevoir de Dieu des instructions qui continuent de guider nos vies à l'heure actuelle. À tel point que nous les avons érigées en lois. « Tu ne tueras point. »

— Ce qui n'a d'ailleurs jamais empêché quiconque de le faire.

Rosenberg haussa les épaules et poursuivit :

— « Aime ton prochain. » « Tu ne voleras point. » Mais je suppose que vous connaissez parfaitement les Dix Commandements.

— Bien sûr.

— Au fond, votre travail consiste justement à faire respecter les dix commandements de Dieu. Il est donc possible que vous soyez plus impliqué dans les projets divins que vous ne le pensez.

Rosenberg adressa un sourire malicieux à Niels, qui ne put réprimer un rire. Cet homme avait décidément beaucoup de talent. Et de l'expérience. C'était le résultat d'années passées à combattre l'athéisme.

— En effet, c'est possible, répondit Niels. Et qu'a révélé Dieu à Moïse ?

— Il lui a révélé qu'à chaque génération, il y aurait sur terre trente-six justes dont la mission serait de veiller sur les hommes.

— Qui parcourraient le monde en prêchant la bonne parole ?

— Non. Car eux-mêmes ignorent qui ils sont réellement.

— Donc, les justes ne sauraient pas qu'ils sont des justes ?

— Les justes ignorent qu'ils font partie des trente-six. Seul Dieu sait qui ils sont. Ce qui ne les empêche pas de veiller sur nous. Il ménagea une pause. Comme je vous l'ai dit, ce mythe est très important pour les Juifs. Si vous souhaitez en discuter avec un expert, je vous conseille de vous rendre à la synagogue de Krystalgade.

Niels jeta un coup d'œil à sa montre et pensa à Kathrine, à ses comprimés et à son vol du lendemain.

— Cela vous paraît-il à ce point inconcevable ? insista le pasteur. La plupart des gens s'accordent à reconnaître l'existence du mal. Il y a bien des gens maléfiques : Hitler, Staline. Alors pourquoi pas le contraire ? Trente-six personnes qui tireraient le monde dans la direction opposée pour faire pencher la balance en faveur de Dieu. Combien de gouttes de bonté sont-elles nécessaires pour tenir le mal en échec ? Peut-être trente-six.

Ces paroles furent suivies d'un long silence. Rosenberg saisit les livres de cantiques et les posa sur l'étagère près de la sortie. Puis le policier lui tendit la main. Le pasteur était la première personne sur la liste à qui il avait envie de serrer la main. Peut-être l'Esprit saint était-il en train de s'insinuer en lui, finalement ?

— Encore une fois : je vous invite à faire preuve de prudence.

Rosenberg lui ouvrit la porte sur l'extérieur et tous ces gens, ces musiciens de rue, ces voitures, ce raffut, ce monde chaotique. Niels le regarda dans les yeux en se demandant si le pasteur lui avait dit la vérité lorsqu'ils étaient dans le sous-sol.

— Kissinger a déclaré, dans son discours funéraire en l'honneur de Gerald Ford, que le défunt président avait été l'un des trente-six justes. Oskar Schindler a souvent été cité, lui aussi. Mais on pourrait également nommer Ghandi, Churchill.

— Churchill ? Peut-on entraîner son peuple dans une guerre et néanmoins être un juste ?

Rosenberg réfléchit un instant avant de répondre.

— Dans certains cas, il peut arriver que les mauvaises décisions soient les bonnes. Mais ceux qui font de tels choix ne peuvent être considérés comme des justes. Au fond, c'est cela le message du christianisme : nous ne pourrons vivre ensemble que le jour où nous aurons accepté que le péché fasse partie intégrante de nos vies.

Niels baissa les yeux.

— Cette fois, j'ai bien peur de vous avoir détourné de la religion pour de bon, reprit le pasteur. C'est une chose pour laquelle nous sommes particulièrement doués, nous autres, pasteurs, conclut-il en riant de bon cœur.

— J'ai votre numéro, dit Niels. Promettez-moi d'appeler s'il se passe quelque chose.

En retournant à sa voiture, il s'arrêta devant le soupirail. Quelque chose ne collait pas. Le soupirail, le toxicomane, le tatouage, les mensonges de Rosenberg. Mais il y avait tellement de choses qui clochaient, songea-t-il. La logique n'avait pas toujours le dernier mot, au grand malheur de la police. Les hommes étaient menteurs. Le tout était de découvrir les mensonges qui ne servaient pas à cacher un péché, mais un crime.

19.

Ospedale Fatebenefratelli, Venise

La nonne venait des Philippines et s'appelait sœur Magdalena, de l'ordre du Sacré-Cœur. Tommaso l'appréciait. Avec son beau visage souriant, elle apportait du réconfort aux malades incurables au moment de quitter ce monde. L'hospice, récemment remis à neuf, était situé au nord de l'ancien quartier juif. Tommaso ne mettait pas plus de cinq minutes pour s'y rendre depuis le Ghetto, qu'on continuait d'appeler ainsi bien que ce terme eût acquis de nos jours une autre signification. Après tout, c'était bien de là que venait le mot, *getto* signifiant « fusion » en vénitien. Il y a de cela quelques siècles, les autorités avaient en effet décidé d'enfermer les Juifs dans ce quartier, qui était aussi le site de l'ancienne fonderie de Venise, afin de leur interdire l'accès au reste de la ville. Ainsi était né le Ghetto qui, par la suite, avait donné son nom à de nombreux autres quartiers où furent enfermées des minorités.

Magdalena interpella Tommaso au moment même où il franchit la porte de l'hospice.

— Monsieur Barbara ? chuchota-t-elle.

Il régnait dans ces lieux une quiétude absolue que chacun respectait scrupuleusement. C'était comme si l'on préparait ainsi les malades au silence éternel qu'ils n'allaient pas tarder à connaître.

— Votre mère a énormément souffert, cette nuit. J'ai dû la veiller jusqu'au matin.

Elle leva sur lui ses jolis yeux. Il eut beau se dire qu'il était idiot de se poser une telle question, il ne put cependant s'en empêcher : pourquoi avait-elle décidé de devenir nonne, alors qu'elle était si belle ?

— Vous avez décidément un grand cœur, sœur Magdalena. Ma mère est très chanceuse d'avoir à ses côtés une personne comme vous.

— Et un fils comme vous.

Elle le pensait réellement – Tommaso n'en doutait pas –, pourtant, il fut aussitôt assailli par sa mauvaise conscience.

— Je vais pouvoir lui consacrer davantage de temps, maintenant.

Il hésita. Pour quelle raison devrait-il le lui dire ?

— J'ai été suspendu de mes fonctions.

Elle lui prit la main.

— Peut-être est-ce un cadeau du ciel ?

Il dut réprimer un ricanement. Un cadeau du ciel ?

— Votre mère n'a cessé de vous demander.

— Je suis vraiment navré. J'étais de garde au commissariat, cette nuit.

— On aurait dit qu'elle se faisait du souci pour vous. Elle n'a pas arrêté de répéter que vous ne deviez pas payer.

— Que je ne devais pas payer ?

— Elle a dit que c'était dangereux.

Tommaso posa sur elle de grands yeux ébahis.

— Ma mère a dit cela ?

— Oui. Plusieurs fois : « Ne paie pas, Tommaso. C'est trop dangereux. »

Sœur Magdalena le regarda s'éloigner dans le couloir avec un sac de courses à la main et une grosse boîte en carton sous le bras. Il y a quelque chose de brisé en lui, se dit-elle, tandis qu'il passait devant les huit chambres que comptait l'unique hospice de Venise. La mère de Tommaso occupait la dernière, celle qui donnait sur le jardin. À l'exception d'un palmier solitaire, les autres arbres étaient dénudés. En revanche, le couloir avait été décoré pour Noël, avec des guirlandes enroulées autour du portrait de Marie et de l'enfant Jésus.

Sœur Magdalena prêtait toujours une oreille attentive aux recommandations des personnes mourantes. Elle savait par expérience que ceux qui avaient un pied de l'autre côté étaient parfois autorisés à avoir un aperçu de l'avenir – dans l'au-delà. Le plus souvent, à l'article de la mort, les malades se contentaient de débiter du charabia, mais ce n'était pas toujours le cas. Depuis qu'elle avait rejoint l'ordre du Sacré-Cœur, vingt-cinq ans plus tôt, Magdalena avait accompagné des malades en phase terminale et vu et entendu bien des choses, qui n'étaient pas toutes à ranger au rayon des balivernes. Cela, elle le savait.

À Manille, elle avait eu ses entrées chez un ancien pilote américain qui s'était installé aux Philippines pour y dépenser sa retraite dans les filles et l'alcool. Il avait fait la guerre du Vietnam et en était revenu avec de nombreuses cicatrices, sur le ventre et sur les jambes. Sans compter celles de l'âme. Il était en train de mourir et, le moins que l'on puisse dire, c'est que ce n'était pas dans la dignité. En effet, il n'avait jamais été capable de dominer ses pulsions et Magdalena lui rendait visite chaque jour pour lui faire une fellation. Bien sûr, il la payait pour cela, mais, à mesure que le cancer le rongeait, il était de plus en plus long à atteindre l'orgasme.

À l'époque, elle ne s'appelait pas encore Magdalena – c'était une autre époque et elle était une autre personne. L'ancien pilote avait tenu un bar, à une certaine période, vraisemblablement afin de se procurer un alibi pour sa dépendance à l'alcool. C'était là qu'elle l'avait connu. Désormais, il était malade et s'apprêtait à mourir seul.

Et puis survint un événement qui bouleversa complètement le cours de sa vie. La dernière fois qu'elle lui avait rendu visite, elle l'avait trouvé très agité, nageant en plein délire. Il avait alors pris sa main et prononcé cette phrase : « Il ne faut pas que tu ailles là-bas. » Elle avait d'abord cherché à le rassurer en lui disant qu'il devait se calmer et que tout allait bien se passer. Mais il avait insisté : « Il ne faut pas que tu y ailles. » Sur ce, il lui avait décrit le bâtiment qui faisait face à la gare de Shaw Boulevard, au coin de la rue où elle louait une chambre, lui parlant d'une boutique de cycles au rez-de-chaussée, d'un rideau de fer vert et d'une façade bleue à la peinture écaillée par endroits.

Il était décédé le lendemain et, une semaine plus tard, le bâtiment en face de la gare de Shaw Boulevard s'était effondré. Magdalena, qui avait mis son vélo en réparation dans cette boutique, n'avait pas osé aller le récupérer. Dix-neuf personnes avaient trouvé la mort dans cette tragédie.

C'est alors qu'elle avait décidé d'entrer dans les ordres et de se faire appeler Magdalena, comme la prostituée que Jésus avait sauvée de la lapidation.

Depuis ce jour, elle assistait les mourants six jours sur sept, en alternant les semaines de nuit et les semaines de jour. Son jour de repos, elle le passait à dormir et à regarder la série *Friends* à la télé.

Sœur Magdalena repensa à la fois où elle avait fait part de son expérience au médecin-chef de l'hospice, en passant toutefois sous silence les détails obscènes. Pour toute réponse, celui-ci s'était contenté de lui sourire et de lui tapoter la main. De quelles preuves supplémentaires les hommes ont-ils besoin ? se demanda-t-elle. L'ancien pilote n'avait jamais vu le bâtiment qui abritait la boutique de cycles car les étrangers n'avaient pas l'habitude de pénétrer dans ce quartier. Pourtant, il lui en avait fait une description précise. Il faut toujours écouter les mourants, quels que soient les péchés qu'ils aient pu commettre, se répétait-elle souvent, car, bien que ce pilote ait fait la guerre, tué des gens, abusé de la boisson et battu les filles dont il achetait les charmes, c'est à travers lui que Dieu avait choisi de s'adresser à elle pour sauver son âme. Il faut toujours écouter les mourants.

Sœur Magdalena espérait que Tommaso di Barbara aussi écouterait sa mère mourante.

La mère de Tommaso était endormie. Elle avait la bouche ouverte et ronflait légèrement. Il posa son sac de courses sur la petite cuisinière et la boîte en carton contenant les dossiers des meurtres par terre. Après avoir été longtemps dissimulés dans la penderie de son bureau, ces documents étaient désormais entassés dans cette boîte que Marina avait fait sortir en cachette du commissariat. C'était comme si ces affaires étaient condamnées à rester dans le noir – comme si personne ne voulait en entendre parler.

Tommaso avait acheté du chorizo, des tomates et de l'ail pour sa mère. Elle n'avalait plus rien mais elle aimait sentir le parfum des aliments dans sa chambre. Rien de plus normal, en effet, que de chercher à couvrir l'odeur de mort et de produits d'entretien qui régnait dans l'hospice. Heureusement, ce n'était pas trop difficile car, même si toutes les chambres avaient été récemment rénovées et équipées d'une cuisinière et de couchettes à l'usage des proches, elles ne possédaient en revanche aucun système d'aération. Ainsi, les odeurs de nourriture se répandaient facilement et c'était tant mieux.

— Maman?

Tommaso s'assit près d'elle et lui prit la main. Elle n'avait plus que la peau sur les os. Il y avait tant de sujets qu'ils n'avaient jamais abordés, tant de choses qu'il ignorait sur sa vie. Elle ne lui avait jamais vraiment parlé de la guerre, par exemple. Son père, lui, avait passé plusieurs mois en prison. Il faut dire qu'il s'était engagé du mauvais côté, bien qu'il ait toujours été persuadé du contraire. Il était demeuré un fasciste convaincu durant tout le reste de sa vie. Mais il était mort assez vite. « Maintenant, au moins, il nous fichera la paix », avait dit sa mère le jour de sa sépulture. Son corps avait été incinéré et ses cendres déposées au milieu d'une fantastique mosaïque constituée d'urnes superposées. C'était un vrai labyrinthe dans lequel Tommaso avait bien failli s'égarer la première fois qu'il y était retourné seul. Le cimetière, qui occupait une île à l'extérieur de la ville, n'était pas extensible. Pour résoudre les problèmes liés au manque de place, on avait superposé les couches, donnant ainsi peu à peu naissance à un système complexe de couloirs dont les parois, formées de petites caisses rectangulaires, s'élevaient vers le ciel. Mais Tommaso doutait que sa mère souhaite reposer à la place qui lui était réservée, à côté de son père. Le moment était venu de lui poser la question.

— Maman ?

Elle ouvrit les yeux et l'observa sans dire un mot. Sans même sembler le reconnaître.

— C'est moi.

— Je le vois bien. Crois-tu que j'ai perdu la vue ?

Il sourit. C'était une sacrée bonne femme, toujours prête à distribuer des taloches et des coups de pied dans le derrière, mais toujours là également pour le consoler de ses chagrins. Tommaso prit une profonde inspiration. Il ne pouvait se permettre de repousser cette question délicate à plus tard.

— Maman. Tu te rappelles où se trouve l'urne de papa…

Pas de réponse. La vieille dame tourna son regard vers le plafond.

— Quand tu partiras. Est-ce que c'est là que tu souhaites reposer ?

— Tu as fait des courses ?

— Maman.

— Cuisine quelque chose, mon garçon. Pour l'odeur.

Il secoua la tête, tandis qu'elle lui tapait tendrement sur la main.

— Tout ce que tu as besoin de savoir, je l'ai déjà dit à sœur Magdalena. Elle t'informera une fois le moment venu. Écoute-la bien.

Il voulut se lever, mais elle le retint par la main avec une force dont il ne l'aurait pas crue capable.

— Est-ce que tu m'entends ? Sœur Magdalena est au courant. Fais tout ce qu'elle te dira.

Il eut un moment d'hésitation au cours duquel il repensa à cette histoire incompréhensible d'argent qu'il ne devait pas verser.

— Oui, maman. Je te le promets.

20.

Elseneur

Après avoir roulé pendant une heure, Niels eut l'impression d'arriver dans un autre monde.

À croire qu'il avait fallu qu'il se rende à la campagne pour prendre enfin conscience de ce qu'était réellement le milieu urbain : bruyant, surpeuplé, envahi de voitures, stressant. Il se demandait désormais s'il vivrait le même phénomène à son retour en ville, si c'était à ce moment-là qu'il saisirait ce qu'était la campagne : un ciel immense. L'obscurité avait commencé à s'abattre sur la plaine, si bien que les champs, les sentiers et les clairières se fondaient ensemble. À un moment, il aperçut la mer derrière un bosquet sombre.

Soudain, il freina et se pencha en avant pour lire un panneau avant de faire marche arrière et de s'engager dans le chemin qu'il venait de dépasser. Les gravillons tapaient sous la caisse de sa voiture. Au bout de deux cents mètres, il arriva dans un cul-de-sac et se gara devant la seule maison des environs. Il y avait de la lumière à une fenêtre. Il vérifia le nom sur la boîte aux lettres : Lund.

Personne ne vint ouvrir quand il frappa à la porte.

Il tendit l'oreille mais n'entendit que le bruit d'un moustique qui volait devant son visage. Il le chassa de la main, puis s'étonna : un moustique au mois de décembre ? Il frappa à nouveau, cette fois plus fort. Toujours rien. Il contourna la maison. Tout était silencieux. L'air était doux et froid. Il se dirigea vers une petite véranda qui faisait face au lac. Au moment où il allait frapper à la porte vitrée, il entendit un léger clapotis au bord de l'eau, un peu plus bas. Il se tourna et aperçut quelqu'un sur le ponton. Une femme, dont il distinguait seulement la silhouette. Il descendit la rejoindre.

— Excusez-moi.

Niels eut presque mauvaise conscience de rompre cette belle tranquillité.

— Je cherche Gustav Lund.

La femme se retourna et le regarda s'approcher. Elle avait une canne à pêche à la main.

— Gustav ?

— Je voudrais lui parler.

— Il est à Vancouver. Qui êtes-vous ?

— Niels Bentzon, de la police de Copenhague.

La femme demeura absolument impassible, ce qui était inhabituel. Niels avait l'habitude de déclencher toutes formes de réactions en annonçant qu'il était de la police : de l'angoisse, de la panique, du mépris, de la défiance ou du soulagement. Pourtant, cette femme se contenta de le regarder et de lui dire :

— Hannah Lund. Gustav ne reviendra pas. Je vis toute seule ici, maintenant.

Le mobilier n'était pas celui d'une maison de campagne. Il était trop beau, trop cher. Niels ne s'intéressait pas aux meubles, mais il y avait des périodes – du moins, telle était son impression – où Kathrine ne parlait que de cela. C'était la raison pour laquelle il s'y connaissait plutôt bien en mobilier design. Il reconnut du Wegner, du Mogensen, du Klint et du Jacobsen. Si ces meubles-là n'étaient pas des imitations, il y en avait pour une petite fortune.

Une paire d'yeux de chat scintillants l'observaient avec curiosité, tandis qu'il découvrait la pièce. Il régnait dans le séjour un désordre indescriptible. Il y avait des assiettes et des tasses sales sur la table. Des jouets pour chat, des chaussures et des journaux jonchaient le sol. Du linge pendait à une poutre. L'un des murs était occupé par un piano noir et un autre était recouvert de livres. Le contraste entre le fourbi et le mobilier de prix était saisissant, mais n'avait cependant rien de choquant. Peut-être parce qu'il était rassurant de voir de tels meubles utilisés. Les rares fois – Niels s'efforçant généralement de se soustraire à ces invitations – où ils avaient rendu visite à des collègues architectes de Kathrine, il s'était généralement senti mal à l'aise. Il avait tout simplement horreur de se retrouver dans un de ces appartements d'Østerbro à la décoration minimaliste dernier cri, à siroter un corton charlemagne blanc à six cents couronnes la bouteille au milieu de meubles de design parmi les plus chers d'Europe, sans même oser s'asseoir sur le canapé. D'ailleurs, Kathrine aimait bien le taquiner à ce propos.

— Alors comme ça, Gustav serait un homme bon ? (Hannah esquissa un petit sourire en lui tendant une tasse de café.) Êtes-vous bien certain de ne pas vous être trompé ?

— Ils m'ont tous fait la même remarque. Hormis le directeur de la Croix-Rouge et les militants pour la protection de l'environnement.

Tandis qu'il remuait son café en poudre, son regard tomba sur une petite photo encadrée représentant Hannah en compagnie d'un adolescent grand et maigrichon. Elle tenait son fils par la taille. Ils posaient devant le pendule de Foucault, à Paris.

— Mais pourquoi Gustav, au juste ?

— C'est l'ordinateur qui l'a sélectionné. À cause d'une phrase qu'il a prononcée quand il a reçu son prix.

— « C'est un mathématicien qui sauvera le monde. »

— Exactement.

— Et Gustav est apparu à l'écran et vous a fait un clin d'œil ?

— Gustav est votre ex-mari ?

Il la fixa, tandis qu'elle considérait un moment son statut conjugal. Quel âge pouvait-elle bien avoir ? Quarante ans ? Quarante-cinq ? Elle dégageait une impression contrastée qui s'accordait à merveille avec sa maison : un peu mélancolique, désordonnée, mais intéressante et complexe. Elle avait un regard sombre et grave. Avec ses cheveux bruns mi-longs en bataille, on aurait dit qu'elle venait tout juste de se réveiller. Bien que le sol fût froid, elle avait retiré ses chaussures et marchait pieds nus. Elle portait un jean, une chemise blanche. Sa peau était délicate et claire. Elle était menue. Pas spécialement belle. Si Niels n'avait pas eu autre chose en tête, il aurait peut-être tenté de comprendre pourquoi elle l'attirait malgré tout. La raison était certainement toute simple : comme elle ne portait pas de soutien-gorge, il en voyait plus à travers le tissu de sa chemise qu'elle ne l'aurait souhaité.

— J'ai d'abord été son élève.

Niels s'efforça de se concentrer sur ce qu'elle disait. Elle s'assit dans le canapé et jeta un plaid gris couvert de poils de chat sur ses épaules frêles.

— En tant qu'astrophysicienne, je m'entretenais souvent avec lui sur des questions de mathématiques. Gustav est en effet l'un des meilleurs mathématiciens d'Europe.

— Vous êtes astrophysicienne ?

— Oui. Ou plutôt, je l'étais. On a commencé à se voir en privé. Sur le coup, j'ai probablement été surtout impressionnée qu'un génie tel que Gustav – je n'hésite pas à le qualifier de génie car c'en est un – daigne flirter avec moi. Puis je suis tombée amoureuse. Nous avons eu Johannes.

Elle s'interrompit. Niels perçut une nouvelle expression dans son regard. Était-ce du chagrin ? Oui, du chagrin. C'est alors qu'il lui revint à l'esprit que Hannah Lund avait perdu son fils. Johannes était décédé. Il s'était suicidé.

Le silence régnait dans la pièce. Mais il n'avait rien de désagréable et aucun d'eux ne chercha à y mettre fin en lançant une discussion sans intérêt. Elle avait compris qu'il savait.

— Vous habitez là toute l'année ?

— Oui.

— Vous ne vous sentez pas trop isolée ?

— Vous n'êtes pas venu pour parler de ça.

Le ton soudain glacial de sa voix était censé dissimuler son chagrin. Il pouvait le lire sur son visage. Elle avait envie d'être seule avec sa peine. La gestion du chagrin constituait la pierre angulaire du travail d'un négociateur et ce que les psychologues avaient passé le plus de temps à enseigner aux policiers. Lorsqu'on ne parvenait pas à maîtriser sa tristesse, cela finissait mal. Avec des armes, des otages et des suicides. Plus d'une fois, Niels avait eu la lourde tâche d'annoncer à des parents la mort de leur enfant. Il connaissait bien les différentes phases par lesquelles passait une personne qui avait été frappée par le malheur. Depuis combien de temps son fils était-il mort ? Il devina qu'elle était dans la phase de réorientation ; celle où l'on essaie de s'ouvrir à nouveau sur le monde, où l'on ose enfin se tourner vers l'avenir. Cette phase consistait avant tout à faire ses adieux. C'était de loin la plus difficile de toutes. Il s'agissait d'un long voyage intérieur auquel beaucoup renonçaient en cours de route. Dans ce cas, ils avaient perdu le combat et les conséquences de cet échec étaient terrifiantes, puisqu'ils étaient condamnés à une vie de profonde dépression qui pouvait même les conduire à l'hôpital psychiatrique. Pour finir, c'étaient souvent ces gens-là que l'on retrouvait sur le bord d'un pont ou sur le toit d'un bâtiment – le genre de situation dans laquelle on faisait appel à lui.

— Excusez-moi, reprit Niels en feignant de s'en aller. Comme je vous l'ai dit, il n'y a rien de grave. Vous n'avez aucune raison de vous inquiéter.

— Je ne suis nullement inquiète. Ils peuvent le descendre si ça leur chante.

Elle soutint son regard comme pour lui signifier qu'elle pensait chacun de ses mots. Elle se tenait tout près de lui, trop près, mais Niels fut sans doute le seul à le remarquer. Son langage corporel était maladroit, comme il s'en était déjà aperçu sur le ponton. Mais peut-être était-ce tout simplement normal chez les scientifiques : leur intelligence était tellement surdéveloppée qu'elle ne laissait guère de place, dans leur cerveau, aux aptitudes sociales les plus élémentaires.

Il recula, bien que son haleine lui fût agréable. Un téléphone se mit à sonner et il lui fallut plusieurs secondes pour s'apercevoir qu'il s'agissait du sien. Il le tira de sa poche. C'était un numéro étranger.

— Je vous prie de m'excuser. Allô ?

Niels tendit l'oreille. Au début, il y avait de la friture sur la ligne.

— Allô ? Qui est à l'appareil ?

Finalement, il entendit une voix : Tommaso di Barbara, l'homme qu'il avait appelé plus tôt dans la journée. Celui-ci parlait en italien – mais très lentement, comme pour se faire plus facilement comprendre.

— *Do you speak english ?*

Tommaso s'excusait, c'est tout ce que Niels put saisir. « *Scusi.* » Puis il lui proposa de continuer en français.

— *No, wait*, répondit Niels avant de s'adresser à Hannah : Parlez-vous italien ? Ou français ?

Elle hocha la tête sans conviction, semblant déjà regretter sa réponse.

— Français. Un peu.

— *Just a minute. You can talk to my assistant.* (Niels tendit le téléphone à Hannah.) C'est la police de Venise. Je voudrais juste que vous me disiez ce qu'il veut.

— Assistante ? s'étonna-t-elle en refusant de prendre le téléphone. Mais de quoi parlez-vous ?

— Dites-moi seulement ce qu'il veut. Je ne vous demande rien d'autre.

— Non, lui rétorqua-t-elle sur un ton catégorique tout en se saisissant quand même du téléphone. *Oui*[1] ?

Niels l'observa. S'il était incapable de juger la qualité de son français, en revanche, il constata qu'elle parlait vite et sans difficulté.

— Il voudrait vous parler des meurtres aux numéros.

Elle plaqua la main contre le micro et fixa Niels.

— Des meurtres aux numéros ? Est-ce que ce sont des numéros qu'ils ont sur le dos ? Demandez-lui des précisions.

— Est-ce que vous vous appelez Bentzon ? Il voudrait savoir votre nom.

— Bentzon. Oui, confirma-t-il. Niels Bentzon. Demandez-lui s'ils ont un suspect. Et s'ils ont des raisons particulières…

Elle colla sa main contre son oreille et s'éloigna.

Niels la suivit des yeux.

Du coin de l'œil, il vit le chat s'approcher lentement. Il s'assit et lui fit renifler sa main. Son regard tomba sur la photo de Hannah et son fils, puis glissa vers une petite bibliothèque sur laquelle un album était ouvert sur six photos qui retraçaient toute son histoire. Hannah – peut-être dix ans plus tôt –, posant avec un prix scientifique entre les mains et un large sourire. Elle était jeune, belle et débordante de vie et d'ambition.

1. En français dans le texte.

Le monde était à ses pieds. Elle le savait et jouissait de la situation. Deux photos de Hannah et Gustav, un homme remarquablement séduisant d'une cinquantaine d'années, les cheveux bruns plaqués en arrière, les yeux foncés, grand, large d'épaules, sûr de lui. Le genre d'homme à collectionner les admiratrices, les regards charmeurs ainsi que les propositions coquines. Un cliché de Hannah pendant sa grossesse, posant en plein milieu du pont de Brooklyn, enlacée à Gustav. Niels étudia la photo de plus près. Peut-être était-il devenu trop policier, avec le temps – un rôle qui lui sortait par les yeux, par moments –, mais il ne put s'empêcher de remarquer que, tandis que Hannah fixait l'objectif, Gustav, en revanche, regardait ailleurs. Qui ? Une jolie femme qui passait devant eux sur le pont ?

Sur les deux dernières photos, Hannah était seule avec leur fils. Où donc était Gustav ? Donnait-il une conférence ? Était-il parti mener sa carrière en laissant femme et enfant à la maison ? La dernière avait été prise à l'occasion d'un anniversaire du garçon. Son gâteau était surmonté de dix bougies et son prénom était écrit avec de la crème chantilly. Hannah et un couple étaient assis aux côtés de Johannes qui s'apprêtait à souffler ses bougies. Niels regarda attentivement la photo. Elle faisait partie de celles où c'est la personne absente qui, paradoxalement, occupe le plus de place : Gustav.

— Il m'a parlé d'un vieux mythe.

Hannah se tenait juste derrière lui et lui tendait son téléphone. Avait-elle remarqué qu'il était en train d'examiner son album ?

— Un mythe ? Quel mythe ? demanda-t-il en se retournant.

— Une histoire de trente-six justes. Tirée de la Bible, je crois. Je n'ai pas tout compris. Mais vous ne trouvez pas cela fascinant ? Certains de ces meurtres ont été commis à environ trois mille kilomètres de distance. C'est pour cette raison qu'il vous a contacté. Il semblerait qu'il y ait justement trois mille kilomètres entre le lieu du dernier crime et…

— Copenhague, la coupa Niels.

Ils se fixèrent dans les yeux un instant.

Hannah observa Niels reculer avec sa voiture dans l'allée. Elle avait toujours sa carte de visite dans la main. L'espace d'une seconde, elle fut éblouie par les phares, puis son regard tomba sur sa plaque d'immatriculation : II 12 041. Elle alla chercher un stylo bille dans un tiroir. Il s'éloignait maintenant dans le chemin, mais il fallait absolument qu'elle vérifie son numéro, au cas où elle aurait mal vu. Les jumelles étaient posées sur le rebord de la fenêtre. Elle s'en saisit, puis retourna dans la cuisine en courant, les dirigea vers la voiture et ajusta la focale. Non, elle ne s'était pas trompée : II 12 041. Elle nota le numéro au dos de la carte de visite de Niels et sentit les larmes lui monter aux yeux.

21.

Cannaregio, le Ghetto, Venise

— Bentzon…

Tommaso di Barbara posa son téléphone sur la rambarde du balcon et contempla la ville noyée dans les ténèbres. Il s'efforça de prononcer son nom en entier.

— Niels Bentzon. Qui es-tu ?

Alors que le reste de Venise mourait, une fois la nuit tombée, et que les employés des restaurants s'empressaient de rejoindre la gare afin de prendre le dernier train pour le continent, le Ghetto demeurait plein de vie. La majorité de la population de la ville était concentrée dans le quartier juif et les rues avoisinantes. Tommaso se tenait sur son balcon. Les sirènes hurlaient. Dans une demi-heure, la marée commencerait à monter. Il était exténué et ne se sentait pas la force de descendre placer des planches devant ses portes. Sur le trottoir, ses voisins s'attelaient déjà à la tâche. Ils disposèrent bien consciencieusement leurs planchettes en bois entre les joints en caoutchouc qui entouraient les portes.

— Tommaso !

C'était son voisin du dessous, celui qui tenait le salon de coiffure, qui l'appelait. Tommaso lui fit un signe de la main.

— Tu n'as pas entendu la sirène ?

— J'arrive.

Le voisin le regardait d'un air préoccupé. Tommaso soupçonna qu'il avait déjà entendu parler de sa suspension. C'était certainement le cas, mais il s'en moquait. À Venise, les nouvelles allaient très vite, un peu comme dans un village. Tout le monde savait aussi que sa mère était mourante. En particulier ses voisins, puisque c'était elle qui possédait tout l'immeuble. Tommaso allait donc bientôt en hériter et ils étaient inquiets à l'idée qu'il puisse le vendre à un Américain fortuné.

— Je vais le faire à ta place, cria le voisin. Où est-ce que tu ranges tes planches ?

— Sous l'escalier.

Tommaso écrasa sa cigarette dans un pot de fleurs et retourna dans son appartement où seule une lampe était allumée. Il avait l'intention d'aller se coucher. Son cerveau avait besoin de repos. Mais, alors qu'il traversait le séjour, il s'immobilisa et contempla le mur où il avait déjà commencé à accrocher les documents liés à l'affaire. Il y avait des photos des victimes, hommes et femmes, de leurs regards, de leurs visages, ainsi qu'une mappemonde où étaient enfoncées des aiguilles qui reliaient entre eux les différents lieux où des meurtres avaient été commis. Tout y était : les dates et l'ensemble des détails. Tommaso fixa le mur, fasciné, comme ensorcelé, mais surtout effrayé.

Il avait imprimé les derniers clichés qu'il avait reçus en provenance d'Inde, ceux du dos de l'économiste assassiné, Raj Bairoliya. Les photographies des membres décédés de sa famille accrochées là par sa mère avaient dû laisser la place à d'autres défunts. Des morts plus importantes, qui avaient une signification – Tommaso en était certain. Car il ne pouvait s'agir d'une coïncidence. Il existait un lien entre les victimes – il ignorait juste lequel. Et il ne pouvait compter sur personne pour reprendre cette affaire dont il était le seul à avoir saisi la gravité. Il avait un jour téléphoné à Interpol, quelques mois plus tôt, et avait été transféré une centaine de fois avant de finalement tomber sur une femme embarrassée et peu concernée qui lui avait demandé de lui envoyer quelques-unes des pièces dont il disposait. Elle l'avait recontacté au bout de trois semaines pour l'informer que son cas avait été enregistré et qu'il serait traité quand ils auraient atteint le numéro qui lui avait été attribué, en précisant qu'il fallait compter environ un an et demi.

Un an et demi ! Cela ne pouvait pas attendre aussi longtemps. À côté de la photo de l'Indien, Tommaso avait accroché celle d'un dramaturge américain, lui aussi assassiné. Russel Young, numéro trente-trois. Raj Bairoliya, trente-quatre.

22.

Préfecture de police de Copenhague

C'était la nuit. Le meilleur moment pour travailler à la préfecture. On n'y croisait en effet que les femmes de ménage qui s'affairaient en silence, vidant les poubelles et dépoussiérant les rebords des fenêtres. Elles évitaient en revanche les bureaux – il était de toute façon impossible de les nettoyer à cause des papiers qui les recouvraient en permanence.

Niels lança l'impression de son rapport. Il avait listé les personnes qu'il avait contactées et indiqué que toutes avaient été informées et mises en garde. « Par mesure de précaution. » L'expression la plus importante dans le vocabulaire des chefs de la police moderne.

La machine était à court de papier. Il parvint à dénicher un reste de ramette, puis passa vingt minutes à rechercher le compartiment à recharger tout en s'efforçant de se concentrer sur Kathrine. Mais ses pensées le ramenaient sans cesse à Hannah.

Le bureau de la secrétaire de Sommersted était parfaitement rangé et propre, à l'image de leur chef. Niels décida de poser son rapport directement sur son bureau à lui et non sur celui de sa secrétaire, comme il était d'usage. Il tenait à ce qu'il le voie personnellement et reconnaisse qu'il avait très bien rempli la mission de confiance qu'il lui avait confiée.

Niels contempla un instant la photo de Mme Sommersted qui trônait sur le bureau. Elle apparaissait au moins aussi soignée que son mari. Ces deux-là avaient cela en commun : ils accordaient une telle importance à leur aspect extérieur que l'on pouvait légitimement nourrir des craintes concernant l'intérieur.

Sur le bureau, il y avait déjà un autre dossier frappé de la mention « Confidentiel. Priorité niveau 1 ». Niels eut envie de placer son rapport par-dessus, car il craignait, sinon, que son chef ne prenne même pas la peine de le lire. À quel point ce dossier pouvait-il être important ? Il l'ouvrit, non pas par curiosité mais afin de vérifier s'il pouvait raisonnablement se permettre de poser le sien au-dessus. Il lut : « Terroriste présumé. Atterri à Stockholm hier. Yéménite. Escale en Inde. Bombay. Actions terroristes de l'année dernière. Supposons qu'il est entré au Danemark. » Niels feuilleta le dossier. Il y avait une photo de mauvaise qualité du terroriste, prise par les caméras de surveillance à l'extérieur de l'ambassade des États-Unis au Caire. « La Fraternité musulmane. »

Niels posa finalement son rapport à côté et éteignit la lumière en marmonnant :

— Au revoir. Bonnes vacances.

23.

Sud de la Suède

Son système sensoriel était perturbé. Il y avait d'abord eu cette hôtesse de l'air. Et maintenant cette neige qu'il voyait tomber par les vitres du wagon. La dernière fois qu'Abdul Hadi avait vu de la neige, c'était à l'occasion de son seul et unique séjour au ski, au Liban, en compagnie de son frère. Ils avaient dépensé la moitié de leur budget mensuel rien que dans le voyage en train et la location des skis. Ils avaient chuté dès leur première descente. Son frère aîné était tombé si lourdement qu'il ne pouvait plus bouger le bras. Abdul Hadi avait donc été obligé de l'aider pendant plusieurs jours, y compris pour accomplir les gestes les plus intimes, comme retirer son pantalon. Ils n'avaient même pas les moyens de consulter un médecin, ce qui les remplissait de honte. Le peu d'argent dont ils disposaient était celui que leur envoyaient leurs parents, depuis le Yémen, afin de leur permettre d'étudier pour ensuite pouvoir subvenir aux besoins de la famille.

Il sentit une main lourde s'abattre sur son épaule.

En découvrant l'homme en uniforme, Abdul Hadi devint nerveux. Il fut presque saisi de panique. Il observa les autres passagers et vit sa voisine tendre son billet de train. C'est alors seulement qu'il comprit de quoi il s'agissait.

— *Sorry*, murmura-t-il.

Le contrôleur oblitéra son billet et poursuivit sa progression, mais se retourna à deux reprises. Et, chaque fois, il repéra son regard inquiet. Abdul Hadi se leva, attrapa son sac et se dirigea vers les toilettes. C'était ce genre de détail qui pouvait tout faire rater.

Il baissa la poignée de la porte. Occupé. Peut-être valait-il mieux qu'il reste assis, le fait qu'il ait quitté sa place pouvant paraître suspect. Le contrôleur fit demi-tour et passa devant lui sans un regard. Abdul Hadi attendit qu'il soit arrivé au bout du wagon pour se retourner et vit qu'il était en discussion avec un collègue qui le regarda à son tour. Il était découvert, il n'y avait plus le moindre doute. Mais qu'avaient-ils découvert au juste ? Eux-mêmes l'ignoraient certainement. Ils avaient seulement remarqué son comportement suspect et nerveux. Malédiction ! Tout cela parce qu'il avait été surpris lorsque le contrôleur lui avait tapé sur l'épaule. Et parce qu'il était arabe. Voilà pourquoi le contrôleur devait être en train d'appeler la police, maintenant. Il en était certain. C'est ce qu'il aurait fait, à sa place.

Le train ralentit et une voix annonça qu'ils s'apprêtaient à entrer en gare de Linköping. Abdul Hadi se souvint que c'était l'unique arrêt avant Malmö. L'éclairage jaunâtre aveuglant de la gare lui rappela le bazar de Damas. Mais c'était bien la seule chose qui évoquait les vieilles ruelles commerçantes du Moyen-Orient. Propre et froide, la gare était quasiment déserte. Il y avait de nombreux panneaux indicateurs. Il essaya de localiser le contrôleur. Il devait prendre une décision, et vite. Des passagers commençaient déjà à monter dans le train. S'il restait là et que la police se présentât, il n'aurait aucune chance.

Il fallait qu'il descende à tout prix. Il sauta du train, un sac à la main. Bigre ! Le sac avec les photos de l'église et les explosifs. Il l'avait oublié sous le siège. Il était sur le point de remonter dans le train quand il aperçut le contrôleur qui semblait le chercher tout en parlant dans son téléphone. L'espace d'une seconde, ils s'immobilisèrent et se regardèrent, à une distance d'à peine deux mètres l'un de l'autre. Un serviteur aveugle de la loi, avec son uniforme et sa casquette, qui n'avait même pas conscience qu'il se tuait à la peine pour une société fondée exclusivement sur le pillage des autres peuples, sur les préjugés racistes et sur la haine.

Abdul Hadi se mit à courir sous les yeux du contrôleur qui lui cria quelque chose. Il accéléra, dévala l'escalier qui menait à un passage souterrain et déboucha à l'extérieur de la gare. Le train n'avait toujours pas redémarré. Il devait absolument retourner chercher les photos de l'église et les explosifs. Il ne pouvait risquer que ses projets soient découverts. Il revint sur ses pas en courant avec l'idée de sauter dans le wagon de queue, récupérer son sac, puis tirer la sonnette d'alarme et prendre une nouvelle fois la fuite.

Trop tard. Au moment même où Abdul Hadi arriva sur le quai, le train repartit.

Les minutes qui suivirent furent particulièrement pesantes. Il était dépité. Il avait échoué. Il ouvrit son sac et chercha le carnet où il avait noté le numéro de téléphone de son cousin. Craignant d'être recherché, il avait traversé la ville sans tarder et ne s'était arrêté qu'une fois parvenu à l'autre bout. Il fouilla dans son sac en désordre et en sortit quelques papiers. C'étaient les photos de l'église. Il n'avait aucun souvenir de les avoir rangées là et il lui fallut quelques instants pour comprendre que tout n'était pas forcément perdu. Ils avaient peut-être mis la main sur les explosifs, mais les photos étaient toujours en sa possession. Ils ignoraient donc ce qu'il comptait faire.

24.

Silo Carlsberg, Copenhague

Quand Niels n'arrivait pas à dormir, il avait l'habitude de lire. Un livre ennuyeux, de préférence, ou le journal de la veille. Le vin pouvait également l'aider à combattre l'insomnie. En revanche, les alcools forts lui causaient des palpitations. D'ailleurs, la bouteille de cognac qu'Anni lui avait offerte à l'occasion de ses quarante ans était quasiment intacte.

Cette nuit, pourtant, il resta couché, bien que le sommeil se fît attendre. Il se contenta alors de contempler les ténèbres, étendu sur son lit, le regard fixe. Il avait fait sa valise, posé son passeport et son billet d'avion bien en vue sur la table de la salle à manger et repassé une chemise qu'il avait accrochée sur un cintre. Tout était prêt. Il ne lui restait désormais plus qu'à observer son plafond en béton brut en attendant qu'il soit 6 heures pour pouvoir partir. Il ferma les yeux et essaya de s'imaginer le visage de Kathrine. Ses yeux. La manière dont ceux-ci pétillaient quand elle parlait de son travail. Ses petites fossettes enfantines qu'elle s'efforçait de dissimuler en mettant sa main devant sa bouche chaque fois qu'elle riait. Son tempérament explosif. Les courbes de ses pommettes. Son nez raffiné. En vain. Il ne réussissait pas à assembler tous ces éléments. Au lieu de s'emboîter, ces détails isolés entraient en collision les uns avec les autres et se barraient mutuellement la route, si bien que, dans sa mémoire, Kathrine ressemblait à un tableau de Picasso.

Il fut finalement délivré par la sonnerie du téléphone.

— Salut chérie, j'étais justement en train de penser à toi.

— Tu as pris tes pilules ?

La voix de Kathrine était fébrile. Tendue, stressée, nerveuse. Mais également pleine d'espérance.

— Pas toutes. Je vais en reprendre tout à l'heure.

— Allume l'ordinateur.

— Tu veux t'assurer que je le fais ?

— Exactement.

— Si tu y tiens.

Niels mit en marche l'ordinateur. Tous deux attendirent en silence qu'il démarre.

— Salut, finit-il par dire lorsqu'elle apparut à l'écran, assise au même endroit que d'habitude.

À la longue, cette pièce, malgré les huit mille kilomètres de distance, lui paraissait familière – en tout cas, plus que certaines pièces de leur propre appartement.

Niels avala deux comprimés. Il se demanda s'il n'avait pas dépassé la dose. Il avait juste jeté un coup d'œil rapide sur l'étiquette du paquet.

— Voilà. Tu es satisfaite ? lui lança-t-il sur un ton renfrogné.

— Tu ne sembles pas en être convaincu toi-même.

Ces paroles fusèrent hors de sa bouche.

— Pardon ?

— Tu fais chier, Niels ! Je le vois bien ! Tu n'y crois pas. Pourquoi est-ce que ça doit être si compliqué ? Pense un peu à tous ces gens qui souffrent de phobies bizarres, alors qu'il suffirait qu'ils avalent quelques pilules pour se remettre en selle !

— Mais c'est ce que je fais. En tout cas, j'essaie.

— Es-tu bien sûr de vraiment essayer, Niels ?

Il hésita. Il lui semblait avoir perçu une sorte de menace latente dans le ton de sa voix. Quelque chose du genre : c'est ta dernière chance. Il ne parvenait pas à se sortir cette idée de la tête. La paranoïa le rattrapait.

— C'est une des premières choses que je t'ai dites lorsque nous nous sommes rencontrés. Je me sens mal rien qu'à l'idée de devoir prendre l'avion.

— Mais c'était il y a un siècle !

— Et toi, tu te souviens de ce que tu m'avais répondu ? Que cela n'avait aucune importance car j'étais un monde à moi tout seul.

— Écoute-moi bien : si tu n'es pas là demain matin, cela signifiera que je ne peux pas te faire confiance ! Bonne nuit, Niels.

Ils se dévisagèrent. Kathrine fit tout son possible pour lui cacher qu'elle avait les larmes aux yeux. Puis elle éteignit son ordinateur.

— Merde !

Niels eut envie d'envoyer son verre de vin contre l'écran, mais se contint. Comme toujours. Un sentiment de solitude l'envahit. Il eut l'impression que la pièce avait été vidée de tout son oxygène. Soudain, la sonnerie du téléphone retentit. Il tarda à décrocher pour se laisser le temps de se ressaisir. Puis il prit une profonde inspiration – cette fois, il avait intérêt à avoir l'air de positiver.

— Coucou, chérie !

— Il y avait bien longtemps qu'on ne m'avait pas appelée comme ça.

Niels mit plusieurs secondes à identifier la voix. Hannah Lund. L'astrophysicienne.

— Je vous prie de m'excuser, je croyais que c'était ma femme.

— C'est ma faute. Je n'aurais pas dû appeler si tard. C'est une mauvaise habitude qui remonte à l'époque où j'étais chercheuse. Quand on fait ce métier, le jour et la nuit se confondent. Ça vous est déjà arrivé ?

— Possible.

Niels se rendit compte à quel point sa voix semblait tout à coup fatiguée.

— Je ne peux pas fermer l'œil à cause de vos meurtres.

— À cause de mes meurtres ?

— J'ai repensé à ce que vous m'avez raconté. Est-ce que je pourrais vous voir ?

Il consulta sa montre : 2 heures passées. Son réveil allait sonner dans moins de quatre heures.

— C'est que je pars en vacances. En Afrique du Sud. Je prends l'avion demain matin.

— S'il y a une logique, poursuivit Hannah, enfin, s'il y a des nombres et des distances qui obéissent à un modèle donné…

Niels l'interrompit à contrecœur.

— Mais ce n'est pas à nous de résoudre cette affaire.

— Est-ce que vous avez déjà envisagé cette éventualité ?

— Quelle éventualité ?

— Qu'il existe un système. Dans ce cas, on pourrait peut-être le décoder ?

Niels marcha jusqu'à la fenêtre. Les rues étaient dans le noir.

— Vous voulez dire pour empêcher le prochain meurtre ?

— Il faut bien sûr que je dispose de toutes les informations possibles. Mais je suppose que vous devez avoir un dossier.

Niels réfléchit. Il songea à Kathrine.

— Comme je vous l'ai déjà dit …

— Ce n'est pas à vous de résoudre cette affaire. J'ai compris. Désolée de vous avoir dérangé, Niels Bentzon.

— Il n'y a pas de mal. Bonne nuit.

— Bonne nuit, chéri ! s'exclama-t-elle avant de raccrocher.

25.

Aéroport de Kastrup, Copenhague. Vendredi 17 décembre

C'était l'un des premiers aéroports civils, construit sur une prairie dans les environs de Copenhague. L'aéroport le mieux préservé d'Europe au cours des années d'après-guerre. Tandis que les autres avaient été ravagés par les bombardements, quelqu'un avait étendu sa main protectrice au-dessus de Kastrup. Était-ce le fruit d'une intervention divine ou du hasard ? Ou plus simplement de la politique de collaboration ?

— Vous avez bien dit le terminal international ?

— Oui, s'il vous plaît. Le terminal 3. Je pense que je suis en retard.

L'éclatant soleil d'hiver se hissait toujours juste assez haut pour aveugler les automobilistes, jamais plus. Niels mit ses lunettes noires. En fait, il les avait prises pour les utiliser en Afrique. Il leva les yeux au ciel. Celui-ci était totalement dégagé et d'un bleu foncé magnifique. Un Airbus s'apprêtait à atterrir. À cette vue, il fut pris d'une nausée qu'il s'efforça de réprimer. Chaque année, plus de deux cent soixante mille avions atterrissaient ou décollaient de Kastrup. Des millions de voyageurs débarquaient ou embarquaient dans cet aéroport. Il avait lu des articles sur le sujet et connaissait les statistiques sur le bout des doigts. Il savait qu'il pourrait soupirer de soulagement dans un instant, à sa descente du taxi, la partie la plus risquée du voyage étant désormais derrière lui. Mais les statistiques n'avaient malheureusement aucun effet thérapeutique. Au contraire.

— Vous pourrez vous estimer heureux si votre vol n'est pas retardé, l'informa le chauffeur en arrêtant son véhicule. J'ai un cousin qui devait se rendre à Ankara. Il attend toujours son avion.

Niels acquiesça d'un signe de tête, les yeux rivés sur l'énorme bâtiment de verre et d'aluminium qui s'élevait devant lui. Le sommet sur le climat allait engendrer de nombreux retards. Pendant les onze jours que devait durer cet événement, Kastrup allait en effet devenir le plus important carrefour mondial. Toutefois, d'après ce qu'il avait pu voir sur Internet, cela n'avait nullement affecté son vol. La plupart des chefs d'État étaient arrivés. Certains étaient même probablement déjà rentrés chez eux.

Il se mit à transpirer dès le hall d'entrée. À la seule vue des avions garés sur la piste, il eut l'estomac tout retourné. Il se rendit dans les toilettes, avala deux comprimés, s'aspergea le visage d'eau froide et se regarda dans le miroir. Il était blanc comme un linge, ses pupilles dilatées tremblotaient et il semblait souffrant.

— *Are you okay, mister?*

Niels considéra l'homme dans le miroir. C'était un Indien court sur pattes et rondouillard à la mine sympathique.

— *I'm fine, thank you.*

L'homme demeura là encore un instant à le regarder, assez longtemps pour que Niels eût envie de lui demander de le laisser tranquille. Puis il finit par s'en aller de lui-même.

Encore de l'eau. Il tenta de reprendre le contrôle de son souffle. Alors qu'il était sur le point d'y parvenir, il fut perturbé par une nouvelle voix. Dans les haut-parleurs, cette fois.

— Dernier appel pour le passager Niels Bentzon voyageant sur le vol SAS à destination de Paris. Embarquement porte 11.

L'escale à Paris n'allait pas lui faciliter les choses. Il allait devoir vivre cet enfer une deuxième fois. Il ferma les yeux et décida de changer de tactique. Jusque-là, il s'était efforcé de faire comme si de rien n'était, comme s'il ne se trouvait pas dans un aéroport, mais cela avait échoué. Maintenant, au contraire, il allait affronter la réalité. Se concentrer et se comporter de manière raisonnable, laisser la peur l'envahir afin qu'elle se mesure au bon sens et aux statistiques : des millions de personnes voyagent en ce moment même au-dessus des nuages. Bon sang, il n'avait qu'à les imiter : s'asseoir dans un avion, boire une tasse de café, regarder un film, pourquoi pas se taper un petit roupillon et, surtout, accepter – voire savourer – l'idée que nous mourrons tous un jour. Mais rien n'y fit. Ce n'était ni l'avion, ni la porte qu'il redoutait. C'était le simple fait de voyager qui le rendait malade.

Il s'essuya le visage dans une serviette en papier, respira profondément et tenta de se ressaisir. Sur ce, il sortit des toilettes et se dirigea vers la porte d'embarquement. En traversant le hall des départs presque désert, il s'imagina tel un condamné à mort faisant ses derniers pas en direction de la potence et songea qu'il aurait encore préféré être exécuté plutôt que de devoir prendre l'avion.

— Merci. Bon voyage.

L'hôtesse de l'air – pleine de confiance – sourit avec professionnalisme et le guida jusqu'à l'appareil. Personne ne fit attention à lui et il n'essuya aucun regard réprobateur pour son retard. Tous les passagers étaient concentrés sur leur petite personne. Arrivé à sa place, il s'installa et attendit tranquillement en fixant le siège de devant. Tout se passait au mieux. Il avait la situation bien en main. Son souffle était pour ainsi dire normal. Peut-être ses comprimés étaient-ils efficaces, après tout ?

Jusqu'au moment où son regard tomba sur ses mains, posées sur ses genoux.

On aurait dit qu'elles recevaient des décharges électriques toujours plus puissantes. Il sentit les spasmes remonter peu à peu le long de ses bras et dans ses épaules, puis se répandre à travers sa poitrine jusqu'à son diaphragme. Les bruits autour de lui s'estompèrent. Il était groggy. Une petite fille – de cinq ans tout au plus – se retourna et se mit à l'observer avec une fascination enfantine. Ses lèvres remuèrent et, tout à coup, des paroles s'en échappèrent :

— Il fait quoi le monsieur, maman ?

Il vit alors une jeune mère essayer de faire taire la fillette en lui demandant de se mêler de ses propres affaires et de l'ignorer.

Niels se leva. Il fallait qu'il sorte. Sans perdre un instant.

Il était sur le point de vomir. Il commença à suer à nouveau. Il remonta l'allée centrale en titubant comme un homme ivre qui aurait cherché à dissimuler son état. Il fit de son mieux pour rester digne malgré le caractère désespéré de la situation.

— Vous ne pouvez pas descendre de l'avion maintenant.

L'hôtesse vint à sa rencontre. Cette fois, son sourire était quelque peu crispé.

Niels ne s'arrêta pas. L'avion frémit. Les moteurs venaient de démarrer.

— Vous ne pouvez pas…

Elle chercha quelqu'un du regard et un steward se précipita dans leur direction.

— Je suis désolé, monsieur, mais vous ne pouvez pas descendre de l'avion maintenant.

— Je suis de la police.

Niels poursuivit sa course. Il n'était plus qu'à quelques mètres de la porte.

— Vous comprenez ce que je vous dis ? Je vous prie de bien vouloir regagner votre place.

Le steward l'agrippa, sans un geste brusque, en faisant preuve d'une patience remarquable. Niels le repoussa violemment et se jeta sur la poignée.

— Écoutez-moi.

Le steward tenta à nouveau de le raisonner, avec toujours autant de sang-froid.

Niels brandit sa carte de police.

— Police de Copenhague. Il faut que je sorte, lança-t-il d'une voix chevrotante.

— Vous n'allez pas chercher le commandant de bord ? chuchota quelqu'un à l'hôtesse.

— Il faut que je sorte tout de suite ! hurla Niels.

Suivit un silence pesant pendant lequel les autres passagers le dévisagèrent. Le steward lui adressa un regard plein de compassion et acquiesça.

L'une des roues du chariot à bagages était voilée, si bien que Niels avait du mal à le maîtriser. Il finit par renoncer et décida de porter lui-même ses valises. Puis il s'assit à une table et commanda une bière.

Sa chaise était particulièrement inconfortable et la nausée n'était pas encore totalement passée. Il avait envie d'alcool. Il désirait seulement aller mieux et aurait préféré mourir. Mais, dans ce cas, pourquoi diable n'était-il pas resté dans l'avion ? Il eut envie de téléphoner à Kathrine mais la honte qu'il éprouvait l'en dissuada.

Il se trouva une nouvelle chaise, plus confortable, celle-là. Une vraie chaise, parfaite pour attendre. Niels ne se souvenait pas d'avoir changé de place. Il tenait son téléphone mobile dans sa main. Kathrine.

« Ma Kathrine bien-aimée. Je ne m'avoue pas encore vaincu. »

Elle allait devoir se contenter d'un SMS pour le moment. Il n'était pas en état de l'appeler et de se justifier. De toute manière, Kathrine n'avait jamais compris ses explications. Mais il ne lui en voulait pas. Lui-même ne les comprenait pas.

Il jeta un coup d'œil dehors par les énormes vitres et vit un Boeing 737 décoller avec une facilité déconcertante.

Il s'écoula une demi-heure. Peut-être plus. Des avions décollaient, d'autres atterrissaient. Des gens partaient en voyage, d'autres débarquaient. Il y avait des hommes d'affaires, des touristes, des membres d'ONG, des fonctionnaires, des climatologues, des politiciens, des journalistes et des représentants de diverses organisations écologiques. Niels observa tout ce beau monde. Certains avaient l'air fatigués d'avance et abattus, tandis que d'autres paraissaient pleins d'espoir et optimistes. Mais tous voyageaient. Ils arrivaient d'un endroit et se rendaient à un autre.

Lui était assis.

Il finit par se lever et se dirigea vers la file de voyageurs qui attendaient devant le guichet d'Alitalia, sans réfléchir. Son cerveau était déconnecté, vidé de toutes ses considérations liées au voyage, de tous ses préparatifs minutieux, de toutes les statistiques. À quoi pourraient-elles bien lui servir, désormais ? En quoi l'avaient-elles aidé jusqu'à maintenant ?

— *Excuse me, are you Italian ?*

Niels fut aussi surpris que le jeune homme qu'il avait abordé.

— *Yes.*

— *Can you make a phone call for me ? It's urgent.*

Sans lui laisser le temps de répondre, Niels composa un numéro et tendit son mobile au jeune homme.

— *Ask for Tommaso di Barbara. Tell him to fax everything he has on the case to Niels Bentzon. This number.*

Niels lui indiqua le numéro qui figurait sur sa carte de visite.

— *But…*

— *Everything !*

26.

Préfecture de police, Copenhague

— Niels ? Tu ne devais pas partir en vacances ?

Anni leva la tête de son écran. Elle ne paraissait pas aussi étonnée qu'aurait pu le laisser supposer le ton de sa voix.

— Plus tard, répondit Niels en écartant les bras. Il paraît qu'il est arrivé ?

— Quoi ?

— Le fax en provenance de Venise.

— Ah, oui, acquiesça-t-elle en se levant.

— Reste assise. Je peux y aller moi-même.

Ignorant ses paroles, elle l'accompagna, ce qui eut le don de l'agacer. La curiosité d'Anni était légendaire et pouvait même parfois avoir un certain charme. Mais pas maintenant.

La préfecture était quasiment déserte. Avec ses postes de travail en *open space*, ses écrans plats, ses chaises ergonomiques et ses bureaux réglables dernier cri de design scandinave hors de prix, elle faisait plus penser à un magasin de meubles qu'à un commissariat. Mais y avait-il vraiment une grande différence entre les deux ? Niels en doutait depuis déjà un certain temps. Voilà quelques années, au cours de leurs réunions, que des termes tels que « soigner son image », « valorisation du service » et « valeur signalétique » avaient tendance à se substituer au bon vieux jargon policier. Leurs chefs étaient désormais des stars. Le directeur de la police était médiatisé au point de rivaliser avec des comiques de *stand up* et des vedettes de la musique, sans que Niels en connût la raison. La police était devenue l'un des thèmes de société privilégiés des politiciens, comme le montraient d'innombrables enquêtes. À elle seule, la réforme de la police de 2007 avait suscité plus d'articles dans les journaux que les nombreuses réformes fiscales de ces dernières années réunies. N'importe quel politicien, attentif aux conseils de son chargé de communication pour qui il était essentiel de prendre position dans le débat sur les valeurs, était susceptible de livrer un avis bien arrêté en matière d'affaires policières, même si ses connaissances sur le sujet se limitaient à quelques épisodes de *Miami Vice* ou de *Rejseholdet*[1].

— Attends un peu d'avoir lu le fax, lui lança Anni au moment d'ouvrir la porte du local informatique. Tu ne vas pas en croire tes yeux !

La pièce dans laquelle ils pénétrèrent n'avait de local informatique que le nom. À dire vrai, c'était peut-être la seule dans toute la préfecture – à l'exception toutefois des toilettes – où l'on ne trouvait aucun ordinateur, ce dont ils s'amusaient souvent, d'ailleurs. Mais il y avait en revanche des imprimantes, des photocopieuses, des fax, ainsi qu'une variété impressionnante d'émanations de produits chimiques, d'ozone et de poudre d'encre

1. Série télévisée policière danoise.

qui, comme l'odeur de poussière qui flotte dans les églises, vous donnaient immanquablement la nausée et mal au crâne au bout de seulement quelques minutes.

— Le voilà, lui indiqua-t-elle.

Le fax avait débordé du bac à papier et formé sur le sol un tas de rouleaux qui évoquèrent les Alpes à Niels : de blancs sommets escarpés, une montagne infranchissable de papier et d'informations. Le fax devait compter plusieurs centaines de pages.

— Qu'est-ce que c'est ? l'interrogea Anni en s'efforçant d'employer un ton détaché.

— Une simple affaire.

— Elle ne doit pas être tout à fait comme les autres, alors, lança-t-elle en esquissant un sourire. Est-ce qu'il y a un lien avec le sommet de Copenhague ?

— Oui.

Niels la considéra d'un air grave et se dit que, quoi qu'il sorte de ce sommet, quel que soit le résultat des efforts déployés par les dirigeants mondiaux dans le but de sauver la terre de la ruine, tout n'aurait pas été vain. Il serait au moins parvenu à faire fermer son clapet à sa secrétaire.

— Est-ce qu'il y a un carton qui traîne quelque part ? demanda Niels en regardant autour de lui.

Anni lui tendit une caisse de papier à imprimer qu'il saisit sans un mot, mais non sans se reprocher de s'être laissé entraîner dans un piège – appelé « piège de la secrétaire » – qui consistait à faire endosser à Anni, en plus de son rôle de secrétaire, celui de mère. Il vida le carton et y rangea les documents faxés. Il aperçut au passage quelques photos prises par un médecin légiste sur lesquelles on voyait d'étranges marques sur le dos d'un cadavre, ainsi qu'une liste des victimes.

— Eh bien, quelle robe ! C'est demain qu'ils arrivent ?

Anni était en train de regarder, sur un petit écran de télé, Barack et Michelle Obama descendre d'Air Force One, quelque part dans le monde.

— Elle a un bon popotin. Est-ce que c'est sexy ? demanda-t-elle en se tournant vers Niels.

— C'est possible, pour ceux qui aiment ça.

Michelle Obama salua mécaniquement la foule du haut de la nacelle. À qui pouvait-elle bien s'adresser ? Aux gardes du corps massés sur le tarmac ? Barack Obama s'avança sur la piste et serra la main à un homme chauve qui devait être l'ambassadeur des États-Unis dans le pays où ils venaient d'atterrir. Niels ne parvenait à détourner le regard du président américain. Il y avait quelque chose de triste dans son visage si souriant par ailleurs. Cela lui avait sauté aux yeux dès la première fois qu'il l'avait vu à la télé. C'était lors d'un débat avec Hillary Clinton. Un air mélancolique, comme s'il avait eu un éclat de miroir enchanté planté dans l'œil[1]. Il doutait de son projet de créer un monde meilleur. Non pas de sa volonté de le réaliser, mais de la disposition du monde à changer.

En sortant de la salle informatique, Niels s'étonna de voir de la lumière dans le bureau de Sommersted. Il

1. Référence à *La Reine des neiges*, de Hans Christian Andersen.

posa le carton par terre et le poussa du pied sous une table, à l'abri des regards. C'était en Inde et en Chine qu'avaient eu lieu les deux derniers meurtres qui figuraient sur la liste qui leur avait été faxée. Leur terroriste n'avait-il pas séjourné en Inde, lui aussi ?

— Méfie-toi, l'avertit Anni. Il n'est pas d'humeur à plaisanter, aujourd'hui.

— Parce qu'il lui arrive de l'être ?

Il frappa à la porte et entra. Sommersted avait toujours sa veste sur le dos et semblait chercher quelque chose.

— Oui ? demanda-t-il sans accorder un regard à Niels. Je m'apprête à repartir.

Le ton de sa voix était menaçant. C'était celui d'un homme sous pression qui n'avait pas profité d'une bonne nuit de sommeil depuis trop longtemps et dont la tête était pleine de scénarios d'horreur sur des catastrophes potentielles pendant le sommet.

— C'est à propos de ce Yéménite recherché…

— Stop ! l'interrompit aussitôt Sommersted en levant une main tremblante de stress.

Niels décida de poursuivre :

— Je n'ai pas pu m'empêcher de jeter un coup d'œil dans son dossier, hier.

— Quoi ? Vous n'avez pas fait ça !

Sommersted était ailleurs, cela ne faisait pas l'ombre d'un doute. Il était au Bella Center, auprès de tous ces chefs d'État dont il devait assurer la sécurité.

— Ça concerne l'affaire d'Interpol.

— Bentzon, lâcha Sommersted en soupirant, comme un prédateur qui aurait décidé de laisser une dernière chance à sa proie. L'affaire Hadi est hautement confidentielle et n'est pas de votre responsabilité. Nous ne devons pour rien au monde céder à la panique maintenant. Vous imaginez un peu le tableau ? La combinaison de terroristes à Copenhague et des dirigeants mondiaux sur l'île d'Amager ?

— Je n'ai aucune certitude, avança Niels. Je l'avoue. Mais j'ai des soupçons.

— Non ! hurla Sommersted. Oubliez ça, Bentzon. Laissez ça à d'autres. Savez-vous combien de chefs d'État et de gouvernement vont se rassembler au Bella Center dans quelques heures et compteront sur moi pour assurer leur sécurité ? Brown, Sarkozy et toute la clique ! Même ce dingue de Mugabe exige de ne pas se prendre une balle dans la tête en visitant le *wonderful Copenhagen* ! Les extrémistes, les terroristes, les timbrés psychotiques, tous n'attendent qu'une seule chose : que je commette un faux pas.

— Mais…

Bien que déjà résigné, Niels fit une nouvelle tentative, mais Sommersted le rabroua violemment.

— Et maintenant, la presse voudrait savoir pourquoi on a obligé une bande d'autonomes qu'on avait arrêtés à rester assis sur l'asphalte pendant plusieurs heures. Deux d'entre eux ont chopé une infection urinaire. Vous voyez quel est mon problème ?

Sans attendre la réponse de Niels, il passa devant lui et disparut par la porte.

Ça non, il ne voyait pas quel était son problème ! Niels tourna les talons. Il faisait certainement fausse route. Il ne pouvait s'agir que d'une coïncidence.

L'Inde. Bombay. Il débattait dans sa tête en retournant vers le bureau de Sommersted. Après tout, il était policier et son travail consistait à enrayer la criminalité, pas à faire plaisir à son chef. La lumière était restée allumée dans la pièce. Manifestement, la police de Copenhague n'était pas encore concernée par la prise de conscience de la responsabilité de chacun dans le réchauffement climatique. Il entra et trouva les pages du dossier étalées sur le bureau. Il s'étonna de la négligence de Sommersted, qu'il attribua au stress. Il y avait là une photo de profil d'Abdul Hadi, ainsi qu'une autre prise quelque part dans le Waziristan, région frontalière entre le Pakistan et l'Afghanistan. Les connaissances de Niels sur le terrorisme international étaient plutôt basiques. Toutefois, il savait que le Waziristan constituait l'un des principaux foyers du terrorisme. C'était notamment le bastion des Frères musulmans, comme le dossier le précisait. Hadi entretenait des liens étroits avec les chefs de cette organisation, sans qu'il soit spécifié à quel point. Cependant, il était considéré comme un terroriste potentiel.

Niels s'assura que personne ne le voyait. Il n'avait aucune raison de s'inquiéter, tous les regards étant braqués sur la température de la Terre au Bella Center. Il se remit à feuilleter le dossier. Les Frères musulmans. Il parcourut les pages du regard : une organisation politico-religieuse créée en Égypte en 1928 par Hassan al-Banna afin d'instaurer dans le pays une société fondée sur l'observance stricte de la loi islamique, à l'image de ce que les Ikhwans wahhabites avaient réalisé dans la péninsule Arabique. Malgré son rejet de la violence, l'organisation avait été interdite à plusieurs reprises et l'un de ses dirigeants, Sayyid Qutb, aujourd'hui décédé, avait rédigé à l'occasion d'un séjour en prison, dans les années 1960, le texte intitulé *Jalons sur la route*, considéré aujourd'hui comme une sorte de pamphlet, de livre de combat du terrorisme islamiste. Le propre bras droit d'Oussama Ben Laden, le docteur Ayman al-Zawahiri, avait débuté sa carrière terroriste chez ces mêmes Frères musulmans. Depuis sa création, et jusqu'à nos jours, l'organisation avait été très influente non seulement en Égypte, mais également dans une grande partie du monde musulman. Elle était liée à d'innombrables actes terroristes et soutenait ouvertement les attaques contre Israël qui était – et continue d'être – regardé comme le principal ennemi. Elle était entre autres à l'origine de la fondation du Hamas palestinien. Mais les Frères musulmans étaient avant tout connus pour le rôle prépondérant qu'ils avaient joué dans l'assassinat, le 6 octobre 1981, du président égyptien Anouar el-Sadate, qui, selon eux, avait commis le sacrilège, trois ans plus tôt, de serrer la main du Premier ministre israélien Menahem Begin, auquel ils vouaient une haine féroce, et de signer la paix avec Israël.

Niels arrêta la lecture de ce passage pour parcourir à nouveau le dossier et finit par trouver ce qu'il cherchait : le parcours d'Abdul Hadi jusqu'au moment où, vraisemblablement, il était parvenu à pénétrer au Danemark, à bord d'un train en provenance de Suède. Mais où donc avait-il séjourné avant de se rendre en Suède ? Quel avait bien pu être son itinéraire ? Niels poursuivit ses investigations. Il semblait y avoir des trous dans son parcours, mais ils étaient assez peu nombreux et de courte durée. Niels nota toutes ces informations. Il apparaissait qu'Abdul Hadi avait pris un train à Stockholm deux jours plus tôt. Qu'était-il allé faire en Suède ? Il était arrivé là-bas par un vol en provenance de Bruxelles et, auparavant, il avait effectué un bref séjour en Inde – du moins, on le supposait. Niels fut étonné de constater avec quelle facilité un individu recherché sur le plan international pouvait voyager à travers le monde. Que les procédures de sécurité laissaient franchement à désirer était connu, peut-être pas de la population, mais en tout cas des milieux policiers. Malgré les progrès massifs réalisés dans la plupart des aéroports du monde en terme de sécurité et de contrôles – avec l'emploi de scanners oculaires, d'empreintes digitales ainsi que le renforcement des exigences au niveau des passeports et des autres papiers d'identité – les terroristes semblaient en permanence avoir un temps d'avance. Ou alors ils étaient si nombreux que, même si l'on mettait la main sur certains, il y en avait toujours quelques-uns qui passaient entre les mailles du filet.

— Qu'es-tu allé faire en Inde ? murmura-t-il.

Pas de réponse. Hadi se contenta de le fixer. Niels remarqua une expression fanatique dans son regard. Quand il leva sa photo, il fut presque aspiré par ses yeux. Il connaissait ce regard. C'était celui qu'avaient les gens juste avant d'appuyer sur la détente.

— Et que viens-tu faire au Danemark ?

27.

Christianshavn, Copenhague

Les feux de signalisation sur Amagerbrogade ne fonctionnaient pas.

Niels ne se rendit compte qu'il avait attendu une éternité au feu rouge que lorsque le conducteur d'une voiture derrière lui klaxonna vivement avant de le doubler en le gratifiant d'un doigt d'honneur. Niels saisit son téléphone et composa un numéro. Au bout de quelques secondes, la voix ensommeillée de Hannah lui répondit.

— Niels Bentzon. Pourrais-je passer vous voir ?

— Maintenant ?

— J'ai reçu tous les détails sur l'affaire par fax. Je préfère vous avertir, c'est plutôt exhaustif.

— Vous ne deviez pas partir en voyage ?

— Très exhaustif, même. Tous les détails y sont, exactement comme vous le désiriez.

Il y eut un blanc et, alors que Niels s'apprêtait à poursuivre, Hannah le prit de vitesse :

— Est-ce que j'ai le temps de prendre un bain ?

— Je serai chez vous dans une heure.

Il raccrocha et se mit à s'imaginer Hannah dans son bain. Était-ce dans ce but qu'elle lui avait dit qu'elle allait en prendre un ? Il arriva sur la place Christmas Møller en partie occupée par des centaines de manifestants en train de se mettre en rang pour entamer ce qui ressemblait à une marche non autorisée. Ils passèrent juste devant sa voiture. « C'est notre dernière chance – Sauvons la planète », pouvait-on lire sur une énorme banderole. « C'est maintenant ou jamais », sur une autre. Le carton qui contenait le fax était posé sur le siège passager, à côté de Niels. Il l'ouvrit et feuilleta les pages à l'écriture dense sur lesquelles figurait l'ensemble des informations sur les victimes, les lieux des crimes, les dates et heures auxquelles ceux-ci avaient été commis ainsi que des photos des cadavres et des étranges tatouages sur leurs dos. Mais une question le titillait. Pourquoi un meurtrier s'embêterait-il à dessiner des tatouages si complexes sur le dos de ses victimes ? Tommaso lui avait dit qu'il s'agissait de chiffres, mais Niels n'était pas du même avis. Il avait plutôt l'impression qu'ils représentaient un motif abstrait.

Une brèche finit par s'ouvrir parmi la foule sans cesse croissante. Niels en profita pour continuer sa route en direction du centre-ville en passant par la place de Christianshavn. Où qu'il regardât, il voyait ces étranges tatouages, comme si une force d'invasion étrangère avait pris possession de son cerveau et refusait de l'évacuer. Il n'y avait rien à faire. Soudain – sans réfléchir – il effectua un demi-tour, emprunta la rue dans l'autre sens et tourna à gauche dans Prinsessegade.

Christiania, Copenhague

La boutique *Tattoo Art* était toujours là. Niels n'y était jamais entré, mais il connaissait le reste de Christiania comme sa poche. Comme la plupart des policiers de Copenhague, il avait été amené à effectuer des patrouilles et des arrestations dans Pusher Street. Il gara sa voiture et regarda autour de lui. Deux Groenlandais titubant traversaient la place en direction de Nemoland, sous le regard curieux de chiens errants.

Niels entretenait une relation ambivalente avec Christiania. À la base, il y était favorable. L'idée qu'un groupe de hippies pacifistes se soit installé, il y a quarante ans, sur un terrain militaire désaffecté afin d'y fonder une communauté expérimentale avait tout pour lui plaire. Une ville libre dans la capitale. Un village au cœur de Copenhague. C'était une autre façon de vivre. Par ailleurs, c'était à Christiania qu'il avait vécu certaines de ses meilleures expériences en tant que jeune policier et rencontré la population la plus accueillante. Existait-il un autre endroit au monde où l'on pouvait se faire inviter à entrer boire une bière et manger du riz au lait à 4 heures du matin en plein mois de juillet ?

Cependant, l'ambiance avait beaucoup changé au cours des dix dernières années. Les gangs de « Rockers » et d'autres bandes s'étaient emparés du marché de la drogue, et l'innocence des hippies avait cédé la place à une criminalité de la pire espèce contrôlée par de vrais gangsters qui brassaient des millions. La violence et les menaces étaient devenues monnaie courante et connurent leur paroxysme en mai 2006, lorsqu'un jeune homme de dix-neuf ans fut assailli et battu à mort par un groupe de dealers, aux abords de Christiania. Bien que Niels n'eût pas travaillé sur cette affaire, il savait qu'elle avait profondément choqué certains de ses collègues. Il leur arrivait rarement d'être confrontés à une brutalité aussi absurde que celle dont avaient fait preuve les meurtriers pour défoncer de sang-froid le crâne du pauvre jeune homme à coups de batte de base-ball et de barre de fer. Ils s'étaient livrés à une exécution pure et simple, à une liquidation cynique pour l'exemple. C'était cette affaire qui avait amené Niels à reconsidérer son point de vue sur la ville libre. L'expérience avait échoué.

— Je suis à vous dans cinq minutes.

Le tatoueur adressa un signe de tête amical à Niels qui s'assit et l'observa travailler. On aurait dit un monstre. Son corps ainsi que la plus grande partie de son visage étaient couverts de tatouages. Son tee-shirt moulant semblait sur le point d'exploser sous la pression de ses pectoraux et il avait des anneaux dans le nez et dans la lèvre inférieure.

— Vous voulez une tasse de café ? demanda-t-il en zézayant à cause du piercing dans sa lèvre.

— Volontiers, merci. Un café noir.

Le tatoueur s'éclipsa dans l'arrière-boutique, laissant Niels seul avec lui-même.

La pièce était d'une propreté clinique qui rappelait le cabinet d'un médecin. Les murs étaient surchargés de photos de tatouages – dragons, serpents, femmes et divers motifs abstraits. Il y avait des caractères japonais en bas de certaines affiches. À moins qu'ils ne fussent chinois ?

— On dit qu'au Japon, des gens se tatouaient déjà il y a dix mille ans. Vous ne trouvez pas ça incroyable ? s'exclama le tatoueur en lui tendant une tasse de café. C'était du temps de la civilisation Aïnu. Ce peuple se tatouait le visage.

Du regard, Niels l'encouragea à continuer.

— On a aussi découvert des momies chinoises tatouées. Voilà pourquoi on ne peut pas réduire le tatouage à un simple phénomène de mode, ajouta-t-il en riant.

— Est-ce qu'ils utilisaient la même technique que maintenant ?

— Non, elle a été améliorée, depuis. Dans certaines civilisations anciennes, on appliquait de la cendre sur une plaie ouverte, puis on frictionnait. Quant aux Vikings, ils se servaient d'épines de roses. Comme on dit, il faut souffrir pour être beau.

Il repartit de son puissant rire zézayant. Niels lui sourit poliment.

— Et comment est-ce qu'on s'y prend, de nos jours ? Je veux dire, d'un point de vue purement technique.

— Regardez, l'enjoignit le tatoueur en désignant une machine à tatouer d'un signe de tête. L'aiguille se situe dans ce petit conduit. Quand on met la machine en marche, elle monte et descend environ mille fois par minute. Je peux vous dire que ça déménage !

— Et qu'est-ce qu'on injecte dedans ?

— On n'injecte rien du tout. On pique juste avec de l'encre de couleurs variées. Les pigments des tatouages sont composés d'eau, de glycérine et de cristaux minuscules. Des corps étrangers aux teintes diverses.

— Mais ça n'a pas l'air très bon pour la santé ?

— Vous ne seriez pas en train de vous dégonfler ? s'enquit le tatoueur avec un sourire en coin. Votre café non plus n'est pas très bon pour la santé.

— Tout de même, des corps étrangers…

— Il peut y avoir des complications avec certaines personnes, comme des intolérances aux cristaux. Dans de rares cas, il peut aussi arriver que les pigments migrent vers les voies lymphatiques et que, de là, ils infectent le sang. Mais il faut relativiser : je n'ai jamais eu le moindre problème. Et je suis bien placé pour savoir de quoi je parle.

Il releva son tee-shirt, découvrant une tête de dragon impressionnante – et effrayante !

— C'est un comme celui-là que vous voulez ? Les gonzesses en raffolent.

— Non merci. En revanche, j'ai quelque chose à vous montrer.

L'homme le dévisagea d'un air interloqué, tandis que Niels lui tendit l'une des photos qu'il avait reçues par fax.

— Qu'est-ce que c'est ? demanda le tatoueur en regardant le dos de la victime avec intérêt. Vous voulez le même ?

— Qu'est-ce que vous pouvez me dire à propos de ce tatouage ?

— Comment ça ?

— Le motif ? Ce qu'il représente ? Comment il a été fait ? Combien de temps ça prend ?

L'homme contempla la photo, interdit.

— Allez.

Dans l'arrière-boutique, c'était un tout autre univers. On aurait dit un repaire de junkies. Des seringues et des cendriers jonchaient le sol et une bouteille de whisky à moitié vide trônait sur une table crasseuse. Un chiot qui dormait dans un panier leva la tête vers Niels et le considéra avec curiosité.

— Vous voulez l'acheter ? C'est un American Staffordshire Terrier. Il a l'air gentil, en ce moment, mais ne vous y trompez pas. D'ici six mois, il sera capable de tuer un cheval adulte.

— La photo, coupa Niels pour le ramener à leur conversation.

— Ah oui. (Le tatoueur s'assit sur le bord d'une table branlante et alluma une lampe.) Je vais vous dire : il y a des gens qui viennent me voir pour me demander de leur faire les tatouages les plus bizarres. Récemment, un gars est passé avec une photo de la chatte de sa copine. Il voulait que je la lui tatoue sur la bite afin de pouvoir la voir quand il se branle.

Niels toussa et le tatoueur, saisissant le message, se tut pour se concentrer enfin sur la photo. Bien que le policier ne sût pas exactement ce qu'il attendait, du moins, il espérait une réaction. Mais celle-ci ne vint pas. Rien ne se passa. Le tatoueur ne prononça pas un mot.

— Alors, qu'en dites-vous ? questionna Niels.

— Où est-ce que vous vous l'êtes procurée ? interrogea l'homme sans quitter la photo des yeux.

— Vous arrivez à voir ce que représente le tatouage ?

Pas de réponse. Il fit une nouvelle tentative :

— De quoi s'agit-il ?

— Je n'en ai aucune idée, mais…

— Mais quoi ? s'impatienta Niels. Dites-moi quelque chose. Combien de temps faut-il pour réaliser un tel tatouage ?

L'homme releva enfin la tête vers lui.

— Vous vous trompez. Ceci n'est pas un tatouage. En tout cas, je ne crois pas.

— Ce n'est pas un tatouage ?

L'homme secoua la tête et se leva.

— Les lignes sont beaucoup trop fines. Par ailleurs, on a utilisé une grande quantité de blanc, ce qui ne se fait pour ainsi dire jamais dans un tatouage.

— Mais si ce n'est pas un tatouage, alors qu'est-ce que c'est ?

L'homme haussa les épaules. Ce n'était pas son problème.

28.

Elseneur

Les champs gelés qui s'étendaient à perte de vue étaient absolument déserts. Quant aux arbres qui se détachaient sur l'horizon, on aurait dit des squelettes. C'était une explosion de gris, un tableau magnifique pour les âmes mélancoliques. Les autres n'y voyaient qu'un paysage triste qu'il convenait de fuir au plus vite. Kathrine faisait partie de ceux-là.

Niels profita du fait qu'il était seul sur la route pour rouler vite jusqu'à quitter la nationale et s'engager sur le chemin gravillonneux. Cette fois, il se gara juste devant la maison, puis sortit avec le carton sous le bras.

Alors qu'il s'apprêtait à frapper à la porte, il aperçut Hannah sur le ponton, à l'endroit précis où il l'avait vue la première fois, et décida de la rejoindre. Bien qu'elle l'eût entendu s'approcher, elle ne bougea pas.

— Vous ne deviez pas partir en voyage ?

— J'ai dû reporter. Ça mord ?

— Il n'y a pas de poissons dans ce lac, répondit-elle avant de se retourner vers lui. Pourtant, il est supposé en être plein.

— Mais ils ne mordent pas ?

Elle secoua la tête.

— Ils doivent sentir leur odeur, dit-elle en levant la main dans laquelle elle tenait sa cigarette. Mais la pêche fait seulement partie d'un projet.

— Un projet ?

— Qui consiste à faire toutes ces choses que je n'ai pas faites du vivant de mon fils.

Elle n'avait aucun sanglot dans la voix. Elle était demeurée impassible, ce qui l'effraya. Car, quand les personnes froides et réservées finissaient par craquer, le résultat était toujours violent. Et il n'était pas rare qu'elles tentent d'en emporter d'autres avec elles dans leur chute – il le savait d'expérience.

— Il fait froid chez moi, je sais, reconnut-elle en réglant le thermostat. C'est l'une des dernières choses que m'ait dites Gustav avant son départ pour le Canada : il va falloir qu'on fasse quelque chose pour ce chauffage. Puis il est parti.

Elle s'exprima sans amertume.

— Je vois que vous avez apporté tout un paquet de dossiers.

— En effet, acquiesça-t-il.

— Vous le trouvez trop fort ?

— Le café ? Non.

— Je le bois noir comme du charbon.

Niels ouvrit son carton et déposa soigneusement un tas de feuilles sur la table.

— C'est le dossier que vous avez reçu de Venise ? reprit-elle.

— Oui, de la part de Tommaso di Barbara, l'homme auquel vous avez parlé au téléphone. Il me l'a faxé ce matin.

Niels s'assit à la table.

— Et vous avez commencé à le lire ?

— Quelques pages, seulement. Tout ce que l'on sait sur chacune des victimes y a été consigné avec soin. Il y a des informations sur leur vie, sur leurs faits et gestes et, bien entendu, tout ce qui concerne leur mort. C'est-à-dire la date et l'heure, l'endroit, les circonstances. On a là deux cent douze pages sur leur vie et leur mort, ajouta Niels en désignant le dossier. Une partie d'entre elles ont été traduites de l'italien vers l'anglais grâce à Google, mais pas toutes.

— Super, dit-elle avec un bref sourire.

— Mais il faut d'abord que vous voyiez ceci.

Niels tira de la pile de feuilles une photo du dos de l'une des victimes et la déposa sur la table.

— Qu'est-ce que c'est ?

— Le dos de Vladimir Zjirkov. Les victimes portent toutes une marque sur le dos. Un tatouage, ou un symbole.

— Le même symbole ?

— Je crois, oui. D'après Tommaso, il s'agirait de nombres, mais ce n'est pas le cas.

Hannah cligna des yeux. Peut-être était-elle sceptique ? Ou tout simplement stupéfaite ? Elle ouvrit un tiroir et en sortit une paire de lunettes Statoil dont l'étiquette de prix était toujours collée à la monture : une couronne cinquante. Elle fixa la photo.

— Vous êtes certain que chacune des victimes porte cette marque ?

— Absolument. Voici un autre exemple : le dos de Maria Saywa, au Pérou. Assassinée le 29 mai de cette année.

Il posa la photo de la Péruvienne sur la table, à côté de celle de Vladimir Zjirkov. Malgré le manque de contraste et la mauvaise qualité des clichés, les marques apparaissaient distinctement.

Hannah s'empara d'une loupe qui était rangée dans le même tiroir que les lunettes, dont émanait une désagréable odeur de haschich.

Niels l'observa. Elle avait un nez légèrement retroussé et du duvet minuscule, presque invisible, sur la nuque. Tout à coup, comme si elle avait senti son regard, elle se passa la main le long du cou. Des secondes s'écoulèrent ainsi. Peut-être des minutes. Niels se balançait sur sa chaise avec impatience. Au loin, on entendait des cygnes siffler.

— Vous voyez quelque chose ?

— C'est incroyable, s'exclama-t-elle sans le regarder, avant de s'allumer une cigarette de manière mécanique.

— Quoi ?

— Qui a bien pu faire ça ? lança-t-elle en recrachant la fumée au-dessus de la table. Le meurtrier ?

Niels se rapprocha.

— Qu'est-ce que c'est, d'après vous ?

Elle ignora sa question. Manifestement, on n'avait pas de réponse sans insister avec elle. Il était sur le point de faire une nouvelle tentative lorsqu'elle murmura :

— Hébreux, arabo-indien, urdu, devanagari... marmonnait-elle tandis que Niels la dévisageait. Mésopotamien, système vigésimal, chiffres celtiques, hiéroglyphes, chiffres hiératiques, chiffres babyloniens…

— Hannah, la coupa Niels en élevant la voix. Qu'y a-t-il ?

— Ce ne sont que des nombres. Encore et toujours des nombres.

— Où ça ?

— Il a raison, le policier à qui j'ai parlé.

— Tommaso ? demanda Niels.

— Ce sont bien des nombres. Le nombre trente et un. Vladimir Zjirkov.

— Trente et un ?

— C'est le nombre trente et un écrit dans différents systèmes numériques ! En chiffres minuscules. On dirait des hématomes microscopiques. Comme si les veinules avaient pris la forme du nombre trente et un.

— Mais comment est-ce possible ?

Elle haussa les épaules.

— Je ne suis pas dermatologue, toutefois…

Elle se ravisa et se tut.

— Toutefois quoi ?

Le ton de Niels était désormais impatient.

— Je sais qu'il existe à la surface des vaisseaux un tissu que l'on appelle l'épithélium monocouche : l'endothélium.

— Y aurait-il quelque chose que vous ne sachiez pas ? Excusez-moi, continuez.

— Comme je vous l'ai déjà dit, je ne suis pas une experte en la matière. Cependant, si l'endothélium est endommagé, alors le sang entre en contact avec d'autres molécules cellulaires et tissulaires qui…

Elle s'arrêta.

— Non, je ne peux pas en dire plus. Je ne sais même pas de quoi je parle. Je n'ai aucune idée de la manière dont ces nombres sont apparus.

— Êtes-vous certaine qu'il s'agisse d'un trente et un ?

— Absolument certaine. Je connais plusieurs systèmes numériques.

— Et c'est toujours le même nombre qui revient ? Trente et un ?

Sans répondre à sa question, elle se remit à examiner la photo.

— Hannah ?

Elle finit par acquiescer.

— Trente et un. Toujours trente et un.

— Et sur l'autre ? demanda Niels. Maria, la Péruvienne.

Hannah étudia le dos de Maria Saywa.

— Le nombre six, cette fois, toujours écrit dans divers systèmes numériques, dont certains sont actuels et d'autres anciens, originaires des quatre coins de la planète. Les photos étant floues, on a du mal à distinguer mais, lui, là… (Elle sortit une nouvelle photo du carton et la porta à hauteur de ses yeux), est marqué du nombre seize dans une multitude de variantes. Je reconnais au moins la version hiératique.

Niels jeta un coup d'œil à la photo et chercha dans le dossier.

— Jonathan Miller. Un chercheur américain retrouvé sur la base de McMurdo, en Antarctique, le 7 août de cette année. Mais… (Il reposa la photo de Jonathan Miller et réfléchit.) Combien existe-t-il de systèmes numériques ?

— De tout temps, dans chaque civilisation, l'homme a eu besoin de compter. Notamment pour rationaliser le monde qui l'entourait et s'en procurer une vue d'ensemble. Grecs, Romains, Égyptiens, Indiens, Arabes, Chinois, tous ont eu recours à des systèmes numériques très anciens et d'une variété exceptionnelle. On a découvert des os datant de l'âge de pierre marqués de fines striures représentant des nombres. Quant aux caractères cunéiformes mésopotamiens, ils remontent à environ deux mille ans avant notre ère. Au départ, il s'agissait simplement de compter, mais l'homme n'a pas tardé à comprendre que les nombres étaient également des symboles.

— N'est-ce pas plutôt l'homme qui en a fait des symboles ?

— C'est comme essayer de savoir qui de la poule ou de l'œuf a précédé l'autre, rétorqua-t-elle en haussant les épaules. Avons-nous inventé les systèmes numériques ou existaient-ils déjà ? Et si deux plus deux faisaient quatre avant l'apparition de l'homme, alors qui en est à l'origine ? Pour les Pythagoriciens, les nombres représentaient les clés des lois du cosmos. Ils étaient des symboles d'un ordre universel de nature divine.

— Rien que ça !

— Novalis prétendait que Dieu était en mesure de se révéler dans les mathématiques aussi bien que dans les autres sciences, tandis qu'Aristote a affirmé que les nombres ne représentaient pas seulement une quantité, mais qu'ils possédaient aussi des qualités intrinsèques qu'il appelait « structure qualitative ». Les nombres impairs étaient masculins, les nombres pairs féminins. D'autres Grecs ont parlé de nombres divins.

Le chat sauta sur la table et Hannah le chassa aussitôt sans même s'interrompre.

— Les mathématiques sont pleines de mystères. Des mystères capables de résoudre nos problèmes. C'est ce que voulait dire Gustav quand il a prononcé la phrase qui vous a amené chez moi.

— Ce sont les mathématiques qui sauveront le monde.

— Si vous pensez à ce qui est en train de se dérouler en ce moment même au Bella Center, à toutes ces courbes, à ces graphiques, à ces chiffres, il n'y est question que de chiffres. C'est la justesse de notre interprétation de ceux-ci qui déterminera si nous survivrons ou si nous disparaîtrons. C'est une question de vie ou de mort. Tous les scientifiques l'ont compris. C'est pour cette raison que Tycho Brahe[1] s'est fait trancher le nez lors d'un duel.

— Pour une question de nombres ?

— Parce qu'il soutenait qu'il existait ce que nous appelons des nombres complexes, ce que niait son adversaire.

— Lequel des deux avait raison ?

— Tycho Brahe. Mais ça lui a coûté son nez.

Hannah laissa Niels à ses réflexions quelques instants.

— Avez-vous entendu parler d'Avraham Trakhtman ? Un de ces juifs de Russie qui émigrèrent en Israël, poursuivit-elle sans même attendre sa réponse. Professeur de mathématiques, il ne trouva pas de travail et finit par accepter un poste de portier. C'est là qu'un jour,

1. Célèbre astronome danois du XVIIe siècle.

alors qu'il tentait d'apaiser les esprits de quelques adolescents ivres, il résolut l'une des plus grandes énigmes des temps modernes : *The Road Coloring Problem.* Cela vous dit-il quelque chose ?

Elle était presque à bout de souffle et respirait rapidement.

— Pas vraiment.

— Cette question est d'une simplicité enfantine : un homme débarque dans une ville qu'il ne connaît pas pour rendre visite à un ami et, évidemment il ignore où celui-ci habite. Il n'y a aucun nom de rue, mais son ami l'appelle et lui propose de le guider en lui indiquant seulement s'il doit prendre à droite, à gauche ou tout droit. L'homme sera-t-il capable de trouver son chemin grâce à ces instructions, quel que soit l'endroit où se situe la maison de son ami ?

— Ça dépend de la chance qu'il a ou pas.

— La réponse est oui. Mais je vais vous épargner la démonstration. Connaissez-vous Grigori Perelman ? Le Russe qui a résolu ce que l'on appelle « la conjecture de Poincaré » ?

— Hannah !

Niels leva les bras en l'air à la manière d'un cow-boy qui se rend. Elle soupira.

— Non, bien sûr. Excusez-moi.

Elle se pencha en arrière sur sa chaise pour contempler le lac sur lequel deux bateaux à moteur venaient de faire leur apparition.

Niels se leva. Il y avait une multitude de questions qu'il brûlait d'envie de lui poser, mais celles-ci se mettaient constamment en travers les unes des autres, si bien qu'aucune ne sortait. Finalement, ce fut Hannah qui rompit le silence.

— Mais pourquoi donc les victimes ont-elles le dos marqué de ces nombres ?

C'était la scientifique qui parlait. Le policier prit alors le relais :

— Et qui leur a fait ça ?

Elle poussa un soupir, jeta un coup d'œil à sa montre, puis son regard glissa vers la pile de papiers. Elle sourit.

— Cela va bientôt faire une heure que vous êtes là et on n'a même pas commencé à lire.

Affaire Sarah Johnsson

Niels sortit la totalité des documents faxés sur la table. On aurait dit une brique aux proportions surdimensionnées.

— Et tout cela concerne uniquement des affaires de meurtres ? s'étonna Hannah en allumant une cigarette.

— Je crois bien, oui. Sarah Johnsson, quarante-deux ans, Thunder Bay, énonça-t-il après s'être éclairci la voix.

— Est-ce qu'elle a été la première assassinée ?

Niels haussa les épaules.

— C'est possible. Pour l'instant, elle est juste la première dans le dossier. Voilà à quoi elle ressemblait. (Il déposa sur la table la photo d'une femme avec les cheveux coupés au carré et au regard triste.) Décédée le 31 juillet 2009. Donc, elle n'est pas la première, la Péruvienne a été assassinée au mois de mai.

— Thunder Bay ?

Hannah planta son regard sur l'énorme mappemonde qui était dépliée devant elle.

— C'est au Canada. Sur le lac Supérieur. L'un des plus grands lacs du monde, expliqua Niels.

Hannah chercha seulement quelques secondes avant de planter une aiguille sur Thunder Bay.

— Sarah Johnsson était médecin dans un hôpital et vivait seule. Célibataire. « *No kids* », poursuivit Niels.

— C'est écrit en anglais ?

— Certains passages, en effet. C'est notamment le cas de cette liste. Je crois qu'il y en a aussi en italien.

— Parfait. Suivant, demanda Hannah qui se tenait prête, une aiguille à la main.

— Il y a autre chose sur Sarah. Plein d'autres choses, même. Je crois qu'il s'agit d'un article nécrologique paru dans un journal local.

— Que le policier italien s'est procuré ?

— Visiblement. Il est écrit qu'elle a obtenu son diplôme de médecine à l'université de Toronto en 1993. Il y a aussi une interview en anglais.

— De Sarah Johnsson ?

— Oui.

Niels se mit à feuilleter le dossier.

— Elle était belle, constata Hannah en regardant la photo. On dirait Audrey Hepburn.

— Non. En fait, c'est une interview d'une de ses anciennes camarades d'université. Megan Riley.

— Pourquoi l'ont-ils interviewée ?

— On dirait une transcription, peut-être d'une interview radio sur Sarah Johnsson.

— Pourquoi le policer italien vous l'a-t-il envoyée ?

— Bonne question. Megan Riley y décrit Sarah comme quelqu'un d'« *antisocial, a bit weird. Difficult love life. Nice, but she never seemed to be really happy* ».

— Pauvre fille, commenta Hannah d'un air compatissant.

Niels acquiesça.

— Regardez ça. Il s'est même procuré des photos de Sarah enfant. Enfin, si c'est bien elle.

Hannah contempla la photo sur laquelle on pouvait voir une petite fille de six ans assise de travers sur une balançoire.

— Et là, on dirait des ordonnances de médecins et de psychiatres, indiqua Niels.

— Les rapports de ce genre ne sont-ils pas confidentiels ? L'Italien ne peut tout de même pas se les être procurés lui-même.

— Peut-être que si. S'il s'est montré suffisamment persuasif.

Niels survola les ordonnances dont certaines étaient partiellement illisibles.

— Il semblerait qu'il lui soit arrivé quelque chose en 2005. C'est à ce moment-là qu'elle a commencé à manifester des signes d'instabilité psychologique. Crises d'angoisse, insomnie, tendances paranoïaques.

— Est-ce qu'il est question des raisons de ce changement ?

Niels secoua la tête et se remit à fouiller dans la pile de feuilles.

— Attendez. Je n'y avais pas prêté attention, tout à l'heure, en lisant l'article nécrologique, et cela n'a peut-être aucune importance, mais elle a été renvoyée de son travail en 2005 à la suite d'une affaire qui avait fait grand bruit dans la presse locale.

— Quelle affaire ?

— Ce n'est pas précisé. Un instant, ajouta Niels en parcourant le dossier avec fébrilité. Voilà. J'ai trouvé. C'est un article de journal.

Il envisagea de lui lire le texte en anglais, mais comme celui-ci était long, il hésita.

— Qu'est-ce qui est écrit ?

— Que Sarah Johnsson a été renvoyée avec effet immédiat après qu'on eut découvert qu'elle avait recouru à des médicaments non homologués pour sauver un garçon atteint d'une maladie incurable. Celui-ci a survécu mais, par principe, et comme l'affaire avait suscité de nombreuses critiques, la direction de l'hôpital n'avait pas eu d'autre choix que de renvoyer son médecin.

— Des médicaments non homologués ? répéta Hannah.

— C'est ce qui est écrit. Pour autant que je sache, cela peut prendre jusqu'à quinze ans pour qu'un médicament soit homologué et Sarah ne disposait probablement pas de tout ce temps. C'est pourquoi elle a décidé d'aller à l'encontre des règles afin de sauver le garçon.

— Cela pourrait-il expliquer sa paranoïa ?

— Où sont les rapports des médecins ? demanda Niels en feuilletant. Il n'y a rien d'écrit à ce propos. Juste que sa paranoïa n'a cessé de s'aggraver et qu'elle a dû être internée à l'hôpital psychiatrique de Lakehead, à Thunder Bay, en 2006 et 2008. Un psychiatre, le docteur Aspeth Lazarus, l'a décrite comme « périodiquement handicapée par l'angoisse, avec le sentiment grandissant que quelqu'un en veut à sa vie. »

— Que quelqu'un en veut à sa vie ? Qui ?

— Ce n'est pas précisé. Mais la personne en question a peut-être fini par parvenir à ses fins puisque, le 31 juillet de cette année, Sarah a été retrouvée morte dans sa voiture devant le supermarché *Sobeys*. « *The police will not rule out…* » (Niels parcourut le reste du texte et traduisit :) Ils n'écartent pas la thèse du meurtre mais n'ont aucun suspect. Empoisonnement.

— Empoisonnement ?

— Oui.

— Il n'y a rien d'autre ?

— Si. « Sarah Johnsson sera enterrée aujourd'hui au cimetière de Riverside, à Thunder Bay. »

— Et sur sa marque dans le dos, il y a quelque chose ?

Niels reprit sa lecture et se mit à feuilleter.

— Rien. Quoique… attendez. Il y a un extrait du rapport d'autopsie. « *Skin eruption or bloodshot on the back.* »

— C'est peut-être pour cette raison que la police a évoqué un possible empoisonnement ?

— Très certainement. Mais l'affaire est maintenant classée.

Hannah acquiesça en éteignant sa cigarette, tandis que Niels se levait. Il traversa la pièce jusqu'au mur opposé avant de revenir sur ses pas.

— Il y a quelque chose qui m'échappe, lâcha-t-il en la regardant. Pourquoi ce policier italien a-t-il collecté autant de pièces ?

— Et pourquoi vous les a-t-il envoyées ?

Niels se rassit. La chaise en osier grinça, puis ce fut le silence.

— On continue ? demanda-t-il. Vous pensez que tout ça a un sens ?

— Voyons déjà l'affaire suivante. Ouvrez donc les manuscrits de la mer Morte.

— D'accord. Meurtre numéro deux d'après le présent classement. Direction le Moyen-Orient.

Affaire Ludvig Goldberg

Cette fois, Niels s'assit par terre et disposa les douze feuilles relatives à l'affaire devant lui comme s'il s'était agi des pièces d'un puzzle qui, une fois rassemblées, formaient un portrait de la vie et de la mort de Ludvig Goldberg.

— Je crois qu'on y verra plus clair comme ça.

Il contempla les papiers.

— Qu'est-ce qu'on a sur lui ? s'enquit Hannah.

— Apparemment tout. Articles nécrologiques, extraits de son journal intime, interviews. Quelque chose qui ressemble à un poème. Mais la plupart sont écrits en hébreu. Il avait l'air d'un homme doux.

Niels lui tendit une photo de Goldberg. Son visage était fin et long, son regard sombre et soucieux et il portait des lunettes d'intellectuel.

— Qu'est-ce que c'est ? demanda Hannah en désignant du doigt l'une des feuilles.

— IDF – *Israel Defense Force*. Son dossier militaire, je crois. Il semblerait qu'il ait fait un séjour en prison.

— Il faut dire qu'il ne ressemble vraiment pas à un soldat. Où dois-je planter l'aiguille ?

— Ein Kerem.

— Et ça se situe où ?

— C'est un faubourg de Jérusalem.

Hannah tourna le regard vers lui. Surprise ou impressionnée.

— Avez-vous beaucoup voyagé ?

— Pas mal. Mais uniquement dans mes rêves.

Il ne la vit pas sourire, tout absorbé qu'il était par la lecture d'un rapport de police.

— Ludvig Goldberg a été retrouvé mort le 26 juin de cette année. Son corps gisait dans un…

Niels s'arrêta et rampa sur le sol pour attraper une autre partie du dossier.

— Commençons par les articles nécrologiques.

— Sont-ils parus dans la presse ?

Niels feuilleta les pages.

— Il enseignait au lycée Shevah Mofet de Tel-Aviv. C'est écrit dans un anglais douteux.

— Ou peut-être que l'Italien s'est chargé lui-même de la traduction, suggéra Hannah. Il a aussi pu utiliser Google. Le résultat est parfois amusant.

— C'est possible. Il est né en 1968 et a grandi dans le kibboutz de Lehavot Haviva, près de la ville de Hadera. Famille d'origine ukrainienne. Sa mère était de… (Niels renonça à lire à voix haute.) Il y a une liste longue comme mon bras des lieux d'où sont originaires ses parents.

— Les romans dynastiques sont très populaires au Moyen-Orient, dit Hannah avant d'ajouter sèchement : la Bible en est le parfait exemple.

Niels entreprit de lire les pages qui avaient été traduites approximativement.

— Il s'agit bien d'un rapport militaire. Il y est question de soupçon d'homosexualité, ajouta Niels en levant les yeux du document. C'est écrit là. Sans commentaire. Il a visiblement été emprisonné pour infraction au règlement militaire.

— Quelle infraction ?

— Je l'ignore. Toujours est-il que ça devait être assez grave pour qu'on le condamne à un an d'internement dans une prison militaire. Il y a également un extrait d'une chronique parue dans le *Jerusalem Post*, en 1988, où Ariel Sharon le qualifie…

— Le Premier ministre Ariel Sharon ?

— Je suppose. Ariel Sharon qualifie Goldberg de *« everything this country doesn't need »*.

— Son affaire a donc dû faire grand bruit. Y a-t-il quelque chose à propos de sa mort ? Un rapport d'autopsie, par exemple ?

Il se mit à chercher.

— Non. Mais voilà un autre document intéressant. Il s'agit de l'extrait d'un discours prononcé par un certain Talal Amar, le 7 janvier 2007, à l'université de Birzeit, à Ramallah, et publié dans le *Time Magazine*.

— Talal Amar ? Qui est-ce ?

Niels haussa les épaules.

— Il a déclaré : « Au Moyen-Orient, on ne peut jamais savoir ce que nous réserve l'avenir. Pourtant, après avoir assisté à la poignée de main entre Mrs Rabin et Arafat, devant la Maison-Blanche, je dois dire que je suis plutôt optimiste. En réalité, je nourrissais de l'espoir, depuis ce jour de 1988 où, en plein Intifada, un jeune soldat israélien avait spontanément désobéi aux ordres de ses supérieurs pour nous aider, mon frère et moi, à nous échapper d'un camp de détention israélien, nous épargnant du même coup de longues années de prison. Je n'oublierai jamais le regard de ce soldat au moment où il nous a relâchés. Jusqu'à ce jour, je considérais tous les Israéliens sans exception comme des monstres. Mais, depuis, je sais que ce sont des êtres humains comme moi. »

— Rabin et Arafat, commenta Hannah. Il fait allusion aux accords de paix. Qu'est-ce que Goldberg a à voir là-dedans ?

— Ou plutôt, qu'est-ce que Talal Amar a à voir là-dedans ?

— Beaucoup, certainement. Sans quoi, le *Time Magazine* ne l'aurait pas interviewé. Il ne se serait pas non plus trouvé à la Maison-Blanche lorsque les accords ont été signés. Il faisait probablement partie de la délégation palestinienne.

— Là, il y a quelque chose sur les circonstances de la mort de Goldberg. (Niels parcourut le document avant de poursuivre :) « *Unknown source.* » Enfin, c'est ce qui est écrit. Je vais essayer de traduire du mieux possible : « Les jours qui ont précédé sa mort, Goldberg séjournait à Ein Kerem, au domicile du couple d'artistes Sami et Leah Lehaim. Il semblait souffrant. Il se plaignait de douleurs dans le dos et les reins et, d'après Leah, avait un comportement paranoïaque. Il était persuadé que quelqu'un en voulait à sa vie. Le 26 juin dans la soirée, Goldberg est sorti fumer. Comme il ne le voyait pas revenir, Sami Lehaim est sorti à son tour pour le chercher et l'a découvert étendu sur le gravier devant leur maison. Il était mort. »

— Est-ce qu'il est question de la marque sur son dos ?

Niels parcourut une nouvelle fois les documents.

— Je ne vois rien qui s'y rapporte. La cause du décès n'est pas non plus indiquée, même si celui-ci est qualifié d'homicide.

— Comment en sont-ils arrivés à cette conclusion ?

Niels haussa les épaules.

— Peut-être avait-il des ennemis ?

— C'est certainement Sharon qui l'a assassiné, plaisanta Hannah. Pour le punir du crime qu'il avait commis en 1988.

— 1988, pensa Niels à voix haute. Et si le jeune Israélien qui avait libéré Talal Amar n'était autre que… ?

— Ludvig Goldberg.

Niels acquiesça. Pendant un court instant – peut-être le premier depuis qu'il l'avait rejointe chez elle – ils se regardèrent vraiment dans les yeux. Puis Hannah intervint :

— Voilà qui explique donc pourquoi l'Italien vous a faxé l'extrait du discours de Talal Amar.

Niels demeura sans voix.

29.

Le parapet de la véranda était recouvert d'une fine couche de givre. Le souffle de Niels dégageait des volutes. Il observa Hannah par la baie vitrée, assise à l'intérieur, penchée sur la carte. Il trouva son profil séduisant. Elle ne se situait peut-être qu'à un mètre de lui et, pourtant, elle était dans un autre monde. Elle avait les yeux rivés sur les douze aiguilles plantées dans la carte. Douze petits points. Niels repensa à la conversation qu'ils avaient eue quelques minutes plus tôt : à chacune de ces aiguilles correspondait une Sarah Johnsson ou un Ludvig Goldberg, un destin, une vie, de la joie, de la peine, des amis, des connaissances et une famille. Chaque aiguille racontait une histoire, avec un début, un milieu et puis, soudain, une fin brutale.

Un eider vint frapper la surface de l'eau un court instant avant de reprendre de l'altitude et d'entamer un virage à cent quatre-vingts degrés pour mettre le cap au sud, loin de la Scandinavie et de son hiver glacial. Niels le suivit du regard d'un air envieux. Lui était coincé ici, comme incarcéré dans une cellule de prison géante, avec pour geôlier une anomalie psychique.

Mais laquelle ? Était-ce l'angoisse ? Ou bien un traumatisme ? Son regard se posa à nouveau sur Hannah. Sans savoir réellement pourquoi, il avait le sentiment d'être sur le point de trouver la réponse à cette question. Elle alluma une cigarette avec son vieux briquet sans détourner les yeux de la carte.

Ses doigts étaient déjà engourdis par le froid lorsqu'il sortit son téléphone portable. C'était Anni qui lui envoyait un SMS pour lui demander s'il souhaitait participer au cadeau pour Susanne, des archives. Elle allait avoir cinquante ans jeudi et ils hésitaient entre lui offrir un rameur d'appartement ou un séjour de remise en forme à Hambourg.

« Mon amour » était le nom sous lequel il avait enregistré le numéro de Kathrine dans le répertoire de son téléphone. Il pressa sur le bouton « appeler ». « *You have called Kathrine, DBB architects.* » Il avait déjà entendu cette annonce au moins un millier de fois. Il l'écouta pourtant jusqu'au bout. « *I am unable to take the phone right now, but I would be very pleased if you could leave me a message.* » À la fin, elle ajoutait en danois : « Et si c'est toi, maman, s'il te plaît, laisse-moi un message gentil. »

— Kathrine. C'est moi, dit Niels avant de prendre une profonde inspiration. C'est vrai, tu vois que c'est moi qui t'appelle, de toute façon. Je comprends tout à fait que tu n'aies pas envie de me parler. Je voulais seulement te dire que l'affaire sur laquelle j'enquête en ce moment… d'une certaine manière… ça va certainement paraître idiot, mais j'ai l'impression d'être sur un gros coup et de pouvoir la résoudre.

Niels raccrocha. Il avait raison : cela paraissait absurde. Mais il n'avait rien trouvé de mieux à lui dire.

Affaire Vladimir Zjirkov

— Et maintenant, direction la Russie, annonça Niels, de nouveau assis par terre. Plus précisément Moscou. Vladimir Zjirkov. Quarante-huit ans.

— Moscou ? Avec plaisir ! s'exclama Hannah en plantant une aiguille sur la carte.

— Journaliste et critique social.

— J'ignorais qu'on pouvait critiquer la société en Russie.

— Zjirkov est mort le 20 novembre dernier. D'après un rapport établi par *Memorial*, une organisation russe de défense des droits de l'homme, il était incarcéré dans la prison de Butyrka, à Moscou.

— Pourquoi l'avait-on condamné ?

Niels ne répondit pas tout de suite et dut d'abord parcourir le dossier.

— Je devrais pouvoir trouver ça. Il a été découvert par un de ses codétenus, Igor Dasajev, qui a ensuite déclaré que Zjirkov s'était plaint de douleurs au dos durant tout l'après-midi et toute la soirée. Dasajev a appelé à l'aide, euh… il y a tout un tas de détails : « Il y a le feu en moi », aurait dit la victime. « Je brûle. » Il a été déclaré mort peu après. Pas d'autopsie. Pas de post-mortem. Affaire classée.

Abandonnant sa position inconfortable, Niels se releva et avala une gorgée de café froid.

— Qu'est-ce que c'est ? demanda Hannah, en désignant une page où le texte était écrit en caractères minuscules et condensés. C'est de l'anglais ?

Niels acquiesça.

— C'est pour ainsi dire illisible. Il s'agit d'un article de presse paru dans le *Moscow Times* et daté du 23 octobre 2003. Écoutez ça : « *The 23 of October 2002 is remembered for the attack*… »

Niels s'arrêta.

— Qu'y a-t-il ?

— Je crois que je ferais mieux de traduire.

— Je suis parfaitement capable de comprendre l'anglais.

— Je me sens un peu gêné. Face à une astrophysicienne de votre calibre.

Malgré les protestations de Hannah, il se lança dans une traduction : « Le 23 octobre, une quarantaine de terroristes tchétchènes, avec à leur tête Movsar Barayev, s'attaquèrent au théâtre Dubrovka, à quelques minutes de la place Rouge. Environ neuf cents spectateurs, assis dans la salle, attendaient que la pièce commence, sans se douter le moins du monde de ce qui se préparait, lorsqu'ils se retrouvèrent soudain à jouer les rôles principaux dans une affaire de terreur qui allait secouer toute la Russie. Parmi les terroristes lourdement armés il y avait de nombreuses femmes, ceinturées d'explosifs pour la plupart. Les assaillants exigèrent le retrait immédiat de toutes les troupes russes stationnées en Tchétchénie. Barayev ponctua sa déclaration par cette phrase : « Je jure devant Allah que nous préférons mourir que vivre. » L'énorme quantité d'explosifs et d'armes qu'ils avaient apportés témoignait de leur volonté de mettre leurs menaces à exécution. L'enquête menée à la suite de ces événements a permis de démontrer qu'ils disposaient d'au moins cent dix kilos de TNT. Or on estime qu'une vingtaine de kilos seulement aurait suffi à faire sauter le théâtre et à tuer tous les otages. Les autorités russes étaient totalement désemparées. Poutine refusa catégoriquement de céder, tandis que les proches des otages exigeaient qu'une solution soit trouvée au plus vite. Une jeune femme de vingt-six ans, Olga Romanova, parvint à s'introduire dans le théâtre afin de demander aux terroristes de libérer les enfants. Ils répondirent à sa requête en l'abattant sur place. Dans les quarante-huit heures qui suivirent, certains Tchétchènes furent relâchés et des tentatives de négociation entreprises par une série de personnalités et d'organisations telles que la Croix-Rouge, Médecins sans Frontières et la célèbre journaliste Anna Politkovskaïa. Pour finir, la situation était devenue si critique que, le samedi 26 octobre à l'aube, les forces de l'ordre russes de l'OSNAZ donnèrent l'assaut après avoir introduit en masse dans le système d'aération du théâtre un gaz à base de fentanyl. Les combats furent brefs, la plupart des occupants de l'édifice ayant été endormis par l'agent chimique. Les forces de l'ordre ne prirent aucun risque avec les terroristes sans connaissance et leur tirèrent à chacun, hommes comme femmes, une balle dans la tête. Ces événements mirent la Russie en état de choc. Ce qui, à première vue, ressemblait à une victoire se révéla bientôt être une tragédie d'une dimension quasi inconcevable. Cent vingt-neuf otages avaient perdu la vie, parmi lesquels dix enfants. Soixante-neuf autres étaient désormais orphelins. Certains otages avaient été abattus par les terroristes, mais la grande majorité avaient été tués par le gaz ou étaient décédés faute de soins appropriés, quelques minutes après avoir été portés en dehors du théâtre. Il n'y avait que quelques ambulances à disposition, si bien que les otages furent entassés dans des bus où certains moururent étouffés pendant leur évacuation. »

Niels retint son souffle et reposa l'article. Il s'imagina les pauvres victimes, les enfants épouvantés au milieu des terroristes, les explosifs, la lame tranchante des armes blanches, l'attente interminable, l'angoisse. Il avait probablement vu un documentaire télévisé sur cette affaire.

— Mais quel rapport peut-il bien y avoir avec Vladimir Zjirkov ? interrogea Hannah.

— Excellente question. Il est possible qu'il soit l'auteur de cet article. Il était journaliste.

— Dans ce cas, l'Italien n'aurait pas manqué de joindre au dossier tout un tas d'autres articles qu'il avait écrits.

Niels acquiesça et se mit à chercher parmi les nombreuses autres informations fragmentaires.

— Il a grandi à Khimki, dans la banlieue de Moscou. Sa mère était infirmière. Son père s'est suicidé quand Vladimir n'était encore qu'un enfant. J'ai sous les yeux un article tiré d'un vieux journal de club. Je crois que c'est son entraîneur de hockey sur glace qui parle : « Vladimir Zjirkov, âgé de douze ans, est un jeune prodige. Mais il doit encore progresser sur le plan mental pour espérer devenir un jour un joueur de hockey professionnel. Il a tendance à baisser les bras trop vite et à se montrer défaitiste. » Pourquoi l'Italien a-t-il traduit ça ?

— J'ai trouvé un extrait d'une interview tirée de… Non, la source n'est pas indiquée. Mais il doit s'agir d'un journal.

— De Zjirkov ?

— Non, malheureusement. C'est une interview du maître d'école Alikseï Saenko.

— Qui est-ce ?

— Ce doit être l'un des otages du théâtre. Il déclare : « Le pire, c'était la nuit. Nous étions assis en rang, comme pour assister à une représentation cauchemardesque et sans fin. Trois cadavres gisaient devant la scène. L'un d'eux était un jeune homme qui avait tenté de s'échapper quand les terroristes avaient fait irruption dans la salle. Il avait pris une balle dans le ventre. Je pouvais voir ses entrailles se répandre hors de son corps. Il est resté des heures à geindre, si bien que, quand il a rendu l'âme, j'ai pensé : enfin ! Ses gémissements nous rendaient fous. Des enfants pleuraient. En permanence. Leurs parents tentaient de les réconforter. Les terroristes passaient parmi nous. Au centre du théâtre, ils avaient déposé une énorme quantité d'explosifs. Et quand je dis énorme, je n'exagère pas. Une vraie montagne de mort. Je n'en étais assis qu'à quelques mètres. Barayev, le chef des terroristes, paraissait totalement exalté. Ses vêtements étaient truffés de grenades et il était probablement sous l'emprise de substances euphorisantes. »

— « Je suis venu à Moscou pour mourir », s'exclama Hannah.

— Quoi ?

Niels leva les yeux.

— C'est ce qu'il a dit, expliqua-t-elle. Je m'en souviens. « Je suis venu à Moscou pour mourir. » Ses propos avaient été publiés dans les journaux danois.

Il reprit sa lecture.

— « À un moment, un incident est survenu entre une otage et l'un des terroristes. C'était une jeune maman. Elle était à bout. Elle avait deux enfants assis sur ses genoux. L'un d'eux n'était qu'un bébé. Quant à l'autre – il devait avoir cinq ans –, il tremblait littéralement de peur. Soudain, la maman s'est levée et a commencé à accabler d'injures les terroristes, les traitant de psychopathes, de meurtriers et de mauviettes tout juste capables de tuer des femmes et des enfants. Les terroristes se sont emparés d'elle et de ses garçons. Les petits hurlaient. Ils allaient les tuer sur place, cela ne faisait aucun doute. C'est alors qu'un homme s'est levé dans la rangée de derrière. Un jeune homme. Et il leur a dit qu'ils n'avaient qu'à l'exécuter lui, à la place. Je me souviens encore précisément de ses paroles : "Laissez-moi recevoir à sa place la balle que vous lui réservez. Je préfère encore ça." Un silence terrifiant s'est abattu sur le théâtre. Tout le monde a retenu son souffle. Les terroristes ont hésité un instant, puis, finalement, l'un d'entre eux l'a invité à s'approcher d'un signe de la tête et a renvoyé la femme et ses enfants. Le jeune homme s'est avancé. Il avait l'air très serein. C'est l'image la plus précise que j'aie gardée de ces deux jours d'épouvante dans le théâtre : la sérénité que dégageait le jeune homme, tandis qu'il s'avançait pour être exécuté. Barayev s'est approché. À ce moment-là, je ne savais pas encore comment il s'appelait, mais il était clair que c'était lui leur chef. Il a commencé à crier, dénonçant les crimes qu'avait subis le peuple tchétchène lors de l'impitoyable offensive russe contre Grozny. Il était complètement hors de lui. Nos compatriotes avaient massacré toute sa famille. Il a levé son pistolet et l'a placé contre le front du jeune homme, le regard plein de haine. Puis… rien. Il ne s'est rien passé du tout. Il n'a pas appuyé sur la détente. Le jeune homme le fixait droit dans les yeux, attendant tranquillement la mort. Mais elle n'est pas venue. Finalement, il s'est relevé et est retourné s'asseoir sous le regard hébété des autres terroristes. Pourquoi Barayev ne l'a-t-il pas abattu ? Qu'est-ce qui l'a fait douter ? Bien sûr, je n'ai pas la réponse. Ce que je sais, c'est que ce jeune homme dégageait une grande sérénité. Une sorte de magnétisme. Il avait je ne sais quoi dans le regard. Je suis persuadé d'avoir été le témoin, ce jour-là, dans le théâtre Dubrovka, d'un authentique miracle. »

— Serait-ce la femme avec ses enfants ? demanda Hannah en brandissant une photo.

— C'est fort probable, répondit Niels en contemplant la belle maman et ses deux enfants dont le plus jeune n'était plus un bébé. Elle a dû être prise deux ou trois ans après le drame.

— Est-ce que vous pensez la même chose que moi ?

Niels fut incapable de déterminer si c'était un sourire que Hannah avait aux lèvres.

— Tout à fait, dit-il. Le jeune homme dans le théâtre n'était autre que Zjirkov. Il a sauvé la vie de la maman et de ses fils.

— Dans ce cas, pourquoi a-t-il atterri en prison ? C'était un héros.

Niels réfléchit. Il y eut un long silence. Hannah se leva et se dirigea vers la table sur laquelle était étalée la mappemonde percée d'aiguilles qui formaient un motif en apparence fortuit.

— Peut-être que l'épisode du théâtre l'a amené à critiquer le système russe ? Cela expliquerait pourquoi *Memorial* s'est intéressé à lui.

— Vous pensez qu'il aurait été emprisonné pour avoir critiqué le système ?

— C'est possible.

— Mais alors, qui l'a assassiné ?

Niels tenait une nouvelle feuille dans sa main.

— On dirait un extrait de journal en ligne. Peut-être un article publié par *Memorial*. (Il commença à lire en anglais :) « Officiellement, l'identité du meurtrier de Vladimir Zjirkov demeure un mystère. Cependant, pour le célèbre critique social et génie des échecs Garry Kasparov, il n'y a pas l'ombre d'un doute : "Poutine a assassiné Zjirkov", a-t-il déclaré. Le compagnon de cellule de Zjirkov, Igor Dasajev, qui a découvert le corps, a une autre explication : "La nuit qui a précédé le meurtre de Vladimir Zjirkov, j'ai aperçu un homme – ou plutôt, la silhouette d'un homme – debout près de lui, tandis qu'il dormait. J'ignore comment il a réussi à s'introduire dans la cellule et ce qu'il faisait. Mais je suis absolument certain qu'il a quelque chose à voir dans la mort de Zjirkov. C'était effrayant. Comme dans un film d'horreur." »

— Je trouve que vous parlez parfaitement anglais.

Niels sourit.

— Mais comment un homme aurait-il pu pénétrer dans sa cellule ? La prison de Butyrka est sous haute surveillance. Ça me semble peu crédible.

— Et la marque sur son dos ?

— Apparemment, il n'en est pas question.

30.

Centre-ville de Copenhague

Le pasteur était dans son bureau. Abdul Hadi le voyait depuis le jardin ouvert au public. Il s'assit sur un banc, légèrement à l'écart. Tout contre l'église, il y avait une maternelle avec des enfants et des employés à l'intérieur. Il se demanda pourquoi son cousin ne le lui avait pas précisé. Certes, il n'aurait rien changé à ses projets, même s'il était déçu de ne pouvoir faire sauter l'église. Cela aurait été du plus bel effet : la façade de l'édifice religieux, du côté de la rue piétonne, détruite par l'explosion. Les images montrant des vitrines de boutiques soufflées, une église en ruine et un pasteur réduit en charpie auraient fait le tour du monde en un temps record. Copenhague aurait vu son nom ajouté à la nouvelle carte du monde. Une carte sur laquelle les victoires étaient sans cesse plus nombreuses. Le vent soufflait enfin dans le bon sens. L'Occident était en train de se faire ronger de l'intérieur par sa propre décadence, par son style de vie fondé sur l'oppression des faibles et sur l'exploitation sexuelle des enfants. Les enfants ! Abdul Hadi le constatait dans les vitrines des boutiques de vêtements où des mannequins nus exhibaient leurs minuscules poitrines, encore nubiles, sans que cela semble gêner personne. Les gens déambulaient dans la rue avec leurs énormes paquets. Au cours de leurs fêtes religieuses, ils mangeaient du porc, achetaient pour leurs enfants des quantités grotesques de cadeaux, tout en s'indignant de l'absence de démocratie au Moyen-Orient. Que son propre frère ait choisi de venir vivre ici, en Europe, le contrariait au plus haut point. Il veillerait malgré tout à venger sa mort.

Abdul Hadi plongea la main dans sa poche pour s'assurer que son couteau était toujours là. C'était son cousin qui le lui avait apporté quand il était venu le chercher à l'aéroport. Son gros cousin qui avait été fâché d'apprendre qu'Abdul Hadi avait sauté du train et qui n'osait pas prendre le risque de le conduire au Danemark par le pont. Elle était belle, leur armée dormante ! Il avait dû sermonner son cousin et lui crier dessus, dans la voiture, quand celui-ci lui avait annoncé qu'il ne l'aiderait pas à franchir la frontière.

Un père Noël passa, serré de près par une meute d'enfants surexcités. Abdul Hadi se leva et se dirigea vers l'église.

Elle était déserte. Une grande croix portant une poupée de Jésus était accrochée à un mur. C'est là qu'il abandonnerait le pasteur quand il en aurait fini avec lui. C'était aussi le genre d'image qui ferait à coup sûr la une des journaux occidentaux. L'iconographie occupait une place importante pour les Européens, habitués à interpréter les signes extérieurs renvoyés par les vêtements, l'apparence physique, les miroirs, les photos, la télévision et les publicités. Abdul Hadi récita des prières dans sa tête, tout en enregistrant la disposition des lieux. Les Occidentaux, eux, ne tenaient aucun dialogue intérieur, aucune conversation avec Dieu.

Une femme s'adressa à lui, mais se rendit compte qu'il ne parlait pas danois.

— *The church is closing*, lui dit-elle en souriant, avant d'ajouter : *Friday night is midnight mass. If you are interested?*

— *Thank you.*

Quand il sortit, la lumière était éteinte dans la maternelle et on ferma les portes de l'église derrière lui. Il contourna le bâtiment jusqu'à la sacristie – là où un soupirail avait été descellé pour lui. Il aurait souhaité faire d'abord une prière mais, en voyant le pasteur enfiler son manteau, il comprit qu'il n'en aurait pas le temps. C'était le moment.

31.

Elseneur

Hannah se servit du café et renversa quelques gouttes sur la table qu'elle essuya à l'aide d'un torchon.

— C'est tout ? demanda-t-elle.

— Oui. Vingt et une affaires.

— Réparties entre l'Antarctique et Caracas, en passant par l'Afrique et l'Asie, renchérit-elle en le regardant enfin. En principe, il est possible que les meurtres aient été plus nombreux.

— Pourquoi dites-vous ça ?

Elle fouilla dans les papiers et en tira la photo du Russe.

— C'est le numéro trente et un, déclara-t-elle.

— Exact.

— Il y a aussi un numéro trente-trois et un trente-quatre. Russel Young de Washington et Raj Bairoliya de Bombay. Et si le tueur ne s'était pas arrêté là ? Il y a également des trous plus haut dans la liste, se justifia-t-elle avant de se tourner vers la carte. Chama Kiwete des gorges d'Olduvai en Tanzanie est le numéro un. Maria Saywa, au Pérou, le numéro six. Amanda Guerreiro, de Rio de Janeiro, le sept. Ludvig Goldberg, de Tel-Aviv, le dix. Nancy Muttendango, de Nairobi, le onze. Il y a plein de trous dans cette liste. Où sont passés les numéros manquants ?

— Peut-être qu'ils n'ont pas encore été tués, suggéra Niels.

— Savez-vous que c'est aux gorges Olduvai George qu'on a enregistré la première victime ? Or il se trouve que celle-ci portait le numéro un : Chama Kiwete.

Niels la regarda d'un air désorienté et secoua la tête.

— Rien ne dit qu'à chaque endroit où un meurtre a été commis on ait relevé les chiffres dans le dos des victimes. Ni même que toutes ces affaires aient été rapportées. Certains pays sont tellement ravagés par la guerre civile ou la famine qu'on n'y prend même pas la peine d'enquêter sur les homicides, si bien qu'on ne peut pas exclure qu'un médecin ou qu'un membre d'une organisation humanitaire soit décédé au Botswana sans que… personne y ait prêté attention.

Niels n'arrivait pas à déterminer si elle l'écoutait.

— Et puis, enchaîna-t-il, je dois avouer que cet Italien, ce Tommaso di Barbara, me semble particulièrement méticuleux. D'ailleurs, je me demande comment il s'y est pris pour se procurer tous ces documents.

Hannah ne quittait pas des yeux la carte plantée d'aiguilles qui formaient comme une forêt de destins brisés enveloppée dans la fumée de sa cigarette. Littéralement absorbée, elle parlait toute seule et récitait :

— Cuzco, Rio, Tel-Aviv, Nairobi, Johannesburg, Chicago, Thunder Bay, McMurdo, Pékin…

— Et les dates des meurtres ?

— Il me semble qu'ils ont été commis à sept jours d'intervalle, répondit-elle en fixant d'encore un peu plus près la carte. C'est bien ça, il y a sept jours d'intervalle entre chaque meurtre.

— Et y a-t-il d'autres points communs ? Ont-ils été perpétrés au même moment de la journée ?

Elle hésita et écrasa sa cigarette dans la coupelle d'une tasse.

— C'est difficile à savoir. On ne dispose de l'heure précise que dans deux cas.

— Avez-vous vérifié par rapport à l'ordre alphabétique ?

— Attendez.

— Quoi ?

Pendant une minute, elle demeura si parfaitement immobile que Niels eut l'impression d'être face à une statue de cire.

— À la tombée de la nuit. J'en suis presque sûre, finit-elle par lancer.

Elle se mit à feuilleter le dossier. Niels était sur le point de perdre patience quand elle dit :

— Les meurtres sont commis tous les sept jours, le vendredi. Selon toute vraisemblance, au moment où le soleil se couche à cet endroit du globe. Voilà comment ça doit se passer.

— Qu'est-ce que ça signifie ?

Pas de réponse.

— Et la distance qui sépare chacun des crimes ? poursuivit-il. Ces trois mille kilomètres ? Est-ce que ça correspond ?

Toujours aucune réponse. Niels se dit qu'il l'ennuyait plus qu'autre chose, ce qui ne l'empêcha pas d'insister :

— Hannah. Les trois mille kilomètres… Vous avez peut-être remarqué d'autres points communs ?

Enfin, elle leva la tête.

— Je ne comprends pas d'où sort cette histoire de « personnes bienfaisantes ». On a passé en revue toutes les victimes – du moins toutes celles sur lesquelles on disposait d'informations – et, même si je dois reconnaître que l'on a peut-être une légère dominance de médecins et de travailleurs humanitaires, ils étaient quand même bien loin d'œuvrer tous en faveur de leur prochain. Prenez l'Israélien, par exemple. Il était professeur de lycée et ancien soldat, déclara-t-elle en secouant la tête avant de changer de sujet. L'Italien a évoqué un texte biblique, il me semble.

— Oui. Il a fait allusion aux trente-six justes. Il s'agit manifestement d'un mythe juif.

— C'est bien la première fois que je regrette de n'avoir jamais été très attentive au catéchisme. Et que raconte ce mythe ?

— Je ne sais pas, répliqua Niels en haussant les épaules. De toute façon, je doute fortement de la crédibilité de cette piste.

— Qu'appelez-vous une piste crédible, alors ? Juste pour comprendre un peu quels sont vos critères de jugement.

— Il est évident que le choix des victimes ne répond à aucune logique. Je pourrais vous citer sans la moindre difficulté des personnes qui ont accompli des actes bien plus généreux.

— Vous avez peut-être raison. Mais, si vous jetez un coup d'œil à la carte, vous verrez qu'il n'y a pas de logique apparente. Pourtant, nous sommes tous les deux persuadés qu'il en existe une. La question n'est donc pas de savoir si cela nous paraît logique.

Niels regarda la carte. Elle avait raison : seule importait la logique du tueur. Hannah avait déjà pris place devant son ordinateur.

— *Thirty-six righteous men*. C'est bien le terme qui figure dans le dossier ?

Avant même que Niels ait eu le temps de vérifier, elle se mit à lire à voix haute les informations qu'elle avait trouvées sur Wikipedia :

— *Tzadikim Nistarim*. Ce qui signifie « les justes cachés ». Les hommes de bien de Dieu sur la Terre. Certains croient que s'il en manque ne serait-ce qu'un seul, alors, l'humanité disparaîtra.

— Nous pouvons d'ores et déjà réfuter cette croyance, intervint Niels en souriant.

— D'autres prétendent qu'il faut que les trente-six meurent pour que l'humanité soit anéantie. Vous pourrez en savoir plus en lisant cet article, poursuivit-elle en notant la référence d'une écriture rapide et enfantine.

— Je crois que je vais aller me renseigner sur le sujet. N'est-ce pas Weizman qu'il s'appelle ?

— Qui ça ?

— Le grand rabbin de la rue Krystalgade.

— Mais il vous suffit de lire cet article.

Niels se leva.

— Peut-être que la plupart des gens, de nos jours, se procurent leur savoir sur Wikipedia, mais…

Il s'interrompit. Il était clair qu'il faisait un complexe d'infériorité – comme une Skoda garée à côté d'une Ferrari. C'était peut-être pour cette raison qu'il employa un ton si agressif, au moment de reprendre.

— Mais, pour résoudre des meurtres, il est préférable de sortir dans le monde réel.

Tandis qu'il rangeait ses affaires dans une petite pochette, son regard tomba sur le nom d'Abdul Hadi. Il sortit son calepin et relut les notes qu'il avait prises sur cet homme.

— Le meurtre de Bombay. À quelle date a-t-il eu lieu ?

Hannah commença à chercher dans le dossier, mais Niels vola à son secours :

— Vous avez noté les dates sur la carte.

— Ah oui. C'est vrai. Raj Bairoliya, lut-elle. Le 12 décembre. Qu'est-ce qui ne va pas ?

— Non, rien. Il s'agit probablement d'une simple coïncidence.

— Une coïncidence ?

— Je vous appelle plus tard.

Elle lui dit quelque chose, mais il avait déjà disparu. Il n'avait désormais plus qu'une seule idée en tête : Abdul Hadi se trouvait à Bombay le 12 décembre.

Hannah regarda la voiture de Niels reculer dans le chemin et en profita pour vérifier le numéro d'immatriculation : II 12 041.

« Ça ne peut pas être un hasard », pensa-t-elle.

32.

Ospedale Fatebenefratelli, Venise

— Quatre-vingts cents.

Ces deux dernières heures, la mère de Tommaso avait dormi d'un sommeil agité et, chaque fois que sœur Magdalena s'était penchée sur elle, elle s'était mise à marmonner de manière incompréhensible. Mais c'était la première fois qu'elle prononçait ces paroles :

— Quatre-vingts cents.

— Pourquoi dites-vous cela, madame Barbara ?

— Il ne doit pas payer les quatre-vingts cents.

— Qui ne doit pas payer ?

— Mon fils.

La vieille dame essaya de sortir son bras de sous la couverture. Quand Magdalena voulut l'aider, la mère de Tommaso lui agrippa aussitôt la main. Il restait encore un fond d'énergie en elle.

— Prévenez-le.

— De quoi dois-je le prévenir ?

— Qu'il ne doit pas payer les quatre-vingts cents.

— Pourquoi pas ?

— Parce qu'il mourra.

— Où ?

La vieille dame secoua la tête.

— Qu'est-ce qui coûte quatre-vingt cents ?

— Je n'ai pas pu le voir, répondit-elle, des sanglots dans la voix.

Sœur Magdalena acquiesça. Il en était souvent ainsi. Les mourants n'avaient droit qu'à un aperçu du futur ou de l'au-delà. Jamais de grands tableaux, juste des fragments. Mme Barbara se calma. Peut-être parviendrait-elle, dans son sommeil, à saisir une image plus précise de ce que son fils ne devait pas acheter. Tant de choses pouvaient coûter quatre-vingts cents. Des pâtes, du lait, un *espresso*. Magdalena retourna dans son bureau et appela Tommaso. Mais il ne décrocha pas.

33.

Synagogue de Copenhague

On dirait une forteresse, pensa Niels, lorsque, en sortant de sa voiture dans Krystalgade, il contempla la synagogue entourée d'une haute grille noire en acier. Deux agents de sécurité en civil montaient la garde à chaque extrémité de la rue et piétinaient sur place pour se réchauffer. Ils étaient certainement employés par la communauté juive. Sur un mur, un graffiti expliquait la raison de cette mesure : « Libérez la Palestine maintenant ! » Et plus bas : « Le mur des Lamentations – les Palestiniens se lamentent. » Niels songea à toutes les forces qui seraient libérées si ce vieux conflit pouvait enfin être réglé. L'autre jour, à la radio, il avait écouté un débat sur l'opportunité de rebaptiser la moitié de la place d'Israël à Copenhague en place de Palestine. De tous les conflits de la terre, celui qui opposait Israéliens et Palestiniens était sans conteste celui qui s'exportait le mieux.

Niels sonna à l'interphone et attendit.

— Niels Bentzon, police de Copenhague.

— Un instant.

Il patienta encore. En lisant sur le tableau d'informations de l'entrée, il apprit que l'édifice avait plus de cent soixante-quinze ans et que ses douze piliers représentaient les douze tribus d'Israël.

— Elles viennent de loin, ces douze tribus, se dit Niels à voix haute.

La synagogue était implantée légèrement en retrait par rapport aux autres bâtiments. Presque humblement. À l'époque, la fondation d'un édifice juif en plein centre de Copenhague avait fait l'objet de nombreuses controverses. Et, sur ce point, force était de constater que les choses n'avaient guère évolué. Sauf que le sujet explosif, désormais, concernait le droit des musulmans à construire une grande mosquée dans la capitale danoise.

Enfin, le portail s'ouvrit en grinçant. Après avoir franchi la grille, Niels hésita un instant sur le chemin à suivre, jusqu'au moment où une voix se fit entendre dans son dos :

— C'est par ici.

Il se retourna et vit un homme d'une petite cinquantaine d'années venir à sa rencontre en souriant sur le parking de la synagogue. Niels reconnut aussitôt le grand rabbin dont il avait vu des interviews à la télévision. Et aussi sa barbe épaisse et grisonnante.

— Niels Bentzon.

— Martin Weizman. Qu'est-ce qu'il fait froid aujourd'hui ! s'exclama-t-il tandis que Niels acquiesçait. Est-ce la première fois que vous entrez dans la synagogue ?

— Oui.

Il n'avait toujours pas lâché la main de Niels.

— Eh bien, dans ce cas, soyez le bienvenu. En grec, « synagogue » signifie tout simplement « lieu d'assemblée » – alors, cela n'a rien de bien dangereux. Suivez-moi.

Ils contournèrent le bâtiment et arrivèrent devant une porte que Weizman ouvrit après avoir entré un code sur un boîtier.

— Je sais que cela ressemble à Fort Knox, ici. Mais, depuis l'attentat à la bombe de 1985, nous avons dû renforcer considérablement la sécurité.

Niels se souvenait parfaitement de cette affaire. Une bombe d'une puissance destructrice qui, par miracle, n'avait fait aucune victime mais avait causé d'importants dégâts matériels, soufflant notamment tous les carreaux de la maison de retraite située derrière la synagogue.

— Je vais vous demander de mettre ceci, le pria le rabbin en se retournant. Voilà comment on fait.

Niels fixa la calotte d'un air ébahi, puis la posa sur le sommet de son crâne.

— Et votre téléphone mobile.

— Vous voulez que je l'éteigne ?

— Mettez-le simplement en mode silencieux. C'est ce que je fais moi-même. Dieu n'a jamais rien dit à propos des téléphones portables. Il s'en est tenu aux moutons et aux chèvres.

Niels sourit et s'exécuta. Après avoir franchi une nouvelle porte, ils pénétrèrent dans la synagogue.

Conscient que Weizman observait sa réaction, Niels s'efforça de paraître impressionné. Sa première pensée fut que cela ressemblait à une église.

— C'est l'une des plus anciennes synagogues d'Europe, expliqua le grand rabbin. La plupart ont été détruites pendant la guerre. Pourtant, même de ce point de vue, les juifs danois s'en sont relativement bien sortis. À l'origine, la tâche de l'édification d'une nouvelle synagogue à Copenhague avait été confiée à Peter Meyn, le responsable des constructions au service municipal.

— Une nouvelle ? l'interrompit Niels. Y en avait-il déjà une ?

— Oui, confirma Weizman. Dans la rue Læderstræde. Mais elle a été détruite dans l'incendie de 1795. Où en étais-je ?

— Peter.

— Peter Meyn. Le directeur du service municipal des constructions. Après étude de son projet, celui-ci ayant été jugé trop incomplet, on en donna la charge à G. F. Hetsch, professeur réputé de l'Académie des beaux-arts. Admirez son œuvre, dit Weizman en agitant une main devant lui. Il s'est bien débrouillé, n'est-ce pas ?

— Je croyais qu'il y avait un autel dans les synagogues.

— Ne pratiquant aucun sacrifice, nous n'avons nul besoin d'un autel. Nous appelons la plate-forme surélevée la *bimah*. Ou la *tevah*. C'est de cet endroit que nous prions Dieu et lisons la Torah. Ou que nous chantons, expliqua-t-il avant d'adresser à Niels un clin d'œil inattendu. Il faut une certaine expérience pour savoir comment et quand élever ou baisser le ton de sa voix. Ce n'est pas indiqué dans les textes que l'on lit. Et c'est là-bas – il tendit le doigt – que nous conservons les rouleaux de la Torah. Dans cette armoire que nous appelons *Aron Haqodesh* ou *Heikhal*. Ouvrir cette armoire et en extraire les rouleaux de la Torah constituent le point d'orgue de notre service divin. *Ner tamid* est le nom que nous donnons à la lumière perpétuelle que nous entretenons en souvenir du candélabre à sept branches du Temple de Jérusalem.

— Le mur des Lamentations.

— Exactement. Le mur des Lamentations à Jérusalem est tout ce qui subsiste du second Temple que les Romains ont détruit en 70 de notre ère. Les Babyloniens s'étaient chargés de détruire le premier en 586 avant notre ère. Pour conclure sur l'office religieux, je voudrais juste ajouter que, comme vous l'avez remarqué, celui-ci ne présente guère de différences avec la messe chrétienne, si ce n'est qu'il n'a pas lieu le dimanche, mais le jour du shabbat, le samedi matin.

Il prit une profonde inspiration et se tourna vers Niels. Il était évident qu'il avait l'habitude de donner des petites leçons de ce genre aux classes d'écoles qui lui rendaient régulièrement visite dans la synagogue.

— Mais, si j'ai bien compris, nous devions parler des *Tzadikim Nistarim*. Les trente-six justes, souvent appelés également les *Lamed Vav Tzadikim*. Allons nous asseoir.

Ils se rendirent dans le fond de la synagogue. Le rabbin empestait le tabac, et son index ainsi que son majeur étaient tachés de nicotine. Niels acheva son résumé de l'affaire.

— Quand on pense que quelqu'un assassine ceux-là mêmes qui sont censés nous sauver ! s'exclama Weizman en secouant la tête. Quelle folie, quelle folie !

Je me demande si nous méritons d'exister. (Il respira profondément et sourit.) Et maintenant, vous souhaiteriez savoir…

— Tout ce qu'il est possible de savoir. D'où vient ce mythe ? Si mythe est bien le terme qui convient ?

— Je peux bien faire cela pour vous, répondit-il en haussant les épaules. *Tzadikim Nistarim*. Les trente-six hommes justes. Cette histoire est tirée du Talmud, ajouta-t-il après un instant de réflexion.

— La version ésotérique du judaïsme. La Kabbale ?

— Non, non, pas besoin d'aller jusque-là. Heureusement. Nous n'aurions pas même terminé que nos cheveux auraient déjà poussé jusqu'aux épaules. Et, plus grave, nous serions devenus mystiques, ajouta-t-il en riant. Laissons la Kabbale à Hollywood, si vous le voulez bien – il est préférable de garder ce sujet sous la main au cas où nous ne parviendrions pas à trouver une fin convenable.

— Le Talmud ?

— Oui. Le Talmud correspond à la tradition juive orale. Il s'agit de commentaires de la Torah écrits à l'origine en araméen, et non en hébreu, bien que ces deux langues soient apparentées. Jusqu'à sa renaissance, avec la création de l'État d'Israël qui en fit sa langue officielle, l'usage de l'hébreu s'était limité pendant des siècles à la prière et à l'office religieux. Mais nous parlions du Talmud, dit-il en s'accordant une pause de quelques secondes pour réfléchir à la manière dont il aborderait le sujet. Le Talmud est constitué de la Mishna et de la Guemara. La Mishna reprend mot pour mot les propos que le Seigneur a tenus à Moïse, tandis que la Guemara en constitue le commentaire. Il existe deux Talmuds : celui de Jérusalem, le *Talmud Yeroushalmi*, et celui de Babylone, *le Talmud Bavli*, sur lequel est fondé le droit juif. Le Talmud est une compilation exceptionnelle de textes répartis en douze livres et comptant environ mille pages élaborées après la destruction du second Temple, en l'an 70. Les rabbins de l'époque, craignant de voir cet héritage tomber dans l'oubli, décidèrent de coucher par écrit toutes les lois et coutumes qui constituaient le droit juif. Tout ce qui règle la vie entre terre et ciel y est débattu, que ce soit sur le plan politique, juridique ou éthique. Comment devons-nous nous comporter? Qui est dans son droit dans tel ou tel conflit?

— Par exemple?

— C'est d'une grande banalité. (Weizman croisa les jambes d'un mouvement lent et parfaitement calculé, et réfléchit.) Il peut par exemple s'agir d'un homme qui a perdu sa canne. N'oubliez pas que le Talmud est bien antérieur à l'invention du déambulateur, plaisanta-t-il. Disons que cet homme a oublié sa canne sur le marché, et que – pour une raison ou pour une autre – il y retourne seulement trois mois plus tard. Il constate alors qu'elle est désormais utilisée par une vieille femme. A-t-elle le droit de le faire? La canne est-elle toujours la propriété de l'homme? Que signifie exactement « posséder »? Mais il pourrait aussi bien s'agir d'un lopin de terre.

— Le droit de propriété?

— Par exemple. Un homme quitte sa maison pour… que sais-je? Il peut y avoir tant de raisons. La guerre, la famine, qu'importe. À son retour, trois ans plus tard, il découvre qu'une famille s'y est installée. Se pose alors la question de savoir qui a le droit de l'habiter.

— Ça semble plutôt ambitieux.

— Très ambitieux. Toutefois, nombre de ces affaires ont valeur de référence. La solution trouvée à un problème peut en effet s'appliquer à toute une série d'autres affaires similaires.

— Comme dans nos codes de lois modernes ?

— Oui, en quelque sorte. Le Talmud compile les débats rabbiniques qui ont eu lieu entre la fin du Iᵉʳ siècle et le début du VIᵉ en utilisant un système mnémotechnique particulier. Ceux-ci sont parsemés d'allégories et de paraboles qui les rendent ouverts aux interprétations. Chaque livre a la particularité de commencer par une sorte de démonstration et de finir par une problématique donnée. Un peu à la manière de ce qui se pratique en mathématiques. Puis vient la conclusion. En vérité, la voie qui mène à la conclusion est souvent longue et tortueuse, constata-t-il en souriant à nouveau. Le Talmud est fait pour les gens qui ont tout leur temps. Ainsi que d'épaisses lunettes.

— Ce n'est pas mon cas. Je parle du temps.

— C'est évident. Aujourd'hui, il serait difficile de trouver une maison d'édition prête à publier le Talmud. De nos jours, rien ne va jamais assez vite. Nous avons tellement peur de rater quelque chose. Et c'est précisément de cette manière que nous passons à côté de tant de moments essentiels. Trouvez-vous que je parle comme un vieillard ? C'est ce que me répètent mes enfants, ajouta-t-il en partant d'un grand rire.

Niels sourit mais il souhaitait revenir au sujet qui l'avait amené.

— Et c'est donc dans le Talmud qu'il est question des trente-six hommes bons ?

— Appelons-les plutôt les hommes justes. C'est plus correct. *Tzadikim* signifie les justes. Les trente-six hommes justes.

— Pourquoi précisément trente-six ? Dix-huit est également un nombre sacré et… ?

— Vous avez bien écouté au catéchisme, le coupa-t-il avec un sourire malicieux. Dix-huit est effectivement un nombre sacré, mais pourquoi trente-six – le double – l'est-il aussi ? Personne ne saurait l'expliquer. Il existe cependant une théorie selon laquelle chacun de ces nombres couvre dix jours par an. Trente-six. Trois cent soixante. Mais, dans ce cas, il s'agit plus d'astrologie que de religion car il se trouve qu'ils correspondent également à dix degrés de la circonférence terrestre, expliqua-t-il en agitant les bras, un large sourire aux lèvres, avant de poursuivre. Mais je vous dois toujours une réponse. Dans le folklore juif, les trente-six sont généralement appelés « les anges cachés ». *Lamedvovniks* en yiddish.

— Mais ces hommes bien… pardon, ces justes, est-ce qu'ils savent qu'ils sont des justes ?

— Vous en savez certainement plus que moi sur le sujet. Non, les justes ignorent qui ils sont réellement. Seul Dieu le sait.

— Alors comment les reconnaître ? demanda Niels.

— Peut-être ne sommes-nous tout simplement pas censés les reconnaître ?

— Sont-ils constamment trente-six ?

— Il faut le croire.

— Que se passerait-il si certains d'entre eux mouraient ?

— Si tous mouraient, l'humanité serait anéantie. D'après la Kabbale, chère à nos amis de Hollywood, Dieu lui-même mourrait si jamais les trente-six disparaissaient.

— Ainsi, ils sont trente-six à chaque génération ?

— Exactement. Trente-six qui, ensemble, portent les péchés et le fardeau de l'humanité tout entière sur leurs épaules. Quelque chose de ce genre.

— Puis-je vous demander si, personnellement, vous y croyez ?

Le rabbin s'accorda quelques instants de réflexion.

— Je dois avouer que l'idée me plaît. Regardez le monde qui nous entoure, avec son lot de guerres, de terrorisme, de famine, de pauvreté, de maladies. Prenez le conflit au Proche-Orient, cette région qui concentre tant de haine et de frustrations qu'une bombe menace en permanence d'exploser à chaque coin de rue et que les check points ainsi que les murs font désormais partie intégrante du paysage. Quand j'observe un tel monde du haut de ma petite tour d'ivoire danoise, l'idée qu'il puisse exister sur cette terre au moins – je dis bien au moins – trente-six personnes justes, trente-six piliers humains qui nous garantissent ne serait-ce qu'un minimum de bonté et de justice, me séduit énormément.

Il y eut une pause.

— Vous recherchez un tueur ? s'enquit Weizman de manière abrupte.

Pris au dépourvu, Niels ne sut quoi répondre. Le rabbin poursuivit :

— Ou peut-être une victime ?

34.

Elseneur

Hannah tira à côté du panier à ordures avec son paquet de cigarettes vides et des miettes de tabac s'étalèrent sur le sol. Elle resta assise à fixer la carte ainsi que les nombreuses pages de notes qu'elle avait prises depuis le départ de Niels. Elle ne décelait pas le moindre lien entre les lieux des crimes. Plusieurs régions sur la carte avaient jusque-là été épargnées, tandis qu'au Moyen-Orient, notamment, des meurtres avaient été commis à La Mecque, à Babylone et à Tel-Aviv. Un instant, elle envisagea de renoncer et d'appeler Niels pour l'informer qu'elle laissait tomber. Après tout, cette affaire ne la concernait en rien. Pourtant, quelque chose la poussait à continuer. Elle était persuadée qu'il y avait un système. Elle devait simplement le mettre au jour. Or les systèmes, avec leurs clés à découvrir, avaient toujours exercé sur elle un certain pouvoir d'attraction.

Si seulement elle avait encore eu des cigarettes. Si seulement elle…

Ils n'ont pas d'enfants. Elle interrompit le cours de ses pensées. Toutes les victimes étaient sans enfants. D'autres points communs ? Elle se mit à feuilleter parmi ses notes. La religion ? Non, il y avait à la fois des chrétiens, des juifs, des musulmans, des bouddhistes, des athées et même un prêtre baptiste de Chicago. La couleur de la peau ? Non. L'âge ? Elle hésita. Elle venait de mettre le doigt sur quelque chose. Certainement rien de déterminant, mais, dans la situation présente, même les détails les plus infimes pouvaient avoir leur importance. Toutes les victimes avaient entre quarante-quatre et cinquante ans. Était-ce dû au hasard ? Possible. Mais cela n'en rendait pas cette découverte moins intéressante. Au cours d'années de recherches, Hannah avait appris que ce qui à première vue ressemblait à une coïncidence n'en était souvent pas une. Vingt et une personnes assassinées. Toutes entre quarante-quatre et cinquante ans. Sans enfants. Tout cela avait sûrement une signification.

Elle rangea tous les papiers dans un carton. Le fax, ses notes, la carte. Alors que, au départ, elle avait juste prévu de sortir acheter des cigarettes, elle décida finalement d'emporter le carton avec elle. Elle tenta de joindre Niels pour le prévenir qu'elle partait, mais il ne décrocha pas.

Dehors, l'air était glacial. Toutefois, le froid la revigora. Hannah sortait trop rarement. Certaines semaines, elle se contentait de descendre une ou deux fois au bord de l'eau et de faire ses courses à *Netto*. Le reste du temps, elle demeurait simplement assise chez elle à… À quoi faire ? Elle l'ignorait. Voilà probablement le pire : ne pas être en mesure de dire, en allant se coucher, certains soirs, ce qu'elle avait fait de sa journée. Peut-être était-ce ce constat qui lui fit ressentir le simple fait de démarrer sa voiture et de remonter le chemin gravillonneux en direction de la nationale comme une petite révolution.

35.

Synagogue de Copenhague

Quand Niels se leva, Weizman resta assis encore un instant avant de finalement l'imiter.

— Portent-ils des signes distinctifs, ces trente-six ? Ont-ils des points communs ?

— Seulement l'esprit de justice. La bonté, comme vous l'appelez. N'est-ce pas suffisant ?

Niels hésita. Non, ce n'était pas tout à fait suffisant.

— Pouvez-vous me citer des noms de personnes qui ont été considérées comme l'un des justes ?

— C'est toujours lors des enterrements que cela revient sur le tapis, répondit le rabbin en haussant les épaules. Au moment de rendre hommage à un défunt particulièrement populaire.

— Avez-vous au moins un nom ?

— Je ne sais pas. Je doute que mon avis vaille mieux que le vôtre. Toutefois, en tant que juif, souvent, on pense à la Seconde Guerre mondiale. À Oskar Schindler. Aux résistants dans les pays occupés. Aux individus qui ont empêché notre extermination totale. Mais, comme je vous l'ai dit : votre avis vaut autant que le mien.

Il posa son regard sur Niels. Deux hommes vêtus de noir et portant des chapeaux entrèrent dans la synagogue en saluant Weizman.

— J'ai bientôt une réunion. Ai-je éclairé votre lanterne ?

— Un peu. Merci pour cette discussion.

Le grand rabbin raccompagna Niels jusqu'à la porte et lui serra la main.

— Désormais, vous n'êtes plus qu'à deux poignées de main de Hitler, dit Weizman sans desserrer son étreinte. Un jour, lors d'une conférence en Allemagne, j'ai interviewé un officier qui avait travaillé pour Hitler. En lui serrant la main, j'ai pensé : « À cet instant, je ne suis qu'à une poignée de main de Hitler. » Donc, en ce moment même, vous n'êtes qu'à deux poignées de main du Mal, Niels Bentzon.

Silence. Niels sentait chauffer sa main dans celle du rabbin.

— Peut-être en est-il de même avec le Bien car nous n'en sommes jamais très loin. Et il nous inspire. Voyez Nelson Mandela. Voilà un homme qui a changé tout un pays. Comme Gandhi. Et votre Jésus, ajouta-t-il en souriant. On dit qu'en Afrique, chacun connaît ou a croisé une personne qui a rencontré Mandela. Nul n'est à plus d'une poignée de main des leaders. Quand on y pense, l'idée que trente-six hommes puissent, à eux seuls, tenir le Mal en échec ne nous apparaît plus si absurde. Souvenez-vous que tous les bouleversements qui ont jalonné l'histoire de l'humanité, que ce soit en bien ou en mal, ont toujours été l'œuvre d'individualités.

Il lâcha la main de Niels.

Dehors, il fut accueilli par une lumière éblouissante et un froid glacial. Il eut au moins la sensation d'être de retour dans son monde à lui. Soudain, il ne sut plus quoi faire de ses mains. L'image de Hitler était toujours présente dans son esprit. Il les plongea dans ses poches et renversa la tête en arrière pour contempler la synagogue. Il sentit une légère vibration dans sa jambe. C'était son téléphone. Il le tira de sa poche et s'aperçut que Rosenberg avait essayé de l'appeler à six reprises.

— Bentzon.

— Rosenberg ! s'écria une voix fébrile. Je crois qu'un homme s'est introduit dans l'église.

— Êtes-vous toujours sur place ?

— Oui. Je me suis enfermé dans mon bureau. Mais la porte est vitrée.

— Êtes-vous certain qu'il y a quelqu'un ?

— La porte a été forcée.

— Avez-vous appelé le 112 ?

Il y eut un énorme fracas à l'autre bout de la ligne. Peut-être le pasteur avait-il fait tomber son téléphone.

— Rosenberg ?

Soudain, une voix lointaine chuchota :

— Je l'entends.

— Restez où vous êtes. Je suis là dans…

Niels jeta un coup d'œil dans la rue. Les véhicules étaient à l'arrêt. Il s'apprêta à appeler des renforts mais se ravisa. Chaque seconde comptait. Il s'élança.

— Trois minutes !

36.

Dark Cosmology Center, université de Copenhague

Pour un bâtiment abritant des scientifiques de diverses nationalités qui menaient des recherches sur la matière noire dans l'univers, le Dark Cosmology Center était particulièrement bien illuminé par l'éclairage public. Hannah sortit de sa voiture. Les années passées depuis la mort de Johannes, le départ de Gustav et l'abandon de sa carrière académique prometteuse ne semblaient pas avoir eu la moindre prise sur les locaux. Cette pensée la terrifia et la rassura à la fois. Elle alla chercher le carton sur la banquette arrière et pénétra dans l'institut. Dans l'escalier, elle croisa quelques jeunes étudiants qui ne prêtèrent pas attention à elle. Elle monta jusqu'au deuxième étage, là où elle avait eu son bureau. Les lieux étaient déserts. C'était l'heure de la pause déjeuner. Elle traversa le couloir et, sans se soucier du nom sur la porte ni même frapper, entra dans le bureau.

La seconde qui s'écoula avant que son regard ne tombe sur le jeune chercheur assis à la table suffit à lui donner l'impression d'être de retour chez elle. Elle reconnut l'odeur, les bruits ainsi que l'atmosphère confinée et pourtant intime du local. Certaines des affiches qui recouvraient les murs n'avaient pas bougé. Quant aux étagères, elles étaient là où elles avaient toujours été.

— Excusez-moi, intervint le jeune homme. Avons-nous un rendez-vous ?

Hannah étudiait toujours la pièce. Une photo représentant deux petites filles. Un dessin accroché à l'écran de l'ordinateur avec, dans une écriture enfantine : « Pour Papa de la part d'Ida et de Luna. »

— Vous cherchez quelqu'un ? insista le chercheur.

— C'est mon bureau.

Ces paroles avaient fusé hors de la bouche de Hannah.

— Il doit s'agir d'une erreur. Cela fait maintenant plus de deux ans que je l'occupe.

Il se leva et, l'espace d'un instant, elle crut qu'il était en colère. Mais il lui tendit la main et se présentant :

— Thomas Frink. Je suis doctorant.

— Je m'appelle Hannah. Hannah Lund.

Il la dévisagea comme s'il tentait de situer son nom sans y parvenir.

— Et sur quoi avez-vous écrit ? demanda-t-il.

— La matière noire.

— Je fais des recherches sur les explosions cosmiques.

— Thomas. Aurais-tu un instant à m'accorder ?

Hannah reconnut aussitôt la voix dans son dos.

Un homme se tenait dans l'embrasure de la porte, les épaules hautes, le dos voûté, le regard enfantin.

— Hannah ? s'exclama le professeur vieillissant en lui adressant un regard médusé. Je croyais que tu étais…

— Holmstrøm ?

Il acquiesça et l'embrassa avec maladresse. Il avait pris de l'embonpoint. Soudain, il se figea, avec un air presque grave.

— Avant que tu ne m'expliques ce que tu fabriques maintenant, je te conseille de bien réfléchir. Car, bon sang, il y a intérêt à ce que ce soit bougrement important pour justifier que tu nous aies quittés.

— Ce serait trop long à expliquer, s'esquiva-t-elle en levant les mains. Et toi, comment vas-tu ?

— Bof, en dehors du fait que nos effectifs et nos moyens fondent à vue d'œil. Ils nous ont sucré une partie de notre budget au profit de la recherche sur l'environnement. Il te suffit d'appeler le ministère de la Recherche et des Sciences et de chuchoter le mot « climat » – même à 3 heures du matin – pour qu'on t'envoie des millions dès le lendemain, railla-t-il. C'est désormais la question climatique qui fait recette. C'est comme ça.

— Et qui rapportera des voix aux prochaines élections ? ajouta Thomas sans lever le nez de son écran d'ordinateur.

— Le climat, acquiesça Hannah en regardant Holmstrøm avec gravité. Ils se trompent de dieux.

— De quels dieux est-ce que tu parles ?

— Eux-mêmes, répondit-elle en souriant.

Il y eut un court silence. Un silence qui ne demandait qu'à être interrompu.

— Je vois que tu as apporté un carton avec toi, fit remarquer Holmstrøm.

Mais, au lieu de lui répondre, Hannah demanda :

— Est-ce que tu sais si l'amphithéâtre de l'ancien département est libre ?

37.

Centre-ville de Copenhague

En s'engageant dans la rue Købmagergade, Niels vit un contractuel en train de glisser une contravention sous son balai d'essuie-glace.

— Hé !

Niels bouscula de l'épaule un homme dont le sac de courses atterrit sur les pavés. Il n'avait pas le temps de s'excuser. La rue piétonne était sur le point de s'effondrer sous le poids des décorations de Noël et des badauds stressés, les bras pleins d'achats. Il prit sur la droite au niveau de la faculté de théologie, traversa la ruelle étroite en courant et déboucha dans un quartier bien plus sympathique. Il jeta un coup d'œil à son téléphone. C'était encore Rosenberg.

— Est-ce que vous arrivez bientôt ?

— Où êtes-vous ?

— Toujours dans mon bureau.

La panique ne semblait pas encore s'être emparée du pasteur, mais cela n'allait pas tarder, comme l'indiquait sa respiration rapide.

— Et lui ? Où est-il ?

— Je l'ignore.

— Mais où l'avez-vous vu ?

— Dans l'église. Dans combien de temps serez-vous là ?

Tandis que Niels remontait la rue Skindergade en courant, un énorme fracas se fit entendre à l'autre bout de la ligne.

— Rosenberg ?

Nouveau bruit sourd. Les questions se télescopaient dans le cerveau de Niels. Pourquoi le pasteur ? Il y en avait tant d'autres. Et des plus connus.

— Vous êtes là ?

— Il tient un couteau dans sa main. Oh, Seigneur. Voici venir mon châtiment.

Niels entendait quelqu'un s'acharner contre la porte. Il essaya d'accélérer.

— Poussez-vous ! cria-t-il aux passants. Police ! Écartez-vous !

Il s'engouffra dans une nouvelle ruelle, ce qui se révéla être un mauvais choix tant il eut du mal à s'y frayer un passage à travers la foule. Le pasteur était toujours en ligne et Niels l'entendait marmonner quelque chose à propos d'un châtiment.

— Vous arrivez ? s'exclama Rosenberg.

— Oui, je suis là dans une minute. Essayez de trouver un objet avec lequel vous défendre. N'importe quoi.

Niels imagina le pasteur serrant sa Bible contre sa poitrine.

— Ils sont plusieurs ?

— Non, je ne crois pas. Il est seul.

— Et dans l'église ? Il n'y a aucun employé présent ?

Le pasteur ne répondit pas mais Niels devina à sa respiration saccadée qu'il l'écoutait.

— Est-ce que vous entendez quelque chose ? demanda Niels, à bout de souffle. Que se passe-t-il ?

— Il est en train de casser la vitre ! Il va bientôt entrer.

— Est-ce que vous pouvez vous échapper ?

— Je peux courir m'enfermer dans les toilettes. Mais…

— Verrouillez la porte derrière vous et attendez-moi !

Le pasteur ne raccrocha toujours pas.

Soudain, un poids lourd sorti de nulle part barra la route à Niels.

— Merde ! jura-t-il en lançant un coup de poing dans le flanc du camion.

— Ça y est. J'y suis, l'informa un Rosenberg désormais gagné par la panique. Je suis dans les toilettes. (Sa voix avait perdu toute sa dignité et il semblait sur le point de craquer.) J'ai verrouillé de l'intérieur. Mais la porte est facile à enfoncer.

— La fenêtre ! Est-ce que la fenêtre est fermée ?

— Où êtes-vous ? Où êtes-vous ?

— Je suis là dans une minute, pas plus, mentit Niels.

Il savait que l'une des armes les plus efficaces du psychologue de situation de crise était l'espoir. Il fallait toujours veiller à ce que les otages le gardent. Même dans le cas d'un soldat gisant en pleine zone verte, dans la province de Helmand, le corps truffé de balles et les deux jambes réduites en bouillie, l'important était de le convaincre qu'il y avait encore de l'espoir. Quitte à mentir.

La communication fut coupée. Le dernier lien venait de se rompre.

— Rosenberg ?

Niels éleva la voix, comme s'il avait pu rétablir la ligne en criant dans son téléphone.

Il avait maintenant l'église du Saint-Esprit en ligne de mire. La vue de l'élégant clocher lui redonna des forces. Tandis qu'il traversait la rue, une jeune maman à vélo lui hurla dessus et lui adressa un doigt d'honneur. Niels lui pardonna son geste. Tout en enjambant le muret de l'église, il s'assura que son Heckler & Koch était bien à sa place. Dans sa tête, il se répétait sans cesse la même phrase : je vais arriver trop tard, je vais arriver trop tard.

38.

Institut Niels Bohr, Copenhague

Hannah remonta Blegdamsvej en trottinant avec son carton sous le bras jusqu'à l'ancien Institut Niels Bohr. Elle glissa la clé dans la serrure et constata que celle-ci n'avait pas été changée. À cet instant, elle se dit qu'il y avait peut-être quelque chose de prémonitoire dans le fait qu'elle n'avait jamais rendu la clé. S'était-elle, inconsciemment, ménagé une possibilité de retour à sa vie de chercheuse ? La porte se referma en silence derrière elle. Elle contempla l'intérieur du vieux bâtiment où trônait toujours la célèbre photo de Niels Bohr, en train de discuter de physique quantique avec Albert Einstein dans une rue pavée de Bruxelles à l'occasion du congrès Solvay de 1927.

C'était Niels Bohr lui-même qui avait eu l'idée de fonder cet institut. Il en avait assuré le financement et établi les règles de fonctionnement. Dans les décennies qui suivirent sa création en 1921, l'institut avait été le principal centre de recherches du monde en matière de physique quantique. On raconte qu'au cours de cette période Niels Bohr ne faisait plus qu'un avec son institut. C'était en effet là qu'il habitait avec sa famille, là qu'il travaillait, qu'il enseignait, qu'il menait ses recherches et qu'il donnait des conférences en compagnie des physiciens les plus en vue de l'époque. En revoyant la vieille photo, Hannah se sentit oppressée et se demanda combien de Danois savaient réellement quels génies avaient foulé ce sol.

Elle gravit les marches quatre à quatre et passa devant le bureau de Niels Bohr. La porte était entrouverte. Elle jeta un coup d'œil à l'intérieur. C'était comme passer la tête dans une fissure temporelle. La table ovale, le buste d'Einstein, rien n'avait bougé. Elle fut surprise de ressentir une telle émotion en redécouvrant des lieux qu'elle avait fréquentés si souvent. Comme si, puérilement, elle avait espéré aspirer dans ses poumons ne serait-ce qu'un milligramme du génie de Bohr. Elle allait en avoir bien besoin.

Pendant la pause déjeuner, le silence régnait. Hannah se rendit dans l'amphithéâtre qui était resté tel qu'il était du temps de Niels Bohr, avec ses bancs en bois durs comme de la pierre et son ingénieux système de tableaux inspiré du principe des boîtes chinoises. Cette pièce était classée au patrimoine national danois. Les murs étaient décorés de photographies prises ici même. Sur l'une d'elles, célèbre, on voyait Niels Bohr assis en compagnie de la crème de la crème dans le domaine de la physique : Oskar Klein, Lev Davidovich Landau, Wolfgang Pauli, Werner Heisenberg.

Hannah posa son carton sur la table et le vida de son contenu. Puis elle contempla les nombreux documents étalés devant elle, en particulier cette mappemonde qui la narguait tant : « Tu ne vois vraiment rien ? Il te suffit de trouver la clé du code et tu auras résolu l'énigme. »

Le seul bruit qu'elle entendait était la rumeur légère de la circulation. Elle mit de côté les autres documents pour se concentrer sur la seule carte. Elle savait que c'était là que se trouvait la clé de l'énigme. Elle fixa du regard les aiguilles plantées sur les lieux des crimes qui semblaient avoir été choisis sur des critères tout à fait arbitraires. Certains étaient situés sur la côte, d'autres à l'intérieur des terres. Elle consulta les dates. L'ordre des meurtres suivait-il une logique précise ? Y avait-il toujours la même distance entre deux crimes successifs ? La même… Elle marcha jusqu'à la fenêtre. Le temps allait tourner à la neige. Le ciel était couvert de nuages gris-blanc et du givre s'était formé sur les petites pointes destinées à empêcher les pigeons de se poser sur la corniche. Des passants déambulaient dans la rue en contrebas. Une vieille femme glissa sur le trottoir gelé et chuta. Un bus s'arrêta et des gens sortirent. Certains s'empressèrent d'aller aider la vieille dame à se relever. Elle leur sourit d'un air reconnaissant. Tout allait bien. Hannah se tenait là comme une spectatrice observant… tout simplement des hommes et des femmes.

Des hommes et des femmes. Voilà de quoi parlait le mythe. De trente-six hommes et femmes chargés de veiller sur leurs semblables. Sur nous. Sur des êtres humains plutôt que sur quoi ? La Terre ? L'eau ? Hannah quitta l'amphithéâtre d'un pas résolu et pénétra dans le secrétariat désert. Elle en revint avec une paire de ciseaux, bien décidée à réduire cette maudite carte en morceaux, mais se ravisa au dernier moment. À la place, elle déroula la mappemonde géante et poussa une petite étagère juste en dessous pour s'en servir comme d'un escabeau. C'était la seule solution – elle avait besoin de continents étendus si elle voulait avoir assez de place pour disposer toutes ses aiguilles. Quand elle commença à découper le haut de la carte, elle s'interrompit : « Mais qu'est-ce que je fais ? Je suis en train de découper la vieille carte de Niels Bohr. » Mais, en même temps, elle avait le sentiment que le savant l'aurait cautionnée. Il ne faut jamais se laisser freiner par des détails matériels, lorsque l'on sent que l'on est sur la bonne voie.

39.

Église du Saint-Esprit, Copenhague

Devant la porte de l'église verrouillée, Niels tambourina contre les petits carreaux bordés de plomb.

— Rosenberg ? cria-t-il.

Il renonça aussitôt à enfoncer la porte à coups de pied et préféra chercher une autre entrée. Il n'arrivait toujours pas à joindre le pasteur dont la phrase résonnait dans sa tête : « Voici venu mon châtiment. » Quel châtiment ? Quelle faute a-t-il commise ? se demanda Niels, tandis qu'il contournait l'église au pas de course. Une autre porte. Peut-être celle de la cave ? Il saisit la poignée. Fermée à clé, elle aussi. C'est alors qu'il aperçut une fenêtre entrouverte. Une fenêtre située en hauteur pile au-dessus d'une petite plateforme. Personne ne laisse de fenêtre ouverte en plein mois de décembre, pensa-t-il.

Comment l'homme avait-il fait pour se glisser là-haut ? Niels repéra deux vélos abandonnés contre un arbre. Il les chercha et les plaqua contre le mur. Puis il plaça un pied sur une selle, trouva son équilibre et poussa sur ses jambes. Il atteignait désormais la grille d'une fenêtre du bout des doigts. Il souffla dans ses mains et les frotta l'une contre l'autre pour les réchauffer.

— Allez !

En prenant appui sur une pierre saillante, il parvint à se mettre dans une position plus favorable d'où il avait davantage de chances d'arriver à ses fins. Il dut se coller contre le mur pour conserver son équilibre et sentit que son genou saignait. Il avait dû s'écorcher sans le remarquer. Il s'accorda deux secondes de répit pour reprendre son souffle.

— Allez !

Il agrippa des deux mains le rebord de la plate-forme et se retrouva pendu au-dessus du vide. Si jamais il lâchait maintenant, il risquait de s'écraser sur les vélos en contrebas – ou bien sur la pierre tombale d'un évêque taillée en forme d'ange. En constatant qu'il n'arrivait pas à hisser son corps, il faillit céder à la panique. Tandis qu'il rassemblait ses forces en vue d'une ultime tentative, il commença déjà à réfléchir à la manière dont il pourrait redescendre sans trop d'encombres.

— Allez, Niels !

Il fit appel à toutes ses forces et tira.

Cette fois fut la bonne. Il avait désormais un bras sur la plate-forme. Bizarrement, c'était l'autre, celui qui était libre, qui tremblait. Si son adversaire avait réellement emprunté cette voie pour pénétrer dans l'église, Niels avait du souci à se faire.

Il se trouvait enfin dans le bâtiment, vraisemblablement dans l'escalier de l'ancien couvent. Il entendait le vague murmure de la circulation et des passants dans Strøget[1], mais aucun bruit à l'intérieur.

— Rosenberg ! appela-t-il. Rosenberg ! Police de Copenhague ! ajouta-t-il.

Il espérait que son arrivée redonnerait courage au pasteur, suffisamment pour l'aider à tenir un peu plus longtemps encore. Le risque était de prévenir l'agresseur par la même occasion que la police était sur place.

Après avoir pesé le pour et le contre, Niels s'abstint d'allumer la lumière. L'obscurité pouvait être son alliée, comme son ennemie. Il déboucha dans un étroit corridor d'où un escalier menait au deuxième étage. Un énorme fracas retentit. Puis un autre. Quelqu'un cognait un objet dur contre une cloison. Peut-être la porte des toilettes ?

Niels accéléra et enjamba les dernières marches avant d'arriver dans un nouveau couloir. Cette fois, il distingua un homme – ou plutôt une vague silhouette – qui essayait d'enfoncer une porte à coups de pied.

— Pas un geste !

Niels avait déjà dégainé son pistolet. La silhouette se retourna et s'immobilisa l'espace d'une seconde.

— *Put your weapon down !* cria Niels.

Soudain, l'homme prit la fuite. Maintenant, Niels pouvait tirer – il en avait même le devoir. Cependant, avant que l'idée ait fait son chemin dans son esprit, l'individu avait disparu. Il remonta le couloir en courant et trouva le chambranle ainsi que les charnières de la porte des toilettes à moitié arrachés. S'il était arrivé seulement

1. Principale rue piétonne de Copenhague.

deux minutes plus tard, nul doute que l'homme aurait réussi à entrer.

— Vous voilà.

Rosenberg était à genoux sur le carrelage, prêt à découvrir ce que l'au-delà avait à offrir. Si son agresseur était parvenu jusqu'à lui, il ne lui aurait pas opposé la moindre résistance, remarqua Niels au premier coup d'œil.

— Vous allez bien ? demanda-t-il au pasteur en l'aidant à se relever.

Son regard tomba sur le téléphone dont les morceaux jonchaient le sol.

— Il m'a échappé. J'étais terrorisé et… Où est-il passé ?

— Ne bougez pas d'ici. Ou si, enfermez-vous dans votre bureau.

— Avez-vous vu dans quelle direction il s'est échappé ?

Sans prendre la peine de répondre, Niels empoigna fermement Rosenberg par le bras et l'entraîna dans son bureau.

— Verrouillez la porte et appelez ce numéro, lui intima-t-il en lui tendant un bout de papier. Et dites-leur : « Agent demande renfort. » Vous m'avez compris ?

Le pasteur demeura silencieux, dans une attitude figée, semblant presque déçu. Peut-être parce que le moment pour lequel il s'était préparé sa vie durant venait de lui être ravi. Niels le secoua vigoureusement.

— « Agent demande renfort. » Vous m'entendez ? Comme ça, la cavalerie volera à notre secours.

— Oui, oui.

Niels s'élança aussitôt dans la seule direction qu'avait pu emprunter l'homme. Dans le couloir suivant, il tomba sur une porte entrouverte. Il n'y avait pas un bruit. Il brandit son pistolet et entra, mais ne trouva que des livres de cantiques, des registres et un vieil ordinateur poussiéreux.

Sans perdre un instant, il reprit sa course effrénée, gravit des marches et déboucha sur un palier d'où partaient plusieurs couloirs étroits flanqués d'une infinité de portes et d'escaliers. Que pouvait-il bien y avoir derrière toutes ces portes ? Soudain, un bruit sourd retentit. Était-ce Rosenberg ? Ou…

Il prit une profonde inspiration. L'homme s'était volatilisé. Il avait dû renoncer à son projet et fuir maintenant à travers la ville. Au même moment, Niels se couvrit instinctivement le visage. Le couteau déchira sa veste mais fut arrêté par le cuir épais. Il se jeta en arrière et lâcha son pistolet. Sans lui laisser le temps de reprendre ses esprits, l'homme lui fonça dessus et lui assena un coup puissant à la mâchoire. Niels sentit ses dents grincer dans sa bouche avant d'atterrir sur le dos avec fracas. Du sang coulait de sa lèvre. Il ignorait si le couteau l'avait atteint. L'homme appuya son genou contre l'un de ses bras pour tenter de l'immobiliser. En se débattant, Niels parvint à saisir une touffe de cheveux et une oreille, et tira. Son agresseur poussa un cri et eut le souffle coupé. Niels en profita pour le frapper au visage. La lèvre, en éclatant, l'éclaboussa de sang. L'homme se jeta alors sur lui en hurlant, mais les forces lui manquèrent au moment de porter le coup, ce qui permit à Niels de lui saisir le poignet, puis de le tordre dans l'intention de le casser. Mais il dut lâcher prise lorsque son agresseur lui envoya un coup pied au visage. Ils se tenaient maintenant face à face, respirant frénétiquement. Quand Niels se baissa pour ramasser son pistolet, le sang qui lui coulait dans les yeux l'aveugla. L'homme se contenta de l'observer, en position d'attente.

Niels aurait souhaité crier, mais il fut tout juste capable de murmurer :

— *Put the knife down.*

L'homme secoua la tête. Ils se défièrent du regard pendant quelques instants. Niels le reconnaissait, à présent : c'était Abdul Hadi. Le terroriste yéménite qui avait réussi à s'infiltrer dans le pays se tenait devant lui et le fixait de ses yeux désespérés et fanatiques. Peut-être était-ce le fait de l'avoir identifié qui fit que Niels put hurler :

— *Put the knife down !*

Pas de réaction. Il savait que le moment était venu de tirer. Il leva son pistolet et visa.

— S'il vous plaît. Posez ce couteau.

Abdul Hadi, avec un cri, se précipita sur Niels qui ne tira toujours pas. Celui-ci sentit la pointe du couteau sur sa gorge au moment où il perdit l'équilibre et s'effondra sur le flanc. Perplexe, Hadi le considéra, ainsi que le pistolet. Niels devinait ce qui le perturbait. Est-ce que le policier n'avait pas osé tirer ? Ou est-ce que son arme n'était pas chargée ? Quoi qu'il en soit, Hadi, qui avait recouvré des forces, se jeta en avant, pesant de tout son poids sur son couteau. Leurs visages étaient à seulement quelques centimètres l'un de l'autre. Alors que le couteau allait s'enfoncer dans sa gorge, Niels envoya un puissant coup de tête au Yéménite qui se mit à saigner encore plus du nez. Tandis que le sang du terroriste s'écoulait sur lui à grosses gouttes, il parvint à renverser son adversaire et à se dégager en se débattant avec l'énergie du désespoir. Toujours sur le dos, il décocha deux violents coups de pied qui atteignirent Hadi au diaphragme et à l'entrejambe. L'homme se tordit de douleur. Niels en profita pour se relever, mais son pistolet, qui avait glissé sur le sol, se trouvait hors de portée. Il envoya deux nouveaux coups à Hadi, qui gémissait désormais à terre, et entreprit de sortir ses menottes. À l'école de police, Niels avait suivi des cours de karaté et de jiu-jitsu, mais il se demanda ce qu'il en restait. Cela faisait plusieurs minutes maintenant que Rosenberg avait téléphoné. Le message « Agent demande renfort » avait pourtant la priorité sur tous les autres. Ses collègues devraient déjà être là. Hadi tenta de ramper en direction du pistolet, mais Niels le devança. Il se pencha pour ramasser son arme et, lorsqu'il se retourna… le terroriste avait disparu.

Niels s'élança à ses trousses, dévala deux par deux les marches d'un premier escalier, puis d'un second. Hadi perdit du temps en tentant maladroitement d'ouvrir une porte, ce qui permit au policier de rattraper une partie de son retard. Une fois dehors, la course-poursuite reprit de plus belle. Quand les renforts vont-ils enfin arriver ? se demanda Niels avant de percuter un écriteau publicitaire qui faillit lui faire perdre l'équilibre. Ils avaient beau se trouver dans Strøget envahi par la foule, Hadi était facile à repérer : c'était le seul qui courait.

40.

Institut Niels Bohr, Copenhague

Des hommes et des femmes, se disait Hannah tout en découpant les océans de la carte pour pouvoir disposer les continents les uns contre les autres sur la table. Le mythe des trente-six justes parle d'hommes et de femmes. Pas d'eau.

Après s'être débarrassée des mers, elle concentra toute son attention sur les continents. La carte ressemblait désormais à un puzzle. À cette simple pensée, sa respiration accéléra. Elle songea à Johannes, en particulier à ce jour où elle et Gustav avaient compris pour de bon que leur fils était doté d'une intelligence extraordinaire. En à peine une heure, alors qu'il n'avait que quatre ans, il avait terminé un puzzle pour adulte. Sept cents pièces représentant la tour Eiffel. Au début, ils s'en étaient félicités, mais ses capacités avaient commencé à devenir un problème. Il était mélancolique, en quête permanente de nouveaux défis qui ne se présentaient pas toujours. Hannah n'avait cessé de l'encourager – contrairement à ce que ses propres parents avaient fait avec elle. Ils s'étaient en effet toujours évertués à la rendre normale, l'incitant par exemple à faire ses devoirs moins vite et à rester au même niveau que les autres. Cependant, ils avaient obtenu exactement l'opposé de ce qu'ils auraient souhaité : elle s'était détachée un peu plus chaque jour du monde qui l'entourait. Une réaction que la peine de ses parents ne fit que renforcer. Ils auraient tant souhaité qu'elle soit comme les autres enfants. Qu'elle soit tout simplement normale.

Lorsqu'elle avait intégré l'Institut Niels Bohr, à l'âge de dix-sept ans, elle avait eu l'impression d'avoir enfin trouvé son foyer. Elle se souvenait très bien de ce qu'elle avait ressenti en pénétrant dans le bâtiment pour la première fois. Elle était ici chez elle. C'est la raison pour laquelle elle avait fait tout son possible pour éviter que Johannes ne se sente exclu ou anormal. Tout pour que son intelligence hors du commun ne l'isole pas du monde qui l'entourait. Mais Johannes n'était pas un garçon normal. Il était malade. Et son état n'avait cessé d'empirer.

Hannah alluma une cigarette, passant outre l'interdiction de fumer dans l'institut. Si Niels Bohr revenait de l'Olympe, lui-même n'aurait plus le droit d'allumer sa pipe. Mais c'était sans importance. La seule chose qui comptait pour elle, en ce moment, c'était le puzzle constitué de continents découpés qu'elle avait sous les yeux.

— Mon petit Johannes, pensa-t-elle tout haut. Ceci est une affaire d'hommes et de femmes.

D'hommes et de femmes qui ne se contentaient pas de notre existence chaotique, mais qui suivaient un modèle, qui travaillaient à l'accomplissement de desseins supérieurs. Voilà ce qui l'avait convaincue de s'intéresser à leur cas.

Elle déplaça l'un des continents. L'humanité. La vie. La naissance de la vie. La formation des continents.

41.

Centre-ville de Copenhague

Les terroristes sont toujours bien préparés, songea Niels. C'était l'une des données que les services de renseignement négligeaient trop souvent. Ils avaient tendance à sous-estimer l'adversaire et à oublier que les terroristes s'étaient en général préparés pendant des années avant de passer à l'acte. Pour quelle raison n'aurait-il donc pas prévu tous les scénarios ? Pour quelle raison l'homme qui tentait de lui échapper n'aurait-il pas envisagé l'éventualité d'être découvert ? Bien sûr qu'il l'avait fait. Et bien sûr qu'il avait prévu une voie de repli.

Niels courait.

Bien à l'abri dans des grottes, le long de la frontière entre le Pakistan et l'Afghanistan, les dirigeants d'al-Qaida étudiaient Google Earth et disposaient d'experts en informatique qui n'avaient rien à envier aux nôtres. Tout le monde le savait. Chaque fois qu'un attentat terroriste spectaculaire avait eu lieu – que ce soit à Madrid, à Londres, à Bombay, à Moscou ou à New York –, les services de renseignement avaient été dépassés et s'étaient demandé comment cela avait bien pu arriver. La réponse était toute simple : l'ennemi auquel ils étaient confrontés était intelligent et parfaitement organisé. Les attentats du 11 septembre étaient le résultat d'années de préparatifs minutieux. Au fond, ils n'étaient rien de plus qu'un coup de génie en matière de logistique. L'attentat à la bombe qui avait frappé l'USS Cole en 2000, ainsi que le massacre perpétré dans le temple d'Hatchepout à Louxor, en 1997, que les autorités égyptiennes n'avaient pas su déjouer, avaient été planifiés dans les moindres détails. Niels connaissait bien cette dernière affaire puisqu'une amie de Kathrine avait visité le temple seulement deux jours avant l'attaque. Soixante-deux personnes avaient été assassinées au cours de ce bain de sang. Les terroristes avaient commencé par mitrailler au niveau des jambes pour empêcher les touristes de s'enfuir, avant de les achever l'un après l'autre à l'aide de longs couteaux, de manière rituelle. Ils avaient pris leur temps, tandis que les Européens sans défense attendaient leur tour à l'extérieur du temple. La tuerie avait duré plus de quarante-cinq minutes. Parmi les victimes se trouvait un petit garçon anglais de cinq ans. Une Suissesse avait vu son père se faire trancher la tête. « Non aux touristes en Égypte », était-il écrit sur un bout de papier retrouvé dans le ventre d'un vieil homme japonais que les terroristes avaient vidé de ses intestins.

— Vous ne pouvez pas regarder devant vous ! hurla une femme furieuse qu'il ait fait tomber ses paquets en la bousculant. Qu'est-ce que vous foutez ?

Ces gens étaient loin de tout ça, se dit Niels. Ils déambulaient dans leur univers féérique, sous les sapins et les guirlandes, en quête de cadeaux de Noël. Il n'y avait pas un seul endroit sur la planète où les dangers de ce monde nous semblaient aussi lointains qu'à Copenhague pendant la période des fêtes.

La Tour Ronde. Niels n'en crut pas ses yeux en voyant Abdul Hadi prendre à droite et s'engouffrer dans le bâtiment insolite. Avait-il l'intention de se cacher parmi les nombreux visiteurs ? Niels le suivit. Il passa en courant devant la caisse, sans prêter attention aux appels du jeune homme derrière sa vitre, et entama l'ascension. Il manqua de chuter sur les pavés glissants et reprit sa course. La rampe en forme de spirale montait encore et encore. Les gens autour de lui protestaient lorsqu'il les bousculait. Il était à bout de souffle. Il avait l'impression que sa poitrine était sur le point d'exploser et sentit soudain un flot d'acide lactique se déverser dans ses mollets. Devant lui, le fugitif ne s'était pas retourné une seule fois pour vérifier si son poursuivant était toujours à ses trousses. Il se contentait de monter, apparemment sans faiblir. Mais Niels refusait d'abandonner. Dans un instant, ils seraient de nouveau face à face. Et ses collègues ne tarderaient pas à arriver, son téléphone étant équipé, comme tous ceux de la police, d'un système GPS qui permettait de les localiser avec une précision de quelques mètres. Et tout serait fini.

Des hurlements retentirent lorsque Niels déboucha sur la terrasse panoramique de la tour, le pistolet à la main. Autour de lui, les gens poussèrent des cris de terreur. Certains se jetèrent même à terre.

— Police de Copenhague ! hurla-t-il aussi fort qu'il le put. Tout le monde en bas de la tour. Tout de suite !

La panique était désormais totale. Des touristes et des parents avec leurs enfants se ruèrent vers la sortie dans la cohue. Certains chutèrent sur la rampe et des pleurs ne tardèrent pas à se mêler aux cris.

Lorsque Niels s'écarta de la porte, Hadi avait disparu. Un moment d'inattention avait suffi pour qu'il perde de vue le terroriste. Était-il passé devant lui en sens inverse ? Avait-il réussi à se fondre dans la foule pour redescendre en bas de la tour et s'enfuir ? Niels se maudit.

Il ne resta bientôt plus que lui sur la terrasse. Il inspecta les alentours. Il se trouvait au sommet du monde, au milieu d'un Copenhague plongé dans le froid hivernal. Tenant toujours son pistolet dans sa main, il commença à faire le tour de la terrasse – il n'y avait nulle part où se cacher. Une phrase qu'il avait entendue à l'école lui trottait dans la tête : « Le docteur, armé d'un couteau, introduit des colifichets dans la tête de Christian IV. » Vraisemblablement une interprétation populaire de l'inscription qui figurait sur la partie supérieure de la façade de la tour. Pourquoi cette phrase lui était-elle revenue à l'esprit ? Le docteur armé d'un couteau. Le tueur armé d'un couteau.

Niels vit Abdul Hadi au moment même où celui-ci se jetait sur lui. Son agresseur ne parvint pas à le mettre à terre mais lui envoya toutefois un violent coup de pied au plexus. Puis un autre. Niels vomit. Hadi le saisit à la gorge et serra. Les yeux de Niels se remplirent de larmes. Il n'arrivait plus à respirer. Soudain, Hadi relâcha son étreinte, ce qui lui permit de reprendre son souffle. Alors qu'il s'apprêtait à se relever, Niels fut projeté au sol.

C'est seulement en sentant le canon d'un pistolet contre sa tempe et en entendant le cliquetis rassurant de menottes qu'il sut ce qui se passait.

— Lâche-le ! ordonna une voix. C'est l'un des nôtres.

La pression du pistolet disparut.

— Où est-ce qu'il est ?

Niels ne capta que des bribes de phrases mais comprit peu à peu qu'il s'agissait des hommes des renseignements. Il y avait également des policiers en uniforme. L'un d'entre eux l'aida à se relever en s'excusant.

— Mais qu'est-ce qu'il fout ? cria un agent.

Niels croisa le regard de Hadi. Pour la première fois, les deux hommes se firent face pour de bon.

Le terroriste le dévisagea, puis détourna les yeux. Il était venu ici pour mourir. Il n'y avait pas la moindre trace de frayeur dans ses yeux. Il dit quelques mots dans sa langue, que Niels interpréta comme une prière, puis demanda :

— *Why did you not shoot ?*

Niels s'approcha de la grille.

— *I cannot*, répondit-il.

Abdul Hadi recula vers le bord.

42.

Ospedale Fatebenefratelli, Venise

Sœur Magdalena jeta un coup d'œil dans le couloir de l'hôpital avant d'enfiler ses gants. Le silence n'était perturbé par aucune plainte de la part des malades. Elle n'en avait pas moins mauvaise conscience, comme d'habitude en partant, ce qui obligeait souvent ses collègues à la pousser dehors. Or ce jour ne dérogeait pas à la règle. Bien au contraire. Elle décida de faire un dernier petit tour dans la chambre de Mme Barbara avant de quitter l'hospice.

La mère de Tommaso se redressa au moment même où sœur Magdalena entrait.

— Vous partez, ma sœur ?

Magdalena lui adressa un sourire rassurant, posa son sac sur une chaise et retira ses gants.

— J'ai terminé mon service. Mais je ne suis pas pressée.

— J'ai tellement peur.

— Vous n'avez aucune raison de vous en faire. La mort ne constitue que la fin de notre vie terrestre.

— Pas de la mort. Je n'ai pas peur de mourir, répliqua-t-elle sur un ton irrité.

Mme Barbara avait très mauvais caractère. Magdalena s'en était peu à peu rendu compte. Cependant, elle n'en avait pas moins appris à l'apprécier.

— De quoi avez-vous peur, alors ?

— Qu'on ne lui fasse pas passer le message. Ou qu'il l'oublie.

— Le message. À propos des quatre-vingts cents ?

— Oui.

— Vous ne savez toujours pas à quoi correspond cette somme ?

Mme Barbara n'écouta pas sa question.

— Est-ce que j'ai un sac ?

— Oui. Il est ici.

— Sortez mon porte-monnaie et placez quatre-vingts cents dans ma main. Ainsi, je serai certaine de ne pas oublier de lui en parler.

Magdalena sortit les pièces, mais il n'y avait pas le compte en monnaie, si bien qu'elle dut compléter à l'aide de son propre argent.

— Voilà.

Elle déposa les quatre-vingts cents dans la main de la vieille dame dont les phalanges se refermèrent résolument sur les trois pièces.

— Comme ça, quand mon fils viendra me voir, ce soir, je m'en souviendrai. Il doit bien passer ce soir ?

— Je l'ignore. Peut-être est-il de service ?

— De service de nuit ? Alors, il passera seulement demain. Mais maintenant que j'ai les pièces, je n'oublierai pas.

— Je n'oublierai pas non plus, dit Magdalena en glissant une main dans les cheveux gris et secs de la vieille dame. Je vous le promets.

L'espace d'un instant, Mme Barbara eut l'air satisfait. Pour Magdalena, elle avait encore quelques semaines devant elle. La plupart du temps, pour une raison inconnue, les mourants parvenaient à tenir au-delà des fêtes. Ils tenaient peut-être à vivre un dernier Noël avant de partir.

Sœur Magdalena éteignit la lumière, tandis que Mme Barbara, la main sur la poitrine, serrait contre elle ses quatre-vingts cents.

43.

La Tour Ronde, Copenhague

Abdul Hadi se tenait debout sur le bord du bâtiment. Comment était-il arrivé là ? Les policiers danois discutaient de l'autre côté de la grille. L'un d'entre eux pointait un pistolet dans sa direction.

Hadi ne comprenait pas ce qu'ils murmuraient. Il prit son courage à deux mains. C'était ici que tout allait finir. Il n'avait pas obtenu la justice qu'il était venu chercher. Pourquoi Allah l'avait-il trahi ? Le policier qui avait eu plus d'une fois l'occasion de l'abattre était maintenant en train d'escalader la grille pour le rejoindre. Il était tout aussi dément que lui. Il crut même le voir sourire.

— *I will jump*, lança Abdul Hadi.

Le policier danois leva les deux mains pour lui montrer qu'elles étaient vides.

— *No gun.*

Hadi jeta un coup d'œil sur la rue en contrebas. Tout à coup, il n'avait plus envie d'entraîner qui que ce soit avec lui dans la mort. En temps normal, cela ne l'aurait pas dérangé, mais, vus d'en haut, tous ces gens avaient l'air innocent. S'il sautait légèrement sur la gauche, il ne risquerait pas de blesser quelqu'un.

— *One question !* l'interpella le policier.

Abdul Hadi tourna le regard vers lui.

— *Do you have a family ?*

— *I did this for my family.*

Le policier le regarda d'un air incrédule.

— *Anyone you want me to call ?* demanda-t-il. *Remember : I am the last person to see you alive.*

Abdul Hadi recula. Il trouva ses questions bizarres.

— *Your last message. What is it ?*

Un dernier message ? Abdul Hadi réfléchit. Sur le sens du mot « pardon ». Il voulait demander pardon à sa sœur. Parce qu'il ne lui avait pas été donné de vieillir, tandis que lui avait profité de toutes ces années. C'était si injuste. Et puis il voulait demander pardon à son frère aîné de ne pas avoir réussi à venger sa mort. Son frère dont le seul péché avait été d'aspirer à une vie meilleure. Il n'avait rien fait de mal. Tout comme sa petite sœur. Elle aussi était innocente. Il distinguait clairement son visage, à présent. Son frère et sa sœur étaient prêts à l'accueillir. Il en était certain. Et il se réjouissait déjà à l'idée de les retrouver.

Le policier, qui s'était encore approché, lui chuchota :

— *I won't close my eyes. Do you hear me ?*

Le moment était venu pour Abdul Hadi de sauter. Maintenant. Il leva les yeux au ciel vers son créateur et vers tous les membres disparus de sa famille qui l'attendaient. L'espace d'un instant, il eut même l'impression que le ciel venait à sa rencontre, puis qu'il se posait, d'abord sur le policier danois, ensuite sur lui, avant de poursuivre sa descente en direction de la rue en contrebas. Des millions de fragments de ciel blanc tournoyèrent. La foule des badauds leva les yeux, les enfants poussèrent des cris de joie. Abdul Hadi entendit le cliquetis des menottes au moment où celles-ci se refermèrent sur ses poignets.

44.

Institut Niels Bohr, Copenhague

Les vieux parquets craquèrent quand elle fit rouler le plus gros globe de l'institut dans le couloir. Il était tellement énorme que Hannah n'avait pas besoin de se pencher pour le faire avancer mais juste de le pousser comme s'il s'était agi d'un landau encombrant. Un éclat de bois vola lorsqu'elle heurta le chambranle d'une porte et deux jeunes chercheurs de retour de leur déjeuner durent faire un écart pour ne pas être écrasés.

— Ho, ho ! Est-ce que vous avez un permis de conduire pour cet engin ? lança l'un des deux en riant.

— Il faut juste que je mesure quelque chose, répondit Hannah sans ralentir l'allure.

Elle eut cependant le temps d'entendre un des jeunes hommes murmurer à son camarade qu'elle devait être givrée.

— Elle s'appelle Hannah Lund. À une époque, elle était l'une des meilleures et puis… il lui est arrivé quelque chose.

— Mais alors, que fait-elle ici ?

La suite de leur conversation fut couverte par le raffut du globe en train de rouler. Hannah tourna au bout du couloir et mit le cap sur l'amphithéâtre. Un instant, elle craignit que le globe ne fût trop gros pour la porte, mais il passa finalement tout juste. Elle saisit les rouleaux de papier aluminium qu'elle avait trouvés dans la cuisine de la cantine et commença à envelopper la planète. Elle accomplit sa tâche avec précision et efficacité. Elle y colla ensuite les continents découpés plus tôt, en les rassemblant tous autour du pôle Sud. Enfin, elle planta les aiguilles qui, de la sorte, se trouvèrent réparties d'une manière totalement différente. Elle étudia longuement le résultat avant de s'exclamer :

— Voilà à quoi ressemblait le monde à sa création !

45.

Église du Saint-Esprit, Copenhague

— Tenez. Vous l'avez bien mérité. C'était moins une.

Le pasteur posa le verre sur la table devant Niels et se servit.

L'alcool à la robe dorée brûla dans la bouche de Niels et une nuance rose y apparut lorsqu'il reposa son verre. Il saignait des lèvres. Mais ses dents étaient intactes et son nez n'était pas cassé.

— Vous feriez bien de passer aux urgences, lui conseilla Rosenberg en s'efforçant de paraître détendu.

Niels connaissait bien ce comportement – classique chez une personne qui venait de vivre une situation périlleuse. Soit la victime s'effondrait totalement sans rien faire pour le cacher, soit elle réagissait de façon inverse : « Mais non, ce n'était pas si grave. Ça va aller, ne vous en faites pas. » C'était surtout le cas chez les hommes.

Niels resta muet. Il avait mal à la mâchoire. Ses genoux étaient douloureux. Et son pouls était toujours aussi rapide.

Le bureau du pasteur ressemblait à la fois à une salle de réunion et à une salle de séjour, avec un petit côté de maternelle. Une caisse remplie de hochets et de pièces de Lego était rangée dans un coin, tandis que la bibliothèque ployait sous le poids de livres noirs reliés en cuir.

— Pourquoi vous ? demanda Niels, qui pensait à voix haute. Comment sélectionne-t-il ses victimes ? Enfin, comment les sélectionnait-il ?

Rosenberg haussa les épaules.

— Peut-être au hasard ? suggéra le pasteur en finissant son verre avant de s'en resservir aussitôt un autre.

— Je ne crois pas.

— Je vous ressers ?

Niels tendit la main au-dessus de son verre, sans quitter le pasteur des yeux. Il était évident qu'il mentait. Mais à quel propos ? Il l'ignorait.

— Je ne comprends pas. (Sa voix, déformée par la douleur, était nasillarde, mais il ne voulait pas relâcher la pression.) J'ai du mal à comprendre ce qui pousse un déséquilibré à parcourir le monde pour tuer des personnes bienfaisantes.

— Arrêtez un peu avec ces histoires de personnes bienfaisantes, le coupa Rosenberg. Je vous assure que je ne suis pas quelqu'un de bon.

— En tout cas, reprit Niels, une chose est sûre : le hasard n'a rien à voir là-dedans. C'est plutôt le contraire, insista-t-il, en captant le regard du pasteur qu'il ne le lâcha plus. C'est bien vous qui aviez été choisi pour mourir aujourd'hui. Vous et personne d'autre. Et c'était aussi le cas pour tous ceux qui ont été assassinés. Il me reste maintenant à découvrir pourquoi.

Niels se leva et marcha jusqu'à la fenêtre. Le bureau était situé au premier étage. Un blanc tapis de neige pure avait recouvert la rue. Il y en avait sur les toits, les voitures et les bancs. Un groupe de policiers attendait dehors. Deux d'entre eux s'étaient postés près de la voiture où était assis Abdul Hadi, sur la banquette arrière, les mains entravées par des menottes reliées au plancher par un câble en acier. Les agents des renseignements avaient déjà briefé Niels et Rosenberg, en invoquant la « loi de la terreur », des « investigations en cours », la nécessité d'« empêcher de nouveaux attentats », etc. En bref, ils avaient interdiction de s'exprimer. Niels savait pertinemment qu'il ne serait nulle part question de cette affaire, pas même dans les journaux – il en était toujours ainsi. Les seuls documents existant seraient classés parmi les dossiers confidentiels du pays. Auxquels le Premier ministre lui-même n'avait pas accès. Niels connaissait les nouvelles lois de la terreur. Celles-ci avaient enfoncé un coin entre le savoir et les informations d'un côté et la population de l'autre. En d'autres termes, elle avait réintroduit la censure.

Lorsqu'il se retourna, Niels perçut une ombre sur le visage de Rosenberg. Ses épaules étaient légèrement relevées. Ça y est, pensa-t-il. Il réagit à l'autre extrême. Maintenant, il est sur le point de craquer. Il vient de comprendre que, à quelques secondes près, il aurait pu être trucidé par un fou furieux. Il est désormais en situation de vulnérabilité.

— Avez-vous de la famille avec qui passer la soirée ? demanda Niels.

Le pasteur ne répondit pas.

— Je vais, bien entendu, veiller à ce que vous rencontriez un psychologue. Si vous le souhaitez.

Rosenberg se contenta d'acquiescer. Le silence était pesant. Niels le sentait. Le pasteur avait terriblement envie de parler. De passer aux aveux.

— N'hésitez pas à appeler si…

— Vous n'avez pas arrêté le bon.

Niels s'immobilisa. C'était le moment qu'il avait attendu.

— Vous n'avez pas arrêté la bonne personne, répéta le pasteur.

La voix de Rosenberg était profonde et lointaine, comme si elle venait d'ailleurs.

— Que voulez-vous dire ? l'encouragea Niels, mais Rosenberg garda le silence. Que voulez-vous dire par « Vous n'avez pas arrêté le bon » ? Cet homme a tenté de vous tuer.

— Ce n'était pas lui.

— Vous le connaissez ?

Rosenberg hésita. Puis il hocha la tête en direction de la table et Niels se rassit.

46.

Institut Niels Bohr, Copenhague

Les douleurs physiques étaient toujours de bon augure chez un chercheur. C'était le signe que l'on venait de passer beaucoup de temps assis, sans avoir assez mangé et rien bu – le genre de choses que l'on oublie quand on sent que l'on approche du but. Certains de ses collègues masculins les appelaient « les douleurs de la découverte ». Hannah ignora les plaintes de son dos et les cris de son estomac au moment d'entrer une adresse internet dans le champ de recherches : *http://en.wikipedia.org/wiki/File:Pangea_animation_03.gif.*

Puis elle fixa, fascinée, la petite animation représentant la dérive des continents. On aurait dit qu'ils naviguaient sur la mer, chacun dans une direction différente. Elle vérifia à nouveau les notes qu'elle avait prises. C'était si beau, si simple, si évident.

— Hannah ? C'est toi ? s'écria la secrétaire en levant les yeux de son écran d'un air incrédule, lorsque Hannah pénétra dans son bureau.

— Est-ce que je peux utiliser le téléphone ?

— Comment vas-tu ? Ça fait des siècles qu'on ne t'a pas vue par ici !

— J'ai laissé mon portable dans mon ancien bureau, coupa Hannah en regardant la secrétaire droit dans les yeux. Solvej ?

— Comment vas-tu, Hannah ?

— Il faut juste que je passe un coup de fil. C'est très important.

Elle décrocha le combiné et sortit la carte de visite de Niels. Dans son dos, Solvej sourit en secouant la tête.

— Bonjour, Niels, c'est moi. Il faudrait que vous me rappeliez dès que possible car je viens de faire une découverte très étonnante. Quelque chose de… enfin… il est très beau, le système. Je sais où les autres meurtres ont été commis.

Elle raccrocha et se tourna vers la secrétaire.

— Il s'agit d'une série de meurtres qui ont été commis à travers le monde. Je suis en contact avec un policier qui recherche…

Elle s'interrompit.

— Qui recherche quoi ? demanda Solvej.

— Alors, en ce moment, j'essaie de trouver le système qui se cache derrière ces crimes et je crois que je suis sur le point de le découvrir.

— Je te fais confiance.

— Tout va bien, Solvej ? Je me souviens que ton mari était malade.

— Il était atteint d'un cancer, oui. Il est guéri, maintenant. Bien sûr, il doit toujours passer des visites de contrôle, mais il semble qu'il ait vaincu la maladie. Et toi ?

— Gustav m'a quittée.

— Je suis navrée. Ça doit bien faire un an que je ne l'ai pas vu ici. Il était venu prendre Frodin. Ils devaient se rendre à Genève ensemble.

Hannah regarda Solvej. Elle l'avait toujours beaucoup appréciée. C'était un peu la maman de l'institut. La secrétaire se leva, marcha doucement vers elle et la prit dans ses bras.

— Ça m'a fait plaisir de te revoir, Hannah. Je n'ai jamais rien compris à ce qui se passait dans ta tête, mais je t'ai toujours bien aimée. N'hésite surtout pas à m'appeler si tu as besoin de quoi que ce soit.

Hannah acquiesça avant de s'éclipser.

47.

Église du Saint-Esprit, Copenhague

Cette fois, Niels s'abstint de décliner lorsque le pasteur voulut le resservir.

— Il s'appelait Khaled Hadi. C'était le frère d'Abdul Hadi.

Rosenberg hésita. Ce n'était plus le même homme qui était assis en face de Niels. Son regard souriant et son esprit enfantin avaient disparu. Sa voix était plus grave, comme si c'était dans les profondeurs qu'il devait puiser la vérité.

— Les photos, dans le sous-sol de l'église, vous vous en souvenez ?

— Celles des clandestins que vous avez cachés ?

— Vous aviez deviné. Vous m'avez dit qu'il y en avait plus de douze. (Niels acquiesça.) Vous aviez raison. Ils étaient quatorze.

Niels respecta les pauses que se ménageait le pasteur. Son expérience en matière d'auditions et d'interrogatoires lui avait appris l'importance de ces moments de silence au cours desquels les gens réfléchissaient au choix de leurs mots, souvent révélateur, une fois passées les réponses standard et les répliques apprises par cœur.

Rosenberg s'adossa à sa chaise et prit une profonde inspiration.

— Comme vous le savez, j'ai plusieurs fois caché des demandeurs d'asile dans cette église. Quoique « cacher » ne soit peut-être pas le terme qui convienne, dans la mesure où tout le monde le savait. J'ai utilisé mon église comme une sorte de tribune du haut de laquelle les cas d'hommes et de femmes qui s'étaient vu refuser le droit d'asile pouvaient être rejugés. Une fois, en particulier, avec beaucoup de succès.

— Une loi spéciale a même été votée à cette occasion.

— Exactement. Suite aux nombreuses réactions suscitées par cette affaire dans les médias, une loi a été élaborée pour autoriser ces douze clandestins à rester.

Niels contempla les cheveux clairsemés de Rosenberg, qui sourit.

— Depuis, tous n'ont pas connu le même bonheur. Deux d'entre eux sont partis vivre en Suède. Trois autres ont fait de la prison. Il y en a même un – un jeune Soudanais – qui est devenu footballeur professionnel.

— Et les deux autres ?

— C'est vrai. Il y en avait deux autres.

Le pasteur eut un moment d'hésitation qui fit comprendre à Niels qu'il racontait cette histoire pour la première fois.

— L'un s'est enfui. Un Palestinien apatride. J'ignore totalement ce qu'il est devenu.

— Et le deuxième ?

— Khaled.

— L'autre était Khaled. Le frère d'Abdul Hadi ? Qu'est-il devenu ?

— Il est mort.

— Comment ?

— Khaled Hadi était considéré comme un terroriste présumé, expliqua Rosenberg en tournant le dos à Niels. C'était en tout cas ce qui était écrit sur les documents que m'avait fait parvenir la police. C'était également ce qu'ils m'avaient dit lorsqu'ils étaient passés me voir. Un terroriste présumé. Du moins, il aurait été en contact avec des terroristes bien identifiés sans avoir lui-même participé à aucun attentat. Mais... (Rosenberg chercha ses mots, se retourna et se rassit.) Avez-vous entendu parler de Daniel Pearl ?

— Le journaliste américain qui a été assassiné ?

— Tout juste. Le journaliste américain qui est tombé dans un piège tendu par al-Qaida à Karachi, en 2002, et qui...

— Qui a été décapité.

Rosenberg acquiesça.

— Une affaire odieuse qui a fait le tour de la planète.

— Khaled Hadi avait-il quelque chose à voir là-dedans ?

— Il y avait des soupçons. Vos collègues m'ont dit qu'il avait rencontré Pearl peu de temps avant sa mort. Ils en avaient donc conclu qu'il avait joué le rôle d'appât lors de son enlèvement.

— Que faisait Khaled Hadi au Danemark ?

— Ce n'est pas à moi qu'il faut poser la question. Il a probablement voyagé à droite, à gauche, sous une fausse identité. N'oubliez pas que le Danemark a accueilli plusieurs terroristes recherchés au niveau international. Le groupe à l'origine de l'attentat à la bombe contre le World Trade Center en 1993, par exemple, avait des ramifications à Århus.

Niels acquiesça et le pasteur continua :

— Les services de renseignement de la police ont fait pression sur moi. Il n'était pas dans leur intérêt que cette histoire soit ébruitée. Vous pensez : un terroriste international présumé très dangereux sur le sol danois. D'un autre côté, ils savaient qu'ils ne pouvaient pas juste entrer et l'emmener. Les autres clandestins l'auraient défendu. Les choses auraient pu mal tourner.

— Mais vous dites qu'ils faisaient pression sur vous. Voulaient-ils que vous leur livriez Khaled Hadi ?

— Parfaitement. Mais, le pire, c'était les autres clandestins.

— Les autres clandestins ?

Le pasteur reprit sa respiration.

— Je sentais que j'avais une chance de les sauver. Je bénéficiais du soutien de plusieurs journaux, d'une série de politiciens en vue et d'une grande partie de la population. Le temps jouait pour nous et l'opinion publique était en train de basculer de notre côté. Mais Khaled Hadi était une bombe à retardement face à cet élan de sympathie grandissant. Comment les gens allaient-ils réagir s'ils apprenaient que j'abritais des terroristes ? Nous aurions aussitôt perdu leur soutien et les conséquences pour les autres auraient été catastrophiques.

— Alors, vous avez cédé ?

Le pasteur ne répondit pas. Il s'assit un instant, puis se releva, marcha jusqu'à la bibliothèque et sortit une enveloppe d'un tiroir.

— J'étais totalement désorienté. Au début, j'ai refusé. Quand cet homme traqué est venu trouver refuge chez moi, j'ai considéré qu'il était de mon devoir, en tant que chrétien, de lui ouvrir ma porte.

— La première pierre, dit Niels.

Rosenberg se tourna vers lui.

— Tout à fait. La première pierre. Cela aurait été à l'encontre des idées que j'avais prêchées pendant des années.

— Mais vous craigniez que l'élan de sympathie que vous étiez parvenu à susciter ne disparaisse ?

— Lentement, très lentement, des images terribles ont commencé à s'insinuer dans mon esprit, bien aidées en cela par les informations qui m'avaient été communiquées par les services de renseignement. J'ai commencé à me représenter des scènes d'horreur : une bombe dans un bus, devant la gare de Nørreport, dans une rame de métro à l'heure de pointe, ou dans un avion. Des morts partout, un flot de sang se déversant dans les caniveaux. Pour finir, j'ai jugé que c'était trop risqué. Imaginez un peu si, après avoir obtenu son autorisation de séjour, il avait disparu dans la nature et que, un jour, j'avais découvert, en ouvrant mon journal, qu'un attentat à la bombe venait d'avoir lieu en plein cœur de Copenhague, et lu que le terroriste responsable était l'un des clandestins que j'avais cachés dans mon église. Si je n'avais rien fait pour empêcher ce drame, alors que j'en avais eu la possibilité.

— Donc, vous l'avez livré ?

Le pasteur acquiesça.

— Tel un second Judas, je l'ai attiré dans mon bureau – juste là – où l'attendaient trois agents du renseignement.

Rosenberg temporisa. Il respirait rapidement. Puis il poursuivit :

— Je n'oublierai jamais le regard qu'il m'a alors lancé. J'y ai lu sa déception, son mépris, son chagrin et sa haine. Son regard qui me disait : « Je vous faisais confiance, je vous faisais confiance. »

— Que s'est-il passé, ensuite ?

— Rien. Les semaines ont passé. Les autres clandestins ont obtenu le droit de rester. Et puis…

Les larmes lui montèrent aux yeux. Décidément, Niels appréciait cet homme.

— Et puis j'ai reçu ceci, déclara-t-il en posant l'enveloppe sur la table.

— Qu'est-ce que c'est ?

Il s'agissait de photographies. Niels retint son souffle en découvrant des mains ligotées à une table. Un homme nu pendu par les bras, un sac sur la tête. Il pensa à Jésus.

Les dernières photos montraient un corps ensanglanté pendu la tête en bas à ce qui devait être un crochet de boucher. Niels fut incapable de prononcer le moindre mot.

— Khaled Hadi. Six semaines après que je l'eus livré. Ce sont des photos secrètes qui ont été prises dans une prison yéménite.

Niels reposa les photos sur la table.

— Le Yémen est l'un des pires pays au monde en matière de torture. La plupart des spécialistes du Moyen

Âge leur envieraient leurs trouvailles. Décharges électriques dans les testicules. Tabassage à coups de câble. Corps plongés dans l'eau glacée. Ils obligent les gens à avaler leur nourriture truffée de bouts de verre. J'ai interrogé un médecin… sur toutes leurs pratiques.

Niels le fixa du regard. Il avait interrogé un médecin, s'était imposé tous les tourments sur son chemin de croix.

— Comment a-t-il atterri au Yémen ?

Le pasteur haussa les épaules.

— Je l'ignore. L'affaire a été traitée en toute discrétion, au Danemark. Aucun journaliste n'en a jamais rien su. Les renseignements se sont bien tranquillement justifiés en indiquant qu'il avait été remis aux autorités yéménites par un autre pays dans lequel il était recherché et auquel eux-mêmes l'avaient livré. Que le pays en question – ils n'ont jamais voulu me révéler lequel, mais je suis persuadé qu'il s'agissait des États-Unis – n'ayant pas recours, officiellement, à la torture, d'un point de vue juridique, ils avaient les mains propres. En outre, il existait de nombreuses zones d'ombre dans cette affaire. Mais à quoi bon refuser de livrer des gens aux pays qui pratiquent la torture si c'est pour les remettre à un autre qui le fera ?

Niels acquiesça.

— Qui vous a envoyé ces photos ?

— Abdul Hadi. Il voulait que je sache ce que j'avais provoqué. Il voulait m'informer du sort qu'avait connu Khaled.

— Donc, Abdul Hadi voulait vous tuer par vengeance ?

— Par vengeance, exactement.

Il y eut un moment de silence. Le pasteur avait le regard rivé sur la bouteille de whisky. Niels comprit qu'il luttait intérieurement. Il voulait en reprendre, mais il n'en avait pas le droit.

— Je ne crois pas que Khaled ait été impliqué dans le meurtre de Daniel Pearl. Il n'a jamais été en Afghanistan. C'était un jeune homme charmant.

Rosenberg fixa Niels droit dans les yeux.

— J'ai perdu tout discernement.

Il remplit à nouveau son verre. Pour la première fois, Niels remarqua les petites taches rouges sur la peau du prêtre, juste en dessous des yeux.

Il entendait des voix en provenance du parvis de l'église. Les policiers discutaient entre eux. Il dévisagea le pasteur, tandis que des images affluaient dans sa tête : Abdul Hadi. La course-poursuite à travers Strøget. Les marques inquiétantes sur le dos des victimes. Les différentes affaires. Sarah Johnsson, Vladimir Zjirkov. Les justes.

Il était à court de ressources. Tout cela n'avait rien de logique. Le lien entre tous ces éléments lui échappait totalement. Soudain, la voix du pasteur l'interrompit dans ses réflexions. Venait-il de lui poser une question ?

— Ce qui veut dire que je ne suis pas l'un de vos trente-six justes.

Niels lui adressa un sourire indulgent.

— De toute façon, je doute qu'Interpol accorde un quelconque crédit à cette théorie.

— Peut-être devraient-ils.

— Peut-être, en effet.

Rosenberg se leva. Il s'était enfin libéré du poids qu'il avait sur la conscience.

— Finalement, mon travail est exactement à l'opposé du vôtre, affirma-t-il.

— Comment cela ?

— Vous devez chercher des preuves pour convaincre les gens.

— Tandis que vous devez parvenir au même résultat sans la moindre preuve, compléta Niels en souriant.

Rosenberg acquiesça.

Niels voulut ajouter quelque chose afin d'aider le pasteur à soulager sa conscience.

— Les services de renseignement avaient peut-être raison. Il est possible que vous ayez fait ce qu'il fallait.

Rosenberg soupira un grand coup.

— Qui sait ? Je connais un poète soufi. Il s'appelle Rumi. Il a écrit une histoire sur un petit garçon traqué par ses mauvais rêves et par un monstre malfaisant. Pour le rassurer, sa mère lui dit qu'il doit juste penser à elle et ainsi chasser le méchant de son esprit. « Mais, Maman, lui répond l'enfant, et si le méchant a aussi une maman ? » Voyez-vous où je veux en venir ? demanda Rosenberg en souriant. Les méchants aussi ont des mères, monsieur Bentzon. Des mères qui les rassurent et leur disent que ce qu'ils font est juste. Et pour eux, le monstre, c'est nous.

De doux flocons de neige tombaient lentement du ciel. Il y avait quelque chose d'insouciant dans la manière qu'ils avaient de danser dans l'air froid. Les policiers étaient sur le point de repartir. Niels se retourna vers le pasteur.

— Vous pouvez toujours m'appeler. À toute heure.

Rosenberg acquiesça. Il s'apprêtait à ajouter quelque chose lorsqu'un des policiers s'approcha d'eux et tendit un paquet à Niels.

— Qu'est-ce que c'est ?

— Ça vient de Venise. C'est arrivé ce matin par pli diplomatique.

Niels ouvrit le paquet et découvrit une minicassette audio marquée d'inscriptions en chinois. Il resta un moment interdit, puis la plongea dans sa poche.

— Il existe aussi une autre possibilité, dit Rosenberg.

Niels releva les yeux. Le pasteur avait l'air gelé.

— Une autre possibilité ?

— Que ce soit tout simplement Dieu lui-même qui reprenne les trente-six justes.

— Vous voulez dire que ce soit Dieu le meurtrier ?

— Ce n'est pas ainsi qu'il faut le voir. En acceptant Dieu, nous acceptons aussi que la mort ne soit pas une fin. Il faut plutôt considérer qu'Il les rappelle à lui.

— Dieu rappellerait les meilleurs d'entre les hommes ?

— Quelque chose de ce genre.

Les portières de la voiture de police claquèrent et le moteur démarra.

— Mais pourquoi Dieu ferait-il ça ?

Le pasteur haussa les épaules.

— Pour nous tester, peut-être.

— Nous tester ?

— Voir comment nous réagissons.

Niels fit un pas de côté pour permettre à la voiture de passer. Il croisa alors le regard d'Abdul Hadi, assis sur la banquette arrière. Il ressemblait plus à un animal blessé qu'à un monstre.

— Si nous réagissons.

48.

Nørrebrogade, Copenhague

La boutique de matériel audiovisuel ne payait pas de mine, coincée entre une pizzeria et un magasin d'objets d'occasion. Pas moins de huit postes de télévision entassés les uns sur les autres retransmettaient en direct le message envoyé depuis le Bella Center : la terre est en danger. C'était le dernier rappel. Niels posa la cassette marquée de caractères chinois sur le comptoir et essaya de capter le regard de l'adolescent apathique.

— Qu'est-ce que c'est ? demanda le vendeur.

— C'est une cassette audio. Je cherche un magnétophone susceptible de la lire. Vous en avez ?

— Alors là, aucune idée.

Niels attendit, sans le lâcher du regard, en vain, et finit par renoncer.

— Pourriez-vous vérifier ?

— Un instant. (L'adolescent se retourna et cria :) Papa !

Sa voix en pleine mue déchira les tympans de Niels et le fit penser à l'enfant qu'il n'avait pas réussi à avoir. Ils auraient eu le même âge si Kathrine était tombée enceinte à l'époque de leurs nombreuses tentatives.

Un homme d'âge mûr aux cheveux incroyablement gras apparut. Il semblait profondément irrité.

— Oui ? bougonna-t-il.

— Un magnétophone. Je cherche un magnétophone pour écouter cette cassette.

L'homme étudia l'objet en respirant bruyamment par le nez et s'éclipsa dans l'arrière-boutique. Niels s'éloigna de quelques pas pour prendre un appel.

— Oui ?

— Je crois que j'ai trouvé, Niels.

— Qu'est-ce que vous avez trouvé ?

— Le système. Il est si beau, Niels. Si exceptionnellement beau. Si…

— Venez-en au fait, Hannah. Je commence à être légèrement fatigué.

— Je vous expliquerai tout plus tard. Mais écoutez tout de même : je sais où les meurtres manquants ont été commis. Tous.

— Les meurtres manquants ?

— Oui ! Si l'on considère que la chaîne n'a pas été interrompue – le dernier était le numéro trente-quatre. On en a dénombré vingt et un. Il en manque donc treize. Or je sais où les trouver. Il y en a un à Santiago, un à Hanoï, un à Belém, un au Cap, un à Nuuk.

— Attendez, la coupa Niels. Je n'ai absolument aucun moyen de le vérifier. Qu'attendez-vous de moi ? Vous avez dit au Cap ? demanda-t-il après un bref silence.

— J'ai dit… non, le système dit que le meurtre numéro quatorze a été commis le vendredi 24 juillet au coucher du soleil à Khayelitsha, un faubourg du

Cap. Je peux vous envoyer les coordonnées GPS par SMS.

— Faites-le.

Niels fut soudain interrompu par le bruit du magnétophone que le marchand avait laissé tomber lourdement sur le comptoir.

49.

Le Cap, Afrique du Sud

Il aurait pu s'agir d'un tableau : la baie, l'océan Indien, les palmiers. Dès qu'elle se trouvait dans son bureau, au onzième étage, Kathrine repensait aux portraits d'elle et de ses deux sœurs, quand elles étaient enfants.

Chaque année, la famille quittait la campagne pour se rendre en voiture à Roskilde. De très loin, les filles pouvaient voir les deux flèches aiguisées de la cathédrale pointant vers le ciel, vers Dieu – comme pour lui dire : ne t'approche pas plus.

Kathrine aimait la ville. C'était l'occasion d'acheter de nouveaux vêtements dans un supermarché gigantesque où elle et ses sœurs finissaient toujours par se perdre dans des rayons interminables de conserves et d'épices. Et puis il y avait ces escalators effrayants qui conduisaient toute la famille à l'étage où elles allaient se faire photographier. À leur grand désarroi, leurs parents ne les laissaient jamais choisir l'arrière-plan, même si le photographe leur présentait chaque fois différentes possibilités. Il commençait par tirer le fond forestier, celui que leur mère préférait. Kathrine, quant à elle, le trouvait inquiétant, avec ses troncs couverts de mousse au plus profond d'un bois où la lumière s'infiltrait uniquement lorsque le vent secouait les feuilles des arbres. Sa petite sœur avait évidemment très mauvais goût et voulait quelque chose de coloré, rose, si possible. Et puis il y avait la plage. C'était l'image favorite de Kathrine, mais sa mère ne voulait pas en entendre parler. Encore aujourd'hui, elle ne comprenait pas pourquoi ils ne l'avaient jamais choisie. La vue plongeante donnait l'impression d'être assis au bord d'une falaise à contempler la mer en contrebas. L'affaire se terminait en général par un compromis : une clairière où les arbres étaient rejetés à l'arrière. Elle aurait été curieuse de savoir quels symboles sexuels dictaient inconsciemment à sa mère le choix de ses paysages et quels fantasmes refoulés il cachait. Kathrine s'était souvent demandé si elle n'avait pas fini dans ce bureau, à cet endroit précis de la planète, justement parce qu'elle y profitait d'une vue qui lui rappelait la photo interdite de son enfance. Tandis qu'elle avait besoin de lumière, sa mère faisait une fixation sur le noir. Noir, comme l'ambiance qui régnait à la maison. Le père de Kathrine connaissait des périodes de « trou noir », comme leur mère les appelait. Aujourd'hui, on le qualifierait de « maniaco-dépressif ». Elle aurait cependant souhaité que son côté maniaque soit un peu plus développé, comme chez tous ces pères sur lesquels elle avait lu des articles sur Internet : un jour, ils étaient au plus bas et, dès le lendemain, ils planaient sur un petit nuage. Car, lorsque ces gens avaient le moral, rien ne leur semblait impossible : voyager, acheter une nouvelle voiture, partir vivre à l'étranger. Mais il n'en avait pas été ainsi dans la maison de son enfance. Soit le paternel avait un comportement absolument normal et tranquille, soit il restait scotché dans son fauteuil pendant des semaines sans bouger d'un pouce, tel un reptile.

Air conditionné. Fenêtres insonorisées. Marc circulait dans le bureau voisin que les secrétaires partageaient avec les jeunes architectes et ingénieurs. Il cherchait visiblement une excuse pour passer la voir dans son bureau. Elle se demanda si elle allait coucher avec lui. Certes, ils avaient flirté, mais elle devait avouer que l'idée d'avoir une aventure avec Marc lui semblait davantage excitante quand elle croyait encore que Niels allait la rejoindre. Or, maintenant qu'il avait annulé son voyage, elle n'était plus aussi sûre d'elle. Marc essaya d'attirer son regard à travers la vitre. Elle se retourna et regarda par la fenêtre. La vue interdite de sa mère. La mer. La lumière.

— *Hey, Kathrine.*

Marc se tenait dans l'embrasure de la porte.

— *Marc ?*

— *No holiday ?*

Il parlait avec l'accent sud-africain caractéristique des Boers, qui n'était guère sexy. Elle lui répondit en anglais.

— Je suis en train de boucler mes derniers dossiers.

— Est-ce que ton mari va venir ?

Il savait pertinemment que Niels ne viendrait pas. Il était décidément tout sauf charmant, en ce moment. Kathrine sentit que ses orteils se recroquevillaient.

— *Please. Can I be alone ?*

Marc parut désolé. Ce n'était pas son style de s'imposer, elle le savait. Il était très gentil – et puis ce n'était pas sa faute si elle avait choisi de se marier avec un homme qui lui rappelait autant son père. Kathrine s'était souvent demandé à quoi c'était dû. À défaut de réponse à cette question, elle avait dû accepter l'idée qu'il était courant de finir avec un partenaire qui était une copie de son père ou de sa mère – en général celui des deux parents avec lequel il avait un compte à régler. Exactement comme elle avec son père et sa nature complexe.

Mais il n'en avait pas toujours été ainsi. Au début de leur relation, Niels ne lui faisait pas du tout penser à son père. Certes, c'était un garçon calme, mais il ne lui arrivait jamais de sombrer dans des trous noirs. Ils riaient beaucoup, à cette époque. En réalité, ils passaient leur temps à rire. Et puis Niels avait de l'ambition. Ou peut-être était-ce quelque chose qu'elle s'était imaginé ? Kathrine se posa cette question : les humains possèdent-ils un sens caché qui les pousse à choisir un partenaire qui plus tard ressemblera au père ou à la mère avec qui ils entretenaient des relations compliquées ? Ou bien, est-ce nous qui les transformons de la sorte ? Est-il possible de faire endosser ce rôle à n'importe qui ?

Kathrine regarda par la fenêtre. L'écume au sommet des vagues ressemblait à la mousse du champagne. Elle reçut un SMS de Marc : « *Sorry.* » Elle se retourna et, en apercevant sa mine désespérée et déçue, elle le trouva mignon. Au même moment, son téléphone se mit à sonner : « *Niels calling* » apparut sur l'écran.

— J'étais justement en train de penser à toi, dit-elle.

— Ah bon ? Et à quoi pensais-tu ?

— Mieux vaut que tu ne le saches pas.

Elle sourit à Marc. Il lui apparaissait infiniment plus sexy quand elle était en ligne avec Niels. Mais l'idée de former un couple avec cet homme la rebutait au plus haut point.

— Écoute. La raison pour laquelle je ne suis pas venu te rejoindre…

— Je crois avoir compris de quoi il s'agit, mon vieux, l'interrompit-elle.

— Non, tu n'as pas compris. Je suis sur une affaire. Une affaire de meurtre. Particulièrement complexe.

Il ménagea une pause dramatique avant de tout lui révéler : les meurtres, les lieux où ils avaient été commis et les nombres sur le dos des victimes. Elle l'écouta en silence, même quand il lui expliqua qu'un meurtre non rapporté avait dû avoir lieu à Khayelitsha, un township de la banlieue du Cap. Puis il se tut et attendit. Bien entendu, il s'abstint de mentionner Hannah.

— Aurais-tu changé de service ? finit-elle par lui demander.

— Non, pas exactement. Au début, c'était juste une affaire de routine. Ma mission consistait uniquement à prévenir d'éventuelles victimes danoises. Voilà comment je me suis retrouvé embarqué dans cette histoire.

— Ce qui expliquerait pourquoi tu n'es pas venu ?

Niels réfléchit. Il aurait voulu lui répondre « oui ». Pour sa carrière. Kathrine aurait apprécié, elle qui lui reprochait régulièrement son manque d'ambition. Et bien d'autres choses encore.

— Je crois.

— Tu crois ?

— Je ne sais pas pourquoi, Kathrine, mais je sens que cette affaire est importante. Je vais d'ailleurs avoir besoin de ton aide.

— Tu veux que je me rende à Khayelitsha ?

— Exactement.

— Niels, il est très dangereux pour une femme blanche de se promener dans ce genre de quartier. Khayelitsha est l'un des plus grands bidonvilles d'Afrique du Sud. Et c'est peu dire.

Niels se tut. La chose à éviter à tout prix avec Kathrine, c'était d'essayer de lui forcer la main. Il était préférable de la laisser se convaincre elle-même. Après un long silence pesant, il eut la surprise de l'entendre dire, sans protester plus longtemps :

— OK. Je vais t'aider.

50.

Vesterbrogade, Copenhague

Un petit bout de Chine s'était infiltré entre deux magasins de vêtements de Vesterbrogade.

Le restaurant *Golden Bamboo*. Un joli nom derrière lequel se cachaient des tables en plastique, une petite cuisine ouverte. Sur la vitrine était collé un *smiley* en colère portant la mention : « Cours sur l'hygiène des denrées alimentaires indispensables », écrite au stylo rouge par les services sanitaires, que les propriétaires avaient tenté de dissimuler à l'aide d'un palmier synthétique. Niels traversa la rue en protégeant la cassette audio de la neige, puis entra dans le restaurant dans lequel il régnait une chaleur agréable. Il avait souvent entendu dire que les Asiatiques étaient des gens polis. Toutefois, ceux-là avaient manifestement oublié leurs bonnes manières légendaires. C'était la guerre en cuisine, si bien qu'il fut accueilli par les cris du chef – le seul à porter un costume – qui invectivait violemment son personnel.

Niels fit du bruit pour signaler sa présence. En vain. Il alla alors jusqu'à la caisse et posa la cassette. Puis il patienta en contemplant les lieux. Il y avait des plantes en plastique en pot le long des fenêtres, une carte de la Chine sur un mur, un poster des Jeux olympiques de Pékin, ainsi qu'une carte des menus proposant des nouilles, des pousses de bambou, des rouleaux de printemps et du bœuf *Gong Bao*. À la télévision, il était question du sommet sur le climat. Un habitant de l'archipel du Vanuatu, un grand type svelte, pestait, des larmes plein les yeux, contre les dérèglements climatiques causés par les pays industrialisés – en particulier par la Chine. Malheureusement, il semblait s'adresser à une assemblée de sourds. D'ailleurs, certains, dans les premiers rangs, discutaient entre eux, tandis que des représentants finlandais riaient. Il était évident que ce n'étaient pas l'archipel du Vanuatu et ses problèmes qui allaient empêcher ces braves gens de dormir.

— Ils nous en veulent.

Niels se retourna et toisa le Chinois d'un certain âge qui venait de lui parler. Celui-ci flottait dans son costume.

— C'est toujours notre faute. Toujours la Chine. C'est la Chine qui est la source de tous les problèmes du monde, ajouta-t-il en lui en adressant un sourire. Vous désirez une table ?

— Police de Copenhague, répondit Niels en présentant son insigne. (Il eut beau chercher des signaux sur le visage du Chinois, il n'en perçut aucun.) J'aurais besoin que vous me traduisiez ceci.

Sans laisser à l'homme le temps de réfléchir, il s'empressa d'appuyer sur le bouton.

— Qu'est-ce que c'est ?

— Pouvez-vous me traduire ce que disent ces gens ?

Ils tendirent l'oreille pendant environ une minute. Tout ce que Niels parvenait à comprendre, c'était qu'il s'agissait d'une conversation téléphonique. Un homme paniqué appelait une femme, probablement pour réclamer de l'aide.

Ils arrivèrent au bout de l'enregistrement.

— Vous avez réussi à comprendre quelque chose ?

— L'homme qui parle souffre.

— Oui, ça, je l'avais deviné. Mais que dit-il ?

— Il demande : « Que se passe-t-il ? » Vous voyez ?

— Non. Enfin, si. Je comprends ce que vous dites, mais pas ce que ça signifie.

— Repassez-la, le somma le Chinois.

Niels rembobina la cassette, tandis que le chef appelait l'un de ses employés, un jeune homme qui s'approcha d'un air soumis. Les deux Chinois échangèrent quelques mots dans leur langue, puis Niels appuya sur « Lecture ».

— Plus fort, dit le chef.

Niels augmenta le volume, mais le son qui sortait de l'appareil avait toujours du mal à dominer le vacarme de la cuisine.

— Vous entendez ce qu'ils disent ?

Le jeune commença à traduire pour son chef qui, à son tour, traduisit en danois.

— Il dit : « Que se passe-t-il ? Quel silence. Bonté divine. Qu'est-ce qui m'arrive ? Quel silence. Vénus et la Voie lactée. »

— Vénus et la Voie lactée ?

Niels rembobina et passa la bande une nouvelle fois. L'enregistrement n'avait rien de silencieux. Au contraire. On entendait le son d'une cloche sans doute proche, des éclats de voix, le brouhaha de la circulation.

— Il y a plein de bruit. Vous êtes certains de ce qu'il dit ?

— À cent pour cent. Il vient de Pékin, affirma le chef en montrant des signes de lassitude à l'égard de cette conversation peu lucrative.

— Et il parle de silence, bien qu'il soit entouré de bruit ? demanda Niels en s'adressant directement au jeune qui lui répondit cette fois dans un danois hésitant :

— C'est bien ce qu'il dit. « Qu'est-ce qui se passe ? Quel silence. Bonté divine. Que m'arrive-t-il. Quel silence. Vénus. Et la Voie lactée. »

Niels s'interrogea : pourquoi Tommaso avait-il jugé si important de lui faire écouter cette cassette ?

« Quel silence. »

51.

Quelque part entre Le Cap et Khayelitsha, Afrique du Sud

La plupart des gens qui avaient voyagé en Afrique disaient avoir vécu ce phénomène, en particulier ceux qui s'étaient enfoncés au cœur du continent, loin des touristes, de l'opulence et des inévitables équipes de télévision en quête d'un reportage sur la misère locale. Il s'agissait de conclure un pacte avec la mort. L'Afrique profonde, ce terrain si favorable à l'humanité qu'il avait permis à celle-ci de se hisser hors du cloaque, offrait toujours un caractère primitif. Bien que les couleurs originelles aient été délavées par nos soins, depuis, c'était bien de là que nous venions tous. Cela se sentait. C'était la terre. Ici, le terme « chez soi » prenait tout son sens.

Lors de sa première sortie dans la savane, Kathrine avait pleuré comme la fille qui rentre à la maison et est accueillie par ses proches. Elle était prête à mourir ici. Pour Marc, c'était différent. Il avait grandi en Afrique et aimait ce pays, mais pas au point d'y mourir. C'est pourquoi il avait loué les services de gardes pour les escorter. Dans l'après-midi, trois Zoulous tout sourires,

Bobby, Michael et Andy, se présentèrent ainsi à eux. Ils riaient à gorge déployée chaque fois que Kathrine ouvrait la bouche et étaient armés de mitraillettes et de carabines. Tous les Africains avaient un nom différent pour chaque occasion, à l'image des artistes européens et américains. Un nom pour les Blancs et leur vrai nom – celui qu'ils ne donnaient jamais. Et ils n'appréciaient guère qu'on le leur demande.

— Khayelitsha ?

— *Yes.*

— *Why do you want to go there ?* demanda l'un d'eux en riant. *Nothing there, nothing there*, répéta-t-il.

— Est-ce vraiment nécessaire ? murmura Kathrine lorsque Marc rangea son pistolet dans le vide-poches du pick-up poussiéreux.

— *Cathy.*

Il se retourna vers elle en souriant. Elle détestait qu'on l'appelle Cathy.

— *This is not peaceful Scandinavia. This is South Africa. You need a gun.*

Elle se dit qu'il avait peut-être les dents les plus blanches du monde.

— *But…*

Elle s'arrêta. Quelque chose dans le regard de Marc la fit hésiter. Elle devinait ce qu'il pensait : qu'est-ce qu'une femme gâtée originaire d'un pays de conte de fées comme le Danemark en savait ?

Les Africains roulaient juste derrière eux et Marc vérifiait en permanence le rétroviseur pour s'assurer de leur présence.

— *A murder, eh?* s'enquit-il.

Kathrine sourit en haussant les épaules.

— *I know. Lots of murders in South Africa.*

Elle alluma une cigarette. Encore l'un des avantages de la vie en Afrique : ici, on pouvait fumer à s'en ruiner la santé sans avoir à affronter de regards réprobateurs. Ici, la mort faisait partie intégrante de la vie et était autrement plus présente qu'en Europe, où elle nous prenait toujours par surprise. Comme si la pensée que le bal puisse se terminer un jour ne nous avait jamais effleuré l'esprit.

Cela grouillait de vie et de mort. L'Afrique était ainsi. Au Danemark, c'était l'inverse : personne ne vivait vraiment. Quant à la mort, officiellement, elle n'existait pas. Ainsi, il ne restait plus qu'une douce marchandise de qualité intermédiaire : une existence où les jours se succédaient sans que l'on y prête réellement attention.

Elle toussa. Les cigarettes locales grattaient la gorge. La journée avait été particulièrement chargée, entre les réunions et les conversations téléphoniques interminables. En allumant son ordinateur, dans la matinée, elle avait trouvé pas moins de cent neuf e-mails non lus dans sa boîte. Et il en serait certainement de même le lendemain.

— Où, exactement, à Khayelitsha ?

La voix de Marc était rude et virile. Ça, c'était le point positif. Le négatif, c'était son dialecte, ce disgracieux mélange de sons hollandais et anglais.

Elle lui tendit un bout de papier sur lequel figuraient les coordonnées GPS ainsi qu'une adresse approximative. Elle avait dû avoir recours à l'aide des spécialistes en informatique de l'entreprise pour transformer les coordonnées GPS transmises par Niels en une adresse concrète.

— *Okay*, répondit-il, avec son sourire charmeur.

Il était tout l'opposé de Niels. Marc ne connaissait aucun revirement d'humeur inexplicable et ne possédait ni face cachée, ni aucun gouffre mental dans lequel il risquait de sombrer à tout instant. Il était simplement Marc. Un mec canon, mais un peu exaspérant.

Ils empruntèrent une route à douze voies recouverte depuis peu d'une couche d'asphalte noir comme du charbon. Marc avala bruyamment quelques gorgées de son café, puis alluma la radio avant de se raviser et de l'éteindre aussitôt. Kathrine jeta un coup d'œil derrière et Andy, dans l'autre voiture, lui fit un geste de la main. La température extérieure dépassait les trente degrés, tandis qu'un air sec et chargé de gaz d'échappement, de poussière et de particules de sable soufflait depuis la savane. Il y avait des chantiers à perte de vue. Des grues s'activaient à l'horizon, telles des girafes qui auraient pris des proportions grotesques à la suite d'une mutation causée par la pollution. Des routes en construction, des ouvriers en sueur, le vacarme des foreuses pneumatiques et des compacteurs.

— Tu connais Bill Shankly ? demanda Marc en passant à l'orange.

— Non.

— Le légendaire entraîneur de Liverpool. Il a dit une phrase du genre : « Certains croient que le football est une question de vie ou de mort. Cet état d'esprit me déçoit. Je peux vous assurer que c'est bien plus important que ça. » (Il se tourna vers elle et sourit.) Si tu regardes ce qui se passe actuellement en Afrique du Sud, avec la Coupe du Monde qui doit avoir lieu dans six mois, il faut bien reconnaître que Bill Shankly avait raison. Je veux dire, à cause d'un petit ballon rond en cuir, c'est tout le pays qui s'apprête à changer. En tout cas, en apparence, ajouta-t-il finalement.

Kathrine regarda par la vitre de sa portière.

La métropole occidentale moderne avait désormais laissé la place – de manière progressive et imperceptible – à la grande ville typiquement africaine que l'on connaissait si bien grâce aux médias : des taudis, de la misère, des ordures, de la chaleur et de la poussière. Il était impossible de déterminer exactement où commençait Khayelitsha. Peut-être aurait-il été plus juste de parler d'une frontière mentale que géographique, d'une ligne de démarcation invisible au-delà de laquelle il n'y avait plus d'espoir, où il n'était plus question que de survie et de lutte quotidienne pour se procurer à manger et à boire tout en évitant d'être la victime d'un crime quelconque. En Afrique du Sud, cinquante mille meurtres étaient commis chaque année et une femme était violée toutes les trente secondes.

Khayelitsha, Afrique du Sud

Marc s'arrêta un instant pour attendre la voiture de leurs gardes du corps. Les rues étaient désormais plus étroites, les maisons plus petites. Il y avait des huttes, des cases primitives en argile, des carcasses de voitures couvertes de poussière et des chiens. Des chiens partout, la queue basse, boitant, aboyant et assoiffés. À

Khayelitsha, les enfants ne jouaient pas. Ce fut l'une des toutes premières choses que remarqua Kathrine. Ils traînaient simplement dans les rues et fumaient des cigarettes. Seul un garçon jouait au foot, vêtu d'un maillot de Barcelone fait maison, avec le nom de Messi dans le dos. Une femme réprimanda ses enfants qui l'ignorèrent royalement. Mais ce qui choqua le plus Kathrine, c'étaient les ordures. Il y en avait partout : des bouteilles de Coca-Cola, des boîtes de conserve, des sacs plastique, des pneus de voitures, des emballages. L'odeur pestilentielle des déchets, de l'urine et du désespoir mêlée à la chaleur qui régnait à l'extérieur de la voiture était insoutenable.

Tandis que Marc tournait alternativement à droite et à gauche en suivant les indications du GPS, la poussière avait recouvert leur pare-brise en un rien de temps, formant une pellicule qui donnait aux alentours un aspect irréel.

Jusque-là, Kathrine avait évité autant que possible les quartiers pauvres, ce qui lui avait permis d'avoir un séjour agréable en Afrique du Sud. Au cours des premiers mois – qu'elle n'avait passés presque qu'au bureau, à l'hôtel ainsi que dans les restaurants et cafés du quartier de la finance – elle était quasiment parvenue à oublier où elle se trouvait, de sorte qu'il aurait tout aussi bien pu s'agir de New York ou de Londres. L'été avait été très chaud.

Marc parlait d'un de leurs collègues de bureau qui, selon lui, n'était qu'un trou du cul. Kathrine ne l'écoutait que d'une oreille, mais il finit par remarquer son manque d'attention, lorsqu'il changea soudain de sujet.

— *Cathy ?*

— *Yes.*

— *Tonight ?* demanda-t-il avant d'arrêter la voiture et de se tourner vers elle. *I know this very nice Indian restaurant.*

Kathrine le fixa d'un air incrédule. Il venait de l'inviter à sortir. Cela faisait des semaines qu'il tournait autour du pot et, bien qu'elle eût attendu ce moment, et qu'elle l'eût même souhaité, elle fut prise au dépourvu. Il sourit, découvrant ses dents blanches, d'une manière qui indiquait que sa proposition signifiait plus qu'une simple invitation au restaurant. Cela ne faisait pas l'ombre d'un doute pour Kathrine : si elle acceptait, elle coucherait avec lui. Elle aurait droit à la totale : dîner, alcool, sexe. Elle avait envie d'accepter. Son corps le désirait. Elle sentit une vague de chaleur lui traverser le bas du ventre.

— *Why are we stopping ?*

Elle s'attendait à ce qu'il exige d'elle une réponse et la simple pensée qu'elle ne pouvait s'esquiver l'excita. La chemise ouverte de Marc dévoilait son torse hâlé et musclé. Elle fut sans doute déçue lorsqu'il accepta son indécision.

— *We are here*, se contenta-t-il d'annoncer en désignant le GPS.

La maison n'avait absolument rien de particulier, en dehors du fait qu'elle était isolée du reste du bidonville. C'était en effet le seul bâtiment dans un rayon de plusieurs centaines de mètres. Il y avait une lisière d'ordures là où la nature reprenait ses droits.

Tout d'abord, elle crut que Marc avait dû mal comprendre les indications du GPS. Pourquoi Niels l'aurait-il envoyée précisément vers cette maison – vers cette cabane insignifiante située en plein milieu d'un immense bidonville qui comptait des millions d'autres habitations ? Il devait s'agir d'une erreur. D'un autre côté, tout ce qu'elle savait à propos de cette cabane, c'était qu'un meurtre y aurait été commis au mois de juillet. Niels ne lui en avait pas révélé plus. Or pourquoi cela n'aurait-il pas été possible ?

Tandis que Marc attendait dans la voiture, les trois gardes du corps étaient sortis et l'un d'entre eux suivait Kathrine à distance.

Elle traversa la route qui n'était qu'un chemin de terre brûlé et défoncé. La porte d'entrée ressemblait à une vieille porte de placard et paraissait surtout avoir pour fonction de soustraire l'intérieur de la maison à la vue des passants. À quelques mètres de là, des jeunes s'amusaient à mettre des coups de pied dans un baluchon.

— *You wanna fuck, white woman ?* cria un gamin avant de se retourner en riant vers ses camarades.

Andy lui répondit quelque chose en zoulou, ce qui ne sembla guère impressionner les jeunes.

Kathrine frappa à la porte et attendit. Rien ne se passa. Elle frappa à nouveau, mais pas trop fort, par peur de faire tomber la porte. Une vieille femme édentée finit par ouvrir en regardant à travers elle comme si elle avait été transparente.

— *Hallo*, tenta Kathrine en pensant seulement maintenant qu'elle n'avait pas la moindre idée de ce qu'elle allait dire. Vous habitez ici ?

Pas de réponse. En remarquant le voile gris et opaque sur les yeux de la femme, elle comprit que celle-ci était presque aveugle. Nombreuses étaient les personnes atteintes de cécité, en Afrique.

— Vous parlez anglais ?

Kathrine était sur le point de se retourner pour appeler Marc, lorsque, soudain, la femme dit en anglais :

— Mon fils n'est pas à la maison.

— Votre fils ?

— Oui. C'est moi qui garde sa maison.

— OK.

Kathrine espérait que la femme l'inviterait à entrer, mais ce ne fut pas le cas.

— Je suis venue ici pour savoir si… Je m'appelle Kathrine. Je ne suis pas sud-africaine, ajouta-t-elle.

Elle avait remarqué que cette précision faisait souvent bon effet sur les locaux. Les Européens étaient appréciés – en tout cas, plus que l'autre sorte de Blancs.

Pour la première fois, elle décela une légère réaction sur le visage de la vieille femme, sous la forme d'un tremblement nerveux sous un œil.

— Amnesty ? demanda celle-ci en élevant la voix. (Avant que Kathrine ait eu le temps de répondre, la femme passa la tête dehors.) Vous êtes combien ?

— Mon collègue est resté dans la voiture, dit Kathrine. Et il y a trois gardes du corps.

— Il était temps que vous arriviez.

La vieille femme disparut dans la maison. Si elle n'avait pas été aveugle, elle aurait pu lire « *DBB Architects* », écrit en grosses lettres sur le côté de la Land Rover.

— *Come in, Amnesty!* cria-t-elle de l'intérieur.

Quelques chaises branlantes, une table et une paillasse au-dessus de laquelle était accroché un poster de l'équipe sud-africaine de football. Sur le mur, quelqu'un avait écrit : « *Bafana, Bafana. God is on our side.* »

La vieille dame proposa du thé à Kathrine et la servit sans attendre sa réponse.

— *Rooibos. It's good for you*, dit-elle. *It clears your mind.*

Kathrine considéra le liquide trouble dans sa tasse.

— Comment comptez-vous vous y prendre pour le sortir de là ? demanda la femme. Il ne l'a pas tuée, vous comprenez ? Qu'est-ce que vous comptez faire ?

Kathrine avala sa salive : il faut que je lui avoue que je ne suis pas d'Amnesty International.

— Le mieux serait sans doute que vous me racontiez ce qui s'est passé, suggéra-t-elle à la place.

— Il ne l'a pas tuée, la femme de l'usine. Il est innocent – comme l'a dit Mathijsen.

— Qui ?

— Mathijsen, répéta la vieillarde dont les traits semblèrent s'adoucir à l'évocation de ce nom. C'était un homme bon. Il nous a beaucoup aidés.

Elle s'exprimait vite et de manière confuse, si bien que Kathrine avait du mal à la comprendre.

— Mat…

— Mathijsen. L'avocat de mon fils. Joris Mathijsen.

— Qu'a-t-il à voir là-dedans ? demanda Kathrine. C'est lui que votre fils est soupçonné d'avoir tué ?

— Non ! Non ! s'écria la femme en secouant la tête. Mathijsen est mort dans cette maison. Il voulait nous aider.

— Je ne comprends pas, l'interrompit Kathrine. Son avocat est mort ici ? Quand ?

Avant que la vieille femme ne commence à raconter son histoire, Kathrine alla chercher Marc dans la voiture.

— Elle croit qu'on travaille pour Amnesty International, lui murmura-t-elle. Je pense qu'on ferait mieux de ne pas lui donner de faux espoirs.

Une fois à l'intérieur, Marc salua poliment la vieillarde d'un signe de tête, puis dit « *hallo* » en s'apercevant qu'elle ne voyait rien. Bien qu'elle eût certainement raconté son histoire à de nombreuses reprises, elle avait toujours autant de ferveur dans la voix.

Benny, son fils, travaillait dans une usine de chaussures à Durban. Mais il avait été renvoyé et, dans le tumulte qui avait suivi, la fille du directeur avait été poignardée à mort. Voilà quelle était la version de la vieille femme. Benny avait ensuite été accusé du meurtre, même si un témoin, dont Kathrine ne parvint pas à saisir le nom, avait ensuite déclaré qu'il se trouvait à plusieurs mètres de la victime et qu'il ne pouvait donc pas l'avoir tuée. La situation de Benny était désespérée. Il n'avait même pas les moyens de se payer un avocat digne de ce nom.

— Et puis Joris Mathijsen est arrivé.

Marc connaissait bien ce nom. Mathijsen avait été l'un des instigateurs de la Commission Vérité et Réconciliation qui, de 1995 à 2000, fut chargée de constater toutes les violations des droits de l'homme commises pendant l'apartheid. Celle-ci se distingua de manière marquante des autres commissions d'enquête dans la mesure où elle n'avait pas vocation à condamner les coupables. Ceux qui acceptaient de collaborer et de reconnaître leurs actes étaient amnistiés. Il leur suffisait de dire la vérité pour qu'on les relâche. Comment Joris Mathijsen – qui s'était tenu longtemps à l'écart des projecteurs – avait eu connaissance du cas de Benny ? Cela restait un mystère. Sa mère ne se l'expliquait pas. Tout ce qu'elle savait, c'était qu'ils s'étaient rencontrés plusieurs fois en prison et que le simple fait d'avoir pu discuter avec un avocat de ce calibre avait rendu l'espoir à son fils. Le 24 juillet de cette année, Mathijsen était passé voir la maison où Benny avait grandi, à Khayelitsha. Il avait bu le thé avec la vieille femme et lui avait promis qu'il ferait sortir son fils de prison.

— Il m'en a fait la promesse, vous comprenez ?

Mais, au moment où il allait repartir, l'avocat avait aperçu une ombre dans la cour, derrière la maison. Sur le coup, il avait voulu rentrer chez lui. Puis il avait finalement décidé de sortir vérifier, tandis que la femme était restée à l'intérieur. Quelques minutes s'étaient écoulées. Elle n'osait pas sortir. Ayant rassemblé tout son courage, elle avait fini par s'aventurer dehors et avait découvert Joris Mathijsen gisant sur le dos, les bras écartés. Mort. Benny fut condamné à vingt-deux ans de prison pour acte de violence ayant entraîné la mort sans possibilité de remise de peine.

Kathrine eut les larmes aux yeux en voyant l'expression désespérée du visage de la femme.

— Quand il sortira de prison, je serai morte depuis longtemps.

Elle promit de l'aider, elle-même convaincue, pendant quelques secondes, de travailler pour Amnesty. En tout cas, elle ne manquerait pas de signaler son cas à son retour. Elle s'en fit la promesse.

La vieille femme resta assise un instant, immobile. Puis elle se leva avec peine, se dirigea vers une porte à laquelle Kathrine n'avait pas encore prêté attention. Ils la suivirent et se retrouvèrent dans une cour fermée d'une saleté incroyable, à travers laquelle elle les mena, sur une quarantaine de mètres, jusqu'à un endroit couvert de fleurs que le soleil brûlant avait desséchées depuis longtemps. Là, accroché à un pan de mur, ils découvrirent un petit portrait de l'avocat.

« 26 avril 1962 – 24 juillet 2009 »

52.

Institut Niels Bohr, Copenhague

Une « nuit de Niels Bohr ». Tous ceux qui travaillaient à l'institut connaissaient cette expression. Des nuits interminables au cours desquelles le silence était seulement troublé par le léger bourdonnement de l'une de leurs machines de recherche tournant au sous-sol ou le crissement des feuilles au moment de la lecture des résultats. C'était comme si leurs pensées ne sortaient jamais du bâtiment. Ils ne les emportaient jamais chez eux. Elles restaient là. Et ce n'était qu'à leur retour qu'ils les retrouvaient. Hannah ressentit à quel point ce lieu lui avait manqué, tandis qu'elle fouillait la cuisine en quête de nourriture. De la saucisse roulée et du salami – peut-être périmés. Il fallait s'y habituer. Les physiciens n'étaient pas des gourmets. C'était un fait. Des stylos et des feuilles traînaient sur chaque table de la cantine – il s'agissait d'une sorte de règle de la maison. Au cas où une idée surviendrait à l'improviste pendant le repas.

Hannah n'avait pas entendu sonner son téléphone, mais son écran affichait un appel en absence. Elle appela sa messagerie. « Vous avez un nouveau message », confirma la voix.

C'était Niels.

— Hannah... je viens juste de parler avec Kathrine... vous aviez raison à propos de Khayelitsha. Aussi bien sur le lieu que sur la date. J'ignore comment vous avez fait. La victime se nomme Joris Mathijsen. C'est un célèbre avocat. Tout concorde. Je... je suis fatigué. L'après-midi a été très mouvementé. On se rappelle demain. Vous êtes vraiment très douée.

Fin du message. Elle sourit. Bien sûr qu'elle avait raison. Et oui : elle était très douée.

53.

Silo Carlsberg, Copenhague

De toutes les mauvaises idées que Niels avait eues dans sa vie, c'était de loin la dernière en date qui l'emportait. Envoyer Kathrine dans l'un des pires bidonvilles au monde pendant les vacances de Noël qu'ils auraient dû passer ensemble. Il l'avait eue trois fois au téléphone – elle était bouleversée par ce qu'elle venait de vivre et n'arrivait pas à penser à autre chose. L'espace d'un instant, au cours du dernier appel, il avait eu envie de la secouer. De lui crier que c'était elle qui avait un problème. Que le monde était plein de pauvreté, de mort et de misère. Kathrine ne s'en était tout simplement jamais aperçue parce qu'elle passait sa vie dans des bâtiments aménagés par des designers et équipés d'air conditionné – son univers était constitué de choses superficielles. Du marbre, de l'acier, du cuivre, de l'aluminium – un monde étincelant qui ignorait que tout ce qui l'entourait tombait en ruine. Mais il s'abstint et, au lieu de cela, se contenta d'un : « Pardon. C'était tellement affreux. » Et « Dors bien. »

Leur dispute imaginaire tournait en boucle dans la tête fatiguée de Niels, lorsqu'il entra dans leur appartement. Il eut aussitôt la sensation que quelqu'un était venu.

Quelqu'un. Il scruta le séjour sans rien remarquer d'anormal. L'immense pièce exposée plein ouest était telle qu'il l'avait laissée le matin. Exactement dans le même état que lorsque Kathrine était partie de son côté, il y avait de cela une éternité. Niels avait l'impression que leur relation appartenait désormais au passé. Peut-être était-ce l'ombre de Kathrine qui hantait leur appartement ? Il était épuisé et, en même temps, épaté que Hannah soit apparemment parvenue à décoder tout le système. Il envisagea un instant de l'appeler, mais décida finalement de se reposer.

C'est alors qu'il remarqua la porte entrouverte de l'escalier de secours.

Il veillait toujours à bien la verrouiller et ne l'utilisait que très rarement. Il l'inspecta méticuleusement sans repérer le moindre signe d'effraction. La porte, le chambranle, la serrure, les charnières, tout était intact. Loin de le rassurer, ce constat suscita en lui une nouvelle inquiétude : quelqu'un s'était-il procuré un double de sa clé ? Il réfléchit à qui avait accès à son appartement. Il n'y avait que lui et Kathrine. Et puis la voisine du dessous. Peut-être le concierge ? Une clé universelle ? Certainement pas. Si ses craintes étaient avérées, quelqu'un avait dû emprunter ses clés ou celles de Kathrine suffisamment longtemps pour en faire faire un double.

L'unique endroit où Niels, de temps en temps, laissait traîner son trousseau, c'était au travail. L'un de ses collègues aurait-il pu – cette simple pensée lui sembla absurde – lui subtiliser sa clé pour en réaliser une copie avant de la redéposer à sa place ? Mais qui ? Et dans quel but ?

Niels sortit dans l'escalier de secours et alluma la lumière. Il entendit des bruits de pas plus bas dans les marches.

— Qui est là ?

Pas de réponse.

— Qui est là ?

Quelqu'un descendit l'escalier à pas feutrés, puis une porte claqua. Niels se précipita jusqu'à la lucarne pour regarder dehors et crut apercevoir une silhouette sombre s'éloigner de la résidence en courant. En planant presque. Peut-être était-ce simplement l'éclairage de l'usine Carlsberg qui projetait des ombres allongées ?

La lumière dans l'escalier de secours s'éteignit.

54.

Aéroport de Kastrup, Copenhague

C'était une matinée glaciale. L'indice de refroidissement – la sensation de froid – généré par un vent mordant était évalué à environ moins vingt degrés. *Air Force One* se posa sur le tarmac à 9 heures précises et, quelques secondes plus tard, la porte de l'avion présidentiel s'ouvrit pour laisser sortir Barack Obama. Son regard d'habitude si volontaire semblait préoccupé. On y percevait une pointe de doute. L'homme le plus puissant du monde fut loin d'être accueilli en grande pompe. Après une rapide poignée de main avec l'ambassadrice des États-Unis, Laurie S. Fulton, Obama prit place dans une confortable limousine qui le conduisit directement au Bella Center. C'était un homme pressé. Un homme investi d'une mission extrêmement claire : sauver le monde.

Vendredi 18 décembre

Niels se réveilla avec une sensation de trop-plein d'énergie qui lui était familière – et qu'il préférait de loin au sentiment inverse : la sensation de vide. Pas la dépression, contrairement à ce que prétendait Kathrine. Ce n'était qu'une question de trop-plein ou de manque d'énergie.

Nørrebro[1], *Copenhague*

La femme qui observait la rue, assise à une table, était métamorphosée.

Niels le remarqua dès qu'il aperçut Hannah à l'autre bout du café. Ce n'était pas seulement dû au fait qu'elle s'était apprêtée – un peu de maquillage, un soupçon de rouge à lèvres, les cheveux coiffés. C'était dans ses yeux que quelque chose avait changé. La manière dont ils détaillaient le local et les gens. On les sentait maintenant animés par la curiosité. Par un intérêt profond à l'égard de ce qui se passait autour d'elle. Lorsqu'elle le vit, elle agita la main d'une manière enfantine qui le fit sourire. Il constata qu'elle avait apporté le carton avec les dossiers des meurtres.

— On va fêter le décryptage du système, s'exclama-t-elle en tournant le regard vers le panier qui trônait au milieu de la table.

Il y avait du pain, des œufs, un croissant et du melon.

— J'ai commandé pour nous deux.

— Le meurtre du Cap. Comment…

— Parce que j'ai décodé le système en me basant sur le mythe et sur le nombre trente-six.

1. Quartier de Copenhague.

Son débit était rapide et saccadé.

— Arrêtez un peu, Hannah. Je sais que vous n'êtes pas croyante.

— En êtes-vous certain ? répliqua-t-elle en souriant. Pour être honnête, je l'ignore moi-même. Ce que je sais, en revanche, c'est que le principe, largement répandu, consistant à opposer science et religion n'est absolument pas justifié. Vous ne vous asseyez pas ?

Niels se rendit compte qu'il était toujours debout et s'assit.

— Cette opposition ne repose en effet sur rien d'autre que des affirmations erronées. En réalité, les premiers scientifiques étaient animés par le désir de prouver l'existence de Dieu. Sur ce point, la science et la religion étaient sur la même longueur d'onde dès le début. Peut-être plus à certaines périodes qu'à d'autres, mais tout de même.

— Alors, pourquoi précisément le nombre trente-six ? Y a-t-il une raison ? demanda Niels en se servant du café.

— Oui ! C'est lui qui permet au système de fonctionner. Il en constitue même la clé. Tenez : à l'heure actuelle, les scientifiques s'accordent en général pour dire que nous ne connaissons que quatre pour cent environ de toute la matière de l'univers. Quatre pour cent !

— Et qu'en est-il des quatre-vingt-seize pour cent restants ?

— C'est exactement ça, la question. Qu'en est-il ? C'est ce que nous, astrophysiciens, appelons la « matière noire » ou « énergie noire ». Mais peut-être serait-il plus exact de parler d'ignorance. Il y a tellement de choses que nous ignorons, Niels. C'est effrayant !

Pourtant, cela ne nous empêche pas de nous comporter à la manière de petits dieux convaincus de maîtriser leur environnement. Comme de jeunes enfants mégalomanes. N'est-ce pas ce que nous sommes devenus ? C'est à croire que nous essayons de nous persuader qu'il n'existe rien d'autre que les quatre pour cent que nous connaissons. Mais c'est faux. Nous savons qu'il existe autre chose. C'est juste que nous ne comprenons pas de quoi il s'agit.

— Mais il n'y avait que… combien de meurtres répertoriés ? Vingt et un ? Pas trente-six.

— Jusqu'à maintenant, oui. Tout simplement parce que les autres n'avaient pas été découverts ou rapportés.

Niels hésita. Il ne savait pas si sa question allait passer pour de la curiosité ou du scepticisme.

— Le meurtre du Cap, Hannah. Comment saviez-vous ?

— Avez-vous déjà entendu parler d'Ole Rømer ?

— Oui, un chef de la police qui a vécu au XVIIe siècle, quelque chose comme ça.

— Et surtout un astrophysicien, l'interrompit Hannah. Comme moi. Il a été le premier à affirmer l'existence de la vitesse de la lumière – et à l'évaluer avec une relative précision.

— Pourquoi me parlez-vous de lui ?

— Un jour, le roi lui a demandé de calculer la superficie de Copenhague. Il ne lui restait plus qu'à entreprendre un laborieux travail d'arpentage, n'est-ce pas ? Cependant, Rømer a réussi à déterminer cette étendue en moins de dix minutes. Et savez-vous comment ? (Hannah attira l'attention d'une serveuse qui passait près d'eux.) Je sais que ça va vous paraître étonnant, mais pourriez-vous m'apporter une paire de ciseaux et un melon entier, s'il vous plaît ?

La jeune femme la toisa quelques secondes avant de répondre :

— Un instant. Je vais voir si c'est possible.

— Rømer s'est emparé d'une balance et d'un plan cadastral de Copenhague, poursuivit Hannah, puis… Merci, dit-elle à la serveuse qui lui apporta les ciseaux et le melon. Et puis il a découpé.

Hannah se mit à couper dans la nappe en papier. Niels remarqua que le jeune couple assis à la table voisine l'observait discrètement.

— Rømer a simplement découpé les zones habitées de la carte, les a déposées dans l'un des plateaux, puis il a fait de même avec les zones inhabitées.

Niels sourit.

— Et qu'avez-vous taillé ?

— Est-ce que ça ressemble à l'Afrique ? demanda-t-elle en brandissant un morceau de nappe.

— Avec un peu d'imagination.

— C'est vrai que j'ai légérement rogné sur l'Afrique du Sud, mais vous reconnaissez au moins l'Australie et les deux Amériques ?

Elle lui présenta deux nouveaux morceaux de nappe.

— Vous avez retiré les continents ?

— Non, l'eau. Enfin, les océans. J'ai conservé uniquement les continents et jeté le reste.

Elle commença à rassembler les morceaux de papier comme s'il s'était agi des pièces d'un puzzle.

— Hannah ? intervint Niels en essayant de capter son regard. Je n'ai pas fait de mathématiques ni de physique depuis le lycée. Pouvez-vous aller un peu moins vite, s'il vous plaît ? Reprenons : vous avez pris une carte et découpé les continents. Voilà ce que j'ai compris. Et vous avez jeté les océans ?

— Exactement.

— Mais pourquoi ? Dans quel but ?

— Je ne vous l'ai pas précisé au téléphone ? Il faut que nous remontions dans le temps, Niels. Jusqu'à une période très lointaine. Celle qui a vu surgir les continents et apparaître les organismes pluricellulaires, continua-t-elle tandis que Niels l'écoutait avec attention. C'est une histoire de tectonique des plaques, de différence de densité entre le granit des plaques continentales et océaniques et le basalte. Mais laissons ça de côté pour l'instant.

» Sous l'effet de la tectonique des plaques, les continents dérivent à la surface de la terre. On peut même dire qu'ils sont en permanence en mouvement. La raison étant particulièrement complexe et longue à expliquer, je vais vous l'épargner.

— Merci.

— Mais il est important que vous compreniez que les continents sont constitués de granit. Avez-vous entendu parler de Minik Rosing ?

Niels secoua la tête.

— Un géologue groenlandais. Il a avancé l'hypothèse selon laquelle le granit serait une forme oxydée du basalte et que l'oxygène à l'origine de cette oxydation aurait été produit par les premières bactéries phototrophes, apparues il y a environ 3,7 milliards d'années.

Niels leva les mains en signe de renoncement. Hannah réfléchit un instant.

— OK. Laissons tomber l'explication et passons à la conclusion. La conclusion partielle, en tout cas : les continents sont une conséquence de l'apparition de la vie sur terre.

— Est-ce une conclusion ?

— Disons plutôt que ce sera notre point de départ. Regardez.

Niels l'observa, tandis qu'elle accolait les continents les uns aux autres. Les jeunes à la table voisine avaient désormais renoncé à dissimuler leur curiosité.

— À une époque, les continents ne formaient qu'un seul bloc, situé autour du pôle Sud. Ils étaient disposés à peu près de cette manière. Attendez, je vais vous les dessiner.

Elle sortit un feutre noir de son sac et entreprit de représenter les continents sur le melon.

— Voilà comment ils étaient répartis.

Niels la regarda faire. Depuis leur première rencontre, elle avait toujours eu un comportement nerveux, perceptible rien que dans sa démarche. Mais, à cet instant, elle lui parut tout à fait détendue.

— Voilà, en gros, à quoi ressemblait la terre il y a environ un milliard d'années, s'exclama-t-elle en brandissant le melon.

— À l'époque où tous les continents étaient réunis ? demanda Niels.

— Oui. Cette théorie est totalement admise de nos jours. Cependant, cela fait moins d'un siècle qu'elle a été émise par un astronome allemand. Et il aura encore fallu attendre quelques années avant qu'on le croie.

Niels avait le regard rivé sur le melon.

— Partons vers un monde nouveau, proposa-t-elle en le fixant droit dans les yeux. Partons quelques instants à la découverte d'un monde appelé Rodinia.

55.

Niels avait retiré sa veste. Le café avait commencé à se remplir d'étudiants affamés en quête d'un petit déjeuner.

— Le nom Rodinia vient du russe et signifie « terre mère ». Or c'est exactement ce qu'était le supercontinent Rodinia : la mère de toutes les terres.

— D'accord, acquiesça Niels.

— C'est avec la dislocation de Rodinia que la vie a commencé à se répandre. Les périodes qui ont suivi sont appelées l'Édiacarien, le Cambrien et la Pangée. Il y en a encore d'autres, mais je ne suis pas géologue.

— Pourquoi est-ce que vous me parlez des continents et de…

— Rodinia.

— Bref. Quel est le rapport avec nos meurtres ?

Hannah réfléchit quelques instants en mangeant du bout des lèvres.

— Je savais que le système concernait les êtres humains, la vie. D'après le mythe, les trente-six sont chargés de veiller sur l'humanité. Or l'humanité habite sur la terre et non dans l'eau. C'est la raison pour laquelle j'ai écarté les océans. Et c'est à ce moment-là – rien qu'en reproduisant grossièrement Rodinia – que la solution m'a sauté aux yeux.

Elle souleva le melon.

Niels remarqua que les jeunes d'à côté s'étaient arrêtés de manger pour écouter Hannah, comme s'ils avaient assisté à un cours magistral dans un amphithéâtre.

— Puis, en observant l'ensemble des points, je me suis rendu compte qu'ils formaient un motif. J'ai alors comparé celui-ci avec les dates des meurtres. Enfin, j'ai suivi l'ordre des points en attribuant à chacun un numéro. Le dix-septième meurtre a été commis à Pékin, le quatorzième au Cap.

— À Khayelitsha, en Afrique du Sud.

— Exact. Le dix-septième à La Mecque. Le quinzième à Thunder Bay.

— Sarah Johnsson.

— Tout à fait. Je vais vous faire un croquis.

Elle débarrassa leurs verres et leurs assiettes et les posa sur la table voisine, où la jeune femme lui avait fait de la place. Puis elle traça un grand cercle sur la nappe.

— Voilà la Terre. Et les continents, tels qu'ils étaient disposés à l'époque, autour du pôle Sud. Quant aux endroits où les crimes ont été commis – les points –, ils sont répartis en gros de cette manière. (Elle reporta les trente-six points sur le croquis à une vitesse impressionnante.) Pour finir, je note auprès de chacun d'entre eux le numéro qui correspond à leur place dans la liste. Vous voyez, maintenant ?

Niels se pencha pour regarder.

— Vous voyez ? Les numéros forment des cercles, ou des couches.

— Peut-être.

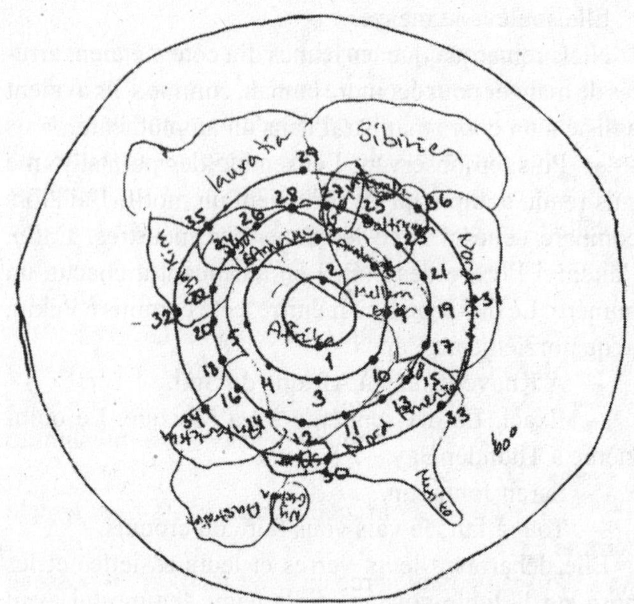

— Et ils passent alternativement d'une moitié à l'autre de chaque cercle.

Niels se garda de tout commentaire. En apercevant le paquet de cigarettes dans son sac, il fut soudain pris d'une violente envie de lui demander si elle voulait sortir en griller une avec lui.

— J'ai calculé que les cercles, ou les couches, étaient situés sur les douzième, vingt-quatrième, trente-sixième et quarante-huitième parallèles. Mais j'ai fait une découverte encore plus déterminante.

— Ah oui ? Laquelle ?

— Le système que vous avez sous les yeux possède la forme d'un atome. Et pas n'importe lequel. L'atome numéro trente-six.

— Trente-six comme…

— Comme dans le mythe. Peut-être s'agit-il d'un hasard, mais rien ne le prouve. L'Institut Niels Bohr a d'ailleurs joué un rôle prépondérant dans la classification des corps simples. Une chose est certaine, en tout cas : ce système est bâti exactement sur le même modèle – et jusque dans ses moindres détails – que l'atome numéro trente-six. Le krypton.

— La kryptonite ? s'exclama Niels en souriant. Superman aurait-il quelque chose à voir là-dedans ?

— Malheureusement, non. Superman n'a rien à voir avec ce système. Le krypton fait partie du groupe des gaz nobles. Son nom vient du grec *kryptos*, qui signifie « caché ».

— « Caché » ? Pour quelle raison l'a-t-on appelé comme ça ?

— Probablement parce qu'il est incolore. Il possède toutefois la particularité de s'illuminer en formant de spectaculaires raies spectrales vertes ou orange quand on lui injecte de l'électricité. En d'autres termes, on peut l'activer de manière à ce qu'il produise de la lumière. On l'utilise aussi pour définir la longueur d'un mètre grâce à ce qu'on appelle l'isotope krypton-86.

— Y a-t-il quelque chose dans ce monde que vous ne connaissiez pas ? demanda Niels, sans parvenir à réprimer un rire.

— Le krypton est un atome noble. Ce qui signifie qu'il fait partie des rares atomes aboutis. Il est parfaitement équilibré et n'a pas besoin de se mélanger à d'autres. Et puis on ne peut pas dire que l'air soit saturé de krypton puisque l'atmosphère n'est composée qu'à 0,0001 pour cent de ce gaz…

Elle coupa net le fil de son explication.

— Le mythe des trente-six Justes. Vous allez peut-être trouver que je surinterprète ? Mais j'ai l'impression qu'il y a un lien.

« Parfaitement équilibré », « le caché », « abouti », elle parlait tellement vite qu'il ne parvenait pas à tout saisir.

— Niels, rien que le nombre trente-six est une merveille en soi. Trois plus six font neuf. Et si on multiplie trente-six avec un autre nombre, la somme des chiffres qui composent le produit est toujours égale à neuf. Trente-six fois douze, par exemple, font quatre cent trente-deux. Quatre plus trois plus deux égale neuf. Trente-six fois sept font deux cent cinquante-deux. Essayez vous-même. Et lorsque les chiffres obtenus sont trop grands, il suffit de diviser par deux.

— Hannah… il faut vraiment m'excuser, mais… qu'est-ce que vous voulez de dire ? Venez-en au fait.

Elle le regarda d'un air hésitant. Peut-être était-elle en train de réfléchir à une combinaison de termes simples qu'il serait susceptible de comprendre.

— En clair : les endroits de la planète où ont été commis les meurtres ont été fixés des milliards d'années avant l'apparition du premier être humain. Comme vous le savez, j'ai réussi à deviner où, en Afrique du Sud, cet avocat était mort en suivant ce système. Un système établi de manière précise sur les continents tels qu'ils étaient au commencement. (Elle désigna du doigt le dessin sur la nappe.) Et j'affirme que, s'il fonctionne bien comme je le pense, on est en mesure d'en déduire l'endroit exact où ont été commis tous les meurtres. Ainsi qu'où et quand les deux derniers auront lieu.

— C'est vrai ? murmura Niels, avant de répéter, plus fort : C'est vrai ?

— J'ai rédigé un petit récapitulatif. Regardez, suggéra-t-elle en lui tendant une feuille de papier.

Niels déplia le document.

1. Oldupai George (Tanzanie) – vendredi 24 avril 2009 (Chama Kiwete)

2. Santiago (Chili) – vendredi 1er mai 2009 (Victor Huelva)

3. Bangui (République Centrafricaine) – vendredi 8 mai 2009

4. Monrovia (Liberia) – vendredi 15 mai 2009

5. Dakar (Sénégal) – vendredi 22 mai 2009

6. Cuzco (Pérou) – vendredi 29 mai 2009 (Maria Saywa)

7. Rio de Janeiro (Brésil) – vendredi 5 juin 2009 (Amanda Guerreiro)

8. Samarkand (Ouzbékistan) – vendredi 12 juin 2009

9. La Mecque (Arabie Saoudite) – vendredi 19 juin 2009

10. Tel-Aviv (Israël) – vendredi 26 juin 2009 (Ludvig Goldberg)

11. Nairobi (Kenya) – vendredi 3 juillet 2009 (Nancy Muttendango)

12. Johannesburg (Afrique du Sud) – vendredi 10 juillet 2009 (Helen Lutuli)

13. Chicago (États-Unis) – vendredi 17 juillet 2009 (Andrew Hitchens)

14. Le Cap (Afrique du Sud) – vendredi 24 juillet 2009 (Joris Mathijsen)

15. Thunder Bay (Canada) – vendredi 31 juillet 2009 (Sarah Johnsson)

16. McMurdo (Antarctique) – vendredi 7 août 2009 (Jonathan Miller)

17. Pékin (Chine) – vendredi 14 août 2009 (Ling Cedong)

18. Bangalore (Inde) – vendredi 21 août 2009

19. Babylone (Irak) – vendredi 28 août 2009 (Samia al-Assadi)

20. Madras (Inde) – vendredi 4 septembre 2009

21. Katmandou (Népal) – vendredi 11 septembre 2009

22. Hanoï (Vietnam) – vendredi 18 septembre 2009 (Truong Tho)

23. Kaliningrad (Russie) – vendredi 25 septembre 2009 (Masha Lionov)

24. Caracas (Venezuela) – vendredi 2 octobre 2009

25. Helsinki (Finlande) – vendredi 9 octobre 2009

26. Belém (Brésil) – vendredi 16 octobre 2009 (Jorge Almeida)

27. Nuuk (Groenland) – vendredi 23 octobre 2009

28. Athènes (Grèce) – vendredi 30 octobre 2009

29. Paris (France) – vendredi 6 novembre 2009 (Maurice Deleuze)

30. Seattle (États-Unis) – vendredi 13 novembre 2009 (Amy Aniston)

31. Moscou (Russie) – vendredi 20 novembre 2009 (Vladimir Zjirkov)

32. Shanghai (Chine) – vendredi 27 novembre 2009

33. Washington (États-Unis) – vendredi 4 décembre 2009 (Russel Young)

34. Bombay (Inde) – vendredi 11 décembre 2009 (Raj Bairoliya)
35.
36.

Pendant que Niels étudiait attentivement la liste, l'homme à la table voisine se leva pour aller régler, tandis que la jeune femme tendait le cou pour tenter de voir ce qui était écrit. Hannah reprit sa leçon :

— On sait que la couche externe de l'atome 36 est symétrique. Ce qui signifie que, lorsqu'on a situé les numéros trente-trois et trente-quatre, ce que j'ai fait là… (Elle les lui montra du doigt.)… on est capable de placer exactement les numéros trente-cinq et trente-six.

— Et où se situent-ils ?

— Je pense que notre ami vénitien a en partie décodé ce système car la majorité des continents n'ont pas vraiment changé, ils se sont simplement déplacés. Ce qui explique pourquoi on retrouve parfois la même distance entre plusieurs des lieux où des meurtres ont été commis. Aussi, je pense que c'est pour cette raison qu'il a envoyé un avertissement à…

— Hannah. Où ? l'interrompit Niels.

Elle retourna la feuille pour écrire dessus.

— Voilà. Le système est maintenant complet.

Niels lut :

35. Venise OU Copenhague – vendredi 18 décembre 2009
36. Venise OU Copenhague – vendredi 25 décembre 2009

Il fixa le papier. Peut-être l'avait-il toujours su ? Peut-être l'avait-il même pressenti dès le moment où l'affaire lui avait été confiée ? Il avait l'impression que tout son sang était en train de quitter sa tête et que son cœur s'était arrêté de battre.

— On connaît la date ainsi que l'endroit où auront lieu les deux derniers meurtres. Mais on ignore dans quel ordre.

— Donc, ce que vous dites, c'est que…

— Qu'aujourd'hui, au coucher du soleil, un meurtre sera commis soit à Venise, soit à Copenhague.

— Vous y croyez vraiment ?

— Si j'y crois ? Il ne s'agit plus de ce que je crois, Niels. Comment aurais-je pu deviner exactement où une victime avait été assassinée en Afrique du Sud ? Statistiquement, la probabilité qu'il s'agisse d'un hasard est…

Niels avait cessé de l'écouter. Son corps lui parut soudain lourd – comme si la force de la pesanteur venait tout à coup d'être multipliée par deux. Il regarda Hannah remuer ses lèvres fines, argumenter, expliquer, et se força à reprendre le fil de ses paroles.

— Ce que j'essaie de vous faire comprendre, Niels, c'est qu'il existe un système. Un système de… disons d'envergure divine qui nous dit que le prochain meurtre aura lieu ce soir au coucher du soleil à Venise ou à Copenhague.

— Mais où, à Copenhague ?

Hannah déchira un morceau de ce qui restait de la nappe et se mit à gribouiller des chiffres dessus. Au moment de partir, leur jeune voisine la salua d'un mouvement de tête admiratif sans que celle-ci la voie. Elle tendit le morceau de papier à Niels.

— Qu'est-ce que c'est ?

— La latitude et la longitude de l'endroit où aura lieu le crime de Copenhague. Soit aujourd'hui, soit vendredi prochain.

— Vous en êtes certaine, Hannah ?

— Vous ne devriez même pas me poser cette question, Niels. J'ai calculé ces coordonnées en me basant sur le système. Les mathématiques ne mentent jamais. Une nouvelle victime sera assassinée à Copenhague ce soir, au moment où le soleil se couchera, ou quelque part dans Venise.

— Mais où est-ce que ça se trouve ? demanda Niels en désignant les nombres sur le bout de nappe.

— Je viens de vous le dire. La latitude et la longitude sont notées sur le papier.

— Mais Hannah ! Où est-ce que ça se trouve ?

56.

Nørrebro, Copenhague

Niels sortit du café. La différence de luminosité entre l'intérieur et l'extérieur était à peine perceptible. Ils allaient bientôt vivre le jour le plus court et le plus sombre de l'année et ce n'étaient pas les vieux réverbères – avec leurs faibles lumières jaunes – qui allaient y changer quelque chose.

— Le soleil se couche tôt, en ce moment, constata Hannah. Dans quelques heures, il fera déjà nuit noire.

Elle se tenait derrière lui et rangeait sa monnaie dans sa bourse, après avoir posé le carton contenant les dossiers des affaires sur le trottoir. Niels se retourna.

— Vous savez à quelle heure il se couche, aujourd'hui ?

— À 16 heures et quelques. Pourquoi ?

— Pourquoi ?

Niels la regarda d'un air abasourdi. Il se demanda si, pour elle, tout cela n'était que pure théorie, ou encore une sorte de jeu de société.

— Hannah. Vous venez de dire que le meurtre allait avoir lieu au coucher du soleil, n'est-ce pas ?

— En effet. Exactement au moment où le soleil se couchera.

— Ce qui signifie que nous n'avons plus que quelques heures devant nous, si nous voulons trouver cet endroit. Ainsi que la personne qui doit être assassinée.

Hannah sembla enfin comprendre.

— Vous êtes en voiture ? s'enquit-il.

— Oui.

— Et vous êtes garée où ?

— La petite Audi. Là.

— Vous avez un GPS ?

— Oui. Il était fourni avec, mais je ne l'ai jamais utilisé. J'ignore même s'il fonctionne.

Niels monta en premier dans la voiture, puis Hannah s'installa à la place passager avec le carton dans les mains. L'esprit pratique avec lequel il appréhendait les choses lui était totalement inconnu, il le voyait bien. Elle avait rendu son devoir, terminé son cours magistral. Son univers était avant tout théorique. Une pensée lui traversa soudain l'esprit : venait-elle de flirter avec lui, dans le café ? Était-ce de cette façon que flirtait un génie comme Hannah ? En dessinant des atomes sur une nappe et en divaguant sur l'aspect qu'avait la Terre, il y a un milliard d'années ? Tout à coup, il comprit pourquoi sa vie avait été si compliquée.

— Écoutez-moi, Hannah. C'est vous qui avez dit qu'on pourrait peut-être empêcher ce meurtre, quand vous m'avez appelé.

— Oui, reconnut-elle, en acquiesçant d'un air déterminé.

— Je suis prêt. (Niels lui prit le carton des mains et le jeta sur la banquette arrière.) Occupez-vous du GPS. Est-ce qu'il peut naviguer d'après la latitude et la longitude ?

— Peut-être.

Niels tourna la clé dans le contact et la petite voiture démarra sans un bruit. Hannah saisit le GPS et attendit ses instructions. On n'est pas arrivés, se dit-il en déboîtant sans regarder, obligeant un camion à faire un écart pour les éviter.

Jagtvej. Encore un de ces noms de rues synonymes, pour les policiers de Copenhague, de grabuge et d'émeutes de jeunes. Ces tensions qui, autrefois, pouvaient se répandre comme une traînée de poudre, pousser tous les mécontents à la révolte et renverser des rois ou des gouvernements. Mais ce n'était plus le cas. Le temps des révolutions était désormais révolu. Pour que la monarchie absolue soit abolie, il aura suffi que moins de dix mille personnes marchent paisiblement jusqu'au château royal. De nos jours, tous ces gens qui manifestaient dans Copenhague contre les changements climatiques ne pouvaient guère espérer obtenir plus qu'un vilain rhume. À la radio, un commentateur estima à plus de cent mille le nombre de personnes réunies lors de *happenings* ou de manifestations dans les rues de la capitale.

Niels secoua la tête. Un million de citoyens dans les rues de Londres n'étaient pas parvenus à dissuader Tony Blair d'envoyer des troupes britanniques en Irak.

Comment cent mille activistes écologistes allaient-ils réussir à faire baisser la température de la planète ?

— Il fonctionne ? (Niels regarda Hannah appuyer maladroitement sur l'écran tactile du GPS.) C'est difficile ?

Elle se tourna vers lui, visiblement contrariée.

— Niels ! À quatre ans, j'étais capable de résoudre des équations du second degré, ce qui a convaincu mon professeur de mathématiques de m'emmener à l'Institut Niels Bohr où les tests qu'on m'a fait passer ont révélé que j'avais un QI d'environ cent cinquante.

— C'était juste une question.

Silence. Elle avait les yeux rivés sur l'écran.

— Ça y est. Il est prêt. 55.413. Nous allons vers le sud.

— Le sud ?

— Le sud-ouest, plus précisément.

Comme toujours dans Jagtvej, la circulation était aussi figée que sur une photo. Autrefois réservée à l'usage exclusif de la cour, qui l'empruntait pour se rendre à la chasse, la rue était devenue très populaire dès son ouverture à la plèbe. Dans une capitale dont le plan était pour le moins chaotique, Jagtvej était une véritable bénédiction : une ligne droite ininterrompue s'étirant d'un bout à l'autre de la ville, du port nord jusqu'à Carlsberg. Niels, qui empruntait cette rue tous les jours, la détestait. Sans compter que la fréquenter était nocif pour la santé. Un peu partout, tout du long, des appareils modernes avaient été installés pour mesurer le niveau de pollution émis par les moteurs de voitures contre lesquelles les activistes manifestaient au même moment. L'air y était à peu près aussi malsain que celui de Mexico et, s'ils avaient été au Japon, les passants auraient certainement porté des masques. Mais ils n'étaient ni à Tokyo ni à Osaka. Ils étaient à Copenhague. Et ici, on ne se tracassait guère pour la qualité de l'air qu'on respirait. Niels alluma une cigarette.

— Est-ce que je peux fumer dans la voiture ? demanda-t-il.

— Il semblerait que oui.

— Je peux encore la jeter.

— Allez-y, fumez. Et donnez-m'en une.

Niels klaxonna.

— On ne progressera jamais, maugréa-t-il.

— Non.

Lorsqu'il tenta de s'engager sur l'autre voie, un idiot en costume au volant d'une grosse BMW s'empressa d'avancer pour l'empêcher de passer, l'obligeant à plaquer son insigne de police contre la vitre de la portière.

— Abruti !

— Cette rue n'est pas en sens unique ? remarqua Hannah au moment où, la BMW ayant reculé, ils s'engouffrèrent dans une rue latérale.

— Tenez. Prenez mon téléphone.

— Pourquoi ?

— Vous avez bien dit qu'il y avait deux endroits où le meurtre pouvait être commis ?

— Oui. Ici et à Venise.

— Appelez Tommaso. C'est quoi déjà son nom de famille ?

— Di Barbara.

— Dites-lui que… Non, donnez-lui les coordonnées GPS. Racontez-lui ce que vous avez découvert.

Hannah prit le téléphone à contrecœur. L'appel était déjà en cours. Elle écouta.

— Il est sur répondeur.

— Laissez-lui un message.

— Qu'est-ce que je dois lui dire ?

Niels lui jeta un regard exaspéré. Cette femme qui, quelques instants plus tôt, avait été une véritable tornade, débordante d'idées, d'hypothèses et de classe, n'était plus qu'une amatrice balbutiante, une touriste de passage dans le monde réel qui n'allait pas tarder à courir se réfugier dans la forteresse de théorie et de chagrin qu'était devenue sa maison de campagne.

— Dites-lui que vous avez découvert qu'un meurtre allait être commis soit à Venise, soit à Copenhague, au coucher du soleil.

Hannah s'adressa au répondeur.

— *Bonjour, Di Barbara*[1].

Son français poussiéreux était à l'image de la conduite de Niels dans la rue en sens interdit : approximatif et hésitant. Niels se lança dans une manœuvre peu élégante afin de contourner un camion de poubelles, ce qui provoqua aussitôt la fureur d'un cycliste qui agrippa une poignée de portière. Hannah fit un bond. À Copenhague, c'était cyclistes contre automobilistes, certains passant d'un rôle à l'autre avec la plus grande facilité.

— Dites-lui que vous allez lui communiquer la latitude et la longitude par SMS. Comme ça, il pourra trouver l'endroit avec un GPS.

1. En français dans le texte.

Hannah reprit en français.

Niels l'écouta. Même s'il lui arrivait parfois de s'interrompre en plein milieu d'une phrase, jamais le français ne lui avait semblé aussi beau que lorsqu'il sortait de sa bouche.

57.

Venise

Le bruit du hors-bord du bateau qui fendait l'eau trouble couvrit la sonnerie du téléphone. Tommaso venait pourtant de récupérer son moteur Yamaha, en réparation depuis le mois d'octobre, et en savourait désormais le doux ronflement harmonieux. Un rayon de soleil furtif vint frapper la surface de la lagune, laissant présager des temps meilleurs. Tommaso observa le basset, visiblement peu à son aise sur l'eau, qui était allongé à la proue, sur un tas de cordes pourries. C'était le chien de sa mère qu'il s'apprêtait à déposer dans un pensionnat canin.

— T'as le mal de mer ? lui cria-t-il en esquissant un sourire.

L'animal lui adressa un regard chagriné, comme s'il savait quel sort Tommaso lui réservait.

L'île était maintenant en vue. L'île du Lazaret, que certains appelaient Santa Maria di Nazareth. Autrefois, celle-ci avait abrité les malades de la peste. Il y a quatre cents ans, à l'époque où ce fléau ravageait le continent, les voyageurs qui arrivaient au fond de l'Adriatique devaient passer quarante jours sur l'île. C'était de là que venait le terme de quarantaine. Quarante jours pour prouver que leur peau ne se couvrait pas de bulbes. Quarante jours, également, à se demander si cette île n'allait pas être leur tombeau. Peut-être était-ce l'évocation de la peste qui amena Tommaso à penser à cette grippe dont les symptômes s'étaient encore aggravés, ces derniers jours.

— La grippe porcine, murmura-t-il en ralentissant.

Il avait un peu de mal à respirer. Il ferma les yeux et profita du soleil un instant. S'il avait encore été en fonction, il aurait dû se rendre à la gare avec ses collègues. L'arrivée en ville du groupe de politiciens et du ministre de la Justice était un grand événement. C'était la raison pour laquelle le commissaire Morante avait souhaité que tous ses hommes soient présents. Mais, Tommaso n'avait pas été convié et il n'en était pas mécontent.

Les bâtiments qui donnaient sur la lagune étaient bancals. Le sol meuble, dans les profondeurs de l'île, avait disloqué leurs fondations, si bien que les maisons menaçaient de se faire la belle. Sous les barreaux métalliques des fenêtres, la rouille avait dessiné de grands traits le long des murs de brique. Après la peste, l'île avait aussi servi de prison pour malades mentaux, mais elle était désormais reconvertie en pensionnat pour chiens. Toutes les bêtes abandonnées du continent et des îles étaient amenées là. Beaucoup étaient piquées, les autres attendaient un nouveau propriétaire.

Tommaso coupa le moteur quelques mètres avant d'aborder le ponton. C'est à ce moment-là. C'est seulement alors qu'il entendit son téléphone. Il avait dix appels en absence, dont un en provenance du Danemark. De Niels Bentzon. Cette fois, l'appel venait de l'hôpital, ce qui était plutôt mauvais signe.

58.

Copenhague

« *Save the planet. Apocalypse if we don't act now. We demand action.* »

Niels et Hannah, assis dans leur voiture, regardaient passer le cortège des manifestants. Certains dansaient, tandis que d'autres écumaient de rage face à l'injustice de notre monde.

— C'est encore loin ? demanda Niels.

— Ça dépend du mode de transport.

— Combien reste-t-il de dixièmes en latitude et en longitude ?

— Combien de dixièmes ? s'exclama-t-elle en souriant. Les degrés sont fractionnés en minutes – c'est-à-dire en soixantièmes – et en secondes. Donc, combien de secondes de degrés ? Ça dépend de…

— Hannah ! Combien ? la coupa Niels.

— Environ deux mille cinq cents mètres.

Niels monta sur le trottoir avec la voiture, tira le frein à main et arracha le GPS de son support.

— Qu'est-ce que vous faites ?

— On va marcher.

De loin, la manifestation avait presque un côté esthétique : l'image diffusée des centaines de fois d'une marée humaine déferlant au gré des rues. Mais, vue de l'intérieur, elle montrait un visage totalement différent et Niels dut tenir Hannah par le bras pour ne pas la perdre lorsqu'ils se faufilèrent à travers la foule. Au cœur de l'action, les énergies étaient exacerbées et chaotiques. Il flottait dans l'air une odeur d'alcool. Niels croisa le regard d'une femme avec un piercing et remarqua aussitôt ses pupilles dilatées et ses yeux inexpressifs. Elle n'avait rien à craindre. Étant donné son état, elle ne sentirait pas les coups de matraque des policiers. Voilà ce que l'on oubliait de dire aux gens quand ils voyaient ces images à la télévision : ces jeunes étaient très souvent sous l'emprise de l'alcool ou de stupéfiants, si bien que deux, voire trois agents étaient nécessaires pour maîtriser un opposant en colère complètement anesthésié par un cocktail bizarre de Guldøl[1] et de drogues de synthèse. Cela les rendait tout simplement insensibles à la douleur.

Où Hannah était-elle passée ? Alors que, quelques instants plus tôt, il la tenait encore par le bras, elle avait totalement disparu. Niels regarda autour de lui. Les vêtements des manifestants étaient aussi noirs que le Jugement dernier. Un tambour tentait de battre la cadence. Soudain, il l'aperçut. Elle avait l'air effrayé. Un clochard ivre, qui avait au moins une dizaine d'années de trop pour participer à cette manifestation, avait passé son bras autour de sa taille et s'était mis en tête de la faire danser, comme s'ils avaient été au carnaval.

1. Bière blonde danoise.

— Niels !

Il fit demi-tour et joua des coudes au milieu de la foule pour la rejoindre.

— Hé ! l'apostropha l'un des jeunes en l'agrippant par la manche de sa veste. Je te connais, toi. T'es un flic ! Sale porc de flic ! hurla-t-il.

Il s'apprêtait à crier de plus belle quand Niels l'écarta. Le garçon perdit l'équilibre et s'étala sur le sol comme la rosée estivale : en douceur et discrètement. Assez discrètement, en tout cas, pour permettre à Niels d'atteindre Hannah avant que d'autres ne le remarquent. Il lui prit la main. Malgré le froid, elle était chaude.

— Tout va bien ?

— Je veux m'en aller.

— Je vais vous sortir de là, dit Niels en se retournant.

Le jeune s'était relevé et le cherchait du regard. Ils entendirent ses insultes se noyer dans le vacarme du tambour :

— Sale flic ! Sale flic !

Copenhague était désormais une ville en colère dont la population n'hésitait plus à utiliser le mur jaune du cimetière de l'Assistance pour exprimer ses frustrations par écrit. « *Fuck* » était manifestement le mot qui décrivait le mieux l'état de crise existentielle de la capitale. « Tu as marqué la terre de ton empreinte », pouvait-on lire au-dessus de l'entrée du cimetière, écrit avec de sympathiques néons rouges. Peut-être s'agissait-il encore d'un message à propos du climat, ou tout simplement de la vérité du fossoyeur : nous laissons tous notre empreinte dès lors que nous nous faisons enterrer.

Une fois entrés, ils s'arrêtèrent un instant afin de reprendre leur souffle.

— On va couper par là, d'accord ? proposa Niels.

Hannah contempla le cimetière, puis se retourna vers la manifestation, comme si elle envisageait de faire demi-tour.

— C'est toujours plus court à vol d'oiseau. Quelque chose ne va pas ? demanda Niels.

— Si, si. Tout va bien.

Il eut envie de reprendre cette main qui s'était si bien emboîtée dans la sienne.

— Qu'indique le GPS ?

Elle le sortit de sa poche.

— Batterie faible.

— Alors, venez.

Quand Niels effleura son épaule avec sa main, elle sursauta. Comme si elle avait souhaité qu'il la réconforte, qu'il la prenne dans ses bras. Une pensée lui vint à l'esprit, malheureusement trop tard : est-ce ici que son fils est enterré ?

Quelques années auparavant, Kathrine était parvenue à l'entraîner ici pour une visite en nocturne. On leur avait distribué des torches, après quoi ils avaient marché en groupe de tombe en tombe, pendant que deux pasteurs, un homme et une femme, leur contaient à tour de rôle l'histoire du cimetière. Il se souvenait qu'ils avaient parlé de la « suette anglaise », ce virus au nom bizarre qui avait causé la mort de milliers d'habitants de Copenhague. Tellement que l'on avait dû en construire un nouveau. Depuis lors, tous les personnages connus étaient enterrés ici.

— Qu'est-ce qu'il indique ?

— Tout droit, répondit Hannah, visiblement mal à l'aise.

La neige avait rendu le cimetière monochrome et seules quelques pierres tombales sombres avaient transpercé son manteau, ici et là. On aurait dit un échiquier géant. Les tombes aux dimensions modestes étaient celles des paysans et autres défunts anonymes dont la mousse, le vent et les intempéries s'étaient chargés d'effacer les noms depuis bien longtemps. Au-dessus d'eux régnaient les rois : Hans Christian Andersen, Søren Kierkegaard et Niels Bohr, flanqués de cavaliers et de tours tels des acteurs ou des fonctionnaires célèbres en leur temps mais aujourd'hui oubliés. Enfin venaient ceux qui avaient accédé à l'immortalité grâce à leur sortie morbide. Comme, par exemple, cette jeune veuve que l'on avait enterrée vivante, voilà un siècle. Niels se souvenait encore de l'histoire que leur avait racontée la femme pasteur. En ce temps-là, les fossoyeurs travaillaient au clair de lune. Ils enterraient les gens le jour et pillaient leurs tombes la nuit. Lorsqu'ils avaient ouvert le cercueil de la veuve, celle-ci avait ouvert les yeux et s'était écriée : « Sortez-moi de cet endroit terrifiant ! » L'un des fossoyeurs lui avait alors assené un coup de pelle sur le front, puis avait refermé la tombe après l'avoir dépouillée de ses bijoux. Ce n'était que bien des années plus tard que, sur son lit de mort, il avait avoué son crime. Lorsque l'on avait déterré la veuve, à une époque récente, on avait constaté que son corps reposait dans une posture tourmentée et qu'il ne portait plus aucun bijou.

Depuis, sa tombe était tout autant visitée que celle de Hans Christian Andersen.

Quand ils sortirent du cimetière, Hannah sembla soudain soulagée de se retrouver à nouveau dans la rue. Ils traversèrent Nørrebrogade, puis, en remontant Møllegade, passèrent devant la Maison de la Littérature et le cimetière de la Mosaïque. La neige craquait sous leurs pieds et le froid était mordant. Ils marchèrent en silence. Tout à coup, Hannah regarda le GPS et s'arrêta net.

— C'est ici !

— Ici ? s'étonna Niels en regardant autour de lui.

À quoi s'était-il attendu ? En tout cas pas de vieux logements sociaux crasseux. Face à eux, deux landaus et une remorque de vélo se disputaient le trottoir.

— Vous en êtes sûre ?

Elle consulta le GPS d'un air hésitant.

— Presque, répondit-elle sans conviction. Il n'y a plus de batterie. Elle est déchargée.

— Mais c'était ici ?

— Oui. Ou, en tout cas, dans un rayon de quelques mètres.

Niels arpenta le trottoir dans un sens puis dans l'autre. L'immeuble était le seul bâtiment encore debout des deux côtés de la rue. Il y avait également un terrain de jeu abandonné.

— Je ne sais pas.

Hannah, submergée par le doute, tournait en rond.

— Qu'est-ce que vous ne savez pas ?

— La marge d'erreur peut être d'une centaine de mètres. Si j'avais disposé d'un peu plus de temps.

— Ça ne peut pas être ici.

— Qu'est-ce que vous vous attendiez à trouver ? lui demanda-t-elle.

Niels secoua la tête.

— Je n'en sais rien. Un fanatique religieux, peut-être. Supposons que votre système soit exact. Qui donc pourrait élaborer un truc pareil ?

— Pourquoi n'essayez-vous pas plutôt de trouver la victime ?

Il haussa les épaules.

— Parce que ça pourrait être n'importe qui. Une personne quelconque qui passe là par hasard.

Il parcourut du regard la liste des habitants, dans l'entrée du bâtiment.

— Réfléchissez, Niels. Enfin, réfléchissez à la précision des mathématiques.

Cette simple pensée la fit sourire.

— Où voulez-vous en venir ?

— Appelons cela un phénomène, proposa-t-elle.

— Un phénomène ?

Niels était incapable de partager l'enthousiasme de Hannah pour la théorie. Il décida plutôt de passer un coup de fil à Casper.

— Casper ? Niels Bentzon. J'ai une liste de noms que je voudrais que tu vérifies.

Puis il commença à lire les noms des habitants. Carl Petersen, deuxième étage sur la gauche[1]. Lisa O. Jensen,

1. Dans les logements collectifs danois, le facteur se déplaçant généralement jusqu'à chaque appartement pour délivrer son

deuxième à gauche. Soudain, la porte s'ouvrit. Niels fit un pas en arrière et un vieil homme à l'air bougon apparut.

— Que faites-vous ?

— Police de Copenhague. Circulez ! répondit Niels sans même prendre la peine de sortir son insigne.

Le vieillard s'apprêtait à ouvrir la bouche, mais il lui coupa la parole :

— Non, vous n'avez aucune raison de vous inquiéter.

L'homme passa son chemin et disparut au bout de la rue, non sans s'être auparavant retourné cinq ou six fois. Entre-temps, Casper avait procédé à ses vérifications.

— Je crois que j'ai trouvé celui que tu cherches, annonça-t-il.

— Qui ?

— Carl Petersen, deuxième étage sur la gauche.

— Ah oui ? Qu'est-ce que tu as sur lui ?

— En 1972, il a violé et étranglé une fille avant de l'enterrer près du lac de Damhus. Libéré en 1993. Né en 1951.

---

courrier, les informations telles que l'étage et le côté à prendre en sortant de l'ascenseur ou des escaliers sont toujours précisées sur l'adresse.

59.

Ospedale Fatebenefratelli, Venise

Tommaso attacha le basset en même temps qu'il amarra son embarcation juste derrière l'ambulance dont le doux clapotis résonnait dans le hangar à bateaux de l'hospice. Le chien aboya et remua la queue, manifestement satisfait de se trouver à nouveau à distance respectable du pensionnat. Tommaso sauta sur les dalles en marbre glissantes et s'élança au pas de course. Comme si cela avait pu faire une différence. Sa mère était morte. Il avait appris la nouvelle au moment même où il accostait sur l'île du Lazaret. Il s'était préparé à cette idée pendant des mois, ce qui ne l'empêcha pas d'avoir mauvaise conscience : il aurait dû être à ses côtés.

En arrivant dans la chambre, il y trouva le plus âgé des moines. Assis non pas près du lit, mais près de la fenêtre, penché en avant et manipulant son chapelet. L'homme leva les yeux et lui lança un regard dans lequel Tommaso crut déceler une pointe de reproche. Il n'avait jamais apprécié ce moine qui ne possédait ni l'indulgence ni la bonté de sœur Magdalena.

— Je suis content que vous soyez venu, dit l'homme.

Tommaso contourna le lit. Sa mère était semblable à elle-même.

— Quand ?

— Il y a environ une heure.

— Était-elle seule ?

— Sœur Magdalena venait de lui rendre visite avant de rentrer chez elle. Quand nous sommes repassés, un peu plus tard…

Il s'interrompit. Tout avait été dit. Mme Barbara était morte seule.

Les larmes surgirent à l'improviste. Tommaso s'était imaginé que ce moment constituerait une délivrance. Mais ce ne fut pas le cas. Il sanglota quelques instants en silence, puis haleta et laissa ses poumons se procurer la force d'exprimer bruyamment sa souffrance. Le moine vint se placer derrière lui et posa une main sur son épaule droite. Ce geste le réconforta. À ce moment précis, c'était exactement ce dont il avait besoin.

— J'aurais voulu être là, parvint-il à bredouiller.

— Elle s'en est allée paisiblement dans son sommeil. C'est la meilleure des morts.

La meilleure des morts. L'esprit confus de Tommaso essayait de trouver un sens à ces paroles.

— La meilleure des morts, répéta le moine.

— Oui.

Tommaso saisit la main de sa mère. Elle était froide. Les petites phalanges qui avaient travaillé si dur sa vie durant étaient recroquevillées les unes contre les autres. Soudain, une pièce tomba de son poing serré sur le couvre-pied. Dix cents. Tommaso adressa un regard surpris au moine. Puis il retourna la main de sa mère et déplia ses doigts avec délicatesse. Il y avait deux autres pièces : une de cinquante et une de vingt cents.

— Pourquoi a-t-elle de la monnaie dans la main ?

Le moine haussa les épaules.

— Je poserai la question à sœur Magdalena. Nous avons tenté de la joindre par téléphone. Je suis certain que nous n'allons pas tarder à avoir de ses nouvelles.

Tommaso s'assit un instant et contempla la monnaie. C'était comme si la découverte inattendue de ces trois petites pièces mystérieuses avait allégé sa peine. Pourquoi donc sa mère tenait-elle quatre-vingt cents ? Tommaso glissa l'argent dans sa poche et reposa la main de sa mère sur le lit, la paume tournée vers le haut, exactement comme l'autre.

60.

Nørrebro, Copenhague

Une fois devant la porte, Niels releva le col de Hannah.

— Ai-je l'air d'une policière, maintenant ? demanda-t-elle.

— Laissez-moi poser les questions, répondit-il en souriant.

Il frappa. Carl Petersen n'avait pas écrit son nom sur une étiquette, mais directement sur la peinture de la porte, à l'aide d'un feutre. Ils entendaient du bruit à l'intérieur, mais personne ne vint leur ouvrir. Niels déboutonna sa veste afin d'avoir plus facilement accès à son pistolet.

— Police de Copenhague. Ouvrez !

Cette fois, il frappa plus fort. Hannah semblait maintenant apeurée. Il n'aurait jamais dû la faire monter avec elle. Il venait de commettre une grave faute professionnelle. Au moment où il allait lui conseiller d'aller l'attendre en bas des escaliers, la porte s'ouvrit sur un homme négligé aux yeux injectés de sang.

— Carl Petersen ?

— Qu'est-ce que j'ai encore fait ?

Niels lui présenta son insigne que Carl étudia avec attention. La photographie ne datait pas d'hier.

— Pouvons-nous entrer un instant ?

Carl jeta un regard par-dessus son épaule. Peut-être afin de faire une dernière estimation de sa misère avant de laisser entrer des étrangers. Il haussa les épaules et ouvrit la porte en grand.

— Dépêchez-vous, sinon les oiseaux vont s'enfuir.

La puanteur qui régnait dans l'appartement était insupportable. C'était un mélange de nourriture, d'urine d'animaux et de poubelles. Il y avait une cuisine et deux pièces minuscules qui, pour une raison obscure, étaient équipées chacune d'un lit double bien trop volumineux pour elles.

— Vous vivez seul ?

— Qui pourrait bien avoir envie de vivre avec un putain de violeur comme moi ?

Hannah considéra Carl d'un air surpris.

— Pourquoi faites-vous semblant d'être étonnée ? C'est bien pour ça que vous êtes là ? Vous venez me voir chaque fois qu'une femme se fait violer dans les parages et que vous n'avez aucune piste. C'est qui, cette fois ?

Niels l'ignora et se dirigea vers la cuisine, poursuivi par les questions de Carl.

— Dites-moi qui j'ai violé ! Allez, dites ! J'ai payé ma dette, bordel !

Des coupures de presse étaient accrochées sur le frigo. Principalement des articles xénophobes tirés des journaux gratuits : « Vingt mille ouvriers polonais au Danemark. » « Les élèves issus de l'immigration moins bons que les Danois. » « Une musulmane sur deux ne travaille pas. » Et, en plein milieu, une carte postale avec la photo d'une Pia Kjærsgaard[1] tout sourires, avec ce slogan : « Nous avons besoin de votre voix. » Niels se tourna vers Carl. La haine était devenue une marchandise. On pouvait vendre sa haine et obtenir quelque chose en échange. Carl avait droit à un peu d'aide à domicile et à un repas bon marché chaque jour. En contrepartie, il avait monnayé sa haine, ou plus probablement sa haine de soi-même, à la femme qui trônait sur son frigo. Désormais, elle en disposait à sa guise.

— Qu'est-ce que tu me veux ? (La voix de Carl fut submergée par une quinte de toux.) Bronchite, parvint-il à murmurer avant que la vague suivante ne torde ses poumons comme une serpillière.

Il cracha des glaires purulentes dans une coupe bleu roi. Est-ce que cela avait été un verre à champagne, à une époque ? se demanda Hannah avant de jeter un coup d'œil dedans. Elle aurait mieux fait de s'abstenir car elle fut aussitôt assaillie par la nausée. Elle se précipita vers la fenêtre et s'apprêta à l'ouvrir quand Carl cria :

— Non !

Il lui adressa un regard terrorisé.

— J'ai laissé sortir mes oiseaux, expliqua-t-il en désignant une cage vide.

Perchées sur une étagère remplie de verres, deux perruches observaient les mouvements de Carl. C'est à ce moment-là seulement qu'elle aperçut les fientes

1. Présidente et fondatrice du Parti du Peuple danois, le Dansk Folkeparti, principal parti d'extrême droite au Danemark.

d'oiseaux. Des petites taches blanches et grises, disséminées partout, pas plus grosses qu'une ancienne pièce de cinq øre[1].

— Vous avez l'intention de me dire pourquoi vous êtes là, oui ou merde ?

Hannah capta le regard de Niels. Il ne pouvait pas être leur homme. C'était impossible. Au même moment, ils entendirent un bruit d'hélicoptère tout proche et virent, par la fenêtre, un imposant Sikorsky raser les toits.

— Ces hélicoptères de merde. Ils décollent et atterrissent de jour comme de nuit, pesta Carl.

Niels et Hannah filèrent dans la cuisine pour suivre la course de l'appareil depuis la fenêtre orientée au sud-ouest. Il se préparait à atterrir. Dans la pièce d'à côté, Carl ne cessait de se plaindre :

— Il n'y a pas eu une seule nuit où je n'ai pas été réveillé par ces foutus hélicoptères depuis qu'ils ont construit cette maudite piste d'atterrissage sur le toit de l'hôpital.

Ils se dévisagèrent. Hannah finit par rompre le silence :

— Le Rigshospitalet.

1. Le Danemark, qui ne fait toujours pas partie de la zone euro, a conservé sa monnaie : la couronne, ou *krone*, dont l'øre constitue le centime.

61.

Ospedale Fatebenefratelli, Venise

Tommaso di Barbara s'adossa contre le mur. Le soleil avait de nouveau disparu derrière les nuages. Il était seul sur le balcon de l'hospice, mais d'autres fumeurs l'y avaient précédé. Posés sur une table blanche en plastique, deux cendriers décorés de motifs bibliques, dans lesquels baignaient des mégots, témoignaient des fortes précipitations du mois de décembre.

Ils étaient restés assis une demi-heure sans dire un mot. Puis le moine avait voulu faire une nouvelle tentative pour joindre sœur Magdalena. Tommaso s'était alors souvenu du chien, mais le religieux avait insisté pour passer voir lui-même si tout allait bien.

— Quand on a rencontré la mort, on a besoin de se retrouver un peu seul avec soi-même avant de retourner parmi les vivants, lui avait-il dit.

La famille. Tommaso devait-il les appeler maintenant ? Ses oncles et ses tantes. La sœur cadette de sa mère qui ne lui avait pas rendu visite une seule fois. En sortant son téléphone de sa poche, il remarqua qu'il avait reçu un message et s'apprêta à l'écouter.

— Je suis désolé pour votre mère, monsieur Barbara.

Tommaso sursauta, bien que la voix fût faible et voilée, comme si elle avait parcouru des milliers de kilomètres avant d'arriver jusqu'à lui. Pourtant, ce n'était pas le cas. M. Salvatore se tenait près de lui. Tommaso le connaissait vaguement. Il savait qu'il possédait quelques boutiques de souvenirs autour de la place Saint-Marc. Il était loin d'être aussi âgé que sa mère, mais tout aussi condamné.

— Votre mère. Je suis désolé.

Ses jambes nues couvertes de varices et de poils gris dépassaient sous sa robe de chambre.

— Merci.

— Puis-je vous demander une cigarette ?

Tommaso se dit que c'était une mauvaise idée, mais, après tout, le mal était déjà fait.

— Merci.

Tandis qu'ils fumaient en silence, Tommaso repensa à son projet : appeler la sœur de sa mère afin de lui annoncer la mauvaise nouvelle. Le message laissé par le Danois était toujours là. Il consulta sa messagerie.

— Il m'arrivait de parler avec votre mère, de temps à autre, monsieur Barbara.

— Je vous en remercie.

Tommaso écouta le message : « Hannah. J'appelle de la part de Niels Bentzon. Police danoise. À propos de l'affaire… » Suivirent quelques paroles en français absolument incompréhensibles.

— J'ai aussi connu votre père.

— Un instant.

Il s'éloigna : « … retiré les mers, toute l'eau. J'espère que vous comprenez. C'est un peu compliqué à expliquer au téléphone. »

— Je peux vous assurer qu'il était loin d'être idiot, votre père.

Tommaso considéra l'homme avec étonnement. De quoi parlait-il ? Sur le répondeur, la voix de Hannah luttait contre un vocabulaire limité – ou un sujet particulièrement complexe : « … ce qui signifie, une fois toute l'eau retirée et tous les continents pressés les uns contre les autres dans la position qui était la leur à cette époque… »

— Il faut dire que ces idées-là n'étaient guère populaires, au lendemain de la guerre.

Tommaso ignora Salvatore pour se concentrer sur les paroles de Hannah : « Vous pouvez vous-même vérifier sur un atlas. Il suffit de découper les océans pour s'en apercevoir aussitôt. Et de rassembler tous les continents autour du pôle Sud. »

— Aujourd'hui, en revanche… on peut enfin le dire à voix haute. Ce n'était pas un imbécile, ce Benito.

Sur le coup, Tommaso ne comprit pas à qui le vieillard faisait allusion. Son père ne s'appelait pourtant pas Benito.

Puis Salvatore prononça son nom avec une certaine délectation, comme s'il commettait un acte interdit :

— *Il duce*.

Au téléphone, le message de Hannah arrivait à sa fin : « … les coordonnées ici à Copenhague et à Venise. Le prochain meurtre. Je vous envoie un SMS. *Au revoir*[1]. »

---

1. En français dans le texte.

Tommaso passa devant le bureau de garde en courant. Plusieurs infirmières voulurent lui présenter leurs condoléances.

— Merci. Merci beaucoup. Merci pour vos soins et votre gentillesse, répondit-il sans s'arrêter.

Il savait que la bibliothèque se trouvait dans les environs. Il l'avait vue la première fois qu'ils avaient visité les lieux, trois mois plus tôt, juste avant que sa mère soit admise. Ils avaient eu droit à un tour complet de l'hospice, bien qu'ils aient parfaitement su qu'elle ne quitterait quasiment jamais son lit.

Tommaso sentit une odeur de chlore. Il se trouvait devant le bassin de la piscine qui servait pour la rééducation. Ce n'était pas par là.

— Excusez-moi. La bibliothèque ?

Le kiné leva les yeux. Il tenait sous les bras un patient qui avait le regard rivé sur le plafond.

— La bibliothèque ? Vous voulez dire la salle de lecture ?

— Oui.

— Premier étage. Au bout, dans l'autre aile.

Tout en courant, Tommaso s'efforça vainement de donner un sens aux paroles mystérieuses de la Danoise. Il descendit un escalier et traversa un service où, pour une fois, cela ne sentait pas la mort. Juste la maladie.

La salle de lecture était située dans une partie de l'hospice à laquelle on n'avait pas touché depuis l'ouverture partielle du monastère au public. Dans la pièce, il y avait seulement une femme d'un certain âge qui, de surcroît, ne lisait même pas. En voyant Tommaso, elle prit une mine inquiète et se cramponna des deux mains à son sac à main, comme si elle craignait de se le faire voler.

— *Ciao*.

Il se dirigea directement vers les rayonnages de livres poussiéreux. Il y avait des romans de fiction et autres lectures destinées aux patients. Mais, de nos jours, ceux-ci préféraient regarder la télévision. Il devait bien y avoir un atlas quelque part.

Il tourna le regard vers la vieille dame.

— Vous pourriez m'aider, s'il vous plaît ?

Passé la surprise, elle acquiesça d'un air rayonnant.

— Je cherche un atlas. On va commencer chacun par un bout.

Cette coupure dans son quotidien monotone était la bienvenue. Elle s'attela aussitôt à la tâche, abandonnant même son sac à main. Tandis qu'il survolait les titres de l'index, Tommaso s'étonna de voir autant de livres de cuisine. C'était bien la dernière chose dont on avait besoin dans un hospice.

— Là.

La vieille dame brandit un livre pour enfants intitulé *Notre Monde*, avec des Indiens et des cow-boys sur la couverture.

— Merci. Merci de votre aide.

En page centrale, il trouva un atlas en couleur. Tommaso tourna son regard vers la femme et vit son sourire se décomposer au moment où, d'un geste vif, il arracha les deux pages.

62.

Rigshospitalet, Copenhague

Le lien entre théorie et preuves était totalement étranger à l'esprit de Hannah. Pendant des décennies, elle avait été habituée à entretenir des conversations théoriques avec ses collèges, tranquillement assise dans un bureau. Ce n'était qu'après avoir élaboré une hypothèse satisfaisante que les physiciens se mettaient en quête de preuves qu'ils passaient bien souvent le restant de leurs jours à chercher. Généralement en vain, d'ailleurs. Le physicien anglais Peter Higgs pouvait ainsi s'estimer heureux : c'était lui qui, en 1964, avait formulé la théorie sur la particule que des chercheurs allaient maintenant tenter de découvrir grâce à un tunnel de vingt-sept kilomètres de long, creusé spécialement dans ce but, dans les Alpes suisses. Higgs était désormais âgé de quatre-vingts ans. Aussi, si l'expérience permettait de prouver l'existence de la particule dont il avait énoncé la théorie il y a plus de quarante ans, il serait l'un des premiers physiciens à avoir assisté à une rencontre directe entre la théorie et la preuve. Avec Hannah.

Elle observa les gens dans le hall de l'hôpital. Partout, des hommes et des femmes en blouse blanche. La veille au soir, elle avait découvert le lien logique qui unissait toute une série de meurtres, puis, avec la précision d'un géographe, elle était parvenue à calculer les coordonnées du lieu où serait commis le prochain crime sans se douter un instant qu'il s'agissait du plus grand centre hospitalier du pays. Niels revint de sa reconnaissance dans le hall.

— Bien sûr. Bien sûr, répéta-t-il.

Hannah ne savait quoi dire. Elle ne se sentait guère à son aise. Elle sortit son GPS et l'alluma.

— Est-ce que la batterie fonctionne à nouveau ?

— Peut-être.

Le petit appareil se mit en marche et capta aussitôt le signal en provenance de satellites en gravitation perpétuelle autour de la Terre.

— Alors ? s'enquit Niels, impatient.

— Ça correspond. C'est bien ici.

Elle le considéra d'un air découragé. Il secoua la tête.

— Des médecins. Des sages-femmes.

— Des cancérologues, des laborantins, des chirurgiens, poursuivit Hannah. Le Rigshospitalet est plein de gens qui passent leur temps à sauver des vies. Des gens qui correspondent parfaitement au signalement des bons.

— Vous ne pouvez pas trouver l'endroit précis où ça doit se produire ? demanda Niels.

— On ne pourra pas faire mieux, maintenant. Le temps va nous manquer.

Niels pesta contre lui-même et se remit à arpenter le hall. Il songea soudain que, sans sa maudite phobie des voyages, il aurait en ce moment été allongé au bord d'une piscine. Il aurait pu oublier tous ses soucis en se vidant le cerveau à coups de cocktails. Au lieu de cela, il était là, à scruter la cantine du personnel du Rigshospitalet remplie de centaines de blouses blanches. Blanches comme le Bien. Contrairement aux soldats les plus fidèles d'Hitler, tout de noir vêtus, les médecins portaient du blanc. Hannah lui prit la main. Elle avait deviné à quoi il pensait.

— Il y en a tellement.

— Oui, dit-il. Beaucoup trop.

Accueil du Rigshospitalet

La réceptionniste ne leva même pas les yeux de son écran. Elle croyait peut-être qu'il s'agissait d'une blague.

— Combien de personnes travaillent ici ?

— Pour les questions d'ordre général, veuillez vous adresser au service de presse, s'il vous plaît.

Niels lui présenta son insigne de police.

— Je viens de vous demander combien de personnes travaillaient ici.

— Eh bien…

— En comptant tout le monde. Médecins, infirmières, brancardiers, femmes de ménage. Absolument tout le monde.

— Est-ce que vous souhaitez rendre visite à un patient en particulier ?

— Les patients et leurs proches, également ! Non, laissez-moi vous poser la question autrement : d'après vous, combien y a-t-il de personnes dans cet hôpital en ce moment même ?

La réceptionniste sembla désemparée. Hannah le tira par la manche.

— Niels.

— Combien d'entre elles ont entre quarante-quatre et cinquante ans ?

— Niels. Ça ne sert à rien.

— Pourquoi pas ?

Elle adressa un regard désolé à la réceptionniste qui haussa les épaules.

— Niels.

— Ça doit tout de même être possible ! Tout est enregistré, de nos jours. Bien sûr qu'il est possible de savoir qui sont les employés de cet hôpital qui ont entre quarante-quatre et cinquante ans.

— Et après ? À quoi cela va-t-il bien pouvoir nous servir ?

— À trouver celui ou celle qui, parmi eux, mérite le plus le qualificatif de juste ou de bon. À empêcher un meurtre. N'est-ce pas pour cette raison que vous m'avez appelé ?

— Je ne sais pas… cette histoire est tellement dingue.

— Jetez un œil à la liste des victimes. Ce sont tous des pédiatres, des prêtres, des juristes, des professeurs qui, la plupart, sont en contact avec un grand nombre de personnes. Ce sont des gens qui aident les autres.

Hannah souffla un grand coup. Tout comme Niels, elle songea à l'endroit où elle aurait pu être : au bord du lac, dans une chaise longue, fumant des cigarettes et buvant du café. Dans son monde à elle.

À quelques mètres d'eux, un modèle réduit de l'hôpital était exposé derrière une vitrine. Niels s'approcha, puis se pencha au-dessus en posant ses mains sur le verre, où ses doigts laissèrent des marques de transpiration. Hannah le rejoignit et ils contemplèrent en silence la maquette miniature de l'édifice dans lequel ils se trouvaient. Comme si ainsi tout allait soudain leur paraître plus évident. Le bâtiment principal était haut de seize étages, pouvaient-ils lire. La partie ancienne de l'hôpital s'étendait sur une surface assez vaste pour abriter une petite ville de province. Tout à coup, Niels se tourna vers Hannah.

— Non, vous avez raison. On va s'y prendre autrement.

63.

Amager, Copenhague

« L'île de merde »[1]. Niels détestait cette expression. Deux manifestants, au bord de l'autoroute, en rajoutaient une couche en brandissant une banderole sur laquelle était écrit : « Bienvenue sur l'île de merde – tous les dirigeants de merde de la planète vous y attendent. » Hannah les vit aussi mais s'abstint de tout commentaire. L'un des deux manifestants avait de la neige et de la glace collées dans la barbe, ce qui le faisait ressembler à ce qu'il était sûrement : un fou. Comme tous ces cinglés que les événements tels que le sommet sur le climat attiraient comme des mouches. Le COP 15, pour ne citer que lui, était particulièrement friand de ces idées conspirationnistes qui alimentent les esprits paranoïaques à la recherche de signes annonciateurs de l'Apocalypse. Le fait que la plupart des chefs d'État du monde se rassemblent au même endroit en faisait partie. Surtout quand l'endroit en question était celui où les habitants de Copenhague, autrefois, se débarrassaient de leurs excréments. C'était presque trop sym-

1. Surnom de l'île d'Amager.

bolique. Depuis, on avait étalé une mince pellicule d'asphalte sur les marécages et construit un quartier qui ressemblait à l'une de ces visions futuristes tout droit sorties d'un film de science-fiction français des années 1960. Des trains sans conducteur circulant sur des voies aériennes et des habitations blanches toutes identiques représentatives de cette architecture minimaliste imaginée à une époque où l'on croyait que, dans le futur, l'individu allait s'effacer au profit de la collectivité. Mais les choses n'avaient pas vraiment évolué dans ce sens. Il y a plus de quarante ans, chacun ignorait que le monde allait se transformer en un thermostat que nous pourrions tourner dans un sens ou dans l'autre. Enfin, plus dans l'un que dans l'autre, visiblement.

Ils doublèrent encore un groupe d'activistes déchaînés qui avançait dans la neige en direction du Bella Center.

— On dirait que l'asile d'aliénés a ouvert ses portes, aujourd'hui, murmura Niels.

Hannah essaya de rire mais elle avait du mal à se détendre.

— Êtes-vous certain que ma présence soit indispensable ?

— Bien sûr. C'est vous qui allez leur expliquer.

Elle tourna la tête vers sa portière. Elle regrettait de l'avoir accompagné. Elle ne se sentait pas en état d'expliquer quoi que ce soit.

Le Bella Center. Un joli nom pour un bloc de béton gris situé sur l'un des marais les plus plats d'Europe. Niels se gara à une certaine distance, une autorisation spéciale étant nécessaire pour laisser son véhicule à proximité de l'entrée. En effet, pendant le sommet, le Bella Center n'était pas placé sous juridiction danoise, mais sous celle des Nations unies. Sans cela, une poignée de tyrans qui, d'après les normes occidentales, devraient écoper de trente-huit vies de prison pour crimes contre l'humanité, n'auraient jamais pu s'y rendre. Pourtant, Mugabe, Ahmadinejad et toute la clique étaient bien présents pour aider à baisser la température de la chaudière. C'en était presque touchant.

— Où est Sommersted ? s'enquit Niels auprès de l'un des policiers en faction.

— Quelque part à l'intérieur. C'est l'enfer en ce moment. Obama est là.

Niels sourit et lui donna une petite tape sur l'épaule. L'agent secoua la tête et ajouta, pour conclure :

— On ne sait même pas qui de nous ou des services secrets dirige ce show.

« Show », songea Niels. La formule était peut-être plus proche de la réalité que ce qu'il s'était lui-même imaginé. Un grillage de trois mètres de haut maintenait à distance respectable les manifestants qui, agglutinés de l'autre côté, ressemblaient à des réfugiés pendant la révolution russe : vêtus de noir, congelés et inoffensifs. Quant aux plus dangereux, ils se trouvaient à l'intérieur, avec Obama.

Bien qu'il fût accablé de questions, Sommersted affichait, face aux caméras de télévision et aux journalistes, un sourire décontracté : « Pour quelle raison a-t-on forcé les manifestants à rester assis aussi longtemps sur le bitume ? » « Pourquoi la police n'était-elle pas mieux préparée ? » « Manifestants hospitalisés. »

« Brutalités policières. » C'était comme si le sourire de Sommersted se faisait plus large chaque fois qu'un nouveau reproche était adressé à la police de Copenhague. Il finit par lever les mains, paume en avant :

— En ce moment même, cinq de mes hommes sont aux urgences. Trois d'entre eux souffrent de commotions cérébrales sévères, tandis qu'un autre a le nez cassé et la mâchoire fracturée. Tous ont été blessés à coups de barres de fer. Mais je suis sincèrement désolé si quelques manifestants ont attrapé une infection urinaire en restant assis sur le bitume.

Puis il ménagea une pause bien calculée. Soudain, tous les journalistes ressemblèrent à des enfants face à Sommersted l'adulte qui sourit aux caméras d'un air plein de compassion avant de reprendre :

— La police de Copenhague a pour mission de permettre aux chefs d'État venus du monde entier de se rencontrer en toute sérénité et en toute sécurité dans le Bella Center. Nous devons veiller à ce qu'il y ait le moins possible de manifestants blessés – malgré leurs attaques avec des pavés ou pire. Mais nous avons un ordre de priorité dans nos missions de sécurité. D'autres questions ?

Quelques murmures épars. Les journalistes étaient à genoux. Sommersted était un véritable maître dans l'art d'apaiser la presse. Tandis que le flot des questions se tarissait, Niels se faufila à travers la foule.

— Sommersted ?

Le chef de la police eut l'air surpris de le voir.

— Bentzon ? Vous avez fait du bon travail avec Abdul Hadi.

— Merci.

— Vous ne deviez pas partir en vacances ?

— Je sais que vous êtes débordé. Alors, je vais tâcher de faire court, enchaîna Niels en tirant Hannah par le bras. Je vous présente Hannah Lund, chercheuse à l'Institut Niels Bohr.

Sommersted lui adressa un bref regard déconcerté.

— Niels Bohr ?

— Ancienne chercheuse, en fait, parvint-elle à glisser avant que Niels ne poursuive :

— L'affaire d'homicides à l'échelle internationale, les personnes bienfaisantes, vous vous souvenez ? Il s'avère que ces crimes ont été exécutés selon un système complexe vraisemblablement inspiré d'un ancien mythe religieux.

Niels se tut en s'apercevant à quel point ses paroles devaient paraître étranges. Un groupe de Chinois en costume-cravate le bouscula en passant. Ce qu'il leur manquait en taille, ils le compensaient par le nombre.

— On pourrait peut-être s'entretenir ailleurs ? reprit Niels. Ça ne prendra qu'une minute.

Sommersted regarda autour de lui et réfléchit pendant quinze secondes aux soixante que Niels venait de solliciter.

— Je vous écoute.

— Merci. Hannah ?

Elle s'éclaircit la voix et fixa Sommersted dans les yeux pendant un instant avant de se lancer.

— Alors, voilà. Au début, nous pensions qu'il y avait environ trois mille kilomètres de distance entre chaque meurtre. Mais, en réalité, c'est beaucoup plus compliqué que ça, voyez-vous ? Les chiffres ne correspondaient pas. J'ai alors fait abstraction de l'eau, des océans et collé tous les continents les uns contre les autres. Il faut que vous vous imaginiez un globe dont les seules terres émergées sont concentrées…

— … autour du pôle Sud, intervint Niels.

— Le pôle Sud ?

— Exactement. Les continents tels qu'ils apparaissaient il y a un milliard d'années. Le supercontinent Rodinia. C'est un peu difficile à expliquer en trente secondes, mais voilà : si l'on place les lieux où des meurtres ont été commis sur les douzième, vingt-quatrième, trente-sixième et quarante-huitième parallèles, alors…

Hannah jeta un regard à Niels avant de continuer :

— … ils forment de petits cercles concentriques, ou des couches, et…

Elle marqua un temps d'arrêt.

— En bref, enchaîna Niels, il ne reste plus que deux points sur la planète : Copenhague et Venise.

Pause. Les secondes s'écoulèrent.

— Venise ? (Sommersted dévisagea successivement Hannah et Niels.) Venise ? C'est là-bas que nous avons passé notre voyage de noces.

Ses sarcasmes glissèrent sur Hannah.

— Pourquoi dites-vous ça ? s'étonna-t-elle.

Niels toussota et donna de la voix afin de dominer une annonce en anglais qui retentit dans tout le hall du congrès.

— Ce soir, ou plus exactement cet après-midi, lorsque le soleil se couchera, un peu avant 16 heures…

— À 15 h 48, intervint Hannah.

— À 15 h 48, un meurtre va être commis soit ici, à Copenhague, soit à Venise.

Autour d'eux, des gens se retournèrent. Des Danois, manifestement. Journalistes, de surcroît, à en juger par les cartes de presse qui pendaient à leur cou au bout d'une ficelle noire Nokia.

— À Venise, le soleil se couchera dans cinq heures. Ici, dans trois. On n'a plus beaucoup de temps.

64.

Bibliothèque de l'Ospedale Fatebenefratelli, Venise

Tommaso se souvenait de chacun des lieux où un meurtre avait été commis. Même des premiers : Tanzanie, Pérou, Brésil. Il les avait marqués, à l'aide d'un feutre, sur la carte qu'il avait arrachée dans le livre pour enfants, avant de découper les océans au scalpel, puis d'emboîter les continents. Rien qu'à l'œil nu, il pouvait constater que cela correspondait parfaitement.

Bien qu'il eût pris soin de fermer la porte de la bibliothèque, il entendait toujours des voix dans le couloir. Il contempla son découpage. Un monde venait d'être réduit en lambeaux pour en former un nouveau. Dehors, la sirène entonna son chant plaintif. Sur le coup, il ne prit pas conscience de ce qu'elle annonçait. Ce n'est qu'en voyant, par la fenêtre, les Vénitiens se précipiter chez eux qu'il comprit : la ville allait être inondée dans quelques minutes. Les canaux allaient gonfler en silence. Il jeta un regard à la carte déchirée, avec ses mers découpées, et se dit que la lagune avait voulu se venger de lui.

Balivernes.

C'était tout simplement la saison des inondations. Plusieurs fois par mois, la population de Venise était obligée de chausser ses bottes en caoutchouc, de barricader ses portes et de colmater la moindre fissure. Lui aussi allait devoir rentrer chez lui. Quoiqu'il pourrait se contenter de joindre son voisin du dessous pour lui demander de bien vouloir s'en charger à sa place. Cette pensée lui fit souvenir qu'il avait reçu un coup de téléphone du Danemark. Il rappela la femme qui lui avait laissé le message, mais elle ne répondit pas.

Tommaso fut surpris de constater que sa mère n'était plus dans la même position que quand il l'avait quittée. Seule. Il commença à avoir mal au crâne. Des douleurs dorsales, également. Une infirmière passa dans le couloir.

— Excusez-moi. Pourriez-vous m'apporter un médicament contre la douleur, s'il vous plaît ?

— Je vais chercher le docteur, répondit-elle en souriant, avant de s'éclipser.

L'hospice était maintenant désert. Il n'y avait plus que le personnel minimum et, évidemment, les patients. Tous les autres s'étaient dépêchés de rentrer chez eux, comme chaque fois que l'eau se mettait à monter. Certains pour prendre un train en direction du continent, les autres pour sauver leur maison.

— Je ne l'ai pas trouvé, l'informa l'infirmière en passant la tête dans la chambre. Je lui en parle dès que je le vois.

— Merci.

Elle prit une mine affligée.

— Je viens de parler à sœur Magdalena.

— Elle est restée beaucoup de temps au chevet de ma mère. Je lui en suis profondément reconnaissant.

— Elle est en chemin. Malgré l'inondation. Elle m'a dit qu'elle avait quelque chose de la plus haute importance à vous dire et que vous ne deviez pas partir avant qu'elle arrive.

Tommaso avait du mal à s'imaginer ce qui pouvait être si urgent.

— D'autres membres de votre famille vont-ils vous rejoindre ?

— Je ne crois pas.

— Vous devriez peut-être aller allumer une bougie pour votre mère.

— Oui. Vous avez raison.

— Je dirai à sœur Magdalena que vous n'êtes pas loin.

Tommaso lui sourit. Sa conscience catholique lui avait redonné des forces. Il devait bien sûr allumer la bougie qui allait aider sa mère à trouver son chemin à travers le purgatoire.

Il emprunta le hall principal de l'hospice orné du lion de Venise taillé dans la pierre et de colonnes en marbre. Le fauve avait l'air en colère. La place devant l'hospice était déjà recouverte d'un demi-centimètre d'eau. Bien que l'église fût toute proche, Tommaso allait avoir les pieds trempés. C'était inévitable. Il fallait absolument qu'il allume cette bougie, même si sœur Magdalena avait demandé qu'il ne quitte pas l'hospice avant qu'elle lui ait parlé. Si quelqu'un était en mesure de comprendre à quel point il était important pour les morts de leur allumer une bougie, c'était bien elle. Le purgatoire n'allait pas attendre à cause d'une petite inondation.

— Monsieur Barbara.

Tommaso s'apprêtait à sortir quand il aperçut le vieux moine.

— Vous partez ?

— Je vais allumer une bougie pour ma mère. Et vous ?

— Je dois m'absenter une heure au deux. Notre cardinal arrive en même temps que le ministre de la Justice.

— À la gare ?

— Oui. Je n'en aurai pas pour longtemps.

Le moine rabattit sa capuche sur sa tête et s'élança dans ses grosses bottes en caoutchouc. Pendant un instant, Tommaso se sentit libre. Totalement libéré. Libéré de ne pas avoir à assister, dans son uniforme d'apparat, aux interminables cérémonies de bienvenue du chef de la police. Libéré, également, de l'obligation de fréquenter cet endroit : l'hospice. Il était libre. Avec l'argent de la maison… s'il la vendait… Non. Il était trop tôt pour y penser. Il n'avait même pas encore allumé de bougie pour elle. Soudain, son sentiment de liberté se transforma en culpabilité et il partit en courant vers l'église.

65.

Bella Center, Copenhague

— Est-ce qu'on est en état d'arrestation ? demanda Hannah, après un certain temps passé dans une remise qui abritait normalement des ouvriers.

— Bien sûr que non.

Niels aperçut Sommersted par la fenêtre scellée. Il traversa la place, sous les regards des manifestants, puis avança devant la queue où les ONG et la presse attendaient leurs accréditations. En arrivant à la remise, il ouvrit si brutalement la porte que Hannah fit un bond. Il referma derrière lui et leur dit d'un air contrarié :

— Merci pour votre patience.

— Écoutez, commença Niels. Je sais que ça paraît complètement dingue.

Sommersted s'assit face à eux. Il rabaissa légèrement son gilet pare-balles, laissant apparaître les poils gris de sa poitrine qui grimpaient le long de sa gorge.

— Comme j'ai essayé de vous le dire, poursuivit Niels, le meurtrier s'inspire manifestement d'un ancien mythe selon lequel trente-six personnes justes veilleraient sur le monde. Vous en avez déjà entendu parler ? On est même en mesure de prévoir où aura lieu le prochain meurtre. On connaît les coordonnées précises. Et celles-ci correspondent au Rigshospitalet.

— L'hôpital royal ?

— Les mathématiques ne mentent jamais. En clair, on va devoir faire évacuer l'hôpital.

Soudain, Leon fit irruption.

— Il s'apprête à partir, chef.

— Ils ont terminé ?

— Je crois qu'ils prennent juste une pause.

— Merci, Leon.

Le policier regarda Niels dans les yeux avant de refermer la porte.

— Vous m'avez confié une mission, reprit Niels, en se redressant sur sa chaise, après avoir décidé de changer de tactique. Je suis entré en contact avec quelques personnes que l'on peut qualifier de justes afin de les mettre en garde. C'est par l'intermédiaire de l'une d'entre elles que j'ai fait la connaissance de Hannah Lund ici présente, désigna Niels en se tournant vers elle, puis de nouveau vers son chef. Il faut que vous compreniez que cette femme est un génie.

Sommersted secoua la tête et baissa le regard vers la table d'un air attristé.

— Je ne vais pas pouvoir vous couvrir plus longtemps, Niels. Vous avez rendu visite à des criminels dans leur cellule sur votre temps libre, et maintenant ça.

— Mais vous devez accepter les faits, répliqua Niels. On connaît l'heure : cet après-midi, au coucher du soleil, à 15 h 48. On connaît le lieu : le Rigshospitalet. Et on connaît le profil de la prochaine victime : une personne bienfaisante, sans enfants, d'un âge compris entre quarante-quatre et cinquante ans. Les faits sont là.

Sommersted tapa du poing sur la table.

— Des faits ? cria-t-il. Le fait est que je vous ai offert une chance de mener à bien une mission toute simple. Comme je vous l'ai indiqué, il s'agissait d'un test de confiance.

Au moment même où ces mots sortirent de sa bouche, Sommersted regretta de s'être emporté.

— Non. Nous allons laisser cette affaire de côté, Bentzon. Nous avons des choses plus importantes à régler pour le moment. Passez me voir la semaine prochaine dans mon bureau.

— Écoutez au moins ce qu'elle a à dire.

— Niels. Je viens de procéder à une vérification des antécédents de votre nouvelle amie.

Hannah regarda Sommersted d'un air abasourdi, puis se tourna vers Niels.

— Vous auriez peut-être dû en faire autant avant de vous acoquiner avec elle. Et puis maintenant, cette histoire grotesque. Et ici, par-dessus le marché. Aujourd'hui. Vous lui faites tranquillement franchir les contrôles de sécurité jusqu'à Obama et les autres.

— Que voulez-vous dire ? Quel genre de vérification d'antécédents ?

Hannah se leva. Niels, décontenancé, les considérait tous les deux à tour de rôle, comme s'ils avaient tout à coup partagé un secret.

— De quoi est-ce que vous parlez ? demanda-t-il.

Sommersted adressa un regard plein de pitié à Hannah qui s'exclama tout à coup :

— Ça n'a rien à voir là-dedans.

— Mais de quoi parlez-vous ?

Hannah prit une profonde inspiration, tandis que Sommersted s'adossait à la porte, les bras croisés.

— Allez-y. Dites-lui quels sont ces antécédents que vous avez vérifiés, lança Hannah en baissant les yeux.

— Je ne voulais pas le faire, mais, puisque vous me le demandez, soupira Sommersted, qui eut presque l'air humain. J'ai pu voir que vous aviez été internée. Et savez-vous ce que ça signifie dans mon monde ?

— J'avais perdu mon enfant, se justifia-t-elle en tentant de réprimer un sanglot.

— Ça signifie que vous êtes imprévisible. Or les personnes imprévisibles sont une menace pour la sécurité.

— Espèce de salaud, murmura-t-elle.

— Et ce dont j'ai le moins besoin, quand je dois veiller sur lui, continua Sommersted en désignant du doigt Obama, qui se dirigeait vers sa limousine, c'est bien d'imbéciles imprévisibles. Car les gens de cette espèce sont dangereux.

Hannah avait des larmes plein les yeux.

Obama salua les manifestants de la main. Il semblait plus petit en vrai qu'à la télévision. « *Heal the world* », eut tout juste le temps de lire Niels sur une banderole, avant que Sommersted n'ouvre la porte.

— Et à présent, si vous me le permettez, je vais retourner faire le travail pour lequel on me paie.

Hannah éclata en sanglots. Sommersted resta un moment dans l'ouverture de la porte. Niels savait que tout était perdu. Qu'il ne faisait plus partie de la police. Alors, autant que le dernier ordre vienne de lui.

— Allez-y. Au revoir, Sommersted.

Le voyage de retour vers Copenhague fut particulièrement calme. Niels conduisait, tandis que Hannah regardait par la vitre de sa portière, tellement silencieuse que l'on aurait pu se demander si elle était encore consciente.

— Vous respirez toujours ?

— Oui.

— Bien.

— Pourquoi ? Je l'ignore.

Pourquoi respirons-nous ? Il était incapable de répondre à cette question. En tout cas à cet instant précis.

— Vous pouvez vous arrêter où vous voulez. Vous êtes garé où ? lui demanda-t-elle en posant pour la première fois les yeux sur lui.

— Près du café.

— Ah oui. C'est vrai.

Le café. Là où la journée avait si bien commencé. Ce matin, Hannah avait du mascara. Maintenant, celui-ci avait coulé. Ce matin, elle était une brillante chercheuse. Maintenant, elle n'était plus qu'une pauvre femme psychologiquement perturbée.

— Niels… J'aurais dû prévoir ce qui allait se passer. On est allés trop loin. Je suis désolée.

La sonnerie du portable de Niels retentit.

— C'est l'Italien, annonça-t-il en lui tendant le téléphone.

— Qu'est-ce que je vais bien pouvoir lui dire ?

— Que le prochain meurtre aura lieu soit chez lui, soit chez nous.

Niels se rangea sur le côté. Son téléphone arrêta de sonner. Il coupa le moteur et la regarda dans les yeux.

— J'ignore ce qu'il vous est arrivé dans le passé. Ce que je sais, c'est que vous n'êtes pas folle.

Elle esquissa un sourire et haussa les épaules.

— Pas un jour ne se passe sans que je me pose des questions sur mon état de santé mentale. Je tiens un journal. Chaque fois que je décèle un signe de folie, je l'écris.

— Que voulez-vous dire ?

— Mon cerveau. Il cherche des systèmes partout. Il l'a toujours fait. C'est une sorte de super ordinateur qui ne s'arrête jamais. C'est comme ça depuis que je suis toute petite. Une vraie malédiction. Et puis, à un moment, il est tombé en panne. Quand j'ai accouché. J'ai alors commencé à voir des systèmes qui n'existaient pas.

— Comment ?

— Sur les plaques d'immatriculation, par exemple. Je cherchais à établir des relations entre les nombres. Je le fais encore aujourd'hui. Je les écris et je les montre à mon psychiatre. Et vous savez quoi ?

— Dites-moi.

— Votre numéro d'immatriculation. Je l'ai remarqué quand vous avez reculé dans mon entrée. En repartant de chez moi, la première fois.

— Qu'a-t-il de particulier ?

— 12 04. Le 12 avril. C'est la date de naissance de mon fils. Et si on va plus loin : deux « I » et encore un « 1 » : II 12 041.

— Et alors ?

— « I » est la neuvième lettre de l'alphabet. Ça fait donc 199. Et si on ajoute le chiffre suivant, on obtient …

— 1991. L'année de sa naissance ?

— Exactement. C'est ce que je vous disais, Niels. Je vois des systèmes. Tout le temps. Celui-ci, je l'ai remarqué en une fraction de seconde. Vous comprenez ? C'est une malédiction. Une machine à calculer qui ne s'éteint jamais.

Niels réfléchit quelques instants.

— Regardez la route, dit-il.

— Comment ça ?

— Regardez simplement. Voyez-vous un système dans la manière dont les voitures circulent ?

— Vous êtes gentil, répondit-elle en souriant.

— Répondez. Faites comme si j'étais idiot.

— Oui. Je vois un système.

— Tout à fait. Elles roulent toutes du côté droit de la route. Même si vous voyez des systèmes là où il n'y en a pas, vous voyez aussi ceux qui existent. On m'a qualifié de maniaco-dépressif. Stress, dépressions, psychoses. La totale. Tout le monde est si pressé de nous diagnostiquer et d'expliquer nos variations d'humeur par une maladie.

— Vous avez raison. Mais je ferais peut-être mieux de rentrer quand même, à présent, dit-elle après une brève réflexion.

— En effet, c'est sans doute préférable. Car, le problème, ce n'est pas que vous voyez trop de systèmes, conclut-il de manière énigmatique en redémarrant la voiture.

— De quoi parlez-vous ?

— En ce moment, ce sont les gens, Hannah. Tant que ce sont des systèmes ou des théories que vous avez dans la tête, tout va bien. Mais dès qu'il s'agit de personnes réelles, vous renoncez.

Elle lui lança un regard surpris.

— Ce n'est pas du tout ce que j'ai dit.

— Il existe des systèmes, des trous noirs, de la matière noire. Tout ça, vous connaissez parfaitement, Hannah. Là, vous êtes dans votre élément. Mais il y aussi de vrais gens. Moi… Ceux qui vous entourent. La prochaine victime. Votre fils.

— Mon…

L'explosion survint de manière aussi inattendue pour elle que pour lui. Mais c'était bien Niels qui venait de toucher le point sensible.

— Hannah !

D'abord, un cri à demi étouffé retentit dans l'habitacle exigu, puis les coups se mirent à pleuvoir sur lui.

— Hannah ! Calmez-vous ! cria-t-il tout en se protégeant le visage avec ses mains.

Lorsqu'elle se défoula sur l'un de ses bras, il la laissa faire.

— Espèce de… ! Espèce de… ! répétait-elle sans jamais aller au bout de sa phrase.

Elle frappa fort, encore et encore.

Puis elle s'arrêta. Comme si elle n'attendait plus de lui qu'il s'excuse. Il avait un goût de sang dans la bouche. Elle ne sembla guère émue en voyant les conséquences de sa colère. Des secondes passèrent, puis des minutes.

— Vous saignez.

— Ce n'est rien.

La respiration de Niels s'emballa soudain, lorsqu'elle tendit la main vers sa bouche. Elle essuya le petit filet de sang qui coulait de sa lèvre et il lui prit la main. Puis ils s'embrassèrent le plus naturellement du monde. Elle se tourna sur son siège pour prendre appui sur un genou et s'allongea sur lui. Elle l'embrassa et lui n'opposa aucune résistance. La langue de Hannah glissa délicatement sur l'entaille de sa lèvre inférieure avant de rencontrer la sienne. Le baiser se prolongea un moment.

Hannah se redressa et regarda par la vitre de sa portière. Comme s'il ne s'était rien passé. Puis elle finit par rompre le silence.

— Vous avez raison.

66.

Chiesa dei Santi Geremia e Lucia, Venise

Son téléphone sonna au moment même où la sirène se tut. C'était un numéro commençant par l'indicatif du Danemark. Il était interdit de passer des appels à l'intérieur de l'église, mais Tommaso avait allumé une bougie pour sa mère et, en bon garçon, s'était signé. Il en avait même allumé deux, par prudence. De petites bougies de Noël qui se consumaient en un rien de temps. Il se retira à l'écart dans l'un des bas-côtés de la nef pour ne gêner personne et répondit à voix basse :

— Tommaso di Barbara.

C'était encore la Danoise. Elle voulait savoir s'il avait écouté son message.

— *Oui*[1].

Elle parlait français avec un très fort accent danois, mais prononçait distinctement.

— Le système correspond à la décimale près, expliqua-t-elle.

— Ça semble incroyable.

---

1. En français dans le texte.

— Si le nombre est le bon – s'il s'agit bien du trente-six…

Il y avait de la friture sur la ligne. Tommaso leva les yeux vers les peintures au-dessus de lui : Jésus se tenait avec les bras écartés, tandis que Thomas l'Incrédule introduisait un doigt dans la plaie à son flanc – là où une lance romaine avait percé le Messie.

— Vous êtes là ?

— Oui, excusez-moi, répliqua Hannah. Les deux derniers meurtres. Ils vont avoir lieu chez vous et chez nous.

— Mais…

Tommaso eut du mal à trouver les mots justes pour exprimer sa surprise. Près de l'autel, un touriste prenait en photo une poupée vêtue de rouge dans une boîte en verre. Il tourna le dos à la scène.

— Quand ?

— Il semblerait que tous les meurtres aient eu lieu au coucher du soleil.

Tommaso parcourut rapidement la liste des victimes en pensée. Comment avait-il pu ne pas s'en apercevoir lui-même ? Probablement parce que l'heure précise des meurtres n'avait été établie que dans quelques cas. Mais tout de même. Chaque jour, pendant six mois, il avait consacré des heures à cette affaire. Puis cette femme était arrivée et avait tout résolu en moins de temps qu'il ne fallait pour le dire.

— Monsieur Barbara ?

— Oui ?

— Je vous envoie un SMS avec les coordonnées du lieu où le meurtre va être commis.

— Qu'attendez-vous de moi ?

Hannah mit quelques secondes à répondre.

— Qu'attendiez-vous de nous quand vous nous avez transmis cette affaire ?

Tommaso regarda autour de lui.

— À quelle heure le soleil se couche-t-il chez vous ? reprit Hannah.

— Bientôt, il me semble.

— Alors je vous conseille de profiter de ce court délai pour suivre les coordonnées que je m'apprête à vous envoyer, trouver l'endroit où le crime doit avoir lieu et tenter de l'empêcher.

— Oui. Bien sûr. C'est juste que ma mère est…

Il envisagea de parler de sa situation. Du décès de sa mère. Dire qu'il devait retourner à l'hospice. Que ce serait certainement mal vu, s'il filait si rapidement. Il se tut.

— Il y a une certaine marge sur les GPS. Mais celle-ci n'excède pas quelques mètres.

Luciano, l'un des rares sans domicile fixe de Venise, était assis sur le perron de l'église. La présence des SDF n'était plus tolérée dans la ville à cause des touristes, mais Tommaso se souvenait qu'ils étaient nombreux dans son enfance. Désormais, il ne restait quasiment plus que Luciano. C'était devenu, en quelque sorte, leur petite mascotte.

— Tommaso. Donne-moi un petit quelque chose.

Il fouilla dans ses poches.

— Quatre-vingts cents ?

— Pfff !

Luciano déclina les piécettes d'un geste de la main en poussant un soupir scandalisé.

Lorsqu'il traversa la place en courant, l'eau avait encore monté d'un centimètre. En dehors de Luciano, les rues étaient désertes.

— Joyeux Noël ! entendit-il le vieil ivrogne crier avant de tourner au coin de la place.

67.

Rigshospitalet, Copenhague

Tandis que Hannah attendait sur une chaise, dans le foyer de l'hôpital, Niels, impatient, faisait les cent pas. Enfin, il aperçut Casper à travers la baie vitrée. Le jeune homme gara son vélo, retira les phares et pénétra dans le bâtiment.

— Je suis venu aussi vite que j'ai pu, déclara-t-il, à bout de souffle.

— Est-ce que tu as dit à quelqu'un ce que tu allais faire ?

— Personne ne m'a posé la question.

— Parfait. Je te présente Hannah. C'est avec elle que tu vas faire équipe au cours des deux prochaines heures.

— Ce sera ma première expérience de terrain, précisa-t-il, visiblement tendu.

Hannah les rejoignit et Niels fit les présentations :

— Hannah Lund, professeur à l'Institut Niels Bohr.

Cette fois, elle ne contesta pas. Toute autre explication aurait, d'une manière ou d'une autre, été trop compliquée. La présentation de Casper fut plus facile et sans doute aussi plus proche de la vérité : « le génie de l'informatique de la préfecture de police ».

Bureau des payes, Rigshospitalet

Les néons mirent une éternité à s'allumer. À la lueur de la lumière blafarde, on pouvait deviner l'inscription sur la porte en verre opaque : Service des payes du Rigshospitalet.

— Pour tout vous dire, j'étais sur le point de rentrer chez moi, expliqua Thor, le responsable de l'informatique d'une cinquantaine d'années qui leur avait ouvert.

Niels aurait bien aimé savoir si ses parents ne regrettaient pas d'avoir donné ce prénom à un avorton. À moins qu'ils n'aient justement cherché à compenser, après s'être aperçu, dès sa naissance, que ce serait un nabot ? Thor Jensen. Un mètre cinquante à tout casser.

— *Okay. Jurassic computer park*, s'exclama Casper en caressant de la main l'un des antiques moniteurs.

Thor ne sembla pas comprendre l'allusion.

— On est vendredi, aujourd'hui. Les gens rentrent tôt, répondit-il.

— Vous savez comment on allume ce système ?

— Oui.

— Alors faites-le, ordonna Niels.

Thor posa son sac sur la table en soupirant, se rendit dans le fond du local et releva le levier du disjoncteur. Un bruissement électrique parcourut la pièce.

— J'ai l'impression de faire un voyage dans le temps, lança Casper avec un rire enthousiaste.

— Ça tourne parfaitement, rétorqua Thor. En tout cas mieux que notre ancien système.

— Qui fonctionnait avec quoi ? Des cartes perforées ?

Thor renonça à se disputer avec Casper et se contenta de hausser les épaules.

— Il vous fallait autre chose ?

Casper se tourna vers Niels.

— Est-ce que vous pourriez nous imprimer la liste complète des employés qui se trouvent en ce moment dans l'hôpital ? demanda Hannah.

— Théoriquement, oui.

— Ainsi que celle de tous les patients, ajouta Niels.

— Je me permets tout de même de vous rappeler que j'ai terminé mon service depuis trois minutes.

— Vous avez l'intention de m'expliquer ce qu'on doit faire ? questionna Casper.

Casper ouvrit son sac et en sortit un ordinateur portable marqué du logo de la police : deux lions debout sur leurs pattes arrière de part et d'autre d'une main ouverte avec un œil au milieu. L'œil de la police.

— La même chose que la dernière fois ?

— Non, répondit Niels. Cette fois, il faudra être encore plus précis. On ne recherche plus des célébrités.

Casper leva les yeux.

— Comment va-t-on procéder ?

— On est à la recherche d'un homme ou d'une femme âgé de quarante-quatre à cinquante ans.

— Et qui n'a pas d'enfants, ajouta Hannah.

— Ça pourrait être moi, intervint Thor.

Ils le considérèrent un instant, puis Niels reprit.

— Une personne qui sauve des vies.

— Il y en a un paquet, ici.

— C'est justement pour cette raison que je t'ai fait venir, Casper.

— Qu'est-ce que tu veux dire par là ?

— C'est toi qui seras chargé de faire le tri.

Hannah s'installa à l'un des vieux ordinateurs.

— Hannah, vous sélectionnerez les candidats.

— Excusez-moi de vous interrompre, intervint Thor en se raclant la gorge.

— Oui ? lui lança Niels avec un regard exaspéré.

— De quoi s'agit-il au juste ?

— Nous devons empêcher qu'un meurtre soit commis dans cet hôpital à 15 h 48. C'est-à-dire dans moins d'une heure.

Tout à coup, Casper se leva.

— Vous feriez peut-être mieux de vous adresser à quelqu'un d'autre.

— Calme-toi et assieds-toi, Casper, dit Niels en l'empoignant par le bras avec autorité.

Mais le jeune homme refusa de s'asseoir.

— On a une chance d'empêcher que ça se produise et, pour y arriver, on va avoir besoin de ton cerveau et de toutes tes compétences.

— Mais si je me plante ?

— Non. Ce n'est pas ça qui importe. On se plantera si on ne tente rien. Assieds-toi.

Casper obtempéra enfin. Niels remarqua que ses doigts tremblaient. Hannah posa une main rassurante sur son épaule.

— Je résume. Hannah et Thor, vous sélectionnez les candidats dans la base de données de l'hôpital.

— Mais, j'ai fini mon travail.

Niels se tourna vers le petit homme.

— Thor ? Avez-vous déjà goûté à la nourriture qu'on sert aux détenus à la prison de Vestre ? Du goulasch en boîte.

Un silence de mort suivit. L'informaticien déboutonna son manteau et s'installa près des deux autres.

— La personne qu'on recherche a entre quarante-quatre et cinquante ans.

— Ça devrait pouvoir se trouver.

— Et toi, Casper, poursuivit Niels. Tu vérifies s'ils correspondent ou non à notre profil.

Hannah lâcha un soupir.

— Pour quelle raison un candidat peut-il être écarté ? Sur quels critères ?

— S'il fréquente régulièrement les tribunaux, répondit Niels après un temps de réflexion, en particulier pour des faits graves, alors, ça signifie qu'il n'est pas quelqu'un de bon. Tu serais surprise de voir combien de gens ont un casier judiciaire.

Casper acquiesça.

— Et que faites-vous du Russe ? s'étonna Hannah. Il était pourtant bien en prison.

— Effectivement, il était en prison pour avoir critiqué le système. Il n'avait fait de mal à personne, bien au contraire.

— Et l'Israélien ? Celui qui avait relâché des prisonniers ?

— Même chose. Il avait été condamné suite à une bonne action qui allait à l'encontre de la loi.

Casper était désormais connecté.

— Par où commence-t-on ? Les médecins ? Les infirmières ?

— Et pourquoi pas les brancardiers ? demanda Hannah. Ne pourraient-ils pas être bons, eux aussi ?

— Si. Certainement. Mais mieux vaut commencer par le haut de l'échelle.

— C'est trop aléatoire, Niels, objecta Hannah en secouant la tête. Il pourrait aussi bien s'agir d'un patient.

— Thor ? Pourriez-vous également nous fournir la liste des personnes hospitalisées ?

— Bien sûr.

— Très bien. Mais commencez tout de même par les employés. Médecins, sages-femmes, chercheurs. Entre quarante-quatre et cinquante ans. Sans enfants.

— Je peux vérifier ces informations dans les registres de l'état civil, dit Casper.

— On a de la chance. C'est vendredi après-midi. Le dernier vendredi avant Noël. Plein de gens sont déjà partis en vacances. Et ils sont encore plus à avoir quitté le travail de bonne heure. Pas vrai, Thor ?

— Oui.

— Parfait. Vous m'envoyez des noms, en précisant dans quel service ils travaillent. Ensuite, je me charge de contacter les candidats.

— Comment comptez-vous vous y prendre ? Vous allez leur demander s'ils sont bons ?

Il fixa Hannah pendant quelques secondes.

— Parfaitement.

— Niels… c'est impossible.

Il réfléchit, puis acquiesça.

— Vous avez raison. En effet, c'est impossible. Enfin presque. D'habitude, on doit trouver un meurtrier. Mais, dans cette affaire, on ignore tout de lui. Le plus logique serait donc de faire évacuer l'hôpital. Mais on ne nous y a pas autorisés. En revanche, reprit-il après une pause, on sait plein de choses sur les victimes. Elles ont entre quarante-quatre et cinquante ans. Elles n'ont pas d'enfants. Elles ont l'étrange particularité, presque malgré elles, de toujours se trouver là où on a besoin d'elles. Elles sont en contact avec un grand nombre de personnes. Enfin, elles appartiennent toutes au même réseau. Ces gens sont comme une araignée sur sa toile, ajouta-t-il en se tournant vers Hannah, le sourire aux lèvres. Ils ont des capteurs sensoriels sur tout le corps qui leur permettent de détecter les malheureux qui se font prendre. Alors, ils s'empressent de leur venir en aide.

Tous étaient suspendus à ses paroles.

— Pourquoi diable est-ce que ça devrait être impossible ? poursuivit-il. J'ai passé vingt ans de ma vie à pourchasser le mal. Et ça n'étonne personne. Alors, pourquoi ne pourrais-je pas utiliser quelques petites heures de mon temps à rechercher quelqu'un de bon ? La bonté est-elle plus difficile à débusquer que le mal ?

Il pointa un doigt vers le soleil de décembre en plein déclin, qui brillait désormais juste au-dessus des arbres d'Amorpark.

— Il ne reste plus qu'une heure avant le coucher du soleil. Effectivement, ça paraît impossible, mais ne vaut-il pas la peine d'y sacrifier une simple petite heure ? Même si, d'un point de vue statistique, nos chances de réussite sont extrêmement minces ?

Tandis qu'ils méditaient sur ses paroles, on n'entendait que le bourdonnement des ordinateurs. À la surprise générale, Thor fut le premier à répondre :

— Si.

— Je suis d'accord, dit Casper qui avait repris confiance en lui.

— Alors, mettez-vous au travail. Passez en revue les registres de l'hôpital, en commençant par les employés.

Hannah lança son ordinateur.

— Et vérifiez aussi sur les registres de l'état civil s'ils ont des enfants, précisa Niels. Appelez-moi quand vous aurez des noms.

Thor leva les yeux de son écran.

— J'en ai déjà une. Tanja Munck. Une sage-femme. Elle est de service du soir, ce qui signifie qu'elle travaille en ce moment. Je vois également qu'elle a pointé.

— Numéro de sécurité sociale ? (Pendant que Thor lisait les chiffres à voix haute, Casper pianota sur son clavier, puis annonça :) Mère de trois enfants. Divorce prononcé en 1993 par le tribunal de Lyngby.

— C'est bon. Suivant, l'interrompit Niels.

Hannah en avait trouvé un :

— Thomas Jacobsen. Quarante-huit ans. Où est-ce qu'on peut voir à quel poste ils travaillent ? s'enquit-elle en se tournant vers Thor.

— Numéro de sécurité sociale ? s'enquit Niels.

— Voilà, s'exclama Casper qui venait de le trouver parmi les registres de l'état civil. Aucun enfant. Pacsé avec un autre homme.

— Alors ? Il est disqualifié ? demanda Hannah en souriant.

— Bien sûr que non. Débrouillez-vous pour trouver où il se trouve en ce moment et appelez-moi.

— Il est au travail ?

Thor passa un coup de fil. Niels, de son côté, jeta un œil à sa montre avant de s'éclipser. La dernière chose qu'il entendit en sortant fut la voix pleine d'enthousiasme de l'informaticien :

— Allô. Le poste de garde ? Je vous appelle du bureau des payes. Pouvez-vous me dire si Thomas Jacobsen a pris son service ?

Couloirs blancs, Rigshospitalet. 14 h 48

Dans une heure, quelqu'un mourra.

Des gens mouraient tout le temps, en particulier ici. Chaque jour, vingt personnes, en moyenne, choisissaient de quitter leur corps à cet endroit précis. Le téléphone de Niels sonna.

— Oui ?

C'était Hannah.

— Thomas Jacobsen n'était pas le bon numéro.

— Qui avez-vous, alors ?

— Dirigez-vous vers le service chirurgie.

Une infirmière passa devant Niels, qui en profita pour lui demander le chemin.

— Prenez l'ascenseur jusqu'au cinquième. Puis à gauche.

— Merci.

— Voulez-vous quelques statistiques pendant que vous êtes dans l'ascenseur ? interrogea Hannah.

— Je vous écoute.

— Il y a plus de sept mille cinq cents employés, dont la moitié à temps plein. Mais ceux dont l'âge est compris entre quarante-cinq et cinquante ans sont mille cent.

— Combien d'entre eux sont au travail en ce moment ?

— Environ la moitié.

— Cinq cent cinquante personnes ? s'exclama Niels, optimiste.

— On peut isoler rapidement ceux qui sont sans enfant. Peut-être un tiers. Ce qui donne à peu près cent quatre-vingts personnes.

— Et Casper découvrira certainement qu'un bon tiers d'entre eux a eu des problèmes avec la justice.

— Il n'en reste donc plus que cent vingt. Statistiquement, en tout cas.

— Qui dois-je rechercher, maintenant ? s'enquit Niels.

— Un médecin-assistant. Peter Winther.

Le couloir était calme. Une télévision était allumée, le son coupé, et sans personne pour la regarder. Niels présenta son insigne de police à une infirmière qui leva les yeux de ses papiers.

— Peter Winther ?

— Il consulte les patients.

— Où ?

Elle lui désigna le fond du couloir. Niels vit un médecin sortir d'une chambre avec un petit groupe d'infirmières sur les talons.

— Peter Winther !

Il marcha dans sa direction d'un pas décidé en brandissant son insigne de loin. Le médecin pâlit.

— Allez m'attendre dans la chambre, je vous prie, glissa-t-il sèchement aux infirmières.

— Police de Copenhague.

Niels n'en dit pas plus. Il avait tout de suite compris à la réaction du médecin qu'il allait tout lui avouer. Pourtant, celui-ci se contenta de le fixer en se tenant la gorge.

— Vous savez parfaitement pourquoi je suis ici.

Peter Winther jeta un regard par-dessus son épaule et fit un pas en avant pour se rapprocher de Niels.

— Vous êtes venu m'arrêter ?

— Non. J'aurais juste voulu entendre votre version des faits. Avant de prendre une décision.

— Ma version ? répéta le médecin en frémissant de colère. Ma version des faits, c'est qu'elle est folle à lier. D'ailleurs, n'importe quel psychiatre vous le confirmerait. Elle n'a aucune chance devant un tribunal. Vous comprenez ? En plus, j'ai agi en état de légitime défense. J'ai assez de marques pour le prouver.

Peter Winther dégrafa le haut de sa blouse et découvrit sa gorge couverte de griffures.

— Ce serait plutôt à moi d'aller porter plainte. Que feriez-vous si votre femme était…

Il se rapprocha encore un peu. Il venait de dire ce qu'il avait sur le cœur.

— Oui, je lui ai mis une gifle. Une ! Une seule gifle. Et c'est ce que j'aurais dû faire il y a trois ans, déjà.

Niels consulta son téléphone. Un nouveau SMS était arrivé : Ida Hansen. Service d'obstétrique. Sage-femme.

— Putain. Quand je pense qu'elle est allée vous voir ! Je n'arrive pas à y croire. Est-ce que je dois me trouver un avocat ?

Niels secoua la tête.

— Ce ne sera pas nécessaire. Je vous remercie de m'avoir accordé un instant.

Sur ce, il abandonna le médecin-auxiliaire Peter Winther à son mariage brisé et à son désespoir.

— Je vous écoute, Hannah.

Niels se mit à courir.

— C'est une sage-femme, mais elle est en pause déjeuner. La cantine se trouve au rez-de-chaussée.

— Vous ne pourriez pas les trier géographiquement ?

— Que voulez-vous dire ?

— Pour m'éviter d'avoir à courir d'un bout à l'autre de l'hôpital. On ne va jamais y arriver si je dois traverser tout le bâtiment à chaque fois.

Hannah se tut. Tandis que l'ascenseur se faisait attendre, Niels regarda par la fenêtre. Le soleil n'avait pas encore pris sa teinte rougeâtre, bien qu'il déclinât rapidement. Dans son portable, il entendait la respiration de Hannah. Son regard tomba sur une pancarte qui indiquait la direction de la maternité. Dans le couloir, une maman fatiguée poussait un petit landau avec son bébé dedans tout en mangeant une plaquette de chocolat d'un air absent. Tout comme lui, le nouveau-né contemplait le soleil. Il se demanda ce qu'il pouvait bien penser. On aurait dit que les hêtres du parc portaient le soleil sur leurs épaules, comme lors d'une procession funèbre. Un astre mourant emporté vers l'ouest.

L'ascenseur annonça son arrivée par un signal que même un sourd aurait entendu.

— Je suis dans l'ascenseur. Je descends.

— OK. Ida Hansen. Quarante-huit ans. Sage-femme. Dépêchez-vous, l'enjoignit-elle avant de raccrocher.

68.

Cannaregio, Venise

Les bottes en caoutchouc que sœur Magdalena avait aux pieds étaient rose pétant.

Tommaso sourit en l'apercevant qui pataugeait dans la rue, en provenance de la Madonna Dell'Orto. La partie nord de la ville était sensiblement plus basse que le reste et se retrouvait pour cette raison plus rapidement sous les eaux.

— Ma sœur ! l'appela-t-il. Vous aviez quelque chose à me dire ? Un message de la part de ma mère.

Mais le hurlement de la sirène couvrit sa voix et la religieuse s'engouffra par la porte de l'hospice sans se retourner. À moins d'emprunter le pont du côté de Dell'Orto, où il aurait de l'eau jusqu'aux genoux, il allait lui falloir retourner sur ses pas pour rejoindre le quai nord, qui était rarement inondé. Il consulta sa montre. Le détour par Fondamente Nove allait probablement le rallonger d'au moins un quart d'heure. Or il ne restait plus qu'une heure, peut-être moins, avant le coucher du soleil. Il avait bien reçu les coordonnées GPS que la Danoise lui avait envoyées par SMS : 46.26'56 et 12.19'15. Il ne s'y connaissait guère en matière de coordonnées GPS, mais son téléphone mobile était équipé pour indiquer la latitude et la longitude. En ce moment, il se trouvait aux coordonnées 45.25'45 et 12.19'56. Tommaso n'avait aucune idée du temps qu'il lui faudrait pour arriver sur place. C'est la raison pour laquelle il jugea préférable de se mettre en chemin sur-le-champ. L'inondation allait certainement paralyser la ville pendant encore quelques heures et il était peu probable que sœur Magdalena rentre chez elle entre-temps. Par ailleurs, que pouvait-elle bien avoir de si important à lui dire ?

Ses chaussettes étaient déjà détrempées lorsqu'il s'élança vers le sud, par Fondamenta dei Mori. Ses chaussures clapotaient dans l'eau. Il était tout seul dans la rue. Il passa devant la maison du Tintoret, un peintre qu'il appréciait particulièrement, moins pour ses représentations monumentales des funérailles légendaires de l'apôtre Marc que pour le fait qu'il n'avait pour ainsi dire jamais quitté Venise. Le Tintoret n'était sorti de la lagune qu'une seule fois dans sa vie. Et, à ce que l'on disait, il avait été malade pendant tout le trajet. Tommaso non plus ne s'était jamais éloigné très loin de la lagune.

Les chiffres se mirent tout à coup à défiler sur l'écran de son portable. Le signal GPS était en effet très difficile à capter dans ces petites rues.

Il poursuivit sa route en direction du casino et du Canal Grande dans l'espoir de mieux capter le long d'un canal plus large. Il repensa au Tintoret. Ou plutôt à saint Marc. Peut-être parce qu'il était plus simple de songer à l'apôtre défunt qu'à sa mère qu'il venait tout juste de perdre. Il pensa au corps de saint Marc, la première peinture que l'on montrait aux enfants de Venise. Après tout, il était le protecteur de la cité et celui qui avait donné son nom à sa place la plus célèbre. Son corps avait été rapporté par deux marchands vénitiens qui l'avaient dérobé à Alexandrie. À l'exception de sa tête qui – à en croire les Égyptiens – se trouvait toujours sur place.

Un corps sans tête, la main recroquevillée de sa mère et des visions morbides hantaient l'esprit de Tommaso au moment où il atteignit la Strada Nova. Le signal GPS décrocha une fois de plus. Près du canal, il aperçut le soleil sur le déclin. Jamais il ne parviendrait à dénicher l'endroit qu'il cherchait de cette manière. Venise n'était pas plus adaptée aux signaux GPS qu'aux voitures. Il allait avoir besoin d'un ordinateur.

L'entrée était envahie par les eaux. Les chaussures noires de sa mère, des brochures publicitaires ainsi que de la nourriture pour chien flottaient au milieu d'une fine nappe d'huile de moteur de bateau aux allures d'arc-en-ciel. L'éclairage s'éteignit dès qu'il alluma. Le disjoncteur principal venait de sauter. Tandis qu'il montait les marches quatre à quatre, il se souvint que la batterie de son ordinateur portable était déchargée. Il secoua la tête. Alors que la maison dans laquelle il se trouvait avait survécu pendant quatre cents ans aux inondations mensuelles, la batterie de son portable IBM, qui n'avait que six mois, était déjà faible. Il se connecta à *Google Earth* et chercha en vain un champ destiné aux coordonnées GPS. « *Low on battery* ». Tommaso localisa la lagune sur la surface du globe et cliqua comme un forcené pour zoomer sur Venise. Il fit glisser la souris sur la ville, survola le Ghetto et continua en direction de l'ouest. Il n'était plus très loin. « *Low on battery. Save documents now* ». Il vérifia les chiffres sur son téléphone mobile et déplaça la souris légèrement vers le nord. Enfin, les coordonnées correspondirent.

Au moment où il se renversa contre le dossier de sa chaise pour contempler le résultat, son ordinateur s'éteignit.

69.

Bureau des payes, Rigshospitalet. 14 h 56

Hannah devait bien le reconnaître : la mécanique cérébrale de Casper était particulièrement bien huilée. Une légion d'informations de différentes natures pouvait traverser sa tête simultanément tout en étant traitées, évaluées, pesées et classifiées. À la différence de Thor, incapable de faire plus d'une chose à la fois.

— Je crois que j'en ai trouvé une autre, s'exclama Casper. Normalement, elle devrait être au travail.

— Normalement ?

— J'appelle tout de suite le poste de garde, annonça Casper alors que Hannah venait s'asseoir près de lui. Il nous faut davantage de dénominateurs communs, sans quoi on va y passer des heures. Voire des jours. Et on ne dispose pas d'autant de temps, constata-t-il.

— Tout à fait.

— Donc, outre l'âge et le fait qu'ils n'aient pas d'enfants ?

— Ils s'étaient tous fait remarquer. L'un était en prison pour avoir critiqué Poutine. Un autre avait séjourné dans un centre pénitentiaire militaire israélien. Une

Canadienne avait été licenciée après avoir eu recours à des médicaments non homologués.

— Vous voulez dire qu'ils étaient connus ? demanda Casper.

— En effet. Ils avaient fait parler d'eux, d'une manière ou d'une autre.

— Au Danemark, si tu es un peu connu, on peut te trouver sur le net. Tout est enregistré. Le moindre article paru dans un journal local. Si tu as travaillé comme bénévole, ne serait-ce qu'une heure, pour une quelconque organisation de bienfaisance, tu te retrouveras sur une liste. Une liste hébergée sur un site internet.

— C'est justement là où je voulais en venir.

— Alors, tâchons maintenant de dénicher…

Il se tourna vers Hannah, qui termina sa phrase à sa place :

— Les candidats qualifiés.

— Exactement. Vérifier des noms sur Internet ne prend que deux secondes. On va faire le tour de nos candidats pour isoler les plus plausibles.

Thor raccrocha.

— En tout cas, elle n'a pas pointé sa sortie, annonça-t-il.

— Balance-moi un nom sans perdre de temps, Thor ! ordonna Casper.

— Maria Deleuran.

Thor épela son nom, mais Casper l'avait trouvée avant même qu'il eût terminé. Maria Deleuran.

— Elle est infirmière, annonça-t-il.

Ils contemplèrent la photo de son profil Facebook : blonde, jolie, avec de petites rides qui lui donnaient encore plus de charme. Elle pourrait très bien ressembler à la fille avec qui Gustav a filé, se dit Hannah.

— OK. Cette fois, on a ferré un poisson, lança Casper en se redressant sur sa chaise. Elle est bénévole chez IBIS.

Il cliqua sur un lien et accéda à la page web d'IBIS : *Hjælpearbejde i Afrika og Latinamerika*[1]. Ils découvrirent de nouvelles photos de Maria Deleuran.

— Le Rwanda. VIH / SIDA. Information et prévention, lut-il.

— Elle a dirigé une équipe sur place, ajouta Hannah.

— À deux reprises.

Casper se connecta à la base de données de la police.

— Elle est blanche comme neige. A obtenu son permis de conduire au bout de la troisième fois. C'est tout ce qu'on a sur elle.

1. Actions de Secours à l'Afrique et aux pays d'Amérique latine.

70.

15 h 03

Elle s'adressa au vieil homme sur un ton aimable et patient, bien que celui-ci n'hésitât pas à la rudoyer. Niels l'entendit ronchonner de loin :

— Non, je ne remonterai pas maintenant.

— Mais nous avions promis au docteur. Vous ne l'avez pas oublié ?

— Il peut bien aller se faire voir, celui-là.

L'infirmière se mit à rire et donna une petite tape amicale sur l'épaule du vieillard avant de retirer le frein de la chaise roulante.

Niels s'arrêta.

— Excusez-moi. La cantine du personnel, s'il vous plaît ?

— Revenez sur vos pas et tournez à droite au niveau de la chapelle.

— L'église ! s'exclama le vieil homme, qui écumait de rage.

Niels la remercia, puis ajouta :

— Au fait. Ma question va sans doute vous paraître absurde, mais… avez-vous des enfants ?

— Oui, répliqua l'infirmière, étonnée. Pourquoi ?

Cantine du personnel. 15 h 08

Niels avait la sensation que tout cela ne pouvait que mal finir. Le soleil n'étant pas visible depuis les étages inférieurs, il consulta sa montre. Il avait encore quarante minutes devant lui. Au mieux. Et ce n'est pas ce qu'il découvrit lorsqu'il entra dans la cantine qui l'incita à l'optimisme : des hommes et des femmes en blouse blanche, par centaines. C'était mission impossible. Quoique, après tout, il n'eût rien à perdre. Il monta sur une chaise.

— Police de Copenhague.

Soudain, on aurait presque pu entendre une mouche voler. On ne percevait plus qu'un bourdonnement mécanique en provenance de la cuisine. Tous regardaient Niels, avec des visages habitués à entendre de mauvaises nouvelles.

— Je cherche Ida Hansen.

Personne ne répondit. Juste une main se leva timidement. Il sauta de sa chaise et se faufila parmi les rangs de tables en bois laminé. Dans les assiettes, de la nourriture de cantine – le plat du jour était constitué de poulet accompagné de purée de pommes de terre et de petits pois vapeur. Ils l'observèrent. En particulier les médecins, reconnaissables à leur mine autoritaire.

— Ida ?

Elle baissa le bras. Cela ne pouvait pas être elle. Elle était trop jeune.

— Non. Je voulais seulement dire qu'elle vient de partir. Il est arrivé quelque chose ?

— Partie ? Où ?

Il jeta un coup d'œil à son téléphone. C'était le troisième appel de Hannah.

— Elle a été appelée en urgence pour un accouchement délicat et a aussitôt filé.

— Elle en a pour combien de temps ?

Niels se rendit seulement compte à quel point sa question était stupide au moment où il la posa. Son téléphone sonnait toujours.

— Un instant. (Il décrocha et s'éloigna de quelques pas.) Hannah ?

— Niels. On a mis au point une nouvelle méthode. Au lieu de… commença-t-elle, avant de s'interrompre. Pour faire court, on a trois candidats particulièrement qualifiés. Et ce ne seront certainement pas les derniers. Mais commencez déjà par Maria Deleuran. Elle travaille dans le service pédiatrique. Elle a été volontaire au Rwanda.

Niels distingua faiblement la voix de Casper :

— Et elle a écrit des articles sur le manque d'investissement des pays occidentaux dans la lutte contre le sida en Afrique.

— OK. Je vais essayer de la trouver.

Il raccrocha et retourna voir la jeune collègue d'Ida Hansen.

— Où se trouve-t-elle, en ce moment, dites-vous ?

— En salle d'accouchement.

Niels hésita. Il en revenait justement et il lui faudrait cinq minutes pour y retourner.

— Que pensez-vous d'elle ?

La jeune infirmière le dévisagea d'un air abasourdi.

— Ce que je pense d'Ida ? répéta-t-elle avec un petit rire désarmant.

— Est-ce que vous l'appréciez ? Est-elle gentille ?

— Pourquoi me posez-vous ces questions ? Ne pouvez-vous pas attendre de…

— Que pensez-vous d'elle ? la coupa Niels.

— A-t-elle fait quelque chose de mal ?

— Répondez ! Que pensez-vous d'elle ? Est-elle gentille ? A-t-elle bon cœur ? Est-elle sévère ? Est-elle quelqu'un de bon ?

L'infirmière tourna son regard vers ses collègues pendant quelques instants.

— Je ne sais pas trop. Ida est sympa, c'est vrai, mais…

— Mais ?

Niels la regarda. Il n'y eut pas un bruit jusqu'au moment où elle se leva et partit en emportant son plateau avec sa cuisse de poulet à demi mangée et sa salade coupée en lamelles.

71.

Cannaregio, le Ghetto, Venise

Tommaso trouva une multitude de médicaments contre la douleur dans le placard de la salle de bains de sa mère et en emporta une partie avec lui. De retour dans son appartement – et sans se référer aux instructions du pharmacien –, il avala un cocktail de pilules aux couleurs vives avec un verre d'eau tiède. Il repensa à la méthode de son père : « Si ça te fait mal quand tu lèves les yeux au ciel, alors, c'est que tu as de la fièvre. » En effet, il avait mal. La tête lui tournait. Il fouilla au fond de sa mémoire pour tenter de se souvenir de la réunion du lundi précédent, au commissariat, au cours de laquelle leur chef leur avait cité les noms des personnes qui devaient arriver en même temps que le ministre de la Justice. Quelques politiciens. Il avait oublié lesquels. Un juge. Un cardinal. Cela pouvait être n'importe lequel d'entre eux, mais, ce qui était certain, c'était qu'il ou elle se trouvait dans le train qui allait entrer en gare de Venise dans quelques minutes seulement. Tommaso n'avait aucun doute là-dessus. Du moins, si les coordonnées disaient la vérité.

Il ne distinguait pas le soleil caché derrière les maisons de Santa Croce. Il ne restait que très peu de temps. Si la Danoise avait vu juste et que le meurtre allait avoir lieu au coucher du soleil, cela n'allait plus tarder. L'espace d'un instant, il baissa les bras. Il consulta la liste des victimes. L'arrivée de cette affaire dans sa vie avait été une vraie calamité. À moins que ce ne fût une bénédiction ? Tommaso hésitait encore. Il songea à sa mère. Il avait toujours son argent au fond de sa poche. Et son chien. Il se remémora le regard plein de reproches que lui avait lancé l'animal, au moment où il l'avait abandonné à un destin incertain. Il préféra se sortir ces idées de la tête. Il fallait absolument qu'il se rende à la gare.

Quand il se pencha en avant pour enfiler ses bottes en caoutchouc, il ressentit une vive douleur dans le dos. Puis, en arrivant dans le bas des escaliers, il fut tout près de chuter sur les marches glissantes. Il s'assit. Il avait besoin de se reposer un instant. Peut-être ferait-il mieux, tout simplement, d'appeler Flavio et de lui expliquer la situation ? Le prévenir qu'ils devaient se tenir sur leurs gardes ? Non, il était trop tard. Il n'avait plus d'autre choix que d'y aller lui-même.

72.

Rigshospitalet. 15 h 15

Un couloir de plus dans cet univers infini de couloirs blancs, de portes closes et de gens vêtus de blouses.

— Excusez-moi. Le service pédiatrique, s'il vous plaît ? se renseigna Niels auprès d'une infirmière.

— À droite, lui indiqua-t-elle.

— Merci.

Il reprit aussitôt sa course.

Clinique pédiatrique. 15 h 18

Dans la salle de jeux, les enfants étaient assis en cercle. Deux d'entre eux, trop malades pour se lever, avaient été amenés dans leur lit. Un jeune homme vêtu d'une chemise à carreaux rouge était assis sur une chaise beaucoup trop petite pour lui, un livre à la main. Au-dessus de lui était accrochée une affiche qui disait : « Rencontrez l'auteur de la série d'épouvantes pour enfants. »

— D'où vous viennent toutes ces idées d'histoires avec des monstres ? demanda une petite voix juste avant que Niels n'intervienne.

L'infirmière assise par terre avec une petite fille de cinq ans sur les genoux le fusilla du regard.

— Maria Deleuran ?

— Ils sont tous partis en pause et les enfants reçoivent la visite d'un auteur.

— Il s'agit d'une affaire urgente. Police de Copenhague.

Toute l'attention des enfants se tourna soudain vers Niels.

— Allez voir dans la salle des infirmières, lui suggéra-t-elle, en lui indiquant la direction d'un signe de la tête.

Il consulta sa montre. Il restait moins d'une demi-heure. Au bout de quelques mètres dans le couloir, il s'arrêta pour s'essuyer les yeux. Il était incapable de dire si c'était la vue de ces petits visages qui avait suscité en lui ce sentiment d'injustice. Que de si jeunes enfants puissent être malades. Une erreur avait dû être commise au moment de leur conception, l'une de celles qui auraient exigé des explications de la part de leur créateur. Ou bien peut-être venait-il tout simplement de comprendre qu'il allait échouer ? Hannah avait raison : c'était mission impossible. Une nouvelle idée lui vint à l'esprit : et s'il était victime de l'une de ces crises que les autres qualifiaient de maniaco-dépressives ? Était-il entré dans une période de dépression ? Niels s'appuya contre le mur le temps de reprendre son souffle. Et si Hannah était réellement folle comme Sommersted le prétendait ? D'un autre côté, les meurtres, eux, étaient bien réels. Et inexplicables.

La porte au fond du couloir s'ouvrit, laissant brièvement apparaître une femme blonde, de dos. Était-ce celle qu'il cherchait ?

— Non, maintenant, il faut que je me concentre, murmura-t-il en pensant à voix haute.

Il perçut des rires d'enfants, tandis qu'un rayon de soleil perçait par la fenêtre. Leur hilarité lui redonna courage. Il reprit sa course. Puis il tourna au bout du couloir et commença à entendre des voix en provenance de l'espace détente.

— Maria Deleuran ? cria-t-il.

Pas de réaction. Trois infirmières discutaient entre elles sans prêter attention à lui.

Niels brandit son insigne de police.

— Je cherche Maria Deleuran.

Elles interrompirent leur conversation et le dévisagèrent.

— Il est arrivé quelque chose ?

— Est-ce qu'elle est au travail ?

— En tout cas, elle n'est pas ici.

Il se tourna vers les autres infirmières. C'était la plus âgée qui la connaissait le mieux. Du moins, ce fut elle qui prit la parole.

— Est-il arrivé quelque chose ?

— Êtes-vous bien certaines qu'elle n'est pas ici ?

Le regard de l'infirmière flancha. Niels le remarqua aussitôt.

— Est-ce que vous pourriez l'appeler ?

— Je peux toujours essayer.

Elle se leva sans entrain. Son derrière laissa son empreinte dans le similicuir du canapé.

— Pourriez-vous vous dépêcher, s'il vous plaît ?

Elle lui lança un regard haineux. C'était certainement une vieille matrone dominante, crainte des autres infirmières.

— Pour être honnête avec vous, nous n'avons pas le droit de communiquer les numéros de téléphones mobiles.

— Vous n'allez rien communiquer du tout. Je vous demande juste de l'appeler et de lui dire que la police de Copenhague souhaite parler avec elle.

— Elle a terminé son service pour aujourd'hui.

— Alors, pourquoi n'a-t-elle pas signalé son départ ?

— Il peut nous arriver d'oublier de le faire. De quoi s'agit-il ?

— Je vous demande de l'appeler. Maintenant !

J'espère que vous n'êtes pas mariée, pensa Niels, tandis qu'elle téléphonait. Pauvre homme. Il scruta les alentours. Il y avait un panneau d'affichage couvert de cartes postales, de feuilles d'horaires, de plannings et de petits messages. On pouvait notamment y voir une ravissante jeune femme blonde entourée d'enfants dans un village africain.

— Je peux peut-être vous aider ?

Niels l'ignora et décrocha la carte postale.

— C'est Maria ?

Personne ne répondit. Les infirmières détournèrent le regard. « Voilà mes enfants. J'espère que tout se passe bien pour vous, là-haut, dans le froid. Nos conversations autour d'un bon café me manquent. » Puis un *smiley* suivi de « Amitiés, Maria. »

— Maria Deleuran ?

— Oui.

— A-t-elle des enfants ?

— Pourquoi ?

— Maria Deleuran a-t-elle des enfants ?

Un silence inexplicable s'abattit sur la pièce.

— Non, finit par répliquer la matrone.

— À quelle heure est-elle partie ? Vous êtes bien sûres qu'elle n'est pas là ? Il y a un manteau, là, fit-il remarquer en leur désignant un vêtement sur le dossier d'une chaise vide.

— Est-ce que c'est le sien ?

Une infirmière se leva et lui adressa un sourire aimable.

— Écoutez : Maria a terminé son service à 14 heures. Elle était du matin, aujourd'hui. Vous pouvez vérifier vous-même sur notre planning, suggéra-t-elle en faisant un signe de tête en direction du panneau d'affichage.

— Elle ne répond pas, intervint la vieille matrone.

— Elle a peut-être une amie parmi vous ? demanda-t-il.

— Moi, je suis son amie.

Niels se retourna. C'était la première fois que cette infirmière ouvrait la bouche. Il jeta un coup d'œil au badge sur sa blouse : « Tove Fanø. Infirmière ».

— Voit-elle d'autres personnes, ici, Tove ? L'hôpital est immense.

— Je ne crois pas.

— Des amis, des petits amis, d'autres volontaires comme elle, peut-être ?

Tove réfléchit en secouant la tête, tandis que la matrone haussait les épaules d'un air renfrogné.

— Vous l'aimez bien ?

— Comment ?

— Avez-vous des enfants ? Est-ce que vous avez toutes des enfants ?

Les infirmières échangèrent entre elles des regards incrédules.

— Je vous ai posé une question.

Toutes acquiescèrent. Toutes sauf la copine de Maria. Tove. Niels se dit qu'elle pouvait très bien avoir la quarantaine et se tourna vers elle. Elle écarta alors les bras, laissant apparaître un gros ventre rond de femme enceinte.

73.

Bureau des payes du Rigshospitalet. 15 h 27

D'ordinaire, les heures qui suivaient le coucher du soleil étaient le moment préféré de Hannah. Pour quelqu'un comme elle, dont la vie avait connu un coup d'arrêt brutal, il pouvait être déprimant de voir tous ces gens en pleine forme aller et rentrer du travail, ou revenir de l'école en compagnie de leurs enfants. Pendant la journée, les autres accomplissaient toutes ces tâches qui lui faisaient prendre conscience de la réalité de sa vie : un néant. Pas de travail, pas de mari et, pire que tout, plus de fils. Alors, quand le soleil se couchait et que tout le monde rentrait chez soi, il devenait plus facile d'être Hannah Lund. Mais ce jour-là était différent des autres.

Elle se leva, marcha jusqu'à la fenêtre et contempla le soleil qui se cachait derrière les arbres. Ce n'était plus qu'un disque pâle et lisse qui refusait de partager sa chaleur avec ce côté de la terre. Mais il allait rester encore quelques instants. Dans les bureaux voisins, certains employés étaient toujours au travail. Dans l'un d'eux, une télévision était allumée. Hannah ne put résister à l'attraction des images de tumulte qui passaient à l'écran. Un incident s'était produit pendant le sommet. Quelqu'un était tombé à terre. Des hommes en costume-cravate s'étaient attroupés autour du malheureux, tandis que d'autres accouraient avec de l'eau et une couverture. Hannah se remémora le Bella Center, cet endroit épouvantable. Atmosphère irrespirable, beaucoup trop de monde et pas assez de temps. Qui ne tomberait pas dans les pommes, là-dedans ?

— La vache ! s'exclama Casper d'un air emballé. Je viens de trouver un ange de plus.

Hannah rejoignit les deux informaticiens voûtés devant leurs écrans d'ordinateurs.

— Je vous écoute, dit-elle.

— Au centre de parasitologie clinique. Le professeur Samuel Hviid. Quarante-neuf ans. Pas d'enfants, d'après les registres de l'état civil. Maintenant, écoutez un peu ça, poursuit Casper en levant les yeux vers Hannah. Hviid a mené des recherches sur la malaria pendant quinze ans. Il est même l'un des plus éminents spécialistes au monde en la matière. On estime que ses travaux ont déjà permis de sauver environ un demi-million de vies humaines dans les régions équatoriales.

— Est-ce qu'il est là, en ce moment ?

— Il travaille à l'université. Certains de leurs départements sont apparemment rattachés à l'hôpital.

— Mais s'il ne se trouve pas dans le bâtiment, il ne risque rien, fit remarquer Hannah en contemplant la photo du chercheur qui avait combattu la malaria. « Alexandre le Grand a succombé à la malaria, cette infection que l'on considère comme l'un des trois plus grands défis de l'humanité et qui est responsable de trois millions de morts chaque année », parvint à lire Hannah sous la photo de Samuel Hviid. Appelez son centre de recherches et tâchez de savoir où il se trouve exactement.

— *Yes*, répondit Thor en décrochant le téléphone.

Casper se remit au travail en murmurant :

— Gry Libak. Pas mal non plus.

Il fut soudain interrompu par Thor :

— Il est ici. Samuel Hviid. Dans les bureaux de la direction, secteur 5222. Il a une réunion.

15 h 30

Maria Deleuran était bien dans l'hôpital. Niels en était absolument certain. Pourquoi ses collègues lui avaient-elles menti ? Son téléphone sonna à nouveau. C'était Hannah. Mais il ne répondit pas. Dans la salle des infirmières, c'était l'heure de retourner au travail. Niels attendait que la vieille matrone acariâtre s'en aille. Finalement, il décida de suivre l'amie de Maria, Tove. Quand elle entra dans les toilettes, il se faufila derrière elle.

— Que faites-vous ? lui demanda-t-elle d'un air courroucé quand il referma la porte à la hâte. Je vais crier.

— Dites-moi juste où elle est.

— Mais c'est quoi votre problème ? Pourquoi est-ce si important ?

— Elle est peut-être en danger, coupa Niels.

Tove réfléchit un instant.

— Pourquoi ? Maria est un ange. Personne ne peut lui vouloir du mal. C'est tout simplement impensable.

— Croyez-moi.

Niels voyait bien que Tove pesait ses paroles avant de s'exprimer. Elle avait la même expression dans le regard que les criminels qui s'apprêtaient à lâcher le morceau.

— Elle est partie. Je ne sais pas quoi vous dire de plus, lança Tove avant de sortir des toilettes d'un pas résolu.

Le téléphone de Niels se remit à sonner.

— Hannah ?

— Samuel Hviid. Rendez-vous dans le secteur 5222. C'est un chercheur. Son profil correspond. En ce moment, il est en réunion.

La secrétaire considéra l'insigne de police de Niels avec un flegme déconcertant. Elle était habituée à voir défiler des personnalités importantes : le ministre de la Santé, de hauts fonctionnaires, des professeurs et des chercheurs en provenance de toute l'Europe. Elle était la gardienne du bureau du directeur et personne ne pouvait passer sans son accord.

— Le professeur Hviid est en réunion avec la direction. Est-ce que ça ne pourrait pas attendre un peu ?

— Non.

— Pouvez-vous me dire de quoi il retourne ?

— Il faut que je parle à Samuel Hviid. Maintenant.

Elle se leva avec une lenteur insolente. La population de ce pays pouvait vraiment donner à la police le sentiment d'être une gêne, pensa Niels. En revanche, elle se comportait avec le directeur comme s'il avait été l'oracle de Delphes : après avoir frappé doucement à la porte, elle entra en s'excusant, légèrement courbée en avant. Sur l'écran de la télévision du bureau, Niels vit les mêmes images que Hannah. Le sommet était entré dans son ultime phase et l'un de ses participants avait fait un grave malaise. Il saignait de la tête et haletait à la manière d'un cabillaud moribond que l'on venait de retirer de son milieu naturel. La presse du monde entier présente sur place allait pouvoir témoigner de cet événement majeur.

La secrétaire était toujours en conversation avec le directeur. Les cloisons du local de réunion étaient toutes vitrées. Transparence, limpidité – comme pour souligner que, ici, aucune décision n'était prise en secret. Niels n'entendait pas ce qui se disait, mais il les voyait parler en l'observant à l'intérieur du local. Seul le son discret de la télévision venait troubler le silence : « Nous ignorons s'il s'agit d'un banal malaise… ou de quelque chose de plus grave. Peut-être une crise cardiaque. Une ambulance est en route en ce moment même. »

La secrétaire fit son retour.

— Voilà. Il arrive tout de suite.

— Parfait.

Samuel Hviid remonta son pantalon et se racla la gorge en passant la porte, tandis que les membres de la direction tentaient de dissimuler leur curiosité.

— Samuel Hviid ?

— En quoi puis-je vous être utile ?

— Niels Bentzon. Police de Copenhague.

Le téléphone de Niels émit un « bip ». C'était Hannah qui lui envoyait un SMS : « On en a une de plus : Gry Libak. »

— De quoi s'agit-il ? s'enquit le professeur en posant sur lui ses yeux pleins de douceur et d'intelligence.

Le soleil allait se coucher dans quelques minutes. Niels pouvait voir le ciel rose par la baie panoramique au fond du local de réunion.

— Nous avons des raisons de croire que votre vie est en danger, déclara-t-il, mais le visage de Samuel Hviid demeura impassible. Je vais devoir vous demander de bien vouloir quitter l'hôpital. Juste une demi-heure.

— Quitter l'hôpital ? Mais pour quelle raison ?

— Je ne peux pas vous en dire plus pour l'instant. Seulement que vous n'êtes pas en sécurité, ici.

Hviid secoua brièvement la tête et jeta un regard par-dessus son épaule.

— Je refuse de me cacher. Cette affaire est vieille de presque vingt ans.

Il dévisagea Niels, qui crut déceler une lueur de chagrin dans ses yeux.

— Il ne s'agit que d'une demi-heure. Même pas.

— Et ensuite ?

— Ensuite, nous aurons la situation sous contrôle.

— Non. Il s'agit de ma vie et il faut que j'apprenne à vivre avec. Or je n'y parviendrai jamais si je dois filer chaque fois la queue entre les jambes. Quand s'est-il échappé ?

Niels fut pris au dépourvu.

— Je ne suis pas autorisé à vous le dire.

— Pas autorisé ? Bon sang ! Je suis médecin. Nous commettons tous des erreurs. Cet homme m'a menacé pendant la moitié de ma vie pour une affaire dont je n'étais pas responsable. Je n'étais que le jeune médecin qui avait eu le malheur d'avoir vu sa femme en dernier avant sa mort tragique. Toute l'équipe médicale … c'était la faute de l'anesthésiste. Ce sont des choses qui se produisent.

Samuel Hviid jeta un regard vers les membres de la direction. Il était arrivé loin et ne laisserait personne ruiner sa carrière, Niels le voyait à son comportement. La direction, rassemblée derrière la vitre épaisse, ignorait tout de cette affaire. S'il quittait la réunion maintenant, cela ne ferait qu'attiser leur curiosité.

Niels reçut un nouveau SMS de Hannah : « Laissez tomber Hviid. Concentrez-vous sur Gry Libak. Section C. Plus que quelques minutes. »

74.

Cannaregio, le Ghetto, Venise

Sœur Magdalena avait rejoint l'ordre du Sacré-Cœur car elle croyait en Dieu. C'était pour cette même raison que ce n'était pas un peu d'eau dans les rues qui allait la clouer chez elle. Il fallait absolument qu'elle mette en garde M. Tommaso. Elle en avait fait la promesse à une mourante. À une femme qui avait reçu un ultime message de l'au-delà. L'un de ceux que l'on ne peut se permettre de prendre à la légère. Magdalena le savait mieux que quiconque. Si elle n'avait pas tenu compte de ces messages, elle ne serait plus en vie, aujourd'hui. Elle serait morte devant la gare de Shaw Station à Manille, parmi dix-neuf autres personnes. Mais Dieu l'avait sauvée et, depuis, elle ne se séparait jamais du ticket de la boutique de cycles qu'elle conservait précieusement dans son sac. Comme une preuve concrète de l'existence du Seigneur. Peut-être davantage pour elle-même, au cas où elle viendrait à douter de l'exactitude de ses souvenirs.

Elle frappa à la porte entrouverte. L'entrée était inondée.

— Monsieur Barbara ? Tommaso ? J'ai un message de la part de votre mère.

Pas un bruit. Magdalena entra, puis appela à nouveau. Pénétrer de la sorte chez les gens était contre ses principes. Mais cette fois, c'était différent. Elle en avait le devoir. C'était pour une raison importante.

Elle monta l'escalier, sans cesser d'appeler, mais toujours sans obtenir de réponse. En entrant dans le séjour, elle découvrit les photos des victimes qui recouvraient les murs, du sol au plafond. Sur le coup, elle ne comprit pas de quoi il s'agissait. Pour elle, ce n'étaient que des photos de cadavres. Elle eut soudain la gorge si sèche qu'un goût de sang lui monta à la bouche. Sœur Magdalena ignorait ce qu'elle avait exactement devant les yeux, mais elle avait le pressentiment d'être arrivée trop tard.

75.

Rigshospitalet. 15 h 32

— Poul Spreckelsen, clinique cardiologique, annonça Casper en levant les yeux.

— Il n'est peut-être pas aussi spectaculaire que Samuel Hviid qui a lutté contre la malaria, mais il a développé un…

Hannah ne l'écoutait pas. Elle avait les yeux rivés sur l'écran de télévision, dans la pièce voisine, qui diffusait des images filmées par hélicoptère où l'on voyait deux ambulances arriver devant le Bella Center. Le médecin et les secouristes s'élancèrent aussitôt. Dans le bas de l'écran, des informations défilaient sous forme de texte : « Un participant au sommet sur le climat fait un malaise. »

— Tu m'entends ?

Hannah ne l'entendit pas l'appeler. Elle sortit du bureau et se rendit dans celui d'à côté.

— Puis-je vous aider ? lui demanda la femme en la dévisageant.

— Oui. Pourriez-vous monter le son, s'il vous plaît ? (Elle n'obtint pas de réaction.) Ça ne prendra que deux minutes. S'il vous plaît.

La femme poussa un soupir, puis s'empara maladroitement de la télécommande et augmenta le volume du son : « Il est maintenant en train d'être porté à travers le Bella Center, comme nous pouvons le voir sur ces images », commenta le journaliste. Casper venait de la rejoindre.

— Est-ce que tu penses la même chose que moi ?

— Peut-être.

Le journaliste reprit sa description détaillée des images diffusées : « Il est maintenant porté devant la loge de presse. Deux médecins marchent à ses côtés et il semble qu'on lui ait mis une perfusion. »

— Allez, donne-nous son nom, s'impatienta Hannah.

Aussitôt, comme sur commande, le présentateur du journal apporta quelques éclaircissements sur la situation : « C'est donc à un moment particulièrement critique, en pleine séance de négociations, que le représentant d'une ONG, Yves Devort, a fait un malaise. On le transporte vers le Rigshospitalet. »

Casper et Hannah s'éclipsèrent sans perdre un instant.

Le jeune informaticien s'empressa de taper sur son clavier : ONG. Copenhague. Yves Devort.

— Il ne nous reste plus que dix bonnes minutes, l'informa Hannah. Est-ce que l'ambulance peut être là en si peu de temps ?

— J'en doute.

Casper avait déjà trouvé Yves Devort. Bel homme. Aussi français qu'une baguette.

— Il a cinquante ans. Je ne peux pas voir s'il a des enfants. Ni si la police française a quelque chose sur lui.

Ils contemplèrent les images à la télévision : tumulte, chaos, manifestants, ambulances, forces de sécurité et police.

Le téléphone de Hannah sonna.

— Niels ?

— Je me suis perdu, annonça-t-il d'une voix essoufflée.

— Où êtes-vous ? Y a-t-il des pancartes autour de vous ?

— Service de chirurgie orthopédique. Secteur 2162.

Hannah se tourna vers Thor.

— Quel est l'itinéraire le plus simple pour aller du secteur 2162 au service de cardiologie ? lui demanda-t-elle.

— Dites-lui de prendre le premier ascenseur qu'il verra.

— Vous avez entendu, Niels ? Il est 15 h 33. Il nous reste exactement un quart d'heure.

— Hannah ?

— Oui, Niels.

— On ne va pas y arriver.

Hannah ne répondit pas tout de suite. Elle jeta un œil à l'écran de la télévision. L'ambulance n'avait toujours pas quitté le Bella Center. On voyait Yves Devort sur un brancard. Elle se demanda si elle devait parler à Niels du négociateur qui avait fait un malaise. Enfin, elle rompit le silence.

— Niels. Ce que vous êtes en train de faire… est tellement fantastique.

Sa voix se cassa au moment où elle prononça le dernier mot : fantastique. Elle réprima un sanglot.

— Cette histoire est complètement absurde, Hannah. J'ai envie de tout laisser tomber.

— Non, Niels. Vous essayez de trouver une personne bienfaisante. Juste une personne bienfaisante.

— Mais tout ce que j'arrive à trouver, ce sont leurs défauts, leurs erreurs. C'est comme ça depuis le début : je cherche le bien et je trouve le mal.

Elle entendait le souffle de Niels dans le téléphone, tout en suivant du coin de l'œil les images à la télévision. Elle ressentait une boule à l'estomac qui lui rappela le jour où elle avait eu un accident de voiture avec Gustav. C'était elle qui conduisait. Gustav préférait. Elle au volant, lui dans le rôle du copilote. « Surveille ta vitesse, Hannah. » « Prépare-toi à tourner, Hannah. » Un jour, ils s'étaient disputés, comme tant de fois, et, au moment de quitter l'autoroute, elle n'avait pas suffisamment ralenti, si bien qu'ils avaient terminé leur course au beau milieu d'un champ fraîchement labouré, où la belle Volvo de Gustav s'était embourbée. Ce qu'elle avait éprouvé juste avant de perdre le contrôle du véhicule et de foncer tout droit dans le champ, à l'instant qui avait précédé l'accident – la seconde où l'on comprend que cela va mal se finir – elle le ressentait à nouveau en ce moment.

— Hannah ? l'appela Niels.

— Oui.

— Qui est-ce qu'ils s'apprêtent à conduire ici en ambulance ?

— C'est ce qu'on est en train de chercher à savoir. Êtes-vous prêt à repartir ?

— Oui.

— Vous devez vous rendre dans le secteur 2142. Clinique cardiologique. Poul Spreckelsen.

Niels mit fin aussitôt à la communication.

— À présent, je passe aux patients, annonça Casper.

Elle acquiesça. Maintenant qu'il était lancé, plus rien ne pouvait l'arrêter. Elle se contenta de suivre la progression de l'ambulance sur l'écran de la télévision et la vit quitter l'autoroute en direction du Rigshospitalet, précédée par une escorte de motos de la police.

Le téléphone sonna à nouveau.

— Niels ?

— Je vais avoir besoin de votre aide. Je n'y serai jamais à temps. Vous êtes plus près que moi.

Il était essoufflé. À moins qu'il ne pleurât ?

— D'accord, Niels.

— Gry… c'est elle. En tout cas, je le sens. En bas, dans le service de chirurgie.

— OK, je descends.

— Faites vite.

Hannah raccrocha.

— Je descends aider Niels, annonça-t-elle.

— Est-ce que je dois appeler si je trouve des candidats parmi les patients ? demanda Casper.

Hannah jeta un regard par la fenêtre. Seule la partie supérieure du disque solaire était désormais visible.

— Non. On n'a plus le temps.

76.

Santa Croce, Venise

Venise était une boutique géante ouverte vingt-quatre heures sur vingt-quatre, trois cent soixante-cinq jours par an. Y venaient des princesses, des cheiks, des politiciens et autres célébrités nationales ou étrangères. Ils affluaient et la police devait mobiliser tous ses moyens pour les accueillir et les escorter entre leur hôtel et la place Saint-Marc. Tommaso ne se souvenait même plus d'où était originaire la dernière princesse à avoir débarqué. Il l'avait conduite à bord du bateau de la police sur le Canal Grande. Les touristes massés sur le *Rialto* les avaient salués de la main. Dans de tels moments, Venise n'était rien d'autre qu'un Disneyland de meilleur goût et avec de bons restaurants. Il se donna du courage en planifiant d'aller jouer au football dans la soirée, s'il se sentait mieux. La gare était située plus loin dans le quartier de l'Arsenale, dans un bâtiment en chantier. Là, cela n'avait plus rien à voir avec Disneyland : une pelouse perpétuellement boueuse, l'odeur nauséabonde de la lagune, la lumière agressive des projecteurs et une muraille de logements sociaux tout autour.

Tommaso était conscient qu'il aurait mieux fait de s'aliter. Il se dirigea pourtant vers la gare. Cette fois, équipé de bottes en caoutchouc. Décidément, la lagune avait réservé un magnifique accueil au ministre de la Justice. Ce n'était pas lui la prochaine victime – il en était convaincu. Le ministre de la Justice, Angelino Alfano, n'était rien d'autre que le laquais de Berlusconi. Si l'ancien secrétaire corrompu du président du Conseil avait été nommé à ce poste, c'était uniquement dans le but de tisser un réseau de lois opaques destinées à éviter la prison à celui que l'on surnommait « *il Cavaliere* ».

Tommaso traversa le Ponte delle Guglie en direction de la gare. Les marchands avaient remballé leurs articles et déserté la rue depuis un bon moment. Les touristes, les pieds trempés, relisaient dans leur chambre d'hôtel les termes de leur assurance voyage à la recherche d'une clause de remboursement en cas d'inondation.

Il avait enfin la gare en ligne de mire. Santa Lucia. Son large escalier, ses ailes d'aigle et ses lignes pures témoignaient de l'époque qu'avait soutenue son père. Un passé qui menaçait constamment de resurgir. Des carabiniers et des policiers militaires occupaient les lieux. L'un d'eux vint se placer en travers de son chemin.

— Je suis de la police, dit Tommaso.

— Votre insigne ?

Il fouilla dans ses poches, déconfit : il l'avait déjà rendu.

— Je ne le trouve pas.

— Alors, vous allez devoir attendre un peu, dit le policier militaire. D'ici dix minutes, ils auront quitté les lieux.

Police militaire de merde ! Ils ne supportaient pas les carabiniers aux uniformes éclatants et aux bottes lustrées. Tommaso décida de contourner l'obstacle. La route qui longeait l'église menait jusqu'au bureau des marchandises. Celui-ci n'était pas gardé. Il s'arrêta un instant et tendit l'oreille. Il entendit alors le mugissement annonçant l'entrée en gare du train. Il n'avait plus beaucoup de temps. Un meurtre allait bientôt être commis ici, dans la gare. Sauf s'il parvenait à l'empêcher.

77.

Rigshospitalet. 15 h 37

Hannah ne courait certainement pas aussi vite que Niels l'aurait souhaité. Elle avait toujours ce mauvais pressentiment : le goût d'une mort imminente.

— Excusez-moi, demanda-t-elle à un brancardier. Le service de chirurgie, je vous prie ?

— Il faut que vous descendiez d'un étage. Mais c'est à l'opposé, répondit-il en lui tenant la porte ouverte.

— Merci.

Elle prit l'ascenseur en compagnie du brancardier auquel elle tenta de sourire. Il n'y avait guère motif à se réjouir. Hannah ne doutait pas de l'exactitude du système. La probabilité qu'elle se soit trompée dans ses calculs était de l'ordre d'une sur plusieurs millions. Trente-quatre points placés avec une telle précision. Il ne pouvait être question de hasard.

— Par ici, lui expliqua le brancardier. C'est tout droit, en face.

— Merci.

Hannah se mit à trotter, mais l'accélération de son rythme cardiaque ne fit qu'activer un peu plus sa calculatrice cérébrale : trente-quatre morts. Localisés avec une précision surnaturelle. Il en manquait encore deux. Elle en était persuadée. En revanche, il était impossible de dire dans quel ordre ils seraient commis. C'était comme si le système avait voulu qu'il en soit ainsi. Elle avait l'impression qu'ils étaient en train de lutter pour empêcher que deux plus deux fassent quatre. Ou pour empêcher la voiture de Gustav de finir dans le champ. En définitive, ils luttaient contre les lois de la nature.

15 h 39

Niels s'engagea dans un nouveau couloir, guidé par la *Troisième Symphonie* de Mahler. En dehors de l'odeur de propreté clinique qui flottait dans l'air, le service de chirurgie était désert. Tandis qu'il accélérait l'allure, des images de personnes qu'il avait croisées ces deux derniers jours défilaient dans sa tête. Amundsen d'Amnesty. Les vies qu'il avait sauvées et celle qu'il s'apprêtait à détruire : celle de sa femme. Niels se souvenait de son expression innocente et de ses yeux clairs, joyeux. Elle ne nourrissait pas le moindre soupçon. Confiance et dévouement total à son mari. Et Rosenberg. Était-il acceptable d'en sacrifier un pour en sauver douze ? Le pasteur connaissait la réponse. Il avait commis une erreur. Mais Niels l'aimait bien. Le seul qu'il n'avait pas apprécié était Thorvaldsen, qui était un peu trop convaincu de sa propre bonté et qui tyrannisait ses employés.

Les portes des blocs opératoires étaient toutes fermées. Alors qu'autrefois, c'étaient les églises qui étaient les antichambres de l'au-delà, c'était désormais le cas dans les couloirs des services de chirurgie des hôpitaux. Aussi ne paraissait-il pas étonnant d'entendre une si belle musique dans ce lieu. Bloc opératoire 5. Au-dessus de l'entrée, une lampe rouge était allumée. « Accès interdit ».

Niels entrouvrit la porte et aperçut une équipe de médecins, d'infirmières et de chirurgiens hyper-concentrés en pleine opération. Une femme se dirigea vers lui d'un pas résolu.

— Vous n'avez pas le droit d'être là !

— Je suis policier. Je cherche Gry Libak.

— Vous allez devoir attendre la fin de l'opération.

— Non, je dois la voir maintenant.

— Nous sommes en train d'opérer ! Qu'est-ce que vous vous imaginez ?

— Je suis de la police.

— Personne n'est autorisé à pénétrer ici, le coupa-t-elle. Pas même la police. Sortez !

— Est-ce qu'elle est ici ? Est-ce que c'est vous ? Êtes-vous Gry Libak ?

— Gry vient de partir. Et, maintenant, vous sortez aussi, si vous ne voulez pas qu'on aille se plaindre auprès de vos supérieurs dès demain.

— Partie ? Est-ce qu'elle va revenir ? A-t-elle terminé son service ?

— Je ferme.

— Dernière question, insista Niels en bloquant la porte avec son pied.

— J'appelle la sécurité.

— Sa vie est en danger. Sans quoi je ne serais pas là.

Les médecins n'avaient pas levé les yeux de la table d'opération. Pas même une seconde. C'est seulement à cet instant que l'un d'entre eux regarda Niels. On n'entendait plus que la musique de Mahler et le bip monotone qui indiquait que le patient était en vie. Ce fut le médecin qui lui répondit derrière son masque blanc :

— Vous la trouverez peut-être dans le vestiaire. Ça fait douze heures qu'on est là, il est donc probable qu'elle prenne une longue douche.

— Merci. Où se trouvent les vestiaires ?

— Secteur 2141, lui indiqua l'infirmière avant de lui claquer la porte au nez.

— Niels !

C'était Hannah qui venait à sa rencontre en courant.

— Spreckelsen était une fausse-piste. Mais il est possible que Gry Libak… expliqua-t-il.

— Où est-elle ?

— Dans les vestiaires. 2141.

Niels consulta sa montre. Il ne restait plus que sept minutes.

Secteur 2141. 15 h 41

Le vestiaire des femmes. De longues rangées de placards métalliques luisants avec des bancs au milieu. Il n'y avait pas un chat.

— Gry Libak ? cria Niels.

Seul l'écho lui répondit. Et sur un ton désespéré.

— Les noms sont dans l'ordre alphabétique.

Niels réfléchit. Ils auraient dû commencer par ici. C'est généralement sur leur lieu de travail que les gens cachent leurs secrets et leurs vices, là où leur tendre et cher ne peut les trouver.

— Trouvez son placard. Gry Libak.

— Et puis ?

— Forcez-le.

— Niels ?

— Faites ce que je vous dis !

Les cadenas sur les portes des placards avaient surtout un rôle symbolique. Hannah remonta la rangée. Jacobsen, Signe. Jensen, Puk. Klarlund, Bente. Kristoffersen, Bolette. Lewis, Beth. Libak, Gry. Elle tira sur la porte. Elle était verrouillée.

Niels parcourut l'alphabet dans l'autre sens : Fiola. Finsen. Ejersen. Egilsdottir. Deleuran, Maria.

Il tenta d'ouvrir le placard à mains nues. Mais c'était impossible. Il regarda autour de lui. Il lui fallait un outil. N'importe quoi, tout ce qui pourrait… Un manche de balai ! Il s'empara du balai sur le chariot d'entretien, l'enfonça dans le cadenas et tourna. Celui-ci céda facilement et atterrit sur le sol en émettant un bruit métallique aigu. Hannah se tenait derrière lui, l'air désemparé.

— Je n'arrive pas à l'ouvrir.

— Tenez. Arrachez le cadenas avec ça.

Hannah prit le manche à balai. Ce n'était pas tout à fait son style.

— Elle est ici, s'exclama Niels.

— Qui ?

— Maria. Celle que je n'ai jamais réussi à trouver. Ses vêtements sont là.

Un manteau, une écharpe, des chaussures. Aucun doute : Maria était bien là.

Sur la face intérieure de la porte étaient accrochées quelques photos et cartes postales. Une bourse africaine de fabrication artisanale était également posée sur l'étagère. Sur l'une des cartes postales était écrit : « *You're an angel, Maria. God bless you. Rwinkwavu Hospital. Rwanda* ». Niels observa attentivement une des photos où une ravissante femme blonde posait de profil.

— Je t'ai vue quelque part, murmura-t-il. Je t'ai vue quelque part. C'est elle ! s'écria-t-il en se tournant vers Hannah. Tout correspond.

— Mais vous avez vu l'heure ? Il ne reste que cinq minutes.

Niels n'entendit pas la suite des protestations de Hannah et partit en courant.

Elle se contenta de le regarder s'éloigner sans tenter de le suivre. Que lui avait-il dit ? Qu'on l'avait qualifié de maniaco-dépressif ? Maniaque était en tout cas le terme qui convenait pour décrire son état actuel.

78.

Gare Santa Lucia, Venise

La première chose que vit Tommaso, ce fut la foule des religieux. Des hommes et des femmes vêtus de leurs uniformes blancs ou noirs. Des moines et des nonnes de Venise.

— Qui attendez-vous ? demanda Tommaso à une nonne d'une voix enrouée.

L'accès à la gare était interdit au public – le trafic ferroviaire était suspendu pendant quelques minutes. Le temps que le cortège descende du train et rejoigne le Canal Grande.

— Excusez-moi. Qui attendez-vous ?

La nonne lança un regard furibond à Tommaso qui remarqua soudain qu'il lui tenait le bras.

— Voulez-vous bien avoir la gentillesse de me lâcher ?

— Pardon, s'excusa-t-il en obtempérant.

Une autre sœur eut pitié de lui.

— C'est notre cardinal.

Elle prononça son nom, mais il se perdit dans le vacarme produit par le train qui entra en gare au même moment. Tommaso s'adossa au mur. La prochaine victime était peut-être à bord. Certainement, même. Si seulement il pouvait trouver le directeur de la police. Ou prévenir quelqu'un. N'importe qui. Les portes s'ouvrirent. Le ministre de la Justice à la calvitie avancée fut le premier à apparaître. Il salua la foule d'un geste de la main en prenant la pose. Derrière lui, Tommaso reconnut aussitôt le cardinal qu'il avait déjà vu à la télévision. N'était-ce pas lui, d'ailleurs, qui avait suggéré que l'Église catholique devait malgré tout recommander l'usage du préservatif en Afrique – une disposition qui, à elle seule, pourrait sauver une dizaine de millions de vies chaque année ?

Quelqu'un se mit à applaudir. Ou bien était-ce le bruit de la pluie sur le toit ? C'est alors que Tommaso aperçut le directeur de la police.

79.

Clinique pédiatrique, Rigshospitalet. 15 h 43

— Excusez-moi !

Niels n'avait pas le temps d'aider la maman à se relever. Il l'avait percutée dans le dernier virage avant la clinique pédiatrique. Il regarda dans les chambres, dévisageant les infirmières, et trouva celle qu'il cherchait dans le couloir. Tove Fanø, l'amie de Maria. Il l'empoigna par le bras et l'entraîna dans la réserve.

— Lâchez-moi !

Il claqua la porte derrière eux. Des gants jetables, des bassines et des draps étaient entreposés là. Il chercha un verrou, mais la porte n'en était pas équipée.

— Où est-elle ?

— Je vous ai dit qu'elle n'était pas…

— Je sais que Maria est ici !

L'infirmière resta interdite. Niels se rapprocha d'elle.

— Savez-vous ce que vous risquez pour avoir fait entrave au travail de la police ? Voulez-vous être responsable de la mort de Maria ?

Elle réfléchit un instant. Niels sortit ses menottes.

— Tove Fanø. Je vous arrête pour entrave…

— Descendez au sous-sol de l'unité A, céda-t-elle. Vous y trouverez des petites salles de repos réservées aux chirurgiens. Personne n'y va jamais.

— Qu'y a-t-il d'écrit sur la porte ?

15 h 45

Niels croisa Hannah en descendant l'escalier.

— Elle est ici. Maria. Au sous-sol.

Niels était complètement exalté. Hannah eut envie de l'arrêter, de le pousser dans les marches. À cet instant, elle ne croyait plus en rien.

— Combien de temps ? demanda-t-il, à bout de souffle.

Elle consulta sa montre avec nonchalance.

— Trois minutes.

— Venez !

— Niels… C'est de la folie pure.

Il leva les yeux sur elle et secoua la tête en riant.

— Vous aussi ?

— Quoi ?

— Je suis malade ? C'est ce que vous pensez ?

Il la saisit par le bras et l'entraîna avec lui dans l'ascenseur.

— Vous prenez à gauche. Cherchez une porte sur laquelle il est écrit : « Salle de repos ».

L'ascenseur stoppa sa course dans les entrailles de l'hôpital et ses portes s'écartèrent.

Sous-sol. 15 h 46

— Que dois-je faire si je trouve la porte ?

Niels n'entendit pas la question de Hannah. Il s'était déjà élancé dans le couloir. Le bruit de ses pas désespérés se mêla au faible ronflement en provenance des puits de ventilation.

Hannah prit une profonde inspiration. La théorie lui manquait terriblement. Tout comme le travail de réflexion. Comprendre l'univers sans jamais aller plus loin que le kiosque au bout de la rue pour se ravitailler en cigarettes.

La plupart des portes ne présentaient aucun écriteau. Derrière certaines d'entre elles, on pouvait s'attendre à trouver un dépôt : « Magasin B2. Service de radiologie / réserve ». En tout cas, pas la trace de la moindre « Salle de repos ». Hannah pensa à Søren Kirkegaard. Lui aussi avait passé sa vie à tourner en rond sur quelques mètres carrés. Peut-être s'autorisait-il une petite promenade dans la rue, de temps en temps, mais toujours totalement absorbé par ses pensées. Il n'y a pas besoin de beaucoup d'espace pour étudier le monde – en réalité, un tonneau suffirait. « Magasin. Dépôt / Anesthésie ». Elle n'entendait plus les pas de Niels et tourna au bout du couloir tout en songeant à des philosophes dans des tonneaux. Le Grec Diogène – l'inventeur du cynisme, terme qui vient du mot « chien » en grec – affirmait que nous pouvions apprendre énormément de cet animal capable de distinguer d'instinct un ami d'un ennemi, contrairement à l'homme. Nous pouvons très bien nous mettre en ménage avec notre pire ennemi sans nourrir le moindre soupçon. Pourquoi pensait-elle à cela à ce moment précis ? Il arrivait parfois que ses associations d'idées l'obsèdent … non – elle savait ce qui l'avait amenée à songer à Diogène : en une occasion, le philosophe avait en effet quitté son tonneau pour se promener dans les rues d'Athènes en quête d'une « personne authentique ». Quelqu'un de bien. Diogène était tout simplement venu en aide à Hannah. Comme elle, il était sorti de son tonneau afin de trouver un être pur.

Niels et elle arrivèrent dans le virage en même temps.

— Avez-vous trouvé ? demanda-t-elle. Le coucher du soleil, c'est pour maintenant. Il est 15 h 48.

— C'est ici. « Salle de repos », chuchota-t-il.

Il tira son pistolet de son holster, puis le contempla un bref instant avant de le rengainer.

— Je me demande ce que nous allons découvrir, parvint-elle à glisser avant qu'il ne s'élance dans la pièce.

Salle de repos. 15 h 48

Niels se retrouva dans les ténèbres et fut accueilli par le son discret d'une télévision et un cri de terreur.

— Maria Deleuran ? appela-t-il.

Était-ce une femme qu'il distinguait dans le lit ? Il avança à tâtons à la recherche d'un interrupteur.

— Maria ?

— Oui.

— Êtes-vous seule ?

— Oui, répondit-elle.

Niels plissa les yeux. Il commença peu à peu à distinguer les contours de la pièce. Maria était allongée sur le lit. Il s'approcha encore et découvrit une autre personne. Une silhouette – quelque chose qui se déplaçait beaucoup trop vite dans sa direction.

— Arrêtez-vous !

— Que se passe-t-il ? cria Maria.

Sans dégainer, Niels retira le cran de sécurité de son pistolet. Il agita les bras à l'aveuglette dans le noir et saisit un col. L'autre parvint à se dégager et à lui assener un coup de poing au visage. Maria se mit à pleurer et Niels heurta sa jambe dans sa chute. L'inconnu se précipita sur lui et tenta d'attraper sa tête.

— Allumez la lumière ! hurla Niels en saisissant son agresseur par le poignet.

Il le tordit, se retourna et essaya de se remettre sur ses jambes, mais il reçut un nouveau coup derrière le crâne avant d'avoir eu le temps de se relever.

— Appelle la sécurité ! ordonna l'autre homme en s'accrochant au bras de Niels.

— Hannah ! Allumez la lumière.

Niels parvint à se libérer, sortit ses menottes et saisit enfin la main de l'autre. Une torsion brutale, un cri de douleur, puis il envoya son adversaire au sol avec vigueur. Au même moment, Hannah alluma la lumière. L'homme à moitié nu glissa sur le sol quand Niels le tira pour attacher les menottes à un barreau du lit.

Ce n'est qu'alors qu'il se tourna vers Maria qui, terrorisée, s'efforça de cacher son corps dénudé à l'aide d'un drap.

— Qu'est-ce… Qu'est-ce que vous voulez ?

Niels respirait bruyamment. Du sang coulait de son nez sur sa chemise. Il promena son regard à travers la pièce, comme pour tout enregistrer : Maria, l'homme d'une quarantaine d'années, à moitié nu, assis par terre, attaché au lit, sa blouse blanche, sur le dossier d'une chaise, avec un badge à son nom : Max Rothstein – Médecin-chef –, la bouteille de vin blanc débouchée sur une petite table et Maria, qui pleurait maintenant à chaudes larmes.

— Répondez ! sanglota-t-elle. Que se passe-t-il ?

— Ce n'est pas elle, murmura Niels.

— Qu'est-ce que vous voulez ?

Niels leur présenta son insigne de police d'un air las, tout en essayant de reprendre sa respiration, tandis que Hannah se retirait dans le couloir.

— Quelle heure est-il ?

— Niels… ça va trop loin.

— Quelqu'un pourrait-il m'expliquer ce qui se passe, bordel ? cria l'homme.

Le regard de Niels tomba sur la mini-télé de la salle de repos. La mention « en direct » était incrustée au-dessus des images prises d'un hélicoptère qui montraient une ambulance progressant à vive allure à travers la ville.

— Montez le son.

Le médecin s'apprêtait à protester à nouveau.

— Montez le son ! répéta Niels.

Personne ne réagit. Il alla lui-même jusqu'à la télévision et appuya au hasard sur les boutons pour augmenter le volume. « Un représentant de l'une des ONG présentes au sommet sur le climat a fait un grave malaise au cours des ultimes négociations. Certaines sources proches de cette personne parlent de quinze jours de pression inhumaine pour arriver à un accord… et, comme nous pouvons le voir sur ces images, il arrive à l'instant même au Rigshospitalet. »

— Oh, Seigneur, s'écria Hannah.

L'hélicoptère de TV2 News filma alors le magnifique coucher de soleil sur la ville. Les tout derniers rayons.

— L'heure ?

— C'est maintenant, Niels. Sinon…

— À quel endroit arrive l'ambulance ?

— Maintenant, j'aimerais savoir ce qu'il se passe, intervint le médecin.

— À QUEL ENDROIT ?

Ce fut Maria qui répondit :

— Par l'entrée des urgences. Il faut prendre l'ascenseur jusqu'au rez-de-chaussée.

15 h 51

Niels boitait. Hannah essaya de le suivre, mais il atteignit l'ascenseur bien avant elle. Il s'acharna sur le bouton d'appel, comme si cela avait pu le faire descendre plus vite. Hannah surgit juste à temps pour le prendre avec lui.

Ils n'échangèrent pas un mot. C'est à peine si elle osa le regarder. En revanche, elle ne manqua rien des expressions surprises et choquées des gens lorsqu'ils virent débarquer au rez-de-chaussée cet homme boitant, pistolet à la main, et qui ne faisait rien pour dissimuler son hémorragie nasale.

— Police ! Où se trouvent les urgences ?

Tous pointèrent le doigt dans la même direction. Niels s'éloigna en se traînant, suivi de Hannah. Ils arrivèrent exactement en même temps que l'ambulance. Une équipe médicale se tenait déjà prête. Les deux motards de la police qui avaient ouvert la voie au véhicule à travers la ville repartirent, laissant la place au personnel de l'hôpital. Une paroi vitrée empêcha Niels d'aller plus loin.

— Comment passe-t-on de l'autre côté ?

— Niels !

Hannah tenta de lui saisir le bras, mais il se libéra. Le patient sur le brancard fut sorti de l'ambulance et les médecins se ruèrent sur lui.

— Non !

Ils n'entendirent pas ses cris. Niels se mit à frapper contre la vitre.

— Où est la porte ?

— Niels, insista Hannah en le tirant par le bras.

— Là-bas ! cria quelqu'un.

Alors qu'il s'apprêtait à repartir en courant, Hannah se plaça en travers de son chemin.

— Niels !

Il la regarda.

— L'heure. Ça fait déjà plusieurs minutes. Le soleil s'est couché.

Niels se retourna vers Yves Devort et le vit se redresser sur son brancard en souriant aux médecins, soudain en voie de guérison. Il connaissait parfaitement ce phénomène. Rien qu'en voyant l'ambulance arriver, on se sentait toujours mieux. Malheureusement, Sommersted se tenait près du brancard et son regard de faucon ne tarda pas à le repérer. Évidemment.

80.

Gare Santa Lucia, Venise

Les militaires barraient le passage, tandis que les invités officiels défilaient lentement devant les rangs de fonctionnaires et de policiers.

— Commissaire ! Le cardinal est en danger ! cria Tommaso sans toutefois parvenir à se faire entendre au milieu de tout ce vacarme.

Tout à coup, il aperçut Flavio. Enfin quelqu'un à portée de voix. Pourtant, celui-ci non plus ne réagit pas à ses appels. Il resta immobile au milieu du rang, tandis que le ministre de la Justice serrait la main du chef de la police et lui présentait sa suite tout en essuyant régulièrement la sueur sur son visage. Suivirent quelques poignées de main rapides, bises et échanges de civilités préparées à l'avance. Le cardinal se tenait au centre. Tommaso regarda autour de lui. Aucun individu suspect en vue. À l'exception d'un homme avec des lunettes noires. Il n'y avait pas de soleil dans la gare. Pourquoi portait-il donc ces lunettes ?

— Flavio !

Son collègue réagit enfin. Il sortit du rang et marcha à sa rencontre.

— Tommaso. Qu'est-ce que tu fais là ? demanda-t-il.

— Quelqu'un est en danger.

— De quoi est-ce que tu parles ?

— Il faut que tu me croies…

— Tu as une de ces têtes ! l'interrompit son collègue. Tu es malade. Tu ne devrais pas être ici. Tu devrais être chez ta mère.

Tommaso le repoussa. L'homme aux lunettes de soleil s'était évanoui dans la foule. Non, il se tenait maintenant à proximité du cardinal, un sac à la main.

— Lui, là, Flavio, cria-t-il en le montrant du doigt.

Le commissaire avait repéré Tommaso. Flavio le prit par le bras.

— Il faut que tu t'en ailles. Tu ne fais qu'aggraver ton cas. Tu m'entends ?

Le cortège se remit en marche en direction de la sortie. L'homme aux lunettes de soleil également.

81.

Sous-sol du Rigshospitalet, Copenhague

Une goutte de sang tomba sur le sol. Elle avait quitté le nez de Niels une seconde plus tôt. Le docteur Max Rothstein le regarda lui retirer les menottes.

— Il arrive que la police commette des erreurs, exactement comme vous, murmura Niels pour tenter de mettre un terme au flot de questions et de plaintes acerbes de Maria Deleuran et de son amant secret, Max Rothstein.

— Tu parles.

— Je suis désolé.

Maria s'était rhabillée depuis longtemps.

— Et qu'est-ce qui va se passer… ? demanda le médecin en adressant à Maria un regard mal assuré. Est-ce que vous allez faire un rapport sur cet événement ?

Niels parut désorienté. Quelle réponse attendait-il de lui ?

— Un rapport ?

Le médecin s'éclaircit la voix avant de s'expliquer :

— Écoutez : j'ai une famille. J'ai commis une erreur. Il ne faudrait pas qu'en plus je sois sanctionné parce que vous écrivez un rapport sur ce qui s'est passé ici.

— Non. Bien sûr que non. Je n'en répéterai pas un mot.

Rothstein essaya de capter l'attention de Maria, mais son discours protecteur à propos de sa « famille » la laissa de marbre. Hannah se demanda si l'infirmière parfaite venait d'être recalée ou si elle pouvait toujours prétendre au titre de « quelqu'un de bon » malgré sa relation avec un homme marié.

— Et vous ? Qui êtes-vous ? s'enquit Rothstein.

— Hannah Lund.

— La femme de Gustav ?

— Oui, confirma-t-elle d'un air surpris.

— On était à Regensen[1] ensemble.

— Je vois.

Rothstein se massa les poignets. Ils étaient rouges et enflés.

— Puis-je examiner votre nez ? demanda-t-il à Niels en se dirigeant vers lui.

Il lui releva délicatement la tête de manière à inspecter l'intérieur de ses narines. Le rapport de forces entre les deux hommes venait de se renverser. Peut-être était-ce là le but recherché par Rothstein : regagner un peu de sa dignité perdue.

Maria roula un petit bout de coton sous ses doigts et le tendit au médecin qui l'enfonça dans la narine de Niels avant de conclure :

— Alors, disons que l'incident est clos.

Sur ce, il s'éclipsa en adressant au passage un signe de tête à Hannah. Sans doute un signe de reconnaissance

---

1. Résidence étudiante située près de la Tour Ronde et fondée au XVIIe siècle par le roi Christian IV.

entre académiciens. Il ne restait plus à l'infirmière et au policier qu'à s'en trouver un également.

Foyer du Rigshospitalet

Niels insista pour s'asseoir et attendre un instant. Peut-être quelqu'un était-il mort de manière inattendue quelque part dans l'hôpital au même moment. Ils patientèrent ainsi pendant une demi-heure, sans dire un mot, jusqu'au moment où Hannah se leva.

82.

Gare Santa Lucia, Venise

Le soleil s'était presque couché à Venise. Tommaso se trouvait toujours dans la gare, où il assista au départ de la crème de l'administration judiciaire italienne à bord du bateau de la police. Personne n'était mort. L'homme aux lunettes noires avait fini par les retirer avant de disparaître en direction du Ghetto.

Tommaso ne se sentait pas bien. Son nez coulait. Lorsqu'il se moucha, il remarqua qu'il s'agissait de sang.

Il éprouvait des difficultés à garder l'équilibre. Il fallait qu'il boive quelque chose – qu'il se pose quelques secondes à l'abri des regards. Flavio rentrait chez lui. Il fit un signe de la main à Tommaso qui s'empressa de s'éloigner.

— Pardon, murmura-t-il au couple d'amoureux qu'il venait de bousculer en plein milieu d'un baiser.

Il y avait la queue devant les toilettes des femmes. Il se dirigea vers celles des hommes. Une barre en acier barrait le passage.

— C'est payant, l'informa quelqu'un dans son dos.

À deux doigts du malaise, il fouilla dans ses poches à la recherche de monnaie, tandis que l'homme derrière s'impatientait. Il finit par mettre la main sur trois pièces et glissa celle de cinquante cents dans la fente. Mais la barre ne bougea pas.

— Ça coûte quatre-vingts cents !

Tommaso introduisit les deux dernières pièces. La somme « quatre-vingts cents » s'afficha à l'écran et la barre en acier s'écarta.

83.

Place Kongens Nytorv, Copenhague

Un sapin de Noël couché sur une luge tirée par un père et son fils sur la fine couche de neige. Niels les observa à travers le pare-brise embué de la voiture. Il aurait dû être en Afrique, en ce moment. Fêter Noël au bord d'une piscine. Voir un lion le jour du réveillon et sentir l'océan Indien caresser ses pieds. Au lieu de cela, il sentait l'air froid s'infiltrer dans la voiture de Hannah par le plancher.

— Vous voulez que je conduise ? demanda-t-elle.

— Non, ça va aller.

Rouge, orange[1], vert. Première vitesse. Les roues avant patinèrent sur la neige au moment où il débraya. Pendant quelques secondes, il perdit même le contrôle du véhicule, mais rectifia bientôt sa trajectoire et poursuivit sa route. À cet instant, il sentait que, s'il survenait quoi que ce soit, il ne pourrait rien faire pour l'empêcher, que ses mains seraient prises d'une tremblote frénétique si jamais il lâchait le volant, et qu'il

1. Au Danemark, entre le rouge et le vert, les feux de circulation passent à l'orange.

allait fondre en larmes si Hannah le frôlait seulement. Mais elle n'en fit rien et il s'accrocha fermement au volant. Ils franchirent le pont au-dessus des lacs, longèrent le parc du Kongens Have et arrivèrent sur la place Kongens Nytorv sans que ni l'un ni l'autre ait prononcé le moindre mot. Cependant, tous deux regardèrent un père Noël passer juste devant eux en traînant dans son sillage une nuée d'enfants.

Sur la place étaient exposées sur des chevalets des photos de cent endroits de la terre menacés de disparition à cause des changements climatiques. Ils entendirent un homme s'adresser avec un micro à un public médusé :

— Plus de sept cent mille personnes travaillent pour l'industrie du thé au Sri Lanka. Or leurs plantations souffrent de plus en plus de la sécheresse.

La circulation était au point mort. Des gens traversaient la place, les bras chargés de cadeaux, et passaient sans s'arrêter devant les photos des îles Salomon dont la population vivait de noix de coco et de poissons à seulement deux mètres au-dessus du niveau de la mer, avant de se diriger vers les boutiques d'antiquités de Bredgade, où l'on pouvait voir des images de ce lac au Tchad qui s'évaporait peu à peu et qui allait bientôt former un nouveau désert africain. La circulation reprit enfin. Lentement, de manière hésitante, comme si les automobilistes rassemblés autour de la place envisageaient d'éteindre leur moteur, de jeter leurs clés au loin et de s'engager pour tenter de sauver les îles Salomon. Mais, non. Au dernier moment, ils décidèrent tous de poursuivre leur route, comme d'habitude. En tendant bien l'oreille, on aurait peut-être pu entendre la dernière noix de coco des îles Salomon se détacher de sa branche et rouler en direction d'une mer qui s'apprêtait à tout engloutir. Une fois de plus, ce fut Hannah qui rompit le silence :

— Où allons-nous ? s'enquit-elle en regardant par la vitre de sa portière, comme si sa question ne s'était pas adressée à Niels, mais à l'humanité tout entière.

— Je ne sais pas, répondit-il tandis qu'elle se tournait vers lui en souriant. Toute cette journée… Je vous demande pardon, Hannah.

— Vous n'avez pas à vous excuser.

— Je voudrais juste vous poser une dernière question.

— Oui ?

Il hésita.

— Je ne crois pas que je pourrai dormir seul cette nuit.

Il se racla la gorge, visiblement gêné que sa suggestion puisse être interprétée comme une proposition.

— Enfin, murmura-t-il. Ça n'a rien de…

— Non, non. Je comprends.

Il la dévisagea. En effet, elle comprenait.

— Est-ce que ça vous dirait ? J'ai un bon canapé-lit. On pourrait boire un verre de vin.

— Vous savez quoi ? déclara-t-elle en souriant. Ça m'irait parfaitement. Il y avait trois choses que Gustav ne me disait jamais : « Je ne sais pas », « Pardon » et « Est-ce que ça te dirait ? »

84.

Le silo Carlsberg, Copenhague

— Ma femme est architecte, précisa-t-il lorsque l'ascenseur ouvrit ses portes directement sur l'appartement.

Hannah ne fit pas le moindre commentaire sur la surface inhabituelle de la pièce. Elle se contenta de s'effondrer sur le canapé comme si elle avait été chez elle. Jusqu'alors, tous ceux qu'ils avaient invités avaient été époustouflés par la vue panoramique. Mais pas Hannah. Peut-être avait-elle déjà vu plus spectaculaire encore, se dit Niels en débouchant une bouteille de vin rouge. En tant qu'astronome, elle avait certainement dormi à la belle étoile sur un sommet andin, assisté à des explosions de soleils dans la ceinture d'Orion et à d'autres spectacles tout aussi magnifiques. Dans ces conditions, il était tout à fait naturel qu'elle ne soit pas transportée par la vue qu'offrait l'appartement sur l'usine Carlsberg. Il lui tendit un verre.

— Vous pouvez fumer, si vous voulez.

Il ressentit soudain une pointe de culpabilité. Comme s'il avait été en train de commettre une infidélité. Hannah se tenait debout près d'une fenêtre.

— Ça ne m'avait jamais effleurée…

— Quoi ? demanda-t-il en s'approchant.

— Quand on regarde la ville d'en haut. Comme en ce moment. Ou quand on observe l'Europe de nuit. Toutes ces lumières. Vous savez ?

— Non. À vrai dire, les avions, ce n'est pas trop mon truc.

— Non ? s'étonna-t-elle en le dévisageant comme si elle venait de comprendre quelque chose.

— Que vouliez-vous dire ?

— Que les points lumineux sont regroupés autour des villes de la même manière que dans l'espace. Quand on observe les galaxies, Niels. C'est exactement pareil. (Puis, en désignant les lueurs lointaines à l'horizon, elle ajouta :) On a sous les yeux une immense zone de néant absolu et, tout à coup, on voit apparaître une sorte de grappe de lumières. De la vie. Presque comme une ville.

Niels ne savait pas quoi répondre.

— Peut-être qu'on devrait rappeler Tommaso pour savoir s'il a trouvé quelque chose, proposa-t-il en remplissant leurs verres.

— Vraiment ? Je n'en peux plus.

— Bon. Dans ce cas, c'est moi qui vais l'appeler. Vous voudrez bien traduire, si jamais il décroche ?

Niels passa son coup de fil. Pas de réponse. Il essaya une nouvelle fois.

— *Hello ? English ? Is this Tommaso di Barbara's phone ?*

Hannah se resservit du vin. Que venait de lui dire Niels ? Ses paroles lui trottaient dans la tête depuis qu'il les avait prononcées. « Les avions, ce n'est pas trop mon truc. » Elle l'entendait parler dans la chambre :

— *What ? Can I talk to him ? I don't understand.*

Perplexe, il faisait des allers-retours entre sa chambre et la salle de bains.

— Je crois qu'ils le cherchent. J'ai du mal à comprendre ce qui se passe.

Hannah le suivit. À distance. Il jeta sa chemise sur le sol de la salle de bains. Ses vêtements étaient couverts de sang. Puis il se retourna. C'est alors qu'elle découvrit son dos. Elle eut un choc.

— *What ? No ? Tommaso ?*

Niels voulait en savoir plus, mais la personne à l'autre bout de la ligne avait déjà raccroché depuis longtemps. Il posa ses mains sur le lavabo pendant quelques instants avant de se retourner vers elle.

— C'est… il… bégaya Niels.

— Il est mort, compléta-t-elle.

— Comment le savez-vous ?

— La question est plutôt, pourquoi ne l'ai-je pas compris plus tôt ?

— Que voulez-vous dire ?

— Niels. C'était lui, le numéro trente-cinq.

De manière évidente, il ne la suivait plus. Elle passa le seuil de la salle de bains et lui prit délicatement la main.

— Qu'est-ce qu'on va faire ? demanda Niels.

— Tournez-vous.

Elle le fit pivoter dos au lavabo et saisit un petit miroir de poche qu'elle lui tendit.

— Regardez.

Au début, il ne distingua rien de particulier. Puis elle lui apparut. La marque. Elle était là, sur son dos. Encore floue, semblable à une simple éruption cutanée. Mais sa forme ne faisait aucun doute. Il laissa tomber le miroir qui se brisa sur le carrelage. Sept ans de malheur. Puis il sortit de la salle de bains.

— Niels ?

Elle l'appela, mais il avait déjà disparu dans sa chambre en claquant la porte derrière lui.

— Vous vous êtes trouvés. C'est évident : vous étiez les seuls à écouter, lui cria-t-elle.

Elle l'entendait farfouiller.

— Vous étiez les seuls à écouter, répéta-t-elle à voix basse pour elle-même.

Niels ouvrit la porte brutalement. Il avait changé de chemise. Une valise à la main. Cette valise qu'il avait préparée depuis longtemps, déjà, mais qui avait toujours refusé de voyager. Cette fois, elle allait le faire.

85.

Ospedale dell'Angelo, Venise

Le commissaire Morante tenait le téléphone portable de Tommaso dans sa main.

Lourdes. Voilà ce qu'il pensait des responsabilités : elles étaient lourdes à porter. Elles l'étouffaient. Comme un corps étranger dans ses poumons qui aurait réduit ses capacités respiratoires. Le poids des responsabilités se pèse sur une vraie balance, songeait le chef de la police quand Flavio interrompit le cours de ses pensées.

— J'aurais dû l'écouter.

Le commissaire considéra Flavio, assis sur l'une des chaises en plastique roses de l'hôpital. Ils attendaient que le médecin passe les voir pour leur fournir quelques éclaircissements. C'était un touriste suédois qui avait trouvé le corps de Tommaso dans les toilettes. Il avait poussé un cri qui, au dire des témoins, avait retenti dans toute la gare.

— Il m'a dit qu'on était en danger. Que quelqu'un était en danger, expliqua Flavio.

— Quand ?

— Tout à l'heure. Dans la gare. J'ai cru qu'il était malade. Vous nous aviez annoncé qu'il était suspendu.

— J'ai dit ça ? Ce serait donc ma faute ? C'est ce que vous insinuez ?

Flavio adressa un regard surpris à son chef. C'était la première fois qu'il l'entendait crier de la sorte.

Le commissaire s'efforça de garder son sang-froid malgré son éclat de voix. Il y aurait une enquête, il le savait. On lui demanderait pour quelle raison il l'avait suspendu. Pourquoi il était resté sourd à ses avertissements. Les ambulanciers avaient tenté de ranimer Tommaso dans les toilettes. C'était là qu'ils avaient vu son dos, en découpant sa veste afin de lui administrer une décharge de défibrillateur, et remarqué cette marque étrange, qui s'étendait d'une épaule à une autre. La peau était enflée. On distinguait des motifs. « Son dos était brûlant », avait déclaré l'un des ambulanciers.

Le médecin passa la tête par la porte et les appela sur un ton directif :

— Suivez-moi !

Personne ne s'adressait de cette manière au chef de la police de Venise. Mais peut-être n'était-ce qu'un avant-goût de ce qui l'attendait. La dégradation. L'humiliation. Les articles méprisants dans la presse.

Même lorsqu'un de ses hommes venait de perdre la vie, l'unique chose qui préoccupait le commissaire Morante était sa carrière.

La morgue

Une guirlande ornait l'entrée. Même pour les médecins légistes, c'était Noël.

Le corps de Tommaso di Barbara reposait tête vers le bas sur la table métallique. Mais ce n'était pas un cadavre comme les autres. Non, celui-ci était décoré.

Le chef de la police s'approcha pour examiner son dos.

— Qu'est-ce que c'est ?

— J'espérais que vous me l'apprendriez, répondit le médecin, debout près de la fenêtre, en observant le commissaire d'un air réprobateur, comme s'il avait été responsable de la mort de son subordonné.

— Comment pourrais-je le savoir ?

Le médecin haussa les épaules.

— C'était ça dont parlait Tommaso, intervint Flavio sur un ton mal assuré, avant de baisser le regard. Il parlait de cadavres qui portaient tous la même marque sur le dos. Cette affaire sur laquelle il faisait une fixation. Le paquet envoyé de Chine. Tous ses extraits d'articles de journaux. Aucun parmi nous ne l'a cru.

Un silence pesant s'abattit sur la pièce.

— Quelle est la cause du décès ? s'enquit le chef de la police.

— Tant que personne ne m'aura expliqué ce que c'est que cette marque, je dirai qu'il s'agit d'un meurtre, répondit le médecin en haussant les épaules.

— Un meurtre ?

— Meurtre par empoisonnement. Je ne vois pas quoi d'autre aurait pu provoquer cette réaction.

Le commissaire Morante prit une profonde inspiration.

— Flavio.

— Oui, chef?

— Trouvez-moi la secrétaire de Tommaso. Elle en sait un paquet sur cette affaire. Il lui faisait traduire ses documents.

— Oui. Je m'en charge.

— Il va également falloir contacter Interpol.

Le chef de la police regarda le médecin, puis Flavio.

— Il est essentiel que nous agissions rapidement. Dès maintenant.

II.

LE LIVRE DES JUSTES

« Abraham s'approcha et dit :

"Vas-tu vraiment supprimer le juste avec le pécheur ?

Peut-être y a-t-il cinquante justes dans la ville."

Le Seigneur répondit :

"Si je trouve à Sodome cinquante justes dans la ville,

je pardonnerai à toute la cité à cause d'eux." »

Genèse, 18

1.

Vesterbro, Copenhague

La neige craquait sous les chaussures de Niels, tandis qu'il traversait le parking en trottinant. Même s'il ne l'entendait pas, il savait que Hannah le suivait.

— Niels !

Renonçant à faire rouler sa valise sur la neige, il décida de la porter. Le fait qu'elle soit si lourde avait quelque chose de rassurant. Comme s'il s'était agi d'une veste pare-balles surdimensionnée.

— Vous l'avez toujours su, Niels.

Elle était sur ses talons.

— Je ne sais pas de quoi vous parlez.

— C'est vous, Niels.

— C'est complètement ridicule, rétorqua-t-il.

— Ridicule ?

— Parfaitement. Tout ceci est ridicule, répéta-t-il en accélérant le pas.

— C'est parce qu'il est maintenant question de gens réels que ça vous semble ridicule ? s'écria-t-elle en le rattrapant et en lui saisissant le bras. N'est-ce pas ce que vous m'avez fait remarquer ?

Niels garda le silence. Ils étaient arrivés à la voiture.

— À quand remonte votre dernier voyage ? Répondez ! l'enjoignit Hannah en haussant le ton face au regard fuyant de Niels. Que ce soit ridicule ne vous empêche pas de me parler.

Il fouilla dans sa poche.

— C'est ça que vous cherchez ? demanda-t-elle en brandissant un trousseau de clés.

— Et merde. C'est la vôtre !

— Exactement. On va faire un tour ?

Elle ouvrit la voiture. Niels s'installa au volant et elle sur le siège passager. Il claqua sa portière et balança sa valise sur la banquette arrière à côté du carton avec les dossiers des meurtres.

— OK, Niels Bentzon, dit-elle. Où allons-nous ?

Elle attendit sa réponse en le fixant. Enfin, il se décida à desserrer les dents :

— Je ne suis pas médecin, marmonna-t-il. Mais j'ai déjà entendu parler de réactions psychosomatiques de ce genre. De troubles du système sensoriel. D'états de conscience anormaux. Prenez le phénomène de stigmatisation, par exemple.

L'esprit de Niels était en ébullition. Le souvenir d'un programme télé qu'il avait vu un jour vint à son secours.

— Saint François d'Assise.

— Eh bien quoi ?

— Pendant les dernières années de sa vie, du sang s'écoulait en permanence de ses mains et de ses pieds. Spontanément. Comment s'appelait-il, déjà ? (Niels enfouit son visage dans ses mains et se repassa le programme dans sa tête.) Un petit moine, avec un gros ventre. Italien. Ils ont même réalisé une statue sous-marine de lui. Padre Pío ! Il a vécu à notre époque. Pendant cinquante ans, il a souffert de saignements au niveau des mains. Le corps est capable de susciter les phénomènes les plus inexplicables. Voilà ce qui est en train de se passer, ici. Sinon, ça n'aurait aucun sens.

— Pourquoi parlez-vous de sens ?

Niels ne répondit pas.

— Qui dit que cela a un sens ? poursuivit-elle. Est-ce que cela a un sens que les planètes tournent autour du soleil en suivant une trajectoire elliptique ? Ou bien que…

— Je ne suis pas croyant, Hannah. Pour moi, il existe une explication rationnelle à ces phénomènes.

— Effectivement. On a trouvé une explication naturelle. Seulement, on ne la comprend pas. C'est toujours comme ça que ça se passe, au début, avec les découvertes.

Il secoua la tête.

— Considérez tout simplement que ce phénomène se comporte exactement comme une loi physique, suggéra-t-elle.

— Une loi physique ?

— Une loi physique définit un rapport immuable entre plusieurs grandeurs d'ordre physique. En clair, cela signifie qu'on ne peut pas la modifier. Vous pourrez protester autant que vous voudrez, Niels. Mais vous n'y changerez rien. Regardez-moi. (Il obtempéra, toujours aussi muet.) Pourquoi serait-il si ridicule d'imaginer que le phénomène suive un modèle défini ?

— Comment serait-ce possible ?

— C'est comme avec les mathématiques. En apparence, c'est le chaos. Ça n'a ni queue ni tête. Et puis, si on prend du recul et qu'on trouve la clé, tout nous apparaît soudain évident. Le système s'extirpe du chaos. Les nombres s'assemblent pour constituer des formules. Tout mathématicien connaît ça.

— Hannah.

— Tout peut paraître fortuit, Niels, enchaîna-t-elle. La manière dont vous en êtes venu à vous intéresser à cette affaire. Tommaso. Notre rencontre. Pourtant, tout correspond. Et obéit au système. Comme une loi physique.

— C'est complètement dingue, s'exclama Niels en secouant la tête.

— Aucun de vous ne peut voyager, poursuivit-elle. Vous êtes plantés fermement comme des mâts. Et puis, soudain, vous agissez. Vous accomplissez une action qui contribue à réaliser une œuvre supérieure.

— Une œuvre supérieure ?

— Exactement comme le soldat qui relâche un prisonnier, éveillant ainsi en lui la foi en…

— Ce n'est qu'un exemple, coupa Niels. Et le Russe, qu'en dites-vous ?

— Il a sauvé une mère et ses enfants, dans le théâtre. Qui sait ce qu'ils accompliront un jour ? Ou encore ce garçon à qui on a administré un traitement non homologué et qui a survécu ?

Niels ne dit rien.

— Vous êtes comme des petites îles, Niels. Vous êtes attachés à un endroit précis que vous protégez.

— Qu'on protège ! lança-t-il sur un ton sarcastique. Je ne suis même pas capable de me protéger moi-même.

— Ce n'est pas vrai. C'est vous qui me l'avez dit : vous êtes celui auquel on fait appel quand des malheureux au comble du désespoir sont sur le point de se suicider. Comme les trente-cinq autres. Des médecins, des défenseurs des droits de l'homme. Songez à ce Russe, dans le théâtre, qui a offert sa vie aux terroristes à la place de celles de la mère et de ses enfants. Vous faites exactement la même chose. Dès le départ, vous avez pris cette menace au sérieux. Et vous avez été le seul.

Il remarqua qu'elle avait pris sa main et qu'elle la serrait. Elle relâcha légèrement la pression.

— Il y a un vieux dicton qui dit que le plus grand tour de génie du diable a été…

— … de convaincre les gens qu'il n'existait pas, termina Niels.

— La plus grosse erreur que nous pourrions faire serait de croire que nous avons tout découvert. Les personnes les plus sceptiques que je connaisse, celles qui émettent le plus de doutes sur la manière dont fonctionne l'univers, sont également les plus intelligentes. De vrais génies.

Il tourna son regard vers elle.

— « Dieu n'existe pas. Tout a débuté avec le big bang. On peut augmenter ou baisser la température terrestre comme sur un thermostat… », cita-t-elle en secouant la tête, avant de sourire. Les certitudes sont bonnes pour les idiots. Il faut un minimum d'intelligence pour comprendre à quel point nous sommes ignorants.

— C'est pour cette raison qu'on ne peut pas non plus savoir ce qui est en train de m'arriver.

— Oui, en effet. Mais on peut y voir un système. C'est comme avec la pesanteur. On ignore pourquoi elle agit de cette manière, mais on sait qu'une balle finit toujours par retomber, quand on la lance en l'air. Quoi que vous fassiez, Niels, vous finirez au Rigshospitalet dans six jours. Vendredi prochain. Quoi que vous fassiez.

Niels ne sut quoi ajouter. Au bout de quelques instants, il démarra le moteur. Il ressentit comme une délivrance le fait d'avoir rompu le silence.

— Où va-t-on ? demanda Hannah en lui lâchant la main.

Il la regarda enfin en face.

— En vacances. J'en ai vraiment besoin.

En route vers l'ouest

La neige recommença à tomber dès qu'ils quittèrent Copenhague. Dans un premier temps, ils prirent la direction du nord. Les grands bâtiments laissèrent bientôt la place à des maisons, puis celles-ci à des villas, avant que la nature ne prenne finalement le dessus.

— Non. Partons plutôt vers l'ouest.

Niels prit la route d'Odense. Ils devaient aller le plus loin possible. À la radio, des voix exaltées discutaient du fiasco du sommet sur le climat. Obama était reparti. Certaines des personnes interviewées estimaient que le monde courait à sa perte et que nous ne méritions peut-être pas d'être là. Nous, les hommes. Les destructeurs.

— Regardez, murmura Hannah, presque comme si elle avait pensé à voix haute, en contemplant d'un air émerveillé les milliards de flocons de neige. Est-ce que vous croyez que ça fait la même impression, quand on voyage dans l'espace ?

Autour d'eux, les phares de la voiture faisaient scintiller les champs enneigés.

— Que diriez-vous d'un peu de musique ? proposa Niels en fouillant dans le tas de CD parmi lesquels il trouva notamment un album de Milli Vanilli et un autre de Nina Hagen dans un boîtier cassé.

— Concentrez-vous sur la route.

— Vous n'auriez pas un disque des Beatles ? Ou de Dylan ? De la musique des années 1970 ?

— J'ai uniquement des albums que je n'ai pas écoutés du vivant de Johannes.

— Ça fait partie de votre projet ? demanda-t-il en se tournant vers elle.

— Exactement. Et maintenant, essayez de…

La voiture fit un écart. L'espace d'un court instant, Niels perdit le contrôle du véhicule.

— Je vous ai dit de regarder la route.

Il sourit. Hannah alluma deux cigarettes et lui en tendit une. Puis elle baissa la vitre de sa portière.

— Merci.

Niels mit de la musique. Un rythme pop monotone qui, d'une certaine manière, correspondait tout à fait aux circonstances résonna dans l'habitacle.

— Quoique, après tout, cela n'ait guère d'importance.

— Pardon ?

— Que la voiture sorte de la route. Que je nous envoie dans le décor. Vous dites que je suis condamné à me retrouver au Rigshospitalet vendredi. Que c'est une loi physique. Quoi que je fasse.

— Ce n'est pas moi qui le dis. C'est le système. Ce sont les mathématiques. Mais je ne suis pas concernée. Et il n'est pas du tout certain que je sois prête à…

Elle se tut. Niels la regarda.

— Moi non plus.

Ils traversèrent de petites bourgades toutes identiques, avec leurs réverbères, leur gare, leur Brugsen[1], leur pizzeria, leur kiosque, et dessinées par le même architecte qui avait aménagé l'ensemble des villes de province du pays. Il avait dû avoir du pain sur la planche.

Ils s'arrêtèrent à un feu rouge. La rue était déserte. Il n'y avait pas la moindre lumière aux fenêtres. Pas même dans l'animalerie ou dans le cabinet médical. Ni dans la pharmacie, ni dans le pub du centre.

— C'est vert.

Sans dire un mot, Niels se rangea sur le côté.

— Niels ? Qu'est-ce que vous faites ? Où sommes-nous ?

— Quelque part.

— Quelque part ?

— C'est un nom parfait pour ce village, vous ne trouvez pas ?

— Niels. Qu'est-ce qu'on va faire, ici ?

Il tourna la tête vers elle.

— Vaincre vos mathématiques.

---

1. Chaîne de supermarchés.

2.

Quelque part dans le Sjælland

Kathrine avait l'habitude de classer les gens en deux catégories. Ceux qui vont chez le médecin et ceux que cela terrorrise. Niels appartenait à cette dernière espèce. Il avait une peur bleue des cabinets médicaux, des hôpitaux et des cliniques et s'efforçait de les éviter. Il repoussait toujours ses rendez-vous autant que possible. Cela aurait pu d'ailleurs mal tourner quand, six ans plus tôt, une pneumonie bénigne, qu'un simple traitement à base de pénicilline aurait guérie en quelques jours, avait failli lui coûter la vie. Comme il n'avait rien fait, l'infection s'était étendue à la plèvre ainsi qu'aux tissus et au sac pulmonaires. Lorsque, enfin, il avait accepté de se faire hospitaliser, il était si affaibli que les médecins avaient cru qu'il souffrait d'une forme particulièrement virulente de cancer des poumons. Kathrine avait été furieuse après lui. Pourquoi diable n'avait-il pas consulté un médecin plus tôt ? Tout ce qu'il avait trouvé à lui répondre avait alors été : « J'appartiens à la seconde catégorie. »

L'alarme, sonore et stridente, se déclencha quelques secondes après que Niels eut descendu la vitrine d'un coup de coude. Il commença à fouiller sur les étagères et dans les placards en s'efforçant de distinguer dans le noir ce qu'il y avait d'écrit sur les boîtes. Prednisolone, Buventol, Aspirine, Terbasmin. Quel nom porte la morphine ? Il parcourut rapidement les indications des étiquettes : décontractant. Somnifère. Laxatif. Antihistaminique. La plupart des médicaments finirent par terre, mais il fourra dans ses poches tout ce qui promettait le moindre effet anesthésiant. Depuis combien de temps était-il ici ? La police mettrait sans doute une dizaine de minutes à arriver. Au moins. Les effractions de ce genre n'étaient guère prioritaires. Niels imagina quelle avait pu être leur réaction, au commissariat, en recevant le signal d'alarme. « Drogués de merde ! » avaient-ils dû s'écrier avant de se resservir une tasse de café. Car, après tout, à quoi bon se dépêcher ? Et quel policier avait envie de se frotter à un drogué désespéré et séropositif en pleine nuit, au beau milieu d'une tempête de neige ? Certainement encore un de ces pauvres bougres prêts à avaler une poignée de pilules quelconques – n'importe lesquelles – dans l'espoir qu'elles apaisent leur état de manque. Binyrebark, Baclofen, Bromhexine. Niels trouva enfin ce qu'il cherchait : Contalgin, Malfin.

— Qu'est-ce que vous foutez là ?

Niels fut ébloui quand quelqu'un alluma la lumière.

— Je vous ai demandé ce que vous foutiez là !

L'homme était plus jeune que lui. Mais aussi plus grand et plus costaud. Et furieux, par-dessus le marché.

Niels fut incapable de prononcer le moindre mot. C'était souvent le cas lors d'une arrestation. L'interpellé, choqué, restait muet. Mais, parfois, il n'y avait tout simplement rien à dire.

— Ne bougez pas. J'ai appelé la police.

L'homme se tenait en travers de la porte. Niels scruta les alentours. Il n'y avait pas d'autre issue. Il allait devoir passer devant lui. Maintenant. Il s'approcha.

— Restez où vous êtes !

Ils étaient désormais face à face. Soudain, l'homme tenta de le saisir, mais Niels lui repoussa le bras par réflexe, ce qui ne fit qu'attiser encore un peu plus son agressivité. Niels évita un coup. Il ne voulait pas se battre. Il souhaitait juste passer. Quand il tenta de se faufiler, l'homme l'agrippa et, pendant quelques secondes, ils tournèrent en rond comme deux lutteurs amateurs. Son adversaire était plus fort que lui, mais n'avait pas l'avantage du désespoir. Niels parvint à se dégager, mais l'autre revint aussitôt à la charge et le projeta contre une étagère. L'espace d'un instant, il eut l'impression que l'alarme s'était tue pour laisser la place au fracas de l'étagère se renversant.

Niels se releva le premier. Quand il repoussa son adversaire, il remarqua que celui-ci avait un tesson de verre enfoncé dans la pommette, juste en dessous de l'œil. Son visage et ses cheveux étaient couverts de sang.

Niels prit la fuite.

Tandis qu'il courait vers la voiture, il dérapa sur le trottoir verglacé et se rattrapa de justesse. Hannah lui avait déjà ouvert sa portière. Les sirènes de la police retentissaient dans le lointain.

— Putain, Niels !

Il démarra la voiture.

— Qu'est-ce qui se passe ?

Puis ils quittèrent la bourgade, direction « quelque part ».

Ils s'arrêtèrent sur un bas-côté en rase campagne. La neige s'était interrompue, mais probablement juste le temps pour elle de rassembler ses forces en vue du prochain assaut. Dehors, le silence était total.

Niels avait le regard perdu dans l'obscurité. L'horloge de la voiture indiquait plus de 3 heures. Le milieu de la nuit.

— C'est la première fois que je fais une chose pareille, lâcha-t-il.

— Et si vous continuez comme ça, il se pourrait finalement que vous soyez épargné, vendredi.

— Que voulez-vous dire ? demanda Niels en tournant la tête vers elle.

— C'est peut-être de cette manière que vous pourrez vous en sortir. En vous comportant mal. Ainsi, vous ne serez plus un bienfaiteur.

Sans lui répondre, il vida ses poches et commença à lire les étiquettes des produits qu'il venait de voler.

— J'ai l'impression qu'il ne me manque rien, commenta-t-il.

— Qu'est-ce que vous avez l'intention d'en faire ?

— Des seringues, de l'alcool médical et assez de morphine pour assommer un éléphant.

Elle le laissa parler sans prêter attention à ce qu'il disait.

— Il nous reste une semaine, poursuivit-il. Un peu moins. Alors…

Soudain, il s'arrêta.

— Alors quoi, Niels ?

— Alors, il me suffit de me bourrer de morphine, de me cacher à bord d'un bateau et de m'embarquer.

— Vous embarquer ?

— Oui.

— Pour aller où ?

Il haussa les épaules.

— Où voudriez-vous aller, Niels ?

— En Argentine, je crois.

— En Argentine ? s'exclama-t-elle, un sourire aux lèvres. La traversée va être longue.

— À Buenos Aires. J'ai une amie, là-bas. Elle m'a parlé des lacs verts de Patagonie. Vert émeraude.

— Qui est-ce ?

Il tarda à répondre.

— Je ne sais pas. Je ne l'ai jamais rencontrée.

Il tourna la tête vers Hannah. Elle était belle. Heureuse, apeurée et triste à la fois. Il lui sembla qu'elle commençait à avoir les larmes aux yeux.

— Non. Si je dois partir, ce sera avec vous, Hannah.

— Mais vous ne pouvez pas voyager.

— Peut-être que si. Si je suis assommé de médicaments.

— Vous ne comprenez pas, Niels. Vous ne comprenez décidément pas.

C'étaient bien des larmes. Il les distinguait clairement, maintenant. Elle s'empressa de se sécher les yeux.

— Les lois de la nature se fichent pas mal que vous soyez assommé.

3.

Le Storebælt[1]

Niels se souvenait de l'inauguration du pont suspendu du Storebælt, en 1998. Kathrine était restée scotchée devant l'écran, totalement fascinée par ce monstre long de dix-huit kilomètres qui s'étendait à perte de vue. Elle connaissait tous les chiffres par cœur : soixante-dix mètres au-dessus de la surface de la mer, plus d'un kilomètre et demi entre les deux pylônes hauts de deux cent cinquante mètres, dix-neuf piles de pont de six mille tonnes chacune. Niels n'arrivait pas à comprendre son enthousiasme. Pour lui, ce pont n'était qu'un gaspillage d'argent. Le pire, c'était qu'il allait entraîner l'abandon des liaisons par ferry, privant ainsi les Danois de ce formidable moment de rencontre et de convivialité que constituaient les traversées au cours desquelles un simple chauffeur de poids lourd pouvait échanger quelques mots avec un politicien. Kathrine espérait dessiner un pont, un jour. Elle pouvait passer des soirées entières à surfer sur Internet pour admirer des photos

1. Littéralement : la « grande ceinture ». Détroit séparant les îles de Sjælland et de Fionie.

du Golden Gate, du Ponte Vecchio, du Karlsbro, de l'Akashi Kaikyo et du South Congress Bridge à Austin, d'où un million et demi de chauves-souris s'envolaient chaque nuit en quête de nourriture. Elle prétendait qu'il se trompait à propos du pont du Storebælt. Que celui-ci allait au contraire contribuer à rapprocher les gens et favoriser la communication.

Niels observa les voitures qui attendaient devant les caisses automatiques. Personne ne se parlait. Les gens se croisaient désormais plus vite qu'ils ne l'avaient jamais fait jusqu'alors. Le soleil s'apprêtait à se lever au-dessus de la mer.

Samedi 19 décembre

Les premiers rayons matinaux donnaient à la surface de l'eau une teinte orange. Leur queue n'avait pas avancé en dix minutes. Niels regardait dormir Hannah. Son visage avait une expression paisible et insouciante. Il surprit un frémissement presque imperceptible sous sa paupière délicate. Elle rêvait.

Ils arrivèrent enfin au niveau de la cabine.

— Bonjour, dit Niels en tendant sa carte bancaire à l'homme en uniforme.

— Soyez prudent. Il peut y avoir du verglas.

— Merci.

Sur ce, il mit le cap sur la Fionie.

— Niels ?

Hannah s'était réveillée. Sa voix était pâteuse.

— Tout va bien. Rendormez-vous.

Il alluma la radio. À la musique de Noël succédèrent bientôt les informations. Comme d'habitude, il fut surtout question du sommet sur le climat, que le gouvernement considérait comme un grand succès et l'opposition comme un fiasco retentissant. En revanche, tous s'accordaient pour dire que les Chinois étaient des scélérats. Un homme politique déclara que c'était « comme si les Chinois vivaient sur une autre planète que nous autres. Comment expliquer, sinon, leur total désintérêt pour la question climatique ? » Puis les autres sujets de l'actualité furent évoqués : un politicien qui exigeait une réforme fiscale ; un autre qui dénonçait des fraudes sur les produits alimentaires ; de nouveaux affrontements dans la bande de Gaza ; une fuite de pétrole au large des côtes canadiennes. Niels se mit à chercher une nouvelle station. Il voulait entendre autre chose que ces funestes nouvelles. N'importe quoi. Puis il tomba sur une description dont il mit quelques instants à comprendre de qui il était question : « Un homme, Danois, environ un mètre quatre-vingt-cinq, jean, manteau sombre, dangereux. » Ce dernier mot, surtout, l'impressionna : « dangereux ». On avait décrit Niels de bien des manières, au cours de sa vie – naïf, posé, diplomatique, indécis, renfermé, intelligent, idiot, maniaco-dépressif – mais c'était bien la première fois qu'il était qualifié de dangereux.

« Dangereux ». Ce mot le hanta pendant plusieurs kilomètres, sur l'autoroute. Il accéléra et commença à lancer des coups d'œil paranoïaques dans son rétroviseur. Quelqu'un avait-il aperçu sa voiture, quand il s'était enfui du cabinet médical ? Il fit le point sur la situation. Tout d'abord, il n'y avait pas eu d'autres témoins que l'homme qui avait tenté de le retenir. Il en était persuadé. Et celui-ci n'avait pas vu sa voiture. Pourtant, il avait un doute. Était-il possible que l'homme, après s'être relevé, se soit précipité à la fenêtre ? Qu'il ait réagi assez rapidement pour voir le numéro de la plaque ? Il n'était plus sûr de rien, à part que cette situation lui causait un malaise physique. Et puis, soudain – au moment où il quitta l'autoroute pour emprunter un itinéraire secondaire – il en eut la quasi-certitude : l'homme était bien à la fenêtre. Il se souvenait d'avoir aperçu sa silhouette. S'il avait noté le numéro, alors, les choses iraient vite. Grâce à l'immatriculation, les services de police retrouvaient immanquablement un véhicule en l'espace de quelques heures. En particulier si son conducteur avait été décrit comme « dangereux ». Il avait des fourmis dans les jambes et décida de s'arrêter. Il prit une autre résolution : éviter d'informer Hannah qu'ils étaient recherchés.

Ils arrivèrent finalement au bord de la mer, dans un petit port qui pouvait très bien être celui de Kerteminde.

— Niels ? s'écria Hannah quand il coupa le moteur de la voiture. Où sommes-nous ?

— Bonjour. On va aller boire un café. Il va aussi falloir qu'on réfléchisse un peu.

Elle s'étira avec une joie certaine. Il se demanda si c'était la perspective d'une bonne tasse café ou d'une séance de réflexion qui la réjouissait tant.

Ils trouvèrent un petit snack dans le hall de la capitainerie. Hannah attendit dehors, pendant que Niels allait chercher les boissons. L'employée du snack le dévisagea d'un air soupçonneux. Ou peut-être se faisait-il simplement des idées ? Il était normal que les signalements des personnes recherchées soient transmis aux stations-service. Mais dans ce snack ? La jeune femme dissimulait-elle une photo de lui sous son comptoir ? Niels capta son regard. Était-elle en train de le jauger pour tenter d'évaluer sa taille ? Son poids ? Il essaya de se détendre en s'efforçant de relâcher ses épaules et les muscles de son visage. Le résultat était prévisible : il se mit à ressembler à un robot neurasthénique. En sortant, il s'imagina la vendeuse se précipitant sur le téléphone pour appeler le commissariat le plus proche. Il préféra penser à autre chose et rejoignit Hannah.

— On est arrivé si loin ? l'interrogea-t-elle d'une voix fatiguée.

— Vous avez réussi à dormir ? s'enquit-il en lui tendant le gobelet.

— Un peu.

Elle exécuta un mouvement de rotation de la tête qui indiquait une nuque raide.

— Vous avez froid ?

— Ça va.

Ils contemplèrent ensemble la mer. La vapeur à la surface de l'eau n'allait pas tarder à former de minuscules cristaux de glace et la baie gèlerait alors à son tour. Niels alluma son téléphone. Il n'avait pas de message.

— J'avais un collègue, à l'institut, commença Hannah tout en observant les pêcheurs qui se préparaient à prendre la mer.

L'un d'eux leur fit un signe de la main, de loin. Elle lui rendit son salut.

— Il était incapable de dire « non ». C'était comme si ce mot n'avait pas fait partie de son vocabulaire. Quand on lui posait une question, il répondait toujours oui.

Elle se ménagea une longue pause.

— Et puis ça a commencé à devenir problématique pour lui car il ne pouvait pas toujours assumer. Il n'arrivait pas forcément à contenter toutes les personnes à qui il avait dit « oui ». Il y avait les élections, les conférences, les rapports. Et alors… (Elle s'arrêta et le regarda droit dans les yeux.) Et alors, les gens ont fini par tous se retourner contre lui.

— Où voulez-vous en venir ?

— La bonté n'est pas toujours récompensée et peut parfois être un handicap. Voilà où je veux en venir. La bonté de ce collègue était devenue un vrai problème pour tout le monde, à l'institut. On a commencé à se réunir sans lui tout simplement pour l'épargner. Afin qu'il ne déçoive personne, ni nous, ni lui-même. Vous comprenez ?

— Je ne suis pas sûr.

— Qu'est-ce que la bonté, Niels ?

Il secoua la tête et se mit à contempler le sol gravillonneux.

— La philosophe Hannah Arendt appelle ça la banalité du mal. *The banality of evil*. Elle prétend que le mal sommeille en chacun de nous. Il suffit qu'on se retrouve placé dans les bonnes – ou plutôt les mauvaises – conditions pour qu'il se réveille. Mais qu'en est-il de la bonté ? La banalité de la bonté. Quand je pense à mon collègue et à vous, on pourrait presque considérer que vous ne le faites pas volontairement. Vous n'avez pas le choix. Vous êtes bons. Dans ce cas, la bonté est-elle réellement une bonne chose ?

— Hannah.

— Non, attendez un peu. C'est une évidence. Vous ne l'avez pas choisie. Pour nous, la « bonté » et la « bonne action » sont toujours le fruit d'un choix délibéré. Mais ce n'est pas le cas pour vous. Rappelez-vous l'histoire de Job ! Vous n'êtes qu'un pion sur un échiquier géant dans un jeu dont les règles ont été fixées par d'autres… ou plutôt par autre chose. Ce qui est paradoxal, dans l'histoire de Job, c'est justement qu'il est le préféré de Dieu – bien que celui-ci lui reprenne tout ce qu'il possède. C'est exactement ce qui se passe avec vous, Niels. On vous a privé de votre droit à choisir librement – et à voyager.

— Ça suffit !

— On dit que la plupart des gens qui sont détenus en prison aujourd'hui souffrent de diverses formes d'autisme, des troubles neuropsychologiques que nous commençons à peine à comprendre. Et si nous n'étions pas aussi maîtres de nos actes que nous le croyons ? Et si la plupart de nos actions étaient conditionnées par des données biologiques ?

— Hannah ! s'écria Niels en regardant autour d'eux.

— Oui.

— Je vais avoir beaucoup de mal à penser à autre chose si vous parlez tout le temps de ça.

Elle sourit.

— On est en vacances, n'est-ce pas ? fit remarquer Niels.

— D'accord.

— Allez, reprenons la route.

Ils retournèrent à leur voiture et s'installèrent. Ils savourèrent quelques instants le fait qu'ils étaient désormais à l'abri du vent glacial. Niels s'apprêtait à démarrer quand Hannah s'exclama soudain :

— Qui est-ce ?

— Qui ?

— Là, derrière vous ? Ils viennent par ici.

Niels se retourna et vit les deux policiers s'approcher. L'un d'eux se pencha en avant et frappa vigoureusement contre la vitre de sa portière.

4.

Nyborg

L'endroit possédait un réel potentiel. Sur le coup, cela ne l'avait pas frappé, mais il s'en rendait maintenant compte.

La cellule le fit penser à un studio. À part que cette pièce était légèrement plus grande. En tout cas, rien à voir avec Alcatraz. On n'entendait claquer aucune porte à claire-voie, aucun cliquetis de trousseau de clés, aucun bruit de bottes de gardiens sadiques. Il n'y avait pas non plus de codétenu psychopathe avec des tatouages sur le visage, enfermé pour une série de meurtres sordides et prêt à vous agresser dans votre sommeil. Pas plus que de murmures angoissés dans le couloir au moment où les condamnés à mort étaient emmenés à la chaise électrique. Non, rien qu'un petit studio où flottait une odeur de vomi. Niels examina sa cellule qui lui sembla pourtant propre. La puanteur ambiante était probablement le fait d'un ivrogne désireux de laisser sa carte de visite odorante. Ou bien le résultat d'un enterrement de vie de garçon qui avait dégénéré. La cellule était un peu comme un hôtel : on entrait, on faisait le tour du propriétaire et on y logeait pour une courte période avant de repartir. Cette fois, l'hôte du jour se nommait Niels Bentzon.

Il n'y avait là qu'un lit de camp, une chaise, une table, une étagère et quatre murs sur l'un desquels quelqu'un avait écrit au feutre « Putain de police », sans oublier de faire des fautes d'orthographe. Malgré tous les efforts qui avaient manifestement été déployés pour effacer l'inscription, celle-ci était toujours lisible. Mais l'endroit avait du potentiel : il était clos. Si seulement ils pouvaient lui livrer une caisse de boîtes de conserve, puis égarer la clé pendant une semaine.

Il se demanda où était Hannah. Dans une autre cellule ? Étaient-ils en train de l'interroger ? Peut-être l'avaient-ils relâchée ? Niels se mit à songer aux circonstances de son arrestation. Il était étonné qu'ils l'aient retrouvé. Il était possible que la jeune femme du snack les ait alertés. Autant qu'il se souvienne, les ponts n'étaient pas surveillés, en temps normal. Il renonça à se torturer l'esprit plus longtemps avec cette question. Il y avait tant d'années qu'il n'avait plus participé à une opération de recherche de fugitif – d'énormes progrès techniques avaient été certainement réalisés, depuis. Il se pouvait même qu'on ait retrouvé sa trace grâce à un satellite.

Il faisait froid dans sa cellule. Le commissariat local faisait apparemment des économies de chauffage. À moins qu'il ne s'agît d'une tactique ? Puisqu'on ne pouvait pas faire souffrir les détenus en les affamant ou en les tabassant, il y avait toujours moyen de baisser un peu le chauffage pendant les six mois d'hiver. Niels connaissait ces petites astuces.

La porte s'ouvrit brutalement et une femme entra. Lisa Larsson. Cela aurait pu être le nom d'une star du porno, songea-t-il lorsqu'elle se présenta. Ou bien d'un écrivain de polars suédois. Elle lui adressa un bref sourire, mais, quand elle lui demanda de la suivre, le ton de sa voix n'avait absolument rien d'aimable.

— Vous êtes policier ? s'étonna Lisa Larsson.

Elle était jeune et belle, le regard froid. Niels contempla les lutins de Noël sur le rebord de la fenêtre.

— Oui. Je suis négociateur. J'interviens dans les situations de prises d'otages ou quand quelqu'un menace de se suicider.

— Pourquoi ne l'avez-vous pas dit ? lui demanda Hans, un policier d'âge mûr qui lui rappelait un instituteur qu'il avait eu dans une autre vie.

Il se mit à feuilleter des papiers d'un air stupéfait, tout en grattant sa barbe qu'il taillait avec soin pour se donner l'autorité que la nature ne lui avait pas accordée.

— Comment avez-vous fait pour me retrouver aussi rapidement ? répondit Niels en haussant les épaules.

Ils ignorèrent sa question.

— Vous travaillez à Copenhague ?

— Oui.

Les deux policiers se regardèrent sans dire un mot pendant quelques secondes pesantes. Niels n'aurait pas été surpris qu'ils le relâchent. Il devait certainement s'agir d'une erreur. Il était évident qu'ils croyaient à ce mythe largement répandu selon lequel un policier était incapable de commettre la moindre infraction. Il voyait à la manière dont ils échangeaient des regards qu'ils étaient particulièrement mal à l'aise avec cette situation, ce qu'il comprenait parfaitement. Ils avaient l'impression de se comporter en mauvais collègues, d'être des traîtres – à une époque où la police était détestée de tous, qu'allaient-ils devenir s'ils commençaient à s'arrêter entre eux ?

— À Copenhague, commenta Hans en ajustant ses lunettes. Chez Sommersted ?

— Exact. Vous le connaissez ?

— Vaguement. On ne peut pas dire que nous soyons intimes, mais nous avons eu l'occasion de nous rencontrer à diverses reprises.

— De toute façon, Sommersted n'a pas d'amis, lança Niels en s'efforçant de sourire.

— Que s'est-il passé dans ce cabinet médical ? lui demanda Lisa, manifestement moins impressionnée par son statut de policier.

Il tourna son regard vers elle. Fraîchement sortie de l'école de police, elle s'en tenait strictement au règlement qu'elle n'avait pas encore eu le temps d'oublier. Il décida aussitôt qu'il ne s'adresserait plus qu'à elle. Il avait l'intention de suivre les règles plutôt que de tenter de sympathiser avec Hans.

— Qu'a-t-il déclaré ? Celui qui est intervenu.

— Allan…

Elle se mit à fouiller dans ses papiers. Efficace et compétente. Elle irait loin – elle n'envisageait probablement pas de faire toute sa carrière en Fionie, au risque de se retrouver, dans vingt ans, à faire des contrôles d'alcoolémie à la sortie du bar local, le soir de Noël.

— Il a déclaré que vous étiez entré par effraction dans le cabinet médical à environ 2 heures du matin, puis que vous l'aviez frappé avant de prendre la fuite. Avec ceci, précisa-t-elle en désignant les doses de morphine étalées sur le bureau, parmi les seringues et les autres médicaments qu'il avait dérobés.

Les preuves parlaient d'elles-mêmes : ils avaient affaire à un toxicomane. Et Niels n'avait pas l'intention de les en dissuader, la vérité étant beaucoup trop compliquée – comme souvent.

Rompant le silence, Hans se leva.

— Je vais appeler Sommersted, annonça-t-il avant de s'éclipser dans le bureau voisin.

Il revint au bout de quelques instants.

— Votre chef souhaiterait vous parler, dit-il à Niels en l'invitant à le rejoindre d'un signe de tête.

Dès qu'il prit le combiné, il s'aperçut que le Sommersted qu'il avait au bout du fil était celui qui, parfois, essayait de paraître doux et compréhensif, mais sans grand succès. Sa respiration rapide et saccadée le trahissait toujours.

— Bentzon ?

— Oui.

Niels fut agacé par le manque de fermeté de sa voix.

— Que se passe-t-il ?

— Je le sais très bien.

— Qu'est-ce que vous savez ?

— Que j'ai été arrêté pour avoir pénétré par effraction dans un cabinet médical.

— Que se passe-t-il, Niels ? Qu'est-ce que vous foutez en Fionie ? aboya Sommersted, qui avait définitivement renoncé à paraître conciliant.

Niels ne répondit pas. Il jugea soudain que le silence valait mieux que n'importe quelle justification. Qu'aurait-il pu dire ?

— J'attends, Bentzon, insista Sommersted, furieux.

— Je suis là à cause de l'affaire des hommes bons qui se font assassiner.

— Encore cette histoire ? s'exclama son chef en soupirant de manière théâtrale.

Les deux hommes marquèrent un nouveau silence. Niels sentit que Sommersted était en train de prendre son élan. Il ne s'était pas trompé.

— Alors, c'est vrai, ce qu'ils disent ?

— Qui « ils » ?

— Ces médicaments étaient pour vous ? Vous êtes malade, Niels.

— Non.

— Si, je crois bien que vous l'êtes.

Niels entendait le souffle de Sommersted dans le téléphone, tandis que celui-ci réfléchissait.

— Rentrez à Copenhague. Sur-le-champ. Je vais demander à Rishøj de vous reconduire jusqu'au pont. Leon vous récupérera là-bas.

— Rishøj ?

Niels croisa le regard de Hans qui lui sourit et comprit.

— Exactement. Vous partez maintenant et on se retrouve au poste dans… appelez-moi quand vous ne serez plus très loin. Il faudra qu'on procède à une audition dans les règles.

Niels n'écoutait plus. Une seule phrase résonnait dans sa tête : « Vous rentrez à Copenhague. »

— Je ne rentre pas à Copenhague.

— Qu'est-ce que vous voulez dire ? demanda Sommersted sur un ton menaçant.

— Je ne rentre pas à Copenhague, répéta Niels avant de raccrocher.

Il resta planté un moment à contempler la pièce. On aurait dit *La Petite Maison dans la prairie* transposée dans un commissariat danois. Il y avait deux ordinateurs. Les murs étaient décorés de photos d'enfants et de petits enfants. Un article intitulé « La police déclare la guerre à l'obésité », paru dans un journal local, était également accroché. Bien qu'il eût été curieux de savoir comment procédaient ses collègues, il renonça à en lire plus. Distribuaient-ils des amendes à ceux qui ne faisaient pas leur jogging hebdomadaire ?

— Il faut qu'on y aille, l'informa Rishøj, sur un ton presque désolé.

Niels ne bougea pas.

— Niels ? Votre femme vous attend déjà dans la voiture.

— Ce n'est pas ma femme.

Le policier enfila son manteau.

— Rishøj ? Ma question va peut-être vous paraître stupide, mais… vous ne pourriez pas me garder derrière les barreaux jusqu'à samedi matin ?

5.

Fionie

La neige en Fionie du Nord offrait un spectacle désolant. Autour du commissariat, la boue s'était mêlée à la masse blanche, si bien que, au lieu d'être immaculée, cette région avait pris une teinte marron clair.

La voiture de police était également souillée de boue. Hannah était assise à l'avant. Niels s'étonna de cette entorse manifeste au règlement, mais c'était peut-être dû au fait que Rishøj les considérait plutôt comme des amis que des ennemis. Hannah ne dit rien quand ils montèrent à leur tour dans la voiture. Niels s'installa à l'arrière, où on ne pouvait ouvrir les portières que de l'extérieur.

Rishøj mit la clé dans le contact. Lisa était restée dans le bureau, ce qui n'était absolument pas réglementaire. Un policier pour deux prisonniers. « Prisonniers ». Ce mot lui sembla totalement absurde.

Le vieux policier se tourna pour les voir tous les deux. Il ressemblait à un maître d'école qui rappelait les consignes à ses élèves avant de les emmener faire une sortie. Niels s'attendait à ce qu'il leur dise : « Nous arriverons à la maison de Hans Christian Andersen dans une heure. Tout le monde a bien son casse-croûte et son lait ? »

— Je vais être honnête avec vous : c'est la première fois que je fais ça, leur avoua-t-il à la place.

Niels et Hannah espéraient chacun que l'autre allait répondre quelque chose. Mais leur mutisme ne perturba pas Rishøj qui continua :

— C'est plutôt calme, ici. On a bien quelques mauvais sujets, dans le coin, qui font du grabuge, de temps en temps. Des bagarres à la bodega. Ce genre de choses. Il nous arrive même, parfois, de prendre part à des descentes à Vollsmose[1] quand les jeunes Arabes sont un peu trop excités. Et vous savez quoi ?

— Non, s'empressa de répondre Hannah.

— La plupart d'entre eux sont de braves garçons. Bien sûr, il y en a qui sont violents, mais la plupart s'ennuient, tout simplement. Donnez-leur un club de jeunes ou un terrain de foot et… Enfin bref. Ce n'était pas de cela que je voulais vous parler.

Niels regarda Rishøj sourire. Il semblait avoir perdu depuis longtemps tout lien avec la réalité du monde qui l'entourait. C'était un vieil homme confus et distrait qui aurait mieux fait d'admettre que l'heure était venue pour lui de ranger son uniforme au placard et que ses combats futurs auraient lieu dans le jardin de sa maison de campagne contre des ennemis qui ne seraient pas de « jeunes Arabes » mais des renouées, des arroches et autres mauvaises herbes.

---

1. Quartier populaire de la banlieue d'Odense habité en majorité par une population d'origine étrangère.

Quand Rishøj se taisait, ni Hannah ni Niels ne prenaient le relais. La neige se remit à tomber, obligeant les voitures à ralentir. Le policier leur parla de sa fille qui était coiffeuse. Hannah acquiesçait de temps à autre, tandis que Niels n'écoutait même pas. Il pensait à ce qui allait se passer à leur retour à Copenhague. Il imaginait déjà la colère de Sommersted, le mépris de Leon et, le pire : les examens psychiatriques dans le service spécialisé du Rigshospitalet. « Je ne veux pas mourir ! » avait-il envie de crier. Mais c'était comme si une force l'attirait là-bas.

— L'un de vos collègues vous attend à l'autre bout du pont, expliqua Rishøj. C'est lui qui vous conduira jusqu'à Copenhague.

Hannah se tourna vers Niels.

— Vous voyez, Niels ? Quoi que vous fassiez, vous serez toujours ramené là-bas.

— Exactement comme vous le disiez.

— Mais, Niels. Vous voyez : il existe une force supérieure. Dont nous ignorons la vraie nature. Vous ne pouvez plus le nier.

— Seriez-vous en train d'essayer de me réconforter ?

— Oui.

— D'accord.

Rishøj adressa à Hannah un regard interrogateur.

Niels eut envie de se recroqueviller en position fœtale. Dans moins de deux heures, ils seraient de retour à Copenhague. Ils se rapprochaient déjà de la file à l'entrée du pont du Storebælt. Je ne passerai pas ce pont, se jura-t-il. Si je retourne de l'autre côté, je suis perdu.

— Qu'y a-t-il ? demanda Rishøj.

— Fermé pour cause de mauvais temps ? suggéra Hannah.

Le policier tambourina quelques instants sur son volant en signe d'impatience.

— Ma pipe m'appelle, murmura-t-il alors en ouvrant sa portière. Des amateurs ?

Niels acquiesça.

Hannah avait raison : le pont était provisoirement fermé pour cause de visibilité limitée. Il croisa son regard au moment où elle sortit à son tour de la voiture.

— J'appelle vos collègues, de l'autre côté. Histoire qu'ils ne pensent pas que nous les avons oubliés, les informa Rishøj en s'éloignant de quelques pas.

— Êtes-vous prête ? souffla Niels à Hannah.

— De quoi parlez-vous ?

— Il ne faut pas que je franchisse ce pont.

— Niels, quoi que…

Ce fut tout ce qu'elle eut le temps de répondre avant le retour de Rishøj.

— Ils disent que le vent ne va pas tarder à se lever, leur annonça-t-il.

Il sortit sa pipe et entreprit de l'allumer, mais son briquet fit des siennes. Niels saisit aussitôt l'occasion.

— J'ai un briquet dans ma valise, dans le coffre.

Rishøj lui tendit les clés. Le coffre s'ouvrit en faisant un bruit sec. Niels ouvrit sa valise.

— Une nouvelle tempête de neige se prépare, là-bas, affirma Hannah.

Le vieux policier scruta le ciel, en direction du nord, d'un air résigné. Quand il se retourna, il se retrouva exactement dans l'axe du Heckler & Koch de Niels.

Mais il ne le remarqua même pas. Il y avait belle lurette qu'il avait perdu son dernier soupçon de flair. Il avait de la chance que la police danoise ait toujours besoin de ses services.

— C'est toujours le Bælt qui est frappé le plus durement, murmura-t-il. J'ai un bateau, à Kerteminde, qui…

Niels fut obligé de brandir le pistolet et de lui donner un petit coup sur l'épaule pour que le policier le voie enfin. Il ne fut pas apeuré. Pas même surpris. Il ne comprenait tout simplement pas ce qui se passait.

— Asseyez-vous dans la voiture, lui ordonna Niels en sortant la valise du coffre pour la tendre à Hannah.

— Quoi ?

— Je vous demande de vous asseoir à l'arrière de la voiture.

— Pourquoi ? demanda Rishøj en chuchotant presque.

Niels se contenta d'ouvrir la portière sans lui répondre.

— Donnez-moi les clés.

— Mais enfin…

— Tout de suite !

Il dut hausser le ton pour que ses paroles transpercent l'épaisse carapace qui s'était développée autour de Rishøj au cours de toutes ces années de déni de la réalité.

Le son que fit la portière arrière lorsque Niels l'ouvrit provoqua un changement dans le regard du policier. Il venait enfin de comprendre. Et, soudain, Niels eut l'impression de lui avoir rendu service. Cette image d'un monde parfait peuplé de gentils qu'il s'était construite au cours des décennies explosa littéralement sous leurs yeux. Il ne restait plus que la déception. « Je croyais que nous étions du même bord », leur disait son regard.

— Asseyez-vous dans la voiture, répéta Niels sur un ton calme.

— Mais pourquoi ?

— Parce que je ne retournerai pas à Copenhague. Il faut que je parte le plus loin possible.

Niels se pencha au-dessus du siège conducteur et fracassa la radio à coups de crosse.

— Donnez-moi votre mobile, ajouta-t-il.

Le coup partit de manière aussi soudaine qu'inattendue pour Niels qui ressentit soudain une douleur intense dans son crâne. Son oreille gauche se mit à bourdonner.

— Qu'est-ce que vous foutez ? hurla Rishøj. Vous voulez m'enfermer dans ma voiture ?

Le vieux policier assena à Niels un nouveau coup, encore plus violent. Niels vacilla et laissa tomber son pistolet. Comme Rishøj s'apprêtait à saisir le sien, il fit volte-face et répliqua.

— Niels !

Ce fut comme si le cri de Hannah venait d'un autre monde, bien qu'elle se tînt près de lui. Il mit quelques secondes à rassembler ses idées. La morphine. Les seringues. Elles étaient dans la boîte à gants. Rishøj geignait de douleur et de déception. Niels trouva la morphine soigneusement emballée dans un de ces sacs plastiques stériles que la police utilisait habituellement pour ranger les pièces à conviction.

— La valise !

— Quoi ?

Il saisit la valise d'une main et Hannah de l'autre et s'élança.

Ils enjambèrent la glissière de sécurité, franchirent le fossé gelé et s'enfoncèrent dans un champ enneigé. Niels jeta un bref coup d'œil par-dessus son épaule et vit le vieux policier les mettre en joue avec son pistolet.

— Hannah, je crois qu'il…

Un claquement sec retentit dans la neige, à quelques pas d'eux. Puis encore un. Comme ceux que produisent les pois fulminants.

— Il nous tire dessus, cria Niels en haletant, tandis qu'ils disparaissaient dans un tourbillon de neige.

Leurs chaussures s'enfonçaient profondément dans la poudreuse entre les arbres.

— Est-ce qu'il nous suit ? s'enquit Hannah en se retournant.

— Il y a une route, un peu plus loin.

Elle se mit à pleurer.

— Où ?

Niels était à bout de souffle. Au Danemark, il y avait toujours une route un peu plus loin.

— Contentez-vous de courir.

Ils laissèrent les arbres derrière eux et escaladèrent le talus imaginé par un paysagiste dans une pathétique tentative d'intégrer l'aire de repos aux champs.

— Et maintenant ? On va par où ? demanda-t-elle. On pourrait peut-être se faire conduire…

Elle fut interrompue par le bruit d'un bus en approche.

— Voilà la cavalerie, marmonna Niels en faisant un signe de la main au chauffeur.

Le bus s'arrêta aussitôt, comme cela se fait uniquement dans la campagne.

— Votre voiture n'a pas supporté le froid? leur lança le chauffeur de son accent fionien chantant. Je vais seulement jusqu'à la gare. De là-bas, vous pourrez prendre un train pour Odense.

— Merci, répondit Niels, qui monta le premier en s'efforçant d'éviter le regard du chauffeur.

Ils s'installèrent sur la dernière rangée de fauteuils et regardèrent défiler le paysage par la vitre. Les routes verglacées obligeaient le chauffeur à rouler lentement, en parfait décalage avec le cœur de Niels qui battait la chamade. La vitesse constante du bus leur convenait parfaitement. Il s'agissait avant tout de garder son calme et de rouler comme les autres.

Niels avait entendu parler de gangsters professionnels qui avaient organisé des cambriolages – de banques, de transports de fonds, de bijouteries – dans les moindres détails, puis, qui, une fois le coup réussi, avaient totalement cédé à la panique. Ce réflexe était profondément ancré dans la nature humaine. Quand on venait de commettre un forfait, on voulait toujours mettre les voiles au plus vite. Et le plus loin possible.

Le bus s'arrêta dans une petite gare où le chauffeur et les passagers descendirent.

Hannah et Niels se rendirent dans la minuscule salle d'attente. Le distributeur de café était en panne. Il flottait dans l'air une odeur de vieille urine.

— La gare ferroviaire se trouve là-bas, indiqua Niels. On va acheter des billets. Mais à quelle destination?

Elle posa un doigt sur sa lèvre supérieure.

— Vous avez saigné.

Niels acquiesça. Il avait la tête qui tournait. Le policier ne l'avait pas raté.

— Vous n'êtes pas obligée de… commença-t-il.

— De quoi ? De fuir avec vous ?

— Oui. Ce n'est pas vous qu'on recherche.

— Quelque chose, dit-elle en souriant. Pas « on ». Si cela avait été quelqu'un, je ne vous aurais pas suivi. Mais vu que c'est « quelque chose », alors c'est déjà plus intéressant.

— Au point de risquer de finir en prison ? Si jamais ça devait aller aussi loin.

— Je dirai simplement que vous m'avez kidnappée.

Le train marquait un arrêt chaque fois que deux maisons étaient suffisamment proches l'une de l'autre pour que l'on puisse qualifier l'endroit de bourg. Mais cela n'avait guère d'importance. Niels observait furtivement Hannah dès qu'il le pouvait, mais elle s'en rendit compte, ce qui ne fit que le gêner encore plus. Il tourna son regard vers la vitre en s'efforçant de se concentrer autant que possible sur le paysage. Alors qu'ils franchissaient un tunnel, il aperçut le reflet de Hannah en train de l'observer d'une manière qui lui plut.

— Regardez-moi, dit-elle.

Il fit semblant de ne pas l'entendre. Dans cette ambiance électrique, le tunnel leur sembla soudain interminable. Juste avant qu'ils reviennent à la lumière, il se mit à penser à Kathrine. C'était sa conscience qui l'appelait à la raison. Il tenta de s'imaginer que c'était elle qui était assise en face de lui. Mais il ne voyait toujours que Hannah.

Ce fut finalement une anecdote d'enfance qui vint mettre un terme à cette situation embarrassante. Niels se mit à parler et à parler, comme s'il avait craint que Hannah lui saute dessus et lui arrache ses vêtements s'il s'arrêtait.

— J'avais six ans. Je partais en vacances sur la Costa Brava en car avec ma mère. Dès Flensborg, j'ai commencé à me sentir mal. C'était tard le soir. La plupart des passagers dormaient. Je me suis réveillé avec la nausée et la sensation de suffoquer. Ma mère était inquiète. Elle a demandé au chauffeur de s'arrêter, ce qui a provoqué la colère des autres passagers. Ils partaient en vacances et n'avaient pas l'intention de laisser un gamin souffrant du mal des voyages les retarder. Mais quand ils m'ont vu, allongé dans l'allée centrale, haletant, le corps secoué par des spasmes violents, ils ont aussitôt arrêté de se plaindre. (Niels posa son regard sur Hannah.) Ils ont appelé une ambulance, mais il y a eu des complications car elle n'avait pas le droit d'entrer en Allemagne, si bien que le car a finalement dû faire demi-tour pour me reconduire jusqu'à la frontière. Ils m'ont ensuite porté dehors. Je crois que j'étais inconscient. En tout cas, je ne me souviens pas de ce moment-là. Je me suis réveillé au bout de quelques heures – à l'hôpital d'Aabenraa – totalement rétabli.

— Vous ne pouvez pas sortir du périmètre qui vous a été confié. C'est fantastique.

Il baissa les yeux.

— Pardon, je voulais dire « fascinant ». En tant que phénomène.

— Peut-être, rétorqua Niels, qui ne savait comment prendre le fait qu'il était un phénomène fascinant.

— Et vos vacances, alors ? finit par demander Hannah en pensant soudain à l'aspect humain de son histoire.

Il haussa les épaules.

— On a passé une semaine dans une maison de campagne à attraper des crabes dans le fjord. Ça a été un carnage, ajouta-t-il en riant. Depuis, ça s'est amélioré légèrement. Peut-être avec l'âge. En tout cas, maintenant, j'arrive à me traîner jusqu'à Berlin. Mais, à partir de là, je commence à me sentir mal.

À Odense, ils prirent une correspondance à destination d'Esbjerg. Cette fois, Niels s'assit à côté de Hannah. Pas en face. Ils tournaient le dos au sens de la marche.

— Imaginez un train d'une longueur exceptionnelle, avec un seul wagon, dit-elle tout à coup. Un immense compartiment au centre duquel vous pouvez voir les deux extrémités.

— Donc, je suis dans un train ?

— Non. Vous, vous êtes sur un quai et moi dans le train. (Elle se leva sans se soucier du regard des autres passagers.) Imaginez-moi avec une lampe de poche dans chaque main.

Hannah se tenait au milieu de l'allée centrale avec deux lampes imaginaires.

— Vous me suivez ? Chacune de ces lampes est tournée dans une direction différente. L'une vers l'avant, l'autre vers l'arrière. Ce train est très long.

Les trois autres passagers avaient renoncé à faire semblant de ne pas écouter. Ils avaient posé leurs journaux et leurs ordinateurs portables, et observaient Hannah.

— Vous êtes sur le quai. Le train passe à grande vitesse. Il est très long. Vous me suivez ?

— Oui.

— Il file devant vous qui êtes sur le quai. Au moment précis où je passe devant vous, j'allume les deux lampes simultanément.

Elle leur laissa le temps de se figurer la scène.

— Lequel des deux faisceaux lumineux éclairera en premier l'une des extrémités du train ?

Ils réfléchirent. Niels s'apprêtait à répondre, lorsque le jeune homme assis près de la sortie le devança :

— Celui qui est tourné vers le fond du train.

— Exactement. Et pourquoi ?

— Parce que l'arrière se rapproche de la source, tandis que l'avant s'en éloigne.

— Tout à fait !

Hannah était dans son milieu naturel : une salle de classe. Et dans son élément : la théorie, la réflexion et la transmission du savoir.

— Maintenant, imaginez que c'est vous qui êtes dans le train et qui tenez les lampes. Le train file à vive allure. Vous les allumez en même temps. Lequel des deux faisceaux frappera en premier une extrémité du train ? Celui qui est pointé vers l'arrière ou celui qui est pointé vers l'avant ?

Il y eut quelques secondes de silence. Ce fut finalement Niels qui répondit :

— Ils atteindront les deux extrémités du train en même temps.

— Exact. En même temps.

— Une illusion d'optique? suggéra une voix derrière Niels.

— Non. Il ne s'agit pas d'une illusion. Les deux résultats sont aussi corrects l'un que l'autre. Ça dépend tout simplement d'où on se place. Bref, c'est une question de… relativité, conclut-elle en souriant.

Hannah voulait démontrer à Niels à quel point nous avons tendance à oublier que beaucoup de choses nous échappent. Cela faisait maintenant plus d'un siècle qu'Einstein avait énoncé sa théorie sur la relativité, qui conditionne totalement notre vision du monde. Pourtant, très peu de gens sont en mesure de la comprendre. Rien ne pouvait arrêter Hannah, pensa Niels. Elle devait considérer qu'il était de son devoir de lui faire prendre conscience de nos carences exceptionnelles en matière de compréhension de l'univers.

Ils ne virent pas passer le temps, si bien que, quand ils regardèrent à nouveau par la fenêtre, les clôtures des champs étaient désormais hautes et blanches, dans le plus pur style texan. Ils étaient dans le Jutland.

Quand seraient-ils retrouvés, Niels l'ignorait mais espérait que cela prendrait au moins quelques jours, voire quelques semaines. Après tout, il était loin d'être une priorité et le temps jouait en leur faveur. De nouvelles affaires ne tarderaient pas à surgir et de nouveaux avis de recherche à être lancés, de sorte que, progressivement, leur cas passerait au second plan. Mais ils finiraient évidemment par être découverts. Ce n'était qu'une question de temps.

6.

Jutland

Des parents s'étaient rassemblés dans la gare afin d'accueillir leurs enfants qui rentraient à la maison pour les fêtes de Noël. Est-ce que les gens les regardaient ? Niels sentit la paranoïa grandir en lui au moment où ils descendirent sur le quai. Ils auraient pu être reconnus des centaines de fois entre Odense et Esbjerg.

Il repéra l'homme avant que lui ne le voie. Le regard froid, un papier à la main, dévisageant les passagers qu'il croisait. Il attira Hannah dans les toilettes de la gare.

— Que se passe-t-il ? demanda-t-elle.

Il ne répondit pas. Il essaya de rassembler ses idées. Comment avaient-ils fait pour le retrouver si vite ? Comme quand ils avaient été arrêtés dans le port – c'était trop rapide. Quelqu'un devait les tenir informés. Hannah avait-elle téléphoné à la police ? Il posa son regard sur elle, puis reprit ses réflexions. Quand ils étaient sur le port, il était entré dans le snack – elle avait donc eu l'occasion d'appeler. Et dans le train, elle s'était rendue aux toilettes.

— Pourquoi me regardez-vous comme ça ?

Niels détourna le regard et se mit à fixer le sol à la place.

— Il y a un homme, dehors. Un policier en civil. Il nous cherche.

— Comment le savez-vous ?

— C'est le genre de chose qu'on remarque.

C'était forcément Hannah qui l'avait vendu. À moins que… Il tira son téléphone de sa poche. Il était allumé.

— Merde !

— Qu'est-ce qu'il y a ?

— Rien.

— Ils nous pistent grâce à votre téléphone ?

— Oui.

Niels attendit quelques minutes avant de jeter un coup d'œil au-dehors par la vitre des toilettes. Il y avait toujours des voyageurs qui montaient et d'autres qui descendaient. La quantité de bagages était colossale. Des gens surchargés s'éreintaient à porter leurs sacs et à traîner leurs valises. La terre devait peser bien plus lourd en période de Noël, se dit-il. Au même instant, il repéra à nouveau l'homme.

— Au bout du quai.

— Il est toujours là ?

Niels ferma la porte des toilettes. Ce n'était pas tant la manière qu'il avait de dévisager les voyageurs que le fait qu'il consultait le papier qu'il tenait à la main chaque fois qu'il croisait un homme dans la force de l'âge.

Il attira Hannah dans l'une des cabines. Elle se montra docile, sans se plaindre une seconde de l'odeur d'urine froide qui lui piquait les narines. Quelqu'un entra dans la cabine voisine afin de se soulager la vessie. Hannah sourit et retint son souffle. Les cloisons étaient couvertes d'invitations désespérées : « Garçon cherche garçon », « Jeune mec cherche homme d'âge mûr ».

— Apparemment, il n'est pas facile d'avoir des goûts sexuels qui sortent de la norme, dans le coin, commenta Niels quand ils furent de nouveau seuls.

— Non. Ce n'est jamais facile, confirma-t-elle, comme si elle en avait fait l'expérience.

— Vous sortez la première et ouvrez bien l'œil. Homme d'âge moyen. Un mètre quatre-vingts. Veste en cuir claire. C'est lui qui nous cherche. S'il est toujours là, alors toussez.

— Et ensuite ?

— Ensuite, faites demi-tour et entrez dans les toilettes d'à côté. Comme si vous vous étiez simplement trompée de porte.

Elle sortit. Au bout de quelques instants, il l'entendit tousser d'une manière étonnamment naturelle, puis la porte des toilettes des dames claqua. Il attendit cinq longues minutes avant d'oser regarder à nouveau dehors. L'homme se dirigeait vers l'escalier. Il avait renoncé.

Après avoir quitté la gare, alors qu'ils s'apprêtaient à monter dans un car, Niels se maudit pour sa stupidité. Cela faisait des années qu'il n'avait pas pris part à une chasse à l'homme. C'était un négociateur, désormais – il n'était pas habitué à penser à ce genre de choses : les satellites, les signaux GPS et les antennes-relais de téléphonie mobile. Il commença par retirer la carte SIM de son téléphone avant de piétiner celui-ci avec application, ce qui lui procura un immense sentiment de soulagement.

— Est-ce que je pourrais aussi avoir votre portable ? demanda-t-il.

Hannah le lui confia sans protester. Un couple âgé les observa depuis le trottoir d'en face. Quand Niels lança violemment le téléphone contre les pavés avant de l'écraser sous sa semelle, ils secouèrent la tête d'un air indigné.

Après avoir roulé sur une portion d'autoroute, le bus prit une bretelle de sortie pour emprunter des routes secondaires.

— Je crois que je reconnais les lieux, dit Hannah en scrutant les environs. Je suis venue ici il y a trente ans. C'était pendant l'été.

— Et il y a un hôtel ?

— Vous pensez que non ?

Ils arrivèrent dans une ville sans la moindre fantaisie, à l'image de la plupart des localités danoises, avec son supermarché, ses murs en brique rouge et ses maisons de plain-pied. Mais, plus loin, ils découvrirent un charmant petit village de pêcheurs. C'est là que le car s'arrêta.

Hannah se leva.

— Voilà. On est arrivés.

Niels se dirigea vers deux hommes âgés qui passaient à proximité, leur vélo à la main, et les salua.

— Bonjour. Savez-vous si l'hôtel est ouvert ?

Sa question fut accueillie par des regards soupçonneux et un silence que l'on ne pratique que dans les sociétés fermées. Il s'apprêtait à réitérer sa demande quand celui à qui il restait le plus de dents cracha des restes de tabac et répliqua :

— Il est fermé aux touristes. Revenez l'été prochain.

— Il est vraiment fermé ou c'est seulement le cas pour les touristes ?

Face au mutisme des deux locaux, Hannah intervint :

— Êtes-vous bien certains qu'il n'y a pas un endroit où on pourrait passer la nuit ?

Cette fois, ce fut l'édenté qui répondit :

— Descendez jusqu'à la plage, puis continuez en direction du nord. Mais, méfiez-vous des trains de marchandises. La barrière est en panne.

— Merci.

Ils suivirent les traces de sable qui s'étendaient à mesure qu'ils s'approchaient de la plage. Ils pouvaient également se guider au son de la mer qui bombardait la côte en permanence. Niels n'avait jamais compris pourquoi les gens avaient tellement envie d'habiter au bord de la mer, où il n'y avait jamais de silence.

— Attention !

Niels saisit Hannah par le bras et la tira en arrière. Ce n'est qu'au moment où il passa devant eux que le conducteur du train utilisa son klaxon, comme pour les saluer plutôt que pour les avertir.

— Idiot ! s'écria Niels.

— On nous avait prévenus que la barrière était en panne.

— Oui, merci bien. Et ceux qui n'ont pas eu la chance d'être prévenus ?

Les rails étaient quasiment recouverts de sable et de neige, tandis que le raffut de la mer couvrait le bruit du moteur diesel du train. La barrière essayait toujours de descendre, en vain. Ils demeurèrent silencieux quelques instants. Niels ressentit son aversion innée de policier pour la circulation dangereuse. Un jour ou l'autre, ici même, un de ses collègues réconforterait des survivants, guiderait les manœuvres des ambulances et autres véhicules de secours et tenterait de déterminer qui était responsable de ce drame.

L'immense côte de la mer du Nord[1] était rude. Ils durent enjamber les petits ruisseaux et trous d'eau qui avaient creusé le sable, tandis que le vent cherchait à les emporter. Hannah se mit à rire.

— Qu'est-ce qui vous fait rire ?

Elle n'arrivait pas à s'arrêter.

— Quoi ? Pourquoi riez-vous ?

Elle plaça sa main devant sa bouche et ils poursuivirent ainsi leur chemin pendant qu'elle gloussait de son côté.

Niels se dit qu'il avait peut-être l'air complètement idiot.

---

1. *Vesterhavet* en danois : la mer de l'Ouest. Tout dépend d'où l'on se place. C'est une question de relativité.

7.

La mer du Nord

Il flottait dans l'hôtel la même odeur désagréable de casse-croûte et de vêtements humides que dans les colonies de vacances. Le sol était recouvert de parquet, les murs de lambris et toutes les photos encadrées représentaient la mer, bien que celle-ci se trouvât juste devant la porte. La réception était déserte et Niels chercha des yeux une cloche qu'il aurait pu faire sonner avec ses mains gelées. La réceptionniste apparut finalement derrière lui.

— Bonsoir, dit-elle.

— Bonsoir, répondit difficilement Niels, dont le visage était paralysé par le froid. Vous êtes ouverts ?

— Toute l'année. Combien de nuits comptez-vous rester ? demanda-t-elle en passant derrière le comptoir.

— Euh…

Hannah se tourna vers Niels.

— Cinq nuits pour l'instant, indiqua-t-il. Peut-être plus.

La réceptionniste consulta l'écran de son ordinateur.

— Une chambre double ?

— Non, répliqua Niels en fixant Hannah. Deux chambres simples.

Sa chambre, avec vue sur la mer, comportait une chaise, une table rudimentaire, une armoire et un épais tapis rouge. Niels s'allongea un instant sur le lit. Il grinçait et était tellement mou qu'on s'y enfonçait un peu comme dans un hamac. Mais cela n'avait pas d'importance. Il ferma les yeux, se tourna sur le côté, remonta légèrement ses genoux et utilisa ses mains en guise d'oreiller. Il s'imagina quelqu'un le regardant d'en haut. Lui, peut-être. Ou un oiseau. Soudain, il se dit qu'il ferait bien d'aller faire un tour dans la salle de bains afin d'examiner la marque dans son dos. Mais il chassa cette idée aussi vite qu'elle était apparue. Il s'enfonça encore de quelques centimètres dans le matelas. D'autres pensées vinrent perturber son sommeil : sa mère, la conférence sur le climat et Abdul Hadi. Les paroles du pasteur lui revinrent alors à l'esprit : « Mais, Maman, et si le monstre a une mère, lui aussi ? »

— Niels ? appela une voix dans le lointain.

S'était-il endormi ?

— Niels, répéta Hannah, dans le couloir. Il va être l'heure du dîner. On se retrouve dans le restaurant dans dix minutes ? C'est au deuxième étage.

— Oui, lui répondit-il en se redressant sur les coudes. Dans dix minutes.

Les boiseries du restaurant étaient peintes en blanc et les murs ornés de fleurs de la mer du Nord. Il y avait également des décorations de Noël aux fenêtres. Ils étaient les seuls clients. Hannah arriva par l'entrée opposée.

Niels eut l'impression qu'elle était là depuis quelque temps déjà, mais qu'elle avait attendu en coulisse afin de faire une entrée remarquée. Elle lui apparut changée.

— Vous avez commandé ? demanda-t-elle.

— Non. C'est la dame de la réception qui fait le service. C'est certainement elle aussi le cuisinier.

— Et le directeur de l'hôtel.

Ils se mirent à rire. La réceptionniste s'approcha.

— Vous avez choisi ?

— On va d'abord prendre quelque chose à boire.

— Du vin blanc, s'empressa de dire Hannah.

— Un en particulier ?

— Le meilleur de vote cave, trancha Niels en souriant à la réceptionniste. Si la fin du monde est pour ce week-end, autant en profiter maintenant.

— Je ne comprends pas… répondit-elle en le regardant d'un air décontenancé.

— Moi non plus, rassurez-vous.

La femme leur adressa un sourire mal assuré, puis s'éclipsa.

— Ça ne sert à rien de l'inquiéter, fit remarquer Hannah.

— Elle a le droit d'être informée. Il y a peut-être quelque chose qu'elle aimerait faire avant qu'il ne soit trop tard.

— On en parlait aussi à l'institut.

— De quoi ? De la fin du monde ?

— Oui. Dans notre métier, on passe notre temps à scruter l'espace et on observe régulièrement des extinctions de soleils et des collisions entre galaxies.

— Et des météorites ?

— Elles sont beaucoup plus difficiles à repérer. En tout cas, quand on fait ce travail, on est constamment confronté à la mort de galaxies, mais également, heureusement, à la naissance de nouveaux mondes.

La femme revint les servir. Quand elle repartit, un silence agréable s'installa, que Niels ne tarda pas à gâcher.

— Votre fils.

— Oui. Mon fils. Mon fils adoré.

Peut-être regretta-t-il d'avoir abordé ce sujet, mais il était trop tard. Elle s'était déjà fermée.

— Il s'est suicidé, finit-elle pourtant par dire.

Niels baissa les yeux sur la table.

— Johannes était un enfant prodige. D'une intelligence exceptionnelle, ajouta-t-elle avant de boire une gorgée de vin du bout des lèvres.

— Quel âge avait-il ?

Ignorant sa question elle poursuivit :

— Mais il avait commencé à montrer des signes de troubles de la personnalité. Il était schizophrène. Vous saisissez ?

— Oui.

— Le jour où on a appris le diagnostic, à l'hôpital de Bispebjerg… c'était comme si le monde s'écroulait autour de Johannes et moi.

— Et votre mari ?

— Gustav était je ne sais où – il était toujours invité à donner des conférences quand les choses devenaient émotionnellement compliquées. Savez-vous ce qu'il m'a dit, au téléphone, quand je lui ai appris la nouvelle ?

« Au moins, maintenant, on sait ce qu'il a, Hannah. Il faut que je te laisse. J'ai une réunion. »

— Je suis désolé.

— Mais c'était peut-être une bonne chose, finalement, qu'il m'ait dit ça. C'était sa manière à lui de gérer la situation : continuer à faire comme si de rien n'était. Ce qui était certain, c'était qu'une chose n'avait pas changé : Gustav.

— Ensuite, votre fils a été interné ? Je veux dire Johannes.

Elle acquiesça puis marqua une pause qui dura si longtemps qu'il pensa que le sujet était clos.

— Je l'ai confié à l'hôpital où je lui rendais visite le dimanche.

Nouvelle pause. Encore plus longue que la première. Et également plus pesante.

— Vous voulez savoir quel jour il s'est pendu ? Le jour où Gustav a reçu le prix Nobel. Le message le plus clair qu'un fils puisse envoyer à ses parents : félicitations, vous m'avez trahi. Mais il n'est fait nulle mention de cette histoire dans les articles qui nous sont consacrés sur Wikipedia.

— Ce n'est pas comme ça que vous devez voir les choses, tenta de la raisonner Niels, sentant à quel point son esprit était confus.

— Après sa mort, je pensais uniquement à quitter ce monde.

— À vous… suicider ?

— Je n'avais pas mérité de vivre. Je m'étais même procuré des pilules. J'avais tout préparé.

— Qu'est-ce qui vous a fait changer d'avis ?

— Je ne sais pas. Je ne l'ai pas fait, c'est tout. Peut-être pour…

Elle s'arrêta en plein milieu de sa phrase.

— Quoi, Hannah ?

— Pour pouvoir vous rencontrer, Niels, dit-elle en le regardant. Et ainsi me rattraper en faisant une bonne action.

Niels eut envie de dire quelque chose – il devait le faire – mais Hannah posa ses mains sur les siennes, rendant ainsi toute parole superflue.

8.

Le vent qui soufflait en provenance de la mer du Nord s'abattait rageusement contre la façade du vieil hôtel. Tandis qu'ils redescendaient vers leurs chambres, Niels s'imagina que la tempête allait être si violente pendant la nuit qu'ils se réveilleraient à Copenhague le lendemain matin. Peut-être pensa-t-il tout haut car Hannah étouffa un rire, puis chuchota :

— On ferait mieux de ne pas parler. Je crois qu'il est tard.

— Pourquoi ? s'étonna Niels, qui remarqua alors qu'il était un peu ivre. On est les seuls clients de cet hôtel.

Hannah s'arrêta et sortit sa clé.

— Merci pour cette délicieuse soirée.

— C'est moi qui vous remercie.

Il y avait quelque chose de théâtral dans la manière dont elle lui tourna le dos. Sans le regarder, elle demanda :

— Vous voulez entrer ?

— Pour accorder une ultime faveur au condamné à mort ?

— On pourrait juste passer un moment agréable ensemble, suggéra-t-elle en se retournant. Voire plus. Vous voyez ce que je veux dire.

Niels lui caressa la joue. Un geste qui lui parut aussitôt idiot. S'il n'avait réfléchi, ne serait-ce que quelques secondes, il aurait certainement trouvé au moins une dizaine de choses plus intelligentes à faire.

— On ne peut pas. Dormez bien.

Il resta planté un instant devant la porte de Hannah avant de s'éloigner finalement en direction de sa chambre.

— Ça ne vous ferait pas de mal de faire des bêtises, une fois de temps en temps, lança Hannah.

Niels s'arrêta.

— Qu'est-ce que vous voulez dire ?

— Vous devriez faire quelque chose de mal.

— Peut-être. Mais il n'y aurait rien de mal à vous suivre dans votre chambre, répondit-il avant de refermer sa porte derrière lui.

Il entendit alors Hannah parler toute seule dans le couloir.

— Faites quelque chose de mal. Faites quelque chose de mal.

Puis elle s'enferma à son tour dans sa chambre.

La marque s'était accentuée. Niels examina son dos dans le miroir de la salle de bains en tournant sa tête autant que son squelette le permettait. Il contempla la peau rouge et enflée. Il ne distinguait pas encore les chiffres. Pas encore ?

Il sortit de la salle de bains et s'assit à la table. Il n'arrivait pas à dormir. Un corps mi-saoul, mi-fatigué n'était pas un corps tranquille. Ignorant l'écriteau « *No smo-*

king » sur la porte, il s'alluma une cigarette et compta combien il lui en restait. Il jeta un regard circulaire dans la chambre et se mit à penser à Hannah. À son chagrin. Puis à Kathrine et à quel point il se sentait amoureux quand elle se trouvait à des milliers de kilomètres. Plus que quand ils étaient ensemble. Il essaya de chasser ce sentiment de son esprit, mais il s'y était profondément implanté. Deux cigarettes plus tard, leur dernière dispute se rejoua sous ses yeux, au beau milieu de la pièce, à la réplique près. Tels deux comédiens amateurs, ils se hurlaient dessus, et lui, comme l'arbitre d'un combat de boxe, se tenait prêt à intervenir pour les séparer et les renvoyer chacun dans leur coin. Lui au bord de la mer du Nord et elle au Cap.

Il ouvrit par curiosité le tiroir de la table de nuit où il découvrit un annuaire local, une carte postale non affranchie destinée à une grand-mère habitant à Gudhjem[1], ainsi qu'une bible. Il sortit le livre noir et le feuilleta. Abraham. Rebecca. Isaac. Cela faisait une éternité qu'il n'avait pas lu ces histoires. Il accrocha son holster d'épaule avec son pistolet à l'intérieur au dossier de la chaise – étrange image que celles de ces deux objets si près l'un de l'autre : un pistolet et une bible. Les Beatles vinrent à son secours, comme seule la musique pop sait le faire lorsqu'il s'agit de se laisser aller à ses sentiments. Il était à moitié saoul – voire plus – sans quoi il n'aurait jamais entonné :

1. Localité de Bornholm, île danoise de la Baltique. Gudhjem, en danois, signifie littéralement « Maison de Dieu ».

Rocky Raccoon checked into his room
Only to find Gideons Bible
Rocky had come equipped with a gun

Il s'allongea sur le dos, ferma les yeux et chantonna encore un couplet de sa voix éraillée avant de s'endormir.

9.

Niels ouvrit le placard de la salle de bains. Quelqu'un y avait laissé un spray anti-moustiques et un flacon de crème solaire indice 25. Il étala un peu de crème sur ses mains et porta la bombe à son nez. L'odeur le fit penser à l'été. C'est absurde, se dit-il. Pourtant, le produit chimique – certainement fabriqué dans une usine polonaise cinq ans plus tôt – évoqua en lui des souvenirs de soleil, de moustiques, de mer, de glaces et de parfum de sureau.

Il s'assit sur le rebord de la douche. Il ne voulait pas mourir. Il voulait vivre pour faire tout ce qu'il n'avait pas pu faire jusqu'à présent.

Dimanche 20 décembre

Bien sûr que c'était possible, songea Niels en tournant le bouton de la douche. Son plan était arrêté. Les comprimés de morphine étaient disposés près du lavabo, prêts à être avalés – et il y en avait plus qu'il n'en faudrait. Il embarquerait sur un bateau, s'assommerait de médicaments et partirait très, très loin.

— Niels ? appela Hannah depuis la chambre. Niels ?

— Un instant.

Il coupa la douche, se noua une serviette autour de la taille et passa la tête par la porte.

— On va prendre le petit déjeuner ensemble ? On a jusqu'à 10 heures.

Ce n'est qu'alors qu'il s'aperçut qu'elle tenait son pistolet entre ses mains.

— Hannah. Il est chargé, voyons !

— Pardon. Il traînait par terre et... Tenez, dit-elle en lui tendant l'arme.

Il retira le chargeur et la lui rendit.

— Maintenant, il ne pourra blesser personne.

— Vous êtes sûr ?

— Oui, certain. Mais si on fait comme ça...

Il lui donna le chargeur et lui montra comment le remettre dans le pistolet.

— Là, vous pouvez tirer.

— Je préférais quand il était vide. Vous avez déjà tiré sur quelqu'un ?

— Auriez-vous oublié que je suis bon ? plaisanta-t-il.

— C'est pour cette raison que vous lisez ça ? demanda-t-elle en indiquant la bible ouverte sur son lit.

— Peut-être.

Elle sourit.

— À tout de suite.

Une fois Hannah partie, Niels s'habilla. Il fit consciencieusement son lit et rangea la bible dans le tiroir de la table de nuit. Puis il alla dans la salle de bains et se regarda dans le miroir. Il remonta le bas de sa chemise. La marque était toujours là : elle s'étirait d'une épaule à l'autre et descendait jusqu'au milieu de son dos, dessinant des lignes fines sous sa peau. Il s'inspecta de plus près en se demandant si l'on pouvait déjà y voir des nombres. Peut-être disparaîtrait-elle d'elle-même, s'il cessait d'y penser ?

Plus tard, ils sortirent se promener sur la plage. Le vent soufflait toujours, mais la tempête s'était interrompue pour le moment.

— Je me souviens qu'on avait visité un bunker, dit Hannah.

— Quand vous étiez petite ?

— Croyez-vous qu'on puisse en trouver un ?

Niels scruta la côte. Il y avait de la brume sur la mer. Des voitures roulaient sur la plage. Son regard finit par se poser sur Hannah, dont les cheveux ondoyaient dans le vent, frôlaient son visage et passaient devant ses yeux.

— Qu'y a-t-il ?

— Rien. Pourquoi ?

— Vous avez une façon de me regarder, le taquina-t-elle en lui donnant un coup de coude. Allez, venez, vieil homme. Le premier arrivé en haut de la dune a gagné.

Hannah détala aussitôt, bientôt imité par Niels. Il avait du sable dans les chaussures, dans les cheveux et dans les yeux. Alors qu'il escaladait la dune, il entendit Hannah rire, un peu plus haut.

— Vous vous moquez de moi ?

— Vous êtes si pataud.

Piqué au vif, il se mit alors à grimper la pente avec détermination pour tenter de la dépasser. Ils atteignirent finalement le sommet en même temps. À bout de souffle et couverts de sable, ils se laissèrent tomber dans la bruyère et l'herbe gelée. Là, au moins, ils étaient à l'abri du vent.

Ils restèrent allongés ainsi quelques minutes, sans dire un mot, puis Hannah engagea la conversation :

— Vous m'avez dit que vous lisiez la Bible.

Il se tourna vers elle et la regarda.

— Un peu.

— Vous lisiez quoi, exactement ?

— L'histoire d'Abraham et Isaac.

— Quand Dieu demande à Abraham de monter sur le mont Sinaï avec son fils unique, Isaac, afin de le sacrifier, résuma-t-elle.

— J'ai entendu un pasteur dire, à la radio, que cette histoire devrait être bannie de nos temples.

— Elle porte pourtant un message essentiel, fit remarquer Hannah. Un message que nous avons oublié.

— Mais dont vous allez maintenant me révéler la teneur ?

Elle rit.

— Il faut toujours que je ramène ma science. Excusez-moi, ajouta-t-elle en se redressant en position assise. Je crois que ce que nous apprend l'histoire d'Abraham, c'est qu'il faut écouter les autres. Au moins de temps en temps.

Niels ne fit aucun commentaire.

— Mais vous avez raison sur un point : cette histoire est morbide. N'aurait-il pas pu trouver un autre moyen de faire passer son message ?

— Vous y croyez ?

— À quoi ?

— Vous n'êtes même pas capable de prononcer son nom.

— Dieu ? (Hannah s'allongea à nouveau dans le sable et fixa le ciel.) Je crois en tout ce que nous n'avons pas encore découvert. Ce qui représente une infinité de choses – bien plus que nous le pensons.

— Les fameux quatre pour cent ?

— Exactement. Quatre pour cent. Nous connaissons seulement quatre pour cent de l'univers. Mais, essayez donc d'expliquer ça à un politicien afin qu'il accorde des crédits à la recherche scientifique. Tandis que si vous prétendez avoir la certitude que le niveau des mers augmentera de cinquante centimètres au cours des prochaines…

Elle s'interrompit au beau milieu de sa phrase. Puis elle s'assit et le regarda.

— Polycrate. Vous vous souvenez de son histoire ?

— Ça ne me rappelle rien.

— C'était un roi grec. Il réussissait absolument tout ce qu'il entreprenait et collectionnait les succès : femmes, richesse, victoires militaires. Ce Polycrate avait un ami – un souverain égyptien, si je me souviens bien – qui lui écrivit pour lui conseiller de sacrifier ce qu'il avait de plus précieux. Sans quoi il risquait de susciter la jalousie des dieux. Après avoir bien réfléchi, Polycrate finit par prendre la mer et jeter sa bien-aimée ainsi que son plus bel anneau par-dessus bord. Quelques jours plus tard, un pêcheur vint le voir pour lui offrir un poisson qu'il avait attrapé. Et, lorsqu'ils l'ouvrirent pour le manger, devinez ce qu'ils découvrirent à l'intérieur ?

— L'anneau.

— Tout à fait. L'anneau. Polycrate s'empressa d'écrire à son ami égyptien pour l'informer de ce prodige. Mais l'autre lui répondit qu'il préférait mettre un terme à leur amitié car il ne souhaitait pas se trouver à ses côtés le jour où les dieux le frapperaient.

Hannah s'agenouilla dans le sable et le vent commença aussitôt à agiter ses cheveux.

— C'est le même thème que dans l'histoire d'Abraham et Isaac. Le thème du sacrifice.

— Et que devons-nous sacrifier, Hannah ?

Elle réfléchit.

— Cette confiance illimitée que nous avons en nos capacités. Existe-t-il un mot pour exprimer ce que je veux dire ? demanda-t-elle en souriant. Enfin, c'est une chose de croire en soi, mais c'en est une autre de nous comporter comme si nous étions des dieux.

Elle rit d'un air gêné, comme si elle venait de dire quelque chose de stupide, puis elle le regarda, s'allongea sur lui de manière aussi inattendue que la première fois et l'embrassa.

La chaleur de leur baiser était toujours présente dans son corps quand ils rentrèrent en longeant le rivage, sur la plage déserte. Niels savoura le souffle froid du vent salé sur son visage. Plus tard dans la journée, il se rendrait sur le port pour trouver un pêcheur qui avait prévu de sortir en mer entre Noël et le nouvel an. Il se dit que cela ne devrait pas être compliqué. Il était prêt à proposer quelques milliers de couronnes en échange d'une couchette. Après quoi il n'aurait plus qu'à se bourrer de morphine jusqu'à en perdre conscience.

— À quoi pensez-vous ? lui demanda Hannah.

— À rien.

— Allons prendre un verre, s'exclama-t-elle soudain. On est quand même en vacances, pas vrai ?

— Gin tonic ?

— Et puis après, une sieste. Ou l'inverse ?

— Je ne suis pas sûr qu'il existe un ordre pour ce genre de chose.

— Ne dites pas ça, répliqua-t-elle en souriant. Allez, on va en ville !

En passant devant le vieux téléphone public à pièces, Niels s'arrêta. Il y avait une épicerie juste en face.

— Je dois donner un coup de fil.

— Vous avez de la monnaie ? lui demanda-t-elle.

Il acquiesça. Tandis que Hannah entrait dans la boutique, il s'engouffra dans la cabine et introduisit quelques pièces dans le téléphone. Il composa ensuite le numéro à rallonge pour l'Afrique du Sud. Arrivé au dernier chiffre, il hésita. Dans l'épicerie, il vit Hannah lui faire coucou. Il lui répondit, puis se retourna. Le port baignait dans la lumière blanchâtre du soleil hivernal. Soudain, la terre se mit à trembler sous ses pieds. À moins que ce ne fût une impression ? Les secousses remontèrent le long de son corps, comme une petite décharge électrique ou un tremblement de terre de faible intensité. Il secoua la tête et attribua le phénomène à son stress. Il recomposa le numéro, pensant appeler Kathrine. Mais ce fut la voix de Rosenberg qui répondit.

— Allô ?

Niels fut surpris. Se pouvait-il qu'il ait mémorisé son numéro ?

— Allô ? Qui est à l'appareil ?

La voix du pasteur était plus profonde que dans ses souvenirs. Il eut un temps d'hésitation. Il voulut dire quelque chose, mais n'arriva pas à trouver ses mots.

— Il y a quelqu'un au bout du fil ?

Hannah lui fit à nouveau signe. Elle était à la caisse et s'apprêtait à acheter des cigarettes. Le regard de Niels fut attiré par autre chose : une voiture qui descendait la rue, un peu plus loin. Il jeta un coup d'œil du côté de la barrière et vit qu'elle essayait de descendre, comme la dernière fois. Ou peut-être était-ce tout simplement le vent qui la secouait ?

— J'ignore qui vous êtes, mais je pense que vous appelez parce que vous êtes désormais prêt à écouter, enchaîna le pasteur.

Maintenant, Niels apercevait le train. Le conducteur de la voiture l'avait-il également remarqué ?

— Vous avez peut-être vécu un événement qui vous a ébranlé ? reprit le prêtre, sur un ton presque solennel, avant de marquer une pause pour lui laisser la possibilité de dire quelque chose. Vous n'êtes pas obligé de parler.

Deux fillettes sortirent de l'épicerie, joyeuses, chacune avec un sac de bonbons à la main. Les joues rosies par le froid et un bonnet en laine sur la tête, elles se dirigèrent vers leurs vélos d'un pas insouciant.

Le pasteur s'éclaircit la voix et dit :

— Il suffit que vous soyez prêt à écouter et que vous le montriez.

Niels entendit son souffle, quelque peu enroué.

— Vous êtes là ?

Il raccrocha et sortit de la cabine. La voiture s'approchait. C'était une Volvo. L'un de ces vieux modèles anguleux. Elle ne ralentit toujours pas. Les fillettes se tenaient devant l'épicerie, leurs vélos à la main. L'une d'elles se débattait avec son écharpe. Il fit quelques pas et adressa un signe de la main au conducteur.

— Hé !

La voiture continua sa course.

— Stop !

Le bruit de la mer et du vent glacial couvrit son cri et les occupants de la voiture ne l'entendirent pas.

— Stop ! appela-t-il à nouveau.

L'une des fillettes sursauta et, au moment où elle se retournait, elle glissa dans la neige en lâchant son vélo qui tomba contre la porte de la boutique. Niels regarda Hannah. Elle n'avait rien remarqué. Le train, la Volvo, la barrière en panne, les fillettes, les vélos, Hannah dans l'épicerie, la porte bloquée. Il s'élança en direction de la voiture en agitant les bras pour tenter de l'arrêter. Au même moment, il perçut le grondement du train, quelque part derrière les dunes.

— Stop !

Sur le coup, il crut que le conducteur l'avait entendu car la voiture ralentit soudain l'allure. Il s'immobilisa. Il se trouvait à mi-chemin entre l'épicerie et le passage à niveau. Il ressentit alors la même chose que lorsqu'il était assis sur la banquette de la voiture de police, en route pour Copenhague. Une sorte d'attraction.

En voyant arriver le train, l'automobiliste écrasa brusquement la pédale de freins. Mais il était déjà trop tard. Les roues se bloquèrent et les pneus glissèrent sur les rails en crissant. La neige agit alors comme une patinoire et le train vint heurter violemment l'arrière de la Volvo en produisant un énorme bruit sourd qui ne ressemblait à rien de ce que Niels avait entendu jusque-là. Il se retourna vers l'épicerie. Hannah était en train de pousser la porte pour sortir. Quant aux fillettes, elles risquaient de se faire faucher par la voiture.

— Partez. Courez ! leur hurla-t-il.

Mais elles se contentèrent de le regarder courir dans leur direction d'un air médusé. Quelque part derrière lui, il entendit se rapprocher la voiture hors de contrôle.

— Courez ! vite !

L'une des fillettes finit par comprendre ce qui se passait. Si seulement il pouvait arriver jusqu'à elles. Il cria et agita les bras :

— Fuyez ! Courez !

Lorsqu'il se retourna pour voir où était la voiture, il eut tout juste le temps de croiser le regard terrorisé du conducteur avant d'être percuté de plein fouet et que le véhicule fou n'aille s'écraser contre la façade de l'épicerie… et Hannah.

10.

Les ténèbres

Il entendait couler un liquide, au loin. À moins que ce ne fût tout près. De toute façon, c'était sans importance. Il régnait autour de lui un silence absolu. L'obscurité le couvrait à la manière d'une couette qu'il pouvait repousser s'il le souhaitait. Mais il n'en avait pas envie. Il se sentait bien dans le noir.

Des voix. Quelqu'un cria. Des pleurs. Des hurlements. Une odeur d'essence. Une odeur d'alcool, également, du gin. Il avait un goût de sang dans la bouche. Quelqu'un retira la couette et une paire d'yeux inconnus se posèrent sur lui.

— Vous allez bien ? demanda une voix tremblante à peine audible.

— La barrière n'était pas abaissée…

— J'ai appelé une ambulance.

Niels remua ses lèvres. Du moins, il eut l'impression de le faire.

— Je ne sais pas, dit un homme en pleurant.

— Quoi ?

— Les filles ?

— Ce n'était pas d'elles que vous parliez ?

L'obscurité s'abattit de nouveau sur lui.

Cette fois, cela dura une éternité. Ou peut-être seulement quelques secondes ? Il était sous l'eau. Il s'en allait. S'enfonçait dans le noir. Souhaitait disparaître. Se laisser aspirer. Disparaître. Non. Il devait juste partir. Trouver un cotre. Il se mit à penser au cabillaud du jour de l'an.

Des voix, à nouveau. L'une d'elles était plus profonde, cette fois. Ne pouvait-on pas le laisser en paix ?

— Ne bougez pas. Vous ne devez pas essayer de parler.

La voix s'adressait-elle à lui ?

— Contentez-vous de respirer doucement. Tout doucement. On se charge du reste.

Une autre voix. Plus forte et plus distincte que les précédentes.

— Ils ont envoyé un hélicoptère ?

Il n'entendit pas la réponse. Juste sa propre voix :

— Non… je ne veux pas. Je ne veux pas…

— Restez tranquille. On va vous aider.

Toujours aucune douleur. Il ne sentait plus son corps. Que s'était-il passé ? Des images défilèrent dans sa tête : Hannah. La mer. Des plages gelées s'étendant à perte de vue. Deux fillettes avec des paquets de bonbons et des bonnets. Deux…

— Les fillettes ?

C'était sa voix. Elle était revenue à la vie.

— Oui ?

Il distingua le bruit d'un rotor d'hélicoptère. À moins que ce fût un rêve ?

— Il y avait deux fillettes.

L'autre voix d'homme intervint :

— Il faut qu'on l'évacue.

— Les fillettes, répéta-t-il.

Quelqu'un le souleva. Comme quand il était enfant. Quand sa mère le portait contre sa poitrine. Kathrine. Cette fois, il vit clairement son image. Sortant de l'obscurité, elle s'allongea sur lui et lui chuchota dans l'oreille : « Niels. Ne devrais-tu pas être à l'aéroport, à l'heure qu'il est ? »

— Un, deux, trois.

Était-ce lui qui avait crié ?

— De la morphine. Il faut lui en administrer une dose maintenant.

Oui, de la morphine. Et puis embarquer. S'allonger dans une couchette, loin de Copenhague. Mettre le cap sur le Dogger Bank, pensa-t-il. Ou encore plus loin.

— On va vous passer un masque à oxygène.

Cette fois, la voix était parfaitement distincte. Presque trop.

— Vos poumons…

Il entendit quelqu'un dire :

— Vos poumons se sont affaissés.

Une sensation de chaleur. Il tourna la tête.

— Il faut dégrafer sa chemise.

Un bruit de tissus déchiré.

— Hannah ?

Elle était étendue à côté de lui. Les yeux fermés. Avec une perfusion et un masque à oxygène. Elle avait presque l'air comique. Il aurait voulu rire et demander : « Qu'est-ce que vous faites là ? » Mais, à la place, retentit dans sa tête un bruit épouvantable qui ne pouvait signifier qu'une seule chose : le monde s'écroulait autour de lui. Puis il y eut un silence sinistre.

— Vous m'entendez ?

Une nouvelle voix.

— Je suis médecin.

— Hannah…

— Votre femme est inconsciente. On va vous transporter à Skejby en hélicoptère. Là-bas, vous pourrez être soigné…

Il fut interrompu. Il y eut une courte discussion au cours de laquelle il fut question de « brûlures sur le dos ». Puis le médecin rectifia :

— On va vous transporter au Rigshospitalet. Cela ne prendra que quelques minutes de plus. C'est là-bas que se trouve le seul centre de traitement des grands brûlés du pays.

— Le Rigshospitalet…

— À Copenhague. Vous comprenez ce que je dis ? Vous m'entendez ? Il semblerait que vous ayez été sévèrement brûlé au dos.

— Le Rigshospitalet…

Le médecin s'adressa à quelqu'un en chuchotant.

— La voiture a-t-elle pris feu ?

— Je ne crois pas.

Un visage se pencha sur le sien. Une paire d'yeux, gris et graves.

— Il est complètement dans le cirage.

— On le perd ? demanda une autre voix.

— Il revient.

— Pas… le Rigs… hospi… Pas…

Niels réalisa qu'il n'arrivait pas à remuer les lèvres. Il avait beau parler, aucun son ne sortait de sa bouche.

Alors, quelqu'un étendit à nouveau la couette sur lui.

III.

LE LIVRE D'ABRAHAM

« Isaac s'adressa à son père Abraham et dit :

“Mon père. Voici le feu et le bois, mais où est l'agneau pour l'holocauste ?”

Abraham répondit : “C'est Dieu qui pourvoira à l'agneau pour l'holocauste, mon fils”, et ils s'en allèrent tous deux ensemble. »

Genèse, 22

1.

Rigshospitalet, Copenhague

Si Niels n'avait pas été inconscient au moment de son arrivée, il aurait vu l'hélicoptère atterrir sur la plate-forme du Rigshospitalet et les médecins ainsi que les brancardiers se précipiter pour l'accueillir, avant d'être transporté sur le toit, puis dans le couloir, jusqu'à l'ascenseur.

Son brancard et celui de Hannah avancèrent de front. Peut-être se réveilla-t-il. Toujours est-il qu'il perçut des voix éparses, saisissant au passage quelques bribes de phrases et mots isolés : « Percuté par un train… Non, percuté par une voiture à un passage à niveau… Pourquoi pas Skejby… Difficultés respiratoires… Centre de traitement des grands brûlés… Service de traumatologie… »

Il n'entendit qu'une seule phrase entière : « Je ne sens pas le pouls de la femme. »

Quelqu'un répondit, puis il y eut comme une discussion. Niels n'était pas sûr. Il s'imagina lui tendant la main et chuchotant :

— Hannah.

— On est presque arrivés, dit la voix.

— Hannah.

— On est en train de la perdre. On va être obligés de…

Puis Niels crut que la voix s'était tue, jusqu'à ce que, dans sa somnolence causée par la morphine, il comprenne que c'était le brancard de Hannah qui s'était arrêté, tandis que le sien continuait. Ce moment fut le plus dur de tous. Peut-être pire que l'accident lui-même. Pire que celui où la voiture l'avait broyé. Il eut l'impression que son corps se déchirait. Du coin de l'œil, il vit – ou devina – des médecins penchés sur elle et…

Il perdit une nouvelle fois connaissance.

Aucune importance. C'était fini, maintenant. Et c'était aussi bien comme ça. Cet état ne dura qu'un instant car, au bout de quelques secondes…

Mercredi 23 décembre

… il fut accueilli par un halo de lumière. Alors, c'était ça, pensa-t-il. Il ne ressentait aucune angoisse. Il considéra, résigné, la lueur qui s'approchait au milieu des ténèbres, tandis que la vie désertait peu à peu son corps. Un visage se pencha sur lui, celui d'une belle femme, peut-être un ange qui…

— Il est réveillé ? demanda l'ange en parlant de lui.

— Oui. Ça y est, il se réveille.

Deux infirmières l'observaient. La plus jeune – l'ange –, avec curiosité ; l'autre, avec froideur.

— Hannah, murmura-t-il.

— Je vais chercher un médecin.

Niels fut incapable de déterminer laquelle des deux venait de parler. Il éprouvait toutes les peines du monde à distinguer leurs paroles de ses propres pensées. Il tourna la tête vers la fenêtre : la lumière éternelle de l'hôpital faisait scintiller les flocons de neige. Il essaya de rassembler ses bribes de souvenirs afin de se remémorer les événements.

— Niels Bentzon ?

Il réprima un sourire déplacé sans doute causé par la banale satisfaction de constater qu'il se souvenait de son propre nom.

— Vous êtes réveillé. J'en suis ravi. Je suis Asger Gammeltoft, le médecin-chef. C'est moi qui vous ai opéré. L'opération a duré presque huit heures.

— Hannah ? demanda Niels, d'une voix inaudible. Et les enfants ?

— Pouvez-vous parler un peu plus fort ?

Le médecin se pencha sur lui.

— Comment vont-ils ?

— Vous parlez des enfants ?

Le médecin se redressa et s'entretint brièvement avec les infirmières, en chuchotant de manière conspiratrice. Puis il se retourna et annonça :

— Les enfants n'ont rien. Rien du tout. Vous leur avez sauvé la vie.

Il redressa ses lunettes. Bien qu'aimable, l'homme avait une pointe d'arrogance dans le regard. Il s'efforçait de paraître attentif, mais ses pensées étaient manifestement ailleurs.

— Je ne vous cacherai pas que vous avez subi un certain nombre de traumatismes qui, pour la plupart, sont très courants chez les victimes d'accidents de la route : lésions au bassin, au dos et à l'abdomen, côtes cassées, vertèbres endommagées et épanchement sanguin dans les poumons. Je vous épargne les détails pour l'instant. Le plus important, c'est que vous vous rétablissiez. (Il essuya la sueur sur son front et rangea son mouchoir.) Au cours des premières heures de l'opération, nous ne savions pas si vous alliez survivre, l'informa-t-il, avant de soupirer en regardant Niels dans les yeux. Avez-vous soif ?

Avant qu'il ait eu le temps de répondre, une infirmière lui enfonça un tuyau dans la bouche.

— Buvez. Vous avez besoin de vous réhydrater.

C'était un liquide sucré au goût de fraise et de framboise. La sensation du tuyau dans sa bouche fit resurgir pendant quelques secondes un vieux souvenir de son enfance. La rhubarbe sauvage, derrière les terrains de foot. Et les plants de tomates, avec leurs branches velues comme des pattes d'araignée.

— Très bien. Demain, nous essaierons peut-être de vous faire faire quelques pas.

Ce fut sans doute la pensée de se tenir sur ses jambes qui poussa Niels à baisser les yeux sur son corps. Ses bras reposaient sur sa couette, couverts de bandages et reliés à des perfusions.

— Que m'est-il arrivé ?

— Nous ferions peut-être mieux de poursuivre cette conversation plus tard.

— Non ! Je veux savoir.

L'infirmière murmura dans l'oreille du médecin qui acquiesça.

— Niels. Vous aviez perdu énormément de sang, commença-t-il avant de se reprendre. Avant toute chose, je tiens à préciser que nous sommes très optimistes. Par ailleurs, nous avons découvert un important épanchement de sang au niveau de votre dos. Les médecins, sur les lieux de l'accident, ont cru qu'il s'agissait de brûlures. C'est pour cette raison que vous avez été amené ici, le Rigshospitalet abritant l'unique centre de traitement des grands brûlés de tout le pays. Mais ce n'étaient pas des brûlures.

Il s'éclaircit la gorge avant de poursuivre :

— Nous avons d'abord pensé qu'il s'agissait d'un vieux tatouage qui avait enflé suite à une réaction quelconque, mais il semble plutôt que ce soit dû à une dilatation des veinules de l'épiderme, ou plus exactement sous l'épiderme… Bref. Nous allons demander à un dermatologue d'y jeter un coup d'œil. Cependant, il est tout à fait courant de développer des mycoses après une opération. C'est tout simplement le signe que votre système immunitaire lutte. Pour l'instant, vous avez surtout besoin de repos. Vous devrez certainement subir une nouvelle opération. Toutefois, nous avons jugé qu'il était préférable que vous repreniez d'abord des forces. Comme nous avons l'habitude de le dire, ici : le meilleur des médecins, c'est votre corps.

Asger Gammeltoft opina du chef, ce qui signifiait sans doute que la discussion était close. Mais Niels essaya de le retenir en murmurant :

— Hannah.

— Je suis désolé, je ne vous entends pas.

Il fit une nouvelle tentative, en s'efforçant de mobiliser toutes les forces de son pharynx.

— Hannah…

Le médecin ne l'entendit toujours pas.

— Han…

— Il faut que vous vous reposiez, insista-t-il.

Alors qu'il s'apprêtait à partir, il se ravisa et s'approcha.

— … nah…

— Vous êtes resté dans le coma pendant presque trois jours. Vous êtes très gravement blessé. Il faut vous reposer.

Trois jours ? Niels regarda par la fenêtre. Ce fut comme si l'information avait soudain réveillé son cerveau engourdi. Trois jours.

— Mercredi ?

— Oui, nous sommes mercredi. Mercredi 23 décembre. Vous êtes resté inconscient trois jours.

— Vendredi.

— Pardon ?

— C'est pour vendredi.

Le médecin se tourna vers l'infirmière. Ils échangèrent un regard lourd de sens que Niels ne saisit pas. Et puis quelle importance ? Il fallait qu'il sorte d'ici. Et qu'il s'enfuie le plus loin possible. Mais comment ? Il ne pouvait pas marcher. Il regarda autour de lui. Le médecin avait quitté la chambre.

La jeune infirmière s'approcha.

— Vous devez comprendre qu'il est tout à fait normal d'avoir des trous de mémoire après un tel accident. Mais tous vos souvenirs vont revenir peu à peu. Il n'y a aucun signe de lésion cérébrale grave. Vous vous rétablirez.

— Hannah ?

Niels entendit l'infirmière plus âgée glisser à sa collègue :

— Il parle de son amie.

— Hannah !

— Calmez-vous. Il faut que votre corps se détende.

— Dites-moi.

Elle baissa les yeux. Niels fit un effort pour tourner la tête et voir ce qu'elle regardait. Il s'aperçut alors qu'il l'avait saisie par le poignet et que ses ongles étaient enfoncés dans sa main.

— Une chose à la fois. Pour l'instant, vous devez surtout reprendre des forces…

— Dites-moi !

— Nous allons chercher un médecin, Niels. Un instant.

La plus âgée s'éclipsa. Il lutta pour ne pas s'endormir. Il voulait attendre le moment où une nouvelle personne en blouse se présenterait et daignerait le traiter avec respect. Il avait envie de sentir l'infirmière lui prendre la main et la caresser avec une compassion sincère, tandis que le médecin lui annoncerait la nouvelle qu'il attendait – la nouvelle qu'il avait lue depuis longtemps dans le regard fuyant de la jeune infirmière : Hannah est morte.

2.

Service de traumatologie, Rigshospitalet

Elle ne s'était jamais sentie aussi bien. Elle éprouvait une incroyable impression de liberté. Elle pouvait désormais donner libre cours à ses pensées.

Jeudi 24 décembre

Une brèche sombre s'ouvrit au milieu de l'éblouissant halo lumineux. Hannah se détourna. Elle n'en avait que faire. Jusqu'au moment où elle pensa à Niels. Alors, la brèche s'élargit sur l'obscurité, sans qu'elle pût rien faire d'autre que se laisser aspirer.

« Je viens de vivre une expérience incroyable. »

Elle distingua de vagues silhouettes irréelles dans une pièce blanche. L'une d'elles s'approcha, se pencha sur elle, lui braqua une lumière dans les yeux et…

— Elle se réveille !

— Quoi ?

— Venez voir.

Elle perçut des murmures autour d'elle. « Fantastique ». Un rire de soulagement. « C'est une sacrée coriace ».

Les voix devinrent de plus en plus distinctes. Surtout une. Une voix de femme. Les autres silhouettes s'approchèrent et manipulèrent les appareils reliés à son corps en communiquant à voix basse.

— Incroyable, s'exclama l'une d'elles.

Une autre dit qu'il fallait « la stabiliser ». De qui parlait-elle ?

Elles braquèrent de nouveau des petites lampes sur ses yeux, puis enfoncèrent des aiguilles dans ses mains. Elle entendait un « bip » quelque part dans la pièce.

— Où…

Peut-être était-ce elle qui venait de chuchoter. Il n'y eut aucune réaction. Elle tenta de bouger. Ce n'est qu'alors qu'elle commença à sentir son corps. Les retrouvailles furent particulièrement désagréables : vives douleurs dans la poitrine et la gorge, fourmis dans les jambes. La voix s'exprima plus fort, cette fois, mais toujours aussi lentement :

— Où suis…

Elle fut interrompue par le bruit d'un hélicoptère. Hannah tourna le regard vers la fenêtre et vit l'appareil s'envoler.

— Au Rigshospitalet, naturellement.

— Elle essaie de dire quelque chose.

Les silhouettes la dévisagèrent. Pendant quelques instants, elle rassembla ses forces afin de faire glisser ses jambes en dehors de son lit. Elle devait à tout prix trouver Niels et le prévenir. Mais c'était impossible. Elle n'arrivait pas à bouger. Pourtant, la douleur n'était pas insoutenable. Elle comprit que son corps était encore endormi.

— Vous m'entendez ?

On s'adressait maintenant à elle. C'était une voix d'homme, qui s'efforçait d'employer un ton doux.

— Hannah Lund ? Est-ce que vous entendez ce que je dis ?

— Oui.

— Vous êtes restée inconsciente pendant plusieurs jours. Vous avez... plus qu'inconsciente, à vrai dire. Savez-vous où vous vous trouvez ?

Au Rigshospitalet. Mais les mots demeurèrent coincés dans sa bouche.

— Est-ce que vous savez que vous êtes au Rigshospitalet de Copenhague ? Vous avez été impliquée dans un grave accident dans le Jutland et on vous a transportée jusqu'ici en hélicoptère.

Hannah ne dit rien. Le médecin – du moins, la voix qu'elle entendait – s'adressait à elle comme à une enfant.

— Vous entendez ce que je dis ?

— Oui.

— Parfait, car il est important que vous...

— Quel jour sommes-nous ?

— Jeudi. Le jeudi 24 décembre. Joyeux Noël.

Le visage sortit peu à peu du brouillard, si bien que Hannah distingua bientôt un sourire. C'était celui d'un jeune homme avec des lunettes noires.

— Demain...

— Pardon ?

— Elle parle de son ami. De l'homme qui a été accidenté avec elle, intervint une voix.

— Où est Niels ?

Ce n'est que lorsque le porte-sérum se renversa que Hannah se rendit compte qu'elle avait enfin réussi à glisser ses jambes hors du lit. Soudain, elle ressentit une vive douleur à la tête. Elle venait de se cogner quelque part. Contre le sol, probablement. Ou alors contre le porte-sérum. La porte s'ouvrit brutalement, puis elle vit des blouses blanches se précipiter dans sa chambre et des visages anonymes à la mine bienveillante se presser autour d'elle.

— Elle est en état de choc. Elle a besoin de…

Hannah n'entendit pas le nom du calmant qu'ils avaient l'intention de lui injecter, mais elle dut admettre que la voix avait raison : elle était en état de choc. Son cerveau n'était qu'un enchevêtrement d'ébauches de pensées. À un moment, elle sentit son sang parcourir chacune des artères et des veines de son corps ainsi que son cœur. Et elle s'entendit même dire :

— Je ne suis pas en état de choc.

Elle fut de nouveau allongée sur son lit sans pouvoir opposer la moindre résistance. Une voix apaisante, presque traînante, tenta de la raisonner :

— Vous avez été victime d'un grave accident de la circulation. Vous avez été percutée par une voiture qui roulait à vive allure.

— Demain…

— Vous avez besoin de repos, Hannah.

— Au coucher du soleil… Niels.

— Écoutez-moi, Hannah : votre mari, ou votre ami, a lui aussi survécu. Il faut que vous vous reposiez tous les deux.

— Quel jour sommes-nous ?

— Allez, faites vite, chuchota la voix.

— Ne faites pas ça…

Tout à coup, une sensation de chaleur se propagea dans sa main.

— Quel jour sommes-nous ?

— Nous en avons déjà parlé tout à l'heure. Nous sommes jeudi matin. La veille de Noël. Mais vous devez vous reposer. Vous avez eu beaucoup de chance, tous les deux. Ce que nous venons de vous donner va vous aider à vous détendre.

La voix se fit plus lointaine. Elle l'entendait toujours, mais ses paroles n'avaient plus aucun sens. Le médicament avait envahi son corps. Elle essaya de résister, mais le combat était perdu d'avance et l'obscurité s'abattit à nouveau sur elle.

3.

Service des soins intensifs, Rigshospitalet

Chaque réveil était comme une résurrection. La lumière lui brûlait les yeux. Il avait l'impression que son corps était encore soumis à la pesanteur du royaume des morts, qui était bien plus forte que sur Terre. Lazare a dû éprouver exactement la même chose, quand Dieu l'a ramené à la vie, pensa Niels en clignant des yeux, en même temps qu'il sentit son corps s'enfoncer dans le matelas.

Il respira profondément et regarda autour de lui. L'hôpital. Toujours l'hôpital. Il ferma les yeux et s'assoupit.

Jeudi 24 décembre

— Niels ? l'appela une voix familière. Niels.

Ce crâne chauve. Ce regard chaleureux qui rappelait celui de son père.

— Tu m'entends ? C'est Willy. Ton oncle.

— Willy ?

— Je suis déjà passé deux ou trois fois, mais tu étais complètement dans le cirage, mon garçon. C'est une bonne chose que ton père et ta mère ne soient plus là pour voir l'état dans lequel tu es. Ils n'y auraient pas survécu.

Niels sourit. Willy était à peu près la seule famille qui lui restait. Le seul qu'il supportait parmi ceux encore en vie.

— Peux-tu me dire où est Kathrine ? À l'étranger, non ? Comme ça, je l'appellerai.

Niels secoua la tête.

— Non. Je le ferai quand j'irai mieux.

— C'est comme tu veux, mon garçon. Je sais que tu vas t'en sortir. C'est ce que disent aussi les médecins. Tu es robuste. Tu l'as toujours été. Tu es bien le fils de ton père.

Niels voulait retourner se cacher dans les ténèbres. Il voulait fuir. Il entendait Willy radoter, tandis qu'il s'endormait. Il fut question de fleurs, de chocolat et des membres disparus de leur famille. La voix de son oncle l'accompagna agréablement dans les ténèbres.

— Joyeux Noël, dit quelqu'un.

C'était peut-être une chanson ? À moins qu'il ne fût déjà en train de rêver ?

— Niels Bentzon ?

Un homme en blouse. C'était la première fois qu'il le voyait. Il y en avait probablement une quantité innombrable. Où donc était passé l'oncle Willy ? Était-il seulement passé ? Son triste bouquet posé sur la table en témoignait. Personne d'autre que lui n'aurait eu l'idée de lui offrir un bouquet funèbre.

— Vous m'entendez ? demanda l'homme en blouse.

— Oui.

— J'ai de bonnes nouvelles.

Niels plissa les yeux. Il avait l'impression de regarder sous l'eau.

— Des bonnes nouvelles ?

— Votre amie.

— Hannah ?

— Elle n'est pas morte.

— Pas morte ?

— Non. Elle a survécu, Niels, lui annonça l'homme avec un large sourire. Il est extrêmement rare d'être ramené deux fois à la vie. En tant que médecin, je n'emploie que rarement le terme de miracle. Mais s'il m'est arrivé, une fois dans ma vie, d'assister à un événement de ce genre, alors ce devait être quand votre amie a ouvert les yeux, il y a quelques heures. Il est même possible qu'elle n'en garde aucune séquelle.

« Amie ». Cette expression l'agaça. Le médecin ajouta quelque chose, mais Niels ne l'écouta pas.

— Je veux la voir, dit-il, sur un ton autoritaire.

— On va tâcher de vous arranger ça dès que possible.

— Il faut que je la voie.

— Vous allez devoir rester ici encore un peu.

Le médecin chercha une infirmière des yeux. Niels savait exactement ce qu'il pensait : « Je ne peux pas me permettre de discuter plus longtemps avec un patient. J'ai autre chose à faire. C'est à vous de lui expliquer qu'il doit rester là. »

— Ce n'est malheureusement pas possible, Niels, intervint l'infirmière. Vous êtes dans des services différents. Votre amie est en cardiologie, à l'autre bout de l'hôpital.

Elle lui indiqua l'aile opposée, par la fenêtre. Le Rigshospitalet, avec sa forme en H inachevé, était si immense qu'on distinguait à peine la personne qui se tenait à la fenêtre d'en face.

— Chaque fois qu'on déplace un patient, on augmente les risques de contagions et de complications. Vous allez devoir faire preuve d'un peu de patience, Niels. C'est pour votre bien. Vos proches ont été prévenus.

— C'est important.

— On pourrait peut-être essayer de vous arranger une petite conversation téléphonique ? Qu'en dites-vous ?

Elle sourit et passa la main sur le bandage de sa tête.

— Bien.

Sur ce, elle quitta sa chambre. Niels regarda à nouveau par la fenêtre, en direction de l'autre aile du bâtiment. L'espace d'un instant, sa mémoire reprit le dessus : la mer du Nord. Le train de marchandises. L'épicerie. L'accident. « Quoi que vous fassiez, Niels, vous finirez au Rigshospitalet dans une semaine. » Voilà ce qu'avait dit Hannah. Ou plutôt le système.

— Niels Bentzon ?

Il fut arraché à ses pensées. Combien de temps s'était-il écoulé ?

— Jørgen Wass. Je suis dermatologue. Je suis accompagné d'un étudiant.

Ce n'est qu'alors que Niels aperçut le jeune homme à lunettes qui se tenait au côté du médecin.

— On m'a demandé de passer jeter un œil à votre dos.

— Maintenant ?

— Tant que je suis là, répondit-il en souriant. Je ne travaille pas ici, voyez-vous. Il n'y a plus de service de dermatologie, au Rigshospitalet. Mais nous avons estimé qu'il était préférable de vous éviter ce déplacement. Pour l'instant, il n'est pas question d'un examen approfondi. Il s'agit seulement de déterminer si votre état nécessite ou non un traitement. Et, si c'est le cas, lequel. Pourriez-vous vous allonger sur le ventre, s'il vous plaît ?

Sans attendre sa réponse – et sur un ton qui donna à Niels l'impression de n'être qu'un enfant qui ne parle pas encore –, le dermatologue se tourna vers l'infirmière et lui demanda :

— Il a peut-être besoin d'aide ?

Jørgen Wass enfila des gants en plastique. Niels réprima un cri de douleur, lorsqu'ils entreprirent de le tourner sur le flanc. L'infirmière remonta sa chemise, tandis que le dermatologue s'assit. Il prit son temps. Niels jugea l'attente humiliante.

— Avez-vous besoin de quelque chose ? se renseigna l'étudiant en s'approchant.

— Non, merci. J'en ai juste pour un instant. J'espère que ce n'est pas trop désagréable.

Bien que cette dernière remarque s'adressât à lui, Niels ne répondit pas. Pendant ce temps, le dermatologue continua à lui palper le dos.

— Est-ce que c'est sensible ? Ça vous démange ?

— Pas vraiment.

— Depuis quand l'avez-vous ?

— Quoi ?

— Ce tatouage. Ou… hésita le dermatologue. C'est bien un tatouage ?

— Je ne me suis jamais fait tatouer.

Niels remarqua que le médecin ne l'écoutait pas.

— En êtes-vous bien certain ? Ce ne serait pas un tatouage au henné, par hasard ? Avez-vous effectué un séjour à l'étranger, récemment ?

— Laissez-moi voir.

— Ça doit pourtant en être un, intervint l'étudiant en s'adressant au dermatologue à voix basse. À moins qu'on n'ait affaire à un cas de pathomimie ? Ou à une tache mongolique ?

— Je n'ai jamais eu de tatouage sur le dos.

Niels essaya d'élever la voix, ce qui n'était pas aisé, dans cette position inconfortable, avec le visage enfoncé dans l'oreiller.

— Et vous n'en auriez pas fait retirer un non plus ? lui demanda le dermatologue. Avez-vous eu des problèmes de mycoses ?

— Non.

Niels n'arrivait pas à déterminer si le dermatologue s'adressait à son étudiant, aux infirmières ou à lui-même, lorsqu'il murmura :

— Légère tuméfaction de l'épiderme. Traces de variation de la pigmentation et d'inflammation.

— Laissez-moi voir, s'écria Niels en tentant de se retourner.

— Attendez un instant, objecta Jørgen Wass en grattant la surface de sa peau avec un instrument pointu.

Je vais avoir besoin d'un échantillon. Est-ce que c'est douloureux ?

— Oui.

— Il n'y a pas grand-chose à voir. Vous pouvez m'aider à le remettre en place ?

— Non ! Laissez-moi voir.

Le médecin garda le silence. Il était évident qu'il n'y tenait pas.

— Bon. Dans ce cas, on va avoir besoin de miroirs.

Niels resta immobile pendant que les infirmières allèrent chercher deux miroirs.

— Ce n'est pas très beau à voir, l'avertit le dermatologue. Ne soyez pas choqué. Mais avec un traitement adapté, peut-être un peu de crème à la cortisone, vous serez bientôt guéri.

Niels contempla son dos. La marque avait désormais la même forme que celles des victimes. Le motif s'était étendu. Bien qu'il ne distinguât pas les chiffres, il savait qu'ils étaient là. Le trois et le six. Trente-six.

— J'ai déjà vu un cas semblable, déclara le médecin en se tournant vers son étudiant.

— Où ça ? lui demanda le jeune homme.

— Pardon ? s'étonna Niels en le regardant droit dans les yeux. Vous avez déjà vu un cas semblable ? Où ?

— Ça fait très longtemps, mais…

— Mais ?

Le dermatologue se leva.

— Il faut d'abord que j'examine l'échantillon que je viens de vous prélever. Je repasserai vous voir ensuite.

Il adressa un signe de tête à l'étudiant pour l'inviter à le suivre, puis quitta la chambre sans un mot pour Niels.

4.

Service de cardiologie, Rigshospitalet

Ses parents remercièrent l'infirmière qui leur apportait leur repas. Cela faisait déjà plusieurs heures que Hannah avait senti l'odeur de rôti de porc à la sauce brune. Son père fut le premier à finir sa part. Puis, comme sa mère, qui pleurait en silence, n'avait pas touché à la sienne, il la mangea également. « Il ne faut pas gâcher. » Telle était sa devise. Et, en voyant sa bedaine, on pouvait se demander si c'était vraiment raisonnable.

Hannah s'était toujours sentie gênée quand son père l'accompagnait quelque part. Elle se rappela le jour où ses parents avaient débarqué à sa soutenance de thèse de doctorat et s'étaient assis au dernier rang. Son père n'avait pas cessé de souffler et était si gros qu'il occupait une place et demie. Quant à sa mère, elle n'avait pas dit un mot. Exactement comme maintenant.

Ce fut une longue visite ponctuée par de rares paroles. Pendant longtemps, Hannah avait cru qu'ils l'avaient abandonnée. La mort de Johannes. Le départ de Gustav. C'en était trop pour eux. C'était trop éloigné de leur mode de fonctionnement. Dès l'enfance, ils avaient considéré Hannah comme une étrangère.

Ils finirent par s'en aller, non sans lui demander, sur le pas de la porte, si elle souhaitait qu'ils restent encore un peu.

— Non. Je vous remercie. Il faut que je dorme, leur répondit-elle.

Ses parents devaient passer la nuit chez le demi-frère de sa mère, mais son père, avec des problèmes de dos, ne pouvait pas dormir dans un autre lit que le sien. Il se reposerait donc quelques heures dans le canapé, après quoi ils rentreraient chez eux dans la matinée.

— Ma fille, lui avait glissé dans l'oreille sa mère, avant de partir.

Mais Hannah n'était plus la fille de personne, désormais. Ni celle de Gustav, ni celle de ses parents.

— Vous n'avez besoin de rien ? s'enquit l'infirmière en effaçant les traces du passage de ses parents.

— Je voudrais parler à Niels.

Elle la dévisagea sans sembler comprendre à qui Hannah faisait allusion.

— Niels Bentzon ! L'homme qui était dans l'accident en même temps que moi.

— Il est hospitalisé ici ?

Hannah secoua la tête. Ce devait être à cause de Noël, pensa-t-elle. Les titulaires étaient en congé et les équipes de réserve moins expérimentées avaient pris la relève. Une infirmière qu'elle connaissait apparut enfin. Les joues charnues et les yeux rieurs. Était-ce Randi qu'elle s'appelait ? Oui, elle en était certaine. Elle fit une nouvelle tentative.

— Randi ?

— Vous êtes réveillée ?

— Je voudrais parler à Niels.

— Ça, je le sais parfaitement. Mais il est comme vous. Il a du mal à rester éveillé bien longtemps. Les médicaments qu'il prend contre la douleur ont également tendance à l'endormir. Il ouvre les yeux une dizaine de minutes, puis il les referme pendant trois ou quatre heures.

— On pourrait peut-être se parler au téléphone, dans ce cas ? C'est extrêmement important.

Randi sourit.

— Le plus important, pour l'instant, c'est que vous récupériez tous les deux. On est d'accord ? demanda-t-elle en lui prenant la main. Comme sa chambre est sur mon chemin, voulez-vous que je passe le voir ? Je pourrais peut-être convenir avec lui d'un rendez-vous téléphonique pour que vous vous appeliez ?

— Oui, s'il vous plaît.

Sur ce, Randi sortit de la chambre. Hannah regarda par la fenêtre. La nuit avait commencé à tomber. C'était la veille de Noël au Rigshospitalet. Hannah ferma les yeux, jusqu'au moment où elle entendit à nouveau des bruits de pas discrets près d'elle. Sur le coup, elle crut que la dame âgée s'était perdue. Elle ne portait pas de blouse blanche et son regard semblait égaré et craintif.

— Hannah Lund ? dit-elle en s'approchant. C'est vous ?

Hannah ne répondit pas. Elle se sentait lourde et épuisée.

— Je m'appelle Agnes Davidsen, se présenta la vieille dame en lui tendant une main décharnée, avant de se raviser et de lui baiser les doigts. Puis-je vous parler un instant ?

Elle devait avoir plus de soixante-dix ans. Sa peau ressemblait à du vieux parchemin et sa chevelure à une plante d'intérieure flétrie. Ses yeux, en revanche, pétillaient de vie et d'intelligence.

— Vous avez été victime d'un accident de la route ?

— En effet.

— Vous étiez dans la voiture qui a été percutée ?

— Je n'étais pas à bord d'une voiture. J'ai été renversée.

— Il y a cinq jours ?

— Que me voulez-vous ?

— Je suis venue vous poser quelques questions à propos de votre expérience de mort imminente.

Hannah sourit en secouant la tête.

— Ne faut-il pas que le cœur se soit arrêté pour vivre une expérience de ce genre ?

— Vous n'avez rien vu ? demanda Agnes, interloquée.

— Si. Que… c'était grave.

— Hannah.

Agnes s'approcha.

— Votre cœur s'est arrêté de battre. Deux fois.

— Vous vous trompez.

— Je n'arrive pas à comprendre pourquoi ils ne vous ont rien dit. Mais ça ne m'étonne pas. Au Rigshospitalet, en période de fêtes, on ne communique plus du tout avec les patients. Je le sais, faites-moi confiance. J'ai travaillé ici toute ma vie.

— Je ne comprends pas.

L'infirmière entra pile au moment où Hannah quittait son lit. Elle renversa le porte-sérum et entendit quelqu'un protester.

— Que m'est-il arrivé ?

Elle essaya de crier, mais ne parvint, à la place, qu'à émettre une sorte de hurlement rauque proche du cri du cygne.

— Est-ce que quelqu'un pourrait me répondre ?

— Pneumothorax spontané.

Le médecin avait compris que Hannah était « l'une des leurs ». Pas seulement une universitaire, mais une chercheuse reconnue. Une astrophysicienne. C'est la raison pour laquelle il n'hésita pas à lui donner la version complexe.

— C'est une rupture de certaines alvéoles situées dans la partie supérieure du poumon, qui permet à l'air de s'infiltrer dans la cavité pleurale, ce qui provoque un affaissement du poumon. En général, la rupture se résorbe spontanément et le poumon se redéploie de lui-même. Voulez-vous que je vous laisse vous reposer ? demanda-t-il en levant les yeux.

— Allez-y. Vous pouvez terminer.

— Dans votre cas, le choc a déclenché un phénomène d'aspiration au niveau de la fissure. Le problème, c'est que l'air qui pénètre dans la cavité pleurale est ensuite piégé à l'intérieur et s'accumule peu à peu. C'est ce qu'on appelle un pneumothorax compressif. À terme, il en résulte un état d'asphyxie aiguë potentiellement mortel. Mais… tempéra-t-il en souriant. Mais nous avons désormais le contrôle de la situation. Il en est de même pour votre contusion cardiaque.

— La vieille femme a dit que mon cœur s'était arrêté de battre.

— Il y a manifestement eu un manque de communication. Il y a du relâchement en cette période de fêtes.

— Est-ce que c'est vrai ? coupa Hannah. Est-ce que mon cœur s'est arrêté de battre ?

Il prit une profonde inspiration, comme s'il avait été personnellement responsable de son arrêt cardiaque.

— C'est vrai. On aurait dû vous le dire depuis longtemps. Je regrette. Votre cœur s'est arrêté de battre. À deux reprises, pour être précis. La première fois, nous sommes parvenus à le relancer en seulement quelques minutes. Mais, quand nous vous avons allongée sur la table…

— La table ?

— Oui, la table d'opération. Alors, votre cœur s'est arrêté une seconde fois. En fait… (Il sourit en secouant la tête.) En fait, nous vous croyions morte.

— Combien de temps ?

— Presque neuf minutes. Il est très rare que ce soit si long.

Un silence s'abattit.

— J'ai été morte pendant neuf minutes ?

Il toussa et consulta sa montre.

— Agnes est très gentille. Si vous avez envie de lui parler… Si vous ne voulez pas, vous n'avez qu'à la prier de s'en aller. Elle est demeurée assise dans le couloir pendant des heures à attendre que vous vous réveilliez.

— Quel jour sommes-nous ?

— Nous sommes la veille de Noël. Ça ne vaut pas un réveillon, mais je sais qu'ils préparent un petit extra, pour ce soir, en cuisine, ajouta-t-il avec un sourire compatissant.

— Combien de temps vais-je devoir rester ici ?

— Tout dépendra de la vitesse à laquelle vous récupérerez.

Il se leva et lui adressa une grimace étrange qui était probablement censée être un sourire.

5.

Service de soins intensifs, Rigshospitalet

— Niels.

Il se réveilla en sursaut et regarda autour de lui d'un air égaré. C'était la première fois qu'il voyait cette infirmière.

— Comment allez-vous ? s'enquit-elle.

— Qui êtes-vous ? Quel jour sommes-nous ?

— Je m'appelle Randi. Je travaille au service de cardiologie, où est hospitalisée votre amie.

— Comment va-t-elle ?

— Elle va s'en sortir. Elle n'arrête pas de vous demander. Que diriez-vous de lui passer un coup de fil ?

— Quel jour sommes-nous ?

Randi esquissa un sourire.

— Cette question semble énormément vous intéresser, tous les deux. Vous avez quelque chose de prévu ?

Niels essaya de se redresser, mais son bassin et sa poitrine étaient si douloureux qu'il dut renoncer à cette idée.

— Restez allongé. Je vous apporte le téléphone. Deux secondes.

Elle sortit de la pièce.

Niels fit une nouvelle tentative pour s'asseoir. Il fallait absolument qu'il reprenne le contrôle de son corps, qu'il trouve le moyen de bouger ses membres pour pouvoir fuir cet endroit. Fuir l'hôpital. Il pensa aux athlètes qui participaient aux Jeux paralympiques. Bien que privés de leurs bras ou de leurs jambes, ils accomplissaient des exploits incroyables. Il devrait bien être capable, lui aussi, de traîner sa carcasse jusque dans un taxi.

Randi revint avec un téléphone.

— Voilà. Maintenant, nous sommes prêts.

Elle sourit tout en composant le numéro.

— C'est Randi. Je suis dans la chambre de l'ami de Hannah. Est-ce qu'elle est réveillée ?

Elle écouta attentivement, d'un air préoccupé.

— D'accord.

Elle raccrocha et dévisagea Niels.

— On l'a emmenée.

— Je ne comprends pas.

— Moi non plus. À moins que son état ne se soit subitement aggravé.

— Comment ça, aggravé ?

Randi sortit de la chambre après lui avoir promis de revenir bientôt. Dans le couloir, Niels entendit une voix qu'il ne connaissait que trop bien. Confiante, brusque, charmeuse quand c'était nécessaire. Il ferma les yeux et fit semblant de dormir, ce qui n'était pas difficile. Les bruits de pas s'approchèrent. Une odeur d'après-rasage Hugo Boss. Un soupçon de parfum féminin qui avait imprégné sa veste.

— Bentzon ? murmura Sommersted. Bentzon. Vous m'entendez ? Non. Il faut dire que vous n'avez pas l'air très en forme.

Sommersted resta muet quelques minutes, assis sur une chaise, tandis que Niels feignait de dormir profondément.

— Bien. Je repasserai demain, Niels. J'espère que vous allez vous en tirer. Je… hésita-t-il, avant de se pencher pour chuchoter : Finalement, vous aviez raison en ce qui concerne Venise. J'ignore comment vous avez fait, mais vous aviez raison.

Sommersted se leva et marmonna quelque chose à propos de ce que Niels lui avait révélé : que le dernier meurtre aurait lieu au Rigshospitalet. Puis ce fut le silence. Il était certain que Sommersted était parti. À moins qu'il ne se fût endormi ?

6.

Couloirs blancs, Rigshospitalet

N'a-t-elle nulle part où passer le réveillon de Noël ? Hannah ne put s'empêcher de s'étonner, tandis qu'Agnes poussait son lit dans l'ascenseur.

— Voilà. Dites-le-moi, si vous vous sentez mal.

La vieille femme sourit. Ses lèvres gercées laissèrent échapper un petit rire rauque, presque inaudible, témoignant d'un long passé de fumeuse.

— Je suis sage-femme à la retraite. J'ai travaillé à la maternité du Rigshospitalet jusqu'à il y a dix ans, quand on m'a découvert un cancer. Les médecins m'en donnaient pour deux années maximum. J'ai alors décidé de consacrer le temps qu'il me restait à mon principal centre d'intérêt. Ce centre d'intérêt qui m'a poussée à venir vous voir.

— Les accidents de voiture ?

— Pas tout à fait. Les expériences de mort imminente.

— Mort… imminente ?

La vieille femme acquiesça.

— Et c'est peut-être parce que j'ai si souvent côtoyé la mort que je suis encore là aujourd'hui. À croire que c'est cette proximité de la mort qui a fait fuir mon cancer, plaisanta-t-elle. Ce qui est certain, c'est qu'il ne m'a toujours pas vaincue. Vous me trouvez peut-être morbide ? Dites-moi la vérité : je suis une vieille folle ?

— Non.

— Ça ne me gêne pas. En ce qui me concerne, il est tout à fait logique de s'intéresser aux expériences de mort imminente, après avoir fait carrière en tant que sage-femme. J'ai passé la première partie de ma vie à aider les gens à venir au monde et, maintenant, je m'efforce de comprendre ce qui se passe au moment où on le quitte. La vie et la mort.

Hannah dévisagea la vieille femme qui toussota. Peut-être qu'elle attendait qu'elle dise quelque chose ?

— Je n'ai pas vécu d'expérience de mort imminente.

— Je tiens quand même à vous montrer où ça s'est déroulé. Où vous êtes morte. Il est possible que ça fasse resurgir des souvenirs.

L'ascenseur s'arrêta au rez-de-chaussée et Agnes tira le lit dans le couloir avec une grande aisance. Elle était visiblement dans son élément. Hannah leva les yeux et contempla sa mâchoire jusqu'à ce qu'Agnes, la regardant à son tour, lui annonce en souriant :

— Parlons un peu des expériences de mort imminente. Pour commencer, de quoi s'agit-il ? (Elle prit une profonde inspiration.) Ce phénomène est connu depuis la nuit des temps. Des gens qui meurent, puis qui reviennent à la vie en racontant ce qu'ils ont vu.

— Les ultimes convulsions du cerveau ?

— Peut-être. Rares sont ceux qui les ont pris au sérieux. La plupart se sont moqués d'eux. Toutefois, avec les progrès de la médecine, de plus en plus de personnes ont été ramenées à la vie. C'est pourquoi on en sait un peu plus, aujourd'hui, sur ce phénomène auquel médecins et chercheurs commencent à s'intéresser. Avez-vous déjà entendu parler d'Elisabeth Kübler-Ross et de Raymond Moody ?

— C'est possible.

— Ce sont deux médecins qui ont mené des études initiatrices sur le sujet, dans les années 1970. D'après Ross et Moody, on retrouve chaque fois neuf éléments de base dans les expériences de mort imminente. Est-ce que vous trouvez que je parle trop vite ?

— Je suis astrophysicienne.

Agnes s'esclaffa.

— Ces neuf éléments sont : un fort bourdonnement ou un timbre de sonnerie ; la disparition des douleurs ; un phénomène de décorporation au cours duquel le mourant est littéralement suspendu dans les airs, au-dessus de son corps ; la sensation de se déplacer dans un tunnel sombre à une vitesse vertigineuse ; l'impression de s'élever très haut au point de voir le globe depuis l'espace ; rencontre avec des êtres scintillant de lumière, le plus souvent des amis ou des parents décédés ; rencontre avec une force spirituelle…

— Dieu ?

— Peut-être. Cette rencontre est suivie d'un bref résumé de la vie du mourant. Et enfin – et c'est sans doute le plus extraordinaire –, ils se voient proposer de revenir à la vie ou de rester là où ils sont.

— S'ils veulent vivre ou mourir ?

— On peut dire ça comme ça.

— Et la plupart choisissent alors de rester dans ce nouveau lieu ?

— Probablement.

— Bigre. Une vie après la mort.

— C'est ce que pensaient Ross et Moody. Pour eux, ça ne faisait même aucun doute. Ils estimaient que le simple fait qu'un si grand nombre de patients aient décrit exactement les mêmes phénomènes constituait la preuve indiscutable de leur existence. Les sceptiques, bien évidemment, ne manquaient pas. Le docteur Michael Sabom, un cardiologue réputé, était l'un d'eux. Il a lui aussi entrepris des recherches sur les phénomènes de mort imminente. Ses études ont montré, à sa plus grande surprise, qu'environ soixante pour cent des patients qui avaient été réanimés dans son service de cardiologie étaient en mesure de décrire les mêmes phénomènes. Et, parfois, avec force détails.

Elle regarda Hannah avant de poursuivre :

— Mais il existe également une explication biologique, selon laquelle nos pupilles se dilatent de manière tellement démesurée, au moment où notre corps est sur le point de mourir, que notre vue devient exceptionnellement sensible à la lumière. Dans ce cas, il s'agirait d'une illusion d'optique particulièrement sophistiquée. Une autre explication naturelle serait que notre corps est victime d'un empoisonnement au dioxyde de carbone. Ce type d'empoisonnement est en effet connu pour provoquer la sensation d'être aspiré à travers un tunnel. On a aussi avancé qu'il pourrait s'agir d'hallucinations dues à une sorte de mécanisme de défense mental.

Agnes Davidsen haussa ses frêles épaules.

— Peut-être que c'est tout simplement notre subconscient qui cherche à nous cacher l'insoutenable vérité, en essayant de nous convaincre que la mort n'est pas si terrible. Que nous nous envolons vers un lieu lumineux et chaleureux où règne l'amour. Mais ça n'explique pas tout.

— Je me doutais bien que vous alliez dire ça.

— Il y a des exemples de cas où les mourants ont rencontré dans l'au-delà des gens dont ils ne pouvaient savoir, à ce moment-là, qu'ils étaient morts. N'est-ce pas fascinant ? Et maintenant, même les Nations unies s'y intéressent.

— Que voulez-vous dire ?

Agnes conduisit Hannah dans une pièce, tourna le lit et mit le frein.

— En 2008 s'est tenue, au siège des Nations unies, une conférence internationale consacrée aux expériences de mort imminente. À cette occasion, les chercheurs ont enfin pu s'exprimer officiellement sur ces nombreux phénomènes inexpliqués sans craindre d'être raillés.

— Le monde scientifique est impitoyable.

— En effet. C'est également pour cette raison que, l'année suivante, une équipe de chercheurs a décidé d'étudier la mort imminente d'un point de vue scientifique.

— Difficile de rassembler des preuves crédibles.

— Oui et non à la fois. Un médecin anglais a trouvé une méthode d'une extrême simplicité.

— Et en quoi consiste-t-elle ?

— Dans plusieurs pays, des étagères ont été installées sous le plafond, dans des services d’urgences ou de traumatologie. Après quoi on a déposé dessus des illustrations.

Hannah commença à comprendre pourquoi la raison de sa présence ici. Elle leva le regard. D’abord, elle ne vit rien. Jusqu’à ce qu’elle scrute l’autre côté de la pièce. Elle découvrit alors, à une dizaine de centimètres sous le plafond, une petite étagère noire.

Agnes se tourna vers elle.

— Personne ne sait ce qui est représenté sur cette illustration. Pas même moi. Elle est arrivée directement sous scellé de notre quartier général, qui est basé à Londres.

Hannah avait la bouche sèche et sentait battre son cœur. Elle ne voulait qu’une chose : sortir d’ici.

7.

Service des soins intensifs, Rigshospitalet

L'infirmière entra dans la chambre.

— Il faut que vous voyiez ça, Niels, lui annonça-t-elle, un livre à la main. Le dermatologue. Comment est-ce qu'il s'appelle, déjà ?

— Jørgen Wass ?

Elle sourit.

— Vous avez la mémoire des noms.

— Je suis policier.

— Jørgen Wass a trouvé ceci pour vous, déclara-t-elle en lui tendant le livre. Il a même marqué la page, apparemment. Il m'a demandé de vous dire qu'il repasserait vous examiner après Noël.

Niels observa l'ouvrage. Il n'avait pas de couverture, simplement rangé dans une sorte d'étui en cuir.

— Je crois qu'il y est question d'une maladie de la peau.

Une petite étiquette jaune dépassait de la tranche.

— Il voulait vous montrer quelque chose.

Niels n'écouta pas la suite de ses explications. Il avait les yeux rivés sur la photo d'un dos en noir et blanc.

— Qu'est-ce que c'est ? le questionna-t-elle, cédant à la curiosité. Un tatouage ?

Il ne répondit pas. Sur le coup, il eut du mal à respirer. Le dos, sur la photo, ressemblait à s'y méprendre au sien. On pouvait y lire le chiffre trente-six. Trente-six, représenté dans une multitude de variantes avec une telle virtuosité qu'il en eut le souffle coupé rien qu'en le contemplant.

— Tout va bien ?

Il ne quittait pas la photo des yeux.

— Niels ?

— Qui est cet homme ?

Ce n'est qu'alors qu'il découvrit la légende : « Un patient. Rigshospitalet, 1943. *Syndrome de Worning*. »

— C'est un Danois ?

Niels se mit à feuilleter le livre épais. Worning. S'agissait-il d'un nom ? Y avait-il d'autres informations ? Pour finir, il dut se résoudre à abandonner.

— Il n'y a rien d'autre, dit-il en levant les yeux sur l'infirmière. D'où vient ce livre ?

— C'est le dermatologue qui me l'a confié. J'ignore où il se l'est procuré.

— Je dois savoir d'où vient ce livre et qui est ce patient. Je dois tout savoir. Il faut que vous appeliez le dermatologue et que vous lui posiez la question.

— Mais c'est le réveillon de Noël.

— Maintenant !

— Un instant.

Elle reprit le livre des mains de Niels qui s'apprêta à râler, mais se contint au dernier moment. Sur ce, elle s'éclipsa. Tandis que la porte se refermait derrière elle,

elle éteignit la lumière par réflexe. Une fois dans le noir, il pensa à Hannah.

Soudain, la lumière revint. L'infirmière se tenait dans l'entrée.

— Est-ce que c'est moi qui ai éteint ? Je vous prie de m'excuser.

Elle s'approcha. Niels s'efforça de reprendre le contrôle de son souffle.

— Vous vous sentez mal ? Voulez-vous un peu d'eau ?

— Vous avez pu lui parler ? demanda-t-il abruptement en fixant le livre qu'elle tenait entre ses mains.

— Oui. Il m'a dit que vous ne deviez pas vous inquiéter. Ce n'est pas mortel.

Elle lui sourit. Niels était certain qu'elle n'avait pas parlé au dermatologue.

— Il repassera vous voir après Noël. Voulez-vous le lire ? proposa-t-elle en lui tendant le livre.

Niels contempla à nouveau la photo, en espérant qu'il avait mal vu ce qu'elle représenterait. Un corps maigre. Les bras écartés. L'homme se tenait debout. Noir et blanc. Syndrome de Worning. Peut-être le patient s'appelait-il Worning ?

Tout à coup, il se sentit fatigué.

— Y a-t-il des archives dans l'hôpital ?

— Oui. D'immenses archives.

— Y êtes-vous déjà allée ?

— Deux fois en quinze ans. Mais il est hors de question qu'on y aille maintenant. On va dormir et tâcher de profiter de Noël. N'est-ce pas, Niels ? objecta-t-elle en reprenant le livre.

— L'homme, sur cette photo, était hospitalisé ici en dermatologie, poursuivit Niels. C'était un patient du Rigshospitalet. C'est écrit dans le livre.

— Mais on ne connaît même pas son nom.

— Worning. Le syndrome de Worning.

— Il pourrait tout aussi bien s'agir du nom du médecin qui a découvert ce syndrome, rétorqua-t-elle en remontant la couverture sur les épaules de Niels à la manière d'une mère inquiète.

8.

Service de traumatologie, Rigshospitalet

Agnes sortit un petit calepin et commença à lire à voix haute. Il était question d'expériences de mort imminente.

— Prenons celui-là. Il s'agit de la version abrégée d'une EMI américaine particulièrement bien documentée. C'est moi qui ai traduit. Aussi, si vous trouvez que le niveau de langue est mauvais, ce n'est pas forcément Kimberly Clark Sharp que vous devrez blâmer.

— Kimberly…

— Kimberly Clark Sharp. Revenons dans les années 1990, le jour où elle a fait un arrêt cardiaque en pleine rue. Pas de respiration. Pas de pouls. Écoutez ceci : « La première chose dont je me souvienne, c'est des cris affolés d'une femme : “Il n'y a pas de pouls. Il n'y a pas de pouls.” Pourtant, je me sentais bien. Vraiment très bien. En fait, je ne m'étais jamais sentie aussi bien de ma vie. C'était la première fois que j'étais aussi calme et sereine. Je ne voyais rien, mais j'entendais tout. Les voix des gens penchés au-dessus de moi. Puis j'ai eu l'impression d'arriver dans un nouvel endroit ; un endroit où je savais que je n'étais pas seule, bien que ma vue fût toujours aussi trouble à cause du brouillard noir qui m'enveloppait. » (Agnes marqua une pause.) Souhaitez-vous que je continue ?

Mais elle poursuivit aussitôt. Hannah soupçonna la vieille femme de vouloir la soumettre à un stratagème psychologique : en lui racontant les expériences vécues par d'autres, elle espérait la convaincre que ces phénomènes n'étaient pas si inhabituels et la pousser ainsi à parler de ce qu'elle-même avait vécu. Et cela fonctionnait.

— « Soudain, j'ai entendu une énorme détonation en dessous de moi. Je me suis retrouvée au centre d'une explosion de lumière qui a dissipé le brouillard. J'ai ensuite vu l'univers se réfléchir à l'infini. C'était l'éternité qui défilait devant mes yeux. La lumière était plus forte que celle de cent soleils, mais ne me brûlait pas. Même si je n'avais jamais vu Dieu auparavant, j'ai tout de suite su qu'il s'agissait de la lumière divine.

» Je comprenais cette lumière, même si elle n'employait pas de mots. Nous ne parlions ni en anglais, ni dans aucune autre langue humaine. La communication se faisait sur un tout autre niveau que ce qu'on peut atteindre avec quelque chose d'aussi banal qu'une langue. Ça ressemblait plutôt à une musique ou à un langage mathématique. »

Hannah leva la tête de son oreiller à grand-peine.

— Elle a vraiment dit ça ?

— Oui.

Agnes la regarda, puis, après un moment d'hésitation, elle reprit sa lecture :

— « Un langage non verbal. Et je connaissais désormais les réponses aux questions les plus essentielles.

Pourquoi sommes-nous là ? Pour apprendre. Quel est le sens de la vie ? Aimer. C'était comme si on me rappelait des clichés que je connaissais à l'avance, mais que j'avais oubliés. J'ai alors compris qu'il était temps pour moi de repartir. »

Elle s'arrêta de lire un instant pour reprendre son souffle.

— Kimberly Clark Sharp conclut ainsi : « Après avoir vu tout ça, cette perspective était presque trop lourde à porter. Je veux dire, après avoir rencontré Dieu, pouvais-je vraiment retourner dans mon ancien monde ? Mais il n'y avait pas d'alternative. Il fallait que je rentre. C'est à ce moment-là que j'ai vu mon corps et que j'ai compris que je n'en faisais plus partie. Je n'avais plus aucun lien avec lui. J'ai pris alors conscience que mon "moi" n'appartenait pas à mon corps. Mon esprit, ma personnalité, mes souvenirs se trouvaient ailleurs que dans cette prison de chair. »

— C'est fini ? demanda Hannah en levant la tête.

— Oui. C'était son histoire. Vous pouvez voir sa photo, là.

Elle tendit son calepin à Hannah qui contempla la photo d'une mère au foyer typiquement américaine qui aurait pu être prise lors d'une émission d'Oprah Winfrey.

— Le corps est une prison de chair, pensa Hannah à voix haute.

— C'est une sensation courante dans les expériences de mort imminente. La séparation du corps et de l'esprit. Un petit saut en Inde, maintenant ?

— Pardon ?

— Ces expériences sont communes à toutes les religions et cultures. Celle-ci, je ne l'ai pas encore recopiée, mais je m'en souviens parfaitement. L'Indien Vasudev Pandej. À l'âge de dix ans, il a succombé à une maladie mystérieuse.

— Je suis toujours sceptique quand une histoire commence par « une maladie mystérieuse ».

— Il parle de *paratyphoid disease*. J'ignore quelle est la traduction en danois. En tout cas, il est mort. Après sa mort, son corps fut transporté au crématorium. Mais, une fois là-bas, il a de nouveau montré de faibles signes de vie. Une résurrection. Imaginez un cadavre qui montre soudain des signes de vie. Pandej a aussitôt été conduit à l'hôpital où plusieurs médecins l'ont examiné. Ceux-ci ont notamment tenté de le ranimer à l'aide d'injections et ont réussi à faire repartir son cœur. Mais il était toujours sans connaissance. Ce n'est qu'au bout de trois jours de coma profond qu'il s'est enfin réveillé.

— Et qu'a-t-il raconté ? l'interrompit Hannah.

— Vous voyez ? lui fit remarquer la vieille femme en souriant. Vous avez envie de savoir. Quand je donne des conférences sur le sujet, j'ai l'habitude de dire que nous avons les expériences de mort imminente dans le sang. Ça paraît peut-être ridicule, mais c'est la vérité. Vasudev Pandej a ensuite raconté ce qu'il avait vécu, ou plutôt, ce qu'il avait ressenti : deux individus l'avaient relevé et emmené avec eux. Comme il était à bout de forces, ils l'avaient finalement traîné. Quelques instants plus tard, ils avaient rencontré un homme effrayant.

— Un homme effrayant ? s'exclama Hannah en riant.

— Oui. Le terme peut paraître comique, je sais. Mais c'est ainsi qu'il l'a décrit. L'homme effrayant se mit en colère et pesta contre les deux personnes qui lui avaient amené Pandej. « Je vous avais demandé d'aller me chercher le jardinier Pandej, leur dit-il. Regardez autour de vous. C'est un jardinier dont j'ai besoin. Et vous, vous m'amenez ce jeune garçon ! »

— On dirait une comédie.

— Possible. Pandej a également expliqué que, quand il s'est réveillé, un groupe important de membres de sa famille et d'amis étaient massés autour de ce qu'ils pensaient être le lit de mort d'un enfant. Et parmi eux se trouvait le jardinier Pandej. L'enfant lui avait alors répété ce qu'il avait entendu, ce qui avait beaucoup amusé l'assistance. Le jardinier était un jeune homme robuste. Pourtant, le lendemain…

Agnes marqua une courte pause.

— Il était mort, murmura Hannah.

— Oui.

Le silence s'abattit comme une cloche insonorisée sur la pièce.

— C'est une histoire extrêmement bien documentée. Plus tard, Pandej – enfin, le garçon – a déclaré que l'homme effrayant devait être Yamraj, le dieu hindou de la mort. Il a aussi raconté que c'étaient les deux mêmes individus qui l'avaient ramené après avoir constaté leur erreur.

La vieille femme prit une profonde inspiration. Parler autant l'épuisait.

— Le récit de l'expérience vécue par Vasudev Pandej figurera certainement aussi dans mon livre.

— Votre livre ?

— Pensez à ce que la mort représente pour chacun de nous, expliqua Agnes en souriant. C'est la seule chose dont nous soyons absolument sûrs : nous mourrons tous un jour ou l'autre. La seule chose que tous les hommes aient en commun, quelles que soient leur nationalité, leur culture et leur religion. Certains psychologues affirment que tous nos actes nous sont dictés par la perspective de cette mort qui nous attend. C'est pourquoi nous aimons. C'est pourquoi nous faisons des enfants. C'est pourquoi nous nous exprimons. En d'autres termes, la mort est omniprésente. Alors, pourquoi ne pas essayer d'en savoir le plus possible sur elle ? J'ai constaté – ce qui peut paraître absurde, je vous autorise d'ailleurs à vous moquer de moi, car j'en ai l'habitude – que les gens lisent en général des guides touristiques avant de partir en voyage. Ils ont besoin de connaître Paris, Londres, ou leur destination quelle qu'elle soit. Ainsi, ils sont prêts à voyager. Or la mort est notre destination ultime. C'est la raison pour laquelle j'ai l'intention d'écrire un guide. Vous devez vous dire que je suis folle ?

— Je n'ai aucune raison de le penser après avoir entendu vos justifications, la rassura Hannah en secouant la tête.

Agnes Davidsen se pencha légèrement et la regarda droit dans les yeux.

— Souhaitez-vous maintenant me confier votre propre expérience ?

Hannah hésita. Une radio, quelque part, jouait une petite musique de Noël. *I am driving home for Christmas…*

— Hannah… On parle souvent du moment de la mort, alors qu'il s'agit plutôt d'un processus. Nous cessons de respirer, notre cœur s'arrête de battre, puis notre cerveau s'éteint. Pourtant, même une fois ce processus accompli, il y a une période – qui, dans certains cas, peut durer jusqu'à une heure – au cours de laquelle nous avons la possibilité de revenir à la vie. Que vivons-nous alors ? C'est à cette question que nous essayons de répondre. Savez-vous combien de temps vous avez été morte ? ajouta-t-elle en posant une main sur le bras d'Hanna.

— Non, répondit Hannah en haussant péniblement les épaules.

— Environ neuf minutes, à ce qu'on m'a dit.

Hannah ne fit aucun commentaire.

— Vous pouvez me parler librement. Je n'utiliserai pas votre témoignage sans votre accord. Ce que je veux, avant tout, c'est l'entendre. Rappelez-vous : les expériences de mort imminente présentent de nombreuses similitudes, mais il n'en existe pas deux identiques. Il y a toujours des variantes. Désirez-vous m'en parler ?

... *driving home for Christmas.*

Hannah leva les yeux vers l'étagère.

— Je ne suis pas sûre.

— Pourquoi ?

Elle hésita.

— Peut-être que je ne souhaite pas avoir la preuve.

Agnes rit.

— La preuve qu'il y a une vie après la mort ? Ce n'est pas ce que nous recherchons. Nous nous contentons d'étudier l'esprit. Ce n'est pas tout à fait la même chose.

Il y eut un nouveau silence.

— Hannah… Savez-vous ce qu'il y a sur cette étagère ? finit par demander Agnes. L'avez-vous vu ?

... get my feet on holy ground... so I sing for you…

Agnes décida de changer de tactique.

— Est-ce que vous croyez en Dieu ?

— Je ne sais pas.

— Je vous pose cette question parce que je sais par expérience que de nombreuses personnes interprètent leur expérience de mort imminente – cet aperçu de ce qui est peut-être une vie après la mort – comme la preuve incontestable de l'existence de Dieu. Pour ma part, je pense qu'il s'agit de deux choses bien différentes. Sur ce point, je suis d'ailleurs en parfait désaccord avec certains de mes collègues. J'estime en effet qu'il est tout à fait possible d'imaginer une vie après la mort qui n'ait rien à voir avec Dieu.

— Comment ça ?

Agnes réfléchit un instant.

— Pour moi, l'essentiel est de prouver qu'il existe un esprit indépendant du corps. Nous sommes de plus en plus convaincus que tout peut être expliqué, analysé et catégorisé.

... driving home for Christmas…

Hannah ferma les yeux et pensa à Johannes. À son caractère. À quoi il ressemblait. En vérité, à plusieurs reprises, ces derniers mois, elle avait eu du mal à se souvenir de son visage. Il lui manquait certains détails, si bien qu'elle avait dû s'aider de photos. La première fois que c'était arrivé – à la fin de l'été, cette même année – elle avait été anéantie. Elle s'était sentie comme meurtrière. D'une certaine manière, Johannes vivait encore. En tout cas dans ses souvenirs. Il lui suffisait de fermer les yeux pour l'imaginer, bouillonnant de vie. Cela la réconfortait. Mais maintenant que ce n'était plus possible, elle l'avait repoussé pour de bon dans les ténèbres.

— Hannah ?

La voix était lointaine.

— Vous pouvez garder les yeux fermés, si vous préférez.

... *Driving home for Christmas*…

Elle ne dit rien. Elle se contenta de fermer les yeux et essaya de s'habituer à l'obscurité grandissante.

— Je me trouvais plongée dans le noir complet.

Hannah entendit Agnes ouvrir son sac et en sortir quelque chose. Probablement un dictaphone. Ou un stylo.

... *It's gonna take some time, but I'll get there*…

— Il y avait des courants d'air. Soudain, une brèche lumineuse s'est ouverte au milieu des ténèbres. Au début, ce n'était qu'un simple trait blanc. Semblable à une ligne de touche sur un terrain de foot géant. Un terrain noir. Une surface plane. Vous voyez ce que je veux dire ?

— Oui.

— Mais la brèche s'est peu à peu élargie pour former une sorte de porte d'entrée. La lumière traversait tout. Elle était douce et agréable.

Agnes respirait en silence. Hannah n'ouvrit pas les yeux. Il fallait désormais que ça sorte.

— Je ne marchais pas. J'ai été soulevée et tirée, comme par des cordes invisibles. Il régnait un silence tel que je n'en avais connu de semblable auparavant.

Un calme si… non… j'étais consciente. Mes idées étaient parfaitement claires !

Hannah sourit à ce souvenir, tandis qu'Agnes lui caressait tendrement le bras.

— Et que s'est-il passé, ensuite ?

— J'ai pensé à Niels.

— Votre mari ?

Hannah réfléchit. Niels est-il mon mari ?

— Vous avez commencé à revenir.

— Oui. Mais en empruntant un autre chemin. Celui-là était encore plus noir.

— Et ensuite ?

Hannah avait maintenant des sanglots dans la voix.

— Je flottais au-dessus de mon corps et j'ai alors vu les médecins s'activer pour tenter de me ranimer. Mon corps m'a semblé si étranger. Repoussant. Livide et meurtri. Affreux.

— Vous flottiez au-dessus de votre corps ?

— Oui.

— Dans cette pièce ?

— Oui.

— Avez-vous vu quelque chose qui vous a surprise ?

Elle ne répondit pas.

— Hannah ?

— Oui.

— Et qu'avez-vous vu ?

— Une photo. La photo d'un bébé nu. Un bébé avec des rayures.

— Avec des rayures ?

— Oui. Vous savez : rouges, jaunes, vertes, toutes les couleurs. Des couleurs criardes.

— Et puis vous vous êtes réveillée ?

— Non. Tout est devenu noir. Et j'ai disparu.

Hannah ouvrit les yeux et se les essuya. Agnes lui sourit.

— Dépêchez-vous. Je suis astrophysicienne. Je sais ce que c'est d'attendre la preuve qu'on cherche.

Agnes sortit et laissa Hannah seule. Au bout d'une minute, elle revint avec un escabeau. Pendant qu'elle grimpait, celui-ci glissa de quelques centimètres sur le sol en lino. Agnes eut l'air effrayé.

— Vous devriez peut-être demander à quelqu'un de vous le tenir ?

— Ça va aller.

Agnes Davidsen gravit les derniers échelons et saisit la feuille qui se trouvait sur l'étagère. Puis, sans regarder ce que représentait la photo, elle redescendit et s'approcha de Hannah.

— Êtes-vous prête ?

9.

Services des soins intensifs, Rigshospitalet

Niels avait d'abord prié l'infirmière de nuit de lui trouver un ordinateur. On pouvait bien lui accorder cette faveur. C'était tout de même la nuit de Noël. Puis il l'avait menacée en lui demandant de lui apporter son pistolet et ses menottes qui se trouvaient dans le placard. Elle avait secoué la tête en riant, mais était revenue, quelques instants plus tard, avec un vieux portable. Les doigts de Niels eurent du mal à viser les petites touches. Syndrome de Worning. « Entrée ». Il obtint tout un tas de résultats pour « syndrome », mais seulement quelques-uns pour « syndrome de Worning ». Il cliqua et découvrit la même photo que dans le livre. L'homme maigre. Les cheveux noirs coupés court. Les jambes fluettes. Il était debout, nu, et tournait le dos au photographe. Niels lut le texte.

« Maladie de peau extrêmement rare, conséquence d'un état d'hystérie religieuse. Le syndrome de Worning se manifeste d'abord par l'apparition de fines bandes rouges tuméfiées à la surface de l'épiderme. Plus tard, celles-ci blanchissent, s'aplanissent et prennent un aspect brillant, sans doute sous l'effet des changements de la masse musculaire ainsi que de la tension de la peau. »

Ses lunettes de lecture lui manquaient. Il augmenta la luminosité de l'écran et poursuivit : constatée la première fois en Amérique du Sud en 1942. Puis quelques cas aux États-Unis et, enfin, celui du Rigshospitalet. Thorkild Worning. Un opérateur radio. Étonnant. D'habitude, c'était le premier patient connu qui donnait son nom au syndrome. Ou bien le médecin qui l'avait découvert. Le cœur de Niels fit un bond dans sa poitrine lorsqu'il reprit sa lecture : mortel dans la plupart des cas – affecte les organes vitaux. Mais pas dans celui de Thorkild Worning. Il était sorti de l'hôpital. Il avait survécu.

23 h 15, vendredi 24 décembre

L'infirmière rajusta sa blouse et lança à Niels un regard intransigeant.

— Pourquoi pas ? J'ai son nom. Thorkild Worning. Il est mort depuis longtemps.

— Il n'empêche qu'il est toujours protégé par le secret médical.

Niels fixa l'infirmière avec insistance. Celle-ci sembla hésiter.

— Vous pourriez m'accompagner ? Ou demander à un médecin d'y aller à notre place ? Écoutez-moi, dit-il sur un ton ferme, changeant de tactique. Il faut que je descende aux archives. C'est extrêmement important.

— Mais ce n'est pas moi qui établis les règles, dit-elle. Les infirmières ne sont autorisées à s'y rendre que si un médecin les y envoie chercher le dossier d'un patient. Ce qui est très rare. En outre, il est tard. C'est la nuit de Noël. Les archives sont fermées.

Niels poussa un soupir. Ses tentatives pour la convaincre de le laisser accéder aux archives s'étaient toutes montrées vaines. Évidemment. Même s'il avait joué l'idiot en feignant d'ignorer qu'il n'était pas autorisé à consulter les dossiers des patients du Rigshospitalet. Les maladies, les traitements et les causes de la mort constituaient en effet des informations personnelles sensibles. Il se demanda ce qu'en penserait Casper, à la préfecture, si n'importe qui exigeait d'avoir accès aux dossiers de la police.

— Et il n'y aurait pas moyen de se procurer la clé ?

— Monsieur Bentzon. Vous ne comprenez pas. Il n'y a que deux ou trois personnes parmi les milliers d'employés de l'hôpital qui soient autorisées à accéder aux archives. C'est le domaine privé de Bjarne.

— Bjarne ?

— Oui. L'archiviste. Les dossiers de tous les patients hospitalisés ici au cours de ces soixante-dix dernières années sont conservés aux archives. Chaque prise de sang, le moindre petit comprimé avalé par un patient, absolument tout est enregistré dans un système complexe que seules quelques personnes maîtrisent.

— Et Bjarne est l'une d'elles ?

— Absolument.

— Le système est-il protégé par un mot de passe ? C'est bien à une base de données informatique que vous faites allusion ?

— Seulement depuis 2000.

— Qu'est-ce qui date de 2000 ?

Niels remarqua à quel point il pouvait paraître impatient.

— Depuis 2000, les dossiers sont informatisés. Le reste est classé dans les bonnes vieilles archives traditionnelles. Dans des boîtes.

— Ça doit prendre énormément de place ?

— Quinze kilomètres. Plus de quinze. Mais ça reviendrait trop cher de tout transférer sur des fichiers informatiques. D'après certains, il faudrait une dizaine d'années. Les archives sont donc toujours pleines d'armoires métalliques, d'étagères, de classeurs à tiroirs, de registres d'admissions et de dossiers médicaux. C'est un monde à part entière. On y garde des secrets sur tout et sur chacun. Astrid Lindgren a accouché dans le plus grand secret dans cet hôpital. Vous pourriez certainement en trouver une trace quelque part.

Niels la regarda et remarqua une étincelle au fond de ses yeux.

— Alors, je suis désolée, regretta-t-elle en haussant les épaules. Est-ce que je peux faire autre chose pour vous ?

— Non. Merci. Pourrais-je garder le livre ?

— Bien sûr.

Sur ce, elle sortit et le laissa seul dans sa chambre blanche. Il ouvrit le livre et contempla la photo du dos de Thorkild Worning. Trente-six. La légende ne contenait aucune information sur le patient. Niels feuilleta l'ouvrage et parcourut les pages du regard dans l'espoir de découvrir une information susceptible de l'aider. Il était principalement question de brûlures. Certaines photos étaient terribles : les enfants de l'école française de l'allée de Frederiksberg qui, au printemps 1945, avait été bombardée par erreur par la *Royal Air Force*. Cent quatre personnes, dont quatre-vingt-six enfants, avaient péri dans les flammes. Et beaucoup d'autres avaient été gravement brûlés.

Il y avait aussi des articles sur toutes les formes possibles de maladies de la peau. Enfin, parmi les « lésions cutanées rares », il trouva le syndrome de Worning.

Niels était à bout de forces. Son corps n'en pouvait plus. Il parvint tout juste à ranger le livre sous son oreiller.

— Worning, murmura-t-il avant de s'endormir. Worning a quitté l'hôpital. Il a survécu.

10.

23 h 22, jeudi 24 décembre

Peut-être avait-elle simplement rêvé tout cela ? Hannah ouvrit les yeux. En tout cas, elle avait dormi. Elle baissa le regard sur son poing qui serrait très fort une feuille de papier. Celle-ci contenait une liste de noms et de sites web qu'Agnes voulait qu'elle consulte une fois qu'elle irait mieux. Sur You Tube : « Le discours du docteur Bruce Geyson aux Nations unies », « Le docteur Sam Parnia sur MSNBC ».

C'était donc vrai. Une étude sur la mort imminente était en train d'être menée dans le monde entier. Elle en avait eu la preuve. La preuve que l'esprit pouvait exister en dehors du corps. Et Hannah en était elle-même la preuve.

Elle voulait retourner là-bas. C'était tout ce qu'elle souhaitait. Retourner là où son esprit n'avait pas besoin de son corps. Là où elle pourrait rencontrer Johannes. Des pensées qui, jusque-là, avaient été bridées par son exceptionnelle intelligence se mirent soudain à s'entrechoquer dans son crâne. Une intelligence qui l'avait éloignée de ses parents, de ses amis, de la vie, et qui ne s'était épanouie qu'à l'Institut Niels Bohr. Elle avait connu quelques belles années, principalement avant sa rencontre avec Gustav. Ils n'auraient jamais dû faire un enfant ensemble. Cela revenait à placer une trop forte dose du même handicap dans une seule personne. Un handicap, exactement. Une intelligence sur-développée n'était rien d'autre qu'un handicap, elle en était convaincue. Elle n'avait éprouvé aucun regret en quittant ce monde.

Alors, tout devint limpide. Comme dans une équation. Des valeurs qui apparemment étaient incompatibles s'assemblèrent tout à coup devant ses yeux. Tandis qu'elle était allongée dans son lit, le poing serré sur le bout de papier avec les noms des chercheurs américains et britanniques, elle vit défiler les différents éléments : Johannes, le suicide, l'esprit, Niels, le système, les trente-six. Elle comprit qu'il lui fallait quitter ce corps.

Elle savait désormais comment Niels pouvait être sauvé.

— Dans quel état est-il ? murmura-t-elle tout en écartant la couette afin de contempler son corps mutilé.

Elle ne fut guère avancée, des bandages dissimulant la plus grande partie de ses membres. Peut-être était-ce dû aux décorations de Noël qu'une infirmière charitable avait accrochées dans sa chambre, ou bien aux substances chimiques qu'on lui avait injectées ? Toujours est-il que son corps couvert de bandages lui évoqua un cadeau de Noël. Il ne lui manquait plus que le ruban pour pouvoir être placé sous le sapin.

Elle tenta de faire glisser ses jambes hors de son lit, mais elles refusèrent de lui obéir.

— Allez !

Elle essaya encore. Cette fois, en mobilisant toutes ses forces. Des sueurs froides perlèrent à la surface de sa peau en suivant le même chemin que la douleur : sa nuque, son dos, ses cuisses. Pourtant, elle continua son effort et parvint à sortir les deux jambes de son lit. Elle se leva et, d'un geste vif, arracha sa perfusion. Elle sentit alors du sang chaud couler entre ses doigts et plaqua son autre main sur la plaie pour tenter d'arrêter l'hémorragie. Puis elle marcha vers la porte.

Au Rigshospitalet aussi, on faisait des économies d'électricité. La lumière ne s'alluma que lorsque Hannah passa devant un capteur. Une infirmière traversa le couloir, un peu plus loin. Sinon, l'endroit était désert. Hannah marchait difficilement. L'une de ses jambes était tellement lourde qu'elle avait l'impression que le sol essayait de la retenir. Elle n'avait aucune idée de l'endroit précis où elle se trouvait dans l'hôpital. Quand deux médecins apparurent au bout du couloir, Hannah entra dans une chambre et referma la porte derrière elle.

— Vous avez fait vite.

Elle sursauta en entendant la voix.

C'était une fille d'environ vingt ans avec une minerve. Elle s'exprimait avec peine.

— J'ai très mal. C'est pour cette raison que je vous ai appelée.

Hannah s'approcha. La jeune femme s'était fracturé le cou. Elle n'arrivait pas à tenir sa tête droite toute seule.

— Je ne suis pas une infirmière. Je suis une patiente comme vous.

— Vous vous êtes trompée de porte ?

— Oui.

Elles s'observèrent en cherchant leurs mots.

— Bon rétablissement, dit finalement Hannah en partant.

Elle sentit la déception de la jeune femme au moment où elle referma la porte. Mais elle n'avait pas de temps à perdre. Il fallait qu'elle trouve Niels.

— Que faites-vous ici ?

Hannah tomba nez à nez avec une infirmière.

— Retournez vous allonger tout de suite dans votre lit.

Elle s'efforça d'employer un ton doux, mais il était clair qu'elle avait du mal à contenir sa colère et sa lassitude.

— Il faut juste que je trouve…

Hannah s'aperçut tout à coup qu'elle tenait l'infirmière par la main. Elle s'appuya contre elle pour ne pas tomber.

— Non. Vous devez garder le lit et vous reposer. Vous avez subi un très grave accident.

— Il faut que je trouve Niels. J'ai besoin de votre aide.

Hannah repoussa l'infirmière et, dans un surprenant sursaut d'énergie, s'enfuit en trottinant.

— Quelqu'un pourrait-il m'aider ? entendit-elle crier derrière elle.

Au bout de quelques mètres, elle perdit l'équilibre et trébucha. Quand l'infirmière se précipita sur elle, Hannah lui mit un coup, peu violent, certes, mais qui l'atteignit à la joue. Bientôt, des blouses blanches affluèrent de toutes parts. Elle ignorait où elles s'étaient trouvées l'instant d'avant.

— Elle m'a frappée, s'écria l'infirmière, les larmes aux yeux.

Après avoir été relevée par quelques bras virils, Hannah s'empressa de saisir la main de l'infirmière et lui chuchota :

— Excusez-moi. Je suis désolée.

Mais elle ne sut pas si celle-ci l'avait entendue.

Puis ils la raccompagnèrent jusqu'à son lit et lui posèrent une nouvelle perfusion. Elle essaya tant bien que mal de s'y opposer.

— Lâchez-moi !

— Reposez-vous. Ça va aller. Calmez-vous, lui répétèrent des voix rassurantes.

— Lâchez-moi ! hurla-t-elle. Niels ! Niels !

Mais sa voix résonna et elle se demanda si elle n'était pas en train de rêver.

11.

23 h 40, jeudi 24 décembre

Peut-être était-ce toujours la nuit de Noël. Niels regardait tomber la neige. Il ignorait depuis combien de temps il était réveillé. Soudain, quelqu'un ouvrit la porte.

— Niels ? Un appel téléphonique pour vous. C'est Hannah.

Randi se tenait dans l'entrée de sa chambre, un combiné à la main.

— Vous n'êtes pas trop fatigué, j'espère ? Je crois qu'elle a très envie de vous parler. Elle a même essayé de filer en douce pour vous rejoindre.

Il tenta de dire « oui » mais le mot resta coincé dans sa gorge. Elle lui tendit le téléphone.

— Hannah ?

— Niels ?

— Vous êtes en vie.

Il devina qu'elle souriait.

— Oui. Je suis en vie. Niels, il m'est arrivé quelque chose d'absolument incroyable.

— Vous l'avez vu, vous aussi ?

— Qui ? Le bébé avec des rayures ?

— Le bébé ? Quel bébé ?

— Niels. Mon cœur s'est arrêté de battre. À deux reprises. J'ai été morte pendant neuf minutes.

Il regarda par la fenêtre, tandis que Hannah lui faisait le récit de sa mort et de son retour à la vie. Elle lui expliqua qu'elle avait vu la photo sur l'étagère. Puis, pendant quelques secondes, ils savourèrent le silence en écoutant chacun le souffle de l'autre.

— J'aimerais tellement vous voir, lui dit-elle. (Il lui vint alors une idée.) Essayez d'orienter votre lampe vers la fenêtre. Vous pouvez le faire ? Ensuite, agitez les bras.

— D'accord.

— Je vais faire la même chose de mon côté.

Niels orienta le faisceau lumineux de sa lampe vers la fenêtre. Quelques secondes plus tard, il aperçut une lumière, juste en face, au même étage.

— Vous voyez ma lampe ?

— Oui.

Silence.

— Niels. Je suis heureuse de vous avoir rencontré. Même si je me retrouve ici, maintenant.

— Il y a eu un précédent, Hannah, l'interrompit-il.

— De quoi parlez-vous ?

— Ici. Dans cet hôpital. En 1943. J'ai vu une photo de lui. Thorkild Worning. Exactement la même marque que moi dans le dos. Trente-six. C'est le dermatologue qui me l'a montrée.

Soudain, il entendit quelqu'un ouvrir la porte, derrière lui. C'était Randi.

— Il va bientôt être temps de raccrocher.

— Hannah. Vous m'entendez ? Il a survécu. Il n'est pas inéluctable que ça finisse mal, demain.

L'infirmière se planta devant Niels.

— Deux minutes ! lança-t-elle en secouant la tête avant de repartir.

— Vous pouvez marcher, Hannah ?

Il entendit un bruit sourd à l'autre bout de la ligne, comme si le téléphone venait de tomber. Il attendit quelques instants qu'elle le rappelle. Mais elle ne le fit pas. Alors, l'infirmière revint, prit le combiné et sortit.

Il saisit sa lampe, puis l'alluma et l'éteignit deux fois de suite. Quelques instants plus tard, exactement au même rythme, la lumière de la chambre d'en face l'imita.

12.

Vendredi 25 décembre 2009

Niels essaya de bouger ses jambes. Malgré la douleur, il parvint peu à peu à reprendre le contrôle de ses pieds. Mais il ne sentait toujours pas les muscles de ses cuisses. Il s'efforça de les ramener à la vie. En vain, d'abord. Puis, lentement, très lentement, elles commencèrent à remuer.

La question était de savoir si cela serait suffisant pour lui permettre de se rendre aux archives.

0 h 12. Quinze heures et quarante minutes avant le coucher du soleil

Niels s'arrêta en entendant un cri. Était-ce Hannah ? Non, elle était bien trop loin.

Il se traînait à la manière d'un vieillard. Ses chevilles douloureuses l'obligeaient à faire de tout petits pas. Sa tête était lourde. Un vrai fardeau. À tel point qu'il aurait préféré pouvoir la porter sous son bras. Il avait également l'impression que certaines de ses côtes cassées voulaient quitter sa poitrine – comme un corps qu'on aurait dû ranger en pièces détachées sur une étagère en attendant des jours meilleurs.

L'ascenseur mit une éternité à arriver et quand, enfin, les portes s'ouvrirent, Niels croisa le regard d'un brancardier à moitié endormi qui ne sembla pas s'étonner le moins du monde de voir un patient blessé hors de son lit à cette heure tardive.

L'ascenseur heurta l'étage inférieur de l'hôpital presque sans ralentir, si bien que Niels faillit perdre l'équilibre.

Il sortit et scruta les lieux. « Accès réservé au personnel », était-il écrit sur une pancarte. Des matelas étaient entassés dans un coin. Un peu plus loin dans le couloir, il distingua un chariot d'entretien. Le long du mur, une rangée d'armoires métalliques le fit penser à un lycée américain. Il y avait également une infinité de portes en enfilade, de part et d'autre des couloirs, comme autant de secrets gardés dans les profondeurs de l'hôpital. Il saisit quelques poignées, mais elles étaient toutes fermées. La seule pièce dans laquelle il put pénétrer – probablement la conséquence d'un simple oubli – ressemblait à un atelier. Malgré le peu d'éclairage, il vit des caisses à outils, des scies, des marteaux et des tournevis. Il retourna dans le couloir. Se trouvait-il au moins à proximité des archives ? Il essaya de se souvenir – cela ne faisait qu'une semaine qu'il avait parcouru cet hôpital en courant. Avait-il vu les archives ?

Des voix.

Depuis sa cachette, derrière un matelas debout contre le mur, il vit passer deux hommes devant lui. Il entendit l'un des deux qualifier sa femme de « traumatisée par le sexe », ce qui fit rire son collègue. Puis ils prirent l'ascenseur. Niels attendit un instant avant de continuer dans la direction opposée. Il avait toujours aussi mal mais, en marchant lentement et en s'appuyant contre le mur, il commençait à s'habituer à la douleur. C'étaient surtout ses côtes qui le faisaient souffrir. En revanche, il ne sentait désormais plus ses chevilles.

« Archives centrales ».

La vue de la pancarte et de la flèche lui procura un regain d'énergie particulièrement bienvenu. Il continua à descendre le couloir, tourna et arriva devant une porte. Bien que celle-ci ne portât aucun écriteau, elle était la seule à se trouver dans la direction vers laquelle pointait la flèche. Il appuya sur la poignée. Elle était fermée. Évidemment. Comment allait-il s'y prendre, maintenant ? Allait-il l'enfoncer à coups de pied ? Il aurait peut-être pu le faire, s'il avait été au meilleur de sa forme. Mais certainement pas dans son état actuel. De plus, cela ne manquerait pas d'alerter le personnel de l'hôpital. L'atelier !

Les jambes de Niels passèrent à l'action plus vite que son cerveau, si bien que, avant même d'en prendre conscience, il était déjà en train de remonter le couloir dans l'autre sens. La porte de l'atelier était toujours ouverte. Il décida de prendre le risque d'allumer la lumière et découvrit des photos de femmes nues partout sur les murs ainsi qu'une écharpe du FC Copenhague sur le dossier d'une chaise. Il ouvrit une caisse à outils et en sortit un gros tournevis. Le marteau était pendu entre deux clous plantés dans le mur. En voyant les contours de l'outil que quelqu'un avait dessinés au feutre, Niels pensa aux traits que la police scientifique traçait autour des corps des victimes sur les scènes de crime.

La pointe du tournevis se glissa parfaitement dans l'espace entre la porte et le chambranle, juste en dessous de la serrure. Niels frappa. Dès le premier coup, il sut que la porte n'allait pas tarder à céder. Le tournevis s'enfonça de quelques millimètres supplémentaires dans la fente. Dix coups plus tard, le verrou métallique se décrocha. Niels resta un instant immobile, le temps de recouvrer ses esprits. Il prit une profonde inspiration et s'efforça de se concentrer.

Puis il entra dans les archives centrales du Rigshospitalet.

Il se rappela les paroles de l'infirmière : « Quinze kilomètres de dossiers médicaux ».

Combien de patients cela représentait-il? Des centaines de milliers? Des millions? Des hommes, des femmes et des enfants de tous les âges. Tous ceux qui avaient été soignés au Rigshospitalet au cours de ces soixante-dix dernières années figuraient dans ces dossiers médicaux.

Il sentit une légère odeur d'eau de javel. En tendant l'oreille, il perçut le faible grésillement produit par les installations électriques qu'on ne remarquait souvent qu'une fois qu'il cessait. Il alluma la lumière. En découvrant les rangées interminables d'armoires, de classeurs et d'étagères qui s'étiraient à perte de vue, il eut le souffle coupé et prit un air abattu. Il se rappela alors ce que lui avait dit l'infirmière : « Seuls quelques-uns sont capables de s'y retrouver dans les archives. » Niels la croyait volontiers. Le jour où Bjarne – c'était ainsi qu'elle l'avait appelé – envisagerait son départ à la retraite, ils auraient intérêt à lui trouver suffisamment tôt un successeur pour qu'il ait le temps de le former.

Niels entendit un bruit et éteignit aussitôt la lumière.

Des voix. On avait peut-être remarqué que la porte était ouverte. À moins que quelqu'un ne se soit étonné de voir de la lumière dans les archives à cette heure tardive ? Il se demanda si ce n'était pas tout simplement le fruit de son imagination. Des voix fabriquées de toutes pièces par la paranoïa qui était en train de l'envahir. Niels décida finalement de les ignorer et de continuer. Il avança à tâtons parmi les rangées d'étagères et d'armoires. Il n'en était pas certain, mais il avait le sentiment d'être entré par la porte de derrière. Il y verrait peut-être un peu plus clair s'il commençait par l'autre bout. En arrivant près de la porte opposée, il découvrit une table. Un vieux bureau métallique esquinté et aux pieds rouillés. Des tasses de café, un verre d'eau à moitié plein, une boîte de pastilles. Niels regarda autour de lui. Il devait y avoir un système de classement. Il existait certainement un moyen de se faire une vue d'ensemble.

Il remarqua alors des livres reliés en cuir rangés sur la tablette inférieure de chaque étagère. Il en sortit un du rayonnage. « Registre des admissions. 1971 ». Celui-ci ne lui serait d'aucune utilité. Il consulta les autres. 1966. 1965. Puis il se retourna et vérifia les registres de l'étagère d'en face. 1952. 1951. Les années 1940. Son cœur battait de plus en plus vite à mesure qu'il s'approchait du but. 1946. 1945. 1944. Enfin : 1943. Il y avait plusieurs volumes. Il feuilleta l'un d'entre eux. Les pages, aussi fines que du parchemin, étaient collées entre elles. Cela devait faire des années que personne n'avait ouvert ce registre. Il chercha dans les « W », à

Worning, mais ne trouva rien. Pourquoi ? Les noms des patients n'étaient-ils pas classés dans l'ordre alphabétique ? Il s'aperçut tout à coup qu'ils étaient bien dans l'ordre alphabétique, mais qu'il y avait une liste distincte pour chaque mois. Celle qu'il avait sous les yeux ne couvrait que janvier, février et mars 1943. Il rangea le registre et sortit le suivant. Avril, mai, juin 1943. Cette fois, il trouva deux Worning : Julia et Frank. Mais toujours pas de Thorkild. Au suivant. Certaines pages avaient été arrachées. Juillet, août, septembre. Rien. Dans la liste des admissions de décembre, il découvrit enfin, en bas de la page : Thorkild Worning. Il retourna chercher un stylo dans un tiroir du bureau et nota sur sa main, juste au-dessus du sparadrap qui recouvrait son cathéter : Section H, classeur n° 6.458.

Quelle allait être la prochaine étape ? Il remarqua alors de petites étiquettes, collées sur le côté des bibliothèques. Dessus, des lettres avaient été écrites à la main : A, B, C, D, E, F, G, H. Il observa la rangée de devant. Les étagères se tenaient si près les unes des autres qu'il était impossible de passer entre elles afin d'accéder à la rangée suivante. Niels alluma la lumière et aperçut une poignée. Il tira dessus et l'étagère se mit à glisser latéralement. Il s'engagea alors entre les rayonnages chargés de caisses classées par année. 1940, 1941, 1942, 1943. Il sortit l'une de celles qui correspondaient à l'année 1943 : janvier, février, mars. Puis une autre : septembre, octobre, novembre. Et enfin : décembre. Il fit glisser ses doigts sur les cartes index de couleur jaune. Rosenhøj, Roslund, Sørensen, Taft, Torning, Ulriksen, voilà ! Thorkild Worning. Niels saisit la fiche et commença aussitôt à lire : Thorkild Worning, admis le 17 décembre 1943 dans le service de dermatologie. Dossier médical 49.452. Il glissa la fiche dans sa poche et retourna dans l'allée. Les dossiers médicaux étaient rangés de l'autre côté. 26.000 – 32.000. Il continua. 35.000 – 39.000. Il avait envie d'une cigarette. 48.000 – 51.000. Il s'arrêta. C'était là. Il tira sur la poignée et les étagères s'écartèrent devant lui.

Niels s'assit un instant pour reprendre son souffle. Son corps était tendu comme un ressort et il avait dans la bouche un goût chimique particulièrement désagréable. Il jeta un regard rapide à la fiche qu'il tenait dans sa main, bien que ce ne fût pas nécessaire. Il connaissait en effet le numéro par cœur : 49.452. Le dossier médical de Thorkild Worning.

Il ne mit pas longtemps à trouver la bonne rangée. Partout, des descriptions des maladies des patients et de leur évolution. Parfois sur une demi-page, parfois sur quelques lignes. 49.452. « Thorkild Worning » était-il écrit en haut de la première page. Admis le 17 décembre 1943. Il y avait deux photos en noir et blanc. L'une était celle reproduite dans le livre. La photo du dos de Thorkild Worning, portant la même marque que les victimes signalées par Tommaso di Barbara. Seul le nombre représenté était différent. Le trente-six. Exactement comme sur le dos de Niels. L'autre était un portrait du patient. À première vue, Thorkild Worning était un homme d'apparence banale. Il correspondait tout à fait à l'image qu'il se faisait d'un employé de banque dans les années 1940. Cheveux bruns gominés, raie impeccable sur le côté. Visage long et harmonieux. Lunettes rondes. Mais il perçut quelque chose d'inhabituel dans le regard de cet homme. Une expression maniaque, voire démoniaque. Le texte sous les photos était rédigé dans un style aussi laconique que froid.

Admission 17.12.1943

Commentaires : Le patient a, ce jour, subi un examen préliminaire. S'est plaint de vives douleurs au dos. Avons appliqué des compresses froides pour apaiser la douleur. Sans effet. Le patient présente une tuméfaction marquée sur la partie supérieure du dos. Attitude hostile et détachée de la réalité. Le patient prétend que la marque est apparue spontanément. Les douleurs reprennent. A l'impression que sa peau est « rongée de l'intérieur par un feu ». Le patient explique que la douleur ne se manifeste pas seulement au niveau de l'épiderme, mais également dans le dos. « C'est dans mon sang ». Traitement à base d'acide acétylsalicylique sans résultat escompté. Le patient est particulièrement irritable et provoque le personnel soignant. L'examen du dos semble indiquer une forme d'eczéma aigu, de corrosion ou d'inflammation inconnue. On ne peut que faire des suppositions. Test d'allergie aux métaux dans le service de dermatologie de l'hôpital Finsen. Le dos ne suinte pas, mais la peau est rouge et enflée. La tuméfaction a pris une forme caractéristique. Patient très agressif. Tient des propos décousus et présente des vomissements sanglants.

Renseignements personnels : Opérateur radio. Marié à sa femme actuelle depuis 1933. Appartement d'une pièce dans Rahbæks Allé.

Consommation de tabac et d'alcool : Modérée.

Autres problèmes de santé : Rien à signaler. Se plaint de rhumatismes à l'épaule. Ne semble pas que ce soit lié.

23.12.43

Examen psychiatrique : état probablement dû à un déséquilibre mental. Patient transféré dans le service psychiatrique de l'hôpital le 23 décembre au matin.

Médecin-chef W. F. Pitzelberger.

Niels relut le dossier plusieurs fois avant de le glisser dans sa poche. Il n'avait aucune idée de ce à quoi il s'était attendu, mais il aurait espéré en apprendre davantage. Au moment de s'en aller, il tenta de relativiser sa déception en se disant que son passage par les archives ne constituait qu'une étape nécessaire. C'était dans le service psychiatrique qu'il trouverait la réponse à la question qu'il se posait. Quelle était-elle, d'ailleurs ? N'était-ce pas justement ce que Hannah avait essayé de lui expliquer : que la science avait démontré, depuis longtemps, l'immensité de notre ignorance ? Que chaque avancée en matière de recherche ne faisait que générer de nouveaux problèmes encore plus difficiles à résoudre ? Niels se souvint enfin de la question qu'il se posait : Comment Worning avait-il survécu ?

Comme tout policier de Copenhague, Niels connaissait bien le service psychiatrique du Rigshospitalet, situé en face du bâtiment principal. C'était là qu'ils conduisaient les toqués. Ceux qui n'avaient rien à faire en prison. Parmi eux, il y avait beaucoup de récidivistes. Beaucoup trop, même. Entre collègues, ils discutaient souvent des lits qui avaient été supprimés pour raisons économiques dans les services psychiatriques. Si seulement les politiciens savaient à quel point il était fréquent que des malades mentaux qu'on avait relâchés dans la nature viennent gonfler les statistiques de la criminalité, ils changeraient certainement de point de vue.

Niels quitta les archives sans prendre la peine de refermer la porte derrière lui.

Il entendit des voix qui s'approchaient. Du côté de l'ascenseur. Cela devait bien sûr arriver. Ils avaient sans doute commencé à le chercher.

— Il est là ! cria quelqu'un.

Il tourna au bout du couloir, puis une seconde fois, et déboucha dans un étroit corridor à peine éclairé. Est-ce qu'ils le poursuivaient toujours ? Il s'arrêta et tendit l'oreille.

— Hé ! Cher ami ! Les patients n'ont rien à faire ici.

Niels reprit sa course et arriva dans un nouveau couloir. Soudain, son pied heurta quelque chose et il faillit trébucher. Mais il tint bon sur ses jambes et continua. Ses poursuivants étaient au moins trois. Il ne se retourna pas. Ç'aurait été une perte d'énergie inutile. Mais ils n'allaient pas tarder à le rattraper.

En apercevant l'ascenseur devant lui, il comprit qu'il avait dû tourner en rond dans le sous-sol de l'hôpital.

Au moment où il entrait dans l'ascenseur, un brancardier se jeta sur lui. Niels ne vit pas son visage, seulement qu'il portait une blouse et qu'il essayait de le retenir par le bras. Sur le coup, il crut même qu'il allait lui casser le poignet. Les autres étaient encore loin derrière. Qu'attendent-ils ? se demanda Niels.

— On va retourner se coucher, maintenant, mon cher ami.

Le brancardier tenta de le tirer hors de l'ascenseur. Niels rassembla toutes ses forces, puis se retourna en envoyant son genou dans les parties intimes de l'homme qui proféra un juron et lâcha prise. Juste une fraction de seconde. Mais cela suffit à Niels pour le pousser dehors. La dernière chose qu'il vit avant que les portes ne se referment, ce fut le brancardier qui s'effondrait sur le sol en béton en se tenant l'entrejambe.

13.

2 h 30. Treize heures et vingt-deux minutes avant le coucher du soleil

Le froid s'acharnait sur lui. Il le poursuivait partout où il allait.

Niels traversa le parking enneigé en direction du service psychiatrique en courant sur ses chaussettes. Il finit par les enlever et les jeter. De toute façon, elles ne lui étaient d'aucune utilité. Un chauffeur de taxi qui s'apprêtait à sortir de son véhicule assista à la scène d'un air surpris. Niels savait ce qu'il pensait : tant mieux si les dingues, maintenant, se rendent d'eux-mêmes à l'usine à fous. Niels s'immobilisa un instant. Il pouvait très bien prendre le taxi et se faire conduire chez lui – il chercherait de l'argent dans son appartement pour payer la course. Après quoi, il récupérerait son passeport et…

Les urgences psychiatriques étaient ouvertes de jour comme de nuit. Les crises d'angoisse, les dépressions, la paranoïa et les idées suicidaires ne connaissaient pas d'heures. Des parents de la bonne société, complètement désemparés, essayaient de calmer leur fille anorexique, qui hurlait qu'elle en avait assez de vivre.

La mère pleurait. Quant au père, on aurait dit qu'il se retenait de gifler l'adolescente. Juste devant la porte, un homme était allongé par terre et dormait. À moins qu'il ne fût… Niels chassa aussitôt cette pensée de son esprit. Bien sûr, qu'il n'était pas mort. Après avoir pris un numéro, il alla s'asseoir près des autres patients afin de ne pas attirer l'attention. Sentant les regards qui pesaient sur lui, il baissa la tête et fixa ses orteils. Ils étaient rouges et dégageaient de la vapeur au contact de l'air chaud de l'accueil. Il ne les sentait pas. La dame assise derrière le guichet des admissions renvoyait la plupart des gens chez eux après une brève discussion. C'était son travail. Elle constituait le premier rempart du système. Un bouclier humain. Plusieurs pleuraient et offraient un spectacle à fendre le cœur, mais Niels savait qu'il y avait une bonne raison à sa présence. Plus que tout autre endroit, les urgences psychiatriques attiraient les pauvres âmes seules prêtes à tout pour qu'un autre être humain leur accorde ne serait-ce qu'un instant d'attention. « N'oubliez pas que les Danois sont le peuple le plus heureux de la Terre », avait écrit un petit comique sur le mur. L'adolescente anorexique parvint à passer à travers les mailles du filet et disparut dans les entrailles de l'hôpital. La femme de l'accueil se leva un instant pour l'accompagner avec ses parents. C'était le moment que Niels avait attendu. Il fit le tour du guichet et s'engagea dans un long couloir. Après avoir parcouru une bonne distance, il s'arrêta pour inspecter les lieux. Les murs clairs étaient décorés à un point qui frôlait le fanatisme : des cœurs de Noël, des lutins et des guirlandes étaient accrochés partout. Soudain, une porte s'ouvrit derrière lui.

— Tu veux jouer ? lui demanda une belle femme d'une quarantaine d'années au regard fuyant qui pouffa comme une écolière.

Elle avait du rouge à lèvres sur le menton et ne semblait pas spécialement sobre. Elle s'approcha de lui.

— Viens, Carsten. Les enfants dorment et ça fait tellement longtemps.

— Carsten ne va pas tarder, répondit Niels en prenant la fuite.

Il serait étonnant que les archives se trouvent dans le coin, se dit-il. Elles sont toujours situées au sous-sol.

Des murs en brique. L'humidité avait dû s'inviter depuis de nombreuses années dans ce vieux sous-sol insalubre. Les couloirs étaient moins longs que ceux qu'il venait de parcourir. Niels découvrit quelques bureaux et une pièce remplie de chaises pliantes et de tables de jardin. Mais pas d'archives. Il poursuivit son exploration. Encore des bureaux. Il ne resta bientôt plus que la porte au bout du couloir. Elle ne portait aucun écriteau, mais des caisses pleines de dossiers médicaux étaient entassées devant. Il chercha des yeux un objet qui pourrait l'aider à forcer la porte et ramassa une bouteille en verre vide qui traînait au pied du mur. Alors qu'il s'apprêtait à s'en servir comme d'un gourdin, il se ravisa et saisit la poignée. Il avait le droit d'être chanceux, non ?

Les archives n'avaient rien à voir avec celles du Rigshospitalet. Il n'avait pas oublié dans quel ordre il devait procéder : d'abord, le registre des admissions, sur lequel figuraient les numéros des fiches index ; puis la fiche index, avec la liste des dossiers médicaux.

Cette fois, il n'eut besoin que de cinq minutes pour trouver la bonne étagère. « Patient numéro 40.12. Thorkild Worning ». Le dossier psychiatrique était autrement plus circonstancié et minutieux que celui qu'il avait eu l'occasion de lire un peu plus tôt.

23 décembre 1943

Le patient est transféré depuis le service de dermatologie. Se plaint depuis son admission de vives douleurs dorsales.

Commentaires :

Le patient souffre d'une lésion cutanée au dos sur laquelle nous ne pouvons nous prononcer pour l'instant, mais qui semble due à une bactérie. Appelé le dermatologue de Finsen. Le patient a des sautes d'humeur et passe du mutisme à un comportement tapageur en l'espace de quelques secondes. Traitement anxiolytique inefficace. Désapprouve ouvertement nos examens et surtout mes questions. Signes de schizophrénie ; par moments, a les idées claires et comprend pourquoi il est hospitalisé.

Le premier jour, le patient garde le lit dans une attitude apathique. Ne souhaite parler à personne. Demande sa femme et réclame un poste émetteur-récepteur afin de communiqueravec ses « contacts ». Refuse de s'alimenter. Quand on lui demande, dans l'après-midi, s'il ne devrait pas se lever, le patient entre dans une rage folle avant de se mettre à genoux pour prier Dieu de lui pardonner. Pourtant, dans la soirée, déclare ne pas être croyant. La nuit est relativement calme.

Traitement : abandon des traitements précédents.

23 décembre 1943

Nous dit entendre des voix qui l'empêchent de dormir.

Le patient déclare qu'il n'a pas pu dormir de la nuit à cause d'une voix intérieure qui l'a maintenu éveillé. Ne souhaite pas révéler à qui appartient cette voix, ni ce qu'elle lui a dit. Calme dans la journée. A été vu à genoux sur le sol de sa chambre, récitant des versets à voix basse. Quand on lui demande de quels versets il s'agit, refuse de répondre et adopte une attitude menaçante, puis se calme après avoir parlé avec un psychiatre. À la fin de la discussion, le patient affirme à nouveau ne pas croire en Dieu, mais juge « utile » de prier de temps en temps. Dans la soirée, se plaint d'insomnie et de douleurs.

Traitement :
Leopenthal-Suxa-N2=relaxan.
Morphine – scopolamine ¾ ml

Informations personnelles : aucune. Entretien avec Levin programmé.

Le médecin-chef G. O. Berthelsen a été appelé.

24 décembre 1943

Le patient a connu une nuit agitée. N'a pas dormi. A menacé un infirmier et crié à plusieurs reprises qu'il promettait « d'écouter ». Dans la matinée, est pris d'une crise de rage. Il crie : « Je deviens fou. » Il vaut la peine de remarquer que le patient, au cours de cette crise, comme lors de ses précédents épisodes agressifs, dirige sa colère contre lui-même. À aucun moment il n'est dangereux pour son entourage. En revanche, il s'inflige des coups, des morsures et des griffures. « Je t'arracherai hors de mon corps », hurle-t-il régulièrement. Nous ignorons à qui il s'adresse. Les tendances autodestructrices du patient sont si prononcées qu'une tentative de suicide est envisageable.

La famille a remis à nos services quelques cahiers que le patient, au cours des jours qui ont précédé son hospitalisation, a remplis de correspondances avec Dieu. Les réponses de Dieu à ses questions sont rédigées dans une écriture enfantine chaotique qui semble toutefois n'être qu'une version grossière de celle du patient. Par endroits, l'écriture de Dieu est tellement illisible que le patient, à la ligne suivante, sollicite une réponse plus claire. Dans certains cas, il ne s'agit ni plus ni moins que d'un gribouillis. Le contenu est extrêmement stéréotypé, naïf, banal, empreint d'un esprit de soumission et fait fréquemment référence à la prétendue mission du patient. Celui-ci a en outre rédigé quelques documents solennels à l'attention de la population de la Terre. A fait des croix près de divers articles dans un journal norvégien.

Traitement : Avons prescrit la nouvelle thérapie électroconvulsive.

Note : malgré de nombreuses séances d'électrochocs, le patient n'a pas renoncé à son attitude autodestruc-

trice. Par conséquent, nous avons décidé de mettre un terme à cette thérapie.

24 décembre 1943

Pour la première fois depuis son arrivée, le patient accepte de voir sa femme, Amalie Hjort Worning. Mme Worning, qui semble très préoccupée par la situation de son mari, s'efforce de le rassurer. Ils passent la matinée ensemble dans sa chambre. Au moment de son départ, vers midi, elle confie à une infirmière que son époux est calme mais tient des propos incohérents. Il souhaite qu'elle lui apporte son poste émetteur-récepteur.

Radiologie : rendez-vous fixé.

Entretien avec sténographe. Personne présente : médecin-chef psychiatre P. W. Levin.

14.

3 h 45. Douze heures et sept minutes avant le coucher du soleil

Niels feuilleta les pages suivantes. Il s'agissait de la transcription d'un entretien avec le patient, frappée d'un tampon dans le coin supérieur gauche : « matériel utilisable à des fins d'enseignement ». Il lut :

Levin : Monsieur Worning, la sténographe ici présente prendra note de notre conversation. Je perdrais un temps précieux si je devais rédiger moi-même les comptes-rendus de mes entretiens avec les patients. Bref. Elle est là uniquement pour me faciliter la tâche. Vous comprenez ?

Worning : Vous faites comme bon vous semble.

Levin : Pour mon rapport, j'aurai besoin de quelques renseignements d'ordre général, tels que votre lieu de naissance…

Worning : Je suis né à Aarhus.

Levin : En 1897 ? Monsieur Worning, il est préférable que vous répondiez avec des mots. Sans quoi la sténographe ne pourra pas…

Worning : Oui !

Levin : Pouvez-vous me parler un peu de votre famille ? De votre père et de votre mère ?

Worning : Mon père travaillait sur le port. Ma mère était femme au foyer.

Levin : Diriez-vous que vous avez vécu une enfance heureuse ?

Worning : On ne m'a jamais frappé ni maltraité.

Levin : Aviez-vous des frères et sœurs ?

Worning : Deux sœurs. Toutes les deux mortes du typhus. À deux ans d'intervalle. Ma mère ne s'en est jamais remise.

Levin : Et votre père ?

Worning : Il s'est juste mis à boire plus. Beaucoup plus.

Levin : Mais vous êtes allé à l'école ? Décririez-vous votre scolarité comme normale ?

Worning : Oui.

Levin : Vous n'avez rien remarqué de... différent chez vous ?

Worning : Différent ?

Levin : Étiez-vous comme les autres enfants ? Aviez-vous des camarades ?

Worning : Oui.

Levin : Ne vous est-il jamais arrivé de vous sentir déprimé, ou…

Worning : Je crois que j'étais comme tous les autres enfants.

Levin : Que faisiez-vous en dehors de l'école ?

Worning : Je travaillais avec mon père sur le port. Ça se passait très bien jusqu'à…

Levin : Jusqu'à quoi ?

Worning : L'accident.

Levin : Quel accident ?

Worning : Il est tombé à l'eau. Il pensait que la glace tiendrait. On n'a pas réussi à le remonter. Il a été emporté par le courant. Deux semaines plus tard, ma mère est morte à son tour.

Levin : De quoi ?

Worning : Elle refusait de consulter un médecin, alors qu'elle crachait ses poumons. Et puis, un matin – exactement deux semaines après le décès de mon père –, elle a commencé à cracher du sang. Énormément de sang. Je m'en souviens encore très bien. C'était effrayant. Deux heures plus tard, elle était morte.

Levin : Je suis navré.

Worning : C'était ce qui pouvait lui arriver de mieux. Après les décès de Thea et d'Anna, elle…

Levin : Vos sœurs ?

Worning : Est-ce que je vais recevoir ma radio aujourd'hui ?

Levin : Pardon ?

Worning : Mon poste émetteur-récepteur. Ça fait maintenant deux jours que je l'ai demandé.

Levin : Je ne suis pas au courant. Je me renseignerai quand nous aurons terminé. Et si nous parlions un peu de votre femme ?

Worning : Pourquoi ? Qu'est-ce qu'elle a à voir là-dedans ?

Levin : De votre travail, alors ? Vous êtes…

Worning : Je suis opérateur radio. Je n'avais pas de formation, mais un de mes amis était… Est-ce que je dois vraiment vous donner tous les détails ?

Levin : Seulement les plus importants.

Worning : Bien. Je travaillais pour l'armée. Hitler avait déjà commencé à faire des siennes. Je crois... que c'était mon destin de devenir opérateur radio.

Levin : Votre destin ? La volonté divine ?

Worning : Est-ce que c'est une question ?

Levin : Oui. Pouvez-vous développer ?

Worning : J'ai découvert quelque chose. Oui, c'est exactement ça. J'ai fait une découverte.

Levin : Qu'avez-vous découvert ?

Worning : Que des gens sont morts. Aux quatre coins du monde.

Levin : De la guerre ?

Worning : Il ne s'agit pas de la guerre. Enfin, je ne pense pas. Ils sont morts, tout simplement.

Levin : Comment le savez-vous ?

Worning : Si vous saviez tout ce que je capte sur ma radio. Des ondes courtes. Des ondes longues. Elles sont comme des tentacules lancés à travers le monde. Des bouteilles jetées à la mer. Et il arrive que certaines d'entre elles reviennent à leur point de départ.

Niels entendit trop tard la porte s'ouvrir, tellement il était absorbé par cette conversation qui avait eu lieu un demi-siècle plus tôt. Il y avait maintenant quelqu'un dans la pièce.

15.

4 h 15. Onze heures et trente-sept minutes avant le coucher du soleil

Le simple fait d'ouvrir les yeux demanda d'énormes efforts à Hannah. Son corps lui semblait lourd et la pièce tournait autour d'elle comme dans une attraction de fête foraine. Elle n'en était pas certaine, mais elle avait l'impression qu'ils avaient augmenté la dose de ses calmants et que c'était pour cette raison qu'elle se sentait si vaseuse. Elle s'efforça de reprendre ses esprits en se disant qu'on était désormais vendredi et essaya de voir si le soleil s'était levé. Mais le store était baissé. Faisait-il toujours nuit ? Il fallait qu'elle se lève. Ce soir, au coucher du soleil…

Elle ferma les yeux quelques secondes. Juste un instant.

— Hannah ? l'appela une voix inconnue. Vous êtes réveillée ?

— Quoi ?

— Je suis venue vous donner ça.

L'infirmière – que Hannah avait peut-être déjà vue – lui glissa un comprimé dans la bouche, lui leva légèrement la tête et entreprit de la faire boire.

— Non. Je vous en prie. Ne m'endormez pas.

— Vous avez besoin de sommeil.

— Vous ne comprenez pas.

Hannah parvint à recracher le comprimé à moitié dissous qui atterrit sur le bras de l'infirmière.

— Non. Regardez ce que vous avez fait.

— Il faut que je voie Niels.

— Votre mari ?

— Non, mon… commença-t-elle avant de renoncer à se justifier. Il faut que je le voie.

L'infirmière se dirigea vers la porte.

— Attendez, l'implora Hannah.

— Quoi ?

— Quelle heure est-il ?

— C'est encore la nuit, Hannah, répondit-elle en s'en allant.

Il ne restait plus que quelques heures.

— Il faut que tu réfléchisses tout de suite, pensa Hannah à voix haute. Reprends le contrôle de ton corps.

Elle repoussa le drap sur le côté et examina ses blessures. Ses jambes pourraient marcher. C'était le haut de son corps qui avait le plus souffert. Ses épaules. Son thorax.

— Qu'est-ce qui ne va pas ? s'exclama le médecin sur un ton irrité en entrant dans sa chambre.

— Rien.

— Vous avez besoin de repos. Vous avez fait un arrêt cardiaque.

Pendant ce temps, l'infirmière prépara une seringue.

— Non. Je vous en prie. Ne m'endormez pas.

— Je comprends que ça ne vous enchante pas.

— Vous comprenez que dalle ! Je vous interdis de planter cette seringue dans mon corps. Je dois garder les idées claires.

Ils échangèrent quelques regards, puis l'infirmière sortit de la chambre. Le médecin s'approcha et posa une main sur son bras.

— Vous avez besoin de repos pour récupérer. Sinon, votre cœur risque encore de s'arrêter. On m'a dit que vous vous promeniez dans les couloirs. Ça ne va pas du tout.

Deux infirmières entrèrent.

— Non. Je vous en supplie. Vous n'avez pas le droit.

— Tenez, prenez ma place, dit le médecin, tandis que les infirmières lui prenaient chacune un bras.

— Non ! Vous m'entendez ? Je vous interdis.

Le médecin appliqua la pointe de l'aiguille sur sa peau et chercha une veine.

— C'est pour votre bien.

16.

4 h 27. Onze heures et vingt-cinq minutes avant le coucher du soleil

Niels appuya son dos contre les caisses entassées derrière lui. Il avait besoin de s'étirer les jambes, mais s'abstint de peur d'être découvert. Il ferma les yeux et pria pour que la femme raccroche bientôt son téléphone.

— … Tout ce que je veux, c'est rentrer à la maison, Carsten. Et en discuter avec toi.

Cela faisait la cinquième fois qu'elle répétait la même chose. Elle avait pleuré, lui reprochant sa mauvaise foi. Maintenant, elle entrait dans l'ultime phase : la phase de supplication.

— Rien que dix minutes, Carsten. Tu as bien dix minutes à m'accorder.

Niels savait déjà comment cela allait se terminer. Soudain, elle se tut. Puis il y eut une sorte de grognement. C'était peut-être sa façon de pleurer. Sur ce, la femme éteignit la lumière et claqua la porte. Il entendit ses pas s'éloigner dans le couloir. Il allait enfin pouvoir reprendre sa lecture.

Levin : Comment sont-ils morts ? Et qui sont-ils ?

Worning : Ils portent tous une marque dans le dos. Est-ce qu'Amalie va bientôt arriver ? C'est elle qui a ma radio.

Levin : Une marque ?

Worning : Elle va venir ?

Levin : Quelle marque ?

Worning : Une marque comme la mienne.

Levin : Vous parlez de la marque que vous avez dans le dos ? Qui vous l'a faite ?

Worning : Puis-je vous demander si vous croyez en Dieu ?

Levin : Non.

Worning : Non quoi ?

Levin : Non. Je ne crois pas en Dieu. Mais nous ne sommes pas là pour parler de moi.

Worning : Il me faut ma radio.

Levin : Avec qui comptez-vous communiquer ?

Worning : Avec les autres.

Levin : Quels autres ? Soyez plus précis.

Worning : Ceux qui portent également une marque. Les autres justes.

Levin : Les justes ? Ce sont eux qui ont une marque dans le dos ?

Worning : Je dois voir Amalie. Et puis je commence à me sentir fatigué.

Levin : Je vais vous laisser tranquille. Mais, avant cela, je vous demanderai de bien vouloir répondre à une dernière question.

Worning : Je vous écoute.

Levin : Qui vous a fait ce dessin dans le dos ?

Worning : Celui en qui vous ne croyez pas.

Levin : Dieu ? Vous êtes en train de me dire que c'est Dieu qui vous a…

Worning : Pas seulement à moi. Il a fait pareil avec les autres.

Levin : Dieu leur a fait le même dessin dans le dos ?

Worning : Exactement. Ça ne peut être que lui. Mais il existe peut-être un moyen de l'effacer.

Levin : Vous croyez ?

Worning : C'est possible. Avant que ça ne me tue.

Levin : Qui les a tués ?

Worning : Mais ça implique que je commette une mauvaise action.

Levin : Qu'entendez-vous par là ?

Worning : Je ne vous en dirai pas plus.

Levin : Vous devez commettre une mauvaise action ? De quoi parlez-vous ?

Worning : Je ne vous en dirai pas plus.

25 décembre 1943

Nous sommes en présence d'un cas classique de schizophrénie paranoïde. En plus de se croire poursuivi, le patient est persuadé de se trouver au centre d'événements d'envergure mondiale. Plusieurs traumatismes subis pendant l'enfance peuvent avoir déclenché ces troubles.

La thérapie électroconvulsive n'a pas donné les résultats escomptés. A connu un bref moment de calme, ce matin, pendant la visite de sa femme. Mais, ce midi, il est apparu profondément déprimé et a été surpris en train de se cogner la tête contre le sol en criant : « Ça ne peut pas être moi. Ça ne peut pas être moi. » Et, un peu plus tard : « J'écoute. Je promets d'écouter. » Les anxiolytiques n'ont eu aucun effet. En début d'après-midi, le patient était si agité que nous avons dû appeler sa femme. Ce qui s'est avéré être une mauvaise décision car, peu après 14 heures, nous avons constaté qu'ils avaient disparu tous les deux. Le patient était parvenu à casser le carreau blindé de sa fenêtre et à prendre la fuite en compagnie de son épouse. Une demi-heure plus tard, il a été repéré errant devant l'hôpital avec un objet pointu dans la main. Un couteau, plus exactement. Personne ne sait où il se l'est procuré. Il a tenté de tuer sa femme en la poignardant avant d'être finalement maîtrisé par des infirmiers. Son épouse a été hospitalisée avec de profondes entailles à la gorge, mais ses jours ne sont pas en danger.

Le patient a reçu des tranquillisants.

28 décembre 1943

Le patient est calme et dort l'essentiel de la journée. C'est la première fois depuis le début de son séjour au sein de notre service qu'il arrive à dormir plusieurs heures d'affilée. À son réveil, il souhaite voir sa femme. Nous n'accédons pas à sa demande. Dans la soirée, nous faisons une découverte qualifiée d'« exceptionnelle » par les dermatologues qui se sont déplacés : les lésions cutanées qui touchent le dos du patient sont clairement en voie de rémission. La tuméfaction a disparu et il ne reste plus qu'une légère trace rouge.

26 janvier 1944

Le patient quitte notre service à midi.

Niels était assis contre un mur. Il ne se rappelait plus s'être installé là. Le dossier médical reposait sur ses genoux. Il entendit des bruits de pas à l'extérieur. Des voix. Avait-il dormi ? Quelqu'un avait dû repérer la lumière. Cette fois, il n'avait plus la force de fuir. Deux hommes entrèrent dans les archives.

— Là ! s'écria l'un d'eux en pointant sa lampe torche sur Niels qui baignait déjà dans la lumière.

— Qu'est-ce que vous foutez ici ? demanda l'autre.

Peut-être ajoutèrent-ils quelque chose, mais il ne les entendit pas.

Tandis qu'ils le reconduisaient dans sa chambre, après l'avoir allongé sur un brancard, Niels jeta un coup d'œil à sa montre. Il était 10 heures passées. Dehors, le ciel était toujours aussi gris et la tempête de neige faisait rage. Il n'arriva pas à distinguer le soleil. Peut-être ne s'était-il même pas levé ? Si seulement il pouvait ne pas se lever…

— Ne te lève pas, murmura-t-il avant de sombrer dans le sommeil sous l'effet des calmants que l'on venait de lui injecter.

17.

13 h 10. Deux heures et quarante-deux minutes avant le coucher du soleil

Un réveil de plus. Ils arrivaient comme des vagues qui lui ouvraient les yeux et se retiraient aussitôt.

— Je… commença Hannah avant de se taire.

Cette fois, elle avait l'intention de n'adresser la parole à personne. Que ce soit pour demander de l'aide ou pour supplier le personnel de bien vouloir cesser de l'assommer de tranquillisants. Elle se trouvait dans un hôpital et ils feraient tout leur possible pour la sauver. Mais ils n'avaient rien compris. Hannah le savait, désormais. Son destin était de mourir. Aujourd'hui. Avant que le soleil se couche, elle serait morte.

Ses gestes étaient lents – à l'image de ses pensées qui étaient toujours ralenties par les médicaments. Elle commença par arracher sa perfusion et coller un bout de sparadrap sur la plaie. Puis elle glissa ses jambes hors de son lit et se leva. Elle chancela comme un enfant faisant ses premiers pas. L'une de ses jambes était quasiment paralysée. Elle allait avoir besoin d'un déambulateur. Ou d'une chaise roulante.

En s'appuyant contre le mur, elle parvint jusqu'au placard où sa veste pendait en solitaire sur un cintre. Elle était encore souillée depuis l'accident et empestait le genièvre et l'alcool. Elle repensa à la bouteille de gin et aux éclats de verre bleu clair. Elle enfila sa veste. Sur le coup, elle ne reconnut pas la femme au regard agressif qui lui faisait face. Puis elle se rendit à la douloureuse évidence : il s'agissait de son propre reflet. Dans un premier temps, elle hésita entre le soulagement et la terreur. Son visage était tuméfié d'un côté. Mais qu'est-ce que cela pouvait bien faire puisqu'elle allait bientôt quitter définitivement son enveloppe charnelle ?

14 h 35. Une heure et dix-sept minutes avant le coucher du soleil

— Allez. Juste une dernière. Elle apaisera vos pires douleurs.

L'infirmière était penchée au-dessus de Niels, qui avait du mal à avaler ses deux gros comprimés.

— On est vendredi ? demanda-t-il.

— Oui. Vendredi. Le jour de Noël. Vous avez dormi longtemps, Niels.

— Cet après-midi.

— Que va-t-il se passer, cet après-midi ?

— Au coucher du soleil.

— J'ai entendu dire que vous étiez sorti traîner, cette nuit, lui fit-elle remarquer en souriant.

Peut-être était-ce à cause du terme « traîner » qu'elle avait employé, mais Niels eut l'impression d'être un chien en rut.

— Vous avez de la chance qu'ils vous aient retrouvé si vite. Je crois que les épreuves que vous venez de vivre vous ont pas mal perturbé.

Il ne répondit pas.

— Et vous savez quoi, Niels ? Il n'est pas rare que des patients se comportent bizarrement au réveil. C'est même on ne peut plus normal, ajouta-t-elle en lui prenant la main.

Il tourna la tête vers la fenêtre pour vérifier si le soleil était désormais visible et crut un instant que c'étaient ses rayons qui l'éblouissaient, alors qu'il s'agissait seulement de la lumière de sa lampe de chevet qui se réfléchissait dans la vitre. Il murmura quelque chose, mais elle ne l'entendit pas.

— Vous devez rester là, si vous voulez qu'on s'occupe de vous. Vous ne dites rien ?

— Éteignez la lumière.

— Oui. Bien sûr.

Elle éteignit la lampe et le reflet dans la fenêtre disparut. Il distingua alors le soleil qui brillait, rougeâtre et impatient, juste au-dessus de la cime des arbres du parc. Il ne tarderait pas à se coucher. Il eut un moment de désespoir et pensa : tu n'as qu'à m'emporter dans le royaume des morts. Finissons-en.

L'infirmière l'interrompit dans ses réflexions :

— Il y a deux messieurs, là, dehors, qui souhaiteraient vous parler. Ils sont passés tous les jours depuis que vous êtes arrivé.

Elle se leva.

Sommersted et Leon entrèrent dans sa chambre. Leon se posta près de la porte, tel le garde du corps d'un chef de gang, tandis que Sommersted s'approcha.

— Vous avez quelques minutes, leur dit l'infirmière avant de sortir.

Niels ne décela aucune expression particulière dans le regard de son chef. Ni compassion, ni froideur, ni mépris. Sans cette pointe d'humanité qui s'exprimait parfois sous forme de jalousie dès lors qu'il était question de sa femme, il aurait très bien pu le prendre pour un robot constitué de fils électriques et de fine mécanique.

— Franchement, Niels, je n'y comprends rien.

Sommersted parlait sur un ton calme, en pesant ses mots. Comme un homme qui avait toute la vie devant lui et qui savait que l'on ne l'interromprait pas.

— Pourtant, je dois reconnaître que vous aviez raison : vendredi dernier, un policier a été retrouvé assassiné à Venise. Et il avait une marque dans le dos. On attend toujours le rapport définitif que doivent nous envoyer les médecins légistes italiens, mais il semblerait que le nombre trente-cinq ait été tatoué sur la peau de la victime. Interpol prend désormais cette affaire très au sérieux.

Sommersted prit une profonde inspiration que Niels s'autorisa à interpréter comme une sorte d'excuse. « Pardonnez-moi d'avoir refusé de vous écouter. » Niels croisa le regard de Leon. Ses yeux étaient aussi expressifs que ceux d'un poisson mort.

— Et vous ? demanda Sommersted, sur un ton soudain quelque peu empathique.

— Quoi, moi ?

— Comment allez-vous ? D'après le médecin-chef, ce n'est pas passé loin. C'était un train ?

— Une voiture, à un passage à niveau.

— Ah oui. C'est vrai, acquiesça Sommersted. Vous avez sauvé la vie des fillettes. Il paraît qu'elles auraient été tuées, si vous n'aviez pas été là. D'abord, cette famille à Nordvest, puis ces deux fillettes. Vous commencez à en avoir, des vies sur la conscience.

— Sur la conscience ? répéta Niels.

— Oui. La bonne conscience.

Sommersted secoua la tête et baissa le regard avant de reprendre :

— Comme je vous l'ai dit, c'est à n'y rien comprendre. Quoi qu'il en soit, on va renforcer la surveillance autour de l'hôpital pour les jours à venir. On verra bien.

— Uniquement cet après-midi, ça suffira. Au coucher du soleil.

Niels regarda par la fenêtre. Le soleil avait commencé à caresser la cime des arbres.

— OK. Ça devrait être à notre portée. Pas vrai, Leon ?

— Évidemment, intervint Leon, il ne s'agit pas tout à fait du même niveau de sécurité que lors de la conférence sur le climat. Mais on a informé les gardiens de l'hôpital en leur recommandant de bien ouvrir l'œil.

Tandis qu'il parlait, il n'avait d'yeux que pour Sommersted, tel un gamin implorant un regard reconnaissant de la part de son papa. Son vœu ne tarda pas à être exaucé.

— C'est bien, Leon, le félicita Sommersted.

Le chef s'apprêtait à s'en aller quand, soudain, il se retourna.

— Mais vous n'êtes pas facile à cerner non plus, Niels. Vous comprenez ce que je veux dire ?

— Pas vraiment.

Niels sentit que son chef cherchait ses mots.

— J'aurais peut-être dû vous écouter. Mais ce n'est jamais facile de savoir à quoi s'en tenir, avec vous, Bentzon. Vous paraissez si… Comment dire ? Naïf.

Quand il se tut, Niels devina que cela annonçait un aveu.

— En tout cas, je suis heureux que vous vous en soyez tiré. J'en suis sincèrement heureux. Je ne peux pas faire évacuer l'hôpital. Je suppose que vous comprenez. Mais Leon et quelques autres garçons seront là, au cas où il se passerait quelque chose.

Niels acquiesça et s'étonna. Des « garçons ». C'était la première fois qu'il entendait Sommersted employer cette expression. On aurait dit un entraîneur d'équipe poussin de football. Et il fallait reconnaître que cela lui allait plutôt bien. Ce fut d'ailleurs peut-être cette expression qui incita Leon à déclarer :

— Putain, Bentzon. On est tous avec toi. T'as intérêt à nous revenir en forme.

Niels le regarda sans trouver quoi que ce soit à lui répondre. Sommersted, conscient du poids embarrassant de ce silence, s'empressa de changer de sujet.

— À part ça, il n'y a pas eu d'incidents à Hopenhagen. On a rempli notre mission avec brio, dit-il en haussant les épaules. Il semblerait donc que le monde soit provisoirement sauvé.

Leon passa en mode sourire. Il avait toujours su se conformer aux règles du jeu. Même à celles qui n'étaient pas officielles. Et l'une d'entre elles consistait à rire quand le chef essayait d'être drôle.

Niels acquiesça sans savoir pourquoi.

Quelqu'un frappa bruyamment à la porte. Puis l'infirmière passa la tête à l'intérieur.

— Vous avez terminé ? demanda-t-elle.

— Je crois que oui, répondit Sommersted.

Sur ce, comme un vieux camarade, il mit une tape maladroite sur l'épaule de Niels et s'éclipsa.

— Bentzon ! le salua Leon en levant la main avant d'emboîter le pas à son chef.

L'infirmière referma derrière eux.

Niels n'entendit pas la porte s'ouvrir, quelques instants plus tard. Mais il perçut un murmure :

— Niels.

Il se retourna dans son lit et découvrit Hannah dans une chaise roulante. Il fut d'abord peiné de la voir ainsi. Puis un simple coup d'œil à son visage suffit à lui redonner de l'espoir. Il y avait quelque chose de changé en elle.

— Niels.

— Hannah.

Elle s'approcha du lit et posa sa main sur la sienne.

— Ça me fait plaisir de vous voir, dit-elle d'une voix faible. J'ai essayé de vous rejoindre, mais ils m'ont renvoyée dans ma chambre.

— Il faut qu'on parte d'ici, Hannah. Il ne nous reste plus beaucoup de temps.

— Niels. On a largement le temps, au contraire. Je vais tout vous expliquer. Vous devez m'écouter.

— Le soleil décline déjà.

— Quand mon cœur s'est arrêté, tout n'était pas sombre, commença-t-elle en serrant fort sa main. Quelque chose nous attend, après cette vie. Et j'en ai la preuve.

— La preuve ?

— Je vous ai raconté ce qui s'était passé, au téléphone. Mais vous n'aviez peut-être pas les idées très claires ? lui fit-elle remarquer en souriant.

Il secoua la tête.

— Des chercheurs ont mené une étude de grande envergure, Niels. Ils ont disposé des photos sous les plafonds de salles d'urgences, un peu partout dans le monde. Des photos qu'il n'est possible de voir que si l'on flotte dans l'air. Ça n'a rien d'un tour de passe-passe, Niels. Il s'agit d'une expérience rigoureusement scientifique. Ce sont des médecins et des chercheurs qui y participent – des gens comme moi qui ont été élevés dans le respect des règles de la science. Non, je veux que vous écoutiez encore ceci avant de m'interrompre : j'ai vu ce qu'ils avaient placé sous le plafond. J'ai été en mesure de décrire dans les moindres détails cette photo. Or le seul moyen que j'avais de la voir, c'était que mon esprit quitte mon corps.

— Votre esprit, soupira Niels.

Hannah avait désormais dans le regard une expression fanatique qui ne lui plut guère.

— Appelez cela comme vous voulez. L'âme ? Ce que je sais, c'est que cette preuve nous oblige à tout remettre en question.

— Il faut qu'on sorte d'ici avant le coucher du soleil.

— Vous vous rappelez cette histoire que je vous ai racontée ? Sur mon collègue, à l'institut, qui ne savait pas dire non. Celui dont la bonté avait fini par devenir un problème ?

— Il faut qu'on sorte. Vous voulez bien m'aider ?

— Regardez-vous, Niels. Vous avez tenté de sauver ces enfants. Vous étiez prêt à arrêter vous-même cette voiture.

— J'ai fait ce que tout le monde aurait fait.

— Est-ce que tout le monde aurait parcouru cet hôpital dans tous les sens afin de trouver une personne bienfaisante, Niels ?

— C'est parce que j'ai des manies. Je suis maniaco-dépressif. Je suis malade.

— Non ! Vous ne l'êtes pas.

— Il faut qu'on file.

— On ne peut pas faire ça. Et vous le savez. Vous comprenez parfaitement où je veux en venir.

Niels ne dit rien. Une phrase ne cessait de résonner dans sa tête : « Mais ça implique que je commette une mauvaise action. »

— L'histoire d'Abraham. Dieu lui a demandé d'amener Isaac avec lui sur la montagne. C'est vous-même qui me l'avez racontée, tandis qu'on était allongés dans le sable, au bord de la mer du Nord.

— Je ne veux pas l'entendre.

— Il va pourtant le falloir.

Niels repoussa sa couette et essaya de sortir ses jambes de son lit.

— Vous allez devoir cesser de faire le bien, Niels. C'est votre seule chance.

— Hannah…

Il s'arrêta en repensant aux paroles de Worning : « Mais ça implique que je commette une mauvaise action. » Il se pencha en avant sur son lit pour voir le soleil.

— Vous devez sacrifier quelque chose. Une chose à laquelle vous tenez. Qui prouve que vous êtes à l'écoute. Vous comprenez ce que je vous dis, Niels ? J'étais morte, mais on m'a ramenée à la vie. J'ai eu un aperçu de… ce qu'il y a après. Je l'ai vu de mes propres yeux.

Il la laissa parler.

— Il nous faut l'accepter, Niels : il existe une force supérieure. Vous devez lui prouver que vous l'avez comprise.

— Qu'est-ce que je dois faire ? Qu'est-ce que je dois prouver, précisément ?

— Vous devez prouver qu'il est possible de croire en autre chose qu'en nous-mêmes.

Niels avait la nausée. Il avait envie de la frapper. De la gifler. Comme on avait coutume de le faire, jadis, avec les femmes hystériques. Il contempla son visage tuméfié d'un air compatissant. Ses yeux intelligents. L'unique moyen de la faire fléchir était de lui opposer des arguments rationnels.

— Et ensuite, Hannah ? Que va-t-il se passer ?

— Je l'ignore. Peut-être… Peut-être que la vie continuera, tout simplement. Une nouvelle génération naîtra. Les nouveaux trente-six justes.

Il secoua la tête.

— Il faut qu'on parte, Hannah, murmura-t-il d'une voix sans conviction.

Elle ne dit rien.

— Combien de temps nous reste-t-il ? insista-t-il.

— Ça ne sert à rien, Niels. Rappelez-vous l'Italien. Lui aussi faisait partie du système. Vous devez renoncer à être bon.

— Combien de temps nous reste-t-il ? l'interrompit-il en haussant le ton.

— Environ dix minutes. Puis le soleil se couchera.

Niels arracha sa perfusion d'un geste vif, faisant gicler un épais jet de sang rouge foncé. Soudain, ils entendirent courir dans le couloir. Hannah se leva de sa chaise roulante et lui tendit une serviette en papier. Elle chancela un instant, mais parvint à retrouver l'équilibre. Tandis que Niels sortait de son lit, elle se mit à fouiller dans sa penderie. Il était aussi pâle qu'un cadavre quand il la prit par le bras.

— Aidez-moi, Hannah. Aidez-moi au moins à m'enfuir.

Elle se retourna, son pistolet à la main.

— D'accord.

18.

15 h 42. Dix minutes avant le coucher du soleil

Cela faisait déjà quelques minutes que Leon avait entendu le message à la radio : « Une camionnette vert foncé vient de passer au rouge au niveau de la place de la mairie. Roule à vive allure. Un véhicule de patrouille la suit à une centaine de mètres. » Bien que cela ne le concernât pas, il s'était levé pour regarder par la fenêtre.

— Vous êtes médecin ? demanda une voix derrière lui. J'ai besoin d'aide.

Leon s'apprêtait à répondre au patient perturbé quand il entendit un nouveau message dans sa radio : « Camionnette vert foncé prise en chasse dans Østergade. On met en place un barrage sur Fredensbro[1]. » Une petite sonnette d'alarme se déclencha alors dans le crâne de Leon : le jour de Noël. Une journée pas comme les autres. L'une de celles où il ne se passait rien – à l'exception de ces pères de famille toujours convaincus de pouvoir conduire après avoir bu quatre bières de

1. Pont de Copenhague situé entre le centre-ville et le Rigshospitalet.

Noël et cinq schnaps. Une poursuite en voiture dans les rues enneigées ? Leon s'empara de la radio.

— Albrectsen ? Est-ce que tu as vue sur Fælledvej d'où tu es ?

La réponse ne se fit pas attendre :

— Une vue magnifique. Tout est calme.

Leon regarda par la fenêtre. D'abord, il eut un doute. Mais, lorsqu'il vit les autres voitures se ranger sur le côté, il la distingua à travers la neige fouettée par le vent. Vitres teintées. Ancien modèle. « La camionnette Citroën s'apprête à emprunter le pont en direction du Rigshospitalet. »

— *Fuck !* s'écria Leon avant de s'époumoner dans son talkie-walkie. Albrectsen ? Tu as entendu la radio ?

— *Yes !* Je surveille l'entrée principale.

— Équipe deux ? Vous contrôlez l'entrée du parking souterrain ?

Pas de réponse.

— Équipe deux ? Jensen ?

Toujours rien.

— Albrectsen ? Est-ce que tu vois l'équipe deux ?

— Non. Ils étaient là il y a un instant.

Leon entendait maintenant les sirènes des véhicules qui avaient pris en chasse la camionnette. Il s'élança aussitôt.

— Fait chier ! Albrectsen ! cria-t-il dans son talkie-walkie. Positionne-toi plus haut dans la rue afin de pouvoir couvrir à la fois l'entrée principale et celle du souterrain.

Leon s'arrêta net en voyant Niels s'approcher en boitant. Il n'en crut pas ses yeux.

— Bentzon ? Qu'est-ce que tu fais là ? Tu ne devrais pas être dans ton lit ?

Niels s'appuyait contre Hannah qui, elle-même, marchait avec une béquille. Ils formaient un couple magnifique.

— Que se passe-t-il, Leon ?

— Rien dont tu doives t'inquiéter. On contrôle la situation.

Ils entendirent les cris désespérés d'Albrectsen dans la radio : « Le véhicule est passé devant moi ! Il se dirige vers le parking souterrain. »

Leon reprit sa course. On aurait dit un général sur le pied de guerre.

— Que personne ne sorte de cette camionnette ! C'est compris ?

— Venez, Hannah. Sortons.

La voix de Niels était faible. Le simple fait de se lever de son lit lui avait coûté énormément de forces. Son dos le brûlait.

— On ne peut pas, Niels. Pourquoi ne pas monter sur le toit ? On pourra voir ce qui se passe, de là-haut.

— L'ascenseur !

Niels se précipita en titubant vers l'ascenseur le plus proche. Il arriva devant une fenêtre et en profita pour jeter un coup d'œil dehors. Les fortes rafales de vent faisaient ployer dangereusement les arbres, le long de la route. Quelques voitures qui s'étaient aventurées dans les rues verglacées avaient échoué sur des monticules de neige, comme des baleines sur un banc de sable – certainement pour éviter la collision avec la camionnette. Quant aux ultimes rayons du soleil, ils luttaient pour s'infiltrer à travers les flocons de neige dans l'obscurité croissante. Leur couleur orangée donnait l'impression que Copenhague – ses toits, ses rues, son atmosphère – était ravagée par les flammes.

— Le Jugement dernier, murmura Niels. Voilà à quoi il ressemble : paisible et rouge.

Il vit alors une camionnette sombre passer à toute vitesse, puis s'engager sur la voie d'accès au parking souterrain de l'hôpital avant de percuter et de projeter dans les airs quelques vélos qui étaient garés près de l'entrée.

— Allez, Niels ! lui cria Hannah, qui attendait près des ascenseurs.

Tandis qu'il la rejoignait, l'image de la camionnette lui trottait dans la tête.

— Pas le toit, dit-il en manquant de trébucher dans l'ascenseur.

— C'est notre dernière chance, Niels. Toutes les issues sont bloquées. C'est impossible. Quant au parking souterrain… Vous l'avez entendu comme moi : il est bourré de flics.

— La sortie. On prend le risque. Il faut qu'on parvienne à passer.

Il appuya sur le bouton du rez-de-chaussée et s'effondra.

— Niels ! s'écria Hannah en se laissant tomber près de lui. Que vous arrive-t-il ?

— Mon dos. Ça me brûle… Combien de temps encore ? (Il sentit un goût de sang.) Ma bouche.

Il était sur le point de renoncer.

— Venez, Niels, l'exhorta-t-elle en tentant de le relever.

Il avait beau entendre ses paroles, c'était comme si elles ne parvenaient pas à se faufiler jusqu'à son cerveau. Il était recroquevillé dans le fond de l'ascenseur. Ses douleurs étaient insupportables et il avait l'impression que son dos était couvert de braises ardentes.

— Vous saignez du nez.

Il porta une main à son nez d'un geste brusque. Hannah avait raison.

— Il faut qu'on sorte sur le toit, Niels.

— Pourquoi ?

— Il ne reste plus que quelques minutes.

— Alors, je vais mourir, Hannah. Je vais mou…

— Non, Niels. Pas si on utilise ça, dit-elle en sortant un objet de son sac.

Il leva péniblement la tête.

— Non, Hannah.

Elle tenait son pistolet dans sa main.

15 h 48. Quatre minutes avant le coucher du soleil

La camionnette sombre descendit la rampe beaucoup trop vite et fit une embardée. Les freins se bloquèrent et ce fut un véritable miracle si elle n'alla pas s'encastrer dans l'un des piliers en béton.

Leon et les autres policiers encerclèrent le véhicule en brandissant leurs pistolets. Albrectsen contourna la camionnette, tandis que Leon s'approchait de la portière du conducteur.

— Police de Copenhague ! Ouvrez lentement votre portière. Très lentement.

C'est alors qu'ils entendirent un bruit. Une voix. D'abord, une plainte. Puis un cri. Un hurlement terrible qui leur glaça le sang.

Un homme sortit de la camionnette. Il ne devait guère avoir plus de vingt ans. Les cheveux en pétard. Il semblait effrayé.

— Allonge-toi, lui ordonna Leon.

— Je…

— Ferme-la et allonge-toi ou je tire !

Au même instant, Albrectsen ouvrit la porte arrière. À l'intérieur, une femme était couchée sur un matelas et hurlait.

— Qu'est-ce que c'est que ce bordel, Albrectsen ? cria Leon, tout en passant les menottes au conducteur.

— Chef?

Albrectsen se retenait de rire.

— Quoi ?

— C'est seulement ma fiancée… tenta d'expliquer le jeune homme.

Leon se releva et fit le tour du véhicule. Entre les jambes écartées de la femme, il aperçut une petite tête sur le point de sortir.

Ils contemplèrent la scène pendant quelques secondes, comme paralysées, jusqu'à ce qu'elle leur crie :

— Vous avez l'intention de rester là à regarder ?

19.

15 h 50. Deux minutes avant le coucher du soleil

Le toit offrait une vue magnifique sur Copenhague.

Le disque solaire semblait s'être dissous dans les nuages et la neige à l'horizon. Niels se retourna vers Hannah qui avait continué jusqu'au centre de la piste d'atterrissage. Les flocons de neige frappaient la peau comme de mini-projectiles.

— C'est l'endroit parfait, murmura-t-elle.

Ses paroles furent aussitôt emportées par le vent.

— Prenez-le ! cria Hannah, luttant pour se faire entendre au milieu de la tempête. Prenez le pistolet !

— Non, Hannah.

— Regardez-moi.

Elle s'approcha, lui attrapa les bras et tenta de le forcer à la regarder dans les yeux.

— Je ne peux pas.

— Vous devez le faire, Niels.

— Laissez-moi.

Il essaya de la repousser, mais les forces lui manquèrent.

— C'est ici que tout se termine, Niels. Vous comprenez ?

Elle lui mit l'arme dans la main et, même s'il aurait pu la jeter au loin, il n'en fit rien.

— C'est ici que tout se termine, répéta-t-elle.

Il retira la sécurité du pistolet et se tourna vers la porte. Ce simple mouvement mobilisa toute son énergie. Il brandit son arme et la pointa en direction de l'unique accès au toit : l'ascenseur.

— Personne ne va venir, Niels.

— Éloignez-vous de moi !

Elle ne bougea pas. Il cria une nouvelle fois :

— Éloignez-vous de moi, je vous dis !

Elle fit un pas en arrière.

— Plus loin.

Il chancela, mais se cramponna à son arme. Comme si ce petit objet, fabriqué dans le but de tuer, représentait paradoxalement son ultime bouée de sauvetage.

— Niels.

Elle cria en vain. Il ne l'entendit pas.

— Niels !

Elle s'approcha et s'agrippa de nouveau à lui.

— Lâchez-moi ! hurla-t-il en essayant en vain de se libérer.

— Écoutez-moi, Niels. Personne ne va venir. Il n'y a pas de meurtrier. Juste vous et moi.

Il ne dit rien.

— Vous devez cesser d'être bon. Vous devez me sacrifier.

— Ça suffit, Hannah.

Il tenta de la repousser.

— Il n'y a pas d'autre solution. Vous ne le voyez pas ? Vous devez agir.

Le sang coulait de son nez dans sa bouche. Ses genoux étaient incapables de le porter plus longtemps. Hannah crut qu'il allait perdre connaissance. Qu'il était trop tard. Mais elle jeta un rapide coup d'œil en direction de l'ouest et constata que le soleil n'avait pas encore tout à fait disparu à l'horizon.

— Aucun meurtrier ne va venir, Niels. Vous ne comprenez pas ? Il n'y a pas de terroriste. Pas plus que de tueur en série. Ça ne concerne que vous et moi.

— Arrêtez, maintenant.

— Tirez-moi dessus, Niels.

— Non.

— Vous devez agir. Prouver que vous écoutez. C'est de ça qu'il s'agit. Vous devez sacrifier quelque chose qui vous est cher.

Hannah attrapa le pistolet par le canon et le pointa vers son cœur.

— Ça n'a aucune importance pour moi, Niels. Je suis morte en même temps que Johannes.

— Hannah…

Elle s'allongea sur lui, colla ses lèvres contre son oreille et murmura :

— Il faut montrer qu'on écoute. Qu'on sait que tout ne s'arrête pas avec la mort.

Elle plaça son doigt sur la détente.

— Appuyez, Niels. Allez-y. Je veux retourner là-bas. J'ai vu ce qui nous attend. Tout ce que je désire, c'est retrouver Johannes.

— Non.

— Personne ne vous soupçonnera. Ils croiront que je me suis suicidée. Je suis complètement dérangée.

Votre chef avait raison. (Elle éclata de rire.) Je n'ai rien à perdre. Rien.

— Non. Je ne peux pas.

Soudain, Niels n'entendit plus rien. Il voyait bouger les lèvres de Hannah sans qu'aucun son en sorte. Le vacarme assourdissant du vent et de la tempête avait cessé. Il n'aurait jamais imaginé qu'un tel silence puisse exister. Un silence si délicieux qu'il ferma les yeux pour mieux le savourer.

— Quelle paix, murmura-t-il. Quelle paix.

Une sensation de chaleur se répandit à travers son corps. Une chaleur merveilleuse qui emporta ses douleurs au dos et lui procura bien-être et soulagement. Enfin. Peut-être Hannah avait-elle raison. Peut-être s'agissait-il d'un avant-goût de ce qui l'attendait. Chaleur, douceur, paix. Il eut l'impression que la tempête se calmait, que la neige disparaissait et que les nuages s'écartaient pour lui permettre d'admirer les étoiles, juste au-dessus de lui, à portée de main. Il se tourna vers Hannah qui criait et l'implorait, mais il ne l'entendit pas. Elle appuya le canon du pistolet contre son cœur et il put lire sur ses lèvres : « C'est maintenant, Niels. » Il ferma les yeux. Il savait qu'elle avait raison. Mais il ne souhaitait pas l'écouter. Il ne le pouvait pas. Pourtant, il appuya sur la détente. Le percuteur envoya une violente secousse à travers sa main.

Hannah sursauta. Peut-être chancela-t-elle. Niels la vit faire un pas en arrière. Il ne distingua aucune trace de sang. Au même moment, des sons déferlèrent dans son oreille et vinrent frapper son tympan avec un bruit assourdissant.

— Mais…

Hannah se tourna en direction de l'ouest. Le soleil avait disparu. Il faisait nuit.

— Vous l'avez fait, Niels.

Il sentit ses genoux trembler. Il ne voyait toujours pas le point d'entrée de la balle dans la poitrine de Hannah. Pourquoi ne perd-elle pas son sang ? pensa-t-il, tandis que de petites décharges électriques traversaient son corps.

Elle tendit un poing vers lui et l'ouvrit lentement. Les balles du pistolet étaient là, dans le creux de sa main.

Puis elle s'assit et le serra contre elle. Il ferma les yeux.

Il entendit des bruits de pas et des voix.

— Bentzon. Tu es là ? l'appela Leon.

Niels ouvrit les yeux.

— Bentzon ? répéta Leon.

Mais Niels ne vit que Hannah. Et peut-être aussi les doux flocons de neige qui flottaient dans l'air entre elle et lui.

20.

Lundi 4 janvier 2010

Niels sentit un changement net dans son corps, tandis qu'il faisait sa valise, dans sa chambre d'hôpital. Non seulement ses douleurs dorsales avaient disparu, mais il se déplaçait sans plus trop de mal. Un bouleversement s'était produit en lui. D'habitude, le simple fait de préparer sa valise le faisait tant penser au voyage qu'il se laissait submerger par l'angoisse.

Mais, cette fois, c'était différent. Il était totalement détendu. Après avoir rangé ses vêtements avec soin, il posa son insigne de police et son pistolet par-dessus, puis ferma sa valise sans ressentir la moindre appréhension.

— Alors ? C'est aujourd'hui que vous nous quittez ? demanda l'infirmière en retirant les draps de son lit.

— Oui. J'en ai assez. Et puis je vais finir par prendre du poids avec vos bons petits plats.

Il se donna une tape sur le ventre.

— Je suis contente que vous alliez mieux.

— Je vous remercie pour tout ce que vous avez fait.

Il lui tendit la main mais, à sa grande surprise, elle le prit dans ses bras et le serra tendrement contre elle.

— Je vous souhaite plein de bonheur, Niels.

Le ton de sa voix était triste, comme s'il allait lui manquer. Pourtant, elle sourit.

Hannah devait rester encore quelques jours. Quand Niels entra dans sa chambre pour lui dire au revoir, il avait à la main un bouquet de fleurs. Malheureusement, elle n'avait pas de vase.

— Posez-les là, dit-elle en tapant sur sa couette. Elles sont magnifiques. Qu'est-ce que c'est comme variété ?

— Je ne m'y connais pas tellement en fleurs, avoua Niels en haussant les épaules.

— À une époque, j'avais prévu de me faire un vrai jardin. Planter des fleurs un peu partout, et puis… bref, vous savez.

Il lui donna un baiser sur la bouche. Un bref baiser. Les lèvres de Hannah étaient chaudes et douces. Peut-être était-ce maladroit de sa part ? Mais il sentit dans son cœur qu'il avait bien fait.

Il lui apportait également un cadeau, emballé dans du papier journal.

— Qu'est-ce que c'est ? s'enquit-elle, les joues rouges depuis leur baiser.

— Ouvrez-le.

Elle déballa le paquet avec un empressement enfantin, mais changea totalement d'expression en découvrant le cadeau. Le chargeur du pistolet.

— Ne vous inquiétez pas. J'ai retiré les balles.

Elle le prit dans sa main et soupira en le tournant dans tous les sens.

— J'étais persuadée que je devais mourir, avoua-t-elle. Que c'était ça, le but.

— Quand avez-vous changé d'avis ?

Elle le regarda dans les yeux.

— Vous savez quoi ? Je ne l'ai pas fait. Je ne me souviens pas d'avoir vidé le chargeur. À moins que…

Elle ne termina pas sa phrase.

— Je vous accompagne dehors, dit-elle.

Ils avaient eu l'occasion d'en parler souvent, ces derniers jours : de ce qui s'était passé sur le toit. Chaque fois que Niels lui avait demandé qui l'avait fait, elle l'avait corrigé : « Ce n'est pas qui, Niels, mais quoi ? »

Il ignorait la réponse à cette question.

Un long couloir blanc. Une multitude de médecins, d'infirmières, de patients et de proches. Un son en particulier attira son attention : des pleurs de bébé. Niels s'arrêta et regarda autour de lui. Une jeune maman – fatiguée, mais rayonnante de bonheur – se dirigeait vers eux avec son nouveau-né dans les bras. Au moment où ils se croisèrent, il tourna la tête pour observer le petit être. C'est probablement pour cette raison qu'il bouscula une infirmière.

— Pardon.

Elle poursuivit sa route, mais il la rattrapa.

— Je peux vous poser une question ?

Elle se retourna.

— Comment puis-je savoir si une naissance a eu lieu vendredi, au coucher du soleil ?

Elle réfléchit, puis répondit :

— Il faut que vous alliez demander à la maternité.

— Merci.

Hannah le tira par le bras.

— Qu'est-ce qu'il y a ? demanda-t-il.

— Niels. Vous ne pensez tout de même pas que…

— Pourquoi pas ? Vous ne croyez pas qu'il puisse y avoir transmission de témoin ?

Niels frappa poliment à la porte, mais personne ne répondit. Il décida d'entrer quand même. Hannah resta dehors.

Des fleurs, du chocolat, des peluches et des vêtements de bébé. La mère somnolait dans son lit avec son bébé dans les bras, tandis que le jeune père ronflait sur une chaise. Ils correspondaient parfaitement à la description que Leon lui avait faite du couple qui était arrivé dans la camionnette sombre. La maman leva les yeux.

— Félicitations.

Tel fut le premier mot qui lui vint à l'esprit.

— Merci, répondit-elle en l'observant d'un air surpris, comme si elle essayait de se souvenir de lui.

— On se connaît ?

Niels haussa les épaules et contempla le bébé qui était sur le point de se réveiller.

— C'est un garçon ?

— Oui, sourit-elle. Un garçon impatient. Il est arrivé avec un mois d'avance.

— Pouvez-vous me promettre quelque chose ?

Elle le dévisagea avec curiosité.

— Si, quand il sera plus grand, il se sent mal en voyage, pouvez-vous me promettre que vous ne le gronderez pas ?

— Je ne suis pas certaine de comprendre de quoi vous parlez.

— Vous voulez bien me le promettre ?

Sur ce, il sortit de la chambre.

21.

Son premier voyage. La plupart des gens s'en souviennent toute leur vie – cette sensation enfantine d'aventure au moment où l'avion atterrit. Toutes ces choses nouvelles : les hôtesses de l'air, la nourriture, les mini gobelets et les couverts en plastique de maison de poupée. Ses soucis qu'on laisse derrière soi et sa vie que l'on place entre les mains d'inconnus.

Venise

Le parfum de la lagune ne ressemblait à rien de ce que Niels avait connu jusqu'alors. Attirant et repoussant à la fois. Une eau saumâtre bleu foncé qui n'avait pas empêché Lord Byron de plonger dans le canal – il avait lu cette anecdote dans son guide touristique, pendant le vol.

Il avait toutefois passé le plus clair de son temps à admirer le paysage par le hublot. Quand ils avaient survolé les Alpes, il avait même pleuré d'émotion, en silence et immobile. Il était content que Hannah ne l'ait pas accompagné, car elle n'aurait pas manqué de lui expliquer que ce massif n'était que le résultat de la rencontre de deux plaques continentales. Et que la mer Méditerranée disparaîtrait dans quelques millions d'années, quand le continent africain aurait rejoint l'Europe. Mais Kathrine n'attendrait pas jusque-là. C'est la raison pour laquelle il avait acheté un billet Venise-Le Cap. Il y aurait trois correspondances et le voyage prendrait une journée entière.

L'un des jeunes hommes qui se tenaient près des taxis flottants vint à sa rencontre.

— *Venice, Mister?*

Niels sortit son guide touristique et lui indiqua l'île où se trouvait le cimetière, sur le petit plan.

— *San Michele? Cemetery?*

— *Si*, s'essaya-t-il en italien.

Le prix tomba aussitôt : quatre-vingt-dix euros. Bigre ! Hannah l'avait prévenu qu'il aurait tout intérêt à négocier les tarifs à Venise. En particulier pendant cette saison où les rentrées d'argent étaient rares.

Niels se mit à rire quand le chauffeur appuya sur la poignée des gaz et que le bateau commença à ricocher comme une pierre sur la surface de l'eau. Le jeune homme le regarda et ne put s'empêcher de le faire profiter de sa passion pour la vitesse.

Une fois à San Michele, ils durent attendre qu'on décharge un cercueil d'un petit bateau noir avant de pouvoir accoster. Le chauffeur saisit le bras de Niels pour l'aider à grimper sur le ponton. Puis il repartit en le saluant avec enthousiasme. Ce n'est qu'à ce moment que Niels s'aperçut qu'il ignorait comment il rentrerait.

Si le cimetière offrait un avant-goût de la beauté de la ville, c'était plutôt prometteur. Des chapelles, des colonnes, des palmiers, des saules, des ornements, des visages et des ailes d'anges – une corne d'abondance d'art sacré destinée à nous aider à quitter ce monde avec style. Niels se promena pendant près d'une heure dans ce lieu envoûtant et troublant. Lentement, il commença à reconnaître un système : où étaient placées les urnes les plus récentes et où étaient enterrés les protestants.

Il parcourut ces allées interminables d'urnes empilées, de visages et de noms, de fleurs et de bougies dans des petits photosphores en verre rouge qui protégeaient la flamme de la pluie.

Il finit par trouver la dépouille terrestre de Tommaso encastrée entre Negrim Emilio et Zanovello Edvigne. Tommaso di Barbara. Il y avait également une petite photo sur laquelle on voyait son visage et suffisamment de ses épaules pour deviner son uniforme. Un homme bon. Un ami.

Niels s'assit sur un banc, sous les saules pleureurs, tout près de Tommaso. Il n'avait rien apporté. Ni fleurs ni cierge. Rien que sa propre personne. Il n'était plus un Juste, désormais. Seulement lui-même.

REMERCIEMENTS

Pour ses idées, ses théories, sa patience et pour nous avoir permis de mesurer l'extraordinaire étendue de notre ignorance : l'astrophysicienne Anja C. Andersen, du Dark Cosmology Centre de l'Institut Niels Bohr.

À Venise :

Pour ses précieux détails sur le fonctionnement de la police, les touristes et les habitants des îles : Lucca Cosson, de la police de Venise.

Pour nous avoir guidés dans la ville en évitant les inondations : sœur Mary Grace et père Elisio, de l'ordre de saint Jean, de l'hospice Ospedale Fatebenefratelli.

À Copenhague :

Pour nos discussions et nos échanges de mails à propos du Talmud, de la Torah et des Trente-Six : le grand rabbin Bent Lexner.

Pour nous avoir donné un aperçu de l'éternité : Anja Lysholm.

Pour nous avoir fait découvrir le monde souterrain du Rigshospitalet : Bjarne Rødtjer, Bent Jensen et Susanne Hansen, des archives centrales du Rigshospitalet.

Pour nous avoir fait visiter le plus beau pavillon de Copenhague et nous avoir aidés à faire nos premiers pas sur la Voie du Diamant : Jørn Jensen et Mikkel Uth, du Centre bouddhique.

Pour nous avoir fait profiter de son expérience en matière de travail de la police : Jørn Moos.

Pour ses anecdotes sur les religions : Sara Møldrup Thejls, historienne des religions, université de Copenhague.

Pour nous avoir fait découvrir le monde mystérieux des mathématiques : le Professeur Christian Berg, de l'Institut des Mathématiques, université de Copenhague.

Pour ses relectures consciencieuses et ses remarques pleines de pertinence : David Drachmann.

Pour ses précieuses informations sur la peau : le professeur Jørgen Seerup, du service de dermatologie de l'hôpital de Bispebjerg.

Des remerciements particuliers à ceux qui ont rendu ce projet possible :

Lars Ringhof, Lene Juul, Charlotte Weiss, Anne-Marie Christensen et Peter Aalbæk Jensen.

Le Livre de Poche s'engage pour l'environnement en réduisant l'empreinte carbone de ses livres. Celle de cet exemplaire est de :
350 g éq. CO_2
Rendez-vous sur www.livredepoche-durable.fr

Composition réalisée par DATAGRAFIX

Achevé d'imprimer en mai 2012 en France par
CPI BRODARD ET TAUPIN
La Flèche (Sarthe)
N° d'impression : 69031
Dépôt légal 1re publication : juin 2012
LIBRAIRIE GÉNÉRALE FRANÇAISE
31, rue de Fleurus – 75278 Paris Cedex 06

31/6149/4